U0924522

心里满了，就从口中溢出

当厄运威胁犹太人，以色列拉比巴尔·沙姆·托夫就退回森林，点起篝火，低头祈祷。这样，厄运就能被避免。随着时光流逝，这一任务落到了第二位拉比身上。他知道森林中那一处地点，也记住了祈祷文，但他不知道要生一堆火。然而，厄运同样被避免了。第三位拉比只知道那处林中地点，至于火堆与祈祷文则一概不知。可是这一点足够了，厄运也被避免了。最后，这一任务落到拉比利兹恩身上，他对地点、篝火和祈祷文统统不知道。他只会讲故事。

“而这就足够了。”

NORDIC FAIRY TALES

讲了 100 万次的故事 · 北欧

[全两册]

曹乃云 ——— 编译

北京联合出版公司
Beijing United Publishing Co.,Ltd.

重新发现故事，继续讲故事

从前，幻想国里的一只小蚂蚁、一只鸡蛋和一只知了，为了得到更大的幸福，一起去圣地朝拜。

——法国故事

人类天生需要听故事。人类也天生需要讲故事。

故事是经验的累积，也是想象的扩展。故事是教化，也是娱乐。世界一天天长大，故事也一天天长大，今天的故事和几千年前相比，看上去已经完全不同，但有理由相信，一些藏在故事里的东西，是一直没有变的。它们改头换面，在不同的故事里，以不同的样子出现，以后，它们可能还会发展出更多不同的样子，并且越来越复杂。但无论如何，那些恐惧或希望，那些抵抗或顺服，那些寻找或失落，那些选择或没有选择，那些藏在故事里的、人类的情感和命运，总还在那里。

我们回眸人类童年时代的故事，它们并不一定比现在的故事更高明，但这些朴素的故事里，有一种简单直接的力量，或者说，有一种天真，将很久很久以前，人类祖先的所思所想传递给我们。几千年之后，世界也许天翻地覆，而人们依然可以从那些朴素的故事中接收力量。

故事的这种永恒性，激发着讲故事的人，也激发着寻找故事的人。故事有时候会消失，有时候又重新出现，只看有没有人把它讲出来。这套《讲了100万次的故事》是来自不同时代、不同国家和地区的故事合集，完全源于口头传播，也就是说，它们都是讲出来的故事，而不是被哪个作家写出来的。可以想象的是，书里面的这些故事，有一些已经传承了千百年，甚至更久，说它们是“讲了100万次的故事”一点也不夸张，而与此同时，这些故事被确定为现在这个样子，则只是一段“刚刚发生的历史”，离我们最近的一部分文本，甚至只有不到五十年的时光。这些书曾经在不同的国家、不同的时代，以不同的形式出版过，它们唯一的相通之处就在于，它们都出自那些“寻找故事的人”之手，它们被记录下来的目的，就是为了提醒人们，不要遗忘，而这正是故事传播的动力所在。

一、这些故事，来自人类遥远的童年

那是山多、林多、动物多的年代。

——北欧故事

山多、林多、动物多的年代，已经过去了。它不仅仅是我们时代的往昔，在故事里，它们就已经是往昔了。考古学家和历史学家做了很多工作，想尽力还原那个人类的童年时代，但有时候，故事可以告诉我们一些不同的东西。比如下面这个非洲故事。

天为什么这么高

听说从前天不像现在这么高，天和地是离得很近的。多近呢？人站在地上一伸手就能很容易地把天摸到。

上帝一直是住在天上的。他为地上造了人，造了动物，造了植物。他把他造的人当成自己的孩子，为人准备了美味可口的食物，为人制定了切实可行的法律。当时人们日子过得很不错。

谁知，不幸的事情发生了。

一天，有一个人不知得了什么病，一下子变成了盲人。这是世界上的第一个盲人。

上帝啊，上帝啊！
你为什么惩罚我呀？
我两眼一抹黑啦，
我肚子咕咕叫啦！

后来，他饿得实在支持不住了，气急败坏地举起烟斗就往上捅，他想叫天把门打开，让他去找上帝。

老天啊，老天啊！
快把门打开吧！
上帝再不可怜我
我就要饿死啦！

可是，捅了好长时间，天一动也不动。

于是，盲人又想出了另一个办法：在地上点起一堆火，他以为有了火也许能看到东西。

大火熊熊燃烧起来，火焰越来越旺，火舌直舔到天上。

这时上帝来了，他吃惊地问："谁点的火？"

他万万没有想到自己造出来的人竟敢拿烟斗来捅天，用火来烧天，所以怒气填胸，把手一挥，带着天一步一步地往高处升，一直升到人无论拿什么也够不到的地方。

从这以后，天和地就相距得很远很远了。为了惩罚人，上帝让地上总是有盲人。

这个故事里有恩赐，也有不恩赐。创造和恩赐，要看上帝的心情。这个故事里有冒犯，也有绝望：盲人看上去很蠢，但作为一个人，他做了他能做到的一切，而他能得到的唯一回应，是上帝的愤怒。这个故事里有怀念，也有无奈：天和地没有分开的日子，是好时光，但如果上帝要带走天空，要让人眼盲看不见，人们也只能接受。当然，这个故事里还有命运："谁知，不幸的事情发生了"，对此，无论是人类还是上帝，都没有办法。

我们没办法确切知道这是一个什么时代的故事，但我们完全可以想象，在"山多、林多、动物多的年代"，人们的日子过得可能跟那个盲人差不太多，"不幸的事情"总是会发生，人们只能怀想，曾经有一个黄金时代。就像今日，我们依然怀想"黄金时代"一样。

二、这些故事，铸就人类共同的记忆

世上力气最大、跑得最快的是风；最肥的是土地，因为万物都靠它来养育；最柔软的是手，因为不管你睡在什么东西上面，都要用手来垫头；第四个嘛，世界上再也没有什么能比睡觉更讨人喜欢的了。

——俄罗斯故事

说起"寻找故事的人"，人们首先想到的自然是格林兄弟，《格林童话》也已经成了两百年来最重要的一部经典故事集。但其实，"寻找故事"是持续了一个时代的主题，与格林兄弟同时或稍晚，不同的人在不同的地方，做了相同的工作：阿斯别约恩生在挪威，卡瓦利乌斯在瑞典，阿法纳西耶夫在俄罗斯，之后柳田国男和关敬吾在日本，卡尔·维诺在意大利，劳尔·洛伊奈在芬兰，林兰和董均伦在中国，他们搜集各自国家和地区的故事，去芜存菁，最终给故事一个方便传播的确定文本。有意思的是，人们最初“寻找故事”，是希望通过故事确定一种身份认同，去区别于世界上的其他人。但当我们把不同国家和地区的故事放在一起的时候，会惊讶地发现有些故事具有高度相似性。是的，故事可以依附于任何强有力的外部元素，但也可以很轻易地脱离开它们——有时候，两个故事的外壳、人物、背景、语言完全不一样，但我们一眼就可以看出那是同一个故事。很显然，故事在告诉我们，在民族和地域这些元素之外，“人”其实是所有人更基本的一种共同身份。

我们来读一个法国故事。

树蝇死了

一只小飞蛾和一只小树蝇是朋友，它俩一块儿吃住，一块儿玩耍，好得谁也离不开谁。这天，它们俩一起做晚饭。小树蝇负责做汤。汤做好以后，它想尝尝汤的咸淡，一不小心，掉在大汤勺里淹死了。

小飞蛾哭着离开了家。它遇见了一棵橡树。

“小飞蛾啊，你为什么哭？”

“树蝇死了。”

“那我，我弄掉一根树枝。”

橡树的上空飞着一只喜鹊。喜鹊问：

“橡树啊，你为什么掉枝？”

“树蝇死了，小飞蛾哭了，我就掉枝了。”

“那我，我就脱毛。”

喜鹊落在一道篱笆上。篱笆问：

“喜鹊啊，你为什么脱毛？”

“树蝇死了，小飞蛾哭了，橡树掉枝了，我就脱毛了。”

“那我，我就折断自己。”

篱笆的旁边是一片草地。草地问：

“篱笆啊，你为什么折断自己？”

“树蝇死了，小飞蛾哭了，橡树掉枝了，喜鹊脱毛了，我就折断自己。”

“那我，我把草割了。”

一条小河从草地中间流过。小河问：

“草地啊，你为什么把草割了？”

“树蝇死了，小飞蛾哭了，橡树掉枝了，喜鹊脱毛了，篱笆折断了，我就割草了。”

“那我，我就干涸了。”

一个女仆带着两只水罐来河里打水。她问：

“小河啊，你为什么干涸了？”

“树蝇死了，小飞蛾哭了，橡树掉枝了，喜鹊脱毛了，篱笆折断了，草地割了草了，我就干涸了。”

“那我，我就把这两只水罐打破。”

主妇正等着用水洗黄油。她问：

“女仆，你为什么打破水罐？”

“树蝇死了，小飞蛾哭了，橡树掉枝了，喜鹊脱毛了，篱笆折断了，草地割草了，小河干涸了，我就打破罐子了。”

“那我，我就把黄油扔到围墙上去。”

一个赶大车的人路过这儿。他问：

“女主人，你为什么把黄油扔到围墙上去？”

“树蝇死了，小飞蛾哭了，橡树掉枝了，喜鹊脱毛了，篱笆折断了，草地割草了，小河干涸了，女仆打破罐子了，我就把黄油扔到围墙上去了。”

“那我，我就打马快跑。”

接下去，又引出了其他一些人，由于树蝇的死和小飞蛾的哀悼而引起的这场可怕的连锁反应，不知是如何结束的。

这个故事非常古老，也非常有趣。但有人说它有些幼稚可笑，因此令人难以置信。其实，这个故事反映了自然界的一种规律：到了十一月底，当树蝇死的时候，树本身，以及草地和河流似乎也都与树蝇一起死去了。每年在这个时期，要是我们仔细听听的话，会听到小草在北风的吹拂下簌簌作响，仿佛在说：

“树蝇死了，我们也快死了……”

这是一个顶针结构的故事，不同的国家和民族，类似结构的故事不胜枚举。它不仅是一个故事，也可以是一场游戏，讲故事的人和听故事的人，可以顺着这个顶针结构，把故事一直讲下去，讲到厌倦为止。但如果你像法国人一样，从一只树蝇的死亡开始这个游戏，你迟早会进入那个“白茫茫一片真干净”的世界，当你读到“小草在北风的吹拂下簌簌作响，仿佛在说：‘树蝇死了，我们也快死了……’”这样的句子时，你会感觉到，从故事到文学的那个变化，似乎正在发生。

三、这些故事，帮助人类应对世界的改变

世界已经变了，世界还将变化，你说的故事也许是真的。

——芬兰故事

我们的故事来自传承，至于一个具体故事的起源，则大都渺不可考——也不必考，继续讲下去就是了。

故事大王简·约伦在《世界神奇故事集》的前言之中讲述过一个故事，说的就是故事的起源与传承，我们已经把这个短小又重要的故事放在了扉页上，但似乎还是有必要在这里再郑重地引用一次：

当厄运威胁犹太人，以色列拉比巴尔·沙姆·托夫就退回森林，点起篝火，低头祈祷。这样，厄运就能被避免。随着时光流逝，这一任务落到了第二位拉比身上。他知道森林中那一处地点，也记住了祈祷文，但他不知道要生一堆火。然而，厄

运同样被避免了。第三位拉比只知道那处林中地点，至于火堆与祈祷文则一概不知。可是这一点足够了，厄运也被避免了。最后，这一任务落到拉比利兹恩身上，他对地点、篝火和祈祷文统统不知道。他只会讲故事。

“而这就足够了。”

故事可以是个体内心的密码，也可以是群体信念的表达；故事可以安慰一个人，也可以激励一群人。故事还是记忆，人们的生活方式一代一代改变着，曾经的森林、篝火，甚至祈祷，或迟或早，总归是退出了人们的日常，但故事还在。只要人们还在讲着故事，我们就还是我们。

在简·约伦引述的这个故事里，有一点需要特别注意，如果故事里的每一任拉比都会讲故事的话，那么几乎可以肯定，拉比利兹恩讲述的故事，跟他的每一位前任讲出来的，是不一样的，哪怕那是同一个故事。这涉及到故事的一项超凡能力，它总能和一个时代的精神主流结合在一起，又总能和它们剥离。说到这里，事情已经很清楚了，那个威胁着以色列人，也威胁着所有人的“厄运”，其实就是遗忘，而对遗忘的抵抗，不是森林，不是篝火，也不是祈祷，这个抵抗，是，也只是，故事。

有的时代，有的地方，人们会觉得篝火很重要；有的时代，有的地方，人们会觉得祈祷很重要；有的时代，有的地方，人们会觉得民族很重要；有的时代，有的地方，人们会觉得世界很重要；有的时代，有的地方，人们会觉得所有这些可能都不那么重要，或许一个人自我内在的达成更重要。故事穿行于所有这些时代，以不同的面目出现，和不同时代的主流观念结成同盟，但故事不会在任何时代和地方停下，一旦停下，它就死了。一般来说，我们不大容易区分一个故事里面，哪些部分属于时代意识，哪些部分来自久远的传承，但如果我们一次又一次遇到同一个故事的不同样子，我们或许可以学会分辨出，那些不能遗忘的东西，到底是什么。

四、讲故事，而不是读故事

王子随身带着一块石头，他总把它放在床前。因为这块石头知道世上的一切事情。

——挪威故事

我们相信故事里藏着许多秘密，也许，故事就像那块神奇的石头一样，知道世上的一切事情。所以我们把不同国家和地区的故事收集在一起，并冠以“讲了100万次的故事”这一主题，强调故事作为人类共同的文化遗产，需要我们再次去激活它。激活一个故事的方法很简单，就是把它讲出来。当一个地方的故事被另一个地方的人讲述出来的时候，新的可能性就出现了。

需要说明的是，“讲了100万次的故事”是重要的主题，但“讲了100万次的故事”这套书，确确实实只是一个阶段性的成果。这并非妄自菲薄，事实上，现在这套书，收录了很多经典文本，比如“挪威卷”的原本是阿斯别约恩生的《挪威童话》，这是迄今为止唯一一个从挪威语翻译过来、最接近完整的译本；比如“俄罗斯卷”的原本是阿法纳西耶夫的《俄罗斯童话》，这是俄罗斯文学名著，包括托尔斯泰在内的大量俄罗斯作家都曾经受这本童话集的影响；比如“非洲卷”，不但编译了大量文献，编译者董天琦先生还在刚果（布）记录下来五十多个口传故事，这可是第一手的活生生的故事。

以上这些，都是这套书的重要特点，但它的不足也很明显，首先就是完整性不够，意大利、西班牙、日本、东南亚，以及阿拉伯的故事，都没有能够收入；第二是编译作品多了一些，当然，编译者刘锡诚、马昌仪、曹乃云、董天琦等诸位先生，都堪称故事大家，也代表了故事这个领域的编译水准，但从文献角度出发，不同国家的故事，还是本国学者和作家的编辑版本，来得更加可靠。

即便如此，我们还是热忱向读者推荐这套故事书。这已经是目前市面上可以找到的最完整的人类故事原典，你不可能喜欢里面的所有故事，但其中一定会有能够打动你的故事。还有一点特别需要注意的是，今天的人们，特别习惯给孩子讲故事，但我们这套书来自往昔，来自人类的童年，那时候，现代的儿童观念还没有形成，所以故事里有些来自往昔的观念，并不一定都适合今日的儿童。这一点，希望给孩子讲任何原典性故事的家长都能够加以甄别，不照单全收，也不因噎废食。

《讲了100万次的故事》这套书，在文本上大都有一定的经典性，这是口头文学和书面文学相遇产生的结果，但故事的魅力在于讲述，而讲故事不仅仅需要文字，还需要表情，需要语气，需要肢体语言，在这个意义上，《讲了100万次的故事》只是一个数据库，里面的每一个故事，都等待着，第1000001次被讲述。

所以，开始讲故事吧。

目录

挪威

NORWAY

瑞 典

SWEDEN

芬兰

FINLAND

丹 麦

DENMARK

冰岛

ICELAND

拉普兰德

LAPLAND

法罗群岛

FAROE ISLANDS

挪　　威

NORWAY

培尔·金特

从前有一位猎人，名叫培尔·金特。他常常住在山里，捕捉黑熊和驼鹿。那是山多、林多、动物多的年代。

这一年，又到了深秋，前往山区放牧的人都陆陆续续地赶着牲口回来了，可是培尔·金特却正好相反，他打点了行装，重新进山了。他要到山里去过圣诞节。

平安夜的傍晚，培尔·金特来到山坡的一幢小木房门前。他听说这幢木房里闹鬼厉害，特地赶来凑热闹，要求借宿一夜。随行的还有一头黑熊。

主人开了门，看到面前站着一位不速之客，客人手上拿着一桶柏油，一把锥子，还有一扎浸过柏油的鞋帮线；更加让主人奇怪的是，客人的背上还披着一张大猪皮。

“上帝保佑，”主人问明来意后，回答说，“我们不能让你在这里住宿，连我自己都得离开。每年的圣诞节，这里都是魔鬼聚会的地方。”

培尔·金特却坚持要住一夜，说自己可以降服这些魔鬼。

主人见他说得恳切，便答应了他的请求。培尔·金特走进屋子，他让黑熊躺在灶边，自己则寻了块地方坐下，然后拿过来锥子、柏油和鞋帮线，还有那张大猪皮，做了一只大鞋，鞋口上穿着一根粗绳子。

突然，从门外涌进一群魔鬼。他们带着乐器，号叫着冲到屋子里，狂乱地跳起来。不一会儿，他们中几个家伙就把摆在桌子上的圣诞供品全都吃光，然后又跑到灶膛边上烤青蛙、蟾蜍。

有个魔鬼的目光落到了墙角上，他大声地叫了起来："我看到一只皮筏。我们该用它去放灯，河面上流动着点满蜡烛的彩灯，也好增加一些节日的气氛。"

另一个魔鬼笑了起来："你这双鬼眼睛实在不管用，这哪里是皮筏，分明是一只鞋子呀。"

"怎么会有这么大的鞋子？"

"可是再大的鞋子也不能算是皮筏！"

他俩你一言、我一语的争论，引起了其他魔鬼的注意。他们一看果然是只大鞋，便一个个抢着把自己的脚塞进里面，觉得十分有趣。

培尔·金特一看时机到了，便急忙抽紧绳子，结果把一伙魔鬼通通捆扎起来。

魔鬼们大声叫喊，惊醒了躺在灶边的黑熊。黑熊愠怒地站起身子，嗅嗅鼻子，凑到这伙魔鬼的跟前。

"你要吃饼吗，我的小黑猫？"

有个魔鬼虽然身体不自由，却还在讥讽取笑。他顺手将一只烤青蛙丢在大黑熊的脸上。

大黑熊顿时被激怒了。它咆哮着扑上去，狠狠地一巴掌把魔鬼们打倒一片。

那是山多、林多、动物多的年代。

——《培尔·金特》

培尔·金特操起铁锥向魔鬼堆里乱戳乱刺，魔鬼们疼痛难熬，一个个消失不见了。

培尔·金特和他的大黑熊又吃又喝，过了一个愉快安稳的圣诞节。

从此以后，这个小房间里再也不闹鬼了。越是临近圣诞节，魔鬼们越是离它远远的。

山村里的猫

从前有一个猎人，他捕到了一只北极熊。猎人想把北极熊送给丹麦国王，于是便带着熊一路来到京城郊外的村庄。这里正在准备过圣诞。

猎人看天色已晚，想先找个人家借宿一夜，第二天再进城去见国王。

他走近一户人家，敲敲门，向主人请求借住一晚。

主人名叫哈尔伏，他一听说有客投宿，便连连摇头说："仁慈的上帝啊！我们现在不能给任何人提供住处。圣诞节晚上是神仙出游、妖魔出没的时间。成群结队的魔鬼将会来我家做客，连我们自己住的地方都没有，哪来的铺位给你呢？"

"啊，我是一个要求不高的人，不会给你添许多麻烦的。"猎人解释说，"北极熊可以躺在灶膛后面，我可以随便找一个角落，凑合过一个晚上就行了。"

哈尔伏见他说得可怜，便答应让他住下。他自己则带着全家离开了小房子，住到别的地方去了。

小房子的桌上准备了丰盛的饭菜，有鱼、香肠、奶酪、烤鹅，真是应有尽有。这些都是为魔鬼们准备的。

不一会儿，魔鬼们果然来了。他们的身体有高有矮，有的拖着长尾巴，有的拖着短尾巴，还有的长着长长的大鼻子，鼻尖还像鹰钩似的打个弯。

魔鬼们坐下来就大吃大喝，吃得杯盘狼藉。

有一个魔鬼喝得醉眼迷离，突然看到了灶膛后面躺着的北极熊。醉鬼用叉子扎了一块香肠，摇晃着尾巴，来到北极熊面前，将香肠一直塞到熊的鼻子跟前，引逗着说："猫咪，尝块香肠吧！怎么样啊？"

北极熊被引逗得发了脾气，它咆哮着站起身子，把一群魔鬼通通赶出了房间。

说话间又过了一年。

哈尔伏赶早来到树林，他要准备一点柴火，回去给魔鬼准备圣诞晚餐。一年一度，已经成了习惯。

他正在砍伐树木时，突然从林中传来一阵呼喊："哈尔伏，哈尔伏！"

"我在这里呢，你是谁呀？"

"你们家的大猫咪还在吗？"

"在啊。我们家大猫咪从不乱跑，它一直喜欢伏在灶膛的后面。哦，对了，它刚生下七只小猫咪。嗬，冬天的猫，看来比它们的母亲更凶恶。"

"哈尔伏，我们今年不去你们家了！"树林深处传来了魔鬼的喊声，"至于将来，恐怕也不会再去了！"

从那以后，哈尔伏家里就绝了魔鬼的踪迹。

渔夫的儿子

从前有一个渔夫，他常常出海打鱼。这一天，他起早出海，一直到天黑还没有打到一条鱼。渔夫正想收网回去时，看到水面上起了一朵小水花。渔夫急忙拉网，不料却拉上一条大鳙鲽，一丈多长，足足有五百斤重。

鳙鲽一离开水面，便向渔夫苦苦哀求，请渔夫将它放回大海。

“不行。”渔夫断然拒绝，要知道，他忙了整整一天，才打上了这一条鱼。

鳙鲽见请求无效，便希望渔夫到家时把自己剁成八块：其中两块给他的妻子，两块给雌马，两块给母狗，另外两块搁在桌子上。鱼肝和鱼肺则埋在地下室里。

渔夫到家后真的按鳙鲽的要求做了。

不久，渔夫的妻子怀孕，生下了两个白白胖胖的儿子；母狗生了两条小狗；雌马下了两只小马驹；桌子上的两块鱼变成了两把长剑。

渔夫的儿子们长得高大又英俊，兄弟俩站在一起，很难有人能将他们分辨清楚。

一天，渔夫的大儿子希望能出去见见世面，同时，也要去寻找自己的幸福。渔夫同意了，他让儿子牵上那条先会叫的狗，骑上那匹先会嘶鸣的马，佩戴上那把闪烁寒光的长剑。

大儿子收拾一番，装束一新，就上路了。

骑着马走了很久很久，来到一望无际的海滩前，渔夫的儿子顺着海滩扬鞭催马，很快追上前面的一辆马车。马车上严严实实地遮盖着黑布，里面坐着一位全身重孝的公主。这时，车夫停车，将公主抱下，让她坐在海滩上，而车夫却独自驾车回去了。

渔夫的儿子觉得十分奇怪。他走过去，问公主为什么独自一人坐在荒凉的海滩上。

公主长叹一声，告诉渔夫的儿子说：这里有一个魔鬼，专门要吃姑娘。附近的姑娘都被他一个个吃光了，公主虽然是国王的女儿，但是今天轮到她了，国王没有办法，只得将她送到海滩，祭供魔鬼。不过，国王先前曾许过愿，谁能够从魔鬼口中救出他的女儿，国王就把女儿嫁给他。

小伙子一听，内心涌上一阵怒火。他问可有办法战胜魔鬼。可怜的公主摇了摇头。她知道，这个魔鬼实在太厉害了。

“可是我却想与他较量一下！”小伙子毫不犹豫地表示。

公主不同意。她请小伙子马上离开，因为魔鬼就要来了，她不希望小伙子白白地送死。

他俩争执不下时，天空突然涌上一片乌云，大海奔腾咆哮起来，波浪中跳出一个巨头恶魔。

“喂，年轻人，你怎么敢坐在我的未婚妻旁边？”魔鬼跳上海滩，凶狠地看着小伙子说。

“你想要她做未婚妻，我也有这个意思。看来我们应该先比个输赢再说！”小伙子也不示弱。

“怎么？就凭着你，敢跟我来争夺未婚妻？来吧，我们就比个高低！”魔鬼摆开了架势。小伙子一看魔鬼气势汹汹，便大声地呼喊起来：“马啊，快上，踢他一脚；狗啊，快来，咬他一口；剑啊，快飞，杀死魔鬼！”

马、狗、剑和小伙子从四个方向一起冲向魔鬼。魔鬼从没见过这种阵势，不一会儿，他便嘴啃青草，一命呜呼了。

小伙子看到魔鬼死了，便拔剑割下了他的舌头，藏在口袋里。

公主更是喜出望外，连忙拉着小伙子一起向宫殿走去。

两人来到宫殿门口。公主吩咐小伙子在宫外坐等一会儿，她要让国王派出隆重的仪仗来迎接他。小伙子摇摇头，他愿意跟公主一起进去，因为担心公主会忘掉他。

“我怎么会忘掉你呢？你把我从困境中拯救出来，我不仅不会忘记你，而且还要嫁给你呢。”公主说完，从手指上褪下一只戒指，系在小伙子的头发上。

小伙子坐在门口等着，公主进宫去了。她正走着，看到迎面走来一名烧炭夫。这个烧炭夫常在外面招摇撞骗，宫殿里的人讨厌他，称他为“窑拐子”。窑拐子看到公主，先是大吃一惊，以为白天见鬼，他说：“怎么，公主，你竟然活着回来了？”

于是公主就把小伙子如何战胜魔鬼的事详细地述说了一遍。

窑拐子听了，心中一动，冒出个坏主意，只见他眼露凶光，威胁公主说："你必须告诉国王，是我救了你。否则我就在这木桥前把你杀死！"

这怎么可以呢？公主当然不愿意。她想："窑拐子是个狠毒的人，流氓成性，说不定真会把自己杀死的。这可怎么办呢？"

窑拐子一看公主迟疑着没有说话，便放开身边的大狼狗。狼狗朝着公主猛地蹿了过来，两只前腿扒住公主的肩膀，吐出血红的大舌头舔着公主的脸颊。公主大吃一惊，顿时把所有的记忆全都忘了。

国王看到女儿活着回来了，高兴得在大厅里连着转了三圈。他听说烧炭夫救了自己的女儿，心中很是疑惑，可也只得信守诺言，准备为他们举行婚礼。

再说门外的小伙子坐在那里等啊等，总是不见有人出来迎接他。小伙子知道事情有了变故，便起身离开了宫殿，来到附近的一座城堡里。这里住着国王的儿子，也就是公主的哥哥。

小伙子问王子，附近的宫殿里张灯结彩，是有什么大喜事吗？

"哦，那是我妹妹的喜事，她即将嫁给那个烧炭夫，国王正在为他们准备婚礼呢！"王子解释着说。

"王子，你是公主的哥哥，为什么不去祝贺他们呢？"小伙子觉得很奇怪，忍不住直截了当地问。

"我去干什么呢？我不相信那个窑拐子是个好人。我不会为了一顿吃喝而去凑这场热闹。"

"如果你不想去凑热闹，我倒可以给你端来一些吃喝。"

小伙子说完，发出一道奇怪的命令：“我的马、狗和长剑，快去宫殿端烤肉，搬酒桶，它们就摆在新娘面前的饭桌上！”

只见狗、马、剑结伴而行，它们穿过卫兵和仆人，径直来到大厅，旁若无人地端走了烤肉和酒桶。

王子和小伙子一起坐下，他们吃肉喝酒，谈笑风生。

正吃着，王子自言自语地说：“要是能再来一盆熏鱼和一瓶葡萄酒，该多美啊！”

“这么点小事，用不着费力。”小伙子说完，又发出一道命令，“马、狗和长剑，快去宫殿端盆熏鱼，拿瓶葡萄酒！它们就摆在国王面前的饭桌上。”

果然那狗、马、长剑又来到宫殿，穿过卫兵和仆人，公然在国王面前搬菜、拿酒。国王觉得奇怪，正想问个究竟时，只见眼前剑光一闪，忽地一声，狗、马、剑都不见了。

王子和小伙子又开怀吃喝了一顿。这时王子忽然想到，应该品尝一下婚礼上的蛋糕。

“这简直易如反掌。”

小伙子立刻命令狗、马、剑去宫殿，把王后面前的蛋糕整个端来。

狗、马、剑连蹦带跳地来到宫殿。可是国王早已做了准备，埋伏了许多士兵。士兵们看到奇怪的狗、马、剑又来了，便一拥而上。一阵混战之后，狗、马、剑成功取到蛋糕就溜了。

国王看到狗、马、剑去的方向，知道它们是王子的朋友，便派人去王子的宫殿请狗、马、剑的主人。

小伙子执意要国王亲自乘车来迎接，而且还要王子陪同前往。

国王没有办法，他不想破坏婚礼的喜庆气氛，只得亲自乘车来，将王子和小伙子一道接了过来。

小伙子紧挨着公主坐下，对面坐着烧炭夫窑拐子，窑拐子后面的墙头上吊着魔鬼的尸体。

“这是谁呢，怎么长得如此可怕？”小伙子故意问了一句。

“这就是我在拯救公主时打死的魔鬼。”窑拐子大言不惭。

“魔鬼为什么不长舌头？”

小伙子走过去，朝魔鬼口里望了一眼。

“对，这样的魔鬼都是没有舌头的。”

“不对，魔鬼也应该长舌头。”

“哪里的话，我们这里的魔鬼都不长舌头。”窑拐子一口咬定地说。

“我变个戏法给你看看。”小伙子说完，从衣服里掏出魔鬼舌头，塞进魔鬼的嘴里，切口正好吻合。他回过头来问窑拐子：“你还能说他没有舌头吗？”

这时，坐在旁边的公主看到小伙子头发上有只闪光的戒指，立刻一连打了三个喷嚏，恢复了记忆。她认出了对面的小伙子，大声地喊了起来：“他才是救我的英雄。”

国王大惑不解，站起来，走近公主，问她：“你不是说是这位烧炭夫救了你吗？”

公主连忙否认，她把小伙子如何杀魔鬼，窑拐子如何在桥边胁迫自己的事一一告诉了国王。

国王闻听大怒，立刻命人把烧炭夫绑起来，投入炭窑，加上大火，把这个骗人的东西烧成了灰烬。

真正的婚礼这时候才隆重举行。国王非常高兴，端起葡萄酒喝了一杯又一杯，一直喝到满面通红，手舞足蹈。

婚礼结束，新郎跟着新娘回到房间。他们刚要脱衣睡觉，新郎突然看到窗外跳跃着一团火焰。他感到很奇怪，便问这是什么。

“哦，那是女妖之火。女妖是魔鬼的母亲，魔鬼已经被你杀死了。”

小伙子一听，马上就要去除掉这个女妖。新娘再三恳求，叫他别去惹祸。可是，小伙子一定要去，因为女妖迟早要找上门报复的。

公主实在没有办法，只得答应他的请求。小伙子佩上长剑，骑上马，带着狗，朝着火光奔了过去。

小伙子快马加鞭，来到女妖门前，他敲开门要求借宿一夜。

女妖请他进去。小伙子问她：“我的狗、马和长剑放在哪里呢？”

女妖瞅了他一眼，回答说：“你从头上拔下三根头发，将它们系在一起。”

小伙子不知是计，他刚拔下第三根头发，狗、马、剑连同小伙子就一起变成了石头。

“哈哈……”女妖发出一阵复仇的笑声。

可怜的公主等啊等，等了整整七年，新郎还没有回来。宫殿里挂起了黑布，笼罩在一片悲哀中。

春夏秋冬，年复一年。年迈的渔夫一直没听到大儿子的消息，他想了一下，来到地下室，那里埋着鳙鲽的肝和肺。渔夫看到地面上出现了一摊鲜血，他急忙回到房间，吩咐小儿子说："你必须赶快动身，去救你的哥哥。他已经身遭横祸，有生命危险！"

小儿子一听，连忙解下另一匹马，带上另一条狗，佩着另一把剑，匆匆上路了。他扬鞭催马，来到了无边无际的海滩前，这儿有一位老人。小伙子问他："为什么旁边的宫殿挂着黑布，沉浸在如此悲哀的气氛中？"

老人告诉小伙子："有个年轻人从魔鬼手中救了公主，他揭穿烧炭夫的骗局后，和公主举行了婚礼。可年轻人在婚礼的当夜离开了宫殿，直到今天都没有回来，估计凶多吉少，所以宫殿里笼罩在一片悲哀中。"

小伙子终于明白，这个年轻人就是自己的兄长。他飞身上马，来到宫殿门前。

兄弟两人长得太像了，国王看到他以为是自己的女婿，公主看到他，也毫不怀疑这就是自己的丈夫。他们高兴得不让小伙子离开半步。

深夜，公主牵着小伙子的手回到房间。小伙子总是左躲右闪地回避公主，突然他看到窗外有一团跳跃的火焰，便问公主那是什么。

"咦？你怎么想不起来了，那不是女妖之火吗？"公主疑惑地说，“你不就是要消灭女妖才离开我的，一去就是这么多年。”

“哦，对了！”小伙子恍然大悟，他明白了哥哥的去向，“不过我还得再去一次。”

公主一听就慌了。她苦苦哀求，说什么也不肯放他走。小伙子一再安慰公主，说自己一定要去，而且也一定能够很快回来。

公主含着眼泪答应了。

小伙子心急如焚，飞马来到女妖的门前，敲开门希望借宿一晚。他问女妖：“我该将狗、马和长剑放在哪里？”

“你从头上拔下三根头发，将它们系在一起！”女妖吩咐小伙子。

弟弟却没有上当。他大吼一声，要女妖马上交出他的哥哥，交出哥哥的狗、马和剑。

女妖矢口否认他的哥哥来过。

小伙子顿时大怒，发出命令：“狗、马和长剑，勇敢向前，咬她、踢她、砍死她！”

女妖一看大祸临头，急忙跪下求饶。小伙子收起长剑，命令女妖速速交人。女妖哆哆嗦嗦地走进里屋，从墙上取出一只瓶子，将瓶内的水倒在旁边的四块石头上。

四块石头慢慢地活动起来，变成了狗、马、剑，最后一块变成了渔夫的大儿子。

弟弟接过瓶子，把瓶里的水全部洒在周围石头上。这时，四周大大小小的石头都活了过来，有的变成人，有的变成动物。大家都向小伙子鞠躬施礼，感谢他的救命之恩。

兄弟两人高高兴兴地回到了宫殿。

国王命令侍从马上除去黑布，因为真正的新郎回来了。

当天，国王设宴庆贺，连附近几个王国里都听到了宴会上碰杯的欢呼声。

这回新娘十分小心，她反复地盘查追问，究竟谁是自己真正的新郎。否则，闹出笑话来就更热闹了！

换成烟草的少年

从前有一个穷困的女人，既没有吃的，也没有烧的，房子早就塌了。她只得带着儿子到处流浪行乞。

孤儿寡母，走东串西，这天，他们行乞来到一位村长的门前。

这位村长倒是个善良的人。他娶了当地一位富商的女儿，夫妻两人多年不孕，最后也不知哪味药起了作用，村长的妻子总算生下一个女儿。

女儿成了这对夫妇的命根子。只要女儿说要什么，就是天上的月亮也要给摘来。

村长见讨饭的母子可怜，便把他们收留下来。村长的女儿看到家里多了个小哥哥，自然十分高兴。不久，两个小孩子便混熟了，他们一块儿玩耍，一起读书，成了好朋友。

一天饭后，村长夫人站在窗后目送两个孩子上学去。路上有一块水坑，男孩先把两个人的饭盒和书包送过去，然后又回来背村长的女儿过去。村长的夫人看到这儿，笑了，但接着她看到男孩将自己的女儿放下地时还在她脸上吻了吻。

村长的夫人顿时大怒，她说："我们是村里的上等人家，那个穷鬼竟敢吻我们的女儿，这还了得吗？"

村长希望她平息怒火，他认为马路上的事情夫人可能没看清楚，再说两个孩子间的友谊又有什么关系呢？村长一再夸奖这个男孩聪明伶俐，他说，每一棵参天大树都是由平平常常的小树苗长成的。

可是村长夫人却不以为然，她不认为这个孩子将来会有出息。她说：“铸成的铜钱，不管它如何闪光发亮，也不能成为一枚金币。”

村长夫人一定要把男孩赶出家门。村长看事情难以挽回，便把男孩交给一位远航的富商，为他在船上找了个差事，给大家烧火煮饭。

事后，村长只对夫人说把男孩卖给富商，换了几包烟草。

村长的女儿一看要跟小哥哥分开，非常着急。她把手上的戒指掰成两段，一半留给自己，一半送给男孩，为了将来重新相遇时可以相互辨认。

船起航了，男孩随着惊涛骇浪来到一个陌生的城市。这个城内有一位新上任的牧师，他的布道吸引了许多人。星期天，除了男孩以外，船上的人都上岸去了教堂，做弥撒，听牧师布道。

男孩在船上正收拾炊具碗盏时，忽然听到船的另一侧传来呼喊声。男孩解下小船，划了过去，看到岸边的泥淖里站着一位老太太，她说：“我在这里站了一百年，每天大声呼喊，想要渡过河去，可是从来没有人理睬我。现在你撑船为我摆渡，我会报答你的。来吧，跟我到姐姐家去！”

男孩扶着老太太上了船，他们撑船去找老太太的姐姐。老太太告诉他，到了那里什么东西都别拿，只要盖在箱子上的那块旧布。

他们来到目的地。老太太的姐姐其实是一个女魔，听说小伙子把妹妹救出泥淖，便慷慨大方地要送给他金银首饰。

小伙子退后一步，摇摇手说："我什么也不要，只希望把盖在箱子上的那块旧布留作纪念。"

"这个主意可不是你能想得出来的。"女魔一边说着，一边心疼地把旧布拿下来递给了小伙子。

"现在我应该回船烧饭了，大家都去做弥撒，马上就会回来的。"小伙子说。

"别回去，"老太太说，"你不在船上时，他们自己会烧饭的。我在泥淖里站了一百年，嗓子都喊哑了。别人都不理睬我，只有你才肯帮助我，我应该给你更多的报酬。"

他们又一起来到老太太的另一位姐姐家。途中，老太太告诫小伙子到了那里什么都别拿，只要挂在墙上的那把旧剑。又告诉他，如果把旧剑插在口袋里，那么旧剑马上就会变成一把小刀；掏出小刀时，小刀又会重新变成一把长剑。宝剑的剑锋分黑白两种颜色，黑刃可以砍死任何生命，白刃可以让死去的人复活。这是一把神奇的剑。

他们到达目的地，受到了热情的款待，老太太的这位姐姐是个巫婆，听说妹妹的救命恩人到了，也显得十分大方，问小伙子有什么愿望。

"我非常喜欢那把挂在墙上的旧剑，留给我做个纪念吧！"

"这可不是你能想得出的主意！"

巫婆一面笑着，一面把墙上的旧剑摘了下来，交给了小伙子。

老太太高兴地看着小伙子，说：“你先别急着回去。我在泥淖里站了一百年，整天呼喊，可没有人搭理我。你是唯一肯帮助我的人，我应该给你更多的报答。来吧，跟我到第三个姐姐家去！”

一路上，老太太又告诉小伙子，到了那里什么都别要，只拿一本赞歌集就行了。这是一本神书，如果有人生病，只要对病人唱一首赞歌，病人就会立刻康复。

他们来到老太太的三姐家。这位姐姐是个精灵，听说小伙子救了妹妹的命，十分高兴，也问小伙子想要什么，而且他要什么，就有什么。

“谢谢你的好意，我只希望将这本赞歌集留在身边作个纪念。”

“这可不是你能想出的主意！”女精灵笑了一声，就把赞歌集送给了小伙子。

小伙子谢过老太太和女精灵。等他重新回到大船上的时候，水手们还在教堂里听牧师布道呢。

小伙子不知道那块旧布有什么作用。他把旧布拿出来，展开一抖，铺在桌子上。桌子上顿时摆满了珍馐佳肴，吃的，喝的，应有尽有。小伙子拣了一小块尝了尝，其余的全部喂了船上的那条大花狗。大花狗饱吃一顿，高兴得摇头晃脑。

做弥撒的人们回来了，船长看到大花狗的肚子胀得像只鼓，十分奇怪，问小伙子：“你哪来这么多东西给狗吃？你看看狗肚子，胀得像一头母猪了。”

“哦，我只是随手丢了几根骨头给它。”小伙子回答。

“你是一个尽职的伙计，还能想到喂狗。”船长对小伙子十分满意。

小伙子走进餐厅，把那块旧桌布铺好，餐桌上顿时琳琅满目，堆满了丰盛的食物。水手们从来没有吃过这么美味的饭菜。

饭后，小伙子走进房间，后面跟着那只大花狗。他提起宝剑，戏弄地用黑刃朝大花狗比画了一下，大花狗顿时倒在地上死了；小伙子急忙翻转剑面，用白刃碰了碰它，大花狗立刻又活了过来，它冲着小伙子直摇尾巴，非常亲密。

只有赞歌集还没有显示过它的神效。

船长带着水手又驾船远航了，他们在海上遇到了狂风巨浪。风暴把船送到一个更遥远的国度，水手们面面相觑，他们谁也不曾到过这个地方。

那是一个挂着黑旗，到处笼罩着悲哀的地方。原来国王的女儿患了麻痹症，国王四处求医，甚至来到码头，问刚从陌生国度来的水手可会治病。水手们个个摇头，他们乘风破浪，四海为家，可从来没有干过治病救人的事情。

“你们这条船上还有别人吗？”国王不死心，固执地追问。

“还有一个小淘气鬼，他在烧水呢！”水手们不敢隐瞒。

“把他叫到我这里来！”

小伙子来到国王面前，轻松地告诉国王，说自己可以治好公主的麻痹症。

船长一看就急了。要是这个小伙子治不好公主的麻痹症，国王怪罪下来，整条船都要跟着他遭殃。于是船长连忙走上一步，请国王别理这个小骗子，说这个小淘气鬼根本不会治什么病。

国王不理睬船长，他认为智慧是随着年龄一起成长的，成年人也有稚嫩的童年。既然小伙子愿意治病，就应该让他试一下。

小伙子跟着国王来到宫殿，坐在公主面前，翻开赞歌集，低声地吟唱了一首赞歌。

公主的手臂能够慢慢地举起来了。

小伙子接着唱了第二首赞歌。

公主随即从床上坐了起来。

小伙子唱了第三首赞歌。

公主的麻痹症彻底治好了。

国王又高兴又激动，当即宣布将半个王国送给小伙子，如果小伙子同意的话，还可以娶公主为妻。

小伙子接受了那半个王国，却没有娶公主为妻，因为他心里早已有了另一位姑娘。

小伙子从此留在国王的宫殿里，管理着他那半个王国。

一转眼几年过去了，这一年爆发了战争。国王亲自出征，小伙子紧随其后。打仗的时候，小伙子不停地挥舞宝剑的黑刃，敌人的士兵像多米诺骨牌一样一行一行、一片一片地倒下去。然后他又挥舞宝剑的白刃，那些士兵又揉揉眼睛一片一片、一行一行地站了起来。

活过来的士兵们弄清楚他们是在跟谁作战时，纷纷放下武器，都不愿意白白送死。

国王取得了胜利，可是也增添了许多吃饭的将士。小伙子连忙掏出旧布，铺在桌子上。桌子上随即堆满了食物，干的、稀的、甜的、咸的，应有尽有。

又过了几年，小伙子再也抑制不住自己对村长女儿的思念。他赶造了一条大船，装满金银珠宝，起程了。

大船一直抵达村长家的海边。村子里的人突然看到一条华丽的大船，都以为是国王来了，大家奔走相告。不一会儿，村民们便把大船围了起来。

村长匆忙赶来，看到船上坐着一个王子般的年轻人，便连连鞠躬，问年轻人能否赏光，到家中吃一顿便饭。

小伙子点点头，随着村长来到家中。席间，他坐在村长夫人和女儿的中间。村长夫人毕恭毕敬，赔着小心，堆着笑脸，还迫不及待地打听年轻人的年龄。

小伙子一听话中有话，便说自己正想在这里物色一位夫人，顺便也可以寄放满船的金银珠宝。

村长夫人顿时觉得喜从天降，她连忙指着自己的女儿，问年轻人是否看得中。

村长的女儿坐立不安，因为她早就有了心上人，当然不稀罕满船的金银珠宝。饭桌上，她连正眼都不朝年轻人那里看一下。

小伙子被姑娘的忠诚感动了，他趁着给姑娘倒酒的机会，悄悄地把珍藏多年的半枚戒指拿出来，投入姑娘的酒杯。

姑娘脸上一红，她立即取出杯中的戒指，推说身体不舒服，来到房间里，拿出另一半，恰好拼成完整的一枚戒指。

村长夫人发觉事有蹊跷，跟着女儿来到房间。

“妈妈，你知道坐在厅里的那位客人是谁吗？”女儿问。

“不知道。”母亲莫名其妙。

“他就是当年被父亲换成烟草的男孩。”

村长夫人一听是这个男孩回来了，立刻像泄了气的皮球，瘫倒在地上。

村长看女儿和夫人多时不回，便也走进来问个究竟。等他问明原因时，也惊讶得一声不吭，目瞪口呆。

小伙子等了一会儿，不见有人出来，也走进房间，只见床上坐一个，窗前站一个，地上还躺一个。他平静地安慰大家：“你们都不用害怕。我到这里来，只是为了迎接当年的小姑娘。那年我在上学的路上吻过她，她是我的生命，是我的希望。”

说完，他又望着躺在地上的村长夫人说：

“以后，我想你再也不会蔑视穷人家的孩子了吧？”

智慧是随着年龄一起成长的，
成年人也有稚嫩的童年。
——《换成烟草的少年》

三重巨浪

在特勒马克海湾边上住着一个贫穷的渔夫，除了老婆儿子以外，他只有一幢破草房和一只小木船。渔夫风里来雨里去，连一条小鱼也舍不得放过。可是，贫困就像老朋友一样，缠着他不肯离开。

渔夫与他的老婆虽说日子过得艰难，可是儿子却给他们带来了不少欢乐。他们的儿子名叫奥拉甫，生得健康活泼。

奥拉甫不仅乖巧，还有一双奇异的眼睛。他随便往草地上一瞅，就能发现里面的四叶苜蓿。

奥拉甫不仅眼睛有特异功能，还会隐身术，只要用手擦一下脸颊，他便会立刻变得无影无踪。这真是一个奇异的人。

一天，渔夫在海上遇到了风浪。海水把打翻的小船送上了沙滩，渔夫却从此再也没有回家。奥拉甫的母亲做了可怜的寡妇，她成天朝着大海呼号哭泣。奥拉甫安慰母亲说，父亲也许随着波浪上了童话岛，童话岛多半在狂风巨浪中自动出现，接济那些落海遇难的人。

“但愿如此吧！”母亲无可奈何地叹息着，“可是，我们将来靠谁过日子呢？”

“别担心，妈妈，我会劳动，会挣钱。”

奥拉甫来到码头，上船当了一名水手。他是一个伶俐的小伙子，勤快又和气，很快便获得了船长的欢心。他虽然还年轻，又是初次上船，却像个老练的水手一样。第一次远航之后，奥拉甫已经成了船上不可缺少的成员。

稍事休整后，他们又准备第二次出海了。

奥拉甫犹豫不决，他要帮母亲修理屋顶，还要赶在下雪以前将庄稼种下去，所以他想请假留在家里。

船长再三劝他，同事们也笑话他，说他不像一个水手，倒像个农民。奥拉甫还是不肯改变主意，他答应下一回一起出海，而这一次只是帮助装货。

说话间已到了星期天。船上装满货物后，水手们都到岸上去赶置一些海上用的零星物品，船上只留下奥拉甫值班。

奥拉甫闲着没事，就打来水擦洗甲板，整理缆绳，做完这些，他累得快要睡着了。于是他找了把椅子坐下来，打算休息一会儿。

船上只有奥拉甫一个人，他自然不敢放心入睡。他举起右手擦擦脸，想驱赶一点睡意，却不料无意之中触动了隐身的信号，忽地一声，奥拉甫隐身了。

不一会儿，没有身影的奥拉甫听到甲板下面传来女人的说话声。他很好奇，便悄悄地走了下去。

声音是从船长室传来的。奥拉甫仔细地听了一会儿，觉得好像是船长夫人及水手长和轮机长的夫人在里面，三位夫人你一言我一语的，似乎在讨论一件重要的事。

她们是如何进入船长室的呢？奥拉甫始终在船上，不曾离开半步，可没有看到任何女人上船来。

“事情有点蹊跷！”奥拉甫透过锁孔朝船长室内看了一下。

咦？他都不敢相信自己眼睛了。你知道他看到什么了吗？

原来船长室内坐了三只又大又黑的乌鸦，它们侃侃而谈，说的居然都是人的语言。而从声音上判断，一只乌鸦的声音像是船长夫人的，另一只像是水手长夫人的，第三只像是轮机长夫人的。

真奇怪呀！

“姐妹们，我有点担心，”大乌鸦说，“我的法术已经快要露馅了。不久前，我的丈夫发现了那本魔法书。我随机应变，说是在码头上随意买回来的，好不容易才搪塞过去。可是，他已经起了疑心，常常古怪地瞅着我，我真害怕。”

“我的丈夫曾经在我的床上捡到几根黑鸦毛，从此他就怀疑我了。”二乌鸦完全是水手长夫人的腔调。

“我的丈夫更不客气，他当着我的面说我是妖怪，诅咒我不得好死，”三乌鸦讲起来仍是愤愤不平，“更加糟糕的是，他有一次突然回家，看到我正在喝魔汤，惊讶得差点用斧子将我劈死。”

“这太危险了，姐妹们，”大乌鸦当机立断，“我们的丈夫迟早会发现我们都是妖怪，到那时真是后果不堪设想。他们会将我们丢在柴堆上活活烧死的。我们必须马上想办法。”

“对，对！”二乌鸦附和着。

“可是，我们怎样才能脱身呢？有什么办法？”三乌鸦也很着急。

“嘘，安静，好像有人在偷听我们讲话！”

大乌鸦突然走近门边，将门打开，探出脑袋望了一下。乌鸦嘴都快啄上奥拉甫的鼻子了，可是，奥拉甫是隐身的。

“没人，附近一个人也没有，”大乌鸦放心了，“我知道该怎么彻底摆脱我们的丈夫。这条船明天就要出海远航了。等到月亮圆了的时候，我们在海上变作三重巨浪，把他们连人带船彻底掀翻，不就完事了吗？”

真是乌鸦黑，心肝更黑。另外的两只乌鸦也都同意了这个坏主意。“你们难道不担心，”二乌鸦——那个水手长的夫人，知道丈夫好水性，便问，“他们会逃脱巨浪吗？”

“哦，三重巨浪，那是谁也无法逃脱的灭顶之灾。他们唯一能获救的办法——当然，那时我们的大限也就到了——喂，我说姐妹们，我怎么总能闻到一股人的气味呢？这儿真的没有旁人吗？”大乌鸦还是不放心。

“刚才不是每个角落都看过了吗？”

“怎么会有一股人的气味呢？”

“也许他们没有把厨房的火熄掉，”轮机长的夫人忍不住了，“快告诉我们，他们获救的办法到底是什么？”

“他们必须在船上装载三根梨木。第一阵风浪起时，他们将第一根梨木投入大海；第二阵风浪起时，把第二根梨木投入大海；第三阵风浪起时，投第三根梨木。这样，他们就得救了，而我们却会被梨木一个个打死。”

“这太可怕了。幸亏没有人知道这个秘密。”

乌鸦们哇哇哇地放声大笑，它们展开翅膀，打开舱门，扑腾腾地飞了出去。

第二天，船就要出海了。船长再次劝说奥拉甫跟大家一起航行，见奥拉甫还在犹豫，便故意嘲弄地问他是否害怕风浪，想躲到他母亲的围裙底下。

“船长，你知道我不是一只旱鼠，也不会害怕海上风浪，”奥拉甫神情严峻地说，“好吧，我跟你们一起出海。不过我有两个条件，如果不能满足，我就留在岸上。”

“你们瞧这个愣头青，胎毛还没有擦干就想提条件。说吧，你有什么要求？”

船长见他愿意一起出海，心里很高兴，可是脸上却装作生气的样子。

“第一个条件是，你们必须再去买三根梨木，并且装在船上带走。”奥拉甫坚定地说，“第二个条件是，待到一轮满月的那个夜晚，请让我指挥航行。”

“你大概脑袋发昏了，”船长大笑了起来，“谁看到过刚上船几天的小水手指挥航行的？”

“那就随你的便，”奥拉甫说，“如果我一起出航，会给你们很大帮助的。你们如果不同意我的要求，我就上岸去，反正这条船也快没有了。”

船长是个聪明的老水手。他了解奥拉甫，知道他平时总是嘻嘻哈哈的，可这一回这么紧张严肃，一定另有缘故。于是船长认真地同意了他的两个条件。

“他平时倒是一个好水手，但愿海上的风浪会让他清醒一点。”水手长有点看不惯，愠怒地说。

“算了，答应他吧！”轮机长满不在乎地说，“如果他把握不准航向，我会帮助他的。”

船上果然运来三根梨木，被搁在甲板上。大船趁着涨潮，缓缓地驶进了大海。

一路顺风，大船昼夜航行。月亮慢慢地变圆了。这一天，到了该奥拉甫掌舵的日子。

这是一个少有的晴天，万里无云，蔚蓝的大海平静得像一面神奇的镜子。

奥拉甫命令水手把船帆降下。

“真是一名发疯的船老大，”水手们讥笑着说，“没有比今天更晴朗的天气了。他却命令我们降船帆，好像马上要起风暴似的。到底是个毛头小伙子，没有经验。”

“风云难测，人们不能在夜晚来临前夸赞白天。”奥拉甫淡淡地说了一句。他亲自帮助水手，一起将船帆收下。

奥拉甫刚刚在舵旁坐定，就见天空乌云翻滚，随着一阵飓风，墙头高的海浪卷上了甲板。水手们这时才明白，如果没有及时收落船帆，他们此时就要喂鱼了。

奥拉甫迎着风浪，指挥水手将第一根巨大的梨木投入波涛汹涌的大海中。水手们佩服奥拉甫的先见之明，这时对他言听计从，不敢怠慢，把第一根梨木扔进了大海。

当这根梨木在波浪间消失时，水手们听到水底传来绝望的呼喊声，好像有人在水下挣扎。水手们面面相觑，心里着实害怕。大海却渐渐恢复了平静，微弱的波浪发出了哗哗的声音。

“谢天谢地，”船长松了一口气，“等回去以后，我一定要告诉老板，多亏了奥拉甫才救回了这条大船。”

“这算不了什么，”奥拉甫微笑着说，“我们还会经历更艰难的时刻。”

说完，他命令水手将船上一切都重新加固，用绳子捆扎住每只桶、每只箱子，连救生圈也都收了下来。

不久，第二重巨浪迎着船头涌过来。波涛相叠，塔一般高的巨浪铺天盖地地压过来，形势非常危急，大船面临着灭顶之灾!

水手们吓得面如土色。

只有奥拉甫镇定自若，吩咐水手们把第二根梨木投入大海。他自己则严密地监视着海面。

船在颠簸，海在咆哮。水手们几乎无法在甲板上站稳，当第二根梨木投入海水中时，大海顿时平静下来。水手们又听到水下传来一声惨叫，长长的，很刺耳。大家都松了口气。

“更猛烈的风暴马上就到了！”

奥拉甫警告大家，吩咐每一个水手都用绳子将自己的身体捆在船的部件上。另外，他又找了两个最强壮的水手，让他们背靠背，支撑住船上的桅杆。

他们刚刚做好准备，天空就暗了下来。不一会儿，周围便黑得像锅底一样。滔天巨浪排山倒海地压过来，随心所欲地戏弄着树叶似的木船。桅杆在呻吟，船身也发出吱嘎的破裂声。

水手们惊慌失措，他们忙不迭地在胸前画着十字，惊呼：“上帝保佑！”

船长也十分惊恐，他绝望地说：“我生平还从来没有碰到过这种灾难，今天看来谁也逃不过去了。童话岛快从天边显现吧，让我们在翻船以后能够遇救。”

没有人理睬船长的祈祷，童话岛自然也不会出现。无情的风暴、残酷的巨浪摧残着木船。船眼看就要沉了。

奥拉甫毫无惧色，勇敢地跳到船头，沉着地将最后一根梨木投入大海。

当这根梨木沉入水底时，海浪顿时像断了气一样没劲了，水下随着一声惨叫泛上来一股血水，空气中顿时有一股难闻的腥味。

大家都感到奇怪，他们之中没有人受伤，海水中哪来这么多血迹呢？

奥拉甫解释说：“是三个女妖化作滔天巨浪，想要我们船覆人亡。梨木将它们一个个地打死，所以海上泛上来一片血迹。这回妖怪们完蛋了，再也没有什么麻烦了。”

他又讲了他是如何看到船长室内那三只乌鸦，如何听到它们设下的毒计。当他说到三只乌鸦便是船长、水手长和轮机长的妻子时，这三位丈夫都很难堪，也很懊悔。

后来，他们结束航行回到家，邻居们告诉船长、水手长和轮机长，他们的妻子在一轮满月的那个夜晚出去以后便再也没有回来。

奥拉甫回到年迈的母亲身边，为母亲造了一幢新房子，并帮助母亲在地里种下了粮食。

他忘不了大海。

老船长回到码头以后，向船主报告了奥拉甫的功绩，特别称赞奥拉甫救了大家的性命。

船主十分高兴，当即决定请奥拉甫出任一条新船的船长。

奥拉甫驾驶着大船航行在辽阔的海面上。尽管海面上不时出现童话岛，救援那些沉船落水的船员，奥拉甫却从来没有到那种岛上拜访过。

童话岛多半在狂风巨浪中自动出现，
接济那些落海遇难的人。

——《三重巨浪》

会变化的小伙子

从前，树林边上住着一个农夫，妻子死了，给他留下一个儿子。父子两人相依为命，日子过得非常贫困。

一天，农夫感到自己快不行了，就把儿子唤到床前，交给儿子一把宝剑、一件粗麻衬衣、一堆面包屑。农夫说自己一生贫困，没留下什么遗产，往后的日子只能靠他自己了。说完，农夫便闭上眼睛死了。

办完丧事，农夫的儿子便打点行装，离开了家乡，他想出去试试自己的运气。

他在腰带上佩上宝剑，把面包屑揣在衬衣口袋里做干粮，独自一人上路了。

小伙子翻山越岭，穿树林，过沼泽，一直走了七七四十九天，来到一望无际的大平原，看到一头狮子、一只苍鹰和一只蚂蚁正吵作一团，争得不可开交。原来它们不知道怎样瓜分一匹死马。

狮子看到小伙子从边上走过，连忙将他喊住，请他帮忙公平地将死马分作三份，还威胁他说："如若分的不公正，我就把你一口吃掉。"

小伙子抽出宝剑，他把大块的马肉割下来，扔给狮子；把马的内脏和其他小块马肉全部送给苍鹰；马头归了小蚂蚁。

“诸位，我相信你们应该满意我的分配吧。狮子身体庞大，自然吃得最多；苍鹰历来喜欢挖食动物内脏，一定愿意吃马的肚肠；小蚂蚁无孔不入，所以应该在马头里钻来钻去，有吃有玩。”

对这样聪明而又合理的分配，大家都很满意，它们问小伙子想要怎样的报酬。

“我能为你们提供一点帮助，是莫大的荣幸。谢谢你们的好意，我不要任何报酬。”

小伙子骑士般的侠义心肠，使狮子、苍鹰和蚂蚁都很感动。它们发誓要给小伙子优厚的酬谢。

“你如果不要金银财物，我们还可以满足你三个愿望。”狮子心直口快地说。

小伙子想啊想，不知道到底有什么心愿。

狮子等急了，问他是否愿意变化成狮子。苍鹰和蚂蚁也跟着问小伙子是否愿意变作苍鹰和蚂蚁。

小伙子觉得这个建议很有趣，便高兴地答应了。

告别了三个朋友，小伙子提着宝剑上路了。他晃动一下身体，变作一只苍鹰，俯瞰着大地，朝着一片白茫茫的湖水猛地飞了过去。

他飞啊飞，飞了很长时间，觉得两翅酸痛，实在飞不动了，便降落在冒出水面的一块石头上。休息了一会儿后，又继续赶路，一直飞到国王的宫殿旁。

小伙子停在树枝上，树枝正对着公主的窗口。公主发现树上停着一只苍鹰，便撒出一些谷粒，把鹰诱入了自己的房间，然后关上窗户，抓住苍鹰，将它关在笼子里。

深夜，小伙子又从苍鹰变成一只蚂蚁，钻出了鸟笼。然后又复原成小伙子的本来形象，走近公主，坐在她的身旁。

公主醒来看到身边坐着一个陌生人，大吃一惊，立刻喊叫起来。国王一听，连忙赶来，问公主发生了什么事情。

“这里有人！”公主惊慌地说。可是小伙子马上变成蚂蚁，钻进鸟笼里，又变成了苍鹰。

国王什么也没有看到，他笑话公主，说她做了噩梦。可是国王刚走到门外，类似的把戏又玩了一遍：小伙子变成蚂蚁钻出鸟笼，然后恢复人形，走近公主，坐在她的床边。

公主惊恐地大叫一声。国王又急忙赶来。

“这里有人！”公主用被子蒙住头，手胡乱地往外面指着。

小伙子又早已回到鸟笼里去了。

国王到处寻找，一无所获，心里十分生气，责怪女儿搅了他的好梦。

“你要是再高声大叫，”他警告地说，“我将让你知道你父亲的厉害。”

国王刚出门，小伙子再次来到公主面前。公主虽然害怕不已，却不敢声张。

小伙子问她为什么害怕。

公主告诉他，国王已经答应把她嫁给一个巨型魔鬼。她只要走出房门一步，魔鬼便会将她抓走。刚才小伙子一再出现，又一再消失，她以为魔鬼已经进了房间，所以害怕不已。

“魔鬼是怎样跟你联系的呢？”小伙子十分惊奇地问。

公主说，每到星期四，魔鬼就派来一个联络官。这个联络官是一条恶龙，国王每次都给它备下九只肥猪，不然，恶龙便会兴风作浪。

公主还说，国王为此十分愤恨，发誓说，如果有人能除掉魔鬼和恶龙，他愿意把公主嫁给这个人，还赠送半个王国做公主的嫁妆。

小伙子听后表示愿意帮助公主。

第二天清晨，公主来到国王面前，说自己身旁有一个人，可以帮助国王除掉恶龙。

国王一听，非常高兴。恶龙吃掉这么多肥猪，弄得王国里几乎听不到猪叫了。再说今天正好是星期四，恶龙马上就会来了。

他连忙命令仆人带小伙子埋伏到恶龙经过的路上。

不一会儿，恶龙过来了。这是一条九头巨怪，它一看到面前没有祭供肥猪，便立即口吐黄沙烈焰，瞪着血红的眼睛，朝小伙子扑了过来，眼看要把他一口吞下。

刹那间小伙子变成一头凶猛的雄狮，咆哮着扑向恶龙，咔嚓咔嚓地就咬下了几颗龙头。

恶龙虽说厉害，却敌不过雄狮。不一会儿，最后一颗龙头也滚落下来。雄狮立即恢复成小伙子的模样。

这时，宫殿里一片欢腾。国王当即宣布要尽快为小伙子和公主举行婚礼。

这一天，小伙子和公主携手在花园散步。巨型魔鬼突然出现在他们面前，还没有等公主发出惊叫，魔鬼便一把抓住公主的胳膊，带着她腾空飞走了。

小伙子心急如焚，情急之中变作一只苍鹰，扇动翅膀，朝着魔鬼猛扑过去。

可是，魔鬼飞到白茫茫的湖面上就不见了。

苍鹰巡视着湖面，突然看到湖中自己曾歇脚的巨石。他扇动翅膀，落了下去。然后，苍鹰变作一只小蚂蚁，钻进一个小孔。蚂蚁爬啊爬，来到一座紧闭的大门前。

小伙子当然知道如何过去，反正他是只小蚂蚁，只见他顺着锁眼，轻轻松松地钻了进去。进了房门，他看到一个陌生的公主坐在一个三头魔鬼身旁，在给魔鬼捉虱子。

“这个公主一定是我未婚妻的姐姐了。”小伙子思忖着，他知道魔鬼早已抢走了国王的两个女儿，“我今天一定要救出她们。”

小蚂蚁自言自语地穿过锁眼又来到另一个房间。这里也有一个陌生的公主，在给六头魔鬼捉虱子。

最后，小蚂蚁来到第三个房间，看到熟悉的小公主正在给九头魔鬼捉虱子。

小蚂蚁爬上公主脚背，咬了她一口。公主立即明白小伙子已经到了这里，要跟她讲话。

公主找了个理由，走出房门，看到小伙子已经站在面前，便高兴地投入了他的怀抱。

小伙子嘱咐她试探魔鬼，问以后还能不能回家见到父亲。说完，他又变成蚂蚁，爬到公主的脚上。公主走进房间，继续给魔鬼捉虱了。

她心不在焉地将魔鬼的头发拨来拨去，渐渐地陷入沉思。

“你怎么了，为什么忘记给我捉虱子？”魔鬼问她，“你在想什么？”

“哦，我在想将来能不能离开这里，回到我父亲的身边。”

“不行，除非你能在第九个龙头的舌头底下找出那粒宝珠。这粒宝珠的魔力无边，把它放在湖中的巨石上，整个魔宫都将爆裂成碎片，巨石将变成金殿，万顷湖面立刻就变成茂盛的草原。”

小伙子一听，急忙钻出锁眼，爬出石缝，变作苍鹰，一路飞到恶龙暴尸的地方。他用双手掰开第九颗龙头的大口，仔细寻找，最后在舌下发现了那粒宝珠。小伙子非常高兴，他把宝珠塞进嘴里，扇动着翅膀，飞回到湖面的巨石。

宝珠刚刚落到巨石上，只听到空中一声巨响，小伙子的眼前已经出现了一座金碧辉煌的宫殿。三位公主立在宫殿门前，那三个魔鬼已经变成了随风飘散的碎末。

眼前的湖水消失了，面前是一片茂盛的草地。牛羊成群，鸟语花香。

这时，门外传来了喧哗声。原来是国王带着大队人马赶来了。见到三个女儿，国王悲喜交加，当即宣布，立即为小伙子和小公主举行婚礼。

婚礼真隆重啊，整个王国庆祝了七个星期。

两姐妹

从前，在一个没有路的大山背后住着一户人家，妻子死了，给丈夫留下一个女儿，名叫荣格。

在没有山的大路边上也住着一户人家，丈夫死了，给妻子留下一个女儿，名叫埃尔特。

中年丧偶，光阴难熬。日月为媒，天地作证，住在没有山的大路边上的寡妇嫁给了住在没有路的大山背后的鳏夫。他们成了一对恩爱夫妻，两个女儿成了异父异母的姐妹。埃尔特比荣格大一岁，自然是姐姐。

后母虽然长得漂亮，心肠却很歹毒。她不喜欢丈夫前妻的女儿，常常思量着要把荣格除掉。

一天，荣格和埃尔特坐在井边纺线。母亲给自己的女儿一团棉纱，却给了荣格一团乱麻。

埃尔特听了母亲的吩咐，对荣格说："我知道你很能干，不过我还是愿意跟你比试一下，看谁纺线快。"

两个人最后讲定，谁的线头先断，谁就应该跳下井去。

不一会儿，荣格纺的乱麻断了线头。姑娘没有办法，只得站到井台上，闭着眼睛，跳了下去。

幸亏井里没有水，井底的地面又很松，荣格舒舒服服地落到井下。她睁眼一看，原来面前是一片郁郁葱葱的草地。

荣格往前走了几步，看到面前有一丛灌木篱笆。她正想从篱笆上爬过去时，却听到篱笆小声地哀求着："啊，请别把我踩痛了！也许将来我还会帮助你呢！"

姑娘听话地用手轻轻拨开灌木枝叶，慢慢地跨了过去，她几乎没有碰上篱笆。

荣格又走了几步，看到一头花斑母牛。这是一头漂亮的大母牛，乳房鼓鼓的，又圆又大，它的牛角上还挂着一只挤奶桶。

"啊，好心的姑娘，"母牛说，"请给我挤一下奶吧！我实在胀得受不住了。挤出的牛奶你可以尽兴地喝个够，多余的部分就倒在我的脚蹄上。将来我会帮助你的。"

姑娘按照母牛的吩咐，蹲下挤奶，她刚碰上牛的奶头，牛奶就哗哗地流了出来，接了整整一桶。姑娘饱饱地喝了一顿，又将剩余的奶汁倒在牛蹄上，然后，她挂好奶桶，告别了奶牛，往前走了。

走了一阵，她又遇到一头大公羊。公羊的毛又厚又长，一直拖到地上。

公羊看到姑娘，昂起了头，摇晃着挂在羊角上的剪刀，央求着说："姑娘，帮我剪一下羊毛吧！这一身厚毛拖着，都快把我闷死了。你把剪下的羊毛带走，多余的部分挂在我的脖子上。将来我会帮助你的！"

姑娘把剪刀取下，公羊伏在她的怀里，安静地让她剪羊毛。姑娘小心翼翼地剪着，她连一块羊皮也没有碰伤。剪完以后，她带上一团羊毛，把多余的围在公羊脖子上，然后挂好剪刀，又往前走了。

姑娘走着走着，看到面前有一棵苹果树。苹果树上果实累累，所有的枝条都被压弯了。

“啊，荣格姑娘，请帮助我摘掉苹果吧！”苹果树看到姑娘，央求说，“我的枝条太沉，整天弯着腰，日子不好过。轻轻地帮我摘下苹果来吧！你可以吃个饱，剩余的部分埋在我的树根下。将来我会帮助你的。”

姑娘轻轻地摘着苹果，上面够不着的地方，她用木棒小心地拨拉下来。摘完苹果，姑娘靠着树干一边吃一边休息。然后，她把剩余的苹果埋在树根底下，又往前走了。

姑娘紧走慢走，走了很长时间，来到一座庄园门前。这里住着一个妖精和她的女儿。

荣格姑娘走进庄园，请求找个活儿干。

“你就死了这条心吧！”妖精说，“我们雇用了许多人，可是没有一个是管用的。”

姑娘再三恳求，希望让她尝试一下，妖精最后答应了。她递给荣格姑娘一把筛子，让她去打水。

筛子打水，当然是一场空忙。姑娘拿着筛子，不知如何才好。

她为难地站在井边，却听到头顶传来小鸟的歌声：

叽叽喳，黄泥巴，
呼噜噜，稻草糊；
叽叽喳，打水吧，

呼噜噜，不漏啦。

姑娘一听，眼睛亮了。她立刻按鸟儿的主意，轻松地打来一筛子水，交给妖精。

妖精见姑娘赢了，又羞又恼，咆哮着说："这不是你自己的主意！"

不一会儿，妖精又派姑娘去清理牛棚，并且还要挤牛奶。

姑娘走进牛棚，只见一把铁铲又大又沉。她试了几次，怎么都拿不动，姑娘急得满头大汗。突然，她又听到小鸟的歌声，歌中示意她只要把扫帚搁在门外，牛粪垃圾会自动跟着离开。荣格姑娘试了一下，果然如此，牛棚里顿时变得干燥又干净。姑娘十分高兴，准备动手挤牛奶。谁知道母牛很凶猛，用角抵触着，姑娘无法下手。

这时，空中传来了小鸟的歌声：

牛奶小小一滴，
托在掌心举起，
酬劳唱歌鸟儿，
姑娘挤奶顺利。

荣格姑娘听明白了，她从牛奶桶里取出一滴牛奶，用掌心托给鸟儿。母牛顿时安静下来，任姑娘给它挤牛奶，连蹄子也不抬一下。

妖精看到姑娘送上牛奶，不敢相信地摇摇头说：“这不是你自己的主意。现在你必须把眼前的这堆黑羊毛洗白。”

姑娘不知道如何才能将黑羊毛洗白。她端着羊毛来到井旁，站在那里发愣。还是鸟儿唱着歌告诉她，只要把羊毛浸在井边的一只大桶里，黑羊毛就会变成白羊毛。

妖精看到荣格姑娘端回一盆白羊毛，连连摇头，气急败坏地说：“不行，不行！你决不能再留在这里。我什么也难不住你，会被你白白地气死。快去收拾行李，马上离开这里，我不想再看到你了！”

妖精端出三只小盒子，让姑娘任意选取一只，算作对姑娘的报酬。三只盒子，三种颜色，荣格姑娘站着，不知道要哪种颜色的盒子。这时头顶飞来一群小鸟，它们欢乐地唱着：

不能拿红的，
不能拿绿的；
抱回蓝盒子，
三朵十字花。

姑娘听了小鸟的建议，要了一只蓝盒子，盒盖上画着三朵十字花。

妖精一看，急得双脚直跳：“你快滚吧，滚得远远的！”

姑娘刚要离开，看到头顶上又飞来一群小鸟，它们唱着歌儿警告说：

姑娘要当心，
背后飞铁棍；
铁棍烧得红，
碰上会丧命。

荣格一听，连忙躲在门背后。她果然看到妖精手一抖，扔出一根烧得通红、火星直冒的铁棍。铁棍飞出门外，还在吱吱地冒热气。

姑娘连忙夺路而逃。刚到苹果树下，已经听到妖精从背后追来的声音。荣格姑娘吓得脸色苍白，没有了主张。

“姑娘，别害怕，快躲在我的树枝下！我会帮助你的。不然，你被妖精抓住了，她不仅要抢走你的盒子，还会把你撕成碎片。”

荣格姑娘刚刚藏好，妖精带着女儿就赶到了树前。

“你看到一个姑娘了吗？”妖精厉声问苹果树。

“看到了。她已经过去半天了，你追不上她。”苹果树摇晃着树冠，沙沙地回答。

妖精不信，顺着一条路往前走了。

荣格姑娘继续往家逃。她刚到公羊面前，就听到后面传来一阵脚步声。她知道妖精又追来了，吓得心惊胆战，没有了主张。

“姑娘，到我这里来，我会帮助你的。”公羊一见荣格，连忙招呼着说，“快躲在我的羊毛底下，妖精不会看见的。不然，妖精抓住你，不仅会抢走你的小盒子，还会将你撕成碎片。”

不一会儿，妖精呼啸着赶到公羊面前。

“公羊，你看到一个姑娘了吗？”

“看到了，她走得很快，过去好一阵儿了，你也许追不上她。”

妖精一听，转身又走了。

姑娘急急忙忙往家走。到了母牛跟前，又听到背后一阵脚步声。

“姑娘，别害怕，我会帮助你的。”母牛摇着头，瞪着大眼睛说，“躲到我的乳房下面去，不然妖精来了，会抢去你的小盒子，还会将你撕成碎片。”

姑娘刚刚藏好，妖精已经赶来了。

“母牛，你看见一个姑娘了吗？”

“看见了。她走得多快啊，你根本追不上。”

妖精一听，又转身走了。

姑娘继续往家走。她来到灌木篱笆跟前，听到背后又是一阵追赶声。姑娘非常害怕，她知道肯定是妖精和她的女儿追上来了。

“别着急，姑娘，我会帮助你的。”篱笆灌木连忙安慰姑娘，“快躲到我的树枝底下去。否则她们会抢走你的小盒子，还会把你撕成碎片。”

姑娘连忙钻到树丛底下，屏住气，不敢出声。

“你看到一个姑娘从边上走过吗？”妖精问。

“你委派我这项任务了吗？”

灌木篱笆也不示弱，它气愤得浑身冒出了许多针刺，吓得妖精扭头就逃。

荣格姑娘安全地回到家里，心里非常高兴。可是后母和姐姐埃尔特却十分生气，她们不准姑娘住在家里，把她赶进了牛棚。

姑娘来到牛棚，想起自己的小盒子，便掏了出来。打开一看，嘿，想不到这是一只魔盒，里面装着金银珠宝，取不尽，用不竭。盒盖刚打开，魔盒里的金片银片都自动飞出来，贴在牛棚的四壁和顶棚上。一眨眼，牛棚成了一座金碧辉煌的宫殿。

后母和姐姐推窗一看，大吃一惊，立即跑进荣格的宫殿，她们左看右看，眼红得快要发疯了。

“你快说，你快说，这一切是怎么来的？”后母气急败坏，她也顾不得许多了，连连追问着。

荣格把井下的故事告诉了她们。

“呵，原来如此！”后母舒了一口气，她连忙打发女儿埃尔特赶快到井下去，无论如何也要取回一只小盒子。

埃尔特拉着荣格重新坐在井边，她故意找了个岔子，扯断自己的线头，然后就迫不及待地跳下井去。

她也像荣格一样轻轻地落到井底，这里果然是一片美丽的草地。埃尔特抬腿走动几步，便看到一簇灌木篱笆，她不顾一切地爬了上去。篱笆受不住了，大声急叫：“你把手脚放轻一点！说不定我会帮助你呢。”

“去你的吧，一堆烧火的树枝能给我什么帮助！”

埃尔特一边说，一边爬，踩断了不少树枝，踩裂了不少树皮，踩得篱笆呻吟不已，踩得篱笆唉声叹气。

不一会儿，她又看到一头母牛。母牛的乳房胀得鼓鼓的，它央求着姑娘：“请帮我挤一下牛奶。你可以尽兴喝饱，剩余的部分倒在我的蹄上。我会帮助你的！”

埃尔特挤出牛奶，喝个精光，然后扔下牛奶桶，自顾自地走了。

走了一阵子，埃尔特遇到一头公羊。公羊角上挂着一把剪刀，它央求姑娘说：“我身上的羊毛厚，热得慌。请你帮助剪一下，我以后会报答你的。”

埃尔特接过剪刀，像剪乱麻似的咔嚓咔嚓，连皮带肉，把一只可怜的公羊剪得鲜血淋漓。然后，她将剪刀一扔，转身走了。

一会儿，她又到了苹果树跟前。树上结满了果实，树枝都被压弯了。

“姑娘，摘下我的苹果吧！你可以饱饱地吃一顿，再把剩余的苹果埋在树根下。”

埃尔特随手摘着，折断了好多树枝。她一边摘，一边吃，自己吃够了，转身就走。

她走着走着，来到妖精的家。埃尔特再三央求妖精给她一份活干。妖精一再拒绝，她觉得来找活儿干的姑娘要么笨得很，要么精得很，上一回的那个姑娘干脆抱走了她的首饰盒，这损失太大了！

埃尔特索性坐下不走了。妖精没办法，只得答应了她的请求。

埃尔特的头一件事也是用筛子去打水。她走到井旁，将筛子扔下水井，试了几次，都没打上水来。正没有办法时，头顶飞过一群小鸟，小鸟欢乐地唱道：

叽叽喳，黄泥巴，
呼噜噜，稻草糊；
叽叽喳，打水吧，
呼噜噜，不漏啦。

埃尔特以为鸟儿在嘲笑她，便举起筛子朝鸟儿砸了过去。结果，她只好两手空空地回到妖精面前，被妖精狠狠地嘲笑了一通。

妖精让她马上去打扫牛棚、挤牛奶。

埃尔特觉得这是些轻松活儿。她走进牛棚，却怎么也拿不动眼前那把大铁铲。她正在恼火，又听到头顶一阵鸟叫声。埃尔特还没有听懂鸟儿到底在唱什么，便拎起扫帚，不分青红皂白地扔出去，追打鸟儿。

埃尔特又试着去挤牛奶。她看到母牛瞪着眼睛，犟头倔脑，十分害怕。

这时，鸟儿又在头顶唱了起来：

在没有路的大山背后住着一户人家，在没有山的大路边上也住着一户人家。

——《两姐妹》

牛奶小小一滴，
托在掌心举起，
酬劳唱歌鸟儿，
姑娘挤奶顺利。

“去你的吧，倒霉的小鸟。我自己都挤不到牛奶，哪来的牛奶给你？”埃尔特一边说，一边摇头。

妖精看她这么无用，十分生气，举手给了她一个耳光，又劈头盖脸地骂了她一通。

最后，妖精也拿出三只小盒子，让埃尔特挑选一件。

埃尔特十分高兴，她知道运气来了。尽管头顶上传来小鸟的歌声，警告她不能挑红的和绿的，但她还是挑了一只红盒子。

埃尔特一路顺风地回到家时，她母亲张开双臂欢迎她。然后，母女两人迫不及待地抱着红盒子躲进小房间，插上门闩，她们要把宝盒里面的内容看个究竟。

红盒子打开了，只见里面盘着许多赤链蛇、眼镜蛇。那些蛇一见阳光便纷纷爬了出来。后母和埃尔特正要惊叫，两人的嘴唇早已经被蛇咬了一口，她们又要叫，又被咬了一口。

这回可好了，后母和她的女儿埃尔特眼睁睁地看着毒蛇在身前身后盘旋移动，心里很明白，她们就要到另一个世界里去了。

偷黄油的贼

从前有一只狐狸和一头黑熊，它们趁着秋收秋种的大忙时节来到一个农户家，请求给他家帮工干活。

农民当然并不特别喜欢这类朋友帮忙，可是秋收期间，任何帮助都是难得的，于是便收留了狐狸和黑熊。

它们的劳动确实没有多大的价值。狐狸总是像个重要人物似的奔来跑去，出一些点子，或给黑熊布置任务，命令它干这干那，自己却一点也不动手。它只是假装着忙忙碌碌。

黑熊是一个很棒的劳力，不管什么工作都乐意干，越是重活，它越干得起劲。可是，它往往是帮倒忙。

有一回装运干草，黑熊重手重脚，干草装上车，车子已经被它压碎。黑熊十分尴尬，站在破车面前直发愣。

它往仓库里运粮食，刚刚爬上栎树板凳，只听哗啦一声，粮食还没搬上去，凳子却被压断了，倒塌下来。

还有一回锁猪圈。黑熊刚把圈门拉上，想要拧锁时，却不料把整个猪圈拉倒在地上。

它不知道自己是天生笨拙，还是力气太大，遇上这类事情时，总是难为情地站在一旁，手足无措。

收获季节过去了，农民准备给它们支付报酬，他问：“你们想要什么，一口袋面粉还是一桶黄油？”

狐狸花言巧语，把农民骗得团团转。最后，它们得到一袋面粉，还拿到一桶黄油。黑熊和狐狸道谢之后就回家去了。

狐狸将面粉搁在黑熊肩膀上，让黄油桶顺着山坡在前面滚，它自己则轻轻松松地空手走路。回到家后，它们将面粉放在房里，黄油搁在地下室。要知道这些就是它们的过冬粮，一定要精打细算，否则冬天便会挨饿。

一天，狐狸突然想到了金灿灿的黄油，忍不住口水直咽，便想出一个花招。

“喂，朋友，你听说米勒家生了一个儿子吗？明天给孩子洗礼，他们邀请我当教父。”

“是的，”黑熊嗡嗡地回答说，“没有你就不能办事！”

“当然啰，谁也不会喜欢邀请一头笨熊去给孩子洗礼做教父！”

第二天，狐狸着实打扮了一下。它梳理一下白色的胸脯，又将小胡子整理得两边往上翘，尾巴卷成了一朵花。它在黑熊面前旋转了几圈，便自豪地朝村子里走去。

黑熊以为它真的去参加洗礼了，便关上门，靠在炉子背后，睡着了。

可是狐狸没有走出多远便悄悄地溜回来，蹑手蹑脚地走进地下室，打开黄油桶，又舔又啃，吃得胡须锃亮，不亦乐乎。吃饱之后，狐狸又跑进森林，找了块空地，躺着晒太阳，不一会儿，竟迷迷糊糊地睡着了。傍晚时分，它回到了小木房。

“今天过得可好？”黑熊见它回来，问了一句。

“好极了！”狐狸夸耀着说，“一顿丰盛的宴席！到处是黄油。”

“哦，给孩子起了个什么名字？”

“小偷嘴儿。”

“一个奇怪的名字。”黑熊微笑着说。

一个星期以后，狐狸又想吃黄油了。它还是老主意，对黑熊说：“你听说了吗，村长家生了个女儿，明天给孩子洗礼，请我当教父。”

“是的，”黑熊奇怪地看了它一眼说，“没有你，人家做不成洗礼。”

狐狸笑了笑。第二天一早，它又梳又洗，打扮得油头粉面，出去了。

狐狸走后，黑熊躺到炉子旁边，一会儿工夫，它又睡着了，鼾声像拉锯似的，呼——拉，呼——拉，一上一下，很有节奏。

狐狸在树林里转了一圈就又折了回来，它悄悄地溜进地下室，狠吃了一顿黄油，吃得胸毛都油光锃亮的。

晚上，狐狸回来了。黑熊问它对今天的宴席可满意，狐狸连连点头说：“好极了，好极了！什么都不缺，饭菜真丰盛。黄油多得我现在都不想看到它。”

“那么给姑娘起了个什么名字？”

“贪嘴馋猫！”

“这也是个奇怪的名字！”

过了不久，狐狸又称来了好运，要到村子里去给孩子做洗礼。

黑熊正在烤面包，一听它说，便好奇地停了手。

“你这回去给谁家当教父？”

“一定得告诉你，老熊，这回是铁匠家的儿子。”

狐狸又胡乱地编了一通。

忠厚的黑熊递给狐狸一块新烤出的面包，说：“给洗礼的小孩子带一点礼物去吧，赴宴怎么能空着手呢！”

狐狸接过面包，转身走了。它在树林里休息了一会儿，又溜进地下室。面包加黄油，那味道甭提多美了。狐狸越吃越想吃，不知不觉地就把桶里的黄油吃光了。这真是一顿少有的美餐。

狐狸吃光面包和黄油，又钻进树林里睡了一觉，直到晚上才回家。

“铁匠的儿子叫什么名字？”

“吃光不剩。”

“什么？叫吃光不剩？又是一个奇怪的名字！”黑熊说着，摇摇头。

第二天，黑熊到地下室去取东西，看到黄油桶的桶盖掉在地上。它捡起桶盖正想盖上去时，突然看到桶里空空如也，黑熊非常吃惊。

黑熊把狐狸喊来，指着空桶给它看。

狐狸立刻发出一声惊叫，朝黑熊冲了过去，一边用爪子不停地捶打黑熊，一边绝望地哭叫起来：“你这个骗子，肯定是你，趁我到村子里给孩子洗礼时把黄油偷吃干净了。天哪！”

黑熊先是吃惊，接着又十分委屈。它说自己根本没有偷黄油，至今，它还从来没有尝过一口呢。

可是谁相信它呢？狐狸跟它没完没了，又哭又骂，甚至还要到村里将村长请来评理哩。

黑熊心慌意乱地站在那里，只是一个劲儿地重复："我没有偷，是你偷的，我不会，只有你会！不，不，我不会！"最后，狐狸说："我完全知道，是谁偷吃了这桶黄油。可是，你不仅不承认自己偷吃黄油，还要诬赖我。我希望通过一场试验来找出那个偷黄油的贼。"

"怎么个试验法？你又想出什么歪点子？"黑熊不信任地反问道。

"我们可以在那边石头上生一堆火，"狐狸解释说，"然后，我们就躺在火堆边上。谁偷吃了黄油，烤火之后黄油就会流出来。我们便可以当场查看，谁是偷吃黄油的贼。"

黑熊心地纯正，当即同意烤火捉贼。它心中暗想："等到事情真相大白时狐狸应该向我赔礼道歉的。"

它们一起到森林里捧回许多柴火，堆在石头上，生起一堆火。

"你快躺下去，把肚子对着火！"狐狸催促着黑熊。

"不能再靠近了，毛皮都快烧着了。"黑熊生气地说。它虽然不情愿，还是尽可能往火堆跟前靠了靠。

"我马上就躺过来，现在先添一点柴火。"

狐狸很狡猾，它不躺下，却一个劲儿地跑来跑去，扇风添柴，把火苗弄得房子那么高。

烤着火，黑熊睡着了。狐狸一看正中下怀。它赶紧溜回地下室，将桶内残余的黄油全部刮下来，抹在黑熊的毛皮上。

又过了一会儿，狐狸将黑熊推醒，假装生气地大声骂道："你自己起来看吧，黄油全从你的肚子里流出来了，你这个偷黄油的贼！"

黑熊一看，果真傻了眼——它的毛皮上沾满了热气腾腾的黄油。

它惊愕地站在一旁，半天也说不出一句话来。现在，谁会相信它的辩白呢？它不明白这一切究竟怎么回事。它只知道自己是无辜的。

黑熊无缘无故地被狐狸羞辱一场，再怎么宽厚，也受不了啦，它悄悄地离开了小木房，和狐狸永远分手了。

狐狸还不甘心，指着黑熊的背影骂骂咧咧。

黑熊走进茂密的大森林，从此过着孤独寂寞的生活。

可是最终，狐狸也逃脱不了应有的惩罚。它一下子吃了那么多黄油，胃承受不住，总想吃些干鸡肉帮助消化。所以它常常溜进农舍鸡棚偷吃小鸡。为此，它有好几回差点被农家的猎狗咬死。

这也是天理昭昭，报应不爽，谁让它既会偷嘴，又会说谎呢。

魔岛

从前有一个渔夫，名叫罗阿尔特，他穷得只像教堂里的老鼠。穷也罢了，他还和憔悴不堪的妻子生了一群孩子。这真是雪上加霜。

不过，罗阿尔特一家人倒能和睦相处，走过他家时，也常能听到孩子们天真愉快的笑声。

罗阿尔特有个邻居，叫伊萨克。伊萨克很富有，他一直想买下罗阿尔特的房子，这样就可以为自家的大船造个船埠，便于进出海湾。

为富者常常不仁，伊萨克也有一副九转十八弯的黑心肠。有时候，他甚至当面嘲笑罗阿尔特："你那座倒霉的小房子马上要底朝天了，换一个新的屋顶需要一大堆钱。你个倒霉蛋到哪里去找这么多钱来？还有你那条破木船，也漏得像一只篮子了。我劝你还是快点搬进山去。你在那里可以捉兔子，追山鸡，靠狩猎过日子。一定强似在这里打鱼。"

伊萨克反复不断地逼迫这个可怜的邻居，一心想把他赶出渔村。

罗阿尔特却根本不想搬家的事，他从来就是个渔夫，而不是猎户。他认识大海，知道每一个巨浪的高低和力量，可是进入山地和森林以后，他便马上不辨东南西北了。

当然，再有经验的渔夫也难免遭受大海的戏弄。一天，罗阿尔特在海上打鱼时受到暴风雨的袭击。船帆被撕碎了，罗阿尔特还没有来得及叫喊，小木船便被狂风巨浪打了个底朝天。

罗阿尔特拼命抓住船舷。可是小船在海浪中左冲右突，罗阿尔特渐渐没有力气了。正当他绝望地想要告别人生时，突然想到了水手的保护神——圣人克利斯朵夫。他虔诚地向克利斯朵夫呼救，请圣人将自己送往乌都罗斯特魔岛。

乌都罗斯特魔岛是狂风巨浪中的救生岛，它是沉船落水人的希望之地。

罗阿尔特是个沉默寡言的人，即使做祷告的时候，也说不上几句话。他做完一遍祷告，海浪仍然不减威势。罗阿尔特正想重举右手再做祷告时，发现旁边正是一个可怕的漩涡。

罗阿尔特连连画着十字，绝望地说："我的最后时辰来到了。死亡的使者就在眼前，它在为我唱丧歌了。"

他刚想闭上眼睛，突然看到身旁漂来一根大木头，木头上蹲着三只黑鸟。

"这不是坏兆头，"罗阿尔特自言自语地说道，"也许附近就是陆地。"

罗阿尔特蜷缩着身体，又冷又饿。他一只手仍紧紧地抓着船舷，随波逐流。过了不久，罗阿尔特似乎觉得小船遇上了泥沙，搁浅了。他睁眼一看，眼前是一片茂密的庄稼地，沉甸甸的谷穗在风中飒飒作响呢。他精神为之一振，连忙下船跳上岸。

"谢天谢地！"罗阿尔特欢呼着，"我真的来到了肥沃的乌都罗斯特救生岛。”

前面不远的地方有一幢漂亮的石头房子，门旁坐着一个老人，蓄着一把雪白的大胡子，胡子在风中微微飘动。他满意地吸着烟斗，朝着迎面走来的人喊了起来：“欢迎你，罗阿尔特小伙子，欢迎你来到富裕的宝岛。”

“你好，老人家，你怎么会知道我的名字？”罗阿尔特非常惊讶，奇怪地问老人。

“所有被风浪推上乌都罗斯特岛上的渔夫和水手都是我的朋友，我当然知道他们的名字。小伙子，你现在一定想洗个澡，再饱饱地吃一顿吧？”

太对啦，罗阿尔特已经饿得像乞丐一样，浑身湿透，疲倦得没有一丝力气了。

“进来吧！”老人友好地说，一面打开了栎木大门，引着罗阿尔特走进内厅。

“我的三个儿子马上就回来了。你一定在海上看到过他们。”

在茫茫的海上，除了三只黑乌鸦，他还遇到过谁呢？

“对，他们就是我的儿子，”老人微笑着说，“要不是他们，你怎么会找到上岛的道路？来吧，别害怕。”

罗阿尔特踏进内厅时，惊奇得屏住了呼吸。他还从来没有看到过这样华丽的房间：墙壁的四周是松板做成的护墙板，屋内摆放着精致的家具，壁炉里闪耀着欢快的火苗。屋子中间搁着一张宽大的栎木餐桌，桌上摆着金盘银盏，里面有烤肉、熏鱼和各式各样的糕点水果，还有颜色各不相同的葡萄酒；金黄色的、玫瑰色的、大红的、银白的，一应俱全。罗阿尔特看着这些珍馐佳肴，都快流出口水来了。

“吃吧，罗阿尔特，你一定饿了！”

老人看着他，递上一只镶金的锡盘。罗阿尔特不等老人说第二遍，就狼吞虎咽地吃了起来。他已经三天三夜没有吃上一粒面包屑了。

两人对坐着，开怀畅饮，吃得十分高兴。可是不管罗阿尔特多么起劲地吃，多么起劲地喝，碗里、盘里、杯里永远是满的。吃掉一点，长出一点，永远像没有动过似的。

真奇怪！

罗阿尔特真是一步登天，像做梦一样。

老人微笑着说：“尽情地吃吧，罗阿尔特，你现在是到了富足的乌都罗斯特宝岛。”

这时外面响起了一阵喧哗声。

“我的儿子们回来了，”老人说，“别担心，我会告诉他们的。”

老人说完，走了出去。

喧闹声顿时停了，不一会儿，老人领着他的儿子们走进房间。三个儿子都是翩翩少年，无论谁看到他们，心里都会涌出一阵欢悦。

大家都在餐桌旁坐下，悄无声息地用餐。

罗阿尔特呆坐了一会儿，觉得很难为情。老人鼓励似的看了他一眼，他会意地点点头，又开始吃面包，喝饮料，把各式糕点都尝了个遍。

兄弟们对这位客人很满意。

不一会儿，餐桌上的气氛便热烈起来。

“我的天，你真是一个能吃的人！”小兄弟快人快语，指着罗阿尔特笑着说。

老二是个温厚的人，他觉得罗阿尔特既然能吃，就一定是个勤劳能干的渔夫，也就是个心地善良的人。

“那就走着瞧吧，我们会考验你的。”大哥不急于做出判断。

考验果然开始了。

第二天，海面上风急浪高，但罗阿尔特还是愉快地跟着三兄弟出海捕鱼了。

四个人刚跨上船就遇见一阵飓风，船被吹进了一望无际的大海。

三兄弟毫无惧色。他们扬起船帆，任凭船儿在风中折转。

狂风怒号，波浪滔天，海水无情地抽打着木船。船上的榫头眼看就要脱开了。

兄弟三人驾着木船在波浪里穿行，他们唱着歌，不时发出哈哈的笑声，笑声盖过了大海的咆哮。

罗阿尔特还没有经历过这样可怕的航行。他虽然有点害怕，却竭力装得像没事人一样。

铺天盖地的巨浪给木船灌进了不少海水，有时候船舱里的水甚至没到膝盖。罗阿尔特拿过一只水桶，一个劲儿地往外舀，干得很卖力。

兄弟三人放心大胆地撒网打鱼，他们从波涛汹涌的大海里拉上了一网又一网的大鱼。船舱的木桶里装满了鱼，罗阿尔特真是大开眼界，相比之下他以前出海那能叫打鱼吗？

待所有的木桶都装满了，风浪霎时平息下来，大海安静得像一位腼腆的姑娘。兄弟三人一声不吭，他们忽然失掉了先前的亢奋，原来他们就是为搏击风浪而生的。

他们制服了大海，随意地向大海索取。现在，他们满载而归了。

老人高高地站在防波堤上迎接儿子们和罗阿尔特。他愉快地高声大喊："罗阿尔特，打了这么多鱼你该满意了吧？"

罗阿尔特摇摇手。

"怎么，不满意？"老人莫名其妙，惊奇地看着罗阿尔特。

"是啊，满满的一船鱼，可是没有一条是我打来的。"罗阿尔特心里怨恨着自己。

三兄弟一齐笑了起来："一名好的渔夫从来不说谎话。等着吧，下一次还有机会！"

他们准备第二次出海的时候，老人交给罗阿尔特几根钓鱼竿，这些钓鱼竿都很奇特。

船驶进了大海，又是一场狂风巨浪，比上一回更嚣张，更险恶。

这次罗阿尔特一点也不害怕，他跟三兄弟一起唱歌，一起欢笑，共同搏击风浪。

木船像秋千似的在大海里来回漂荡。罗阿尔特站稳脚跟，把钓鱼竿上的线远远地抛入大海。钓饵还没有下沉，一条大鱼便已经上钩了。鱼太大，罗阿尔特只好慢慢地收线。否则，木船都会被它拖走呢！

不知不觉，他已经钓满了三桶大鱼。

嘿，这样才算过瘾呢！三兄弟也对他连连夸赞。

罗阿尔特神采飞扬，内心洋溢着喜悦。当船靠岸的时候，他打老远就朝着老人招手呼喊："今天真是个幸福的日子！"

可是，他突然又变得悲伤起来："多么可惜啊，我打了这么多鱼，却不能给我的老婆孩子送回去一条，让他们也享受一点欢乐，吃一顿饱饭。"

吃过晚饭以后，老人将罗阿尔特叫到一边，说："罗阿尔特，你是一个勇敢而又勤劳的人。此外，你还有一颗善良的心。许多沉船遇难的人，到了富足的乌都罗斯特岛以后都会很快忘掉妻儿老小，忘掉家乡。你却在时刻挂念着自己的亲人。我和儿子们都很称道你的为人，罗阿尔特。可是，在乌都罗斯特岛上生活的人都不能忧患和悲伤，因此，如果你愿意的话，我可以送你回家，让你跟妻儿老小团聚。"

"我当然十分愿意。你什么时候能让我走呢？"

"明天吧。只是你必须向我保证，不能把今天捕到的鱼带回家去，一条也不行。罗阿尔特，你能做到这点吗？"

这个条件很奇特，罗阿尔特左右为难，心想："那么我该怎么处理这些鱼呢？我总不能再将它们放回大海，那样才是一个地道的傻瓜呢！"

老人好像看穿了他的心思，轻轻地说：“谁也不会命令你将鱼再送回大海。你可以在途中将它们卖掉或者送给别人，只是不能将鱼带回家去。否则，将会出现可怕的后果！”

罗阿尔特看老人一脸严肃的神情，心里害怕了。他连连保证，决不会将鱼带回家去。

第二天，罗阿尔特做好出发的一切准备。老人把他带到码头，只见眼前停泊了一条崭新的木船。

“罗阿尔特，这条木船就归你了，”老人指着木船说，“你在第一次出海打鱼时不停地向外舀水，使木船不至于沉没，为此我奖励你一条新船。

“现在，你可以放心地回去了。我的儿子们将会给你指引航向。可是，千万别忘掉昨天的保证和诺言。你不会空手回到妻儿面前的。”

罗阿尔特诚恳地谢过老人，挥手跟他告别。他依依不舍地走进木船，见船内放着面粉、肉和水果，食物非常充裕。他起锚升帆，跟在三只乌鸦的后面，准备回家了。

当他再一次转过身来，准备跟老人招手示意时，眼前的乌都罗斯特岛不见了，真像被大海吞吃了似的！老人刚才还站在防波堤上，现在那里却空空如也，只剩下一片蓝蓝的海水。

风平浪静，罗阿尔特航行得非常平稳。中午时分，他已经看到远方的高大山影。不一会儿，船就靠近了岩石林立的岸边。

乌鸦在木船上空啼叫着转了三圈，它们告别了罗阿尔特，又一下子消失在茫茫的海天之间。

罗阿尔特认识这个地方。他驾驶着木船，沿着海岸一直往前。不一会儿，就驶入码头，他准备到码头附近的市场上去把鱼卖掉。

可是，事情却没有他想象的那么简单。

一大早，他就把木桶搬上市场。木桶里的鱼又大又新鲜，价格又便宜，买的人很多。

可是，罗阿尔特不管怎么起劲地卖鱼，也不管他已经卖了多少钱，鱼桶里的鱼始终不浅，总是满满的。

“富裕岛上的魔法还没有离开我。”罗阿尔特暗暗地思量，他又想起在那里吃饭时碗里、杯里的情形。

第二天，他赶早去早市去卖鱼。卖的钱越来越多，桶里的鱼仍丝毫不见减少。船舱里已经堆满了金币银币，罗阿尔特的脸上也堆满了烦躁忧虑。

深夜，他在船舱里翻来覆去，久久不能入睡。听着哗哗的海浪，罗阿尔特长叹一声：“如此下去，我何时才能将鱼卖完？我也许要在这个市场上站到世界末日，而回家的事大概再也没有指望了。唉，我是多么挂念着妻儿老小呵！”

罗阿尔特忍受了一夜的煎熬，没能合上眼睛。眼睁睁地看着东方出现鱼肚白时，他突然有了主张：将鱼送给大家！

说干就干，罗阿尔特到了市场以后慷慨地将鱼送给贫困的人们，他大把大把地抓鱼，穷人们满捧满捧地接过礼物，向他鞠躬，表示感谢。

不到一个上午，几桶大鱼全送完了。罗阿尔特正想收摊时，看到最后一只桶底上有一点光亮。他想这也许是一块金币，便俯身下去拾起来。拿到手上一看，原来是一条带着金色鳞片的小鱼。

“这条鱼就让它留着吧，带回家去做个纪念，也好给老婆孩子看看。”

然后，他在码头上添置了船帆、渔网、木桶和鱼漂，又招雇了两名船员，帮他一起驾船。

裤袋里有了钱，身板顿时硬了许多，这样的人又何止罗阿尔特一个？

市场上的人都赶到码头，挥手向罗阿尔特告别。

船刚要启动，只见岸边吹来一阵狂风，船员还没有来得及张帆，木船便被卷进了大海。

风大，浪急。木船一会儿被送上浪尖，一会儿又被推下谷底。两名船员吓得面如土色，惊呼圣人克利斯朵夫快来救助，将他们送往乌都罗斯特宝岛去。

罗阿尔特也很害怕，他突然想起白胡子老人，想起自己许下却又没有信守的诺言。他不应该将一条小金鱼私藏着带回家去。

想到这里，罗阿尔特迅速从桶内取出金鱼，将它轻轻地送入咆哮的大海。

刹那间，风浪停息了，大海又恢复了平静。

桅杆上端盘旋着一只黑色的大乌鸦。罗阿尔特知道陆地便在附近，他吩咐升起船帆，加速航行。

地平线上现出熟悉的山影。那里，再转过七道海湾，便是罗阿尔特的家乡，海边上有一幢可怜的茅草房。罗阿尔特打算在那里重新建造一个码头。当然，他一定会给邻居伊萨克提供方便，让他的船也停泊在那里。

“你就别再挂念伊萨克了。”

罗阿尔特的身旁忽然传来一阵熟悉的声音，他回头一看，见老人正站在自己身后，抚摸着那把雪白雪白的胡须。

“伊萨克已经死了，可是你应该帮助照顾他的孩子，”老人不等罗阿尔特问候，接着说道，“乌都罗斯特岛就在你的脚下，我知道你定会再次触怒大海。可是，你终于想起了自己的诺言，将小金鱼放回了大海。”

“现在，我将好好地送你一程，让你尽快回到家里。你的妻子和孩子早就望穿大海，盼你回家了。”

多么仁慈善良的老人啊！

罗阿尔特正要感谢老人的再度帮助时，老人却像突然出现时一样，又突然不见了，只有微风送来他轻轻的嘱咐声：“罗阿尔特，你再也见不到我了，而我却一直在你身旁。你若再次在海上遇到风险，我会用脊背支撑你的桅杆。是渔夫，就用不着害怕大海！”

一阵强风推动着船帆，木船像归巢的鸟儿一样向着海岸飞去。

傍晚前，当晚霞染红了天空时，罗阿尔特高兴地回到了自己的海湾。

防波堤上站着他的妻子和孩子，这是多么愉快的久别重逢！

罗阿尔特一家从此过上幸福的生活。他活了一百多岁，可是从来不敢忘记穷人。他本人清楚地品尝过，苦难到底是怎样的滋味。

他们制服了大海，随意地向大海索取。现在，他们满载而归了。

我知道你定会再次触怒大海。可是，你终于想起了自己的诺言。

是渔夫，就用不着害怕大海。

——《魔岛》

鹅蛋儿大力士

从前，有五个农妇来到荒地割草，为牲口准备冬天的饲料。

正在割草时，她们看到草地里躺着一个巨大的鹅蛋，足有人头大小。

这五个农妇都没有生过孩子，猛然间看到鹅蛋，都涌起一股强烈的思子之情。

“这是我第一个看到的。”

“不对，是我先看到的。”

“我跟你同时看到的。”

五个农妇七嘴八舌，你争我夺，互不相让，为了一个鹅蛋，她们相互扯着头发，打了起来。

最后，她们决定共同占有这只鹅蛋，将鹅蛋带回家中，五个农妇轮流抱窝，每人八天，就像鹅妈妈孵小鹅一样。

农妇的想象力历来是丰富多彩的，这回也不例外。

第一个农妇先孵八天。孵蛋期间，她不干别的活儿，由其他农妇给她送吃送喝。

有一个农妇看不惯，发开了牢骚：“整天守着个鹅蛋，非把它孵臭了不可。”

孵蛋的农妇却说：“我相信这枚蛋里一定能孵出个人来，我已经隐隐约约听到里面传出一种声音说：‘鹅蛋儿，大力士。’好吧，现在该轮到你来孵蛋了，我们给你端水送饭。”

农妇们轮流孵着蛋，等到第五个农妇孵了八天之后，鹅蛋里传出了孩子的哭声，孩子吵闹着要蜂蜜、牛奶、稀饭和肉汤。

孵蛋的农妇在蛋上轻轻地捣了一个洞，里面钻出来的不是一只小鹅，而是一个男孩！男孩生得很丑，大大的头，小小的身体，拖拉着两条火柴杆似的小腿。

男孩饿极了，一个劲地嚷着要喝蜂蜜、牛奶、稀饭和肉汤。

五个想孩子想得快发疯的妈妈高兴至极，见孩子哭声如雷，就给他取了个名字，叫鹅蛋儿大力士。尽管孩子长得很丑，她们仍然日夜照顾，费尽心血。

鹅蛋儿不仅力气大，饭量更大，一顿饭能把五个妈妈的份儿全部吃光。每次端上桌子的一锅饭或者一盆汤，本来足够六个人吃，可是鹅蛋儿风卷残云般，吃完了还嫌不够。

“自从蛋壳里跳出这么个小东西，我就没有吃过一次饱饭。”

“鹅蛋儿的饭量太大了，我们实在养不起！”

妈妈们议论纷纷，表示对孩子的不满。

鹅蛋儿看到五个妈妈同样的态度，便赌气说自己愿意离开家，到外面去闯闯。既然她们不喜欢他，他也不再喜欢小屋子了。

鹅蛋儿说走就走。他走了很久，来到一户农民的庄园，这里的土地高低不平，全是大小不一的石块。鹅蛋儿走进庄园，希望讨一份活儿干。

农民正需要一个雇工，他立即吩咐鹅蛋儿到地里去捡石块。

地里的石块真多，大石块真要几匹马才能拉走。可是鹅蛋儿力气大，像捡玩具一样，不一会儿就完成了任务。他再次来到农民面前，问还有什么活儿可干。

“到地里捡石子，我不是对你说过了吗？你不是刚开始干就不想捡了吧？”农民不耐烦地说。

鹅蛋儿领着农民来到田头，告诉他，石头已经全部捡完，堆成一堆了。

农民看到地上果然有一大堆石头，大吃一惊，嘴里夸奖雇工的力气大，心里却害怕起来：“这样的人不好对付！”

吃饭时间到了，农民喊他回去。鹅蛋儿二话没说，到家就端碗盛饭，一眨眼的工夫，把为全家准备的饭菜吃了个干净，还说只吃了个半饱。

“比劳动，别人干他不过；比吃饭，别人抢他不过。这样的雇工会把我吃得山穷水尽，看来我不能留他。”农民思量了一阵儿，打定主意，对鹅蛋儿说：“我这里的活儿不多了。你最好到国王那里去，那里有吃有喝，你还能派上大用场。”

鹅蛋儿听说那里管吃管喝，便高高兴兴地来到王宫。宫殿里的仆人留他当了杂役，每天帮助厨房的女佣担水劈柴，再干一些其他的力气活。

鹅蛋儿问先干什么事。

仆人让他先去劈木柴。

鹅蛋儿抡起大斧，劈得木柴飞舞。一会儿工夫，他不仅劈完了木柴，连附近建造宫殿的木板、大梁等通通被他劈成了碎块。再也没有可劈的了，他来到仆人面前，等待指派新的任务。

“你应该先把木柴劈完！”仆人告诉他。

“没有木头了，都劈光了！”鹅蛋儿回答。

仆人不相信，来到厨房前，看到鹅蛋儿把宫殿里的建筑木料也全劈光了，仆人又气又急。命令鹅蛋儿快到森林里去伐木，重新准备建造宫殿的木料，否则，就不准他吃饭。

鹅蛋儿来到铁匠铺，请铁匠打了一把五百斤重的铁斧，然后动身来到森林。

他连拔带砍，一会儿就放倒一片森林，远远看去，那里活像经受了一场龙卷风的袭击和摧残。后来，他把树木搁在大车上，车前套上八匹骏马。车子太沉，三十二条马腿哆哆嗦嗦，往前走不动半步。

鹅蛋儿急了，拉住马头，想帮助它们一下，却不料一使劲，把马头拉断了。没办法，他只得将死马推到一边，自己拉着马车，回到宫殿。

森林官早将鹅蛋儿滥伐树木的事报告了国王，他们站在宫门外的台阶上，准备教训鹅蛋儿一顿。可当国王看到鹅蛋儿拉着半个森林的树木回来时，先害怕起来，不敢得罪这位大力士。

“你是一个勤奋的仆人，”国王夸奖着说，“现在一定饥饿难耐，不知你一餐要吃多少？”

“喝一顿常规的稀饭需要十二吨面粉，”鹅蛋儿老老实实地回答，“这样吃过一顿以后，我可以坚持一两天，少吃一点。”

稀粥还没有烧好，女仆让鹅蛋儿去担木柴。鹅蛋儿运来了高高的一大堆的木柴，一路上撞断了门窗，碰坏了屋梁，差点把厨房折腾得塌下来。

开饭了，厨师让鹅蛋儿快去招呼仆人和雇工来吃饭。鹅蛋儿大喊一声，震得地动山摇。雇工们还不回来，他实在饿极了，便独自一人吃掉了十二个人的稀饭。

饭后，鹅蛋儿大力士来到打谷场，他嫌打谷的连枷太轻，便拔了一棵大松树，挥舞着打得谷场上尘土飞扬。

国王把这一切都看在眼里，感到十分害怕，正当这时，宫外又传来战争的消息，国王更加惊慌不安。他左思右想，决定派鹅蛋儿领兵御敌。于是，他传出命令，让鹅蛋儿挑选人马，准备打仗。

可是鹅蛋儿不愿看到别人去冒险，情愿独自一人上战场。

“那样更好，”国王暗自高兴，“我可以尽快摆脱这位大力士了。”

鹅蛋儿希望有一柄大铁锤。国王立刻命铁匠打了一把二百斤重的。鹅蛋儿试了试，笑着说：“这柄小锤以后留着敲核桃！”

铁匠重新打了一把五百斤重的，鹅蛋儿舞动一番，也嫌轻，要留着它以后敲鞋钉。

铁匠没有办法了。鹅蛋儿自己到铁匠铺，亲自动手，打了一柄八百斤重的大铁锤，五十个壮汉子才能将它举起来。鹅蛋儿十分称心，说这样的武器才能用。

国王又命令厨子给鹅蛋儿准备路上的干粮。宫殿里杀了十五头公牛，剥下皮来，做成一只大口袋，塞满给他备的干粮。

鹅蛋儿扛上铁锤，背上皮口袋，朝对面的敌人阵营走去。敌人的队伍正排山倒海般冲过来。他们看到国王只派一个人来打仗，觉得十分可笑，于是停下来，也派来一个士兵，问鹅蛋儿是否已经做好准备。

"略微等一会儿，待我吃过饭。"鹅蛋儿回答一声，坐在地上，拉过皮口袋，掏出干粮，大吃大嚼，十分自在。

敌人可不愿意再等了。他们立即开火，子弹像雨点似的落在他的周围。

鹅蛋儿看着这些松树果子般的东西飞来，全然不予理睬。他面前的皮口袋成了一道天然屏障，因此，对方的射击并不影响用餐，他还是吃得津津有味。

可是敌人越来越不像样，他们开始发大炮，扔手雷。一颗炮弹呼啸着穿过他的手指，把鹅蛋儿夹在手上的面包也炸飞了。

鹅蛋儿十分生气，他站起来，抡着大铁锤在地上顿了顿，地上立刻出现一个大洞，回声把对方的大炮都从马车上震落下来。敌人一看，原来对方是个了不得的人物，谁也不敢再跟他打仗，都吓得一溜烟儿地逃跑了。

鹅蛋儿没有办法，只得回去交差，顺便再讨一点其他的活儿干。

国王惊恐得"啊"了一声，半天没能把嘴巴合上。他原以为鹅蛋儿这回必死无疑，不料想他又站在面前了。国王实在没办法，只好派他去地狱："去找魔鬼，命令他向我纳贡！"

鹅蛋儿收拾一番，背上牛皮口袋，扛着大铁锤，七转八弯，来到了地狱。

可魔鬼去教堂了，家里仅剩下魔鬼的妈妈。魔鬼妈妈听不懂什么叫进贡，她让鹅蛋儿下回再来。

“你说得倒轻巧！我既来了，便不能说走就走，得等到贡品到手。”

鹅蛋儿说完话就坐了下来。等着等着，他就没耐心了，冲着魔鬼的妈妈发脾气，要东西。

魔鬼的妈妈也不是好惹的。她指着屋外的一棵大栎树告诉鹅蛋儿，她的意志比栎树还坚硬。

鹅蛋儿抬头一看，好大一棵栎树，树身要十五个人才能围住。他二话没说，爬上树顶，把树冠全部折断，然后问魔鬼的妈妈是否愿意交纳贡品。

魔鬼的妈妈非常害怕，她不敢拒绝，连忙拿出金银珠宝，让鹅蛋儿装了整整一背包。

鹅蛋儿走后不久，魔鬼回来了。他看到家中财物被抢掠一空，先把不中用的母亲打了一顿，然后急忙追了出来。

魔鬼会飞，一会儿便追上了大力士。鹅蛋儿见有人追来，就拼命地跑。他从一个山头跳上另一个山头，然后躲在峭壁后面，准备伏击魔鬼。

魔鬼风风火火地追了上来，刚接近峭壁，只听到呼的一声，八百斤重的大铁锤已扫了过来。魔鬼躲闪不及，腿上早着了一锤，他惨叫一声，滚下山谷，不能动弹了。

鹅蛋儿把贡品背回宫殿，交给国王。

国王看到眼前一堆金银珠宝，又惊又喜。他装作一副善良的模样，答应给鹅蛋儿优厚的报酬。

“我不要报酬。你再给我分派活儿干吧！”鹅蛋儿摇摇头，他只知道卖力气干活。

国王想了好一阵，决定派鹅蛋儿大力士到高山魔鬼那边去催讨一柄宝剑。这是高山魔鬼当年从国王的祖父手上强行抢夺去的镇国之宝。高山魔鬼住在大海旁边，通向那里的是一条没人敢走的路。

鹅蛋儿在背包里塞了许多干粮，动身走了。他翻山越岭，终于来到高山魔鬼的住处，这是一块光溜溜的岩石。鹅蛋儿有力没法使，找不到下去的缝口。

他正要生气，看到手上的铁锤，顿时有了主意。他奋力举起铁锤，乒乒乓乓一顿狂敲烂砸，高山魔鬼慌忙跳了出来，他不听鹅蛋儿的要求，要先和鹅蛋儿大力士比试一下力气和智慧再说。

“你说吧，该怎么个比法！”鹅蛋儿兴致很高。

高山魔鬼指着山下的一棵千年大树根，问鹅蛋儿能否将它劈开。

“哦，原来是要比试劈木柴，这个活儿不难。”

鹅蛋儿往双手手心吐了口口水，搓了搓，抡起大斧，狠命一劈。斧子深深地劈了进去，鹅蛋儿却假装拔不出大斧了。

“喂，凭你的力气能不能将木柴掰开，让我把斧子抽出来？”鹅蛋儿看着高山魔鬼，用激将的口气问道。

高山魔鬼一看鹅蛋儿有求于他，十分得意。他使足力气去掰斧口两边的树根，鹅蛋儿猛地抽开斧子，树根一合，把高山魔鬼的双手夹在里面。

“这就叫比力气，比智慧，你明白吗？”鹅蛋儿得意地教训对手。高山魔鬼服输了，他请鹅蛋儿帮他把两只手从树根里抽出来。

“你这个强盗。你把国王祖父的宝剑抢来搁在哪里了？”

“那柄剑就挂在我的房里。我求你先帮我把手从树根里抽出来。”

“不，把双手放出来，你又会行凶做坏事！”

“不！我向你发誓，以后再不敢了。”

“好吧，我先把宝剑拿过来。”

说完，鹅蛋儿走进高山魔鬼的房间。房间里堆满金银，墙壁上还挂着一把宝剑。

鹅蛋儿张开背包口，将房里的金银财物尽数装下，然后提着宝剑，走了出来。

“当心，我把树劈开，注意别伤了手！”

鹅蛋儿一剑下去，把树根劈成两半，高山魔鬼的双手也抽了出来。他看到鹅蛋儿把自己的财物席卷一空，虽说十分气愤，却也没有办法，只好悻悻地回到山洞，躲在里面呼哧呼哧地生闷气。

鹅蛋儿回到宫殿，将宝剑交给国王。

国王看到鹅蛋儿背回这么多的黄金白银，羡慕得眼珠子冒血。

“我要是把这个野小子除掉，这些财产不就归我了吗？”

主意打定，国王便虚情假意地走过来，拍拍小伙子的肩膀，说：“我很感谢你，完成了这么多任务。如果你能上天，到月亮上给我取下一块石头，我就把公主嫁给你，还送给你半个王国。”

“国王，我早就看出你是个慷慨而又善良的人。我愿意为你效劳，到月亮里去取回一块石头。现在，请你陪我到宫殿门口，给我指点一下上天的道路。”

鹅蛋儿知道国王的险恶用心，他不露声色地邀国王来到宫殿门外。

宫殿里的男男女女全都聚集过来，他们十分好奇，不知国王如何指点鹅蛋儿上天。国王来到门外，装模作样，胡乱地比画着。

“可是，仁慈的国王，这上天的第一步路在哪里呢？”鹅蛋儿也不含糊，向国王问道。

“我……我不知道……难道你知道上天的第一步路在哪里吗？”国王回答不出来，开始耍无赖。

“我当然知道啰！”

“在哪里？”

“在这里！”

“哪里？”国王紧追不放，厉声地问。

鹅蛋儿对准国王的屁股，猛地一脚踢了出去。国王咚的一声，像只皮球似的弹上了天。

“上天的路在我的脚底下呢！”

鹅蛋儿大力士说完，头也不回地离开了宫殿。

可怜的国王在川流不息的星星之间惊恐万分地飞了一圈又一圈，据他女儿说，现在已经飞了三百八十五圈。

这恐怕不是在说谎。

国王咚的一声，像只皮球似的弹上了天。可怜的国王在川流不息的星星之间惊恐万分地飞了一圈又一圈，据他女儿说，现在已经飞了三百八十五圈。

——《鹅蛋儿大力士》

雄猫和蓝山的魔鬼

从前，在一片荒凉的山区住着一家农户，父亲和母亲早已去世，只留下三个儿子和一点可怜的家产。

那是一幢快要倒塌的茅草房，里面有一把铜壶、一只铁锅，还有一只毛皮黑亮的公猫。

兄弟三人分这点儿遗产确实不难。老大名叫贡那，得了铜壶；老二名叫埃伯，拿了铁锅；小兄弟哈空，只剩下公猫和他相依为命。

哈空并不妒忌两位哥哥的财产，只是觉得有点儿委屈。也难怪，他只分到了一只猫。

哈空抚摸着公猫背，在猫的耳后轻轻地搔着，公猫舒适地闭上眼睛，发出呼噜噜的响声。哈空十分悲伤，小声地自言自语："要是贡那把铜壶借给别人，用过了还能擦洗一新。埃伯的铁锅里不管有多重的油垢，他也能将锅清理干净。可是一只老公猫对我有多大用处呢？"

不料，公猫听了他的话，竟站起身子，用那粗糙的舌头舔着哈空的手，小声地说："别担心，别埋怨，我会帮助你的！"

哈空一点儿也不感到奇怪，那个时候猫是会说话的。

兄弟三人坐吃山空。没有多久，屋里就没有粮食了。兄弟三人决定到外面去闯闯。总不能待在家里挨饿啊！

贡那朝左，埃伯向右，哈空笔直地朝森林走去。公猫自然跟在主人身后。

走了一阵子，哈空突然想起一件事："哎呀，我忘记将屋子打扫一遍，将家具整理一下了！"说毕，他转身走回家去。公猫却继续往前。

森林的草地上卧着一群驯鹿。公猫看准其中那头最大最强壮的，纵身跳到鹿背上，蹲在鹿头的两角之间，伸出它的利爪狠狠地抓住鹿头，吼叫着说："快，朝前奔，要是你不服从我的命令，我就抠出你的两只眼珠，然后将你一直驱赶到悬崖峭壁上，让你摔死在无底的大海里！"

可怜的驯鹿能怎么办呢？它不知道是谁骑在自己的头上发号施令。估计一定是魔鬼本人，它必须听从命令。

公猫赶着驯鹿翻山越岭，一直走进国王的城堡。到了国王面前，公猫在鹿背上欠了欠身子说："尊敬的国王陛下，我的主人哈空先生向你致以衷心的问候，他从鹿群中挑选了一匹最大的送给你。你也许可以用它来拉车。"

"你说的是哈空先生？"国王眨了眨眼睛，问道，"他一定是一位富有的贵族，不然怎能给我送上这么好的礼物！"

"正是这样的，陛下。哈空先生在你的王国里是最富有的人。"

"请向你的主人转达我的感谢和问候！"国王说完，赏赐给哈空满满的一车礼物。

公猫赶着车回到家中时，哈空刚把房间打扫完正坐在门槛上，愁眉苦脸地望着远方。

看到公猫回来，他很高兴，连忙将公猫抱在怀里，轻轻地搔着猫背，根本没有注意到国王的礼物。

“哎呀，伙计，你可回来了。真是的，铜壶和铁锅还能派个用处。给我一只公猫，让我怎么办呢？”

公猫在他的怀里躺着很舒服，呼噜噜地安慰着主人：“别担心，别埋怨，我会帮助你的！”

第二天，他们又动身上路了。公猫走在前头，哈空紧随其后。快要到森林的时候，哈空突然想起一件事，他敲着前额，大声地说：“啧，啧，你瞧我的记性！家里的窗子全都开着，要是下雨该怎么办？”

哈空说完，转身回去了。公猫翘着高高的黑尾巴，独自往前走。

公猫穿过树林，看到不远的草地上有一群马。它看中了那匹最强壮的牡马。这匹马非常漂亮，毛皮在阳光底下闪闪发光，马鬃在风里犹如旗帜般飘扬。

公猫弯下腰去，猛地一跳，坐上马头。接着，公猫又用利爪揪住牡马耳朵，厉声吼了起来：“快，照直飞奔，如果你不听我的命令，我就抠掉你的双眼，将你赶上悬崖峭壁，把你淹死在无底的大海里。”

可怜的马儿能怎么办呢？它必须服从命令。公猫赶着它跋山涉水，一直来到国王的城堡。到了国王面前，它勒住牡马的鬃毛，深深地鞠了一躬，说：“尊敬的国王陛下，我的主人向你致以衷心的问候，他从马厩里挑出一匹最快的骏马送给你。这匹马也许正适合陛下使用。”

“喔，这真是一匹骏马！”国王赞不绝口，“我还从来没有见过这么健壮的牡马呢。你的主人能够送给我这么好的礼物，想必非常富有。”

“是的，国王。我主人的财富多得无法计算。”

“向你的主人转达我的谢意！”国王说完，又命人推出两车礼物送给哈空。一辆车上装着各式糕点，另一辆车上全是华丽的绫罗绸缎和国王才能穿的衣服。

公猫回到家，紧紧地依偎在哈空的腿边，等待着主人的赞扬。可是哈空根本没注意到礼物，他抱起公猫，轻轻地抚摸着，又开始了抱怨：“我从父母亲的遗产中分得了什么呀？大哥贡那至少还有一只铜壶，二哥埃伯分了一口铁锅。他们给我只留下一只黑色的老公猫！”

“等着吧，别埋怨，”公猫安慰着说，“我会帮助你的！”

第三天，他们又动身上路了。公猫翘着一根桅杆似的尾巴，高兴地走在前面。哈空踏着沉重的脚步，慢慢地跟在后面。走到半路时，哈空又突然拍打着自己的前额，说：“我把老鼠全都锁在家里了。等到我们回来时，它们一定会全部饿死。”

说着话，他转过身子，匆忙又走了回去。公猫依然兴冲冲地继续向前走。

公猫在林间一棵大松树下看到一头强健的公熊正从树的孔隙间偷吃蜂蜜，熊妈妈在附近陪小熊崽玩耍。公猫蹑手蹑脚地走近公熊，一个箭步跳上熊背，用猫爪抓紧熊皮，威胁着说：“快，往前跑，如果你不听我的命令，我就抠瞎你的眼睛。”

可怜的公熊能怎么办呢？它翻山越岭，来到国王的宫殿。宫殿大门在熊掌的撞击下发出嗡嗡的响声，这真是一头厉害的公熊。不过，当它们来到国王面前时，公熊已经累得精疲力竭了。国王看见公熊非常吃惊，他很少接待这样奇异的来访者。

公猫深深地鞠了一躬，说：“尊敬的国王陛下，我给你带来主人的衷心问候，他把这只熊作为礼物献给你。此外，他还愿意担任你的将军或大臣。他是一个聪明而又能干的人。”

“我很高兴，”国王满意地说，“我早就渴望着能有这样一位出色的帮手。向你的主人哈空先生转达我的谢意。你说我应该怎样酬谢他呢？”

“你知道，陛下，”公猫自作主张地说，“我的主人希望向你的小女儿求婚。”

国王听了一惊，可是他随即尽力平和地说：“我有三个公主，小公主最美丽。你主人的要求太过分了。我们看天意吧，他首先应该当面来介绍一下自己！”

“这恐怕不行，”公猫回答说，“我的主人不喜欢造访这样普通的城堡。”

“怎么？他会有比这漂亮的宫殿？”国王非常吃惊。

“我不愿意伤害你的感情，陛下，”公猫慢条斯理地说，“这是完全不能相比的。相比来说，这里只是一间贫穷的渔舍。”

这则比喻使国王非常恼火。他严厉地斥责公猫，声音大得连窗上的玻璃都在震动：“你好大胆子，竟敢说出这种话来！你这个黑毛魔鬼。难道还有人住得比国王还奢华、漂亮吗？”

公猫十分平静，只是将尾巴翘得更高了。它轻轻地说：“陛下，你要是亲自去看一下我主人的宫殿，一定不会相信自己的眼睛。”

“如果你胆敢欺骗我，看我怎样拧断你的脖子！明天我就去拜访你的主人。”国王当即做出决定，“他的宫殿在哪里？”

“他住在蓝山宫殿。”

公猫说完，匆忙回家去了。

过了一天，国王果然领着随从，去蓝山看望哈空了。

再说公猫回到家里，立刻请它的主人穿上国王送的华丽衣裳，又带上一块大糕点，然后，匆忙上路，向蓝山去了。

路上，他们看到山前草地上放牧着一群又大又肥的绵羊。

公猫找到牧人，问他：“这是谁的绵羊？”

“它们是蓝山魔鬼黑尔格的绵羊。”

公猫龇牙咧嘴地挨近牧人，威胁地说：“告诉你，放羊的，国王领着随从将从这里走过。他如果问你羊群是谁的，你必须回答说，那是哈空先生的。你要是不说，我就抠掉你的眼睛，将你赶上悬崖峭壁，推入万丈深渊，让你死无葬身之地。明白吗？”

牧人非常害怕，他发誓，保证按公猫的话说。

果然，国王领着一群随从走了过来。他看到了羊群，勒住马缰绳，问道：“牧人，这是谁家的绵羊？”

“那是哈空先生的。”

“看吧，这里的羊又肥又大，的确超过我们的。”国王心里酸溜溜的。

公猫和它的主人又来到一座山坡，那里放牧着一大片长毛山羊。

“这些都是谁家的山羊？”

公猫问牧羊的小姑娘。

“它们是蓝山魔鬼黑尔格的山羊。”

公猫朝她跳了过去，露出一副凶相说：“国王马上从这里经过。他要是问起，这是谁家的山羊，你必须回答说，那是哈空先生家的。明白了吗？否则我就抠瞎你的眼睛，将你赶上悬崖峭壁，让你死在海里。”

牧羊姑娘非常害怕，她答应一定照公猫的吩咐回话。

国王过来了，问那么一大群山羊是谁家的。

“那是哈空先生家的。”小姑娘赶紧回答。完成了任务，她心里才踏实。

“你们看，”国王嘟嘟哝哝地说，“眼睛看得到的地方，全是哈空先生的财产。”

他们又一路往前，来到一块绿色的草地上。这里的青草又肥又嫩，草地上放牧着许许多多奶牛，奶牛长得滚圆溜壮。产奶量肯定一只赛过三只。

聪明的公猫在这里也曾威胁过牧人，教过他如何回话。否则就要抠掉他的眼睛。

国王经过这里，问牛群是谁家的，他又听到了一个熟悉的回答："这是哈空先生家的！"

国王目瞪口呆，苦笑着摇摇头，对"哈空先生是王国里最富有的人"深信不疑。他可是亲眼看到、亲耳听到的，还能有假吗？

哈空和公猫已在前头走进了蓝山魔鬼黑尔格的宫殿。

这座宫殿真是人间奇迹！金的砖，银的瓦，阳光下就如一片火焰。可是宫殿里空空如也，一个人影也没有。直到夜晚，当第一颗星星挂上夜空时，才听到树冠断裂，山石崩塌，远处传来一阵阵巨大的雷鸣。

三头魔鬼黑尔格回来了，他总是在深夜时才回到宫殿。

公猫正在等他。勇敢的黑猫站在门口，毫无畏惧地挡住魔鬼的去路。

"开开门，让我进去！"魔鬼大吼一声，地动山摇。

"且慢，别着急。"公猫胸有成竹，它慢条斯理地回答说，"我给你带来一块味道鲜美的饼，请你先尝尝吧！"

魔鬼将三颗难看无比的脑袋一个接着一个地钻进门来，嗅了嗅糕饼，呛得一连打了八个喷嚏。他生气地骂了起来：

"收起你的大饼吧，它散发着一股人肉味。你给我滚开！"

"当然，你是一个专门吃人的魔王，自然不喜欢吃饼啰！"公猫扑哧一声笑了起来，说，"可是，你不要小看这一块饼。它可是主教亲自用圣水洒过的。"

"别再唠叨饼了，快让开路！"

魔鬼仍在发怒咆哮，可是声音却低了不少。公猫看到魔鬼已从门口退下一步，知道他害怕圣饼。

“我马上让你进来，”公猫说，“可是，我必须告诉你，做成一块糕饼需要付出许多劳动，而你却连尝一口都不感兴趣！”

“我求你让我进去吧，”魔鬼有点着急，央求着说，“马上就要天亮了，可是我还在外面呢。”

“请稍等一会儿，我只想告诉你，做成一块饼，人们需要付出怎样的劳动！”公猫慢条斯理地清了清嗓子说，“农民先要耕地，然后播谷，接着就是下雨，出太阳。农民等啊等，等到种子发了芽，大地一片绿色……”

“快开门！”魔鬼叫喊着，“否则我就将你的饼……”

他真想将公猫一脚踩成泥酱，可是他确实害怕圣饼。魔鬼左右为难，非常着急。

“别着急呀，”公猫说，“你老是打断我的话，这也浪费不少时间呢！你看，我都忘掉刚才讲到哪儿了……哦，对，说到种子发芽，太阳和雨水帮助它们长成小苗，小苗慢慢长大，变成大苗，以后成为庄稼，成熟的麦穗沉甸甸的，哟，多沉啊……”

“让我进来吧，你这个饶舌的公猫，”魔鬼急不可耐，“山后的天空已经出现早晨的鱼肚白了！”

“快了，再稍待一会儿，你别老是打断我的话呀，”公猫平静地安慰着魔鬼，“我刚才说到哪儿啦？对，说到麦穗成熟了。农民忙着磨刀，开镰收割，打谷晒场，入库收藏，然后到了冬天……”

“赶紧走开，你这只畜生，我必须进来了！”

魔鬼着急得走投无路，他想冲进去，可是又被面前的圣饼镇住了，他气得快要爆炸了。

公猫装得像没事人一样，在过道里踱着方步，慢慢地走来走去。显然，它要尽可能地拖延时间，不让魔鬼进门。

突然，它指着东方对魔鬼说：

“快看，那边山坡上走来一个美丽的姑娘！”

魔鬼转过三个脑袋，看到地平线上露出一轮红日，金光万道，彩霞满天。

魔鬼一见阳光，扑地一声倒下去，化成了一堆巨石。

公猫心中大喜，它连呼：“妙啊，妙啊！”

哈空在公猫的帮助下，真的成了王国里最富有的人。现在他不仅有了绵羊、公羊和奶牛，魔鬼的宫殿也是他的了，宫殿里还藏着无数金银珠宝呢！

“快把头发梳理一下，打开宫殿大门，出去迎接国王。他带领随从到门口啦。”

公猫像父亲似的吩咐它的主人。哈空言听计从，一一照办。

国王看到哈空出门迎接，非常高兴。他连连夸奖着说：“我亲眼看到了，你真是一个最富有的人。我答应你的请求，把美丽的小公主嫁给你。”

哈空被蒙在鼓里，他还不知道这桩事呢！

国王命令马上举行婚礼。

宫殿里一片忙碌：厨师日夜赶着烤饼、烧肉、炒菜，裁缝为新娘赶制婚礼服装，那件白色丝绸的婚服从宫殿一直拖到教堂，后面足足跟了三百八十六个侍童呢。

哈空别提多感谢黑公猫对自己的帮助啦。可是，婚礼那天，公猫却请哈空将自己的猫头砍下来。

哈空无论如何不答应，可是经不住公猫再三威胁，最后他狠狠心，举起剑，咔嚓一声，猫头滚下了地。

哈空正在痛悔，突然看到公猫变成了一位漂亮的王子。王子感谢哈空为他解了魔咒。原来，他是邻国的王子，魔鬼黑尔格将他变成一只大黑猫。解除魔咒后的王子立即向国王的二女儿求婚，国王也高兴地答应了，说起来国王和王子的父亲还是多年的老朋友呢。

婚礼队伍来到教堂门前时，大家又遇到一位陌生国度来的王子，他出来闯荡世界，希望为自己寻得一个好妻子。结果，他娶了国王的大女儿。

一次婚礼，三件喜事，这样的故事保管你还没有听过哩！

红玫瑰

这是一则辛酸的故事，催人落泪。

在遥远的北方，有一个日德兰半岛，半岛上岩石林立，粉碎着撞击而来的惊涛骇浪。

海湾里有一座小小的渔村，那里生活着一位聪明又正直的牧师。很多年过去了，这个牧师仍在村子里为孩子们施洗，为渔夫们祈祷。

一天，牧师突然感到十分寂寞，不愿意孤零零地一个人住在漂亮的石屋里。牧师找到一个姑娘，结了婚。新娘虽说出生在穷苦的渔村里，可勤劳、善良、才貌出众。

夫妇两人相亲相爱，生活过得十分幸福和愉快。

牧师的妻子只有一个烦恼——她不愿意生孩子，也不想领养孩子。总之，她不愿意看到家里有孩子。

为此，她去请教一位年老的女妖，女妖会许多的魔法和变化。

女妖听完她的请求，站起身，走到壁炉前，点起一堆火，然后将三张蛇皮扔进去。看着碧绿的火苗，女妖点点头说："我从火里看出来，你一共有七个孩子。如果你真的不希望有孩子，那么你得在前往教堂的路上捡七块圆石头，然后在半夜趁着满月当空的时候将石头扔入水井。这样，直到生命的尽头，你都不会受孩子的牵累了。可是你得注意保密，不能让任何人看到你扔石头！”

牧师的妻子谢过女妖，给了她一枚银币。回家以后她就照女妖的话扔了石头，一个人也没有看到，年轻的妻子很高兴，终于放心了。

牧师根本没有在意。两个人相安无事，生活过得很平静。

可是有一个星期天，他们做完弥撒回来时，牧师突然发现，他妻子的身后是没有影子的。尽管骄阳当空，连蚂蚁都拖着一个清晰的影子，可是，牧师的妻子站在阳光底下却没有影子。

一进家门，牧师便转过身来问妻子：“喂，我在路上看到，你的身体没有影子伴随，你的身前身后都没有影子！你想想看，这到底是怎么回事？难道你与魔鬼有联系？或者你已经被一种邪恶附上了身体？”

妻子再三否认，可是牧师不相信她的话。他沉默了一会儿，然后严厉地说：“这是用不着解释的，事情很清楚。你在心里一定揣着罪孽，所以连自己的影子都害怕跟随你。忏悔吧，你心底到底藏着什么罪孽？”

“我真的没有什么过失！”可怜的妻子被逼得哭了起来。

“只有我那石桌上的红玫瑰开了花，我才能相信你是无辜的。可是在这之前我不能与一个罪恶的女子同住一个屋顶下。收拾你的行李，离开我的家。我不想再看到你了。”

牧师说完，转身出去了。他命令仆人和使女，从今以后不准在家里收留任何人，包括他的妻子，她必须马上离开。

不幸的妻子只得穿起旧日的衣裳，手上拎着一只小包裹，从后门走了出去。

她漫无目的地走着，样子十分凄惨。高低不平的石子路磨穿了她的鞋底，森林里的荆棘撕碎了她的衣衫。有时候，人们可怜她，给她一些干面包。可是，她永远也找不到一个真正的归宿，得不到一句安慰的语言。

一天晚上，精疲力竭的妻子来到森林边上的一座村庄。走到一户人家的门口时，她再也不能动弹了，便伸出颤抖的手，敲敲门，想借宿一晚。

门开了，里面走出一位活像已经一千八百岁的老人，长长的白胡须飘拂在胸前。

老人看到累得快要瘫倒的女人，连忙请她进来，端给她一碗热汤。女人再三感谢，接过汤，大口大口地喝着。

老人端详了她一阵，平静又温和地说："依我看，你好像充满着忧虑，身体也不健康。我懂得一点医道，也在树林和草地上采过草药。告诉我，你什么地方不舒服，我会把你治好的。"

"啊，你是一个好人，我真的有病，我的灵魂痛苦万分，心已经收缩得像一块干布了。可是，生这种病的人是没有药可治的。"

老人微微一笑，说："天下百医治百病。只要告诉我，是什么病正在折磨你，我就会帮助你的。"

老人的眼睛是那么明亮，那么温暖，可怜的女人受到了鼓舞。她再没有什么要保密的了，把水井和七块石头的故事一五一十告诉了老人。

“哎呀！你如果不这样做就好了，这真是一桩天大的罪恶。你真是一个不幸的人！”

老人听了她的叙述，不由得惊叫起来。看到可怜的女人完全绝望了，他长长地叹了一口气，安慰她说：“我知道你该怎么抵偿自己的罪恶。不过，这是非常危险的，说不定会危及你的生命。你明白吗？”

“我愿意承担任何的处罚，只要我能够摆脱这种痛苦的处境。”

“好吧，那就试试看，”老人点点头答应了，“我告诉你应该怎样行事：今天夜里，我把你带进教堂，将你一个人反锁在里面。你的脚前有一篮子百里香，你将百里香编成一圈花环，一直编到第二天早晨。夜里，将会有许多特殊的东西围着你作祟，他们要从你手上抢走百里香，甚至可能跟你动武。可是你千万不能松手。百里香具有神奇的魔力，它可以帮助你抵御一切邪恶的力量。要是被他们夺走哪怕是一根草茎，那就是你的末日到了。恶魔和妖精将会群起进攻，将你捣成肉酱。”

“而且，你还应该记住，必须将编好的花环交给我。黎明前我会来找你的。事关重大，你能做到吗？”

“谢谢你，我都记住了。就是千难万险，我也会按照你的要求做的。”

老人领着她一直走进漆黑的教堂，给她一篮百里香，让她坐在祭坛的台阶上，然后独自静静地走了。

女人听到门吧嗒一声锁上了，她独自一人，又恐惧又紧张，汗毛都一根根地竖了起来。

教堂里一片寂静。突然，黑暗中传出一声声沉闷的吼叫，转而又变成凄凄惨惨的哭泣声。教堂的另一头似乎舞动着一群漆黑的身影。

教堂的大门紧闭着，却不停地从外面涌进来可怕的不速之客。他们似乎是从地板缝里钻出来的，迎风便长，女人感觉到他们悄无声息地从各个角落向自己走来。

这些身影虽然不声不响，可是一个个都穿着白色的长衫，抖动一双双瘦骨伶仃的大手，像在行乞。

不一会儿，这些影子都走出黑暗，一齐涌到祭坛跟前。他们不声不响，朝着女人伸手索要百里香。

女人抬起眼睛，一阵冰冷的寒战直透后背。她借着如豆的灯火，看到靠过来的身影原来都没有面孔，只在额角下面有一只闪着绿光的眼睛，头上盘旋着吐出芯子的黑蛇。

这是多么恐怖的景象啊！女人害怕得干脆把脸紧埋在百里香的篮子上。

百里香的香味给了她力量和平静。她尽力目不斜视，手上一刻不停地编织着百里香的花环。

几根冰凉瘦长而又带着灰白鳞屑的手指触到女人的脸颊，尝试着从她手中夺走花环。女人将花环紧紧地捧在胸前，害怕得连气也不敢大喘。她心里只是重复着老人的话，坚定地相信百里香神奇的魔力，相信它会帮助自己对抗邪恶的力量。

塔楼上的钟声敲响，正是午夜时分。突然，又有五个修长如树的男孩身影，外加两个花枝招展的女孩来到女人面前。这七个身影有头有面，一个比一个漂亮。他们谁也不把手伸向百里香花环。女人注视着他们，慢慢地忘了害怕。

这时候，有一个男孩开始说话了，他的声音好像是从教堂的上空传来似的："妈妈，我们是你的七个孩子。你为什么不要我们呢？我们一定会按你和父亲的心愿成长，会成为善良和聪明的人。那么你也会非常幸福，会为自己的孩子感到骄傲的！"

女人大叫一声，连忙用双手掩住自己的脸。百里香花篮却从膝前滚落到地上。许多黄色的枯骨手指都一齐伸了过去，而女人也突然惊醒，不顾一切地扑倒在地，用身体盖住了花环。各路身影又慢慢地退了回去。

清晨，三声鸡叫传来，一切白色的身影都忽然间消失不见了。教堂的栎木大门轻轻地打开了，白胡须老人安详地走了进来。

女人瘫软在祭坛的石级上，百里香花环仍牢牢地藏在她胸前。这时，她甚至连老人也不相信，不愿将花环交给他。

一夜之间，女人发生了多么大的变化呵！她的青春美貌荡然无存，脸上只剩下死灰一般的苍白。如瀑秀发变成了一头白雪。可怜的女人啊，今天谁还能认出她来！

老人扶她站立起来，愉快地告诉她说：“你经受住了沉重而又艰难的考验，已经完全抵偿了罪孽，应该获得解脱。现在，你用不着再在外面逗留了，应该尽快回到你丈夫的身边去。你的时间已经不多了，应该抓紧才对。”

女人吻着老人的双手，千恩万谢，然后翻山越岭，穿城过镇，朝着自己的家门走去。

第七天的傍晚，女人来到了牧师的石房前。她敲了敲门，请求借宿一个晚上。这里的人都不认识她。他们都说，牧师曾经吩咐过，家中不准收留任何外人住宿。

女人疲倦得要倒下了。使女看她可怜，动了恻隐之心，领她从后门进了房间，让她在炉子后面的凳子上躺下休息。使女再三嘱咐她千万要小心，别让牧师发现，否则他会大动肝火、大发雷霆的。这样，等到第二天早上，她就可以从后门悄悄地出去了。

第二天，牧师醒来时突然看到了奇迹：石桌上竟然开出了一朵红玫瑰。

牧师明白了，他的妻子已经回来，而且已经抵偿了她的罪孽。

“你们昨晚把谁放进屋子来了？”牧师立即起身，他来到过道里，看到正在打扫房间的使女，便急切地问她。

使女起先不敢承认，最后看抵赖不掉，便承认放进来一个可怜的女乞丐。她不能看着那样一个可怜的女人而无动于衷。

“她在哪里？”牧师迫不及待地问。

“她躺在炉子后面的长凳上，那里略微暖一些。”

牧师快步走过去。果然，她还躺在那里，睡着了。牧师仔细地看着她，认出了自己的妻子。她发生了多么大的变化啊！

他弯下腰去，闻到了一股百里香的香味。他正想唤醒妻子，发现妻子已经长眠不起了。夜里，她已经离别了人间，彻底安睡了。

牧师走进卧室，摘下了红玫瑰，将它插在妻子握着的手心里。他擦去了抑制不住的眼泪，打开了门，悄悄地走了出去。

也许，你觉得这个故事太凄惨、太残酷，然而，它却在日德兰半岛的海边世世代代地流传。

瑞　　　　典

S W E D E N

灰汉斯和银鸭子

从前有个贫穷的父亲，他有三个儿子。后来，这位父亲死了，三个孩子中的两个哥哥商量一番，决定外出闯荡世界，寻找自己的幸福。可是，他们不愿意带上年轻的弟弟灰汉斯。

“呵，你呀，”他们说道，“你只能坐在火堆旁，掸扫灶灰。至于办其他事，你是没有一点用的废物。”

“那么我就独自一人走吧。”灰汉斯回答。

两个哥哥来到国王的大殿，问国王是否需要帮助，有没有活儿可干。

国王看到他们年轻力壮，答应收留他们。他让其中一个打扫厩棚，让另一个侍弄花园，当园丁。

灰汉斯也离开家，手上拿着一个大大的和面桶，那是父母亲给他们留下的唯一遗产。两个哥哥对那个木桶看不上眼，不想要它。灰汉斯觉得扔了太可惜，其实拖带着也是沉重的。

灰汉斯也来到国王的宫殿。

他走到门前，询问能否为国王干活和服务。

仆人回复说并不需要他。

灰汉斯没有放弃，苦苦地哀求，最后获准前往厨房帮忙，挑水，劈柴，打扫卫生。

灰汉斯十分高兴，高高兴兴地干活，十分勤快。不久就获得王宫里人们的喜爱，大家都愿意跟他一起干活。

可是，他的两个哥哥是出了名的懒惰，常常遭到国王的打骂惩罚，报酬也少。

他们对灰汉斯妒忌得脸色发青，因为灰汉斯赢得的待遇比他们好上一百倍。

王宫的对面是一汪湖水，湖面很大，里面住着一个妖怪。妖怪养着七只银白色的鸭子。

七只银鸭在湖面上游来游去，人们站在王宫里就能看到它们。

国王看到银鸭，心中很喜欢，希望自己也有这样的一群鸭子。

一天，灰汉斯的两个哥哥对厩棚师傅说道："我们的兄弟只要愿意，就可以把湖面上的鸭子抓过来，交给国王，那是他自己对我们说过的话。"

师傅立刻向国王禀告一切。

国王闻听消息，心中大喜，召见了灰汉斯，对他说道："你的两位兄长说你可以为我抓来那群银鸭。你必须立刻前往，不得有误。"

"呵，亲爱的国王，我可没有说过这样的话，也没有想过这样的事。"灰汉斯如实回答。

可是，国王纠缠不放，坚持说："你说过的，我命令你必须给我把鸭子抓来。"

"那么，好吧，"灰汉斯回答，"如果你坚持己见，我只得按你的吩咐行事。你且给我一点黑麦和小麦，让我前去试试看。”

国王立刻给他送上黑麦和小麦，灰汉斯把它们搁在和面桶里，和面桶现在派上用场了，顶得上一只小船，灰汉斯快速划着，漂在湖面上。

灰汉斯来到湖泊的对面，上了岸，沿着湖边撒下麦粒，慢慢地呼唤鸭子，让它们统统进了大大的和面桶。然后，他坐进木桶，往回划动。

当他来到湖水中央时，妖怪从水中冒出来，目光凶狠地盯着他。

“是你抓走我的银鸭吗？”妖怪大声责问。

“是的。”男孩回答。

“你还会来吗？”

“也许会。”男孩大声说道。

后来，他把七只银鸭交给了国王。

国王赞许他，王宫里的人对他更加友好了。可是，他的两个哥哥对他更加妒忌，他们又对厩棚师傅说，他们的弟弟自告奋勇，愿意把妖怪盖在身上的被子拿回来，交给国王。

那可是价值昂贵的被子，上面堆满了金丝银线。

师傅听到这样的话，感到事不宜迟，立刻向国王禀告。

国王召唤灰汉斯，说他的两个哥哥讲过，他可以为国王取来妖怪的被子，被子上满是金丝银线，十分贵重，因此，灰汉斯必须立刻前往，不得有误。否则，国王就要把他推出大门外斩首示众。

灰汉斯回答，他没有说过那样的话，也没有想过那样的事。

可是，这样的解释无济于事。他只得请求国王，给他宽限三天，让他思考一下。

三天时间说过就过了，灰汉斯只得坐在大木桶里，划动木桶经过湖面，踏上对岸，在岸边走来走去，反复思量，寻找办法，希望解决困难。

突然，他看到山地里有人捧着妖怪的被子出去晾晒。

等到那人走开时，灰汉斯立刻拽过被子，划动木桶，准备走了。

当他来到湖水中央时，妖怪从水下冒了出来，目光凶狠地看着他。

“是你盗走了我的银鸭吗？”妖怪责问，声震如雷。

“是的。”男孩大声回答。

“是你盗走了我布满了金丝银线的贵重被子吗？”

“是的。”男孩大声回答。

“你还会常常来吗？”

“也许吧！”男孩回答。

灰汉斯完成了国王交代的任务，回到王宫，大家对他更加友好了，国王让他当了自己的心腹仆人。

两个哥哥看到这里，心里又妒又恨。于是，他们又恶毒地对厩棚师傅说道：“我的兄弟说，他可以把妖怪的黄金竖琴取来，交给国王。竖琴发出的乐声如同溪水流淌，让任何听到的人不忍离去，连悲伤满怀的人也会变得欢乐起来。”呵，是啊，厩棚师傅立刻向国王汇报。

国王召见灰汉斯，说道："你既然说过这样的话，那么应该做成这样的事。如果能把这件事办成，我可以把公主嫁给你为妻，另外奖励你半个王国，作为给你的报酬。如果不能完成这项任务，我会把你送上绞刑架，让你用生命作抵偿。"

"呵，国王，我可没有说过那样的话，也没有想过这样的事，"灰汉斯回答，"可是，如果别无他法，我也只得尝试一下。不过，我请求宽限六天时间，让我仔细想想。"

于是，他获得了六天的时间。

六天时间说过就过了，灰汉斯往口袋里塞了一支铁钉、一根白桦树枝和一截蜡烛，然后划动大木桶驶上湖面，来到对岸。

他在岸上走来走去，希望找到解决困难的办法。

不一会儿，妖怪从水下冒了出来，目光凶狠地看着他。

"是你取走了我的银鸭子吗？"妖怪问道。

"是的。"男孩回答。

"是你盗走我布满金丝银线的被子？"妖怪责问，声震如雷。

"是的！"男孩应声而答。

妖怪二话不说，伸出手，一把抓住灰汉斯，把他带进山里。

"呵，我的女儿，你且听着，"妖怪说道，"这个人偷盗我的银鸭，取走我的贵重被子，我现在把他抓住了。你可以把他关在牲口厩内，把他喂肥再把他杀掉，邀请朋友们一起来聚餐吃。"

妖怪的女儿听到父亲的吩咐，非常满意，把灰汉斯关在牲口棚里，给他好吃好喝，侍候他整整一个星期。

一个星期过去了，妖怪让女儿到牲口棚去割下男孩的小手指，让他看看男孩是否已经被催肥了。

妖怪的女儿走进牲口棚，开口说道："把你的小手指伸给我看看！"

灰汉斯递给她一枚铁钉。妖怪的女儿用刀割了一下，刀口都被硌出一个豁子。

"呵，不行，他的手指硬得如同生铁，"妖怪的女儿回来跟父亲说道，"用刀子根本割不下来。"

又过了一个星期，灰汉斯这回交出去一根白桦树枝。

"呵，这回比上一回好多了，"妖怪女儿对父亲说道，"可是，他的手指仍然跟树枝一样，又瘦又硬的。"

因此，他们又等了一个星期。妖怪让女儿再去看看灰汉斯是否长肥长胖了。

灰汉斯这回伸出那截小蜡烛。

"呵，父亲，现在好多了。"女儿说道。

"好吧，"妖怪心中大喜，"那么，我出去邀请朋友和客人。你在这段时间内可以把他宰掉，一半用来烧烤，另一半放在锅里煮。"

妖怪吩咐完毕，动身上路去了。

他的女儿忙着磨刀，那把刀又长又大。

"你是想用这把刀杀我吗？"男孩看到这里，问道。

"是的。"妖怪的女儿回答。

“可是，这把刀并不锋利，”男孩说道，“我可以帮你磨一下，让它变得锋利无比。”

姑娘把刀交给男孩。男孩接过刀，搁在石头上，将它打磨锋利。

“让我在你的辫子上试试，”男孩说道，“我想，它已经很锋利了。”

姑娘答应了。

男孩抓住她的发辫，拿起刀，往下用力，妖怪女儿的脑袋就从脖子上分离下来，拎在灰汉斯的手上了。

灰汉斯按妖怪的吩咐，又煮又烧，准备完毕，端上餐桌。他却穿上姑娘的衣衫，悄悄地坐在房间的角落里。

妖怪领着客人们回到家中，看到坐在角落里的人穿得花枝招展，以为就是他的女儿。

妖怪热情地邀请客人们上座就餐，他还吩咐姑娘一起过来，分享美味的食物。

“不行的，”男孩回答，“我不吃，我今天心情不好。”

“那么，好吧，你想干什么都行，”妖怪说道，“你也可以取来金竖琴，为我们弹奏助兴。”

“竖琴在哪里呀？”灰汉斯问道。

“你是知道的呀！上一回也是你弹奏的，它就挂在门框上面。”妖怪回答。

男孩没有容他说第二遍，便走过去，取下竖琴，在房间里走来走去，弹奏起来。

突然，他把自己家的和面大木桶抛出去，搁在湖面上，然后坐进去，飞快地划动起来，木桶周围水花飞溅。

过了一会儿，妖怪觉得女儿在外逗留的时间太长了，便走出去，想看看女儿正在干什么。

突然，他看到男孩坐在大木桶内，已经划出去很远很远了。

“是你取走了我的银鸭吗？”妖怪咆哮着，责问道。

“是的。”灰汉斯回答。

“是你盗走了我布满金丝银线的被子吗？”

“是的！”灰汉斯大声应答。

“是你偷走了我的金竖琴吗？”妖怪厉声责问。

“是的，是我拿的！”男孩回答。

“我不是把你吃掉了吗？”

“不，你们把你的女儿吃掉了！”男孩回答。

妖怪听到这里，暴跳如雷，倒在地上，死了。

灰汉斯划着大木桶，回到王宫，他的木桶里装满了黄金白银。

他把金竖琴交到国王的手上，国王遵守诺言，把公主嫁给他为妻，另外送给他半个王国，作为报酬。

他对两位兄长十分友善，觉得两位兄长说过的坏话的确不少，可是却让他获得了最好的结果。

这可是两位善妒的兄长没有料到的。

太阳以东，月亮以西

从前，有个穷人，家里没有财产，却有一群嗷嗷待哺的孩子。

这些孩子长得很漂亮，当然，最小的女儿最漂亮。

多么可爱的姑娘，她在那个王国是独一无二的。

深秋季节，一个星期四的晚上，屋外一片漆黑，伸手不见五指，天气很坏，大雨如注，狂风围着房子咆哮不停。

全家人团团围坐在灶旁，都在忙碌自己的活儿。

这时，从窗外传来三下敲窗的声音。

男人站起身，出去开门，想看看外面是谁。

他打开大门，不由得大吃一惊，外面是一头大白熊。

“晚上好。”白熊问候一声。

“晚上好。”男人回答。

“如果你把小女儿交给我，我可以让你从此摆脱贫困，富裕起来。”

男人觉得，这样的话儿听起来很顺耳，能够富起来，那是多么理想的美事。

可是，他还是回答，且请从长计议，他要跟女儿商量一下。

男人说着，走回屋里，说外面站着一头大白熊，白熊答应让他们全家富裕起来，不过要以小女儿作抵押。

男人看到小女儿对此并不感兴趣，便来到门外，跟大白熊悄悄说定，让它到下个星期四晚上前来听消息。

大白熊点点头，走了。

从此以后，他们全家反复劝说小女儿，让她不得安宁。

他们一起描绘富裕起来的图景，那是多么幸福的事，吃好的，喝好的，穿好的，真如人间天堂。

小女儿被纠缠不过，只得让步。她烧水沐浴，缝补破旧的衣服，取一些简单的首饰装扮自己，做好出门的准备。

姑娘没有任何的私房体己，所以不用特别地忙碌。

第二个星期四晚上说来就来了，跟它一起来的还有大白熊，它希望接姑娘回去。

姑娘背上一个小包裹，骑坐在大白熊的背上，开始了命运不知在何方的旅行。

姑娘骑行了一程，只听大白熊对她说道："你害怕吗？"

不，姑娘并不害怕。

"你紧紧地抓住我的熊皮，就不会受到任何伤害。"大白熊叮咛着。

他们不停地往前，一路走着。最后，来到一座大山前。

大白熊举起爪子，敲了敲山石。山坡间突然开启一道大门，他们信步而入，前面是一幢巍峨的宫殿。宫殿里灯光明亮，墙壁上镶嵌着金银珠宝。

姑娘看到大厅里放着一张餐桌，餐桌上摆放着精美佳肴，十分丰富。

大白熊交给姑娘一口钟，告诉她，只要敲响大钟，她的任何愿望都能得到满足，任何想法都能实现。

姑娘坐在桌旁，又吃又喝，饱餐一顿。

夜幕披上了宫殿，终日奔波让姑娘感到累了，很想有个地方能躺下睡觉。

她刚举手敲了敲钟，就发觉自己已经在一个卧室里，面前是一张无比舒适的床，床上放着丝绸枕头，柔软、漂亮的被子散发出金丝银线的光芒。

姑娘躺在床上，伸手关灯，突然见到一个人影走进房间，在她的身旁躺下。

这就是大白熊，大白熊到了晚上就把身上的熊皮脱下。

不过，姑娘从来没有见到过他的模样。他总是在熄灯以后走进房间，赶在天亮以前又披上熊皮，消失不见了。

他们就这样过了一段平静的日子，相安无事。可是后来，姑娘渐渐地闷闷不乐、郁闷悲伤起来。

白熊问她缺什么，姑娘坦率地承认，她感到非常寂寞，思念她的父母亲和哥哥姐姐，不能前去看望他们，她觉得生活无比艰难。

“噢，我愿意帮你实现心愿，”大白熊一口应承，“可是，你必须答应，不能单独跟你母亲谈话，只能全家人坐在一起，聆听他们的主张。你的母亲会牵着你的手，把你领进房间，希望跟你单独谈话。你千万不能跟在后面，否则就会给我们带来不幸。”

那是一个星期天，大白熊走进房间，告诉姑娘说，他们可以回去省亲，看望父母亲了。

姑娘立刻骑上熊背，跟他上路了。

他们走了很长很长的路，来到一座巨大的白色院子，姑娘的哥哥姐姐们正在那里玩耍取乐。整个院子安静而美丽。

“你的父母亲就住在这里，”大白熊开口说道，“你千万别忘掉我的请求和叮咛。否则，我们两个都会遭殃。”

姑娘对白熊发誓，说自己不会忘记的。

当他们走进房子时，大白熊一转身，消失不见了。

姑娘来到父母亲跟前，家中顿时洋溢起巨大的欢乐和幸福。他们都不知道如何感激小女儿为全家带来的一切。现在，他们的日子好得不能再好了。他们问女儿是否一切如意，问她一路是如何过来的。

小女儿回答，他们也过得很好，只要她心中渴望的，就什么也不缺少，真是应有尽有。

至于姑娘还讲了些什么，讲故事的人也并不详尽知晓，不过，她也不会讲上很多的。

他们用完午餐，吃饱喝足，接下来的事情真的如同大白熊预料的那样，母亲希望单独跟她在房间里说说话。

姑娘想起大白熊的提示，便告诉母亲，她不想单独谈话。

“我们要讲的话，在这里也是能讲的，用不着换个地方的。”姑娘回答。

可是，人间世上有很多事是很离奇的，因为母亲一再坚持，女儿无可奈何，最后只得跟她单独说话，把一切全都告诉了母亲。

女儿说道，每天晚上，当她抬起手来熄灯时，都有一个人来到她的身旁，躺在床上。可是，房间里黑灯瞎火的，她是看不清那个人的。第二天，天没亮时，那个人就离开，消失不见了。

姑娘说自己十分生气，她多么希望见到那个人，跟他一起生活，让他给自己做伴，否则，她是多么寂寞，独自一人，看着天空从清晨变成黄昏。

“哦，仁慈的上帝啊，”母亲听罢女儿的诉苦，叹息一声道，“看来，跟你躺在一张床上的，也许是个妖怪。我可以给你出个主意，你不妨依此行事。我给你一截蜡烛头，你把它点燃藏在怀里。当他躺在你的身旁睡着时，你可以用蜡烛照一下他的脸。不过，你要当心，别把蜡烛油洒在他的身上。”

姑娘接过蜡烛，藏在怀里。傍晚时分，大白熊来了，接她回去。

他们走了一程。大白熊开口问道，有没有发生过让他们感到担忧的事。

“是的。”姑娘不敢说谎。

“如果你听从母亲的主意，就会给我们带来巨大的灾难，我们的一切就会从此消失不见。”大白熊说道。

“不，我不会这么干的。”姑娘信誓旦旦。

回到家中，姑娘如同往常一样，躺下睡了。

半夜时分，姑娘听到身旁的人正酣睡，便轻轻地起来，点上蜡烛，让烛光照亮他的脸。

姑娘惊奇地看到，床上躺着的正是王子，多么漂亮的年轻人！姑娘的目光不忍离去，心中的爱情顿时如同天地一般，无比广大。

她抑制不住地希望吻一下王子，否则宁愿就此死去。

她正自热烈地吻着王子，却不料从手上滚下三滴蜡烛油，掉在王子的衬衫上，王子醒了。

“啊，你干了什么事呀！”王子喊道，“你给我们两人带来了不幸。如果你忍耐一年，就能破除捆锁我的魔法。我有个后母，她对我施了魔法，让我白天只能是一头大白熊，只有等到晚上才重新变回人。现在，我们之间的一切全都过去了，我必须离开你，去寻找我的后母。她住在太阳以东、月亮以西的宫殿里。那里有个公主，她的鼻子有三尺长，她将成为我的妻子。”

姑娘听到这里，又抱怨，又哭泣，可是无济于事。

王子必须离开。

姑娘不由得问道，她能否跟着一起去。

不行，她是不能去的。

“你可以告诉我一条路，让我前来找你。我想，你一定会同意的，是吗？”姑娘问道。

呵，是的，她可以前去寻找。可是，那是在太阳以东、月亮以西的地方，她是找不到前往那里的道路的。

第二天清晨，姑娘醒来，王子和宫殿全都消失不见了。她看到自己躺在一片小小的草地上，周围是茂密的树林，不见阳光，一片漆黑。

除此以外，她还看到那截已经熄灭的蜡烛头，就在自己的身旁。

她把睡意从眼睛里驱走，想到昨晚的事，不由得号啕大哭。

后来，她哭累了，便站起来，动身了。姑娘一连走了很多天，来到一座大山旁。她看到面前坐着一个老妇人，手上玩弄着一只金苹果。

姑娘问老妇人是否知道寻找王子的道路，说王子就在他的后母处，位于太阳以东、月亮以西的地方，那里有一幢宫殿。

姑娘还说到，王子在那里必须向一个鼻子足有三尺长的公主求婚。

“你是如何认识他的？”老妇人问道，“你也许正是想嫁给他的人，对吗？”

姑娘点头说是。

“哈，原来是你，”老妇人说道，“我只知道他生活在太阳以东、月亮以西的宫殿里，其他的却并不知晓。你在将来也许能够到达那里，也许永远无法到达。不过，你可以骑上我的骏马，径直去找我的女邻居，她也许会给你提供一些信息。你找到她时，可以举手拍一下马的左耳，告诉它可以回去了。另外，你且把这个金苹果带在身边吧。”

姑娘骑上高头大马，一路飞驰，行很远的路，最后来到一座高山旁。

她看到前面坐着一个老妇人，手上拿着金绞盘。

姑娘连忙上前问她，是否知道如何寻找太阳以东、月亮以西的宫殿。

老妇人摇摇头说并不知道。当然，老妇人也回答说："你也许能在将来到达那里，或者根本到不了。可是，你可以骑上我的骏马，一路前行，找到我的女邻居，她也许可以告诉你一点确切的消息。你到了那里，扬手朝马儿的左耳下拍打一记，告诉它可以自行回去了。"

老妇人说罢，把手上的金绞盘交给姑娘，说姑娘将会用到的。

姑娘听从吩咐，跨上马背，飞驰而去。

她骑了很长的路，来到第三座高山旁，看到山前坐着一个年迈的妇人，妇人正用金纺车纺纱。

姑娘连忙问年迈的妇人，是否知道寻找王子的路，是否知道太阳以东、月亮以西的宫殿在哪里。

事情如同先前的一样。

"莫非你就是希望嫁给王子的姑娘？"老人问道。

是的，正是这样。

可是，第三位老妇人也不知晓前往神秘之处的路。

"太阳以东、月亮以西的地方呀，"老妇人说道，"你也许在将来可以到达那里，也许根本到达不了。可是，你可以骑上我的骏马，一路前行，找到东风。你可以向他打听，他也许知道脚下的路，而且把你呼呼地吹往那里。你看到东风时，可以对着骏马的耳朵拍击一下，它会知道回来的。"

老妇人说着把金纺车交给姑娘："你也许会用上它的。"

姑娘骑上骏马，继续奔驰了很多很多天，走了很多很多路。

最后，她遇见了东风，问他是否知道找寻王子的路，他就住在太阳以东、月亮以西的地方。

呵，是的，东风听说过王子的故事，也听说过那座宫殿，可是，他不知道那条路，他从来都没有刮到过那么遥远的地方。

“不过，如果你愿意，我带你去找我的兄长西风，他也许知道，因为他比我强盛。你可以骑在我的背上，我驮你过去。”

姑娘感谢一声，骑上东风的背。东风呼啸着掀风扑浪，往前刮去。

他们来到西风面前，东风说道，他背来的姑娘是属于住在太阳以东、月亮以西宫殿的王子的。姑娘正在寻找王子，历尽千辛万苦，一路来到这里，希望知道西风是否识得寻找王子的路。

“哦，不行的，我从来没有刮到过那么遥远的地方。”西风说道，“可是，如果你愿意，我可以带你去见南风，他比我们弟兄两个都猛烈，更见多识广。他也许能够帮助你，告诉你有益的信息。你可以坐在我的背上，我驮着你过去。”

姑娘感谢一声，听从安排。

后来，他们来到南风面前。西风连忙问他，能否帮助姑娘前往太阳以东、月亮以西的宫殿，她的王子就在那里。而且，她就是希望嫁给王子的姑娘。

“呼——呼——”南风说道，“事情难道真是这样的吗？我去过许多地方，可是，我还从没刮到过那么遥远的去处。如果你愿意，我可以带你去见我们的兄长北风。他是我们的大哥，是我们之中最刚烈的人。如果他也不知道，那么世人就没有知道的了。你可以骑在我的背上，我带你过去。”

姑娘坐在南风的背上，南风呼的一声上路了，满世界尘土飞扬，姑娘只觉得有耳听不见，有眼看不到，十分惊慌。

他们终于寻到北风的身影，那是个暴躁而野蛮的人，打远处就听到他的咆哮和怒吼。

“你们想干什么？”北风看到他们时不由得呵斥一声，声震如雷。

南风和姑娘大吃一惊，如遭冷水泼头，冰凉冰凉的，直到脚底。

“呵，亲爱的大哥，请别生气，”南风说道，“我是你的兄弟，这是愿意嫁给王子的姑娘。王子住在太阳以东、月亮以西的宫殿里。姑娘希望知道，你是否去过那里，能否告诉她路在何方。姑娘迫切地希望找到通往那神秘之地的道路。”

“呵呵，我知道的，”北风说道，“有一回我把一片白杨树叶吹到那里，路途遥远，吹得我精疲力竭，后来一连几天都吹不出声音了。你如果真的希望去那个地方，而且不害怕跟我一起旅行，那么我就背上你，看看能否一路吹到那里。”

“是的，那是求之不得的好事。”姑娘回答，而且，哪怕天崩地裂，她什么都不怕。

“行啊，你可以在这里过夜，”北风说道，“我们需要呼啸着刮上整整一个白天才能到达那个地方。”

第二天清晨，北风唤醒姑娘，然后吹动起来，让自己变得强壮无比，高大得让人不敢相信眼前一切都是真的。

他们一路飞驰，速度快得似乎在转手之际就能到达天尽头一般。

天地间尘土飞扬，大树被连根拔起，房屋被吹倒在地。

他们经过大海，无数船只被吹得支离破碎，飘零在海面。

他们一路往前，啊，这样的风波，这样的旅程，那是没有人能够想象一二的。

他们在海面上掀风拍浪，搅得波浪滔天，连海底都在震动，发抖。

后来，北风开始疲倦了，几乎不能再呼啸着吹动什么，只得慢慢地往下滑行。

他们已经来到海面，海水浸湿了姑娘的双脚。

“你害怕吗？”北风问道。

不，她不怕。

他们距离海岸越来越近，北风的气力刚刚够得上把姑娘送上海岸，搁在宫殿的窗台上。这是位于太阳以东、月亮以西的宫殿。

北风必须休息几天，才能积攒力量，重新回到自己的家中。

第二天清晨，姑娘坐在宫殿的窗下玩着金苹果。

突然，她看到已经跟王子订婚的长鼻子公主。长鼻子公主看到姑娘手上的金苹果，立刻问道：“你把金苹果卖给我，需要多少钱呀？”她一面问着，一面打开窗户。

“哦，我的苹果可不是能用钱财交换的。”姑娘回答。

“如果不要钱财，那么你需要什么呀？”公主问道。

“如果让我到上面见见王子，在他的身旁度过一晚，那么苹果可以归你。”姑娘说道。

可以，她可以这样行事。

长鼻子公主得到金苹果。晚上，姑娘走进王子的卧室，只见王子正在酣睡。无论姑娘如何呼唤，如何推他，摇他，他就是不醒。

姑娘急得号啕大哭，王子喝了长鼻子公主的昏睡魔汤，所以沉睡不醒。

天亮时，长鼻子公主进来了，命令仆人把姑娘逐出宫外。

傍晚时分，姑娘坐在宫殿的窗下，她掏出金绞盘，开始绞线。

于是，又像昨天一样，长鼻子公主问姑娘要多少钱才能把金绞盘卖给她。

姑娘回答，这不是卖钱的。如果让她上去见到王子，跟王子度过一晚，那么可以把金绞盘送给公主。

可是，姑娘来到王子跟前时，王子依然在沉睡，无论姑娘如何呼唤他，推他，王子就是不醒。

拂晓之际，长鼻子公主进来了，吩咐仆人把姑娘逐出宫外。

傍晚时分，姑娘坐在宫殿的窗下，手中摇动金纺车纺纱。

长鼻子公主又想拥有这辆金纺车，于是打开窗户，问姑娘要多少钱才能卖掉金纺车。

姑娘的回答如同上面的两回一样，说这不是钱财可以买的，如果让她上去见到王子，跟王子度过一晚，她可以把金纺车双手奉送给长鼻子公主。

是的，她可以上去。

却说宫殿里还关着不少的基督徒，他们离王子居住的房间不远。基督徒们听说有个姑娘前来探望王子，可是哭了整整两个夜晚，不停大声地呼唤着，希望王子醒来。

他们把奇怪的经历告诉王子，王子听到消息若有所思，只是什么都想不起来。

当天晚上，王子看到长鼻子公主端着昏睡魔汤进来时，他假装喝下去，实际上却把魔汤倒在地上。

后来，他看到姑娘走进房间。姑娘对他讲了自己是如何艰难地找到宫殿的过程。

“你来得正是时候，”王子激动地说，“这里明天就要为我举办婚礼了。可是，我不想娶长鼻子公主为妻。你是唯一能够把我从她的魔法下解救出来的姑娘。我将会宣布，说我要看看我的未婚妻有何能耐，是否擅长干活。我会请她洗净沾上三滴蜡烛油的衬衫。她也乐意去洗，可是她是无法完成任务的，因为她不知道那是你滴下去的蜡烛油。只有基督徒才能洗净上面的污渍，任何女妖都是无能为力的。那时候，我可以说，只有把我的衬衫洗净的姑娘才能当婚礼的新娘。我知道，你是能够胜任的。”

整整一夜，他们过得那么幸福和欢乐。

两个人说了一夜的悄悄话，还觉得意犹未尽，还在津津有味地回忆从前和从前的从前，他们都很后悔当时没有把握自己的未来。

啊，生活啊，那是多么的美好！

第二天，王子看到仆人们正在筹备婚礼，便大声宣布：“我首先要考验一下，看看我的未婚妻有何能耐，是否合适做我的王妃。”

“是的，他可以这样做。”王子的后母在一旁说道。

“我有一件美丽的衬衫，它应该是我的婚礼衬衫。衬衫上面有三滴蜡烛油斑点，现在要把它们洗掉。我曾经发过誓，只有能够洗净衬衫上烛油斑点的姑娘才能当我的新娘。如果她对此无能为力，那么，她就不配当我的妻子。我这里可是有言在先，请别责怪我。”

大家听到王子的讲话，都觉得这是最简单不过的小事。

可是，长鼻子公主越搓洗，衣服上的斑点却越大越明显。

“你是洗不掉的，”后母在旁说道，“让我帮你一下吧。”

可是，她还没有抓起衬衫，衣服已经比刚才更加肮脏了。

原来后母是个妖怪，她把王子的衬衫洗得一片乌黑。

其他的妖怪们纷纷上来，抓起衣服，又搓又揉，把王子的衬衫洗得越来越糟糕。

结果，那件衬衫变得如同塞在烟筒口里一样肮脏了。

“呵，看起来你们全都不适合，”王子说道，“宫殿的窗外坐着一个女乞丐，我想让她试试。她也许比你们都强。进来吧，姑娘！”

王子呼唤一声，姑娘走进宫殿。

有一回我把一片白杨树叶吹到那里，路途遥远，吹得我精疲力竭，后来一连几天都吹不出声音了。你如果真的希望去那个地方，而且不害怕跟我一起旅行，那么我就背上你，看看能否一路吹到那里。

——《太阳以东、月亮以西》

“你能够洗净这件衬衣吗？”王子问姑娘。

“我不敢夸口。可是，我希望尝试一下。”姑娘回答。

姑娘说着，拿起王子的衬衣。她刚把衬衣浸在水里，衬衣顿时洁白如雪，平整如新。

“哦，亲爱的姑娘，我愿意娶你为妻。”王子恳切地说道。

后母妖精顿时暴跳如雷，可是年迈的她刚跳起来就重重地摔在地上，死了。

长鼻子公主和其他的小妖精们一定都气爆了肚皮，滚回地狱里去了，因为后来再也没有人听到过有关她们的任何消息。

王子和他的妻子释放了关押在宫殿里的基督徒，让他们带足金银盘缠各自回家去了。

从那以后，王子和他的妻子生活在太阳以东、月亮以西的宫殿里。他们的生活幸福美满，真是如鱼得水，自在极了。

男孩和魔鬼

从前，有个男孩正在散步，口中吃着香甜的核桃。

突然，男孩看到地上有个虫子一般的怪物。怪物突然变大，站立在他的面前，原来是个魔鬼。

“呵，原来是你呀！我问你，人们传说的都是真的吗？他们说你可以把身体变得无限小，最后从针屁股上穿过去，他们该不是胡乱说说的吧？”男孩说道。

“是的，他们说得对。”魔鬼点点头，回答。

“那么，你显回本领让我看看，你能不能钻到这个核桃壳里去？”男孩问。

魔鬼立刻变化起来，他是从虫眼钻进核桃壳内的。

男孩立刻用一根小木片把虫眼的洞口堵住。

“呵，我现在把你抓住了！”男孩高兴地说着，把核桃塞进自己的衣服口袋里。

男孩继续往前走着，走进一家铁匠铺，请铁匠帮他敲开核桃壳。

“这可不是什么艺术活儿，”铁匠不禁笑了起来，拿起他的最小的锤子，把核桃搁在砧板上，对着它狠狠地敲下去。

可是，核桃壳没有被敲开。

铁匠拎起一把大锤，也没有敲开核桃。

他又挑选了一把更大的锤子，还是没有成功。

“啊，核桃壳里简直活活蹲着个魔鬼。”

铁匠十分愤怒，举起最大的锤子，狠命一砸，只听核桃壳发出一声巨响，碎了，可是铁匠铺的半个房顶也被震塌了。

“对，对，是的，是的，魔鬼是在里面。”男孩连声回答。

鹅姑娘埃塞

从前有个国王，家里养了很多鹅。他觉得需要有个姑娘帮他喂养大白鹅。

后来，国王找到一个姑娘为他牧鹅。牧鹅的姑娘叫埃塞，许多人看到埃塞时索性叫她鹅姑娘。

一天，英国的王子外出巡视，希望为自己寻觅到一位心仪的未婚妻，他在宫殿外正好遇见鹅姑娘埃塞。

“鹅姑娘，早上好，你在这里干什么呀？”王子问道。

“我在缝补衣服。今天，我要迎接英国来的王子。”埃塞回答。

“可是，你是等不到他的。”王子说道。

“如果我应该得到他，那么，他自会过来的。”埃塞回答。

王子曾经派出许多的画家，让他们画出最漂亮的公主们，然后把画像交给王子，供王子挑选。

王子选出自己心仪的公主，把她接回宫殿。

当公主表现出对王子浓浓的情意时，王子感到心情舒畅。王子拥有一块魔石，他把魔石搁在自己的床前。魔石具有了不起的力量，任何秘密都在魔石面前暴露无遗。

后来，公主进房间前，鹅姑娘埃塞把公主引到一旁，对她说，如果她已经有过心仪之人，或者心头藏匿着没有对王子说过的秘密，那么，她是不能跨越搁在床前的魔石的，“因为它会把你的一切全都告诉王子的。”姑娘说道。

公主心中感到害怕，于是问埃塞是否愿意在晚上代替她躺在王子的床上。等到王子睡着以后，她们两人可以交换地方，不让王子第二天早晨醒来时知道其中有何变化。

后来，她们果然如此行事，交换各自睡觉的位置。

当鹅姑娘埃塞走进房间，踏过魔石时，王子开口问魔石：“是谁躺在我的床上？”

“一个贞洁而又诚实的姑娘。”石头回答。

王子和姑娘同床而眠。

深夜时分，公主走进房间，躺在鹅姑娘埃塞的地方，鹅姑娘离开了房间。

第二天清晨起床的时候，王子问魔石：“谁从我的床上起来了？”

“一个女人，她拥有三个填塞空床的情郎。”石头回答。

王子听到回答，立刻对公主失去兴趣，把她打发回家了，希望重新寻找一位心仪的姑娘。

当他正要外出寻找时，看到鹅姑娘埃塞正坐在他必经的路上。

“早上好，埃塞姑娘，你在这里干什么呀？”王子问道。

“我在缝补衣裳，今天我会遇到英国的王子。”埃塞回答。

“哈，你是无法得到他的。”王子说道。

“命运中应该是我的，那么，我自会得到他的。”鹅姑娘埃塞充满着自信地说道。

王子又找到一位公主，情况跟上回的一样，不同的只是魔石在回答时讲到这位公主拥有六位用于填补床第空缺的情郎。

王子也不喜欢她，打发她回去了。

他希望重新尝试一回，看是否能够找到一位纯洁的姑娘。

王子走遍了异国他乡，后来找到一位心仪的公主。

当他想去看望心仪的公主时，看到鹅姑娘埃塞坐在马路中间，挡住了他的道路。

“早上好，小姑娘埃塞，你在这里干什么呀？”

“呵，我在这里缝补衣服，今天我会迎接英国的王子。”埃塞回答。

“你是得不到他的。”王子说道。

“应该是我的，我会得到的。”鹅姑娘坚信不疑。

公主走进房间前，鹅姑娘埃塞对她说的话如同跟前面两位公主说的一样，如果她已经有了情人，或者在心里隐藏着希望对王子保守的秘密，那么，她是不能踩踏王子床前的石头的。“因为它会把你的情况统统告诉王子。”鹅姑娘说道。

公主听到消息，不由得大吃一惊。可是，她跟上面的两位公主一样狡猾，央请埃塞代替她躺到王子的床上，让她蒙混过关。等到王子睡着时，她们再调换睡觉的位置。这样，王子在第二天早晨醒来时，便不会感到失望了。

她们果然这样做了。

当鹅姑娘走进房间，踏上魔石时，王子开口问道：“是谁要上我的床？”

“一个贞洁而又诚实的姑娘。”石头回答。

两人平平静静地躺下休息。

深夜时分，王子往埃塞的手指套上一枚戒指。他把戒指戴得那么紧，姑娘是无论如何都脱不下来的。

王子已经感到好像有什么地方不对头，所以希望留下一份标记，帮助自己找到真正的爱情。

等到他睡着了时，公主走进房间，躺在床上，命仆人把鹅姑娘埃塞逐出宫。

第二天清晨，王子醒来，开口问魔石：“是谁躺在我的床上？”

“一个女人，拥有九个填补床第空缺的情郎。”魔石据实相告。

王子听到回答，不由得怒火中烧，立刻把公主逐出宫去，然后问魔石，这些公主们都是怎么了，为什么如此前后不一，他实在难以理解。

魔石告诉他公主们作弄了他，她们央请鹅姑娘埃塞踏过石头，躺在床上，让她们渡过尴尬的难关。

王子希望知道魔石讲的是否是真话，便来到正在牧鹅的姑娘埃塞面前。他仔细地检查，希望看到姑娘的手指上是否戴着戒指。

如果埃塞有他的戒指，王子就会迫切地希望娶她为妻，将来立她为王后。

他看到埃塞在一个手指上缠着布头。

王子问她怎么了，为什么缠着布头时，鹅姑娘说道：“我不小心用刀切在手上，受伤了。”

王子坚持想要看个究竟，可是姑娘不想解开缠绕的布头。王子不由分说便抓住姑娘的手，鹅姑娘把手缩了回去，可是布头掉下来了。

王子看到了他的戒指。他立刻拥抱着鹅姑娘埃塞，把她领进宫殿，然后亲自动手，给她穿上美丽的衣裳，把她打扮得花枝招展。

宫殿里开始了热烈而又隆重的婚礼。

呵，鹅姑娘埃塞虽然出身低微，却获得了英国王子的爱情，因为应该她得到的，她自会得到的，鹅姑娘始终坚信不渝。

老妖婆和她的桦树皮鞋

从前，有一个老妖婆，她穷得一无所有，只剩下一双桦树皮鞋。

一天，她将桦树皮鞋塞进包里，准备去闯荡世界。

她走着走着，看到前面有一幢农民的房子，就走进去问主人：“你们能收留我住一夜吗？”

“当然欢迎！”农民回答说。

“可是我带了一双桦树皮鞋，该放在哪儿呢？”

“放在凳子底下，那是搁鞋子的地方。”

“哦，不能和其他鞋子放在一起，否则会混淆的。我还是把它放在鸡窝里吧。”

老妖婆果然将桦树皮鞋搁在鸡窝里。第二天早上，老妖婆起来以后，理直气壮地问主妇：

“我的一只老母鸡放在哪里了？”

主妇非常奇怪：“你哪来的老母鸡？不就是一双桦树皮鞋吗？”

老妖婆决不口软：“我告诉你，是一只老母鸡！”

说完，她走到鸡窝边上，抱起一只母鸡，走了。

老妖婆走啊走，看到前面有一户人家。她走过去问道：“你们能收留我，让我住一夜吗？”

“进来吧！”

“我带了一只母鸡，搁在哪儿呢？”

“放在鸡窝里吧！”

“哦，那可不行，明天会混淆的，分不清楚。我还是将它搁在羊圈里，跟绵羊放在一起吧。”

她将老母鸡放在羊圈里。

第二天，老妖婆结结实实地吃了一顿早餐。临走时，她问道：“喂，我的小绵羊在哪里啊？”

“什么小绵羊？你只有一只老母鸡。”

“瞧你这个坏记性！我明明带了一只绵羊。你如果不肯还给我，我将到月亮跟前控告你。”

最后，老妖婆带走了一只绵羊。她整整走了一个白天，傍晚时又看到面前有一幢房子。

“我能在这里过夜吗？”她走进去问主人。

“进来吧，我们有的是地方。”

“我还带着一只绵羊。我将绵羊拴在哪里呢？”

“放在羊圈里，跟其他绵羊一起。”

“哦，那可不行。会混淆的，分不清楚。我还是将它拴在牛棚里吧。”

老妖婆将绵羊送进牛棚。

第二天，老妖婆结结实实地吃了一顿早饭，临走以前她问了一声：“喂，我的牛拴在哪里了？”

“什么牛？你只有一只绵羊！”主人非常奇怪。

“你们大概记错了吧，我确实带了一头牛。你们要是不还给我，我就告到太阳和月亮上去。”

主人们吓了一跳，他们还没有听说过告状能告到太阳和月亮上去的。结果，老妖婆牵着一头牛，走了。

老妖婆牵着牛，一路上慢吞吞地走着，到了黄昏，她才看到路旁有一幢房子。老妖婆走上前，敲敲门，问：“能让我住一晚吗？”

“进来吧，我们有的是地方。”

“可是我还带着一头牛呢。我把牛拴在哪里呢？”

“拴在牛棚里吧！”

“哦，那可不行！会混淆的，分不清楚。我还是将它拴在马厩里吧！”

第二天，老妖婆在早餐桌上又吃又喝，然后擦擦嘴巴，问道：“喂，我的马儿拴在哪里了？”

“什么马儿？你只有一头牛。”

“怎么是一头牛？我明明有一匹马！”老妖婆一口咬定，“你要是不相信，自己去问一下太阳或者月亮。”

她一边说，一边从牲口棚里牵出一匹马，嘴里还抱怨着：“怎么搞的？我原来还有马鞍和滑橇，都到哪儿去了？”

老妖婆牵马，备鞍，套车，忙乎一阵，赶着滑橇走了。路上，她遇到一只老鼠：“老婆婆，让我坐上来吧！”

“来吧，快快跳上来。”

他们一路走着，又看到一只兔子：“老婆婆，让我坐上来吧！”

“好吧，快上来！”

一行三个，驾着滑橇，好不得意，好不威风。突然，路旁又窜出一只狐狸：“你好，老婆婆，让我坐上来吧！”

“坐上来吧，快！”

他们一行四个，正在行驶，迎面又走来一只大灰狼：“带上我吧，老人家。”

“来吧，快跳上来。不过，我总有点担心，车上已经坐着四个了。”

大灰狼跳了上来，走不多远，突然路边上又走出一只黑熊。黑熊声音粗重，说：“带上我吧，老人家！”

“你没看见马儿拉着我们五个几乎走不动了？车上不能坐了。”

“让黑熊坐上来，我下去吧。”小老鼠悄声地说。

“这有什么帮助呢？你轻得像一根羽毛，黑熊重得像一口袋盐巴。”老妖婆回答。

黑熊苦苦哀求：“还是带上我吧！让我坐在滑橇边，用一只脚在地上帮着撑一把吧。”

最后，黑熊也上车了。他们一路行着，车辕却突然断裂，滑橇嘎的一声，停下不能动了。

老妖婆只得派兔子出去做一根新的车辕。不一会儿，兔子回来了，带回一根柳条，根本派不上用场。

狐狸一看，自告奋勇去做车辕。它出去一遭，带回一根树枝。自然也不顶用。

这回轮到大灰狼了。它叼来一根大木头，可也不能当车辕木。

“黑熊，你出去，找一根大车辕木来！”

黑熊拖回一段十围粗的大木头，木头周围还长着枝枝丫丫，根本不能做车辕木。

“你们都是些只知道占便宜的蠢货，看来还得我亲自去找。”老妖婆叹了一口气，说，“你们可要好好看住马！”

“放心吧，它跑不掉！”

老妖婆前脚刚走，黑熊、狐狸和大灰狼便一齐扑向马儿，将马儿吃得只剩一张皮、一堆骨。它们又将马皮裹着骨头，朝着里面塞了许多干草，让马儿仍旧好好地站在滑橇前，然后，一个个都逃之夭夭，不见了踪影。

老妖婆回来了，带回一根崭新的车辕木。她亲自动手，换好车辕，一个人舒舒服服地坐上滑橇。她一看，所有的动物都走了。“也好，省得车上分量太重，马儿拉不动。”她自言自语地说了一句，便用鞭子抽打一声。可是，车前的马儿直挺挺地站着不动。老妖婆着急了，她使劲一推，人跟马儿一块翻倒在地上。

老妖婆这才知道上了当，她坐在地上号啕大哭：“哦，我的马儿，你是我的唯一财产。哦，不是的，我的那双桦树皮鞋呢？”

贪心的妖婆遇上了贪心的对手，这才赔了马儿又赔鞋呢！

从前，有一个老妖婆，她穷得一无所有，只剩下一双桦树皮鞋。一天，她将桦树皮鞋塞进包里，准备去闯荡世界。

——《老妖婆和她的桦树皮鞋》

农夫和鬼的故事

一天，一个富有的农夫赶集回家。他赶着马车，哼着小调，十分得意。

正当他离开市区，驶上乡村大路的时候，看到路旁站着一个鬼，一身打猎的装束。

“喂，农夫，带我一程吧！我们同路。”

换了另外一个人，农夫一定不乐意带他。可是面前站着一个鬼，农夫不敢违抗。

他停下车，让鬼从车把上爬进来，然后挥动马鞭，一溜烟地往前去了。

马车驶进第一个村庄时，他们看到路上一位老人正东奔西跑，要把前面一口肥猪赶进院子里。肥猪不听话，老是往马路上溜，这会儿，又在一个水塘里打滚。

老人累得气喘吁吁，嘶哑着嗓子，骂道：“你这头蠢货，让鬼把你拖走！”

“听到了吗？”农夫回过头来，看着鬼说，“你可以把这头猪带走。就是在地狱里也不会小看一头烤猪吧！”

“老人讲的是赌气话，”鬼笑着说，“你没有看到他多么喜欢猪吗？”

他们又往前走了，不久来到第二个村庄。马车突然停了下来，原来路中间坐了一个男孩。男孩一声不吭，正专心致志地捏黄泥饼。

这时，只见一位年轻的妇女从家里奔过来，一把拉起男孩，生气地骂道："你这个小淘气，我不是对你讲过一百遍了，不让你到马路上玩，你没长耳朵吗？总有一天你会被车子压死，被鬼拖走，你这个不成材的东西！"

年轻的妇女说着，就扇了男孩一个耳光。

农夫诡诈地朝鬼眨了眨眼，说："这回怎么样？给你生祭一个新鲜活泼的小男孩。你只要伸一下手，就可把他带走了。"

"你这是怎么了？"鬼大笑着说，"你以为他母亲说的是真话吗？你没见那个母亲有多么慈爱，一巴掌便把儿子脸上的泥巴擦掉了。"

"看来你很仁慈。"

"不，我不是天上下来的神仙。我是地狱的主人，只接受人们真心实意诅咒时赠送的礼物。"

"这样的礼物一定不多！"

"偶尔也会碰上。"

他们你一言我一语，说个不停。

农夫希望尽快地把身边的不速之客撵下车去，所以让车轮滚得飞快。

不一会儿，他们又进入一个村庄。村前茅草房里住着一位老太太，正在院子里挖萝卜。

老太太听到车轮咔嗒咔嗒地响，便直起身子，眯着眼睛，朝大路上张望了一下。

哦，她认出来了。

正是那位富足的农夫，前天把她家唯一那只山羊打得半死，直到今天还挤不出羊奶。原因很简单，山羊窜到农夫家的苜蓿地里去了。羊怎么知道这块草地是大户人家的，踩不得碰不得呢？

老太太想到这里便十分气恼。她走上马路，冲着农夫扬起了那只瘦骨伶仃的拳头，气恼地骂起来：

“你这个活剥皮，只有让鬼把你拖了去，大家才得安宁！为了一点小事，你竟然把我的羊打得半死。天哪，怎么不来一个恶鬼，将你一把拖走，送你下地狱呢！”

农夫听到这番咒骂吓得魂不附体。而身旁的客人却突然爆发出一阵令人毛骨悚然的狂笑声。

“老太太这回说的可是真心话，朋友，来吧，你的大限到了！”

鬼二话没说，一把抓过农夫，直奔地狱去了。

三个哥哥的妹妹

从前，有一户人家，父母都去世了，只留下三个儿子和一个女儿。

一天，兄弟三人都去打猎。他们漫山遍野地搜寻猎物，走过沼泽，穿过树林，累得精疲力竭。到了晚上，他们才回到家中，却看到空锅冷灶，连灶下的灰也是昨天的。兄弟三人十分生气。

大哥禁不住骂了起来："妹妹，你一个人在家，却一点不用心料理家务。我们回来时，锅里没有吃的，灶下没有生火。你这样懒惰，怎么过日子。"

二哥也忍不住说："妹妹太不懂事啦，脑子里只有小伙子，一天到晚想着嫁人。"

三哥更是暴躁，他抓过一把大铁铲，将妹妹铲起来，使劲一挥，将妹妹从家里甩了出去。

妹妹呼的一声，飞过了山山水水，最后落到一块茂密的大树林里。她在树林里定了定神，辨认方向后，慢慢地朝前走了。

妹妹正往前走，突然看到眼前耸立着一座大宫殿，宫殿像一艘船似的拴在一根铁链条上。宫殿的墙脚包着黄金，光闪闪地照耀着四周，银色的圆形屋顶朝着天空投射出一束美丽的光柱。

妹妹围着宫殿走了三圈，可她无论怎样仔细寻找，还是没有看到一扇可以进出的门。后来，她看到墙上有一把小铁钩，妹妹正想拉动，却不料宫墙像幕布似的卷了上去，中间露出了一扇宽大的门。她一脚踏进去，看见空无一人的大厅里放着一桌饭菜。妹妹正饥饿难熬，她坐下来，吃了个痛快。

她坐在桌边吃着喝着，突然看到从窗外飞进来一只小野鹅。令妹妹十分奇怪的是，小野鹅在地上抖抖羽毛，顿时变成一位漂亮的王子。两个人一见钟情，相互扑进对方的怀里，热烈地拥抱起来。

第二天清晨，王子离开的时候嘱咐妹妹说："姑娘，我飞走不在家的时候，你可以邀请大哥、二哥来做客，三哥却不能进我们的门！"

王子刚刚飞走，姑娘的大哥便来到宫殿里。姑娘招待他吃喝一顿，让他走了。

大哥走后，二哥来了。他也吃喝一顿，走了。

二哥刚走，三哥就来了。姑娘也热情地款待他，饭后，姑娘告诉三哥："亲爱的哥哥，你现在可以动身上路了。我的丈夫原本不允许我款待你的。"

三哥却不肯走，他从墙上抽出宝剑，顺着壁炉，爬上窗台，守候在那里。

不一会儿，从南边的天空飞来一只小野鹅。小野鹅飞近了，正想从窗口飞进宫内，只见三哥猛地挥去一剑，重重地砍在小野鹅腿上。小野鹅惨叫一声，掉转头，不一会儿便飞得不见了。

姑娘大吃一惊，她非常悲伤。王子飞得无影无踪，姑娘十分懊悔自己不听丈夫的吩咐，闯下这场大祸。最后，她决心去找回自己的王子。

姑娘在宫里找了一根大木棒，又在腿上足足打了三层绑带，然后头也不回地离开了宫殿。

姑娘走着走着，看到前面有一幢房子。房子的门前守候着一头大熊和一只野狼，大熊和野狼的喉头里还发出咕噜噜的响声。这时候，只听到屋内传出一位老太太的吆喝声："要是来了一位热情的客人，那就抓住他的衣角，带到我的面前；要是来了一个危险的家伙，那就撕咬他，把他赶出门去！"

野狼和大熊衔着姑娘的衣角，走进屋子。

老太太热情地问候姑娘："谁的歌声迷惑了你，谁的故事感动了你，你竟然不畏艰难，独自一人，来到这世界的尽头？"

"哦，老奶奶，是我自己命运的歌声，是我自己生活的故事，将我指引到你的面前。我的王子丈夫腿上受了剑伤。请告诉我，如何才能找到他。哪怕寻遍天涯海角，我也要找回我的王子，我的丈夫。"

"可怜的姑娘，你的王子正在大海的那一边忍受着煎熬和苦痛。"

"老奶奶，面前的大海波涛汹涌。我怎样才能踏过海水，到达彼岸？"

"我的老伴就是严寒老人，你顺着他的足迹往前走，也许能渡过大海。"

不一会儿，老太太的丈夫回来了。他们一起吃饭，喝茶，然后躺下休息。

老太太等老伴睡着时，便从他的鞋底上抠下沾着的泥灰，盛在一只小碗里。后来，她又从老伴嘴角边拔下三根胡须。

第二天早晨，老太太将碗中尘土交给姑娘，将三根胡须塞在姑娘手中，另外又给她一个线团，老太太说："你将线团扔在地上，然后一路跟它走下去，看它将你带到哪里。"

姑娘果然跟着线团走了出去，不一会儿，她来到了海边。姑娘掏出尘土，往面前撒了过去。只见海水碰到尘土马上结成一条冰道，直通对岸。

姑娘顺着冰道，一直走过去，她看到海滩上耸立着一座金色的宫殿。她在宫殿周围转了几圈，最后才看到钉在墙上的一只小铁钉。姑娘掏出老人的胡须，碰了一下铁钉，宫殿大门"呀"的一声打开了。姑娘悄悄地走进宫殿，躲在一座火炉的后面。这时，她看到三个女人向自己走来，姑娘连忙出来，央求着说："带上我吧，我要找回我的王子！"

三个女人见她可怜，便将她领到王子日常居住的地方。姑娘掏出老人的胡须在自己头上触了一下，她顿时变成了一个粗手大脚的使女。宫殿的老管家没有发现破绽，就留下她听从使唤。

姑娘干活很勤快。有一天，她得知王子重病在床，危在旦夕，姑娘非常焦急，央求老管家说："老管家，请你将这根胡须放在水中，烧出六碗茶，然后给王子喝下。"

老管家按照吩咐，烧出六碗茶水，给王子端上。王子喝下之后，竟然立竿见影，马上从床上跳了下来。他舒展一下身体，便动身前往太阳国，他要娶太阳国王的女儿做妻子。

天破晓了，接着是黎明和清晨，太阳开始了天空的巡视。宫殿里一片忙碌，准备着王子的婚礼。

王子领着新娘走进宫殿。粗手大脚的使女躲在火炉后面，她看到新娘从手指上撸下一只戒指，搁在桌子上，便连忙走过去，悄悄地拿来塞在嘴里。

王子和新娘躺在床上。新娘转过头来，问王子："你还在想念三个哥哥的妹妹吗？她可是你的第一房妻子！"

粗手大脚的使女听到这番话，她一激动，竟然将口中的戒指咬成两半。太阳国王的女儿立时毙命，只得第二天清晨把她运出去埋葬了。

王子又动身前往月亮国，他要娶月亮国王的女儿做妻子。

过了一天，王子领着月亮国王的女儿回至宫殿，当晚便举行了婚礼。

粗手大脚的使女等到王子和新娘上床以后，便把新娘的戒指偷到手，塞在嘴里。这时候，她又听到新娘问王子："你还在想念三个哥哥的妹妹吗？她可是你的第一房妻子！"

粗手大脚的使女听到这番话，便把戒指咬成碎块。月亮国王的女儿也死了，第二天被运出去掩埋了。

王子十分奇怪，他来到一个房间，在那里弹奏一把七弦古琴。他弹着弹着，弹到三个哥哥的妹妹唱过的一首歌时，七弦古琴突然碎裂成千百块小片。

王子重新弹奏一架竖琴，他弹着弹着又弹到了三个哥哥的妹妹从前唱过的一首歌。突然，竖琴也破裂成千百块碎片。

王子重重地叹了一口气，他明白了弦断琴裂的原因。可是，他的妻子呢？

粗手大脚的使女再也忍不住了，她从火炉后面走出来，来到王子面前。王子正在伤心，只见使女突然变成了三个哥哥的妹妹的模样。

王子冲过去，伸出两臂抱住自己的妻子。从此以后，他们又幸福地生活在一起，生了一大群白白胖胖的儿女。

“老奶奶，面前的大海波涛汹涌。我怎样才能踏过海水，到达彼岸？”

“我的老伴就是严寒老人，你顺着他的足迹往前走，也许能渡过大海。”

——《三个哥哥的妹妹》

担忧怀上身孕的牧师

从前有一个牧师，他整天告诫别人要这样，不要那样，而自己却荤腥不忌，还常到妓院去鬼混。

一天，他突然发现自己腰围增粗，下腹肥胖。想到往日的不检点，他很担心自己怀上了身孕。

肚皮越来越大，牧师越看越像怀上了身孕。惊恐之余，他终于想出一个办法。牧师找来仆人，交给他一只小瓶，瓶内装着小便，他让仆人去找聪明的巫医检验。

事情也真不凑巧。仆人正提着瓶子走着，冷不提防被地上的石头绊了一跤，一个嘴啃泥，把瓶子摔得远远的。

仆人急忙奔过去，拾起瓶子一看，幸亏没有摔破，不过里面的小便却早已泼光了。

怎么办呢?

他拎着一只空瓶束手无策。

这时，路旁走过一头母牛。母牛走着走着停了下来，叉开后腿，正在撒尿。

仆人一看，有了门路，赶紧过去，好歹接到半瓶子母牛尿，随后，他把尿瓶送到了聪明的巫医家中。

巫医闻闻看看，口中嘟嘟哝哝，后来又翻查一本大书，经仔细核对，最后终于断定，瓶尿的主人已经怀孕，而且有可能生下一头花白泛红的牛。

白纸黑字，写得分外清楚。

仆人将检验结果送到牧师手里。

牧师看到结果，顿时觉得五雷轰顶。他又羞又怕，匆忙从家里溜了出去。他是牧师，要是教区的人们知道这位男性牧师居然怀了身孕，这样的丑闻会飞快地传扬开的。

溜出家门以后，牧师心慌意乱，一直走进树林，不料却看到一个人吊死了，挂在一棵大树上。

牧师是个十分贪心的人，他想这人死了也就算了，只是可惜了一双崭新的高筒皮靴。牧师试了试，想把死人脚下的皮靴扒下来。

不行，那人的脚很大，而且又僵硬地套在靴子内，除非用刀子将高筒皮靴连腿一道割下来。

牧师想到这里，索性一不做二不休，飞快地割下死人的腿，然后，他带着塞满死人脚的高筒皮靴离开了树林。

晚上，牧师来到一个农民家借宿。这一家上下都在忙碌，他们家的母牛要生牛犊了。

牧师将割来的靴子搁在厨房的灶边，希望炉火能将靴内邦硬的双脚烘软，就好剥下靴子了。而他自己则在一旁找了块地方，躺下休息。不一会儿，牧师打起了呼噜，睡着了。

这天夜里，主人家的母牛果然生下一头小牛犊。小牛犊生下以后摇摇晃晃，踉踉跄跄，像个醉汉。

牛棚里很冷，这家的姑娘生怕小牛犊冻坏了，就抱着它进厨房间，将它放在炉灶边上。

厨房很暖和，小牛慢慢地活动着身子，它用舌头东舔一下，西舔一下。最后，小牛竟然舔到牧师的脸上，将牧师舔醒了。

牧师睁开眼睛，看到眼前有一头刚生下的小牛，在火光的映照下，花白的小牛泛着红色。他大吃一惊，以为自己当真分娩了一头小牛。

“我这下子算是彻底完了，”牧师自言自语，“我成了魔鬼，遭到了报应。”

他再一看，庆幸厨房四下无人，便急忙开门溜了出去。他的行李和高筒皮靴全部忘在里面。

第二天清晨，姑娘开门来到厨房间，她看到牛犊站在炉灶边上正在舔高筒皮靴。姑娘奇怪小牛犊为什么满嘴是血，当她看到两只高筒皮靴里面是一双血淋淋的脚时，吓得魂飞魄散。她没命地奔出厨房，来到农民面前，气急败坏地说：“天哪，我的上帝！你们无论如何也得饶恕我的罪孽！我将小牛犊抱进厨房取暖，那里住着昨晚来投宿的人。你们知道吗，这回闯了惊天大祸，小牛犊把那个投宿的人吃掉了，厨房里只留下两只脚了！”

老狼的祷告

那是很久以前的事情。

森林里有一只老狼，这一天，它感到浑身不舒坦，它耷拉着脑袋，摇晃着尾巴，踉踉跄跄地穿过树林，似乎连腿都抬不起来。

当然，森林里谁也不会同情老狼。大家都绕一个大圈子，躲过它。

只有那只松鸦例外，它反正是个单身汉，只身飞走，等于全家迁居，没有什么顾虑。松鸦看到老狼，打老远就喊起来：“喂，怎么了，你这个家伙！小羊羔吃多了，撑得难受吗？你啊，撑不死的老狼，你难道不会受良心的折磨吗？”

听了这顿劈头盖脸的数落，老狼心里直冒火。可是，它毕竟没长翅膀，所以装作什么也没有听到似的走了。

“良心是个什么东西，它怎么会折磨人？哦，良心一定是个可怕的妖怪。”

老狼琢磨着松鸦的话，心里害怕起来。它决定马上到教堂去，要在那里做祷告。

老狼来到了教堂。

牧师吃了一惊。别说他没有看到过老狼进教堂，就是书上也从来没有写过这回事。不过，牧师还是让老狼走了进来。

牧师在祈祷椅上坐下来，他要求这位不速之客把压在心头上的折磨统统向他倾诉一番。

“近来我一直感到不舒服，”老狼抱怨着开始了祈祷，“我心里很忧郁，什么事情也不能让我开心。我一点胃口也没有，竟然连一只小兔子也不想吃。”

“可是，可是……”

牧师震惊得语无伦次。

“我已经支撑不住自己的双腿了，”老狼继续说，“我感到拖着自己的身体就像拖着一座沉重的山一样。”

“啊，原来如此，我明白了。兄弟，你这是在遭受良心的折磨呢！”

牧师终于听懂了老狼的讲话。

“对，刚才松鸦也是这样说的。不过，为什么给我摊上这么一颗恶毒的良心？”

老狼不满意地嘟囔着。

“你不是伤害了许多无辜的小动物吗？瞧，你的嘴边还沾着许多血迹呢！”

牧师提醒老狼。

“这倒也是真的，我伤害过许多小动物。但是，我还远远没有坏到十恶不赦的地步。”

老狼叹息着为自己辩护。

“朋友，你应该真心诚意地为自己过去的行为忏悔，向上帝祈祷，再说，你这一辈子可从来没有做过什么好事啊！”

牧师的态度十分严厉。

“哦，我从来没有做过好事？”老狼受了委屈似的吼叫起来，“你知道得很清楚，我原本可以咬死更多的小羊羔！我也可以窜进羊群，吃个痛快。我可以吃山羊、绵羊，吃母牛、小马……我可以看到什么吃什么。我还特别喜欢喝人血。呵，人血的味道鲜美极了。”

“这我相信，你这样的害人精什么坏事都干得出来！”牧师愤怒地喊了起来。

“可是我干了这些坏事了吗？我没有干。”老狼非常狡猾。

“牧师啊，你只要想一下，我因为饶恕了它们，便给世界增添了多少小生灵。比如你吧，我就没有把你一口咬死！你应该由此看到我的宽容，这就是我做的好事。你不觉得我应该为此而受到奖励吗？”

“是的，你应该受到奖励！我会马上给你。”

牧师转过身子，拿起一根木棍，将厚颜无耻的老狼从教堂里赶了出去。

“你这个无耻的家伙，你那黑色的灵魂即便在你死后也永远得不到拯救！”牧师指着逃跑的老狼说，“你必须在荒凉的草原上啃一辈子青草。这样才能为自己赎罪！”

从那以后，老狼遭受良心的惩罚，它必须在荒原上吃一辈子青草。

可是老狼很难真心诚意地为自己赎罪。它只要感觉到肠胃空得慌，就悄悄地窜到羊群边上，扑倒一只绵羊或羊羔。

你可别指望老狼会改变它凶残的本性。

所以，世界上从来没有一只恶狼能够升上天堂。

“良心是个什么东西，它怎么会折磨人？哦，良心一定是个可怕的妖怪。”

——《老狼的祷告》

小偷和国王

从前，有一个国王，他的珍宝宫内藏着许多无价之宝。

国王早就发现他的珍宝在不断地减少，一会儿一根金项链不见了，过不了几天又少了一只金戒指和一条银腰带，甚至连杜卡特金币也日见减少。

国王倒并不吝啬。

“我不会因此而变穷的！”他想。

不过，在王宫里有一个小偷出入，总是件叫人腻味的事。

于是国王下决心伏击，准备当场抓住这名惯偷。

这天晚上，他换上一件破旧的衣服，鼻子下面贴了两撇黑色的八字胡，不让别人认出他来。化装以后，国王悄悄地躲在珍宝宫的角落里，他静静地等了一夜，可什么动静也没有。

国王不甘心，又等了一夜，还是落了空。

到了第三夜，国王疲倦了，正想要打瞌睡时，只听到烟囱内发出窸窸窣窣的声音，不一会儿，里面果然钻出一个小偷。

小偷蹑手蹑脚地走过来，他异常灵巧地将橱门打开，伸手抓了几样宝物，放在手帕里包好，塞进衣服口袋。他又从皮口袋内拿了几个杜卡特金币。然后把皮口袋扎紧，放回原处，不动声色地将门关上。

正当小偷要离开时，化了装的国王从墙角钻了出来，小声地打着招呼：

“你好，伙计！你不打算给我留下点什么吗？”

小偷听到声音，吓了一跳。可是等他看清站在面前的人长着一脸乱七八糟的胡须，还穿着一件乞丐般的衣服时，就放心了，说：“你也是我们这个行当里的人吗？”

国王点点头。

“你在我前面就来了，怎么还没有动手呢？”

“我开不了宝物箱上的鬼锁。”贴上八字胡的国王当然也不怕说谎，他显出沮丧的样子，装得还挺像。

小偷吃吃地笑了起来，他悄悄地回答说：“兄弟，看来偷窃并非是任何人都有的天赋，它也需要心灵手巧！”

“对，对。你愿意带我学徒吗？”

“我可不想。这个王国里的小偷已经够多了。而且，依我看，你也不适合干这份差事，你太笨！”

小偷快人快语。

“我看你还是教我一次吧，”八字胡恳求小偷，“如果我能见一见师傅怎么行窃，那么我一定能够学会。”

“好吧。”小偷终于答应了。他们决定七天以后的半夜时分准时在珍宝宫里见面。

七天过去了。当塔楼上传来午夜十二点的钟声时，小偷和化了装的国王准时碰头了。

“你带着家伙了吗？”小偷轻声地问国王。

“带了。”国王说着，从口袋里掏出一串叮当响的钥匙。

“嘘，别出声！”小偷嘘了一声，说，“试一下，看可有一把合适的！”

国王故意试试这把，又试试那把，在珍宝箱的锁眼里捅了半天。小偷不耐烦地说：“拿来给我，我教你怎么开锁！”

“这下找到钥匙了。”国王说着，用一把钥匙将锁打开了。

“啊，还不错，”小偷高兴地说道，“你看上去像只笨瓜，实际上还算伶俐。好吧，现在开始动手吧！”

八字胡用不着思考，他从大衣里面抽出一只口袋，便满捧满捧地抓着宝物往口袋里装。口袋装满了，八字胡又在上面塞进一堆杜卡特金币，然后抓着口袋往背上一甩，扭头就走。

“站住！”小偷将他一声喝住，“你发疯了！你一下子背这么多东西回去？”

“你别急呀，回去我们再分吧！”八字胡解释说。

“别想好事，赶紧送回去，你这个贪得无厌的家伙！”

“你这是怎么了？你以为我是傻子吗？”

八字胡笑着，已经走近门边了。

小偷见状很生气，他一步跳过来，朝着八字胡扇了两个嘴巴，却不料将国王的假胡子打落在地上。

黑暗中小偷也没有在意，他依旧骂着：

“你到死也成不了一个真正的小偷，你一点也不知道什么是分寸。要是每个人都像你一样贪得无厌，一扛一口袋，那么我们这位国王兄弟到哪儿去过日子？他的周围已经充满了骗子和窃贼，那些大臣和将军已经偷得他够惨的了。快把这口袋宝物送回去，最多也只能少拿几块。”

就像国王钻出墙角一样，月亮也钻出了乌云，银光直泻，照得宫里亮光光的。

小偷突然发现他的伙伴没有了黑色的八字胡，他再仔细一瞧，吓得腿肚子直打战。

可怜的小偷认出了他的国王。

国王真是一个宽厚的人。他微笑地看着小偷，说：“很好，你如此忠诚地捍卫着我的珍宝宫，我很满意。我相信你是一个难得的经营好手，从今以后，珍宝宫就委派你来管理。这样，我的大臣和将军们也许就偷不了那么许多啦。”

“国王陛下，您尽管放心！”小偷回答着，向国王深深地鞠了一躬。

果然，自从小偷管理国王的珍宝宫，盗窃的事情不再发生了。王国又恢复了安宁。

要是有人不思悔改，想弄个小名堂欺骗国王，那么他的小伎俩立即会被揭露。这位新大臣的眼睛可是雪亮的。

从那以后，不仅王宫里，整个王国里都没有偷窃的事情发生了。

公鸡得了个第一

从前，大公鸡和山琴鸡，及所有的动物都住在森林里，它们和睦相处，生活得很愉快。

一天，公鸡和山琴鸡为树上掉下来的一颗栎果发生了争执。

“这是我的，我的！”公鸡叫了起来。

“不对，不对！是我的！”山琴鸡也不相让。

“我第一个看见！”

“我早就看见了！”

它们争来争去，差一点打起来。

山琴鸡十分生气，说：“行了，我不再喜欢这块地方了。我要到别处去。”

“我也离开森林，不再留在这里了。”公鸡说。

“你到哪里去？”山琴鸡问。

“也许到一个农民家里。”

“我也将到一个农民家里去！”山琴鸡模仿着公鸡的腔调说。

“你别去，我一个人去，马上就走！”公鸡竖着羽毛，阻止着山琴鸡。

“不，不，不！我马上动身！”

一时间，谁也听不清它们在说什么，只是一片嘈杂，一连几声的“不，不，不”，“是，是，是”，“你别去，我去”，“我去，你别去”！

它们两个争得唇焦口燥，渴得不行。于是，又一起来到小河边，饱饱地喝了一通冷水。

最后，公鸡想了一个主意：“我们为什么要争执不休呢？我知道应该怎么办，我们应该比赛。大家同时离开森林，看谁第一个跨进农民家的门槛，那它就留下来。好吗？”

山琴鸡想了下，点点头。

它们一起来到森林的边缘。公鸡挺起胸脯，它神气活现地喊道：“注意了，各就各位——预备——跑！”

它们朝着农民的院子奔跑起来。

公鸡很壮实，腿又长，很快便超过了山琴鸡。山琴鸡翅膀硬朗，它鼓起翅膀，放开脚步，像顺风的船帆一样，很快又超过了公鸡。

公鸡也想鼓起翅膀，可不行，它的翅膀像破布似的，漏风，于是只能凭脚力。它深深地吸了一口气，伸长脖子，飞快地向前，追上了山琴鸡。

山琴鸡决不服输，它又飞又跑，赶到了前面。

它们你追我赶的，不断地交替领先。

眼看快到农民的家门了，公鸡正在着急赶路，不提防在石头上绊了一下，差点摔倒。

山琴鸡趁机赶上一步，走在了前头。

公鸡看着自己要输，便在后面叫了起来：“你刚才坐在什么地方？怎么在尾巴上有一块白点？”

山琴鸡转过身来，想要证实一下。

这真是一个大大的错误。它真不应该这样做的！

这时，公鸡一步抢先，跨进院子。它回过头来，得意地叫着：“喔——喔——喔，这里就是我的屋！”

山琴鸡气得干瞪眼。

从那以后，公鸡留在了农民的院子里，山琴鸡依然住在森林中。

吝啬鬼的遗嘱

从前，有一个富裕的农民。他口袋里的钱越多，为人就越吝啬。

他曾有过一个妻子，妻子勤劳又善良，可是由于他的虐待和折磨，过早死去了。他唯一的儿子也远走高飞，没有人知道他去了哪里。

吝啬鬼孤零零地生活，他雇了一个长工，帮他照料田地和庄园。

长工名叫佩尔，是一个聪明又漂亮的小伙子。他一年到头辛勤地耕作，一个人干三个人的活。当然，他也要吃两个人的饭。主人看他吃饭的时候常常忘掉他干的活，很是不满。

你看，那个吝啬鬼又在盘算了：“我从什么地方能节省呢？毫无疑问，只能从吃饭上。”

这天，他对佩尔说：“看我今天给你准备了多好的饭菜啊，特别是这道精致的菜汤！”

佩尔非常熟悉那道精致的清汤，他一个星期吃六次，能忘掉吗？

现在，吝啬鬼又在午饭时给他端上这道精致汤。只见佩尔把勺子放在一边，却将两只手伸进汤里，捞来捞去。

“你疯了吗？怎么将两只手放在汤里？”吝啬鬼大吃一

惊，急叫起来。

“哦，我看到汤底沉着一颗豌豆，我想把它捞起来，这样我就能吃饱了。”

佩尔一本正经地回答。吝啬鬼听了羞得满脸通红，他连忙搭讪着拿过一根香肠，切了几块，放进汤里。

又过了一个星期，这天中午，吝啬鬼和佩尔正在仓库前面忙碌，忽然从旁边走过几个邻居。吝啬鬼急忙附在佩尔的耳边，悄悄地说道：“你赶快停下来，装作刚吃完饭的样子，好像刚刚又啃又咬，又撕又嚼，然后再满意地擦擦嘴巴！”

佩尔明白了吝啬鬼的意思，他鼓着空嘴巴不断地咀嚼，发出吧嗒吧嗒的吃饭声，偶尔还穿插几个响亮的饱嗝。当着众人的面，佩尔又用手背不断地擦着嘴角。不知道的人还以为他刚吃完熏鸡或者烤鹅呢。

吝啬鬼满意地微微笑了。

佩尔等邻居们一个个地走了，便躺在树荫底下，舒舒服服地发出了鼾声。

“你发疯了？什么地方学来这套本领，大白天打鼾？”

吝啬鬼十分生气，骂了起来。

“我刚才装着吃饭的样子，现在还得装出休息的样子。别让人家以为你只让我吃饭不让我休息。等一会儿邻里们回来，听到我的鼾声时，他们一定认为你是个宽厚的主人。”

不一会儿，佩尔就开始打鼾了。吝啬鬼在一旁干瞪眼，眼看着佩尔整整一个白天没干活，他也不知道怎么办才好。

从那以后，吝啬鬼再也不强迫他的长工当着别人的面装出吃饭的样子了。而且，佩尔有时候带一块大面包去干活，他也睁一只眼，闭一只眼，不敢再嘟哝。

日复一日，年复一年。吝啬鬼越来越吝啬，不过佩尔也越来越有办法，总能很好地对付他。

吝啬鬼上了年纪。终于有一天卧病在床，起不来了。佩尔除了在田间干活以外，还要给他端水送饭。他可不像吝啬鬼，他烧的饭菜又油又香，营养好，量也多。这样的饭菜吝啬鬼就是结婚时都没有吃上过。他要是不生病，一定能吃个痛快。可现在，死神已经在他的肩膀上跳舞了，他只能看得多，吃得少。每当佩尔将剩饭剩菜端走时，吝啬鬼总是心痛地骂他："你看，还剩下这么多，你这个不知节俭的败家子！"

"别担心，浪费不了，有我呢！"

佩尔安慰地说。他坐在桌旁，敞开胃口，吃得津津有味。

吝啬鬼看见佩尔嚼着大块的肉，撕着大块的鸡，吃得又香又甜，心疼得要死："在我病好以前，你会把我的财产吃光的！"

吝啬鬼正在骂人时，有人敲门，佩尔开门一看，原来是几个邻居来了。邻居们摘下帽子，其中有一个人代表大家说道："老邻居，听说你重病在家，所以大家来看望你。你近来好吗？是否有什么吩咐？"

吝啬鬼一看来了这么多人，顿时像来了救星。他用不住颤抖的手指着正在桌旁大吃大喝的长工，断断续续说："我……我……我的……家产……田……地……全……全给……给他……”

下面的话，他肯定是想说“吃光了”，可是，他还没有说完，竟然头往枕头上一歪，死了。

邻居们可是清清楚楚地听到了他最后的那句话，以为这就是他的遗嘱，即把吝啬鬼所有的家产和田地全部赠送给了佩尔。

就这样，佩尔顷刻间成了一个富有的人。他勤勤恳恳地经营，日子过得很开心。当然，他心里很明白这份财产是怎么来的。

瞎子船长

两百年前，在瑞典的页泰堡城有一个年轻的船长，名叫彼得尔松。他常常驾船运输各类货物，来往在西班牙和页泰堡之间。

这一回，他从西班牙装回满满一船盐，一路顺风顺水，彼得尔松想象着回到家中与妻儿老小团聚的欢乐情景，异常高兴。

可是他在海上航行几天以后，大船似乎突然搁浅了，船底好像出现了一股看不见的力量，拖曳着，不让大船前进。

彼得尔松连忙确定方位，他知道大船正在深水航行，附近没有暗礁。可是船怎么会突然停止不动，似乎在海里生了根一样呢？

真是不可思议。

船长和水手们都很惊讶，他们面面相觑，感到十分恐惧。大家开始默默地祷告，希望能躲过即将到来的灾难。

正当大家不知所措的时候，面前突然出现一位老人。老人来到船长跟前，对他说：“别害怕，船长先生。你们只要按照我的愿望行事，我保证你们不会发生灾祸。我知道，你们装了满满一船的食盐。我愿意照数全部买下，或者至少买下大半，我会付给你们现款的。”

船长当然不愿意在碧波万顷的海面上做这样的买卖，于是他推托说自己只是一名船长，大船及船上的货物都不属于自己，瑞典的一些商人才是它们的主人，所以他不能擅自作主，出售食盐。

老人听完这话，愠怒地朝船长翻了翻白眼，说："你卖掉盐，会得一笔好价钱，我不相信会有人因此而责怪你。你到底希望要什么价格，也可以对我明说。而且，我也就告诉你，你如果满足从我的愿望，你们的船永远也别想离开这个地方。"

老人的一番话说得船长心惊肉跳。他走南闯北，从来也没有遇到过这样的顾客。大海是个不饶人的地方，船长清楚地知道对方的力量，自然也不敢再违背他的意志。

"我如何把盐交给你呢？你连装盐的口袋也没有。"船长大着胆子朝老人上下打量了一番，赔着小心问他。

"直接丢下大海！"老人用右手朝船旁的大海指了指，告诉船长。

"你要多少吨食盐？"

"你就让人往下摔吧，等到够了的时候，我会告诉你的。"

船长一看没有其他办法，只得下命令往大海里扔盐包。大家默默地往大海里投下一包又一包的食盐。足足扔下了好几百吨，这才听到老人命令停止。

"够了，我已经满足了，虽然我很希望将你们船上的食盐全部买下，不过，还是给你们留下一点为好，"老人显得十分通情达理，"你们当中有谁愿意跟我一起去取款？我不能白白地拿你们的食盐，让你们蒙受损失。"

水手们你看着我，我看着你，没有人敢吱一声。船长心里只盼着早点开船，付款不付款，只是一件无所谓的小事了。

这时，只见一个水手站了出来，说愿意跟着老人取盐款。

“我们该怎么走，到哪里去取款呢？”水手小心翼翼地问老人。

“跟我往海里跳吧，你别害怕。”说完，两个人一起跳下了大海，消失不见了。

“老人和水手都不见了。我想，我们也许再也见不到他们了。”船长十分悲伤，他为损失一个伙伴而难过。

“船长先生，我们不能灰心，还是应该保持镇静，期待一个完满的结果。”

水手们不忍心就这样抛弃同伴，他们鼓励船长，希望再等一会儿。

再说那个水手跟老人跳下大海之后，竟来到一块绿地，那儿放牧着几百头母牛。

“你看到这群母牛了吧？”老人指着遍地母牛，问水手。

“是的，我看到了。”水手一面回答，一面觉得十分奇怪。他明明跳下了大海，怎么来到的是一个牧场世界？

“对，看到就好了。我要是将这些母牛全杀了，该需要多少盐才能腌制？”

“当然需要很多盐。”

水手附和着老人，一起来到一幢陈设豪华的房屋里。

“坐下吧，我的朋友！”

老人说完，走到窗下的写字台前，他拉开抽屉，露出许多金币、银币和铜币。老人取出一大笔款子交给水手，说：“这是一笔盐款，”除此又塞给他一把金币，说，“这是给你的小费，因为全船上下只有你一个人敢跟随我下海。”

水手感激地收下钱币，小心地塞在内衣口袋里。这时候从另外的房间走进来一位漂亮的姑娘，后面跟着一个老年妇女。看来老年妇女像是买盐老人的夫人。

“快去给水手倒一杯葡萄酒来！”

老人吩咐漂亮的姑娘。姑娘转身走了出去。不一会儿，果然端来一大杯美酒，递给水手。

“喝吧！”老人和蔼地说，“你用不着担心和害怕。”

水手端着酒，却不敢尝一口。谁知道喝下这杯酒会产生什么样的后果呢？

老人又重复一遍他的话。

水手不敢再拒绝了，他害怕老人会因此发怒而且不让他回船。水手暗暗地祈祷上帝保佑，颤抖着双手端起酒杯，闭上双眼，一饮而尽。

真是好酒！

喝过葡萄酒以后，水手请求老人，让他平平安安地回到船上去。

“好的，我送你回去。我们应该先到盐坡，你从那里很快就能回到上面。”

老人说完，陪水手一同走了出来。他们还没有走到盐坡，老人突然不见了。水手正要呼喊，猛地看到自己原来已经站在大船的甲板上了。

大家看到水手凭空落下，都很惊讶。

水手把水下发生的故事详详细细地述说了一番。他从口袋里掏出盐款，交给船长。

这时，大船奇迹般地活动起来，航行的速度比先前还要快。船长高高兴兴地领着全船水手，安全地抵达页泰堡。

后来，彼得尔松船长在多年的航海生涯中，也时常经过那个老人买盐的地方，可是再也没有发生过类似的事情。

又过了许多年，年老的彼得尔松船长退休了。也许他已经厌倦了海上生活，所以特地挑选了一个远离页泰堡的乡村小镇住下，安享田园之乐。

一天上午，彼得尔松在镇上赶集，他突然遇到了从前在西班牙海面上向他买盐的老人。彼得尔松走上前去，向老人行了个礼，说："你好，我尊敬的老朋友，你也住在这座小镇上吗？"

老人向他投过一束严厉的目光，问道："你真的认出我了吗？"

"当然，一点没错。"彼得尔松说得非常肯定。

"那么以后你再也不能看到阳光与世界了，因为你已经认出了我。"

说话间，彼得尔松突然觉得眼前一黑，他已经双目失明了。

老船长凭着记忆，好不容易才摸回家中。他虽然又老又瞎，却时常讲到那一段真真实实的经历。

恶龙和农民

一天，狡猾的恶龙一不小心掉进山缝里，身体被山缝紧紧地夹住，再也爬不上来了。几天里，恶龙不能动弹，连水也喝不上一口，眼看着就要死在山缝里了。

这时候恰巧来了一个农民，农民看到石头缝里夹着一条恶龙，立刻操起棍棒，迎面挥过去，想把恶龙打死。

想不到恶龙竟然声音微弱地喊了起来："好心的先生，请饶我一命，救我出去。将来我一定会报答你的。"

"不，"农民一口回绝，"你罪孽深重，是个恶魔。我应该马上把你打死。"

恶龙苦苦哀求，希望能够获救。

农民见它的样子实在可怜，终于动了恻隐之心。他说："我把你救出夹缝，可你一定会恩将仇报，将来会伤害我的。"

"哦，我的朋友，"恶龙连忙接着说，"你怎么会有这样的念头？如果你救了我，那就是恩重如山，我报答都来不及，怎么还会伤害你呢？好心的先生，请可怜可怜我吧！我已经几天没吃没喝，马上就要死了。救救我吧！"

农民站在那里，半天没动弹，他十分踌躇，左右为难，不知应该怎么办。他有些同情恶龙，但又觉得应该把它打死。

最后，他咬了咬牙，下决心做件善事。他说："好吧，我来帮你。”

农民说完，拿起一根大木棍，伸进山缝，来回摇动。最后，木棍被夹住了，恶龙却猛地挣脱了出来。

恶龙刚刚逃出山缝，立即眼露凶光，扑向农夫，用身体将他缠了三圈。农夫惊恐万状，哭哭啼啼，苦苦哀求，请恶龙放了他。

“不行，我的朋友，”恶龙沾沾自喜地说，“你难道不知道一条古训，叫作好心不得好报吗？”

“天哪，”农民悲痛万分，他说，“我要是早知如此，应该刚才就给你三木棍，让你立即死在夹缝里。朋友，还是饶我一命，别让我死吧！你要是饥饿难挨，我可以给你肥猪壮牛，管你吃饱喝足。我这样做，可算尽了朋友情分吧？”

“行了，”恶龙听他一通啰唆，有点不耐烦，说，“这样吧，我们一块儿出去，要是路上遇到的朋友都认为好心应该恶报，那么我就吃掉你。如果他们认为好心应该善报，那么我就放掉你。这样总算是公平合理了吧？”

农民没有办法，只得跟在恶龙后面，一路往前走去。

他们走啊走，迎面过来一条猎狗。猎狗又老又瘦，筋骨凸现。

“喂，对面那位抓兔子的老朋友，请回答我一个问题：做了好事应该得到怎样的报答？”农民着急地问。

“好心恶报，历来如此。不管你做了多少好事，到头来总免不了挨打受骂，没个好下场。我现在算是看透了。

“我也有年轻的时候，也有青春时代。当年在猎场上我跑得比兔子还快的时候，日子过得真不错。主人给我吃喝，我还可以任意地进出各个房间。人们夸奖我机智灵敏，你抢我夺想得到我，我从这个主人手里又高价转到另一个主人手中。

“可是，现在我老了，不能再为主人服务了。主人就把我从屋子里一脚踢了出来。我成了一条丧家犬，成天在外面东奔西走，寻找食宿。这就是人们对我勤奋一生的报答。他们早已忘掉我给他们抓到多少兔子，抓到多少狐狸了。

“我这一辈子，算是领教了恩将仇报的苦头。你何必还来问我呢？”

猎狗说到伤心处，摇了摇头，眼睛里还闪着泪光。

“听到了吗？”恶龙转过头，问农民，“这条狗说，它捕捉猎物，勤奋工作一辈子，可是到头来却得到恶报。不信你跟我再往前走，还会听到更多的抱怨呢。”

农民没法子，只得悲伤地跟着恶龙继续往前走。不大一会儿，他们遇到一匹长毛瘦马，瘦马正在山坡上懒散地走着，啃食青草。

恶龙一看到瘦马，打老远就呼喊起来：“喂，做了好事应该如何报答？”

“恶报！恶报！当然是恶报！”马儿抬起头，露出一副残缺不全的牙口说，“我年轻力壮的时候，拉车负重，什么苦活累活都干，主人给我好的饲料，又将我的身体洗刷得油光锃亮，到处都夸赞我的体态和容貌。不是我吹牛，那时候许多人都希望骑上我抖抖威风。我被高价出售，主人换了一个又一个。

“现在呢？再也没有人关心我了。人们虐待我，常常忘记给我喂料端水。没有办法，我只得挣扎着走到山坡上找一点青草啃啃。

“咳，世界上没有动物比我们马儿的命运更悲惨了。我为主人服务了一辈子，现在落得这样的下场，能说不是好心恶报吗？”

恶龙听了十分得意，说：“这回该听明白了吧，我的朋友。你做了好事，现在应该得到恶报，这是天经地义的。你不再觉得后悔了吧？”

“不！不！”农民大声呼喊，“我救了你的命，想不到却要为此丧失自己的生命。”

农民看着死期将近，急得就要昏倒了。这时，他看到远方走来一个老人，顿时又有了一线希望。他哀求说：“你看，前面来了一个老人。要是他也主张好心应该恶报，认为我应该被你吃掉，那么我也就心甘情愿，死而无憾了。”

“好吧！”恶龙点点头，“就让这位老人做我们的仲裁吧。”

对面的老人一步步走近了。他忽然看到迎面而来的农民身旁，竟然有一条恶龙，暗暗吃了一惊。

“做了好事应该得到怎样的报答？”恶龙挡住老人的去路，问他。

“那就应该看是怎样的好事了。”老人沉着地回答。

农民连忙走上前，把如何救助恶龙的经过重新述说了一遍，临结束时还朝老人使了个眼色，示意自己正面临着危险。

老人听了农民的讲话，不动声色，他沉思了一会儿，显出左右为难的样子，说："这件事我很难作出判断。第一，我不知道它到底发生在什么地方；第二，我也不知道当时的经过究竟是怎样的。"

"噢，原来如此，"恶龙一听，就对老人说，"你跟我来，我们到原地去看一下。"

他们一行来到那道山缝前，恶龙把当时如何陷在里面，如何饥渴等都一五一十地告诉了老人。

老人听了，表情显得十分疑惑。他对恶龙说："你讲的这一番话听起来很逼真。不过，这道山缝这么细，怎么能把你夹住呢？我看不可能！"

"不，不！完全可能，完全可能！"恶龙急切地叫着。

"耳听为虚，眼见为实，我希望能亲眼看到当时的情形，然后才能告诉你，做了好事应该得到怎样的报答。"

老人显出上年纪的人那种特有的固执。

恶龙知道再解释也是枉费口舌，不如干脆做给他看。于是，它扭动着身子，钻进山缝，就像先前发生过的那样。

老人转过身子问农民："山缝里怎么还有一根木棍支撑着？"

恶龙没有等到农民回答，就抢着说："快拿掉，快拿掉！最初是没有木棍的。"

农民急忙将木棍抽开，山缝猛地夹紧起来。恶龙左右挣扎，它又不能脱身了。

“当时真是这样的吗？”老人问它。

“是这样的，是这样的，就是这样的！”

“夹在里面难受吗？”

“太难受了！老人家，赶快把我放出来。”

恶龙又露出一副哀求的可怜相。

“那么你呢？你当时想怎么处置它呢？”

老人像个裁判，左右两个方面都要照顾到。

“那时我曾想将它一棍子打死！”农民指了指手上的粗木棍。

“那么现在呢？”

“哦——我知道了！”

款待牧师的烤肉

从前有一个村庄，住着一个富有但却十分吝啬的农民。

这一天，农民准备为孩子洗礼，全家因此都在恭恭敬敬地等候牧师的到来。

“我们连烤肉都没有准备，”农民突然想了起来，“这显得我们太寒酸、太不懂礼貌了。难怪城里人瞧不起我们呢！”

“啊，我们会找到一个补救方法的，”农民的妻子也是十分精明的人，她说，“我们其实可以杀掉一只猫，就说这是烤兔肉。牧师只知道做祷告，他哪里会品出这是什么肉呢。”

农民一拍大腿连连称赞好主意：“就这么办！就这么办！”

猫正躺在桌子底下打呼噜。它一听这话，知道危难当头，急忙纵身跳到窗外，准备逃跑。

它在院子里遇到啼晓的公鸡，公鸡问道：“你匆匆忙忙地要到哪里去呀？”

“不好了，主人今天招待牧师，准备把我杀了，代替烤兔肉。我必须躲过这场灾难。”猫说。

公鸡一听，身上顿时起了一阵鸡皮疙瘩，它说：“如果主人找不到你，一定会拿我代替的。再说烤鸡也不比烤兔差。对，我也得离开这里。”

于是它们结伴而行。

刚出院门，它们又碰到迎面走来的一只肥鹅。肥鹅非常奇怪地打量它们，问它们到哪里去。

猫连忙告诉它说："我们必须躲过今天的灾难。主人要把我们杀了，做成烤肉，招待牧师呢。"

"看来我也得离开。你们走了，主人一定会拿我代替的，杀了做烤鹅，像过圣诞节似的招待牧师。"

肥鹅一边说，一边也紧跟在后面跑了起来。

它们一行离开庄园，来到一片草地上，看到一头正在啃青草的大公牛。

"你们这一伙子结伴而行，要到哪里去？"公牛的嗓音十分沉闷。

猫把它们出逃的原因述说了一番。公牛一听，也觉得事态严重，它说：

"你们都走了，我也得走。否则主人一定会拿我做成烤牛排，那可真吃不消。"

公牛说完，头也不回地跟着它们走了。附近的一头公羊看见它们，也不甘落后，蹦跳着追过来，跑在前头，做了头羊。

它们跑着跑着，来到一片森林里，看到树底下有一只兔子。兔子生来胆小，它看到一群动物匆匆忙忙地逃命，真以为外面的天塌了呢。

"怎么啦，你们这么多伙伴要到哪儿去呢？"兔子不放心地小声问。

公羊述说了一番。兔子一听，吓了一跳，原来事情就是因为烤兔肉引起的，它要待在这里，会有好结果吗？于是也加入了逃命的行列。

它们东奔西窜，走了整整一天，没找到一个合适的地方过夜。直至晚上，趁着月光它们才看到一幢小房子，房子前面有个人，正在劈木柴。劈柴人看到迎面走来一群动物，十分惊讶。公牛连忙上前解释说："好心的先生，你能让我们在车棚里住一夜吗？我们的主人想把我们烧烤后招待牧师，所以我们就逃了出来。"

劈柴人听了一口拒绝："不行，我的小伙伴们。你们已经看到，我只有这么一间小房子，这可是一间闹鬼的房子。当然，你们如果不害怕，今晚就可以在这里住下。这几天天天夜里闹鬼，我自己也不敢住在这里。可是一到白天，这里就安静了，什么可疑的声音也没有。是留是走，你们自己作主，但丑话说在前头，我可不能为你们的安全负责，这里什么可怕的事情都可能发生！"

"这对我们来说没什么可怕的，"公牛一听笑了起来，说，"我们今晚就住在这里。劈柴的朋友，你能告诉我们，那是什么样的鬼怪吗？"

"具体的情形我也说不清，"劈柴人有些谈鬼色变，"听说那是一群会跳舞的鬼怪。"

"如果我们住在这里，就能设法阻止他们胡闹。"公牛说。

劈柴人走了，动物们打开房门，鱼贯而入，各自找到了休息的地方。

公牛站在门边，公羊躺在一张椅子底下，肥鹅坐在长凳上，猫蹲在灶膛边，公鸡飞到屋梁上，只有小兔子在地上转来转去，没个安稳的时候。

夜深了，动物们刚刚入睡，忽然听到轰隆一声，一个高大的老女人领着一群侏儒走了进来。老女人正想摸火点灯，不提防公牛低着头急奔过来，两根牛角像两把尖刀狠狠地顶在女妖的肚子上。公牛猛烈地甩动头角，差点儿把女妖的肠子抖搂出来。

公羊也不示弱。它伸直一对羊角猛地跳起来，一下顶在女妖的屁股上。

女妖受不住疼痛，往前一跌，摔倒在长凳上，惊动了那只肥鹅。肥鹅伸长了脖子，张开嘴巴又撕又咬。女妖的肚脐眼都给啄破了，里面淌出了柏油一般的黑血，散发出硫黄似的怪味。

猫也急忙跳了过来，它的嗓子眼里发出呼噜噜的响声，伸出前爪，在女妖脸上乱抓乱挠。

公鸡也飞下屋梁助威，它一会儿像司号员一样，高声啼叫，一会儿又像啦啦队一样，鼓动一番，嗓子都叫哑了。

只有兔子十分害怕，在地上奔来奔去，找不到一个躲藏的地方。

女妖遭到这一连串猛烈的袭击，惊恐万状。她用双手抱住脑袋，东躲西闪，好不容易才找到门，逃到了野外，早已浑身是伤了。

魔鬼们跟着女妖，一阵风似的逃进树林深处，休息了半天，这才喘过气来。

他们问女妖："怎么回事？小房子里漆黑一团，你为什么不点灯，不招呼我们进去跳舞呢？"

"啊，别提小房子了！"女妖疼痛难熬，"再也不能到那里去了。不然，你们一定会像我一样，被打成这个模样。"

"里面都是些什么人？他们怎么袭击你的？"魔鬼们惊恐地问女妖。

"这一切连我也没明白过来。"女妖回忆着告诉同伙，"我一进门，遇到一个脱粒的大个子，他用一把大木叉顶在我的肚皮上。我一跤摔倒在地，他又用木叉把我穿起来，重新将我扔在地上。

"地上坐着一位鞋匠，他顺手敲了我几锤子，打得我屁股生疼。

"长板凳上坐着个裁缝，他一边哈哈大笑，一边用剪刀在我身上乱剪乱戳。

"正当裁缝用剪刀剪我的时候，来了一个老头。对，那是一个老头，我的手无意中还碰到了他嘴上的长胡子。老头不满意地咕噜着，抓住我的脸乱撕乱拉，我脸上的皮都给他撕破了。

"这时又来了一个人，他不停地指挥，叫唤，说：'挂在钩子上哩！挂在钩子上哩！'

"下面一个小孩子也十分了得，他转来转去地找钩子。我一看大事不好，要是小孩子找到钩子，他们把我捆扎起来，挂在钩子上，哪还有我逃脱的日子？"

魔鬼们听后，个个吓得面如土色。他们都相信女妖的眼睛不会有差错，她肯定把那些人看得清清楚楚了。从此，他们都记住了，那间小房子里是再也不能去了。

第二天，劈柴人回来了。公牛说："现在我可以向你保证，从今以后小屋子里绝不会再闹鬼了。你放心大胆地住下去吧。"

"真的吗？"

"怎么，这还能有假？我老牛还会吹牛吗？"

公牛说完，领着伙伴们，高高兴兴地离开了小房子。

托尔斯的巨人

从前有一个大富翁，人们把他称作巨商佩尔。佩尔雇了一个漂亮的小伙子给他照看商店。

小伙子不仅照看商店，还看中了佩尔的女儿。两个人朝夕相处，早就亲密得难舍难分了。

佩尔看在了眼里，可心情却很复杂。当小伙子向他提亲，说要娶他的女儿时，他沉思了一会儿，说："如果你能告诉我，世界上哪个人最富，哪个人最强大，并且你还必须能解释我门前的苹果树为什么一边呈现银白色，而另一边却呈现金黄色，那么，你就可以娶我的女儿。不然的话，我劝你就此断了这个念头。"

这几乎就是断然拒绝。世界上除了托尔斯的巨人，谁还能回答这么深奥的问题呢？可是，天底下有谁吃了豹子胆，敢去求教托尔斯的巨人呢？托尔斯的巨人不仅聪明，有智慧，他还是一个十分残暴的人。大家对他敬而远之，甚至听到他的名字，就已经准备逃避了。

听完佩尔的话，小伙子十分忧伤，他闷闷不乐地回到商店。许多天过去了，小伙子仍然心事重重，吃不香，睡不甜，不知如何是好。

最后，他决定铤而走险，去找巨人。他想："如果我去找托尔斯的巨人，最坏的结果便是被他杀死。可是，我现在听凭无望的爱情的折磨，就是活着也一点不快乐。我何不凭借上帝的名义去找他呢。”

第二天，小伙子收拾了一下就上路了，他走了整整一天，晚上来到一座宫殿门前，请求借宿一夜。

宫殿里的仆人收留了他，当人们知道小伙子是去寻找托尔斯的巨人时，便请他无论如何代问一个问题：宫殿附近为什么没有好井水。小伙子一口答应了。

第二天傍晚，他又来到了另一座宫殿。人们也请他向托尔斯的巨人代问一个问题：这里的公主为什么生下来就不会说话。

第三天晚上，小伙子来到第三座宫殿投宿。宫殿里的仆人热情地款待他，并请他问一个问题：他们宫殿里那位失踪多年的公主现在在哪里？如何才能找到她。

小伙子也答应了他们的请求。

离开第三座宫殿不久，他来到了一片湖水边。托尔斯的巨人就住在大湖的对面。

小伙子希望找到一条小船，他沿着湖岸走了下去，看到一只大天鹅在湖里游水。小伙子连忙招手，请天鹅把他带到对面。

“我可以帮助你，不过请你替我问一下托尔斯的巨人，我在湖里这样游来游去地为人摆渡，已经很长时间了，我还有没有解脱和出头的日子？”天鹅烦恼地说。

“你放心，我一定会帮你询问的。”

天鹅驮着小伙子，将他平平稳稳地送上对岸。

上岸不久，小伙子来到一座巨大的豪宅前。他一步跨进大门，迎接他的是一位年轻而又美丽的夫人，她自称是托尔斯的巨人的妻子。

小伙子心里一动，心想眼前的这位夫人说不定正是失踪了的公主。他冒冒失失地一问，果然如此。小伙子连忙把自己的来历说了一遍，并希望公主能够帮助他。

公主告诉他说："你不能在巨人跟前露面，否则他会立刻把你杀死。你先躲到床底下，我会一一地问他，你就会听得明明白白，清清楚楚的。"

小伙子一听十分高兴，他刚钻进床底下，就听到巨人走进来的声音。

"哦，我闻到了一股基督教徒的血腥味。"

巨人进门连打两个喷嚏，警觉地四处张望。

"你大概弄错了，我刚刚射下了一只燕子，我的朋友。"公主不动声色，轻描淡写地回答。

"也许是吧！"

不一会儿，巨人和他的妻子都上床休息了。公主装作很快进入梦乡，可接着她又好像突然从睡梦中惊醒一样。

"你这是怎么啦，我的宝贝儿？"

"哦，我做了一个奇怪的梦。梦中似乎有人问我，世界上谁最富有，谁最强大。而且，还有人问我，商人佩尔家门口的苹果树为什么一面是银白色的，而另一面却是金黄色的。天哪，我怎么会知道这些事情呢！"

“这些问题都非常简单的。世界上最富有的人是商人佩尔，而我则是最强大的人。苹果树之所以出现这两种颜色，那是因为佩尔在苹果树的一边埋上银子，而在另一边埋上了金子。”

“啊，这些珍闻趣事确实非常有意思。”

公主说完便又假装睡着了。

不一会儿，她又从梦中惊醒过来。

“你又怎么了？”巨人问。

“梦中又有人来问我，他想知道为什么那座宫殿的附近没有好的井水，而且另一座宫殿里的公主为什么生来就不会说话？”

“这真是一些稀奇古怪的问题。告诉你，挖井的人必须在宫殿东北角三丈的地方动工，那里一定会清泉喷涌；公主生来不会讲话，那是因为她母亲无意中碰落一块圣饼，圣饼落到一条地缝里，被小蛤蟆吃掉了。要是有人翻开地面，找到蛤蟆，让公主一口咬断蛤蟆的脖子，那么公主立刻就会开口讲话了。”

“哦，你真是又聪明又渊博。你不愧是世界上最强大的人，我的朋友。”

“当然，我总算没有白白地活了三百年。”

公主好像又睡着了，还发出了微微的鼾声。突然，她惊叫着坐了起来。

“怎么了，你又做噩梦了吗？”托尔斯的巨人奇怪地问道。

“是的，这真是一个沉重的梦。梦中我见到了年迈的父亲，他满脸泪痕，双手紧握拳头，朝着苍天绝望地呼喊他的女儿，不知道在他有生之年我能否重新回到他的身边。”

“他应该断了这个念头。我不会让你离开我的。除非有一个大胆的基督徒，他趁我不在家的时候将你带走。可是天底下怎么能找到这样的基督徒呢？谁也不敢到我这里来。”

公主又睡着了，还微微地发出了鼾声。这回她真的睡着了，一觉醒来，已是黎明，她揉揉眼睛，舒展下身体，说：“喂，老朋友，我度过了一个多么离奇的夜晚，怪异的梦一个接着一个。刚才我在梦里似乎听到有一只天鹅在说话，它说自己每天在湖面上游来游去，像只摆渡船，问我何时才有出头之日。”

“哎呀，这只天鹅是个笨蛋！它根本不知道自己的出路在哪里。它只要把遇到的第一个基督徒扔下湖水，那个人就会接替它充当渡船。而天鹅自己就可以远走高飞，获得自由了。”

“你真是太聪明了，我非常感谢你，老朋友。”

她轻轻地抚摸着托尔斯的巨人，吻着他。想到就要离开他了，还真有点舍不得呢！

“现在我必须赶快起身，昨天你说今天还去打猎，我这就去给你准备早饭和干粮。”

早饭很快就准备好了。巨人匆忙起身，用完早餐后带着猎具出门了。

小伙子急忙钻出床底，他和公主吃过早饭，收拾一下，一起离开巨人的住宅，来到了湖边。

那只天鹅慢慢地游了过来，它见是小伙子，便问：“你帮我找到解脱的答案了吗？”

“找到了。不过你要把我们先带过湖去，然后我才能悄悄地告诉你。”

天鹅让他们二人在背上坐定，平平稳稳地把他们送过了宽阔的湖面。

“谢谢你，美丽的天鹅。托尔斯的巨人告诉我，你只要把前去寻找巨人的基督徒掀翻在湖水里，那个人就会代替你，而你则可以远走高飞了。”

“好吧，但愿上帝保佑，尽快给我送来一个基督徒。我会将他掀翻在深深的湖水里，不管他请求饶恕的话说得多么动听，我也不会心软的。”

天鹅说完，嘎嘎地叫了两声，又游开了。

小伙子领着公主，一直来到她父亲的宫殿。他们受到了隆重而又热烈的款待，公主的父亲问小伙子需要什么样的报酬，小伙子连连摇头，因为他正时时刻刻地惦念着自己的未婚妻呢。

第二天晚上，他来到了不会讲话的公主面前，他把医治公主的办法详细地叙述了一遍。宫殿的仆人马上动手，他们拆除地板，翻松土地，果然找到一只小蛤蟆。公主立刻把蛤蟆的脖子一口咬断，她果然能够开口说话了，从此，她变成一位饶舌的姑娘。她大概想把多年来积在肚子内的话都倒出来。

第三天晚上，小伙子来到没有井水的宫殿。他亲自走到宫殿的东北角上，指示着一块地方，让仆人们破土动工。不一会儿，涌出一股清泉，那水又清又甜。人们不知道如何感谢他才好。他们拿出黄金白银，可是小伙子一点也没有接受，他在惦记着自己的未婚妻呢。

小伙子终于回到佩尔家中。

“怎么，你能够回答我的问题了吗？”

“对，我已经找到了答案。”

“谁是世界上最富有的人？”

“就是你，商人佩尔。”

“奇怪，托尔斯的巨人怎么会知道我的底细？我可从来没有对别人露过财。好，回答下一个问题吧：谁是世界上最强大的人？”

“托尔斯的巨人！”

“对，你回答对了。可是，我的苹果树为什么一面是银白色，而另一面是金黄色呢？”

“这是世界上最大的秘密，当然，再大的秘密也瞒不过托尔斯的巨人。他晓得你的底细，知道你在苹果树的一边埋下银子，而在另一边埋下金子。这就是苹果树两面不同色的原因。”

“瞧这个巨人，瞧这个巨人！他什么秘密不知道哇！托尔斯的巨人的确是世界上最强大的人，我也应该去见见他。明天我就亲自去找他。”

“对，这就对了，我的东家。像我这样的穷伙计他都能热情款待，对你这样的大富豪自然更会另眼相看了。你亲自去找他，这是一个好主意。”

“那是肯定的。我会从托尔斯的巨人那里知道更多的秘密，那么，我就会更加富有，我将会躺在金山银海里。好了，你回答了我所提出的问题。我把女儿嫁给你，可是我没有时间参加你们的婚礼，当你们体验新婚幸福的时候，我可能已经沉浸在新财富的源泉里了。”

第二天清晨，商人佩尔匆忙上路了，他一直走到波浪滔天的湖水旁。湖边慢慢地游来一只美丽的天鹅。

佩尔招招手，请天鹅把他带到湖对岸。

“你是基督徒吗？”天鹅游了过来，问他。

“对，我是正宗的基督徒。”

佩尔连忙承认，他生怕天鹅不相信，还在胸前画了好几个十字。

“来吧，请爬上我的背！”

佩尔一步跨上天鹅背。天鹅稳稳地游了起来，它把佩尔一直送到湖中的深水区，突然将他掀翻，佩尔呼叫着，沉了下去。等他重新冒出水面时，已经变成了一只天鹅，接替了原来的那只天鹅。

这时远方传来了婚礼的音乐声。天鹅佩尔知道这是从小伙子和自己女儿的婚礼上传来的，而他自己则被困在一望无际的湖面上，游来游去，直至今天。

狮子

从前，有一个国王，结婚两年后，王后死了，给他留下一个漂亮的女儿；国王又娶了一个王后，新王后生的女儿相貌平常，不过心地却很善良。

邻国的王子看中了漂亮的公主，前来求婚，并辅佐国王料理朝政。

王后却千方百计地阻挠这桩婚姻，她希望把自己的女儿嫁给王子。如何才能实现这个愿望呢？

王后亲自去请教一位又老又丑的巫婆。她们两人私下勾结，商定计谋，单等国王和王子出征打仗的时候，她们就可施法术让俊公主变成丑公主，而让另一位公主变得更加漂亮。

战争开始了。王子告别了自己的未婚妻，跟着国王出征，一直打到很远的国外。

王后和两位公主留在宫中。

这天清晨，王后唤醒了两位公主，命她们到森林里寻找丑恶的巫婆。

两位公主结伴而行，她们都没有用早餐。这是王后故意使的坏心眼，因为巫婆的魔法只对空腹的人起作用。

走着走着，漂亮的大公主对相貌平平的小公主说：“妹妹，你知道吗，我饥饿难忍，每根肠子都饿得火烧火燎地疼，我相信我是走不到森林边的，更找不到那位丑恶的老巫婆。”

“你看，好姐姐，我口袋里正巧有一块点心。拿去吧，你可以充充饥，多少抵挡一下。”

小公主递过点心。

她们又继续往前走，终于来到森林里的一幢小木房内，看到地当中的那盆炭火上搁着一口大锅。

“欢迎你们，可爱的公主们！你们请稍坐一会儿，我正在烧肉汤。”

丑巫婆一脸深深的皱纹，两只眼睛到底嵌在哪道皱纹里面，你寻找好半天也难发现。

一会儿，丑巫婆对漂亮的公主说：“公主，你去揭开锅盖看一下，肉炖烂了吗？”

漂亮的大公主走近炭盆，她揭开锅盖往里看了一下。嘿，她非但没有变丑，反而越变越漂亮。

原来这就是巫婆的魔法。如果漂亮的公主在空腹时揭开锅盖，就会变得很丑很丑。可是公主今天却在无意中吃过点心，所以破了魔法，结果变得更加漂亮。

老巫婆十分气恼，可是她却不露声色，反而用一些好吃的果子招待两位公主，然后打发她们回去。她自己则设法告诉王后，说魔法失灵，因为公主不是空腹而来的。

第二天拂晓，王后又唤醒了两位公主，让她们去找森林里的老巫婆。王后想方设法地不让漂亮的公主喝水吃饭，她还预先检查了两位公主的口袋，将口袋里的面包屑彻底抖落干净。

两位公主匆匆忙忙地赶路。突然，一片树叶飘落在大公主的胸前。大公主拿起树叶，深深地吮吸着，一丝苦涩却又香甜的树汁沁入嘴里。

巫婆在这天早上施用的魔法又失灵了。大公主越发出落成标致的大姑娘，容光照人，连小鸟都停止了歌唱，赞叹着姑娘惊人的美貌。

第三天，大公主完全空腹，她只朝肉汤锅里看了一眼，马上就变了模样。哎呀呀，那个丑啊，真是丑得没法说。大公主越变越丑，与此相反，小公主越来越漂亮。

两位公主回到宫殿，完全变了模样。

恶毒的王后看到自己的阴谋得逞，高兴得无法形容。为了确保她的计划能够实现，她又转动脑筋，想在国王和王子征战回来以前把大公主赶出宫殿。

从此以后，王后常常围着大公主找碴挑刺。她几乎每时每刻都在嘲笑大公主的丑陋："瞧你这副嘴脸！怎么能当王子的未婚妻？当心他看见你时啐你一脸的口水。你不把他吓得生病才怪呢！"

大公主受尽了侮辱，她感到生活实在太残酷了，让人无法忍受。

小公主虽然变得漂亮了，可是她仍然对姐姐一片忠诚。她努力地寻找机会，安慰大公主。不过她的任何努力都难以奏效，都是徒然的。

大公主立定主意远走高飞，她要死在远离父亲宫殿的地方。

一个漆黑的夜晚，大公主毅然离开了王宫，消失在黑夜之中了。

王后听说大公主失踪的消息，自然万分高兴。她连忙派人去向国王和王子报告，说公主突然面貌变得奇丑无比，她受不了这个打击，离家出走了，人们再也没有找到她的踪影。

不幸的姑娘离开王宫以后一路来到茂密的丛林里，她脑子里不断地思考着如何离开这个残酷世界的方式。她不愿马马虎虎地给自己一刀。她知道，这样的行为是一种罪孽。

姑娘正走着，突然看到迎面过来一头巨大的雄狮。

“谢天谢地，能够葬身狮腹，也算是我一生的造化吧。”

姑娘默默地闭上眼睛，站在原地一动也不动。她等着雄狮猛地把她扑倒在地，然后将她一口一口地吃掉。

可是对面的狮子却一点没有伤害她的意思，它安安静静地朝姑娘走了过来，像是散步一样。

姑娘只得跟着它，来到狮子的巢穴。那里有许多狮子，它们对姑娘都很和善，一点没有伤害她的意思。

她从此留在狮子群里，慢慢适应了狮子的生活，觉得自己成了它们中的一员。而姑娘早先遇到的那只狮子显然是群狮之首，它每天都会带着一只大碗来到王宫。狮子虽然不会说话，可它会用各种方式表示要饭，然后带回来，端给公主。王宫里没有人敢违背狮子的意志，所以它每次带回的饭菜都很丰盛。

一天，恶毒的王后看到狮子又来要饭，她马上命令仆人一齐动手，准备把狮子捕捉起来，投入狮笼。狮子奋力挣扎，费了好大气力才逃了回来，可是已经被打得鲜血淋漓，遍体鳞伤了。公主见了非常难过，每日小心翼翼地为狮子调治。

再说国王和王子胜利回国了。王后对王子十分殷勤，不过她的那份妄想没能够实现。王子怀念着失踪的未婚妻，他对小公主连正眼也不看一下，尽管小公主现在变得光彩夺目、艳丽动人。

一天，狮子又来到宫殿门口，它千方百计地打着手势，摇头晃脑地让人知道它急需一辆马车。仆人觉得十分奇怪，但还是满足了它的愿望。

狮子熟练地跳上马车，扬鞭催马。马儿十分惊恐，它们实在不适应这位车夫。狮子用前爪抓住马笼头，一直把马车赶到狮穴。它下马将大公主抱上马车，然后又飞快地赶回王宫。

来到王宫门前，狮子把公主从马车上抱了下来。公主看到自己又回到父亲的王宫，激动得眼泪直淌。她紧紧地抱住狮子，忘情地吻了它一下。

咦，怎么啦？发生什么事了？

狮子突然变成一位年轻漂亮的王子，而大公主也一改丑貌，又回归成原来的天生丽质，甚至还要更漂亮。

王子向公主跪下，感谢她救了自己。

原来，王子是被巫婆用魔法变成狮子的。当时，巫婆的咒语说。“王子变成狮子，王宫变成了狮穴，只有贞洁处女的拥抱和亲吻，才能解脱你的磨难。”

想不到大公主拯救了王子，也破除了巫婆加在他身上的魔法。

宫殿里上上下下看到门口来了一位异乎寻常的马车夫，都很惊讶，他们拥挤到窗前门口，想看个明白。

国王看到一位丑女子突然变成自己女儿时，非常惊讶，而身后的王子却飞快地牵着大公主的手走了上来，两人的欢乐真是没法用语言形容。

狮子变回的王子站在门外，他为大公主的幸福而高兴。正当他目送走向国王的大公主时，小公主却在奇怪地看着他。两个人目光相遇，撞击起一阵惊奇的火花。他决定向小公主求婚，因为小公主有一颗温暖、善良的心。

国王命令大摆筵席，同时举办两场婚礼。在热烈的音乐声里，国王举杯为两个女儿的幸福祝酒。事后他又悄悄地问我如何处置恶毒的王后和阴险的巫婆。

我老实不客气地建议，将王后逐出王宫，而对巫婆则应该严厉惩治。她任意地破坏人间美好，理应按照传统的条例，将她送上广场的柴堆，活活烧死。

国王接受了我的建议，还当场封我做了一个大官。

农民的儿子当了侍从官

从前有个农民，世代单传，到他时也只生了一个儿子。

农民怕儿子遭人拐骗，又怕他日后长大不聪明，还担心儿子将来的前程和幸福。他左思右想，决定把儿子锁在家里，一直等到十五岁成年时才允许他出家门。

儿子被关在房间里生活到父亲规定的岁数，也就是过完十五岁生日后，才获准来到野外，见到阳光。

第一次置身大自然，沐浴着和煦的阳光，农民的儿子是多么高兴呵！要知道，十五年来，他是第一次见到了天日。

然而父亲的愿望却落空了。儿子在家里时间待长了，再也不想家了，他尤其不愿意陪伴父亲一起下地劳动。

秋天，农民将儿子带到打谷场，教他如何打谷，如何收场。儿子不情愿地挥舞连枷，干了不到半天，他就扔掉连枷，牢骚满腹地说："这里只有魔鬼才能熬得住，我可是要到树林里去学小鸟的语言。"

小伙子走进树林，几天以后回来了。

"喏，你已经学会小鸟的语言了吗？"

"学会了。不管什么鸟儿，也不管他们说什么，唱什么，我能听懂，明白它们的意思。"

"不过我还是想教你脱粒打谷。走吧，还是跟我到打谷场去。哪有农民的儿子不会打谷的道理？”

小伙子听到打谷就不高兴。没法子，他在打谷场上挥舞了两天，最后又把连枷扔掉了。

“我实在受不了。我要到树林去学画画，画画无论如何要比打谷强。”

说完，小伙子转身就走。过不多久，他又回来了。

“喏，你这就学会画画了吗？”

“对，画得色彩鲜艳，生动自然。这样的画家管保你找不到第二个。”

“我恨不得给你一掌，打得你后背上色彩鲜艳，保你画不出这样的颜色来。走吧，现在还是跟我去打谷，快过冬天了，我们的谷子还没有打完。”

小伙子只好又来到谷场，挥舞着打了几连枷。

突然，他哈哈大笑起来，笑得眼泪都出来了：“多么奇怪啊！”小伙子告诉父亲说，“刚才，我好像在做梦一样，看到你递给我一只洗脸盆，而母亲还把毛巾拧干递给我。”

父亲看到儿子不争气，实在气恼，竟然举起连枷追赶着要打儿子。

儿子吓得从打谷场一溜烟地逃出来，在大路的尽头消失不见了。

小伙子离家以后，日夜流浪。渴了，到河边去喝一口水；饿了，就去别人家讨块面包。最后，他来到国王的宫殿前，请求给国王当差。

“这里只需要一个打扫地板的人。如果你愿意干，那就留下吧！”

小伙子高兴地接过扫帚和拖把。从此以后，宫殿里的地板和楼梯被他打扫得锃光发亮，连一粒灰尘都找不到，小伙子为人和善，又乐于帮助别人，宫殿里上上下下都很喜欢他。连王子也欣赏小伙子的勤快，提拔小伙子当了名内廷听差。

当了听差以后，小伙子尽心地侍候王子。王子很满意，提拔他当了侍从官。两个人相处得如同兄弟，侍从官几乎参与了王子日常的大小事务，而王子也乐于听从他的建议。

一转眼几年过去了。王子决定到遥远的地方去求婚，他要娶那里国王的女儿为妻。

侍从官给他备下了一支十分威武的船队，并随船出航，不离王子半步。

王子到了那个国家以后受到热情的接待，可国王心里却十分矛盾。他只有一个女儿，不愿意将她嫁到遥远的地方。王子却是十分真情，他非常希望能娶国王的女儿。

一次，国王对王子说：“我听见窗门前的鸟声啾啾，惊慌不安，不知是何预兆。你如果明天早晨以前能够明确地告诉我，这些鸟究竟要干什么，那么我可以考虑你和公主的婚事。”

王子心情沉重地离开国王，国王的要求简直比登天还难。他满腹愁绪，只能向侍从官倾诉。

“别泄气，尊敬的王子。事情会好起来的。”侍从官似乎胸有成竹，他轻松地宽慰王子。

“奇怪，难道你能够听懂鸟的语言？”

“对，完全听得懂。”侍从官说完话，立起身，走到院子里仔细倾听。不一会儿，他回来说：“真是一件稀罕事。鸟儿们叽叽喳喳，纷纷传递着一个可怕的消息：宫殿里死了一位宫女，被埋在栎树根下，宫女在死以前已经怀孕了，而现在小孩却还活着。鸟儿催促着快去把小孩刨出来，否则孩子会被闷死了。”

第二天早晨，王子走进宫殿，把鸟儿催促的消息告诉了国王。国王将信将疑，他差人去查证这件事，果然在栎树根下挖出一个活蹦乱跳的孩子。

王子趁机又表达了自己对公主的爱慕之意。国王听后沉思着说：“我已经习惯每天看到女儿，一天也不能缺少。唯一能够补救的办法，是在她远嫁之后，留给我一张她的画像。而没有人能够分辨出哪是画像，哪是她本人，那样你就能够得到公主了。”

王子心事重重地回到住处，他忍不住地骂了起来：“国王真是发疯了，他要一张跟公主一模一样的画像，还要让别人找不出人与像的分别。”

侍从官一听，立刻安慰着王子，说：“你先去躺着睡觉吧，尊敬的王子。一切都会顺利的。”

第二天早晨，王子醒来时看到美丽的公主就站在自己床头。他揉了揉眼睛，知道不是在做梦，公主明明站在自己面前。王子急忙招呼公主坐下，可是却没有得到任何回答。

王子这才明白，眼前的公主原来是一幅画像，这是侍从官通宵画出来的。

王子高兴地跳下床，匆忙穿好衣服，急忙来到宫殿，找到国王。

“国王陛下，要是你愿意到我的房间去，我将给你看一些奇妙的东西。”

国王是个好奇的人，他一听就跟着王子来到卧室。推开房门，国王刚要抬脚，却先吃了一惊。

“哦，我的女儿，你为什么这么早就在王子的卧室？你是堂堂的公主，怎么不守礼规？走吧，赶快离开这里！”

公主不声不响。

国王愠怒地往前走了一步，他伸出手，却突然惊得张大了嘴。原来面前是一幅画，可是画得跟他的女儿一模一样。

再也找不出任何借口了，国王吩咐立即准备宴会，为公主和王子举办婚礼。

婚后不久，王子准备带着公主回国。他们在海上风雨无阻，昼夜兼程。这一天，王子和公主正站在船上欣赏海上风光，突然在波浪中涌出一个绿发女妖，女妖渐渐地靠近了船头。

王子和公主看见女妖十分吃惊，不料女妖伸出一只手臂，抓过公主，就沉入了海底。

王子急得大喊大叫，可是一点办法也没有。

“沉住气，尊敬的王子，我们会想出办法，救出公主的！”侍从官再三向王子保证。

王子根本听不进去，他无限悲伤地回到了自己的宫殿。

几天以后，侍从官挑选了十二名水手。他又画了十二幅水手像，给画像也披上水手服。然后，他带着水手和画像登上大船，劈波斩浪，驶进了大海。

来到波涛汹涌的海面时，侍从官又看到了那个兴风作浪的绿发女妖。他非常礼貌地问候女妖，又询问公主的情况。

“公主在海底安然无恙，你不要担心。”女妖回答说。

“我们难道不能做一次交换吗？你把公主交给我，我把船上一半的水手送给你。你看，这些年轻的水手，多精神，多威武。”

女妖张开眼睛一看，果然不错。她看得心头痒痒的，就答应了双方交换的条件。

“喏，你先把公主送上船来！”

女妖下水把公主带来，完好无损地送上大船。侍从官给她推下十二幅水手画像，然后掉转船头，回去了。

女妖很快发现这是一场骗局，她对着远去的大船高声地叫嚷：“你这个不知羞耻的家伙，竟敢骗我，你听着：在你踏进宫殿大院的时候，将会遭到惩罚，变成一尊石像！”

侍从官一听吓了一跳，他不动声色，继续指挥航行，就像听到的不是诅咒，而是一个小小的威胁。

船顺风顺水，很快就进入了港口。王子飞也似的迎上船来，他紧紧地拥抱着公主，激动地吻她，舍不得放开。两个人竞相夸奖和感谢聪明的侍从官。

下船以后，大家都往宫殿走去。一路上，侍从官的脸色阴沉，心事重重，他知道今天难逃厄运。

侍从官一进宫殿大院，立即变作一尊石像。人们无论怎样呼喊、摇动，石像都是一声不响。

王子、公主和宫殿的上下仆人都十分悲哀，他们每天都向石像献上花束，表示思念。

一年以后，公主生下一个儿子，又聪明，又活泼。王子和公主抱着孩子，觉得幸福极了。

这天夜里，公主做了一个奇怪的梦。她梦见侍从官来到床前，并且清清楚楚地告诉她说："如果你们把新生的儿子杀掉，将他的血涂抹在我的石像上，那么我就可以复活。"

第二天早上，公主正要告诉王子时，王子却把同样内容的噩梦告诉了公主。两个人吓得瞠目结舌。

可是，他们越想越觉得奇怪，越觉得奇怪便越是相信这是天意，是上帝的意志。

"我们的幸福多亏了他的努力。我们应该为他做出最大的牺牲，将我们最宝贵的东西献给他。"

想到这里，他们果真给小婴孩当胸一刀。捧着孩子的鲜血，他们迅速来到石像前，把石像涂抹得一片通红。然而石像却连一点生命的迹象都没有。王子和公主顿时惊恐和绝望到极点了。

他们手脚冰凉地回到卧室，躺在床上。当天半夜，两个人突然听到门外响起粗重的脚步声。王子惊疑不定地走到门边，想看个究竟。

天哪！这不明明就是活生生的侍从官吗？侍从官手上还抱着刚被杀掉的孩子。侍从官活了，被杀掉的婴孩儿也活了。

犹如降下一阵春雨，宫殿上下转忧为喜，都高兴得欢呼起来。举国欢庆，那真是千载难逢的奇事喜事。

从那以后，侍从官简直成了王子第二，他是整个王国里最强大的人物。侍从官享尽荣华富贵，生活得非常幸福。

过不多久，王子又要到邻国去进行国事访问。他带上侍从官随行。

途中，他们经过侍从官的家乡。侍从官请求回家探望父母，王子立刻准了假。

侍从官带了大笼小箱，领着众多的仆人来到父亲的家中。

两位老人一看贵客临门，又是吃惊，又是胆怯。他们连做梦也不敢相信这位衣衫华丽的贵人竟是曾被他们用连枷打出去的儿子。

贵客进了门，恭敬地问候二老，希望借宿一夜。两位老人连忙摇头，说自己家贫如洗，难以招待贵宾，恳请谅解。

但贵客坚持要借宿。没法子，两位老人就在高凳上给他铺好被子，客人躺在上面，舒舒服服地睡了一觉。

第二天早晨，当年的农民，今朝的老汉恭恭敬敬地给贵客送上洗脸盆，老太太拧干了毛巾，准备递上前来。

儿子再也忍耐不住了。他含着眼泪抱着妈妈的脖子，吻着她：“你们认不出自己的儿子了吗？”

洗脸盆和毛巾扑通一声掉在地上。“自己的儿子？我们的？”

“对，你们的儿子。他在年轻的时候曾给你们添了不少麻烦和苦恼。现在他回来了，请求你们的宽恕。另外，他还准备邀请你们迁居，跟他同住，一起分享他的幸福。”

国王的兔子

从前，在大陆的尽头、海水开始的地方，有一个古老的王国。国王年近半百，却只有一个女儿。女儿长得像花儿一样美丽，是国王和王后的掌上明珠。

女儿长大了，远近各地来求婚的公侯、伯爵、王子络绎不绝。国王夫妇不愿女儿远离膝下，所以不肯轻易允诺婚事。而公主也看不中这些求婚的人，他们不是油头粉面，就是大腹便便，没有一个是聪明模样。

当然，国王也不希望耽误女儿的婚事，他命令仆人在全国张贴告示，如有人为他连续养兔三天，又不丢失一只兔子，就可以娶公主为妻。如果完不成任务，丢失多少只兔子，将被鞭子抽打多少鞭。顺便说一句，正如大人物多有癖好一样，国王也有一个特殊的爱好——养兔子。他在宫殿里养着一群白兔，每天摆弄它们，自有不少乐趣。

招亲的条件很吸引人，惩罚也不算苛刻。可是国王心中有数，谁也没有办法放牧三百只活蹦乱跳的兔子。因此，他一点也不担心会有人轻易地将他的女儿娶走。

这个王国里一户富裕的农家有三个儿子，他们住在山区的小河旁。三个儿子中，老大和老二长得五大三粗，就是不喜欢劳动。

小儿子名叫埃斯本，虽然体魄不如两位兄长强壮，却是个聪明诚实的人。

他们看到告示，知道只要为国王放牧三天兔子，便可以娶公主为妻，心里都痒痒的，跃跃欲试。

老大自然应该先去。

“去吧，我的儿子，”父亲鼓励着他，“我希望你能娶到公主，留在宫殿里，你在家反正也帮不上忙。放牧兔子又不会累着你。”说完，父亲给儿子准备行装，让儿子穿上新衣服，带了不少面包和烤肉。

老大骑着马动身去了。

他进入一座茂密的森林，在里面左右盘旋，迷路了。老大正在着急，看到迎面走来一位白胡子樵夫。老大连忙问他：“喂，老樵夫，到宫殿去要怎么走？”

樵夫牵着老大的马，领他走出了森林，请他赏一块面包，说自己已经一天没有吃东西了。

“你这个蠢老头儿，还想吃面包？”老大骑在马上奚落他说，“面包我得留给自己和马吃呢。你嘛，去吮吮大拇指吧！”

老大说完哈哈大笑，然后头也不回，催马走了。当天晚上，他就赶到王宫门前。

“你敢来给我放兔子？”国王看到一个小伙子请求放牧兔子，心中十分好笑，“好吧，你去试试。但是你别忘了这里的规矩：你要是放牧回来丢失一只兔子，我会在你背上抽打一鞭。我这里共有三百只兔子！”

“放心吧，”老大说，“我会好好看守的。”他心里想：我只要放三天兔子，然后就能娶公主为妻。这样，我一辈子都不用劳动了，真划算啊！

老大将兔子赶上草地。可是，不管他怎么吆喝，怎么东奔西赶，兔子早已溜得无影无踪了。傍晚前，他好不容易才截住几只，可怜巴巴地领着它们回到了宫殿。

国王一看只剩那么几只兔子，非常生气，他数也没数，便命令仆人先在老大背上抽打一百鞭，说他“太懒惰，太愚蠢”。

这一百鞭就算是给老大的报酬，对这笔报酬当然是没有人羡慕的。

老大被打得几乎站不直了，仆人们像扔口袋似的将他扔在马背上。多亏了马儿认识回家的路，才把这位痛苦不堪的主人驮回了家。进了门，家里人一时都没有认出他来，这顿鞭子打得是够惨的。

“你这是怎么了？”老二觉得很奇怪，“放几只兔子不至于弄到这步田地吧！难道兔子的脚掌很厉害吗？”

“我看你也不要打算再娶公主了！”父亲看到二儿子幸灾乐祸的样子，连忙出来阻止他。

“那就走着瞧吧！”

二儿子年少气盛，他当天就做好旅行的准备，带足了面包和熏肉。第二天一早，他骑马走了。

“也许他会走运的。”

父亲看着二儿子的背影，心里想着：去吧，反正他留在家里也是个懒汉。

老二钻进森林里迷了路。多亏白胡子樵夫牵着他的马，将他送出森林，告诉他哪儿是去宫殿的路。然后，老人看着小伙子，央求说："你能给我一块面包吗？我虽然在嘴里只有一颗牙齿了，但是它也喜欢有点什么嚼嚼，添点乐趣。"

老二听后笑了起来，他教训老人说："面包我是留给自己和马吃的。你嘛，我劝你干脆将那只牙也拔掉，以后就不会再嘴馋了。"

说完他头也不回地骑着马走了。老人摇摇头——多可惜啊，他本来可以给小伙子一些宝贵建议的。

老二到了王宫以后很快就争取到放牧兔子的差事。可是，他赶着兔子刚出宫殿大门，三百只兔子就跑掉一半。直到晚上，他费尽力气才抓到一只。老二拎着一只兔子回到宫殿，像给国王送礼似的。

国王一看老二的模样，气得直跺脚。他叫来仆人，将老二放倒在地，狠抽二百鞭。也亏了马儿认识回家的路，才把被打得半死的主人送回家中。

"这回该轮到我了！"小儿子埃斯本请求父亲让他去试试。

"你到那儿能干什么？难道你能追得上兔子吗？三百鞭下来，你就没命了，你以为娶国王的女儿这么容易？你看看我们的下场？"

两位哥哥一想起国王的皮鞭，仍是心惊肉跳。

"也许我能对付那三百只兔子！"埃斯本说完，拿了些干面包和水果，一路步行着向宫殿走去。

埃斯本走进了像迷魂阵一样的森林，左右找不到出路，正着急时，碰上了白胡子樵夫。樵夫领他走出了森林，埃斯本立即请老人在林边空地上坐下，请他吃面包，吃水果，再三向他表示感谢。

老人年龄和胃口一般大。他把埃斯本带的面包和水果全部吃完了，他看埃斯本一点没有改变脸色，便夸奖说："你是一个正直的人。为了感谢你的慷慨大方，我送你一枚小口哨。这不是一枚平常的哨子，它会给你带来幸福的！"

"非常感谢！"埃斯本奇怪地看着小口哨，真想马上吹一下。

"小伙子，这是一枚呼唤生命的口哨。你只要吹一声，附近的各种小动物都会集中过来，谁也不会落下。"

"哦，这真是一枚了不起的魔哨，我马上就会用上它的！"

埃斯本十分高兴，他忙着谢过白胡子樵夫，动身往宫殿去了。

埃斯本一直走了好久才来到宫殿门前。他顾不上休息，便直接去找国王，请求让他放牧兔子。

国王看他身体瘦弱，可是意志却十分坚定，就答应让他试试。

"你知道放兔子的报酬是什么吗？"国王有点不放心，追问了一句。他生怕小伙子将来禁不起几百鞭。

"我知道。"

埃斯本抬头回答国王问话时，却和躲在窗外的公主打了个照面。公主长得很漂亮，给他留下了深刻的印象。

第二天一早，埃斯本赶着三百只兔子进了草地。他对兔子们说：“这儿的青草很鲜嫩，你们各自去啃、去吃、去玩吧。别走得太远，晚上听我的哨音集合。”

兔子早就一哄而散，散得像散落的星辰。

再说公主自从早上见到埃斯本以后，心思就被他牵到牧场上去了。她想到牧场上仔细地瞧瞧给父亲放牧兔子的小伙子。她想出一个主意，化装成一个男孩，穿上一件男人的衣服，然后骑着一头毛驴，来到牧场草地。

埃斯本一眼就认出这是化装了的公主，他将错就错，假装不认识。

“牧人，卖一只兔子给我，我给你一个金币。”

化装后的公主来到埃斯本面前，她要买只兔子。

“哦，你想到哪里去了？”埃斯本笑着说，“这些兔子是不卖的。不过，你如果一定坚持要，我可以送给你一只。可是，你得像拥抱未婚夫一样拥抱我一下！”

“这真是一个奇特的愿望，”公主看着埃斯本，心想，“他反正不知道我是谁，为什么不能拥抱他一下呢？”

公主果然满足了埃斯本的愿望，热烈地拥抱了他。事后，她得到一只兔子，装在小篮里，骑上毛驴回去了。

公主刚刚回到宫殿，急忙打开篮子一看，顿时傻了眼，篮子是空的。原来埃斯本已经吹过哨子，小兔子一听哨声，马上回去了。

真是一件怪事！可是公主一点也不悲伤，她愉快地回忆起拥抱埃斯本的情景。

傍晚，当太阳刚刚沉入大海的时候，埃斯本又呼的一声吹起哨子。三百只兔子竞相从东南西北奔了过来，它们排成长长的一队，真像士兵一样，跟在埃斯本后面，愉快地朝宫殿走去。埃斯本一面吹着哨子，一面轻轻地哼着牧兔小调。

国王已经不耐烦地等在宫殿门外，他正想张口骂人，看到埃斯本身后一队兔子，顿时目瞪口呆。谁见过这番阵势呢?

国王仔细地数了一下，三百只兔子一只也不少。

消息像长了翅膀一样，飞遍了整个宫殿。不一会儿，宫殿上下谁都知道了这个奇迹。一个小伙子放牧三百只兔子，一天下来，一只也不少。多少贵族王子也曾经来尝试过，可是他们都未能成功，都被痛打了一顿，悻悻地离开了。

第二天，埃斯本刚带领兔子离开宫殿，国王马上唤来公主，不无担心地对她说："我不知道新来的牧人玩的什么把戏，可是他是一个聪明而又狡猾的小伙子。你今天化装后驾一辆牛车，到牧场去，向他买一只兔子，给他一百个金币，他一定会动心的，这样，到晚上就可以鞭打他了。"国王说完，自以为得计，满意地搓搓双手，叫人准备皮鞭去了。

公主当然不会承认昨天的事。她装得非常听话，让人准备牛车去了。

中午时分，一个年老的农夫驾着牛车来到牧地，他要买一只兔子，说着，就拿出了一百个金币。

埃斯本已经看出来人不是农夫，而是化装过的公主。他一口回绝说："你想到哪儿去了？这些兔子是不卖的。如果你真的想要，看在你一把年纪的分上，我可以送你一只。不过，你得像妻子一样与我交换三个吻。"

"我求你别这样。你是一个漂亮的小伙子，却要给一个上了年纪的农夫三个吻，多么不好意思啊！"化装的农夫羞得脸都红了，"我把一百个金币全部给你，只买一只兔子。"

埃斯本不管农夫说什么，就是不答应。他一屁股坐在茂密的草地里，不理睬农夫的请求。

公主能怎么办呢？

"好吧，反正他只知道我是一个老农夫。"她想着，便走了过去，凑近埃斯本，就势坐了下来。

嗬，那是多么甜蜜的三个吻啊！他们热烈地吻着，吻着，连在旁边吃草的小兔子看了都羞红了脸。

吻过以后，农夫整理了一下头发和胡须，他得到一只兔子作为礼物。农夫将兔子藏在布口袋内，用绳子捆住袋口，驾着牛车回去了。

回到宫殿以后，公主将口袋递给国王，可是口袋又是空的。原来埃斯本早已吹过哨子，把兔子召回去了。

国王十分生气，他狠狠地斥责了公主一番。公主站在边上，脸红得像罂粟花——她不是生父亲的气，而是又想起与牧人交换的三个吻。

傍晚时分，公主终于盼到了牧人带领兔子回来。国王站在门口，将埃斯本带回的兔子连数三遍，三百只整，一只也不少。公主这才放心，哼着歌儿散步去了。

第三天，埃斯本又领着兔子出去了。老国王看着他的背影，非常着急，他决定亲自行动，这样才不会让这个农夫娶走他的女儿。

他化装一番，扮成一个老婆婆的模样，然后骑上一匹生了三十六胎的老马，朝牧场走去。

“喂，放牧的，卖两只兔子给我，我给你好价钱。”老婆婆装腔作势，要买兔子。

埃斯本马上看出他是化装的国王，可是他装作不认识似的说：“你想到哪儿去了，老婆婆，这些兔子是不卖的。”

老婆婆苦苦哀求，纠缠不放。埃斯本被缠得没有办法了，只得答应：“好吧，老婆婆，你如果真要兔子，那么你抱着这匹老马吻三下。否则，我不给你兔子！”

国王能怎么办呢？他要么抱着这匹肮脏的老马吻三下，要么将女儿嫁给这位牧兔的小伙子。这真是让人左右为难，国王的智慧不够应付了。

吻吧，反正小伙子也认不出我是谁。想到这里，国王抱着老母马，吻了它三下。

吻过马以后，国王正在恶心，埃斯本给他送来两只兔子。国王连忙将兔子装在木箱内，上面加上盖，钉了许多钉子，骑着老马回去了。

回到宫殿以后，国王连忙将箱子卸下来，他小心翼翼打开木箱盖，这回轮到他目瞪口呆了：两只兔子都不见了。埃斯本早用魔哨将它们召唤回去了。

晚上，埃斯本回来了。三百只兔子整整齐齐地跟在后面，一只也不少。

国王看到事情已经到了砸锅的地步了。

果然，埃斯本走上前来，朝着国王深深地鞠了一躬，说：“国王陛下，我已经如数完成了你交给的放牧任务，现在想取得你亲口许诺的报酬——迎娶美丽的公主。”

国王知道他不能公然地违背自己的诺言，可是，他又想到一个借口：“你必须再完成一个任务，然后才能娶到公主。否则，我立即将你赶出宫门。”

“还有什么任务呢？请说吧，我愿意试试自己的运气！”埃斯本诚恳地回答说。

“我的地下室内有一只巨大的啤酒桶。如果你能给桶内装满了真情实意，那么公主就是你的妻子了！”

“怎么不能呢？”埃斯本高兴地说，“我从来不说谎话。把一只啤酒桶装满真情实意，对我不是一件困难的事。”

国王命令将啤酒桶移到宫殿大院。他召集王后、公主、大臣、将军、士兵、仆人都来到院内，让他们看一下，小伙子是如何将啤酒桶装满真情实意的。

埃斯本没有思考多久，便开始说：“我在第一天给国王放牧兔子时，有个小伙子骑着毛驴来到我的面前，他要跟我买一只兔子。我送给他一只兔子，只要求他像对未婚夫一样地拥抱我。我们拥抱得非常热烈，这算不算真情实意？”

公主生怕他说出自己的名字来，羞得一脸通红，连连说：“真情实意，真情实意！”

“好吧，将这点真情实意放到啤酒桶内去！”国王若有所思地看了看公主，发布了第一道命令，然后他走到啤酒桶前，掀开盖子说，“这么点真情实意只够铺个底，离满满一桶还远得很呢。”

“放心吧，国王，我的真情实意才刚刚开始呢！”埃斯本接着又说，“第二天，我在牧场上又遇到一位老农夫，他也想买我的兔子，结果我们交换了三个夫妻般的吻。农夫其实就是——”

“是真情实意！”公主连忙接口。这件事怎么能说出来呢！

国王突然明白了，他也连忙说：“对，对，这也是真情实意。快装进啤酒桶去！”

然后，国王又走近大桶，假装着看了一回，说：“你的真情实意离桶口还远着呢！你要是完不成任务，我就会把你赶走！”

“且慢，我还有一大堆真情实意哩。我真担心，这只大桶也许还不够装呢！”

“那你就试试看吧！”

埃斯本又慢条斯理地说：“第三天，第三天是怎么回事呢？那天来了一个老婆婆，骑着一匹老母马，她向我买两只兔子。最后我同意了，可是——”

“可不全是真情实意嘛！”国王急了，连忙打断他的讲话。“也许还不够，啤酒桶还没有装满吧？”

“够了，够了，全是不掺假的真情实意。快把桶盖钉起来，别让真情实意漏出来！”

国王连连摆手，结束了考试。在场的人全都知道啤酒桶内装满了小伙子的真情实意。国王掏出了丝绸手帕，擦着额角上沁出的冷汗。“我的天哪，”他想，“要是大家全都知道他们的国王吻过母马，那该是多大的笑话啊！”

结果，埃斯本赢得了美丽的公主。话得说回来，公主也早就看中了聪明的小伙子。

国王只得下令，为公主和埃斯本准备婚礼。

宫殿里又是一片忙碌，烧啊，烤啊，蒸啊，煮啊，忙了三天三夜。第四天酿啤酒，酿了一天一夜才把酒桶注满。

婚礼开始了。客人们吃啊，喝啊，又笑又乐。国王也十分高兴。

宴会直到半夜时分还没有结束。厨房里一位小厨子想去看一下桶里还有多少啤酒。他扛了一把梯子，靠在啤酒桶上，顺着梯子，爬了好一阵子才到达顶端。小厨子探着脑袋正往里看呢，不提防走过来一位女仆，她被梯子绊了一脚，打一个踉跄……只听到上面扑通一声，小厨子掉进啤酒桶里去了。

客人们惊叫起来。国王知道了事情的原委后立即下令：“打开桶塞，小伙子自会流出来！”

仆人们赶紧拔掉桶塞，啤酒如潮水一般涌了出来。大家赶紧拿杯，拿碗，拿罐子，伸到桶前接啤酒。一会儿，杯、碗、罐都满了，连脸盆也装满了啤酒。

啤酒还在往外流着，流出宴会厅，流过走廊，流到王宫大院，流得兔子前掌后掌透湿。兔子们舔着脚掌，竟然醉呼呼地跳起舞来，逗得参加婚礼的客人哈哈大笑。

小厨子终于从啤酒桶的塞孔里流了出来，他一只手上拿了一只酒罐，另一只手上还带着把勺子，大叫着："国王万岁！"

国王乐得眼泪都出来了。埃斯本也站在新娘身边快乐地笑着，不过他更怀念森林里的白胡子樵夫……

看不见的仆人

从前，遥远的北方有一个贵族，又漂亮，又富有。不知道他是位伯爵还是位王子，总之，他出身名门望族。他的行为举止也是大家风度，尤其他乐善好施，和蔼可亲，受到众人的称赞，结交了不少朋友。

可是，世界上没有掏不光的箱子，不管家底多厚，有多少黄金白银。终于有一天，我们慷慨的伯爵掏完了最后一个杜卡特金币。他身无分文了，只得出外闯荡世界，碰碰自己的运气了。

伯爵翻越了千山万水，到处以说唱为生，这里叙述一段英雄故事，那里演唱一首爱情歌曲，东面弹奏一段琉特琴，西面吹送一回凤凰箫。他四海为家，受到人们的欢迎和款待。人们邀请他留在当地，伯爵一一谢绝了。他的足迹遍布北方山山水水，一路领略了淳厚的异乡风情。

一天，他在森林深处迷了路，转来转去找不到出口，天却越来越暗了。没办法，他来到一棵大松树下，正准备露宿时，突然看到旁边有一间濒临倒塌的小木房。

“虽然不是一幢宫殿,可是有屋顶挡风,也胜过露天树下了。”伯爵苦笑着摇摇头，朝着小木房走过去。

小木房单舍独间，里面既没有桌子也没有床，只在墙角的泥土地上堆着不少枯萎的树叶。

伯爵在树叶上躺了下来，正想合眼休息时，又觉得头底下甚为不平，硬硬的，很硌人。

他坐起来，用双手重新整理一下树叶，无意中发现下面埋着一只栎木箱子。

“里面也许藏着宝贝吧！”

伯爵十分好奇，他尝试着想把木箱打开，可是木箱上的铁锁却无论如何也打不开。他摆弄了半天，无意中听到叭叭两声，铁锁自动跳开了。

“跳开一把铁锁有什么用呢？我现在饥肠辘辘，需要的是一块面包，而不是一只木箱。即使里面堆满了金银珠宝，又怎能填饱我的肚子？”

木箱里面果然没有面包，也没有塞满金银珠宝，却是一只略微小一点的黄杨木箱。他掏出黄杨木箱，上面没有锁，打开一看，不料里面又是一只木箱，这回是栲木的。

伯爵有点不耐烦了，他打开栲木箱，看到里面还有一只槭木箱。

如此周而复始，打开一只又一只，里面套着一只又一只。

最后，伯爵掏出了一只火柴盒似的梨木箱。他急切地打开箱子，想看一下里面是否还有箱子时，却发现梨木箱内塞着一张小小的白纸条。

伯爵十分失望，他随手抓过纸条，将它扔在一旁。

“为一张小纸条，花费这么多精力，真划不来！哪怕里面放一块干面包，也不至于让我现在挨饿睡觉。”

伯爵抬起头，看着天上的一轮满月，心中十分惆怅。

月亮透过云层，将它柔和的银光撒在平静的大地上，透过屋顶的漏洞，小纸片也被照得亮堂堂的。

伯爵侧过头去，正想合眼睡觉时，觉得纸片上好像写着字。他重新睁开眼睛一看，果然写着四个大字。他凑近了，念了起来：

“仆——人——拉——塞。”

伯爵刚把四个大字读完，耳边却响起了一阵小小的声音：“您有什么吩咐？我的主人。”

伯爵奇怪地环顾一下周围，附近连一个人影也没有。

他以为听错了，便看着纸条，又念了一遍：“仆人拉塞。”

耳边又传来小声的询问：“您有什么吩咐？我的主人。”

这回听清楚了。伯爵心想天底下奇怪的事情还真不少，竟有只听声音不见人影的事情。好吧，你开我的玩笑，我也来开开你的玩笑。你不是问我有什么吩咐吗？是啊，我这里正要吩咐呢！于是，伯爵微笑着喊了一句：“我已经饥饿难忍，希望好好地吃一顿。”

话音还没有落地，屋子中间已经出现一张桌子，桌面上摆着可口的饮料和佳肴。伯爵的眼睛都看呆了，他迫不及待地坐过去，又抓又拿，饱餐了一顿。

饭后，他又拿起纸条，重新念了起来：“仆人拉塞！”

“您有何吩咐，我的主人？”

“我吃了一顿饱饭，谢谢你，可是现在我想睡了。我当然不愿意缩在角落里，躺在枯叶上，胡乱凑合一个夜晚。你明白我的意思吗？”

刹那间，房里出现一张雕刻着天堂图案的大木床，床上放着鸭绒枕头和锦缎丝被。

伯爵上了床，舒舒服服地放平了身体。呵，他已经好久没有睡过这样的安生觉了！

他躺在床上，又念了一遍纸条。看不见的仆人应声而来，问有什么吩咐。伯爵睡意渐浓，他迷迷糊糊地说：“拉塞，你是一个出色的仆人。你给我置办了珍馐佳肴，又给我安顿了王宫里才能有的睡床。你也许已经看到了，如此高贵的睡床和这简陋的木房太不协调了。它应该放在华丽无比的宫殿里，华丽……”

话还没有说完，伯爵已经睡着了。

第二天大清早，他一骨碌翻身下床，显得特别精神，心情愉快。咦？奇怪——

伯爵又使劲揉了揉眼睛，还是不敢相信。

昨晚的小木房不见了，眼前是一幢漂亮的大宫殿。无数的房间、壁画、雕像、镜子、花瓶、嵌金镶银的家具，庭院里的鲜花在清晨的阳光里，争奇斗艳。

伯爵巡视了所有的房间，看不完的豪华陈设和珍奇古玩，他惊讶得目瞪口呆。

走了一圈回来，他突然发现没有人分享他的欢乐。他一人影只形单，唯有自己的脚步声伴随着他，他感到十分寂寞和孤单。

伯爵掏出纸条，念着："仆人拉塞！"

"您有何吩咐，我的主人？"

"非常感谢你给了我一幢宫殿！可是，一幢大宫殿对我一个人有什么用处呢？我希望仆役成群，大家一起生活，娱乐，这样才能成为一幢真正的宫殿。"

伯爵刚讲完，只见宫殿里顿时热闹起来。仆人们来回奔忙擦拭房间，整理家具。宫廷侍从们穿着金丝银缎的衣服，他们或娱乐，或谈话，见到伯爵时都朝他深深地鞠躬。

再说河对面的山坡上，自从人类开始在地球上生活以来就有一座坚固的城堡，那里住着年老的国王和他的独生女儿。女儿长得非常漂亮，而且性情温和，被国王视为掌上明珠。

每天早上，国王醒来后都会习惯地走近窗口，呼吸新鲜空气。好像只有这样，他才能有胃口用早餐。

这一天，国王又习惯性地走近窗口。

他看到了什么了？

河的对面耸立起一幢美丽的宫殿，圆形屋顶的背后还有塔楼，真是富丽堂皇。

国王看得目瞪口呆。一会儿，他的思绪从惊奇中回转过来，连忙召唤大将军，发布命令说："是谁敢如此大胆，一夜之间便在对岸的山坡上建造一幢华丽的宫殿，想把我比下去？你必须集结全部的兵力和炮火，立即教训一下这位恬不知耻的家伙，让他知道，未经我的允许便在我的王国内建造宫殿将会遭到怎样的惩罚！"

将军奉命操起大斧，命令部队集合。忙碌一阵后，国王的部队全副武装，浩浩荡荡地准备杀过河去。

伯爵看到对面舞刀弄斧，知道一场激烈的战斗不可避免。他迅速掏出纸条，唤来仆人拉塞，吩咐说自己需要一支精良的部队，武器装备一定要超过对岸的国王。

伯爵说完来到门外，只见宫墙前旌旗飘扬，礼炮齐鸣，一支部队已经排列整齐，雄壮气派。

对岸提斧的大将军虽然鲁莽，却是一个粗中有细的统帅。他一看伯爵的军队和武器，就知道自己与这样的对手是无法较量的，还是友好相处为上策，于是便带了几名军官来到伯爵的宫殿。

伯爵大开宫门，以礼相待，设宴招待将军和其他军官，告诉他们，就这样无缘无故地大动干戈，流血死人，既无聊又愚蠢。

客人们看到美味的红葡萄酒、白葡萄酒、香槟、果汁，便来者不拒，一饮而尽。他们还不时地向伯爵祝酒，为他干杯。

三杯酒下肚，气氛更热烈了，将军情不自禁地走到伯爵面前，弯下腰，悄声地献上一计："尊敬的殿下，你是一个慷慨大度的人。我们国王有一个女儿，长得十分漂亮。虽说她有点骄傲，目中无人，可是对你来说，她却是一个十分理想的未婚妻。要是婚事可成，国王也就不会气恼你的宫殿耸立在他的窗户前了。"

伯爵听着，微微地一笑。他请将军向国王转达他的问候，并告诉国王，他请求明天便进宫觐见。

宴会一直进行到深夜。伯爵让人给对方士兵抬去无数的啤酒和菜肴，两边军队一同开怀畅饮，大家避免了一场流血的战争，成了兄弟。

国王的军官们酒足饭饱，回去了。伯爵掏出纸条，召来看不见的仆人，请他将正在熟睡的公主从对面宫殿里搬过来。他在向她求婚前总该见一次，知道姑娘长得如何出众。

拉塞马上就完成了任务。伯爵深深地注视着酣睡中的公主，心中非常爱慕。公主果然漂亮，伯爵还从来没有看到过这么美丽的姑娘。他命令拉塞将公主连床带人重新送回对面的宫殿去。

第二天早晨，老国王又像平时一样走近窗口，他一眼看到对面山坡上还是那幢宫殿，金顶塔楼在太阳下闪闪发光。国王顿时勃然大怒。为什么不按他的命令将对面宫殿夷为平地？他立即下令召大将军进宫。

大将军毕恭毕敬地站着，等到国王的一阵雷霆之怒过后，方才小声地说道："陛下，对面宫殿里住着一个十分富有而又十分体面的伯爵。他军队的力量远远超过我们。我们无法战胜他，也铲除不了他的宫殿。硬碰上去，我们只能毁灭自己。为此，请陛下宽恕我的冒昧，我已经和伯爵一致议定……"

"我的将军竟是一个这样的懦夫！"国王又大发雷霆，"你既然敢违抗我的命令，我就要把你送上绞刑架！"

将军仍笔直地站着，等待国王怒气平息。好一会儿，他又凑上前去说："伯爵请我向你致以崇高的敬意。他今天就要来觐见你，向你和你的公主献上他甘为臣仆的心意。”

国王正待再次发作，忽然听到门外鼓乐齐鸣。伯爵带着一队仆从骑着高头大马，已经到了宫殿的门前。

公主气喘吁吁地奔进国王的卧室，她打老远便激动地喊着：“快穿衣服吧，父亲，穿上你的鼬皮大衣，戴上你的节日王冠。今天是贵客临门。”

“贵客，贵客，”国王生气地嘟哝着，以往他可是从来不违背女儿心愿的，“我可不能因为一名小小的伯爵就忙得晕头转向！”

“伯爵是个漂亮而又乖巧的人。我愿意找这样的人做丈夫。”女儿急切地回答说。

“你看，”国王奇怪地喊了起来，“从前没有一个人能够合你的意，而今天却又迫不及待地要嫁给贸然前来的陌生人。你还没见过他呢！”

“昨天夜里我在梦中见过他了。他长着一张漂亮的脸，我愿意嫁给他。”公主照实承认，脸上泛起一片绯红。

国王惊奇得难以理解，不过他还是换上礼服，戴上了王冠。女儿说贵客临门，他当然不敢怠慢。

国王摆开了迎客的架势，前呼后拥，来到王宫门前。

伯爵也穿着华丽的衣服，一点不比国王逊色，说不定还强一点呢！

伯爵举止得体，谈吐高雅，为人和善，很快便博得国王的信任和欢心。公主更是着了迷，她目不转睛地看着伯爵，舍不得把目光移开。

后来，国王设宴招待伯爵，在餐桌上，伯爵郑重地向国王吐露心事，希望娶公主为妻。

国王尚未来得及接话，公主便抢先答复了伯爵，说自己愿意嫁给他。

国王除了答应，还能说什么呢？

双方议定，就在国王的宫殿里举行婚礼。伯爵答应在自己的宫殿里为新娘布置一间特别漂亮的卧房，此外还在宫殿旁修建一座艳丽的花园。

不久，一切都已准备停当，婚礼的日子终于到了，整个王国都在热烈地庆祝公主婚礼。街头巷尾，人们都在津津乐道地议论这天的盛况。

婚礼结束以后，国王陪同新婚夫妇一起动身回他们自己的宫殿去。国王要亲自鉴赏一下，女婿到底给公主准备了怎样的洞房。

嗬，果然名不虚传。

看不见的仆人使出浑身的本领，给公主备下了三间卧室，一间纯金，一间纯银，一间镶满了珠宝钻石。宫殿花园里也是棵棵异树，朵朵奇花，喷泉、瀑布、金鱼、仙鹤，一应齐全。真是天上难得，人间少有。

国王为女儿嫁给这样富足而又能干的伯爵而高兴。他喜滋滋地告别了新婚夫妇，满意地回到了自己的王宫。

送走国王之后，已经成了伯爵夫人的公主走进自己的卧室，准备更衣。伯爵独自在外面等待，他正坐着，只听耳边传来仆人拉塞的声音：“想必主人已经心满意足了吧？”

“是的。我什么也不缺少，对你十分满意。”

“也许我可以请求得到一份报酬了吧？”

“当然，我愿意奖励你，给你一份满意的报酬。”

“那就将写着我名字的纸条给我吧！”拉塞小声地请求。

伯爵欣然答应。

“好的，我可以将它给你。我已经有了一切，再也不需要什么了。不过，我怎样才能将纸条交给你呢？我看不见你的身影呀！”

“很简单，”仆人说，“你在睡觉前将纸条搁在床边上，我自会将它取走的。”

当新婚夫妇上床休息的时候，伯爵将纸条放在床头柜上，安安稳稳地睡着了。

第二天早晨，腹中空空的饥饿感将他唤醒了。他揉了一下眼睛，又揉了一下，再揉了一下，他觉得似乎还在噩梦之中：整个宫殿已经不翼而飞，他和公主躺在墙角的败叶堆上。这是一间破旧不堪的小木房。前不久，他正是在这里发现栎树木箱的。

“仆人拉塞！”

无人答应。

“仆人拉塞！”

还是无人答应。

四壁空空，衰败不堪的小木房内一点动静也没有。

直到这时伯爵才恍然大悟，明白看不见的仆人为什么单单索要那张纸条。拉塞拿走了纸条，也就带走了全部的魔法。

伯爵还不甘心，他又厉声呼唤了几回。仆人拉塞没有来报到，却把伯爵夫人从睡梦中惊醒了。夫人醒来以后闹糊涂了，她不知道发生了什么事，也不知道自己现在身在何处。宫殿里的新房到哪儿去了？鲜花盛开的宫殿花园怎么不见了？她年轻而又漂亮的伯爵呢？他在哪里？身旁怎么躺着一个衣衫褴褛的乡巴佬？

伯爵夫人仔细一看，认出了面前的乡巴佬正是伯爵。

“我的上帝，这一切都是怎么回事？”她惊叫起来。

伯爵沉默了一会儿，他把自己的身世和小木房的故事原原本本地告诉了夫人。他还特别提到了看不见的仆人拉塞，说他开始时如何忠诚，后来却又将一切魔法全都收回。现在大家落到了这步田地。

说着，伯爵便跪在夫人面前，他觉得让自幼养尊处优的公主住在这样一间茅草房内，是自己的过失。他请求夫人宽恕，并请她重新回到国王的宫殿去。

年轻的公主是位贤惠的女人，她抚摸着伯爵的头，安慰他说：“我怎么能在困难的时候离开你？你富有的时候，我爱你；现在你落难了，我更爱你！只要我们真诚相爱，自会找到生活来源的。”

那天早上，国王很迟才醒过来。按照习惯，他跳下床，走近窗口，要去呼吸一下新鲜空气，再眺望一下现在由他的女儿居住的宫殿。他左看右看，前看后看，不敢相信自己眼睛。昨天还是金光闪闪、塔楼林立的宫殿，今天却只剩下一片长满树木的山坡。

宫殿呢？

女儿呢？

伯爵呢？

国王站不住了。他立即传令备马，亲自带着一批火炮手，越过河来。国王纵马上坡，看到眼前是一间破败的小木屋。国王和随从刚到门口，门便开了，眼前站着花枝招展的公主和穷酸潦倒的伯爵。伯爵夫妇手牵着手，显得从容、镇静。

国王十分生气，他问伯爵女婿，怎么一夜之间宫殿和财物都不见了？

落魄的伯爵低着头，一声不吭，他无法为自己辩护。

国王一看他这副模样，顿时气往上冲。他大叫大嚷，说伯爵原来是个骗子，劫持了他的女儿，给他带来莫大耻辱。

公主站在一旁哭泣，她央求着说："仁慈的国王，我宽厚的父亲，请你平息雷霆之怒，别再奚落我的丈夫了。他是无罪的，我也决不会离开他。"

可是国王决不宽恕。相反，女儿的话激起他更大的愤怒，他随即命令士兵们："把这个骗子马上送上绞刑架，将公主带回宫殿！"

公主哭得更悲伤了，她呼天抢地，请求父亲收回命令。这一回国王却始终不动心，坚决不改变自己的主张。

公主看到眼泪真的无济于事，便立即上马回到宫殿，她拿出杜卡特金币贿赂刽子手，让他只是做做样子，千万别把伯爵真的吊死。

刽子手看到公主的眼泪，又拿到了金币，更加知道到时该怎么行事了。

十字路口边上竖起了一根绞刑架。天近黄昏时，刽子手装模作样地将伯爵挂在绞刑架上。他悄悄地告诉伯爵，等到半夜时，他会来给他松绑的，让伯爵暂时委屈一下。

伯爵听了，心里明白。他被挂在绞刑架上，虽然不能说很舒服，可也有足够的时间让他回顾一下人生，清数一下自己已经走过的脚步。

他一生中已经大起大落过两回。高峰时贵客盈门，低落时就像现在，竟然被挂在绞刑架上。嗬，从宫殿到绞刑架，这段距离是多么遥远，却又像是一步之遥。

这是什么原因？这是谁的责任？

正当他在苦思冥想的时候，听到身后传来车轮滚动的声音。他睁开眼睛，一、二、三……一共七辆大车，车上装满了穿破的鞋子和靴子。第一辆车上坐着一个满脸皱纹的小老头，鸟儿般的嘴脸，蓬乱的头发从红帽子底下干草似的伸出来，这是一个丑陋的小侏儒。

小侏儒驾车来到绞刑架下，他用树枝吆喝住马儿，跳下车，抓住绞架上伯爵的一条腿，嘶哑着嗓子说道：“你也有今天，我的主人？想当初你像一只骄傲的孔雀，趾高气扬，在我给你营造的宫殿里神气活现。你给我的命令让我累得够呛，你自己看吧，这七辆车上的鞋子全是为你办事跑坏的。”

“嘿，你将纸条还得多么轻松！你现在知道纸条是怎么回事了吧？你一定很后悔，想把纸条重新要回去，不是吗？”

小侏儒恨恨地挥舞着小纸条，一会儿送到伯爵的鼻子底下，一会儿舞到他的手边，尽情地嘲弄着绞架上的人。

小侏儒这里还没有发泄完，只见绞架上的人手掌一转，纸条顿时落入他的手掌。小侏儒再聪明也料不到绞刑架上还挂着活人。失落了纸条，小侏儒忽地一声不见了，七辆车子自然也没有了踪影。

伯爵拿到纸条，厉声地呼喊道：“仆人拉塞！”

“您有什么吩咐，我的主人？”从看不见的地方传来了熟悉的回答。

“先把我从绞刑架上解下来，然后再给我恢复宫殿里的一切，包括请回我的夫人。”

伯爵的话音刚落，一切都已经实现了。

第二天清晨，国王又如平常一样走近窗口。他朝外一看，不禁惊讶得倒吸一口冷气。对面的山坡上塔楼林立，金顶闪光，仍是一座漂亮的宫殿。

国王打铃召来仆人，吩咐仆人快去叫公主过来。

“陛下，仁慈的伯爵夫人已经不和我们住在一起了。”仆人回答说。

“她到哪里去了？”

“婚礼以后，她当然跟伯爵一起住在对面宫殿里。陛下难道忘记她已经结婚了吗？”

“对，我记得的。不过，我在昨天夜里没有睡好，现在还有点昏昏沉沉，迷迷糊糊。天哪，这到底是怎么回事？”国王觉得自己好像中了邪一样，他吩咐备马，说自己用过早餐以后便要到对面宫殿去。的确，他十分挂念公主。

伯爵和夫人看到国王来了，便立即排出仪仗队迎接。他们热情地欢迎国王，伯爵还殷勤地问候国王的身体。

国王是一位性子火暴的人，他一看到女儿安然无恙，便生气地指责她：“你怎么不在家里？”

“父亲，我不是在家里吗？我的家在这里，我一直在我心爱的丈夫身边。”

女儿惊奇地望着父亲，觉得受了委屈。

“还有你，你在这里做什么？”国王转过头去，看着伯爵，“我不是让人将你吊死了吗？”

“哦，父亲，我从未想到，您也这么喜欢开玩笑。”伯爵说着，哈哈大笑起来，“可是您怎么会跟我开这么大的玩笑？您可从来没有给我来过这样厉害的教训！”

伯爵的回答又动摇了国王的记忆，他十分尴尬，结结巴巴地说道：“可是昨天，这里的宫殿，不是没有了吗？不是只剩下一间小木房吗？”

“什么？”伯爵回头问随从，“你们听说过这等事吗？”

随从们迅速走到面前，他们纷纷鞠躬，并起劲地摇着头，说：“没有的事，没有的事。哪来的小木房？从没听说过。”

“可是，你昨天赤膊站在这里，身上衣衫褴褛，这难道也是没有的事吗？”

国王对自己的记忆彻底绝望了，可他还是又追问了一句。

“啊，竟有这等事情？你们听说了吗？”

伯爵装作吃了一惊，又回头问随从。随从们又聚拢过来，断然否定了这种可能性。他们显赫庄重的伯爵怎么会赤膊见客，而且，褴褛的衣衫，他想要还没有呢！

国王彻底糊涂了。他从头上取下王冠，交给身后的仆人，然后掏出丝绸手帕擦擦前额上的汗珠，双手在脑后擦来擦去。国王真是手足无措，不知该怎么办好了。

公主心中虽然对国王十分怨恨，因他昨天竟然不问青红皂白便将伯爵判处绞刑，可是看到他今天王冠也不戴，一副迷惑不解的样子，心里又同情起来。她和解似的说道：“我的父亲，也许是凶恶的妖精扰乱了您的神经，模糊了您的记忆。您需要休息。”

“对，对！我们的国王昨晚睡眠不好。”仆人连忙证实，“刚才他还抱怨呢！也许国王直到现在都还没有真正苏醒过来，这真是一场噩梦。”

国王只得听从女儿的意见，戴上王冠，告别了伯爵夫妇，回宫殿去了。他确实感到身心不适，需要休息。

伯爵自然也从这幕闹剧中吸取教训，变得聪明多了。他不再支使仆人拉塞东奔西走，也不渴望取得更大的财富。他和贤淑的妻子过着平静而又愉快的生活。

多少年过去了。

一天，看不见的仆人拉塞又谦恭地在伯爵耳前央求："我的主人，去年一年我几乎没有穿坏一双鞋子。您一定不再需要我的服务了吧！请把纸条还给我，让我解脱服役吧。"

"我很愿意解脱你，拉塞，可是纸条我不能给你。我不愿意第二次再上绞刑架。"

"您现在明智多了，我的主人，您十分体谅我的双脚。可是，谁知道这张纸条将来会落在谁的手里。几千年来，我已经为许多主人服务过，我真的十分厌倦了，要是您将纸条重新还给我，我会将您现有的一切仍旧留给您。"

"不行，你再也别想得到纸条。"伯爵认真地说，"可是我会将把它置放在一只金匣内，然后亲手将它埋在七里深的地底下，谁也不会知道它的下落。这一点我可以向你保证！"

"我完全相信您，我的主人，谢谢您。再见！"

声音越来越轻，最后一点也听不见了。

当天，伯爵就在森林深处找了一块洼地，把纸条放在金匣内，埋到了地下。

怎么，你要问那座森林在哪里？它就在东南西北四个方向的中间。

无敌的大力士

从前，有一个可怜的寡妇，她常常去树林里拉柴火。这天，她在大松树的针叶下看见一只奇异的蛋：蛋呈现天蓝色，又大又圆，蛋壳上还带着许多花斑。

“我还从来没有见过这样的蛋哩！”

寡妇自言自语地说着，捡起怪蛋，带回家，塞在抱窝母鸡的蛋筐里。

“将来会看出，里面到底钻出什么样的鸟来！”寡妇心里思量着。

不久，果然有了分晓。

蛋壳裂开了，里面没有钻出鸟，而是跳出一个令人心醉神迷的小男孩。

这真是一个天大的意外！

寡妇原先有过一个儿子，可是死了。她一个人孤苦伶仃，像夕阳一样，无可奈何地没有盼头的日子。

现在不一样了，小房间里又有了欢乐。寡妇皱巴巴的脸上绽开了一丝多年未见的笑容。

寡妇又当了母亲，她给孩子取名叫汉斯。

可是，一年三百六十五天，总不会天天出太阳。可以想象，随着小孩的到来，这个可怜的小家庭不久就出现了许多忧虑和困难。

汉斯虽然活泼、聪明，可是长得很快，饭量极大。可以吃的东西一到他手，马上被吃光。不久，他就长得力大无穷，像童话中的大力神赫拉克勒斯。

汉斯五岁了。五岁的汉斯又高大又强壮，街坊的孩子谁也比不过他。母亲最大的忧虑是他一天到晚饿得慌，她必须起早贪黑地为儿子烤面包。一餐吃三五个大面包，这对汉斯是司空见惯的事。

汉斯长到十二岁的时候，母亲感到已经无法养活儿子了。她来到村长面前，请求村长出个主意。

“老太太，你看你的儿子长得又聪明又结实，他应该去干活，否则他永远也吃不饱。”

母亲向村长道了谢。第二天，她把儿子送到铁匠铺当学徒。至少，儿子在以后三年里吃饭有了着落，她暗暗地思量着。

健壮的小伙子令铁匠很满意，繁重的铁匠活也让汉斯很满意。

双方当即讲定，汉斯在铁匠铺学徒三年。第一年，铁匠给他做一套新衣服，用特殊的钢铁给他打一把三百斤的利剑；第二年，铁匠再给他做一套新衣服，用同样的钢铁打一把七百斤的利剑；第三年，铁匠给他做第三套新衣服，然后用一千二百斤钢铁给他打一把利剑。

汉斯去做学徒了，可是他没有能够坚持三年。第一年刚过，铁匠就已经对他的学徒绝望了。汉斯的力量太大，什么东西一经他的手，马上就折断了。锤子给他打成两半，铁砧被他打成碎块，炉旁的风箱也被他拉断了。铁和钢在他手里成了一团陶土，捏来捏去，像是做游戏。

“我如果再不辞退这位大力士，”铁匠说，“终有一天他会把我的铺子也打碎的。”

铁匠宁愿提前送给汉斯三套新衣服，并把铺内所有的存铁拿出来，打了三百斤、七百斤和一千二百斤的三把利剑。实际上，由于家里存铁不够了，最后那把剑还差了一斤，但寻常的人也别想拿动它。

好聚好散，铁匠和汉斯客客气气地分了手。

母亲看到儿子学徒不成，提前回家了，非常悲伤。第二天，她又带了儿子去邻村找了一家大户。东家一看汉斯人高马大，很高兴，就留下汉斯当长工。汉斯干活不让人，可是吃饭也一个人顶上一个团。

一天，伙计们商量着到树林里准备冬天的柴火。汉斯也跟着去了。

“汉斯，你怎么不带锯子和铁斧？”途中有人问他。

“要那些东西干啥，用不上！”

“赤手空拳，你怎么干活？”

“到时再说吧！”

汉斯一面回答，一面又往口里丢进一块面包，那是早饭以后留作干粮用的。

到了树林，汉斯专挑最大的松树，先摇动一下，然后就将松树连根拔起。他把树梢掰掉，把树干一根根地装在车上。

车子装满了，他就赶马。可是马的力气太小，拉不动满满的车子。没有办法，他将马拎起来，干脆放在树干上面，然后一只手插在裤子口袋里，一只手连柴带马拉着车子，轻轻松松地回到农户大院。

第二天，大家聚在仓房里打谷。

汉斯挑了一棵从树林里运回来的大树。将树根和树枝去掉，做成一段大木棍。他用木棍在麦秆上滚动几遭。不到中午，打谷的任务便完成了。

然后，他在仓房顶上开了两个洞，从屋顶朝着一个洞吹气，秕糠便纷纷扬扬地从另外一个洞口飞了出来。到了晚上，仓房里只剩下一大堆干干净净的粮食。

那天也该东家倒霉。他对汉斯干活这么利索很奇怪，想亲自看一下。他悄悄地走上仓房的屋顶，见屋顶有一个洞，便探头朝内张望。

那是出秕糠的洞口。汉斯没有看到东家，他只顾往里吹气，洞口出来的风早把东家刮了出去。东家在空中惊慌失措，手忙脚乱地抓住一根好像木头的东西，总算停止了在空中的飘荡。他定睛一看，原来自己被吹到教堂的塔楼上来了。

伙计们绳捆索绑，好不容易才把东家救了下来。

从那以后，东家便怀恨在心。汉斯每吃一个面包，东家都要数落他一番。最后，他还是辞退了汉斯。

东家提前支付了工资，对汉斯说："汉斯，我是个小户人家，确实养不起你。你应该到国王那里去当差，他反正有掏不完的山，舀不完的海，只怕还嫌你的饭量小哩！”

“好吧，”汉斯回答说，“我愿意去，说不定那里正有一件适合我干的活儿。可是你必须给我准备一点干粮。从这里到王宫还有一段路，我要是在路上挨饿，便到不了目的地。”

“去吧，你到厨房去拿！”

东家很高兴，他一口答应了汉斯的要求。可是他忘了汉斯是个胃大无底的人。

汉斯在厨房里准备干粮，一手拎了一口袋面包，肩上挂了半只熏猪，另一只手上还托着一盘乳酪。然后，他愉快地告别了东家，跨出了农院。

东家看到汉斯拿了这么多吃的，很心疼。他连忙放出一头公牛，想让牛去顶汉斯，说不定还能夺回一点东西，哪怕是一盘乳酪也好。

公牛从汉斯背后呼哧呼哧地赶了上来。汉斯直到这时才明白东家的恶毒用心，他看着奔来的公牛，朝着两根牛角的中间奋起一拳，公牛顿时扑倒在地上。汉斯抓住牛头，往背上一扔，走进树林去了。

他在林间的空地上生起一堆火，把打死的公牛放在火上烤，吃了一个痛快。

“我难道还背着它吗？”汉斯抹抹嘴巴，满意地自言自语说，“今天总算真正地饱餐了一回！”

吃完公牛，汉斯又上路了。一路上，他吃着面包，啃着猪肉，嚼着乳酪，紧走慢走，傍晚时分，来到了王宫。汉斯自告奋勇，愿意当差出苦力。宫殿的仆人们看他身强力壮，二话没说便收留了他，让他先去厨房干杂活。

这下可好了，谁也不去顾忌他有多大的饭量了。他为人勤快，粗活重活一个人全揽下了，没有人能比得上他。当然，他力气太大，也坏了不少事。

土豆抓在他的手上，皮没有削完，早成了土豆泥；洗碗的时候，刀和叉被他扭得像脆麻花，连汤盘都给捏碎了。他打破了研臼，弄得厨师无法再给国王做芝麻饼，而国王又特别喜欢吃它。

人们让他去取木柴。他一担挑回的木柴把厨房间塞得满满的，挤得谁也去不了灶边。

有一天，他去仓库拿猪肉，顺便拆下了仓库的门，把猪肉端了回来。

尽管如此，厨师长还是很喜欢汉斯。他只是发愁汉斯的多余力气无法使用。

汉斯大展拳脚的这一天终于来到了。

那些日子里，一片悲哀的气氛笼罩着王宫。

事情是这样的：有一回国王出海航行，归途上遇上一场可怕的风暴。原来是海洋里的三个魔鬼兄弟决定让他船沉人亡。不久前，国王曾派渔夫在海上捕捉了魔鬼兄弟心爱的白鲸，魔鬼兄弟发誓要为这件事报复国王。

当船快要沉没的时候，国王呼喊救命。魔鬼兄弟说，如果想活命，就必须将回家时第一个遇上的生命作为礼物送给他们。

国王想，每次外出归来时，通常总是猎狗奔跑着走在最前面，迎候自己。这回也一定如此。当然他也很不情愿将一条爱犬送给魔鬼，可是为了救船活命，他就答应了魔鬼兄弟。

国王急匆匆如漏网之鱼，驾船回去了。想不到他还没有到家，他的三位女儿已等不及了，驾着银色的小船迎了上来。父亲一见女儿，惊吓得脸色煞白，恨不得还是死了好。

不幸的国王回到宫殿，绝望中他许诺，如果谁能从魔鬼的手中救出他的三个女儿，那么可以任选一名公主为妻。

没有人敢出头，大家都怕海上的魔鬼。直到过了好多天，才有一位乡村裁缝跨进王宫，答应解救公主。乡村裁缝是一个红发侏儒，人们叫他红彼得。

可怕的时刻越来越近了。国王必须履行诺言，先将一个女儿送给魔鬼。

王宫上下蒙着一片黑纱。天刚蒙蒙亮，人们把大公主送上海滩，这是献给大魔鬼的礼物。

红彼得跟着公主来到海滩，他一看海滩上除了公主别无他人，便害怕地退到岩石背后，躲了起来。为了防备万一，红彼得费力地抽出一柄宝剑来，搁在自己腿上。剑锋锈蚀得像一把锯子。

大力士汉斯也得到厨师长的允许来海滩看魔鬼。魔鬼到底是个什么模样，他还从来没有见到过。于是，他扛着三百斤重的利剑来到海滩。

不一会儿，海面上刮起一阵大风，海水趁着风力掀起了万丈狂涛，波涛间涌现了一个三头巨怪。

“嗬嗬，汉斯，你来得正好！”魔鬼咆哮着说。

“你要我干什么？”汉斯疑惑不解地问道。

“给我扔一根缆绳过来，把我拉上岸。我来娶未婚妻！”魔鬼声震如雷，连山石都被撼动。

汉斯扔过一根缆绳，将魔鬼拖上海滩。还没容魔鬼抖落身上的海水，他便举起利剑猛地一下斩落了魔鬼的三个脑袋。

大公主又惊又喜，她跳起来感谢汉斯的救命之恩。汉斯摇了摇手，表示区区小事，不足挂齿，便又回到宫殿厨房去了。那里是他的天地。

汉斯走了，红彼得却跳了出来。他害怕魔鬼，躲在岩石后面，魔鬼现在被打死了，他大胆地走出来，用剑尖顶着大公主的胸膛威胁她，要她承认他是救命恩人。

可怜的公主毫无办法，她只好对国王讲是红彼得救了她的性命。

宫廷上下一片喜悦。国王召集许多乐师，唱歌跳舞，热烈欢庆。大家都把红彼得看成是大英雄。红彼得更是扬扬得意，他大概以为自己真的成了大公主的救命恩人。

宫殿里的欢乐没过多久，又轮到向二魔鬼祭送公主了。宫殿上下又是一片悲哀，王宫的房顶上也披上了黑布。哀悼声中，只有红彼得陪着二公主来到大海滩上。红彼得一看左右无人，又逃到山岩背后，腿上搁着一把生锈的钝剑。

一会儿，汉斯也来到海边。厨师长答应让他出来溜达一阵子。

大海又咆哮起来。波涛间显现了可怕的七头二魔鬼。

“嗬嗬，汉斯，你在哪儿？”二魔鬼吼叫着问道。

“我在这里等你呢！”汉斯大声地说，海洋的喧声震天。

“快把那里的缆绳扔给我，将我拉上岸！”

魔鬼横蛮地发布着命令。

汉斯抛过缆绳去。可是，二魔鬼刚刚踏上陆地，只见汉斯挥动七百斤的利剑，二魔鬼的顿时身首分离，七个脑袋成了七个滚动的皮球。

二公主高兴得不知道怎样感谢汉斯才好。汉斯摇摇手，淡淡一笑，走了。他不能离开厨房太久，否则会被厨师长责骂的。

汉斯走了，惊魂稍定的红彼得钻了出来，他用锈剑点着公主的前胸，威胁说：“如果你胆敢不对国王说，是我打死了七头魔鬼，救了你的性命，当心我捅了你！”

公主吓得发了呆，她答应回去按红彼得的话照说不误。

二公主安然无恙地回到宫殿，宫殿里鼓乐齐鸣。人们又吃又喝，又唱歌又跳舞，争相夸奖英勇的红彼得。他甚至荣幸地坐在国王右侧，与国王对酌三杯。

好景不长，又轮到祭献小公主的日子了。小公主是国王最心爱的女儿，宫殿上下更是一片悲哀。楼台亭阁都用黑绒布裹了起来，到处都能听到人们的哭泣和叹息声。

这一天，小公主被带到海滩前，国王再三告诉红彼得，如果他这一回能够救下小公主，他可以任选一位当妻子。国王还将赐给他半个王国。

毫无疑问，汉斯也来到了海滩。他这回带来了最重的宝剑。

一会儿，波涛汹涌，海面上出现了十二个脑袋的三魔鬼。三魔鬼刚瞅见汉斯，便咆哮着命令说：“将那边的缆绳扔给我，把我拉上岸来！”

汉斯果然照办。等到魔鬼刚上岸，汉斯挥舞一千二百斤的利剑猛地一砍。可惜，这回只砍下魔鬼的十一个脑袋。

你一定还记得这把宝剑少了一斤铁的故事，正是这个缘故，所以魔鬼还剩下一个脑袋。汉斯正要举剑再劈时，魔鬼惊恐地抓住吓得昏死过去的小公主跳进大海，消失不见了。

红彼得一看大事不好，一溜烟地逃跑了。他东躲西藏，从此再也没有露过面。

宫殿里一片哭泣声。

汉斯很同情国王，他自告奋勇要去寻找公主。他保证一定要将公主从魔鬼的城堡里拯救出来，送回国王身边。

说完，他收拾了一下，便动身上路了。

他走啊走，一天，在路上遇到一位汉子，汉子的肩上扛着一座教堂。

汉斯笑着和他打了个招呼，称赞说：“喏，兄弟，你是一个不可战胜的大力士！”

“比起宫殿里的汉斯那还差远了，”那个人诚恳地说，“汉斯赤手空拳，掰起钢铁来就像揉面团。”

“兄弟，我就是宫殿里的汉斯。”

汉斯笑了起来，他请扛教堂的大力士跟他一起走。两个人结伴而行，一路上成了知心朋友。

不多时，他们在路上又遇到一位背着一座大山的汉子。

“喏，兄弟，你是一个无敌的大力士！”汉斯称赞说。

“比起宫殿里的汉斯来，算不了什么，”背山的朋友认真地说，“他一拳就把公牛打死了！”

“我就是宫殿里的汉斯。”汉斯说着便请他结伴而行。

三位大力士一起走着，来到了前面的大海湾。海湾边的礁石上有一座魔鬼的城堡，小公主就被困在城堡中间。

“兄弟，快把背上的大山放在海滩上！”

然后，汉斯又请扛教堂的兄弟过来，把教堂安在大山顶端。待一切就绪以后，汉斯敲响了所有的大钟，像过圣临节一样。

钟声惊动了魔鬼，他探出窗口一看，哎呀——

对面平地上冒出了一座大山，山顶的教堂上竖着一个十字架，十字架正好冲着自己的窗口。

这真是不像话！魔鬼压根儿不想看到十字架，而有人竟敢把教堂耸立在他的门前。他又看到从教堂里走出三个强壮的男子，一个胜过一个，他们朝着魔鬼城堡走了过来。

“我们是来接小公主的，她被你关在这里！”有个男子站在门槛边上说道。

“嘀嘀，”只剩下一个脑袋的魔鬼说，“你们首先应该为她的健康干一杯。否则，我不会把她交给你们！”

魔鬼将一只巨大无比的金杯搁在桌子上，满满地斟上一杯美酒。

扛教堂的兄弟第一个上前。可是，他使尽了气力，也没能端起金酒杯。扛教堂的兄弟退了下来。

“哈哈！”魔鬼大笑着叫起来，“凭这点力气还想来夺我的未婚妻！”

背大山的兄弟第二个上前。可是，他也使足了气力，就是端不起金酒杯。背大山的兄弟也退了下来。

魔鬼更是得意。

“你们都不能为她干杯，干脆别来打她的主意。”

汉斯不声不响地走上前来，他抓着酒杯，举了起来，手上像拿了一根鸡毛似的。

“为我们公主的幸福和凯旋而干杯！”

说完，他一口气将酒喝尽，并把酒杯朝着魔鬼扔了过去。沉重的酒杯砸在魔鬼头上，魔鬼扑倒在地上，死了。

小公主挣脱了镣铐，高兴地奔了过来，一头扑在汉斯的怀里，吻着他，感谢他救了自己。

扛教堂和背大山的两位大力士走进城堡，他们搜尽了里面的金银珠宝。两位大力士到底扛走多少财物，你们谁也想象不出。

汉斯牵着公主的手回到了宫殿，国王看到他们几乎都不相信自己的眼睛。

整个王国一片欢腾。国王信守诺言，答应让汉斯娶一位公主为妻。毫无疑问，汉斯挑选了小公主。美丽的小公主给勇敢的大力士带来了幸福。

举行婚礼的时候，汉斯的老母亲也被邀请来了。婚后，老母亲就随着儿子一起住在宫殿里。

汉斯不仅娶了公主，还得到了半个王国作为礼物。他如同任何一个聪明而又公正的男子汉那样，把王国治理得井井有条。

森林大仙

从前有一个猎人，带着三个儿子住在一幢小房子里。一天，猎人领着儿子外出狩猎。他们在遥远的树林里东奔西走，打到许多野鹿和狍子。可是，由于出门时走得匆忙，他们将火石忘在家里了。

天寒地冻，他们却无法生火取暖烤肉。

“来，我们抽签决定让哪个人回去取火。”父亲看着三个儿子，首先提议说。

小房子离他们很远，路上的积雪又很深，走一步就要陷到膝盖。

“还是先别忙着抽签，”小儿子回答说，“我爬上树梢看一下，看看周围有没有火光。要是周围没有人家，我们再派一个人回去取火。”

父亲同意了：“这个主意很好，你是个聪明的小伙子。”

小伙子爬上一棵大树，他对着前后左右张望了一阵，看到树林后面有一丁点儿火光，小得像狼眼睛一样。

“我看到远方有一点火光在闪动，那里一定住着一户人家。”

另外三个人也很好奇，他们轮流爬上树梢，看到那里的确闪烁着小小的火光。下来以后，大家争论开了，到底应该由谁去取火？

父亲做出决定：大儿子先去。他身强力壮，又是老大，自然应该先去。

“好吧，我去。”老大答应了。他背上箭袋，朝着火光的方向一直走去，走了整整一天。

突然，他看到路旁有一口铁锅。

“喂，小伙子，匆匆忙忙地到哪里去？”铁锅开口问他。

“我去取火。”

“那就趁早回去吧！你可不要往那里走，”铁锅告诉他，“火会将你烧死的。”

“别担忧，我会当心的。”

老大回答了一声，又往前走了。

不一会儿，他又看到路旁搁着一只圆桶。

“喂，你走得这么匆忙，要到哪里去？”圆桶问道。

“我去取火。”

“最好还是趁早停步，别往前去了，”圆桶说，“烈火会将你烧成灰烬的。”

“我不害怕，我会当心的。”老大说完，又往前去了。

没走几步，他又看到路旁搁了一把斧子。斧子看他走了过来，问道：“你到哪里去呀？”

“我去取火。”

“赶紧停步，趁早回去，烈火会将你烧死的。”

“别担忧，我会当心的。”

老大回答了一句，又继续赶路。

这回他在路旁看到一把铁耙。

“喂，你到哪里去？”

“我去取火。”

“别去了，烈火不留情，它会烧死你的。”

“别害怕，我会当心的。”

老大说完，继续往前走去。

他走啊走，看到前面有一幢茅草房。两扇门大开着，里面没有人。灶旁有一点微弱的火光。

老大拣了一块木板，放在火堆上，然后在下面扇火。突然，他听到从背后传来一声怒喝：“你在这里做什么？”

老大吓了一跳，回头一看，面前站着一位白发苍苍的老人，胡须一直拖到地上，一说话露出满口利牙，一双手像两只巨大的鹰爪。他一定就是人们传说的森林大仙。

“你在这里干什么？”森林大仙又问了一句，“你好大的胆子，怎么敢来触动我的火焰？”

“我想要借个火。”老大回答说。

“你看到路旁的铁锅了吗？”

“看到了。”

“你没有看到路旁的圆桶吗？”

“不，我看到了。”

“你看到搁在路上的斧子了吗？”

“看到了。”

“那么铁耙呢？”

“对，我也从它边上走过了。”

“它们没有对你说什么吗？”

“它们让我立即止步，转身回去。”

“你为什么不听从它们的意见，转身回去呢？你知道这是一口什么铁锅吗？”

“铁锅嘛，就是炒菜的铁锅呗！”

“也许不一定，”森林大仙笑了笑，“你知道那是怎样的圆桶吗？”

“不就是一只盛放面粉的圆桶吗？”

“不，不对，”森林大仙又笑了笑，“你自然也不会知道那是怎样的一把斧子？”

“怎么不知道？一把砍树劈柴的斧子。”

“哦，你真是一个不幸的人！你知道那把铁耙的来历吗？”

“不知道。不就是铁匠铺打出的一把农具吗？”

“你是个一窍不通的人，我应该好好地教训你一顿！”

森林大仙说着，一把抓住老大，将老大扔在地上，结结实实地打了一顿，打得他浑身火辣辣的，疼痛不已。

老大左躲右闪，好不容易才挣脱了出来。他一路不停地逃回了家，早把取火的事忘掉了。

父亲看到大儿子气急败坏地逃回来，十分奇怪，他连忙问：“喏，取来火了吗？”

“嘿，别提那回事了！那里有一个森林大仙，我差一点被他打得爬不回来。你看看我这浑身的伤。”

父亲非常生气，他派二儿子去找森林老人，去取回火种。

过了几天，二儿子也狼狈不堪地逃了回来，火种没有拿到，却落了一身的伤痛。他痛得连话都说不清楚了。

小儿子不相信森林大仙有这么厉害，他嘲笑两个哥哥说："瞧你们两个猎人，却怕起森林大仙来了。"

"你自己去走一遭，看看他会怎么收拾你。"两个哥哥也不服气。

"你以为我会害怕吗？我现在就去，看他怎么处置我。"小儿子说完背起行装，带上斧子，动身去了。

他一路走着，看到路边有一口铁锅。

"你到哪里去？"铁锅问。

"我去取火。"

"快别去了，那里危险。"

"我想看看到底谁的本领大。"

小儿子说完话，头也不回，往前去了。

他又看到一只圆桶。

"你到哪儿去？"

"我去取火。"

"赶紧回头，趁早停步。烈火会把你烧成焦炭的。"

"让它去烧吧！我看它能烧掉我的一根毫毛！"

不久，他又遇到一把斧子。

"你到什么地方去？"

"我去取火。"

“不要去了，趁早回去。否则你会惹祸的。”

“没有火，我们的日子更糟糕。”

小儿子回答一声，继续赶路。

走不了几步，他又看到路旁搁着一把铁耙。

“你到哪里去？”铁耙问他。

“我要去取火。”

“趁早回去，免得被火烧死。”

“我要拿到火，才能回去。”

小儿子毫不动摇，继续往前走。

他终于来到了那幢小房子，看到森林大仙躺在地上。森林大仙又高又大，占了整整一个地面。

“老人家，你好！”小伙子跟他打个招呼，说，“我能在你这里借宿一晚吗？”

“我不反对，你住下吧！只是你不能动我的火苗。你看到路旁的铁锅了吗？”

“对，我看到一口铁锅，”小伙子回答说，“我还看到圆桶、斧子和铁耙。”

“你知道这是一口什么锅吗？”森林大仙神秘地问道，“知道那是怎样的圆桶、斧子和铁耙吗？”

“我当然知道。”猎人的小儿子胸有成竹，回答说，“铁锅是你的头，圆桶是你的身子，耙子是你的双手，斧子是你的一双脚。”

“我看出来了，你是一个聪明的小伙子，”森林大仙说，

“你自己爬到炉灶的炕上去，给我讲几个故事吧。可是你的故事都不能是真的，否则我会把你浑身的骨头都拆散。”

“行啊！”小伙子回答说，“可是你不准打断我的讲话，否则就该轮到我掰断你的骨头了。”

“公平合理，应该如此。”森林大仙一口答应。

猎人的小儿子靠近炉灶边坐下，娓娓动听地讲了起来：

“有一回，我想飞上天去，我飞啊飞，飞了三年才到达天庭。天上可奇怪啦，每个人都是头朝下脚往上，颠倒着生活。

“我很不理解，就问那些人：‘你们为什么一个个都上下颠倒地过日子？’

“‘没法子，我们没有棉线，所以不能缝合靴子。’人们回答我说。

“‘你们把靴子给我，我不用棉线缝合。森林大仙的头发比任何棉线都结实。’后来，我下达命令，将所有森林大仙的头发统统拔光。我今天也是因为这个缘故才来找你。”

小伙子的话还没有说完，坐在对面的森林大仙可就急坏了，他站起身，气愤地说：“不行，我决不会让你拔一根头发的！”

“森林大仙，我们可是有话在前，不管你同意还是不同意，你是不能打断我讲话的。”

森林大仙知道自己输了，他害怕被掰断骨头，便把脑袋伸过去。小伙子也不客气，狠狠地从他头上揪下一把头发。森林大仙疼得惊叫一声，小伙子又开始了他那精彩的故事：

“我用森林大仙的头发给他们缝制靴子，他们都很感谢我，领着我四处转悠。我突然看到一个农民在脱粒，麦场上到处飞舞着大麦秕糠。我将秕糠捡起来，搓成一根绳子，然后用绳子将精灵们全都捆绑起来。我先抓住了河海精灵，森林精灵吓得自动前来报到。你看，现在他们都一字长蛇阵地站立在你的房子前面呢！”

森林大仙跳起身子，走到门口，他什么也没有看到，十分生气：“你为什么要骗我？门外根本没有人。”

“我为什么要骗你？你自己坐不住，要到门口去。我正在讲故事，又被你打断了。这回该怎样惩罚你？”

森林大仙知道自己又输了，只好伸出头去，听凭发落。小伙子在他头上猛击一拳，打得森林大仙眼前直冒金星。他这回老实多了，摸着自己的脑袋直哎哟。

小伙子又慢条斯理地讲起了故事：

“有一回我去打猎。我走啊走，来到一片湖水前，过不去了，怎么办呢？我正在发愁，突然看到附近树上有许多苍蝇。我将它们全部抓住，串在一根棉纱线上，双手抓住线头，任凭苍蝇腾空飞起的时候把我带到空中。飞到湖面中心的时候，不料棉纱线断成两段，我扑通一声掉进湖里，差一点被淹死。

“水面上游着许多鸭子。我着急忙抓住一条鸭腿，鸭子受了惊吓，拼命往岸边扑腾过去，顺便将我拉到了对岸。

“到了对岸以后我不知道该怎么办。附近也没有火可以让我烤一烤衣服，暖和一下身体。

“我正在东张西望，看到迎面跑来一头大熊。我举起猎枪，瞄准大熊，正要扣动板机时，只听大熊请求说：‘别开枪！告诉我，你需要什么报酬？’

“我把猎枪拿开，对大熊吼了一声：‘赶快给我生一堆火，我已经冻得发抖了！’

“‘我用什么给你生火呀？我连火星也没有。这样吧，你坐在我的背上，我驮着你，一直走到有火的地方。’

“我爬上熊背，大熊驮着我穿过一块块沼泽和树林，将我送到你的屋前。想不到你是个吝啬的人，不肯让我借个火。喂，门口的大熊听着！”

小伙子朝着窗口大喊一声：“来吧，把那个森林大仙捣成肉酱，他是个吝啬的人！”

森林大仙听了这话不知是真是假，不过他已经吓得瑟瑟发抖了：“你要什么就拿什么吧！只是别把野熊唤到屋里来！”

“我什么也不需要。你不肯把火交给别人，大熊会将你撕成碎片的。”小伙子说着又朝着窗外喊了起来，“大熊，来吧，进来！”

“哦，求你行个好，还是别让它进来！”森林大仙连连求饶，“我把所有的一切都给你。喏，这是火枪，那是火石。你只要用火枪朝火石上打一下，马上就会迸发出许多火花。还有这里，这是一只狩猎背包，里面装满了铅弹，不管你如何使用。口袋永远也不会空掉。那是我的猎枪，这一切我全送给你，只求你饶我一条命。”

“你怎么忘掉我那两位哥哥的伤痛了呢？”

“我这就把神膏给你，它会治愈一切伤痛的。”

小伙子接过火枪、火石，将它们藏在口袋里，然后他背起森林大仙的猎枪，提着装满铅弹的魔袋，把神膏攥在了手心里。森林大仙索性把许多药草也给了小伙子：“带上吧！任何时候都会需要它们的。”

猎人的儿子这才满意，他告别了森林大仙，匆匆忙忙地踏上了回去的路。

两个哥哥看到他回来，老远就喊开了：“哦，大英雄回来了。你带回火了吗？我们怎么看不见？”

“在这里呢，你们看，藏得好好的。”猎人的小儿子一边说，一边掏出火枪、火石。他用火枪朝火石打了一下，冒出的火花顿时点燃了旁边的干树枝，烧起了一堆暖暖和和的篝火。

“瞧，我还给你们带来一些治愈伤痛的药。来，让我看看你们的伤在哪里？”

他用神膏在两个哥哥的伤痛处涂抹一遍，伤痛处顿时痊愈了。两个哥哥站起身，使劲地拥抱他，感谢他。

猎人父亲连忙坐过来，他给三个孩子烤干了衣服，又在火上烤了一大堆野味。

嗬，这么香的烤野味让人喉咙里咕咚咕咚直咽口水，你肯定也从来没有吃过。

国王的九个孙子

从前有一个寡妇，丈夫给她留下了三个女儿。姑娘们一天天长大，很快便到了出嫁的年纪。

一天晚上，姐妹三个又坐在纺纱间纺亚麻，大姐止不住地说了起来：“我要是嫁给王子，就用大麦片给他烤面包，让他的士兵吃得饱饱的，好英勇作战。”

二姐也不甘示弱，说：“我要是嫁给王子，就为他织出许多亚麻布，让他的士兵都能穿上亚麻衣裳。”

小妹妹起先还害羞，不敢说，后来禁不住悄声唱了起来：

王子倘若娶了我，
我将为他生儿子；
一连三个三胞胎，
九个儿子天下少；
双手纯净赛黄金，
双脚健壮似白银；
眼睛像珍珠，
头圆羞月亮；
双肩宽阔担红日，
虎背熊腰有力量。

却说王子这天晚上打猎正好经过那个地方。他听到了年轻姑娘轻柔的歌声，禁不住心花怒放。

王子想，这么纯朴的姑娘，我一定要娶她为妻。想罢，他急忙赶回宫殿，央求国王派人求婚。国王一口答应了儿子的请求，马上为儿子举办婚礼。

王子娶回了年轻的姑娘，两个姐姐也随着妹妹一起来到宫中。

他们一起生活，日子过得很平静。十月怀胎，一朝分娩，年轻的妻子第一回就生下三胞胎，这三个儿子啊：

双手纯净赛黄金，
脚儿健壮似白银；
眼睛像珍珠，
头圆羞月亮；
双肩宽阔担红日，
虎背熊腰有力量。

可惜这时王子正好出海在外。国王只得亲自出去找一个保姆。

他一出宫殿，便遇到了妖婆鬼精灵。妖婆向着国王深深地鞠了一个躬，问他："国王陛下，你到哪里去啊？"

"我要找一个保姆。"

"喏，我正巧是一个保姆。"

"可是我并不喜欢你这样的保姆。"

"你却找不到比我更好的保姆了。"

“天知道。行了，你跟我来吧！”

妖婆鬼精灵知道国王宫殿里添了三个孙子。她心怀叵测地对国王说：“国王陛下，你先走一步，先回宫殿去。我还有点事，得回家一趟。”

到家以后，鬼精灵捉了三条小狗，带到国王的浴室，放在墙脚下。她周围巡视了一番，知道婴儿的卧室在哪里，于是便将小狗揣在怀里，悄悄地进入卧室，用小狗换下了三个孩子，然后风也似的逃了出来，穿过绿色的草地，奔出金黄的麦田，最后来到一块白色的山岩跟前。鬼精灵将孩子偷偷摸摸地藏在山洞里，然后又重新回到宫殿。

国王问她，儿媳产后身体如何。

妖婆鬼精灵走上一步，用心险恶地说：“她只是生下了三条可怜的小狗。”

光阴似箭。王子航海回来了，他听说妻子生下三条小狗，心中十分悲伤。可是他也无可奈何，只得接受命运的安排。

一天，王子又出海去了。在这期间，他那年轻的妻子又生下了三胞胎。三个白白胖胖的儿子十分逗人，正是：

双手纯净赛黄金，
脚儿健壮似白银；
眼睛像珍珠，
头圆羞月亮；
双肩宽阔担红日，

虎背熊腰有力量。

年老的国王只得不辞辛劳，再去寻找一个保姆。

儿媳提醒他说："父亲，你别去雇用遇上的第一个人，而应该雇用第二个人。"

国王点点头，出门去寻找保姆了。

妖婆鬼精灵又迎面走了过来："你好，国王陛下。你到哪里去呀？"

"我要去找一个保姆。"

"那就雇我吧！"

"那不行。我的儿媳妇不让我找路上遇到的第一个人当保姆。她会不乐意的。"

鬼精灵一听，匆忙钻进人群，又钻了出来，她要重新遇到国王，自荐当保姆。

国王认不出她，答应雇用她，领着她一起回宫殿了。

妖婆鬼精灵这次带了三只乌鸦，将乌鸦搁在床边，把三个新生的孩子偷偷地换了出来。

孩子抱到手，鬼精灵连忙穿过绿色的原野，走进金黄的麦地，来到白色的山前，将孩子藏在山洞里。

王子回来以后，听说妻子生了三只小乌鸦，他又羞又恼，但还是想再给妻子一次机会。

不久，王子又因公外出了，将妻子一个人留在家里。年轻的妻子这回又生了三胞胎，三个儿子就像上两回的一样漂亮。

国王只得不辞辛劳，再去寻找一个保姆。

“这回别找第一个和第二个遇上的人，雇用第三个人！”媳妇特别提醒说。

国王正在赶路，迎面碰上妖婆鬼精灵。

“国王陛下，你到哪里去？”

“我去找保姆。”

“雇我当保姆吧！”

“不行。我的儿媳妇不要我找遇到的第一个人当保姆。”

妖婆鬼精灵一听，撒腿就往前面走，她要制造第二会遇到国王的机会。

可是这一回也不行，国王仍然不雇用她。妖婆鬼精灵又往前走，她在一条十字路口等着国王。

国王没有识破她，答应了她的请求，还是将妖婆鬼精灵带回了宫中。

妖婆鬼精灵在身边揣了三只小老鼠，她想用老鼠换下三个男孩。没想到床上只躺着两个婴儿。原来年轻的妻子已经察觉到妖婆鬼精灵的恶毒用心，她用金色的长发盖住了一个儿子。

鬼精灵一看只有两个婴儿，便十分奇怪地问：“你的第三个孩子呢？”

“只生了两个孩子，哪来的第三个孩子呢？”年轻的妻子简短地回答。

鬼精灵瞅准机会，换下两个孩子，连忙穿过绿色的原野，走进金黄的麦田，来到白色的山岩跟前，将两个孩子藏在山洞里。

王子回来后听说家中又出了一桩怪事，非常生气。妖婆鬼精灵还在一旁恶毒地煽风点火：“你的妻子将你骗得好苦。她答应给你生下黄金白银般的儿子，到头来却只是生了些老鼠、乌鸦和小狗。对这样的妻子不值得留恋，应该立即将她处置掉。”

王子听信了妖婆的话，命令仆人做了一只铁桶，将妻子装进桶内，然后将桶滚进了大海。

恶毒的妖婆十分高兴，对王子说，你要是娶我为妻，我可以给你生八个儿子。这八个儿子啊，我管保他们个个：

双手纯净赛黄金，
脚儿健壮似白银；
眼睛像珍珠，
头圆羞月亮；
双肩宽阔担红日，
虎背熊腰有力量。

王子回头看她一眼，鬼精灵丑得像黑夜一样，他怎么会娶她呢？不过，他也没有立即将鬼精灵赶出宫殿。

年轻的妻子坐在桶内，在大海里随波逐流。幸好她将孩子带在身边，母子两人，相依为命，被大海一会儿送上浪尖，一会儿又推入谷底。男孩随着海浪的起伏迅速地长大了，长成一个英俊、出众的少年。

突然，儿子听到铁桶在沙滩上滚动的声音，他连忙招呼母亲，说："妈妈，我把桶底打开吧！"

"别打开，我的儿子，我们会葬身鱼腹的！"

"不会，妈妈，别害怕！我们已经靠岸了。"

儿子打开桶底，母子两人钻出铁桶。看，原来他们来到了一座岛上。儿子解下母亲头上的发带，向着空中划了三个十字，说："迅速来一座宫殿，要比国王的那幢更华丽！"

刹那间，平地出现了一座宫殿，全部陈设，应有尽有。母子两人住进宫殿以后，生活无忧无虑。可是，儿子看到母亲时常悲伤，眼睛里总是含着眼泪。

儿子大惑不解，他反复地追问母亲。母亲没有办法，只得将自己的命运告诉了儿子："孩子，你还有八个哥哥，长得跟你一模一样。妖婆鬼精灵将你的八个哥哥全部偷走了，连我自己后来也没有见到过他们。"

"别悲伤，妈妈！"儿子听后，安慰母亲说："你给我缝九件衬衣，烤九块大麦面包。我要去找回八个哥哥！"

"别去，孩子。妖婆鬼精灵凶狠恶毒，她会害死你的！"

"我已经长大了，妖婆也不能把我怎样。再说，我还正要找她呢！"

母亲只得给儿子缝了九件衬衣，烤了九只大麦面包。儿子穿上一件衬衫，将一块面包扔在地上。面包落地以后顿时滚动起来，儿子辞别了母亲，跟着面包，一路走了出去。

面包滚到了奔腾咆哮的大海面前，走不过去了。儿子又挥动母亲的发带，在空中划了三个十字，海面上凭空出现了一座大桥，直通对面的陆地。大桥的桥面是银子铺的，桥的栏杆则是一色的赤金黄铜。

面包滚上大桥，儿子跟在面包后面，穿过绿色的草地，走进金黄的麦田，来到一座白色的山岩跟前。这里有一个大山洞。

小儿子勇敢地走进山洞，看到里面有八个跟他长得一模一样的英俊少年。八个小伙子都睡在地上，只见他们：

双手纯净赛黄金，
脚儿健壮似白银；
眼睛像珍珠，
头圆羞月亮；
双肩宽阔担红日，
虎背熊腰有力量。

他一看八个哥哥都在呼呼大睡，便在每人的头边上搁了一块面包，一件衬衣，然后躲在炉灶背后。

第二天早上，八个哥哥醒来一看，都很奇怪，不知道面包和衬衣是谁送来的。他们拿起面包，尝了一口。面包非常香甜。

“这真像是妈妈给我们烤的面包一样！”

八个哥哥又试穿了衬衣，完全合身。

“只有母亲才能给儿子缝制这么好的衣裳！”

躲在炉子后面的小弟弟一步跨了出来，说：“我是你们的小弟弟，特地来接你们。快快吃完面包，穿上衬衣，让我们一起回到妈妈身旁吧！”

大家一听，十分高兴。九位兄弟当即一起动身，去找母亲了。他们走到哪里，哪里就彩云缭绕，鸟语花香。

小儿子走后，母亲终日倚着宫殿大门望穿双眼，这时，她忽然看到九个儿子回来了，激动得又是流泪，又是欢笑。她看着眼前站着的九个儿子，他们个个：

双手纯净赛黄金，
脚儿健壮似白银，
眼睛像珍珠，
头圆羞月亮；
双肩宽阔担红日，
虎背熊腰有力量。

从那以后，宫殿里笑声不绝，歌声不断。母亲和九个儿子朝夕相处，享尽人间的欢乐。

一天，宫殿门外来了一群乞丐。他们见海面上突然长出了一座大桥，十分奇怪，就顺着桥面一路来到宫殿。乞丐们议论纷纷，说从来没有见过这么豪华的建筑。

宫殿里走出九位英俊的小伙子，让人看了赞叹不已。

小伙子们把乞丐请进宫殿，招待他们吃饭，让他们尽兴地吃喝一顿。离开以前，宫殿的女主人还将他们每人的背包塞得满满的。乞丐们千恩万谢地走了。他们穿城过镇，来到了国王的宫殿。

国王正凭窗远眺，看到一群乞丐走过，便招呼他们进来：“进来吧，你们这批远道而来的客人，给我讲讲一路上的珍闻趣事。”

“哦，国王陛下，天下的珍闻趣事真是数不尽，说不完。有一回，我们来到了大海边，你知道我们看到了什么吗？海面上有一座大桥！桥面是白银铺设的，栏杆都是赤金黄铜。这座大桥直通海岛，从前的海岛上十分荒凉，现在那里却有一座辉煌的宫殿。国王陛下，说起来还有失礼貌，那座宫殿比你这里强多了。我们在宫殿门前看到九个小伙子，这九个小伙子啊，他们个个：

双手纯净赛黄金，
脚儿健壮似白银，
眼睛像珍珠，
头圆羞月亮；
双肩宽阔担红日，
虎背熊腰有力量。

他们的母亲更是美丽，像一轮初升的太阳，光彩夺目。宫殿的花园里长着奇花异草，还有各种鸟儿在枝头鸣唱。我们不仅在那里尽兴吃喝，临走时，女主人还将我们的背包里塞得满满的。

站在国王旁边的王子听完这番话，顿时像被雷击一样，这一定是他的妻子和九个儿子！

王子立即请乞丐引路，他要亲自上海岛去。到了海岛宫殿时，他看到了眼前的那九个出众的小伙子，王子正在惊讶，他又看到了走出门来的女主人。王子立即认出她就是自己的妻子，他三步并作两步，奔了过去，双腿跪在妻子面前，请她原谅自己的过失，请妻子重新回到王宫去。

妻子忧伤地回答说："不，我们不能回到那里去了，妖婆鬼精灵还在那里，她会害死我们的。"

"这件事由我来办，你一点也不用担心！"王子安慰着她。

妻子终于接受了王子的道歉和安慰，答应带着九个儿子回去。小儿子拿出母亲的发带，迎着天空，划了三个十字，宫殿忽地一声不见了。

他们走过大桥，小儿子又向着天空划了三个十字，身后的大桥也消失了。

妖婆鬼精灵看到王子带着妻子和九个儿子一起回来了，害怕得目瞪口呆。王子正要挥剑杀她时，小儿子拿出母亲的发带，向着天空划了三个十字，鬼精灵顿时变成一块石头，再也不能害人了。

老国王非常高兴，命令整个王国狂欢七天，庆祝他的九个孙子和儿媳重新回到家中。

老国王自觉年迈体衰，索性将王位传给了年幼的小孙子，他相信小孙子会把国家治理得如童话一般美好。

灰姑娘

童话天地里有许多灰姑娘，瑞典的《灰姑娘》更加精彩，更为动人。

从前有个富裕的家庭，夫妻和睦，生活美满。他们生了一个漂亮、聪明的女儿。

可是妻子突然病故，丈夫难耐寂寞，便又娶了一位妻子。这位后妻擅长魔道，还拖带着一个又丑又凶的女儿。

后母对前妻的女儿十分凶狠，什么肮脏的话都甩在这位失去母亲的女儿身上。冬天的晚上，后母不允许姑娘回房间睡觉，害她只能坐在灶膛旁打盹取暖。身上的衣服早已成了碎片，根本不能抵御凛冽的寒风。

长年累月，姑娘身上的衣服又脏又黑，沾满了灰尘，大家干脆叫她灰姑娘。

春夏秋冬，寒来暑往，十五个年头过去了。灰姑娘出落成一位美丽的少女。然而她的漂亮招致了后母和她丑恶女儿的更大妒意，灰姑娘的日子过得更加艰难。

正在这时，外国来了一位王子，他要在当地寻找未婚妻。占卜的人告诉他，他的未婚妻就生活在这里。

星期天，大家都聚集在教堂里，传说王子也会到来。后母和她的亲生女儿也穿戴一新，准备去教堂碰碰运气。临出门时，后母还不忘朝厨房里的灰姑娘奚落几句：“你就待在这里别动！你确实不配跟其他人一起到神圣的教堂去。”

灰姑娘看着自己一身褴褛的衣服，想到自己悲惨的命运，伤心地哭了起来：“我母亲如果在世，她一定会带我到教堂去的。”

后母甚至不愿意让她安安稳稳地坐在那里痛哭。她端过一桶豌豆，倒在地上，命令灰姑娘把豌豆一颗颗捡起来。她说：“快点！不然我把你的腿打断！”说完，就领着自己的女儿走了。

灰姑娘看着满地的豌豆，看着留给自己的一块粗面包和盛在猫食碗内的一点牛奶，更加思念自己的母亲。她一边哭泣，一边双手不停地拾豌豆。

突然，门边传来一阵抓挠的声音。灰姑娘打开门，看到门外站着一只美丽的银鼬。银鼬蹦跳着进了门，灰姑娘看它一副饥饿的样子，连忙把自己的早餐牛奶端过来，放在地上，让银鼬喝完。

银鼬喝过牛奶，关心地问姑娘为什么哭泣。灰姑娘告诉它，后母不准她进教堂，今天还故意把豌豆撒在地上，要她再一粒粒捡起来。

银鼬听了，对灰姑娘的遭遇深感同情。它让灰姑娘朝豌豆吹口气，地上的豌豆犹如顺着一股飓风般自动流进了大桶。

“姑娘，跟我来吧，”银鼬说，“你也应该到教堂去！”

银鼬说完，头也不回地朝前走了，灰姑娘紧紧地跟随在后。走着走着，姑娘觉得脚下像起了一阵旋风，她身不由己地飘起来，进入一座浓密的森林，在一棵高大的栎树面前停了下来。

栎树像开门似的裂开一道缝，银鼬和灰姑娘跨进栎树，看到树洞里面宛如一间宽大的房间，四壁张挂着琳琅满目的首饰和衣服。

银鼬给她选了一套银衣银鞋，将灰姑娘打扮得像是一位阔绰的公主。等到她们重新走出大栎树时，树外已经站着一队仆人，他们牵着一匹配有银鞍的白马，恭恭敬敬地迎候着灰姑娘。

灰姑娘骑上白马，由一队穿戴体面漂亮的仆人们簇拥着，浩浩荡荡地来到教堂。王子和教堂里的其他人看到进来一位貌若天仙的公主，都站立起来，表示欢迎。

礼拜还没有结束，灰姑娘便由仆人们围绕着走出教堂，她骑上白马，催上一鞭，刹那间一支浩浩荡荡的队伍便走得无影无踪了。

灰姑娘走进栎树，换下衣服，急忙回到家中。她刚坐下，后母和她的丑女儿就已经回来了。

母女两人不停地夸奖着王子，说他相貌英俊，说他器宇非凡。不过，她们对那位陌生的公主更是赞不绝口，说她天生丽质，服饰华美，真是太让人难忘了。

灰姑娘不动声色地听着，她只是在心底微微地叹息："要是我的母亲还在人世，那该多好啊！"

灰姑娘一想起母亲，眼眶里又止不住地涌上了泪水。

一个星期过去了。

又到了星期天，后母仍带着她的丑女儿准备上教堂去。临行前，她将一桶小麦撒在地上，命令灰姑娘将一粒粒小麦捡起来。

后母总是不忘折磨灰姑娘，她让灰姑娘手脚不停，却只给她留下一小块面包和盛在猫食碗里的一点早餐牛奶。

灰姑娘一边捡小麦，一边呜呜咽咽地哭着，思念着自己的母亲。

一会儿，她又听到银鼬扒门的声音。灰姑娘打开房门，让银鼬进屋，然后又把自己的早餐牛奶碗端在地上，让银鼬喝下。

银鼬看灰姑娘仍然跪在地上捡麦粒，就提醒她怎么忘了朝麦粒吹气的办法。灰姑娘轻轻一吹，麦粒果然飞起来流进了麦桶。

接着，银鼬跟上回一样，带着灰姑娘半飞半走地来到林中栎树跟前。进入栎树以后，银鼬取下全套的金衣金鞋金首饰，将灰姑娘打扮得犹如仙女一样。他们一起走出栎树，仆人们早已备下了金鞍红马。灰姑娘骑上红马，带上一队威武的随从来到教堂。

教堂里的人们都肃然起立，王子也被她艳丽的容貌迷住了。可是，礼拜还没有结束，天仙般的姑娘便由随从们簇拥着骑上金鞍红马，风驰电掣般地不见了。

后母和她的丑女儿做完礼拜回到家中，她们看到灰姑娘已经捡完了麦粒坐在灶膛前拨火取暖。后母对教堂里的美丽姑娘充满妒意，可是更令她生气的却是灰姑娘竟然把地上的小麦粒一一捡起，使她无法寻衅吵骂，无法发泄积郁心头的无名怒火。

第三个星期天又到了。后母无论如何想制造一个机会，好将灰姑娘痛打一顿。这回她将一桶大麦粉倒在地上。然后带着丑女儿，到教堂去了。

灰姑娘坐在地上，一面捧麦粉，一面止不住地流下眼泪。“要是母亲在世，她一定不会这样待我的。而现在，我每时每刻都在遭受折磨。”想着想着，她禁不住失声痛哭起来。

姑娘正在心酸，忽然又听到门外银鼬抓挠的声音。她连忙开门，放银鼬进来，把自己那一点可怜的早饭端给它吃，然后朝麦粉吹一口气，将麦粉从地上收进大桶里。不一会儿，她和银鼬又来到森林里高大的栎树前。

这一次，灰姑娘穿上镶满宝石的金银衣衫，全身闪烁着绿宝石、红宝石和黄宝石的光辉。一双镏金镶银的鞋子点缀着珍珠玛瑙。连马鞍也嵌满了珠宝。

天堂里真有仙女吗？不，仙女也没有灰姑娘漂亮。

姑娘踏进教堂的时候，里面的人都惊呆了，他们都以为圣母玛利亚又重新回到了人间。

王子再也抑制不住自己对姑娘的爱慕，他决心弄明白，眼前的这位姑娘究竟是谁。

于是，他迅速走到教堂门口，站在门的当中。

灰姑娘正要离开，看到王子正深情地注视着自己。她急忙从王子身旁溜出去，飞身上马。不料王子已经追了上来，一把抓落了姑娘的一只金绣鞋。姑娘却像旋风一般地飞走了。

灰姑娘慌忙地回到家中，告诉银鼬，王子在匆忙之中抓落了她的一只金绣鞋。

银鼬一听，非常高兴，它说："姑娘，为了你的幸福，我尽了一切努力。现在，我已经大功告成了。好吧，请你用这把刀在我胸前猛插进去，一直刺穿我的心脏。"

灰姑娘连忙后退，说决不能这样对待朋友。

可是银鼬却坚持自己的意见，它说："姑娘，这就是对我的拯救。动手吧，按我的吩咐行事！"

灰姑娘没办法，只好拿着刀，转过头去，往前使劲一捅。银鼬身上顿时喷出鲜血，一眨眼，银鼬变成一个年轻、英俊的小伙子。小伙子向姑娘招招手，一转身便消失了。

灰姑娘从惊讶中清醒过来，她走近灶膛，刚坐下，后母和她的丑女儿便已经踏进前屋，回来了。

后母和丑女儿对王子仍然赞不绝口，而对赛天仙的姑娘却找不到合适的话来形容，她们只是反复地叨念："太美丽了！太漂亮了！太……太……"

而王子完全被神秘姑娘的丰采所征服。

他命令仆人捧着那只金绣鞋，到处让未婚的姑娘试穿，而且不分姑娘出身的贵贱，一个也不让漏掉。

仆人们来到灰姑娘家，后母找出一千条理由，说明鞋子正好适合她的丑女儿穿。

然而屋顶的小鸟却叽叽喳喳地唱了起来：

砍掉脚后跟，
斩去大脚趾，
再来试金鞋，
也许正合适。

丑女儿试了一下。根本不行，她的脚比鞋子整整大三寸。仆人们正想离开，屋顶的小鸟却着急地叫起来：

要试金绣鞋，
去找灰姑娘；
王子造新房，
快娶灰姑娘！

听到小鸟的叫声，后母急得双脚直跳，她真想拧断小鸟的脖子，她千方百计地阻挠仆人，不让灰姑娘试穿金绣鞋。

仆人们只服从王子的命令，不让一个姑娘漏掉。他们坚持让灰姑娘试穿，灰姑娘纤细的小脚伸进鞋子，美丽的鞋子就像长在姑娘的脚上一样，再合适不过了。此外，灰姑娘的袜子上还沾着两颗宝石，那是刚才匆忙中拉脱的。如果不试金绣鞋，谁也不会发现。

王子听说他心爱的姑娘找到了，非常高兴。他很快来到姑娘面前，向姑娘倾诉自己的爱慕之情。

他们第二天就举行了婚礼，那是多盛大、多隆重的婚礼啊！

后母和她的丑女儿现在又装出卑躬屈膝的样子，她们再三对王子宣称，她们对灰姑娘从来都是爱护备至，不让她忍饥挨饿。她们从来不让姑娘吃粗面包，也从来不把早餐牛奶盛在猫食碗里，更不用说把豌豆、小麦粒、大麦粉倒在地上，命令姑娘捡起来了，这些事情都是没有的。她们给灰姑娘的全是爱。

灰姑娘心地善良，她很快便忘掉了后母及其丑女儿以前的罪恶。她们毕竟是生活在一个屋顶下的家人嘛。

结婚以后，幸福的王子必须回到自己的国家去。灰姑娘仍然留在家里，她要等孩子生下以后才能回去跟王子团圆。王子临走前给灰姑娘留下一条聪明、忠实的小狗，小狗名叫洛克。

灰姑娘生下一个漂亮的儿子。她整理行装，准备去跟王子团聚。

后母反复地劝说灰姑娘，要她把那个丑女儿一起带去，哪怕做个宫殿使女也好。灰姑娘答应了后母的请求。

她们乘着船驶到海上，恶毒的丑女儿按照母亲教的魔法，将灰姑娘变成一条海蛇。随后，丑女儿在船上钻了一个小洞，让海蛇顺着洞口，游进了大海。

海蛇游入大海以后，迎面遇到一个海中女怪，她正是丑女儿的教母。女怪劈面抓住海蛇，将它用铁链锁住，带回海底，镇在石岩下。

可怜的灰姑娘从此将遭受许多天底下少有的磨难。

后母的丑女儿却摇身变作灰姑娘的模样，带着孩子和小狗洛克一直来到王子的宫殿，接受王子火热的拥抱。

回到宫殿以后，小狗洛克十分悲伤，灰姑娘生下的儿子也不停地啼哭。王子也心情沉重起来，他总感到有什么地方不对头。可是究竟是什么地方不对头呢？王子自己也说不上来。

王宫内到处笼罩着沉闷和悲哀。而假妻子的丑恶本性也愈加暴露，她撒泼无赖，引起了众人的反感和不满。

在宫殿旁的大海边上有一幢孤零零的小房子。小狗洛克躺在里面，它不吃不喝，整日整夜地呜咽。房间里还有一位老保姆，她照料着可怜的孩子。

这是一个星期四的夜里，海面上狂风怒号，汹涌的波涛不停地拍击着岸边的礁石。

老保姆忽然听到门外传来一阵铁镣移动的哐啷声，她十分害怕，把身体紧紧地蜷缩成一团。这时候，外面又响起轻轻的敲门声。老妇人吓得浑身发抖，背上起了一层鸡皮疙瘩。

呼啸的风声送来凄凉的呼唤："洛克，我的小狗，你还活着吗？"

洛克顿时做出了回答："啊，仁慈的夫人，我还活着呢！"

"洛克，洛克，请开门！"

洛克打开门。魔变后的灰姑娘鬼怪一般地走进小屋。

"我那可怜的孩子还在一直啼哭吗？"

"是的，仁慈的夫人。母子连心，孩子虽然不会说话，却时刻惦念着母亲的安危。这是孩子的天性啊！"洛克说着，又抬起头，呜咽着哭了起来。

“那位假小姐还一直躺在我丈夫的怀里吗？”

“是的，她还在欺世盗名。”

“洛克，我还能有两个星期四深夜回来的机会，这以后我就再也不能回来了。”

魔鬼在后面牵动着铁镣，灰姑娘步履蹒跚地被拉出了门。出了门，她还忍不住一步三回头。她舍不得丈夫，离不开孩子。

门外又传来大海的咆哮、宫殿的拐角处飞过一阵奇异的风声。

然后，一切又都恢复了平静。

老保姆把这一切都看在眼里，听入耳中。第二天，她就一五一十地告诉了王子。

第二个星期四的深夜，王子躲在隔壁房间，他要亲自证实老妇人说的话是否真实。

星移斗转。刚过半夜，天骤然黑暗下来。大海咆哮，狂风怒号，滔天的浪涛拍击着宫墙外的悬崖峭壁。一会儿，铁镣的哐啷声里伴随着脚步声渐渐移近了，紧接着便是一阵轻轻的叩门声。门外的讲话和洛克的回答与老妇人所说的一模一样。

接着，灰姑娘走进小屋。王子透过门缝，看到粗重的铁镣紧锁着她那纤细的踝骨。

她跟洛克结束讲话的时候分外悲伤：“还有最后一个星期四的夜晚了，从此以后我将冤沉大海，永远不能出来了。”

随着一阵激烈的铁链碰撞声，凄厉的惨叫声穿破夜空，灰姑娘又被拉入了大海。

这一切，王子看得十分真切，他连夜去向一位擅长魔道的法师求救。法师教他趁星期六安息日之夜用蛇毒涂满斧子，然后将斧子搁在硬炭火上煅烧；以后，还要用纯钢做一副手套，也搁在炭火上烧红烧透；最后，还必须在小房子里准备三只大桶，一只桶内装清水，一只桶内装烈酒，第三只桶内装牛奶。

又一个星期四到了，过完白天就是黑夜。半夜时分，门外风雨大作，雷电交加。宫殿的拐角上传来一阵阵凄凉的喊声，大海又咆哮起来，铺天盖地的浪涛排山倒海地涌过来，不停地拍击着海岸和宫墙。

铁镣移动的声音又来到了门前。

“洛克，我的小狗，你还活着吗？”

洛克立即回答：“是的，仁慈的夫人！”

“洛克，洛克，请开门！”

洛克打开门。魔变后的灰姑娘慢慢地跨了进来，问道：“我那可怜的孩子还是一直哭个不停吗？”

“是的，可怜的孩子怎么能够离开母亲呢？”

“那个假姑娘还一直躺在我那丈夫的怀里吗？”

“是的，仁慈的夫人。”

“洛克，别忘了问候我的丈夫，但愿他还能与我在梦中相会。我将被女妖永远镇在海底，没有出头之日。洛克，拜托你照看我的孩子。我离不开他呀！”

灰姑娘声泪俱下。

魔鬼又在收紧铁链，灰姑娘无奈，只得心灰意冷地移动着脚步，准备去承受命运的折磨。

王子再也按捺不住了。他从隐蔽处猛然跳起，举起毒斧，朝铁链砍去，铁链哐啷一声被砍成两截。

魔鬼拉了个空，斩断的铁链哐啷啷地滑入了大海。大海顿时狂怒地动荡起来，掀起的万丈巨浪乌云一般地浇盖下来。

猫头鹰在空中呼号，惊恐的声音向四面八方传去。

王子戴着铁手套，奋力抓住魔变了的妻子，妻子顷刻间变作一条巨大的海蛇，海蛇转动着脑袋想要咬人，又想挣脱铁手套，打算溜走。

铁手套不怕海蛇的剧毒。王子抓紧海蛇，将它浸入清水桶，海蛇顿时蜕下一张蛇皮；他又将海蛇送入烈酒桶，海蛇扭动着身子，又蜕下一张蛇皮；他再将海蛇投放入牛奶桶时，海蛇沉入桶底。一会儿，桶内站起一个牛奶般洁白的美丽女子。她虽然神情疲惫，却浑身闪烁着熠熠的光芒。

王子立即认出她就是自己朝思暮想的灰姑娘。

小狗洛克欢快地跳来跳去。灰姑娘的儿子也立即停止了啼哭，沾满泪痕的脸蛋上绽开了幸福而又甜蜜的笑容。

王子顿时感到一块沉重的石头从心上落了下来。

那位兴妖作怪的假妻子随即被抓了起来，活活地埋在地下，再也不能让她冒出地面，祸害人啦。

芬　兰

F I N L A N D

小越橘

阳光和盛开的紫罗兰结为夫妇，生下一个女儿，取名叫晚霞。

姑娘不仅长得非常漂亮，而且非常能干，她一天能够赶制一双七彩的鹿皮靴，或者缝一件带花边的皮夹克。

晚霞姑娘像一朵盛开的鲜花，吸引了无数的乡村少年，他们纷纷来向姑娘的父亲求婚。

“你愿意将女儿给我做妻子吗？”

“不行，我还不想考虑女儿的婚事！”阳光断然拒绝。

姑娘的美貌被凛冽的严寒知道了。严寒立即驾上套着七匹北极熊的雪橇，一路来到阳光的门前。

严寒走下雪橇，他拄着结实的冰杖，轻轻地敲了敲门，问道：“阳光在家吗？我是来向你女儿求婚的，我想娶你的女儿做妻子。”

“不行，我不能将女儿嫁给严寒！”父亲阳光回答说。

凛冽的严寒不甘心失败，他继续要求了三天三夜：“阳光，你应该将女儿嫁给我！”

他的声音只是在中午才略微温和一点。到了夜里，当周围一片冰冻时，他说话的声音听起来十分吓人。

阳光很担心，不过在白天时他仍然十分勇敢，大胆地拒绝严寒的求婚：“不行，我不能把女儿嫁给你！”

晚霞姑娘在悲伤地哭泣。

母亲紫罗兰也在呜呜咽咽，她说："凛冽的严寒，你快离开这里！我们娇柔的女儿不能当你的妻子。她在你那座冰窖似的宫殿里会被冻死的。"

严寒一点也不退缩。到了第四天，他以威胁的口吻大声说："阳光，你听着，你如果不将女儿自愿地交出来，我可要使用武力来抢了。"

为了显示他的决心，严寒唤来了冰冷的寒风。狂风呼啸，像给大地撒下了千百根尖利的钢针。

大地在发抖，一切都变得僵直了。

阳光非常害怕，他急得眼泪直流："我该怎么办呢？你比我强大，我只能将女儿嫁给你！"

严寒非常得意，他把晚霞姑娘抱上雪橇，催动七匹北极熊拉动的雪橇，穿冰山，跨雪原，一直朝着北方驶去。

晚霞姑娘冻得瑟瑟发抖。不一会儿，她的手脚僵直，身体冻成了一块冰团。她一头栽倒在地，变成了一棵小越橘树苗。

凛冽的严寒到家以后，回头向雪橇上一望，没看到未婚妻，雪橇上连一点晚霞姑娘的痕迹也没有。

他看到了小越橘树苗，不由得勃然大怒，一张脸拉得长长的，又黑暗又沉重，多像漫漫的黑夜啊！

"骄傲的造物，你应该冻成冰块。"

他狠狠地发泄着自己的怒火。大地顿时变成一片白色，连空气都冻成了冰粒，一层又一层的厚雪重重地压在小越橘树苗上，想把它冻死。

冬去春来。父亲阳光不放心女儿的悲惨处境，他慢慢地来到了北方，拨开了层层积雪。小越橘见到了阳光，获得了新的生命。

今天，当人们采摘甜蜜的小越橘时，他们总会想起当年美丽的晚霞姑娘。

甜蜜的小越橘是她变来的呀！

熊的来历

从前，世界上根本没有熊。只在一个小村庄里住着一个老汉和他的老伴。他们没有孩子，生活过得非常贫困。

一天，老伴对丈夫说：“我们没有生火的小木块了。你到森林里砍一棵松树，这就够我们用上一年了。”

丈夫很顺从，他带上斧子，一直走进森林，找到一棵大松树。

他走近松树，看了一阵，然后举起斧子，准备下手。突然，他听到耳边传来一阵哀求声。老汉定睛一看，原来是松树在求情：“老汉，请饶了我吧，别砍我！你需要什么，我都能满足你。”

老汉吓了一跳，斧子都掉在地上了。

“我活了六十岁，这样的怪事可还没有经历过。”

他自言自语地说了一句，悄悄地走回去，把森林中的奇遇告诉了妻子。

“你没有砍伐树干，至少也应该砍下一点树枝。”

妻子听后不以为然，她让丈夫再到森林里去锯树枝。

老汉来到森林，找到那棵大松树，他说：“我的妻子让我来砍树枝呢！”

“别担忧，老汉，回家去吧！你所需要的，已经得到了。”

老汉顺从地回到家，他感到奇怪，家里怎么堆了那么多生火的小木板。

妻子看到丈夫回来，便责怪地说："我们虽然有了生火的小木板，可是冬天到了，我们还没有取暖的木柴呢！快去搞木柴吧！"

妻子又叫又骂，吓得老汉扭头就跑。他一直跑到森林里，找到大松树，说妻子又给了自己新的任务。

"回家去吧，你已经有木柴了。"松树安慰他说。

老汉回到家里，他看到院子里堆着许多木柴，惊讶得目瞪口呆。

妻子越来越不满意："你为什么只要了一点木柴？我们没有面粉烤面包，快去要一点面粉来！"

老汉匆忙来到松树面前，告诉它，家里老伴让他来讨一点面粉。

"回去吧，老汉，你想要的，家里已有了。"松树友好地回答说。

老汉非常高兴。他回到家里一看，储藏室里堆满了面粉。他轻松地走了出来，忘掉了一切烦恼。

妻子看到丈夫，立即从屋里走了出来，没头没脑地将他骂了一顿："你老糊涂了！为什么只要了一点面粉？去，再去讨一箱子黄金！"

妻子骂着骂着，顺手抓起一把扫帚，追得老汉没命地奔跑。

"亲爱的松树，你快来帮助我一下吧！我的妻子要一箱子黄金。她把我一直赶到这里。"

"回去吧，老汉。你所需要的，都能得到。"松树只是回答了一声。

老汉回到家，他隔着窗子看到屋里有满满的一箱金子。

“老伴，家里有这么多黄金，不是一件好事情。我们必须将它好好地藏起来。”老汉十分担心地说。

老伴也点点头，表示同意。

他们想来想去，最后把一箱黄金藏在地下室。可是黄金并没有给他们带来幸福，相反却带来许多烦恼和不安。他们日夜担心，总是害怕有人会来偷走他们的财富。

妻子实在熬不住了，她说：“老头子！你到松树那儿去，让它帮助我们，使所有的人看见我们都害怕！”

老汉不敢违背，他一路匆忙地奔跑，来到松树面前，朝松树鞠了一躬，要求说：“请再帮助我们吧，让所有的人都害怕我们，使他们不敢来偷盗我们的黄金。”

“回去吧！你所要求的，都能实现。不仅人，连所有的野兽都会害怕你们。”松树干脆利落地回答。

老汉走回家，他打开门……

我的天哪!

妻子猛地朝他扑了过来，两个人滚翻在地，相互撕咬，大声咆哮，变成了两头野熊。

从此以后，世界上才有了熊。

花纹松鼠和熊

从前，在那个古老得发灰的年代里，松鼠的颜色是黄的，就像河岸上的黄土一样。

它静静地生活，安详地休息，从来不影响别人。当然，别人也不会伤害它。大家各自忙碌，相安无事。

在一个夏天的夜晚，松鼠正在树林里走来走去，突然遇到了一头黑熊。黑熊是森林里的大王。

熊和松鼠海阔天空地聊了一番，免不了天文地理、森林气候、苍蝇蚊子、东南西北地议论一通。不知为什么，友好的谈话到结束的时候变成了激烈的争论和攻击。原来它们的议题转向了，讨论谁能先看到初升太阳喷发的万丈光芒。双方各执己见，像天底下的任何争论一样，谁也说服不了对方。

最后，它们决定爬上一座高坡，一起在那里坐等日出。松鼠背对着日出的方向。黑熊面对着东方，它的眼前是一座宽阔深沉的山谷。松鼠的鼻子却直接朝着一座大山。

松鼠和黑熊背靠着背，默默地等着。

黑熊不愧为森林之王，它抢占了有利的地形，有利的方向，得意扬扬。他想："松鼠多么愚蠢啊！选定日出的相反方向，定不是在等曙光，而是等黄昏呢。"

它们到底等了多长多久，谁也不知道。它们互相之间也不搭话。

一会儿，天空呈现一点灰蒙蒙的光色。黑熊十分高兴，他自言自语地说了起来：“再过一会儿，等到太阳照耀山谷的时候，我就该庆祝胜利了！呜——噜噜，呜——噜噜！”

黑熊满怀信心，可惜它“呜——噜噜”得太早了，金光万道的太阳就是不出来。

它们只得继续耐心等待。

突然，小松鼠大声地惊叫起来：“我看到了，我看到了，我看到了！我看到了金光万道的太阳！我第一个看到它！”

黑熊看啊看，不管它把眼睛睁得多大多圆，它还是什么也没有看见，面前的山谷漆黑一片。它不相信松鼠讲的是真话，便转过身去。顿时，黑熊惊住了，面前的山峰沐浴在金色的阳光底下，分外迷人。

小松鼠高兴得手舞足蹈，它一连翻了五个跟头。

黑熊又羞又恼，它伸出一巴掌，打在松鼠背上，五个熊爪在松鼠背上留下了五道鲜红的血印。

小松鼠挨了一熊掌，差一点被打得背过气去。它知道待下去凶多吉少，便一溜烟地钻进丛林，逃回自己的小窝了。

小松鼠病了，背上的伤口很久没有痊愈。后来，伤口虽说结了痂，却在背上留下深深的五道黑印。

从那以后，小松鼠非常胆怯。人们几乎还没有看清它背上的五道花纹，它便早已消失不见了。

而且，小松鼠再也不敢跟人打赌，比赛谁先看见金光万道的太阳。

你要是不信，亲自去试试看，我跟你打赌。

农夫和熊

从前有一个农夫，他种了一片萝卜地。他精心耕作，眼看萝卜丰收在望，他心里十分高兴。

当然，森林里一头毛发蓬乱的野熊也早已盯上了这块萝卜地。等到收获萝卜的时候，它从森林里走出来，一把抓住农夫的衣领，说："要么让我吃掉你的萝卜，要么让我吃掉你！"

"那就吃萝卜吧，"农夫平静地说，"可是你该挑选一下，是吃泥土上面的部分，还是吃泥土下面的部分？"

"我当然不愿意吃老根！"野熊咆哮着，它显得很聪明。

农夫将萝卜全部装上车，将萝卜茎和叶留给愚蠢的野熊。

野熊上了当，怀恨在心，等着第二年的机会。

第二年农夫种了一块燕麦地。等到开镰收割的时候，野熊又从森林里奔跑过来："要么让我吃掉你的燕麦，要么让我吃掉你！"

"那就吃燕麦吧！"农夫回答说。

"这回我不上你的当了！"野熊十分生气地咆哮着，"泥土上面的全部归你。"

农夫一口答应，他用镰刀割下麦子，运进仓库，把一片厚厚的麦茬留给了野熊。

野熊上了当，破口大骂，可也只好等待下一年的机会。

第三年，农夫种了一块玉米地。等到收获玉米的时候，野熊又站在了田头："要么让我吃掉你的玉米，要么让我吃掉你！"

"那就吃玉米吧！"

"我再也不上你的当了，"野熊聪明多了，它说，"玉米地里的头尾都得归我。"

农夫一口答应，他将中间的玉米棒掰下，装上车回去了。野熊拔着玉米秸，忙碌了半天，饿得它前腹贴后背，一粒玉米都没有吃上。

野熊气得眼睛里冒火，它一转身，找农夫算账去了。

农夫已经将玉米脱粒了，一堆是黄灿灿的玉米，另一堆是稀松的玉米空棒和玉米穗的外衣。

野熊打老远就叫唤起来："告诉你，不让我吃玉米，我就吃掉你！"

"那就吃玉米吧！"农夫慷慨地说，"不知你要挑选哪一堆？"

农夫用手指了下小堆的粮食和大堆的空壳。

野熊当然贪多，它立即朝大堆冲了过去，张开口，吞了一嘴巴的空壳。

野熊上了当，十分气恼，它看到农夫驾着马车，要到树林去取木柴，就追了上去，挡住农夫的路，说："要么让我吃掉你的马，要么让我吃掉你！"

"那就吃马吧！"农夫随意地说，一边往马车上装着木柴。

野熊扑过来正要吃马时，看到树旁有一只兔子。

"这是什么东西？"野熊吃了一惊，它停止脚步，问道。

“哦，那是一只野熊杀手，它问站在我身旁的是谁。”农夫信口编造。

“快告诉它，说我是一段木头。”野熊害怕了。

兔子正在吃一颗小榛子，嘴巴一动一动地发出了响声，像在讲话似的。

“它又在说什么？”野熊听到响声，不放心，它着急地问道。

“它问我怎么不把木头装上车去。”

野熊一听，连忙跳上马车，伸直四腿，真像一段木头似的。

兔子的嘴巴还在动弹，又发出了声响。

“野熊杀手这回问我怎么不用皮带将木头捆在马车上。”农夫轻轻地解释说。

野熊立即命令农夫照此办理，它叮嘱农夫，千万别让杀手认出它是野熊。

农夫将野熊捆了个结实，野熊一点也不能动弹了，它感到非常安全。

兔子嘴巴还在不停地动弹，又发出了讲话似的啧啧声。

“什么地方还让这位杀手不满意？”

野熊被捆得气也喘不过来，它还是担心地问着。

“哦，野熊杀手问我为什么不用斧子将木头修整一下……”

“那就修整一下吧，别让它认出我来，要不我就没命了。”

农夫果然听话。他抽出斧子，朝着野熊狠命地劈了下去。之后，他赶着马车回去了。

这一年，他又种了一块萝卜地。

野熊和三姐妹

从前，在茂密的森林边上住着一对老夫妇。他们有三个聪明的女儿，都到了出嫁的年龄。

一天，老汉打猎去了，老太一个人在厨房间煮饭烧菜，她让大女儿到院子里去捧柴火。

姑娘来到院子里，看到地上滚动着一只线团。她想抓住线团，不料线团越滚越远，它穿过篱笆，沿着小路，把姑娘引诱到很远很远的地方。姑娘正在奇怪，不提防路旁窜出一头野熊。

“坐到我的背上去！否则我就吃掉你！”野熊一点也不客气地向姑娘下达命令。

怎么办呢？可怜的姑娘无可奈何，只得坐上熊背，听凭野熊将她驮进森林的小屋里，当了它的妻子。

母亲等了一阵，她看到大女儿没有回来，又使唤二女儿到院子里去捧柴火，顺便找一下姐姐。

二女儿走进院子，她看到地上滚动一只线团。二女儿正想去捡，不料线团越滚越远，它穿过篱笆，沿着小路，把姑娘带到很远很远的地方。姑娘正在奇怪，却看见路旁窜出一头野熊。

“坐到我的背上去，否则我就吃掉你！”

姑娘坐上熊背，听凭野熊将她带到森林小屋里，当了它的妻子。

母亲看两个女儿不回来，又派小女儿去捧柴火，顺便再去找一下两个姐姐。

小女儿到了院子，她看到地上滚动一只线团。小女儿多么希望捡起线团啊，可是线团滚出篱笆，它沿着小路，把小女儿带到很远很远的地方。小女儿正想止步，身后却窜出了一头野熊。

“坐到我的背上去，否则我就吃掉你！”

姑娘坐上熊背，跟它来到森林小屋，当了它的妻子。

野熊和三个妻子生活了一些日子。一天，三姐妹央求她们的熊丈夫，为她们各自做一只大木箱，她们想给父母赠送些礼物。

野熊是个笨拙的木匠，干活一点也不精细，它给三姐妹做了三只大箱子。姐妹们商量一阵以后，她们将小屋里的金银珠宝全都装在一只大木箱内。最后，大姐也悄悄地躲了进去。

“大姐的箱子已经满了，里面装着送给我们父母的礼物。你把箱子送回去吧！可是你得注意，不能在途中把箱子打开。”

野熊扛上箱子，慢吞吞地往前走着。箱子真沉啊！

“我的天哪！一只普通的箱子哪来这么重？我得看看，里面装些什么东西！”

野熊正想把箱子搁在地上，突然听到一阵熟悉的歌声：

箱子不能搁，
锁也不准开！
你要不听话，

休想回家来。

“你看，女人的眼睛多厉害。算了，我就不看吧！”野熊自言自语地说。原来它也是一个惧内的熊汉子。最后，它把箱子搁在姑娘家的门口，朝里喊了一声：“这里是你们大女儿的礼物。”说完，野熊头也不回就转身走了。

老汉和老太听到喊声开门出来，看到门口有一只箱子。他们打开盖子，看到大女儿正好坐在里面。

嗬，那个快乐劲儿就别提了！

野熊回到家，可是二女儿根本不让它休息：“你马上动身，把我的箱子也送回去！”

野熊没法子，只得听从吩咐，扛着第二只箱子，往姑娘的家里送去。

二女儿早就躲在木箱内，将盖子锁住。

野熊毫无知觉，它慢吞吞地走着，越背越重。

“这只箱子真是魔鬼般地沉重。我应该将箱子打开，看看里面装了些什么礼物？”

野熊正想把箱子往地上搁的时候，它突然听到了妻子的歌声：

箱子不能搁，
锁也不准开！
你要不听话，
休想回家来。

“女人的眼睛太厉害。算了，我可不能落个无家可归，还是不看吧！”

野熊自言自语。它又扛着箱子，一直走到姑娘家门口，它将箱子放下，朝屋里喊了一声：“这是你们二女儿的礼物！”

喊完，野熊头也不回就转身走了。

老汉和老太听到喊声，知道有好事上门。他们一开门果然看到一只木箱，连忙打开箱盖，看到二女儿坐在里面。

真是说不出的高兴！

野熊回到家里，它有点累了！正想休息，却听到小女儿吩咐它说：“现在轮到你去送我的箱子了！途中可不准私自偷看。”说完，她趁野熊不注意的当儿钻进木箱，锁上箱盖。

野熊将箱子扛到背上，一路上慢吞吞地走着。背上的木箱越来越沉。

“天哪，我一定得罪了上帝，被惩罚做这样的苦力。”野熊思量着，“我该看一下，箱子里到底装着什么东西！”

它正要把箱子放下来时，突然听到一阵熟悉的歌声：

箱子不能搁，
锁也不准开！
你要不听话，
休想回家来。

“女人真麻烦，眼睛也太尖。我还是老实一点，别落得有家难回。”

它又扛着箱子，慢吞吞地走着，一直来到姑娘家门口。野熊将箱子放下，朝屋里喊了一声：“这是小女儿给你们送来的礼物！”

说毕，它头也不回，转身回家去了。

老汉和老太连忙将箱子抬回家，打开箱盖，看到了小女儿。一家人重新团聚，该是多么愉快啊！

野熊回到家，看到小屋里冷冷清清，一个妻子也不见，它很纳闷：“这是怎么回事？我出去一会儿的时间，难道三个妻子全跟着别人跑掉了？好吧，你们既然不忠实于我，我以后再也不会理睬你们了！”

野熊可是个说到做到的好汉，所以三姐妹安稳地跟她们的父母住在一起，也许今天她们还活着呢。

仙鹤教狐狸学飞行

狐狸尽管狡猾，可是它从来也骗不了谁。

狐狸最不能容忍鸟儿。因为它们只要鼓动一下翅膀，一餐佳肴顿时就成了泡影。它们飞走了，你生气还得饿肚子。你说是不是很难受？

“我要学飞行，像鸟儿一样，那样它们就逃不脱我的手心了。”狐狸想到这里，它就找人教它学本领去了。

那一年特别冷，虽然到了春天，仙鹤也从温暖的地方飞回来了，可是，雪还是堆得厚厚的。仙鹤无法用它的长嘴啄食，饿得昏昏沉沉的，它拖着摇摇晃晃的身体，在雪地上碰上了狐狸。

“你大概没什么吃的了吧？”狐狸打了个招呼，“你知道吗？我想在化雪之前一直管你吃饭，而你只要教我学飞行。这不是两全其美的事吗？”

仙鹤愉快地答应了。它希望在饿了这么多天以后能够饱饱地吃上一顿美餐。

狐狸不会改变本性。它煮出的稀饭虽然让人看了直淌口水，可是，它却将稀饭盛在一只浅平的盘子里。

仙鹤在盘子里啄得叮当直响，吃了半天，嘴里还像晒干的木柴，沾火就着。

狐狸假心假意地说道：“请，请！”自己却伸出圆圆的舌头，左一舔右一舔，抹布似的舌头把盘底舔得干干净净。

仙鹤看穿了狐狸的恶毒用心。它一句话也不说，默默地忍着。

雪后天晴，春天的阳光终于唤回了碧绿的大地。

这天，仙鹤对狐狸说："狐狸兄弟，现在该我履行诺言了。你对我照顾得这么周到，我感激不尽哩！来吧，坐到我的背上，我们学飞行吧。"

狐狸一听，正中下怀。它连忙爬到仙鹤的背上坐定，然而又有点害怕。

"我会从高空摔下来吗？"

"不会，我会教你学飞行的。"

仙鹤说着笑了起来。它展开翅膀，稳稳地带着狐狸飞上了天空。

它们越飞越高，越飞越高，快要飞出九霄云外去了。这时候，仙鹤回过头来，冷冷地说："现在你可以独自飞行了，就像你独自舔尽盘底一样。"

说完，它一阵大笑，便把狐狸从背上扔了下去。

狐狸飞起来了。

可是它飞得不像一只鸟儿，却像一块石头。

正当狐狸不敢睁眼，看不出天高地厚，分不清东南西北的时候，只听啪的一声，它从天上重重地摔在水洼地里。

狐狸活像一只泥猴，它抬头想找仙鹤时，蓝天白云底下哪有仙鹤的影子。一直过了十三天，狐狸才能够重新走动。

鱼鹰和绒鸭

现在。大家都忘掉了——忘掉鱼鹰曾是最啰唆的鸟。那时候，一天到晚，全是它的呱噪。

有一回，所有的鸟儿都要换毛了。鱼鹰轮到最后，结果换到了一身次等羽毛，灰白的颜色。

鱼鹰非常生气，它又跳又骂："我是谁？我是最好的渔夫，弄得这一身羽毛，太不公平！人们会叫我灰乌鸦的。不，不行，我不能忍受这种耻辱。"

它急忙走出去，希望跟别的鸟换一身羽毛。

可是跟谁换呢？

所有的鸟都不愿意和它讲话。力气大的鸟将它赶走，力气小的鸟急忙飞走，连海鸥都在笑话它白日做梦。

鱼鹰还不甘心，它终于碰上了绒鸭。绒鸭的毛又细又软，颜色鲜艳，鱼鹰羡慕极了。

"我要是能用绒鸭毛垫窝，那才舒服得像人间国王呢，人人都会羡慕我的。"

鱼鹰想到这里，便对绒鸭说："我希望跟你换一身羽毛。我一天到晚泡在大海里，到晚上希望能有一个舒服睡觉的地方。你只是蹲在山石上，一点也不会疲劳……"

它连说带劝，又啰唆又难缠，逼得绒鸭没有办法，只得说："行，你说得也许有道理。可是我们还得证实一下，让我看到你确实勤快，确实需要铺垫软和的床。"

"哦，谁都知道我的勤快。我飞得远，飞得快，力气大，捉鱼多，难道不是很好的证明吗？"鱼鹰扬扬得意。

"这还不行。"绒鸭回答。

"那么该怎么办呢？"

"我们比一下，比谁先看到太阳出来！"

鱼鹰想了想，虽说有点不情愿，可是最后还是答应了。它想，只要整整一夜不睡觉，就不会耽误日出了。

黑夜来临，大海一片寂静，连小鱼也沉到海底睡觉了。绒鸭舒舒服服地蜷伏在小窝里，闭上了眼睛。

鱼鹰蹲在山岩上，孤孤单单。

它们有时小声地说着什么。不一会儿，绒鸭不作声了，它睡着了。

"喂，伙计，别睡觉！"

鱼鹰推了推绒鸭。它担心独自一个无法熬过长长的一夜。

"不睡觉干什么呢？"

"我们来编童话讲，行吗？"

"好吧，"绒鸭答应了，"我见识少，只生活在孤岛上，知道的童话不多。"

"没事，我会讲童话。我游遍了北方的大海，我为人们捉鱼，他们相互讲过的童话，那真是多极了。"

"那就开始吧，你先来！"

鱼鹰想也没想，就讲了一个《乌鸦的故事》。

然后它们你一个我一个，讲得兴高采烈。慢慢地，鱼鹰疲倦了，它将脑袋伸进翅膀底下，正要打盹儿，突然听到绒鸭叫唤起来：

“快来看大海！”

鱼鹰一惊，它伸出脑袋，看到一轮红日，正从海面上冉冉升起。

鱼鹰知道自己输了，便不再坚持跟绒鸭调换羽毛。它悄悄地朝北方飞去，躲在大海里，不声不响，再也不一天到晚不停地啰唆了。

动物和魔鬼的故事

从前，在一个村子的边上住着一家农户。主人太粗暴，落得个众叛亲离，连妻子儿女也都远走高飞，不理睬他了。最后，一个大院子里只剩下一只公鸡、一头公牛、一只公猫。

主人还不识相，他冲着三个动物还骂骂咧咧："我可没耐心一天到晚听你们啼叫、咆哮。喵啊喵的叫声真是烦死人！当心我明天把你们一个不留地杀掉。"

三个动物吓了一跳，它们知道主人会做蠢事的。它们一商量，觉得与其等着挨刀，不如赶快逃走。

三个动物连蹦带跳，不一会儿便钻进了密密的森林。它们还想往前赶路时，看到迎面奔来一只老狼。

"如果我没有看错，你们是从村子里来的。"老狼停了下来，说，"我现在正想去那里捞一点外快。"

三个动物互相看了看。公猫走上一步，说："别进村，你会被杀掉的。他们还要杀我们呢！"

公猫把它们怎么差点遇害的事一五一十地告诉老狼。老狼一言不发，仔细地听着。最后，它说："想不到村里竟如此危险，我宁愿跟你们一起逃走。"

它们四个结伴而行。不一会儿又遇上一头熊。

"看到你们很高兴。"熊咕噜噜地说道，"你们一定能够告诉我，如何才能到村子里搞到吃的。”

“千万别去村子，那里是很危险的。”动物们争相描述着村子里的险境。

熊听了很害怕，毛皮都让冷汗湿了一大块。“我们还是一起逃走吧！”

五个动物鱼贯而行，远远地逃离了村庄。

天渐渐暗了下来，它们决定找一个地方夜宿。正巧在前面空地上有一幢小房子。五个风尘仆仆的动物正想进屋，看到门内躺着一条狗。

“汪！汪！汪汪！你们别进来。这里住着一个魔鬼，夜里就要回来的。”狗大声地叫着说。

动物们拿不定主意。还是公猫聪明，它说：“我们几个兄弟在一起，谁敢奈何我们？大家别害怕，让我们进去！你们将会看到，我们如何战胜魔鬼。”

大家一听，野性都上来了。

野熊身强力壮，它躺在地上，把守门槛。老狼蜷伏在墙根，公牛站在屋子中央。鸡会飞，它早就跳上了屋顶的横梁。公猫在灶膛里找了一块温暖的地方，狗睁着眼睛，钻在凳子底下，警惕地注视着远方。

半夜时分，魔鬼舞蹈着回来了。

它刚打开门，黑暗中还没有看清落脚的地方时，屋子里早就一阵骚动，乱了起来。野熊先是劈头盖脸地拍了魔鬼一掌，老狼咬住它的腿骨不放，公鸡飞下来，朝着它的眼睛乱啄乱咬。

魔鬼大吃一惊，它转过身，想拔腿就逃。

可是，不行——公猫伸出利爪，抓得它背上满是窟窿。狗一口咬住它的尾巴，拽住不放。公牛急忙过来，弯起牛角，扬头一摔，就把魔鬼扔进了地狱，跟它的祖宗们混作一堆去了。

八百年以后魔鬼还不知道那年是怎么回事。当它的同类问起时，魔鬼仍是心有余悸，它结结巴巴地诉说着："要……要……要是你……你们……要命，那可千万别到那幢小屋里去。小屋里住着可怕的巨人：他们刺我，锥我，咬我，打我，差点把我的皮都剥下来了！有一个巨人两眼碧绿、闪闪发光；最后一个力大无穷，他用两个手指抓着我，轻轻一扔，就把我摔到了十八层地狱。"

从那以后，所有的魔鬼都远远地绕开森林空地上的木房子。六个动物住在一起，和睦相处，平安无事。反正那个时候狗和猫、狼和鸡、熊和牛都是好朋友。

王子和海精灵

从前有一个国王，他有三个儿子。他给了大儿子一箱黄金，给二儿子一箱白银，给小儿子一箱麻绳。小儿子扛着箱子朝大海走去，他在途中碰到一头黑熊。

“王子，你扛着一只箱子，准备到什么地方去？”

“我想沿着海岸走，用绳子将大海捆起来。”

“带上我吧，我会帮助你的。”

“行，我们结个伴！”

他们正要动身上路，迎面又来了一只野狼。

“你们扛着一箱麻绳，要到哪里去？”

“上海岸，我们要把大海捆起来。”

“带上我吧，我会帮助你们的。”

“行，我们结个伴！”

话音刚落，对面奔过来一只兔子。

“喂，你们三个匆匆忙忙到哪里去？”

“我们去捆扎大海。”

“带上我吧，我会帮助你们的。”

“行，我们结个伴！”

这时候又从旁边蹿出一只狐狸。

“伙计们，你们四个到什么地方去？”

“上海岸，我们要把大海捆起来。”

“带上我吧，我会帮助你们的。”

“行，我们结个伴！”

最后又来了一只松鼠，它问道：“你们五个，匆匆忙忙去干什么？”

“我们去捆扎大海。”

“带上我吧，我会帮助你们的。”

“行，我们结个伴！”

伙伴们一起来到大海边上，他们拿出绳子，忙忙碌碌，准备捆扎大海。这时，海精灵的儿子跳出水面，他奇怪地问道：“你们手中拿着绳子，想干什么？”

“我们想把大海捆起来。”

“请容我禀告父亲。”

一会儿，海精灵传出话来，他们六个必须先制伏海精灵的儿子，然后才能捆扎大海。否则，可别怪海精灵手下无情。

海精灵的儿子走上前来，他摩拳擦掌，想跟王子比试摔跤。

“你还是先跟我的大兄弟较量一下。”

王子说着话，用手指了指黑熊。

黑熊走上一步，它一巴掌便把海精灵的儿子打倒在地，随后它又拔起一棵大树，压在他的身上。

海精灵的儿子满面羞愧，匆忙地跳到水底宫殿。

“怎么样，你胜了吧？”父亲一见儿子回来，连忙问他。

“唉，别提了，他们太厉害了，差点儿把我打死。”

海精灵一听很生气，他吩咐儿子杀掉一头母牛，把牛肉端上海岸。“他们六个要是一餐吃得下这么多牛肉，我就答应让他们捆扎大海。”

王子听到这个条件笑了起来，他吩咐野狼去完成任务。野狼走过来，咬住牛肉，一顿狼吞虎咽，连最后一根牛尾巴也吃掉了。

海精灵的儿子连忙回到水底宫殿。

“怎么样，他们失败了吧？”

“他们把牛肉吃得精光，一点也没剩下。”

海精灵一听。立即下了新的命令：“现在比赛说谎！他们只有赢了，才能动手捆扎大海。”

王子派狡猾的狐狸去应战。狐狸稍微转动了几下眼珠，便取得了说谎比赛的辉煌胜利。海精灵的儿子羞愧得几乎没有勇气张口，只好认输了。他垂头丧气地回到了水底宫殿。

“怎么样，这回该胜了吧？”

“父亲，我又输掉了。谁能跟狡猾的狐狸比赛说谎呢？”

海精灵想了一下，他命令双方赛跑，看谁跑得快。

兔子一听，高兴得直跳。它撒腿就跑，一溜烟就不见了。海精灵的儿子刚刚蹲下身子，还没有起跑哩！他只得灰溜溜地又回到水底宫殿。

海精灵急切地问道：“谁胜了？”

“还是他们。我还没有起跑，他们就到终点了。”

“这回跟他们比爬树，看看到底谁的本领强。”

海精灵的儿子回到水面，说要跟他们比爬树。

王子吩咐松鼠应战。

海精灵的儿子刚要抱树攀缘，小松鼠早已坐在树冠顶上说开风凉话了。海精灵的儿子只得又回到水底宫殿。

海精灵看到他那副模样，知道准是又输了。他自己也没有办法，只好差遣儿子出去问一下，他们需要多少银子才能不捆扎大海。

王子脱下大礼帽，回答说：“你们只要将我的大礼帽里装满银子，我就满意了。”

海精灵的儿子回去搬银子了。王子和他的伙伴们趁机在地上挖了一个大洞，洞口上盖着大礼帽。帽底早被撕掉了，盖在洞口，像个井圈。

海精灵的儿子端上来满满一桶白银，他拎起桶底，将银子倒入礼帽。银子倒完了，帽内空空如也，海精灵的儿子十分奇怪，他又回到了水底宫殿。

“怎么样，够了吧？”

“我不知道是什么原因，可是帽子内一块白银也没有。”

“那就往里倒吧，帽子总会有满的时候。”

海精灵的儿子没有法子，他拎了一桶又一桶，倒了一回又一回。六桶银子倒掉了，帽子内仍是空空如也。

“怎么，帽子还没有满吗？”海精灵沉不住气了，他十分着急地问道。

“还没有满，这只帽子太大。”

“谁有这么大的脑袋，戴这么大的帽子？”

海精灵的儿子又送上去两桶银子，这才将大礼帽彻底装满。他连忙回到水底宫殿，向父亲报告说：“行了，这回装满了。”

海精灵将儿子打发到岸边，问他们：“你们这回该答应不再伤害我们的大海了吧？”

“对，我们说到做到，马上就要回去了，现在只是整理一下帽子。”

一会儿，他们将洞内的银子掏了出来，捆成一大包，让黑熊扛着，大家高高兴兴地回去了。

再说大王子和二王子守在家里，坐吃山空，早把两箱子金银挥霍光了。国王见他们如此没有出息，便把王位传给小王子。小王子把国家治理得井井有条，受到人们的爱戴和赞扬。

我养的蜜蜂

有人说我是吹牛大王，不相信我养过蜜蜂，实在讲，这实在是冤枉的。

我的父亲曾经有过一箱蜜蜂。他给每只蜜蜂都起了个名字，一只叫安娜，另一只叫埃娃，第三只叫玛亚……

一天，父亲派我出去看守蜂箱。蜂箱就搁放在河的对岸。

我一路来到河边，突然看到对面有一只巨大的黑熊正在撕扯着蜜蜂小姐安娜。安娜已经被它撕成许多小块了。

我非常着急，沿着河岸走来走去，希望找到一条小船。平日找一条船其实并不麻烦，可是现在附近连一块木板也没有。

实在没有办法了，我只好拎着自己的头发，把身体腾的一下扔到了河对岸。

这时候，黑熊已经将安娜撕成千百块。可怜的安娜躺在地上，面目全非，只有两只翅膀是完整的。

我把蜜蜂的碎块全部捡起来，叠在一起。我叠啊叠，一直叠了好大一堆，都快碰到天了。天上云彩很多，我冷不防被一朵云撞了一下，从天上翻落下来。

从天上滚下来的时候我真害怕，连忙将眼睛闭上，屁股却已经重重地摔在沼泽地里。我拼命挣扎，却无论如何也不能从泥淖里脱身。

这下该怎么办呢?

我急中生智，连忙回家拿了一把铁铲，把自己从泥淖里掘了出来。天哪，要不是我天生聪明，回家拿来铁铲，我大概真的会困死泥淖。想到这里，我心里很后怕。

我把自己挖出来以后，马上就追过去寻找黑熊。

再说黑熊吧，它把蜜蜂安娜吃掉以后，一下子长得又圆又胖，肥肥的身子几乎不能动弹。它在树林里找了一块空亮的地方躺下，让暖和的太阳舒适地晒在圆鼓鼓的大肚皮上。

“好啊，我这下子可把你逮住了！”我看到黑熊正在懒洋洋地晒太阳，不由得大喝一声。

黑熊猛地跳起来，扭头就逃，我在后面紧追不舍。我们追啊，逃啊，逃啊，追啊，都跑得一身大汗。

我差一点就要抓住黑熊了，抬头看到前面有一棵高大的栎树，树干已经被蛀蚀得空心了。黑熊嗖的一声灵巧地钻了进去。

我来到树前，一看树上的洞口小得只能伸进一根小手指。

真是毫无办法。

我往后退了几步，然后往前猛地一冲，跳进树洞，正好和黑熊撞个满怀。我一把抓住它的领子，说：“这下我可把你抓住了！”

真的，我就是这样对黑熊说话的。

我想把黑熊带回家去，可是洞口太小，我自己都出不去，哪里还能带一头大熊走呢?

怎么办?

我想来想去，绞尽脑汁，实在没有办法了，我只得回家找了一把锯子和斧头，将大栎树锯断、砍倒。我终于走出了空心的栎树树洞。

我一到外面，就把黑熊从树洞里揪了出来。怎么，你以为黑熊那么老实，不会反抗吗？那时我还小，力气也不大，所以黑熊将我浑身的骨头都拆断了。后来，它干脆将我一口吞进肚里。

住在黑熊的胃里，日子真不好过，憋得我气也喘不过来。

我该怎么办呢？

我赶紧回家，取了一把锋利的尖刀，将黑熊千刀万剐，还把它的一张大黑皮活活地剥了下来。最后，我一刀捅破了黑熊肚皮，好像在黑咕隆咚的屋子里开了个天窗，我终于又见到了阳光，回到了人间。

你问那头黑熊怎样了？我才不管它呢！我匆匆忙忙赶到蜂箱边上。天哪，蜜蜂安娜正在嗡嗡地飞舞，飞得可欢呢！

我却落了个谎话连篇的罪名！

求婚的小伙子

父亲和儿子是两个可怜的穷人。

一天早上，父亲喊醒了儿子，说："孩子，动身上集市去吧。卖掉公羊！将你得到的钱买一些你所需要的东西，然后再把公羊带回来。"

小伙子赶着公羊来到市场，一路上他始终在想，父亲今天给我交代的这是什么任务呀？

他不明白。

来到市场以后，小伙子高声叫卖，他的这只公羊又肥又壮，吸引不少买主。

有个人走上前来，问他要什么价。

"我父亲吩咐过了，我应该将公羊卖掉，用所得的钱买上我所需要的东西，然后再将公羊赶回家去！"

那个人以为他是个疯子，二话没说，扭头就走了。

这时候来了一个姑娘，也在打听买羊的价。小伙子又把父亲的吩咐重复了一遍。

姑娘听后微微一笑，她走进一家小店，回来时身边带了把剪刀。姑娘将公羊搁在车上，剪下了它身上厚厚的羊毛。等到这一切都完成以后，姑娘才对小伙子解释着说："这是羊毛。赶紧去把它卖掉！这就是你父亲的意思。"

小伙子卖掉羊毛，将所得的钱买了些咸的盐，甜的糖，然后赶着公羊回家去了。

到家以后父亲问他："谁给你出的点子？"

"一位姑娘。"小伙子如实回答。

"你知道她是从哪里来的吗？"

"我也问过她，她回答说：在你想到冬天的时候，那里就是我的家。"

"这个姑娘当你的妻子正合适。你为什么不正儿八经地问她家住哪里？"

说完话，父亲买了一大瓶烈酒，请了个媒人，让他们两人一道去找先前的姑娘。

小伙子和媒人走过一村又一村，他们到处寻找让人想起冬天的地方。他们找啊找，终于在一家门口看到一副雪橇。雪橇顿时使他们想起了寒冷的冬天。

"姑娘一定住在这里。"

两个人走进屋子，果然看见聪明的姑娘正在操持家务。

"你是一个人在这里生活吗？"媒人见找到了姑娘，非常高兴地问道。

"我不是一个人。我有父亲、母亲，还有一个兄弟。他们正好不在家。我的母亲出去了，她要将黑的变成白的；我的父亲和兄弟也在忙碌，他们要将站的做成躺的。"姑娘笑着回答说。

"这等于什么也没有说！"媒人十分困惑，他根本就没有听懂姑娘的话，"我们一路上走得渴极了，你能给我们一罐水喝吗？”

“没有水。连我也是让蜜蜂帮我解渴的，不过我愿意给你们取一点来。”

姑娘说完，拿了一个罐子，到库房里去了。

小伙子和媒人独自留在小屋里，他们议论来议论去，还是不明白姑娘的话。最后，他们觉得很没趣：“我们为什么要甘心情愿地让姑娘笑话我们呢？算了，我们还是回家去吧！”

父亲看到儿子和媒人回来，十分关心地问：“怎么回事，你们到底找到姑娘没有？”

“找到她了！”

“她说了什么话吗？”

“说了，说了不少呢！我们向她要水喝，她却捉弄我们，去跟蜜蜂讨饮料。我们问她家里还有什么人，她干脆说，她的母亲要将黑的变成白的。她还说父亲和兄弟都很忙碌，他们要将站的做成躺的。”

“哦，你们都是愚蠢的傻瓜，什么也不懂。”父亲责怪着儿子和媒人，“姑娘难道不是说得清清楚楚明明白白吗？她的母亲忙着洗衣服，父亲和兄弟正在割麦子，她愿意用蜂蜜酒款待你们。赶紧回去，她做你的妻子最合适。傻儿子，你千万别错过这个机会！”

小伙子和媒人驾着马车，将姑娘娶了回来。新娘进了院子，环顾一下四周，看到库房的屋顶已经塌了，打谷场上也长满了青草。

新娘止住脚步不进新房，却拿起一把镰刀，连新嫁衣都没脱下，就去割打谷场上的青草。

来参加婚礼的客人看着新娘忙着干活，都觉得过意不去，连忙爬上库房的屋顶，将仓库整修一新。然后才一起痛痛快快地喝啤酒，闹洞房。

父亲不久便去世了。

这年夏天，小两口去割麦子。他们正要开镰的时候，突然来了一阵暴风雨。两个人急忙奔到一棵大松树下躲雨。丈夫看到大松树，想起了父亲从前说过的一句话："父亲说，我将来会在松树下想念他。"

"你为什么会在这里想念他呢？"妻子思索了一阵，恍然大悟，便对丈夫说，"你马上回去，拿一把斧子和铁锹来。"

丈夫从家里带来了工具。夫妻两人用锹挖，用斧砍，将一棵大松树连根挖了出来。他们在树根底下发现一坛金子。

"瞧，这下你该明白父亲的话了。"

从那以后，小两口靠着聪明的脑袋，勤劳的手，日子过得红红火火。

雷火

从前有一对夫妇，他们生了一个女儿。姑娘名叫阿卡尼蒂，到了不大不小的年龄。

这年夏天，阿卡尼蒂去山泉挑水。她身着鹿皮大褂，脚穿带珍珠的花袜子和高筒靴子。姑娘挑着满满的两桶水，快到家门口的时候，前面突然窜出一头野熊，挡住她的去路。野熊威胁她说：“你要逃，我就吃掉你；你不逃，我也吃掉你。我口渴难忍，先给我些水喝！”

“湖里有的是水，可以供你喝个饱。”

“湖水又浑又脏，我不喝。”

姑娘被它缠得没法，只得停下担子，给它喝水。

野熊咕咚咕咚，喝了整整一桶清水，然后啧啧嘴唇，说：“你要逃，我就吃掉你；你不逃，我也吃掉你。你是个漂亮的姑娘，上门求婚的人一定很多。你愿意做我的妻子吗？”

“你想到哪里去了？我还年轻，从来没想过戴新娘的花冠。野熊，我怎能嫁给你呢？而且，我还有年迈的父亲和母亲，他们还等着我挑水回家呢！”

“既然你这么喜欢挑水，那么先给我当个供使唤的女佣，将来再做我的妻子。你要逃，我就吃掉你；你不逃，我也吃掉你。说吧，将来你是否愿意嫁给我？”

“那么谁给我戴花冠？谁给我梳辫子呢？”

“这些事情由我来做。将来到时间，我会将花冠戴在你头上的。”

“我答应做你的使唤女佣，可是不做你的妻子。你去跟我的父母亲说一声吧！”

阿卡尼蒂说完，挑起担子就要回家。野熊却抢上一步，它二话没说，抓住姑娘往背上一扔，转身就走。

野熊有一个庄园，里面牛羊成群，还有不少骏马。不过院子里却堆着许多骨头，人的头盖骨、断胳膊、断腿、头发、指甲，看了真让人恶心、害怕。

回家以后，野熊马上命令阿卡尼蒂收拾房间，给牛羊喂料、饮水，还得给野熊准备晚餐。

它指着用铁链锁住的仓库，警告她说：“你不准走近那幢房子！”

第二天，野熊外出打猎去了。阿卡尼蒂忙着整理家务，她喂牲口，烤面包，忙了整整一个上午，然后才坐下休息。

姑娘坐在那里突然起了疑心：“我为什么不能到仓库去？那有什么秘密呢？”

阿卡尼蒂抵御不住好奇心的诱惑，她站起身，朝仓库走去。她还没有走到仓库，就听到那里传来一阵阵的雷声。阿卡尼蒂吓了一跳，她扭头就逃。

野熊也听到了雷声，它气急败坏地赶了回来。这是怎么回事呢？仓库里为什么会响起雷声？

“你到仓库里去了吗？”野熊不放心地追问姑娘。

“我只是从旁走过，突然听到一阵雷声，我吓了一跳，便远远地躲开了。”

野熊走近仓库，检查了那根铁链，然后走了回来，再次警告姑娘说：“听着！你不能走近仓库，不能靠近它！我还得出去打猎，我们快没有过冬的食物了。”

野熊说完又离开了庄园。

阿卡尼蒂给牲口加水添料，给黑熊烧菜煮饭。她把这一切忙完以后，坐下休息，静静地等着野熊回来。

晚上，野熊打猎回来了。它带回了鹿肉、狍子肉，还有不少人肉。

姑娘看着人肉，心里很害怕。她连晚饭也没吃，就躺下睡觉了。

第二天，野熊起得很早。它在离家之前又再三警告姑娘不得走近仓库。

姑娘忙碌了一个上午，吃过中饭以后，她又忍不住好奇心的驱使，走到仓库边上，听到一个声音在唤她：“姑娘，姑娘，到这里来，别害怕！我不会伤害你的。”

阿卡尼蒂走近仓库的大门，看到里面关着一个人。那人请求姑娘：“请设法将门上的铁链砸断。你把我放出来，我才能带你逃脱野熊的魔掌。”

阿卡尼蒂连忙找了一把锯子，打算把铁链锯断。姑娘锯啊锯，到傍晚时才锯下一半。她只得先停下来，走进厨房，在那里等候野熊回来。

野熊回来了，照例带回一堆人肉、鹿肉、狍子肉。阿卡尼蒂吃了一小块洗净煮熟的鹿肉，躺下睡了。

清晨起来，野熊仍要出去打猎，阿卡尼蒂忙着喂牲口。她等野熊出门以后，带了锯子又去仓库锯铁链。

铁链终于断了！

仓库里走出一个美貌少年，名叫雷火。雷火感谢姑娘出手相救。接着，他说："快，姑娘，带上一袋干草，捡一把松枝，别忘了装上火石！我们马上就走。"

姑娘按他的吩咐做好一切准备。雷火让她坐在自己的肩膀上，他手提干草、松枝和火石，口中发出一声长啸，便腾地飞上天空，震得山摇地动。

雷火越飞越高，他飞上树梢，飞上山顶，一直飞到九霄云外。

野熊听到雷声隆隆，知道不妙，忙放下猎物，立即追了过来。

雷火和野熊，一个在天上飞，一个在地上追。雷火眼看野熊追了上来，他吩咐姑娘说："快把干草丢下去！"

姑娘把干草连口袋一起扔了下去。

野熊冲上前去，它把干草撕扯成千百个碎段，原来它把干草误认为是阿卡尼蒂，所以冲着干草大发熊脾气。

雷火又向前飞了。不久，他看到野熊又追了上来。

"快打火点燃松枝，然后朝着野熊丢下去！"

雷火果断地命令姑娘。阿卡尼蒂立即用火石打火，点燃了松枝，朝着野熊扔了过去。

火借风势，很快裹住了熊皮。它被烧得在地上打滚，熬出的熊油流了一地。野熊狼狈不堪地逃了回去，吃了这次苦头，它再也不敢出来为非作歹了。

雷火背着姑娘，按下云头，从天上降落下来，原来这里正是姑娘挑水的地方。一根扁担、两只水桶还在那里搁着。

雷火等姑娘站稳以后问她："喏，姑娘，你喜欢在天上飞行吗？"

"喜欢！蓝天，白云，真是太美了！"

"你愿意嫁给我吗？可以永远在蔚蓝的天空飞行，与日月为伍，和天地同寿。"

姑娘想了想，说："我没有答应野熊，我也不会答应你。我还没有长大，还没有想过戴新娘的花冠，而且我的头发现在还只是梳成一根辫子。"

阿卡尼蒂摸了摸自己的发辫，咯咯地笑了起来，笑得那么天真，笑得那么甜美。

"那么好吧，姑娘，等你梳成两条辫子，头顶戴上花冠的时候，我再来看望你。"

"雷火，到那时候我会盼望你的。"

雷火重新飞上天空，飞到九霄云外了。姑娘借着清泉，看着自己美丽的脸庞。她看啊看啊，幸福像碧波一样，在心头荡漾……

骑士、魔鬼和爱斗嘴的妻子

从前，在大海的那一边，远隔七七四十九个国家的山地上住着一个农民，他娶了一个勤劳而又漂亮的妻子。

真的就是真的，农民的妻子确实漂亮又勤快。可是这一对夫妇生活得却并不愉快，因为丈夫说东，妻子必定会说西，结果免不了一场争吵。

有人说了，一年三百六十五天，这对夫妻没有一天不斗嘴，没有一天不争辩。要是有一天例外，那天的太阳一定成了三角形。

这一天，妻子对丈夫说：“你听着，我已经多时没有回家看望父母了。你快去备车，送我回去。”

“那真是好极了，”丈夫十分高兴，“这下家里可就安宁了！”

农民养了两头小公牛。他将公牛套在车前，丈夫驾着牛车，载着妻子驶往岳父母居住的聋哑村。

牛车进了村子，妻子推了推丈夫，说：“你看！那边的干草堆多高啊！”

“怎么是干草呢？那是稻草。”

“不对，这是干草！”

“天哪，是稻草！”

“干草！干草！！干草！！！”

“稻草！稻草！！稻草！！！”

到后来只听到“草，草，草”，两个人吵得不可开交。妻子又哭又闹，责问丈夫为什么总说她不对。

丈夫想让她平静下来，说：“别呆头呆脑地傻哭了，我们马上就到家了。要是他们看到你的两只眼睛哭得通红，会怎么想呢？”

“那么你说这是干草！”

“确实是稻草，我怎么能说成是干草呢？”

妻子很恼火，她看准机会，趁丈夫不注意，在他脸上扇了一耳光。这一来，他们就相互揪着头发，又踢又咬，打成一团。

两头公牛受了一惊，它们拉着牛车狂奔乱跑。牛车顺着高坡翻下去，裂成一堆碎片。丈夫也顾不得许多，他和妻子争争吵吵、动手动脚地一直打进了岳父母的家门。

妻子仍然怒火不息。父母看到女儿红着双眼，知道女儿的脾气，连忙出来打圆场：“哟，今天风大，眼睛都吹红了。怎么样，你们身体都好吗？”

女儿噘着嘴，推说病了，她爬上床去，一声不吭。亲戚朋友们听到消息，纷纷来问长问短，十分关切，可是这位女儿却始终不作声。

丈夫看不过，便走上前来劝她说：“快别再出洋相了！起来，你现在做的这一切，是闹剧加丑剧。”

“那么你说：干草！”

“我怎么能够睁着眼睛说谎话呢，这明明是稻草。”

“好吧，你既然不说，那我只有死路一条！”

妻子说完话，果然闭上眼睛。不管人们怎么推她摇她，她一点也不动弹。

人们哇的一声哭了起来，父亲母亲泣不成声。整个村庄的人都赶了过来，号啕大哭。村上的老太太们更是忙不迭地哭成一团。

妻子还是一动也不动。

算了，死者总该被掩埋掉。人们抬来一口棺材，大家七手八脚地将女人抬进棺材，为她敲响了丧钟。

女人静静地躺在棺材里。

丈夫沉不住气了，他伏下腰，凑近妻子耳朵，对她悄悄说：“快别胡闹了，赶快起来！否则马上就钉棺材盖了。”

“那么你说：干草！”妻子小声地回答。

“那确实是稻草！”

稻草终归是稻草。

人们给棺材钉上盖子。六个小伙子抬着棺材来到墓地，他们将棺材送进墓穴，上面盖上厚厚的黄土。

妻子躺在地下十分生气，她也痛恨自己的执拗，于是恼怒地喊了一声：“让魔鬼把我抓走吧！”

她的话还没喊完，突然听到有人在清理墓穴的黄土。一会儿，棺材盖被重新打开。她睁开眼睛一看，面前真的站着一个魔鬼！

“你大声地喊我，我就来了。来吧，骑在我的脖子上，我带你走。”

女人骑上魔鬼的脖子，魔鬼往上一纵，跳出墓穴。

“下去吧！我背不动你了。”

“为什么下去？我不！”她用双脚踢着魔鬼的腰侧，魔鬼痛得满山遍野地乱蹦乱跳。

“我服你了，快下来吧！”

“我说不下来就不下来！”

真是个天生抬杠斗嘴的女人，就是到了魔鬼面前她的犟脾气也是不会改的。

两个人正在争论不休，迎面过来一名英武的骑士。他一看架势便笑了起来：“男子汉大丈夫，除了让女人骑在头上，还有其他本领吗？”

魔鬼一看来了人，连忙上去哀求：“上帝给你赐福，我的骑士！把我从这个女人的折磨下解脱出来吧，我答应让你做一个幸运的人。”

骑士看魔鬼可怜，便劝那女人：“仁慈的女士，下来吧，别把魔鬼驱入死亡的地狱……”

女人摇摇头：“不！我不下来！”

“不下来？那我把你请下来，你这个贱女人！”骑士一生气便顺手拔出了宝剑。女人大吃一惊，慌忙从魔鬼脖子上跳下来，一溜烟地逃走了。

魔鬼解除了负担，对骑士十分感谢：“骑士先生，善有善报，我会报答你的。我现在到王宫去，在那边作祟，让王后身患重病，无人能医。你可以随机前来，自告奋勇，给王后治病。你只要说一声：‘表兄弟，请自便！’我就马上离开王宫，王后的重病立刻就能痊愈。可是别忘了，你应该先得到半个王国和公主为妻的许诺，然后才答应治病。国王给你的报酬就算我对你的一份酬谢了。”

鬼话也是算数的。

魔鬼走进宫殿，他悄悄地站在王后的床头，王后果然病得死去活来。

国王召来全城的医生，可是医生看后都在摇头。他们劝慰国王，快去准备后事，说他们已经无能为力了。

国王绝望得差一点死在王后的面前。他泪如泉涌，无可奈何地守着王后。

王后躺在病床上，奄奄一息。

王后正在垂危的关头，骑士来到宫殿，自称能为王后治病，不过需要国王答应，将来把公主嫁给他，还得送给他半个王国作为报答。

国王只求给王后治好病，他一口答应了全部的条件。

骑士走近王后的病床，一本正经地给她检查了一下气色、呼吸，然后轻轻地说了声：“表兄弟，请自便！”

魔鬼听到这话，一下子就不见了。王后顿时通体舒泰，坐起来，跳下床，到王宫花园里散步去了。

国王大喜，他立即给了骑士半个王国，又将公主嫁给他为妻。

时光如箭，转眼几个月过去了。

一天，魔鬼又缠上了另一个王国的王后，也是站在她的床头。王后病得死去活来，全城的医生个个束手无策。

自然，全世界都知道骑士是一个了不起的神医，他几乎能把死人医活。

国王听说后，派人送来无数金银珠宝，请骑士无论如何出诊治病。

骑士胸有成竹，他来到那个国王的京城，走近王后的病床。他看到王后的鼻孔里出气多，进气少，果然快不行了。

骑士让王后伸出手，给她号了号脉，然后摇头晃脑地思索着。其实，他早已看到王后病床边上站的那个魔鬼了。他俯下身去，轻轻地说了声："表兄弟，请自便！"

魔鬼动也不动。

骑士又说了声："表兄弟，请自便！"

魔鬼还是不理不睬。

骑士又急又怒，他狠狠地说："表兄弟，你不走，你英雄！我马上就去找那个爱斗嘴的女人！"

魔鬼一听到要去找那个爱斗嘴的女人，吓得拔腿就逃。他逃啊逃，连头也不敢回。

说不定他现在还没有停下脚步，还在逃哩！

伯爵的儿子和熊

从前，有一个伯爵，他住在海边的城堡里。

一天，伯爵听说城堡周围在闹鬼，每天夜里都有人失踪，不知到哪里去了。

伯爵有三个儿子。他把大儿子召来，吩咐说："我的儿子，你应该去调查一下事情的原委。这么多人失踪，究竟到什么地方去了？"

大儿子接了任务，他在傍晚时分躲在城墙边，一会儿就睡着了。第二天早晨，他睡眼惺忪地伸了个懒腰，来到伯爵面前，说："父亲，我整整地守了一夜，平安无事。"

伯爵来到城堡，他听说昨夜又闹鬼了，仍有不少人失踪。

怎么办呢？他只好在当天晚上派出二儿子去守夜。

二儿子也躲在城墙边睡了一夜，第二天早晨对伯爵胡乱地编了一通："父亲，我整整地守了一夜，平安无事。"

伯爵来到城堡，听说昨夜又有人失踪。

第三夜时，他派出小儿子去守卫。

傍晚，小儿子佩上宝剑，登上城楼，警惕地注视着四周。

半夜时分，城外走来一只巨大的黑熊，它蛮不讲理，想要进城堡。

小儿子跳下城楼，挥手一剑，杀死黑熊。然后他又用利剑将黑熊碎尸八块，丢在城外的河里。小儿子做完这一切，安心地回去睡觉了。

小儿子还没有到家，黑熊的八块碎片早已聚在一起，重新长好。黑熊抖了抖水，蹒跚着走回家去。

第二天早晨，小儿子起床以后来到伯爵面前，他把夜里杀死黑熊的事对父亲学说一遍。后来，他带领着伯爵来到城外，想把黑熊的碎尸指点给父亲看。

他们一到城外便呆住了。河里根本没有踪迹，地面上却有一道长长的血痕，一直延伸到很远很远的地方。

“父亲，我去追踪黑熊，一定会弄个水落石出的！”

“不行，你会因此而丧命的。”

“它能怎么样我？让我去吧！”

小儿子再三央求，他拿起宝剑，准备上路了。

伯爵没有办法，只得答应了儿子的请求。

小儿子上路以后，顺着血迹一直往前走，他紧走慢走，来到一幢新房子的门前，小儿子走进屋子，看到一位妇女在缝补衣服。小儿子问她：“请问，你看到一个大黑胖子从这里走过吗？”

“刚才还在这里呢！”女人回答说，“你要是去追赶，也许赶得上，也许赶不上。”

小儿子一听，转身出了门。他在屋后果然又发现了血迹，血迹把他带到另一幢房子的门前。小儿子推门进去，看到里面有一个年轻的妇女在纺纱。

“年轻的女士，告诉我，刚才有个黑大汉从这里走过吗？”

“我看到他走过去了。”女士说完用手指了指方向。

小儿子朝着那个方向一路下去，又来到一幢小房子门前。他推门进去，看到里面坐着一个非常漂亮的姑娘，金黄的头发一直拖到脚上。姑娘正在纺纱摇线。

“美丽的长发姑娘，你看到一个黑大汉从这里走过去吗？”

“他刚刚过去。”姑娘回答说。

“我能赶上他吗？”

“也许能吧，他是到海边去治病的。黑大汉受了剑伤，必须到海水里洗三次澡。我给你一个线团，它会一路滚动，领你找到黑大汉的。”

小儿子告别了姑娘，将线团丢在脚前，一路跟着，来到海边。他看到黑熊洗完海水浴爬上了沙滩，伸开手脚，躺着晒太阳。

小儿子跳上前去，挥起一剑，砍下熊头。黑熊失去了脑袋还想逃走，小儿子紧追不放。他左一剑，右一剑，将黑熊砍成团团碎块。

小儿子洗去剑上的血迹后，回到了姑娘的身旁。他高兴地对姑娘说：“我把黑大汉结果了！我把他斩成千百团碎块！”

“别高兴得太早。”姑娘提醒他说，“你刚走开，黑熊就恢复了健康。你不信马上折回去，就能看到黑熊又在洗海水澡。”

小儿子觉得奇怪，他重新走回大海，看到黑熊果然又在海水里洗澡。小儿子等黑熊走上岸来，冲过去就是一剑。黑熊应声倒地，它又被小儿子切成碎块，斩成肉酱。

休息之后，小儿子又来到姑娘身旁，对她说：“瞧吧，这回我把黑熊彻底结果了！”

“在太阳下山以前，任何人都不能赞扬白天的晴朗！黑熊是刀剑砍杀不完的奇兽，它早就逃走了。”

怎么办呢？

小儿子重新追了出来。来到海边时，黑熊不见了，地上留下一摊血迹。

小儿子顺着血迹一路跟踪，他看到黑熊正在往前奔跑。黑熊回头看到小儿子，仇人见面，分外眼红，它咆哮一声，挥舞着两只熊掌，像一座大山似的压了过来。

那真是一场激烈的搏斗！

黑熊敌不过小儿子的利剑，又被砍成肉酱。小儿子左思右想之后，捡来一堆木柴，把黑熊烧成粉末，一口气吹入空中。黑熊粉末朝着四面八方飞散开了。

小儿子重新回到姑娘身旁，他已经累得精疲力竭，连说话的力气也没有了。

“你真的把黑熊斩成碎块，烧成粉末，吹入空中，飘向四面八方了吗？这回可把它彻底结果了。”

姑娘非常高兴。她当晚便收拾停当，与小儿子举行了婚礼。

愚人村荷尔摩勒

从前有一个村庄，名叫荷尔摩勒，村民们是一群愚人。

一天，村民们到树林去砍伐松树，用来做建造房子的屋梁。运输的时候，马车却寸步难行，原来村民们将树干横放在马车上了。

怎么办呢？他们左思右想，最后，他们又重新拿起斧子，将马车必经之路的树木全部砍光。马车还是很难前行。

大家非常着急，只好回去想办法。快到村口的时候，他们突然看到一只公鸡尾巴上沾了一根干草，干草竖向地面，连在鸡毛上。村民们这时候才开了窍：“看吧，我们应该将木头竖放在马车上，这样才会轻松、省力。”

村民们走回树林，重新装车，轻轻松松地将木头运了回来。

有了房梁以后，村民们昼夜施工，又砌砖，又刷墙，造了一幢大房子。

房子造完以后，大家很高兴。可是，等到他们走进屋子时，里面一片昏暗，什么也看不清。

屋子里没有光线，怎么住人呢？大家又左思右想，没有办法。最后，还是村里一位年龄最大的人比较聪明，他说：“屋子里没有光线，我们可以从外面抬一点回来。”

大家一想，这个主意好极了。他们当场便宰了三匹马，剥下马皮，缝了一只严严实实的大口袋。村民们把袋口朝着太阳，让阳光源源不断地流进去。估摸着差不多的时候，村民们就快速地将袋口扎紧，然后连袋了带光一起抬进新造的房子。

屋子里仍然一片昏暗。

邻村的人也来参观。他们发现新房子居然没有窗户，便提醒说：“光线是通过窗户进屋的，没有窗户怎么行呢？”

“别说傻话了，窗户做得那么高，光线怎么爬得进来？”

他们不相信光线会走路，所以他们造的房子，一律没有窗户。

有一回，愚人村的村民在湖东岸垦殖荒地，在西岸的草地上放牧一群母牛。

村民们放火烧荒，一头野熊受了惊吓，突然窜进对面的牛群，踩死了一头母牛。

村民们看着死牛，自我安慰地说：“这下可好了，我们可以吃一顿烤牛肉。”

他们将死牛钉在铁叉上，放在西湖岸。大家再急忙赶回东岸，捡了一大堆树根，在东岸点燃，烧得旺旺的。

大家等着吃一顿可口的烤牛肉。可是，等到东岸的火熄灭了，西岸的牛肉仍然鲜血淋漓，谁也不敢去咬它一口。

村民们很生野熊的气，一致决定将它从洞中赶走。临近洞口时，有一个人自告奋勇，钻进洞去。野熊一看有人进洞，张开大口，就把他的脑袋咬了下来。村民们费了好大劲儿，才把那人拖出洞口，等到看清拖上来的人没有了脑袋，大家很奇怪：“咦，他把脑袋藏在洞里做什么？没有脑袋没有嘴，他怎么吃饭呢？”

大家面面相觑，十分不理解。

荷尔摩勒地区发生了一次战争，村民们争相坐船逃难。人多，船超载，大家只好将携带的金银珠宝扔下大海。他们在船舷上刻下许多记号，表示宝物就是从这边扔下海去的，准备以后回来时从这里跳下海去打捞。

荷尔摩勒的村民们造了一个磨坊，装了一爿磨石。大家看到磨石并不转动，便聚在一起寻找原因。最后，他们知道应该让一个人坐在磨眼上，拉动磨石，让它转动。

一个小伙子勇敢地坐了上去，他手脚并用，却不料连人带石都滚进河里去了。

荷尔摩勒的村民等了一天，不见小伙子带着磨石回来。大家很生气，便在教堂里贴出一张寻人启事：“周围三十里村民知晓：凡有人看到某肩扛磨石者，务必将他送至荷尔摩勒村，该小伙子是个偷盗磨石的窃贼！”

有一回荷尔摩勒的村民磨面过节。面粉磨完了，大家高高兴兴地乘船回村。

航行途中，他们感到饿了。一位和了几十年面的老太太说：“这里有水有面，我去给你们熬面汤。”

说完，她拎起一袋面粉倒入河水，然后卷起衣袖，双脚一蹬，跳了下去，水面上传来一串咕噜噜的水泡。

大家等了一会儿，不见老太太端来热气腾腾的面汤，便你一言我一语地抱怨开了：“她一个人倒舒服，在下面独吞。”

“我去看一下，她到底怎么啦！”

大家议论纷纷时，又接二连三地跳下去好几个村民。奇怪的是，他们下去以后，也不再上来。

“难怪,刚才倒掉整整一口袋面粉,是够他们吃上两天呢！”

他们终于明白了下面人不再上来的原因。

一个外地人带着一只漂亮的猫来到荷尔摩勒村。村民们都很新奇，大家围着外地人问长问短，他们想买下这只漂亮的猫。

“喂，伙计，这是一头什么动物？干什么用的？”

“这种动物专门捕捉老鼠。你们很难猜出它到底有多大的本领。”

村民们让外地人将猫放在仓库里，大家围在一起，看猫如何捕捉老鼠。

猫儿果然神通，它看到老鼠便一个虎跳扑了过去。老鼠看到猫，早就畏缩在一边，可怜巴巴地直打哆嗦。

“这头动物要卖多少钱？”

村民们很喜欢它，决定买下这只猫。

“哦，这是一只神奇的动物。这样吧，猫的尾巴有多长，你们就应该给我多少黄金。”

村民们爱猫心切，他们也不想在外地人面前显得吝啬，于是便一口答应了价钱，买下了漂亮的猫。

外地人捧着一把金子走了。等他走得很远的时候，忽然听到荷尔摩勒的村民们在身后的喊声：“喂，这头动物吃什么的？”

外地人听不清楚,便马马虎虎地回答了一声:“猫要吃冷的。”

村民们听成“猫要吃人的”，便吓得停住了脚步，不敢再问了。他们通通回去，拿着扫帚、拖把，准备将猫赶走，免得它以后伤害人命。

猫受了惊吓，往上一蹿，跳到仓库的屋顶上。村民们追到墙根前，一看猫在屋顶上，抓不到，于是便一把大火将仓库烧掉。他们以为这下子可把猫烧死了。

不料猫儿非常灵活，它从一家屋顶跳到另一家屋顶。荷尔摩勒的村民们在后面紧紧地追赶，他们放火烧了一家又一家。最后，他们回不去了，村庄里只剩下一片废墟和灰烬。

没法子，他们只得离开村庄，各奔前程，走遍了世界的天涯海角。

你不是也遇到过这些人的吗?

着魔的小学徒

从前，在一个偏僻的乡村里生活着一对老夫妇，他们只有一个儿子。老两口把儿子看作掌上明珠。儿子长大以后，他们希望儿子学一门好手艺，好挣大钱养家。

父亲日思夜想，绞尽脑汁，最后才想到应该把儿子送进宫殿去学徒。那里活多，机会也多，这件学不会，还可以换另一件。

那天清晨，老人和儿子起床以后都换上了新衣服，他们急着赶到王宫去。可是，当他们来到树林时，只见路旁站着一个奇怪的小人，好像是从地下冒出来似的。小人的面色黑黑的，眼睛却像炭火似的闪烁着光芒。

“你把儿子带到哪里去？”小人开门见山地问。

“去学徒，尊敬的先生，到王宫里去学徒……”

“什么？到王宫去学徒？只要你愿意，我可以教他，学什么都成。”陌生人微笑着说，“告诉我，他想学什么？”

老人听了这番话很怀疑，可是他心慌意乱地竟然连说话都有点结巴：“也……也许……该学个……铁匠……”

“喏，你看，这下对路了。我是远近闻名的铁匠。你看，对面树林里就是我的铁匠铺！”

陌生人一边说，一边用手往那里指点着。只见一片松树林中果然有一幢宽敞的大院，可以听到铁砧上叮叮当当的打铁声，风箱的拉动声，透过栅栏门还可以看到铁铺里炉火熊熊，一片忙碌的景象。

老人无法回绝，尽管忧虑重重，也只得答应让儿子跟陌生人学徒。双方讲定，老人五年以后还到原地来接儿子。

直到回家的路上，老人才猛然想起，森林中的这块空地上从来都没有铁匠铺。他知道一定上当了，那个自称铁匠的家伙一定是个魔鬼。

想到这里，老人再也忍不住了，他急忙折回去，可是树林里空空如也，宽敞的大院、铁匠，还有他的儿子，都一起不见了，好像被地面吞吃了似的。

风中传来松树的瑟瑟声，它们也在为老人叹惜。

一点办法也没有，只好静等五年。老两口受尽时间和痛苦的折磨。他们朝思暮想，记挂着儿子的安危。

五年还剩下一天了。这天傍晚，老人怔怔地望着窗外出神。突然从窗外飞进一个线团，线团还没有落地，他的儿子就已经站在面前了。

“父亲，明天你来接我时，魔鬼一定不肯让我走。”儿子对老人说，“他会让你看十二只鸽子，我是左面第三只，请记住！”

儿子说完话又变成线团。还没等老人明白过来，线团就不见了。

第二天一大早，老人就上路找儿子去了。他径直来到树林的铁匠铺前，敲了敲门。

魔鬼开了门，一脸的不高兴。

“你来了？”魔鬼装得很意外，说，“啊，我差一点忘了，五年的时间过得多么快。可是，请你相信，你的儿子几乎没有学会铁匠活儿。我没有想到他是一个这么笨拙的孩子。你最好让他在这里再学一段时间，也许他就学成了。”

老人不愿听这样的话，他们争执起来。最后，魔鬼让步说：“好吧，我把他还给你。不过，你要首先认出他来。否则，他将永远归我，留在这里。”

魔鬼说完指了指屋顶上的十二只鸽子，让老人辨认哪一只是他的儿子。

老人抬头一看——屋顶上果然一字排开十二只鸽子，他记得儿子的话，便指定其中一只，说：“左面第三只鸽子是我的儿子！”

“你这是猜出来的？”魔鬼惊讶得脱口而出。然后它又开始赖账，说这回是偶然的，不算。它要老人连猜三天，否则，老人永远也得不到儿子。

可怜的老人有什么办法呢？他悲伤地走回自己的小屋，看他的儿子能否再来帮助他。

他来了。窗口又飞来一个线团，变成他的儿子，他告诉父亲：“魔鬼将给你看十二个男孩，他们长得一模一样。我是右面的第二个，请记住！”

儿子说完话又一下子不见了。

老人又猜出了魔鬼的谜语。

可是，当天晚上他再也没有等到儿子。老人没想到魔鬼已将他的儿子锁在铁砧上，使他寸步难行。

第三天，老人心慌意乱地走进铁匠铺，只见魔鬼在他面前牵出了十二匹牡马。

老人没有得到儿子的指点，不敢胡乱说。他摇摇头，拿不定主意地说："尊敬的先生，我的儿子也许不在这个行列。"

老人刚说完，只听马厩里传来一声赞同似的嘶鸣声。

魔鬼心烦意乱地牵出了最后一匹马，要老人辨认。

老人从马眼里流露出的神色受到启发，他果断地说："这就是我的儿子！"

果然，牡马一下子变成了泪水汪汪的儿子，他一下子扑在老人的肩上，庆幸自己的解脱。

魔鬼脸色阴沉，说："这一回算你赢了，叫你儿子好生使用我教给他的本领吧！"

说完，魔鬼连同铁匠铺都一下子像钻入地底下似的不见了。

老人带着儿子回去了。路上，他们突然听到一阵激烈的枪声。

"这是王宫来的猎人，他们正在打松鸡。待我变作一只雄鹰，如果他们想买下我，你可以要价一百塔勒。可是，别把我脖子上的链条卖给他们。"

老人还没有来得及答应，肩膀上已经站着一只雄鹰了。他往前走了几步便遇上一队猎人。猎人的头顶上空逃窜着许多松鸡，可是他们打不中，枪枪落空。

这时候，只见老人肩膀上的雄鹰腾空飞起，它将捕捉到的松鸡一只只地掷到老人的脚前。

猎人顿时围了过来，他们赞叹着雄鹰的威力，说："将雄鹰卖给我们吧，我们付高价！"

"可以。我要卖一百个塔勒。当然，鹰脖上的链条是不卖的，我要留作纪念。"

交易做成了。老人兴冲冲地回家，他的一只口袋里装着满满的塔勒，另一只口袋放着一根链条。

老人刚把门推开，看到儿子已经坐在桌子边上，正高兴地等候着父亲，老人十分惊讶。

过了一些富裕的日子，一百个塔勒用完了。眼看着又得受穷，儿子想了个主意，说："我变作一只唱歌的鸟儿。你将我装在鸟笼里，送往国王的宫殿。你把我卖掉，要价一千塔勒。只是别把鸟笼给他们，否则我们再也不能见面了。"

老人按照吩咐，拎着鸟笼，朝着国王的宫殿走去。他刚到宫殿的门口，只听鸟笼里的鸟儿开始一阵阵悦耳的叫声，边上的人禁不住随着叫声手舞足蹈起来。不一会儿，整个宫殿的人都开始起舞：卫兵、女厨、仆人、车夫、裁缝，连肥胖的总管也在人丛中旋转。最后，连公主也情不自禁地跳起舞来，她跳得气喘吁吁，还不忘对老人说："请把这只唱歌的鸟儿卖给我，我可以给你一个好价钱！"

"行啊，尊敬的公主，我要卖一千个塔勒。当然，鸟笼不能给你，我要留作纪念。"

又做成一笔交易。会唱歌的鸟儿留在公主那里，老人带着一千塔勒回去了。

几天之后，老人回家时，看到儿子坐在桌子旁，一家人都高兴得欢呼起来。

可是，父母不久便发现他们的儿子时常悲伤地低着脑袋，一副苦闷的神色。他们问儿子有什么心事，儿子却一声不吭。

一天，儿子终于告诉他们："我渴望见到公主，我爱着她。要是我不能娶公主为妻，爱情将会把我折磨死的。"

父母听后吓了一跳。要知道，一个穷人家的儿子怎么能高攀国王的女儿，儿子应该寻找一个乡村姑娘。

可是儿子反复念叨着公主。第二天一早，他就动身去找公主了。

到了王宫门前，他听说公主沿着溪水散步去了，便连忙转过身来，朝着清澈的小溪走去。快接近公主时，他悄悄地变成一枚金戒指，扑通一声跳入水中。

公主看到一个黄灿灿的东西掉入水中，连忙伸手去捞。一枚金戒指被捞上来了，紧紧地套在她的手指上。嘿，真像是为她定做的。

公主抚弄着戒指，爱不释手。晚上，公主在闺房里独自一人时，戒指却突然变成一位风度翩翩的青年。他把自己对公主的爱情原原本本地诉说一遍。公主深受感动，他们紧紧地拥抱在一起，发誓不把金戒指的秘密泄露出去。

要不是魔鬼有一天想起了被父亲领走的学徒，说不定金戒指的秘密一直保留到今天呢！

魔鬼翻开了巨大的魔书，就知道了事情的全部经过。魔鬼十分生气，鼻子里呼哧呼哧地喷着黑烟，它立即动身到宫殿去。它嘴里喊着：“你敢做出这等事来，我一定要重重地惩罚你，你这个人间怪虫！”

魔鬼奔得气喘吁吁，身后留下一串火花。到了宫殿门口时，它摇身一变，变成一个阔绰的商人。它用左手一扬，变出了拉车的马和骡子，马车上装着满满的货物，还有几名仆人，牵着牲口，高声叫卖：

抢手货，紧俏货，
丝绒绸缎衣裙料，
香膏名酒贵重药，
利剑厚盾莫错过！

当魔鬼看到宫殿大门打开时，也不失时机地大声唱了起来：

宫内贵人快来看，
琳琅满目在眼前，
金银首饰加古玩，
件件都让你喜欢。

魔鬼自卖自夸，不一会儿，宫殿门口便黑压压地挤满了一群人。它朝人群瞅了一眼，知道公主也来了。

这是一个诡计多端的魔鬼，它将货物卖得特别便宜。最后，它一步来到公主面前，说：“尊敬的公主，请看，我给您带来了最漂亮的珠宝，这才是货真价实的宫廷首饰！”

它朝公主鞠了一躬，拿出一枚带钻石的戒指，看得公主眼花缭乱。

“这枚戒指值多少钱？”公主摸着那枚戒指问。

“区区小事，”魔鬼故作姿态说，“只要跟您手上戴的戒指对换一下就行。”

公主十分高兴，她甚至已经忘掉戒指的秘密了。正当她脱戒指的时候，想不到戒指竟然自动裂开，断成了碎片，滚落在地上。

魔鬼立刻变成一只公鸡，伸长脖子便来啄金片。它没有看到公主的脚正好踩在一块碎片上。

魔鬼公鸡刚刚走近公主脚跟，只见最后那块碎片突然变作一只雄鹰。雄鹰伸出利爪，顿时把公鸡撕成了碎片。

周围的人争着看热闹，不知发生了什么事。只见雄鹰落了地，还了原，原来是个漂亮的风流少年。

大家都欢呼起来，接着当然就是忙着为他们准备婚礼了。

海岛上的三角房子

从前，在遥远的北方海滩上有一座美丽的宫殿。这里的国王不仅十分富有，而且还有一个绝顶美丽的女儿。女儿袅娜的身姿几乎倾倒了世界上所有的王子，宫殿门前终日车水马龙，络绎不绝，求婚的人几乎踏破了宫殿的门槛。

宫殿边上有一间茅草屋，草房的主人是一对渔民夫妇，他们生了一个儿子。儿子喝海水、吃海鱼长大，出落成一个魁梧的小伙子。他们的生活虽然不富裕，但小房子内却欢笑不绝，愉快的歌声终日伴随着活泼的火苗。幸福的田园生活使国王的女儿十分羡慕，她时常去小草房做客。天久日长，公主深深地爱上了小伙子，简直到了难舍难分的地步。

公主明明知道国王不会答应这门亲事，可是爱情的煎熬让她十分痛苦，她决定把自己的心事告诉国王。

国王听说女儿爱上了一个渔夫的儿子，气得犹如沸腾的油锅里加上一勺冰冷的水，他决定要除掉这个小伙子。

国王毕竟是一个老奸巨猾的人，他假情假意地将渔家夫妇召到跟前，说自己愿意尽一点邻居的友谊，把他们的儿子培养成出色的人。

渔家夫妇听到这番话，真是喜从天降。他们相信儿子在国王的栽培下一定会成为了不起的人才，于是便千恩万谢地答应了。

小伙子进入国王的宫殿，生活了一段时间。一天，国王命令他备下三艘旧船，准备出海。

“国王，你让我乘船到哪里去呢？”

“你应该乘着旧船到地狱去！”国王大声地吼叫起来。

小伙子看了看国王，点点头。他招呼同行的水手升帆，乘风破浪将船驶进了汪洋大海。

他们正在航行，突然看到从汹涌澎湃的波浪里钻出一个女妖。

“你们这一伙人到哪里去？”女妖问道。

“到地狱去。”小伙子回答。

“如果你们方便的话，请给我帮个忙。”

“你有什么困难呢？说吧。”

“我想知道如何才能成为海岸的女王。我会重重地谢你，给你一大群母牛，让国王看了也羡慕。”

“这个问题可不简单，不过请放心，我会帮忙的！”

说完，旧船又往前开了，一直来到另一个王国京城的岸边。他们将船驶进码头，收帆靠岸，准备休息。

这里的国王上了年纪，满头白发，连胡子也是白的。白胡子国王看到码头上停靠了三条陌生的旧船，十分奇怪，便走过来询问：“喂，你们三条船想要开到哪里去？”

“到地狱去！”

“哦，真晦气，大白天听这种倒运的话。不过，你们能帮我个忙吗？”

“当然愿意啰！只要事情并不复杂，我们又力所能及，就一定会帮助你的。”

“这个任务不难也不容易。宫殿里的三把金钥匙不见了，你们到地狱时请给我问一下，钥匙在哪里？将来我会送给你们满满的三船银子。”

“哦，国王，这个任务可不容易。不过，我会帮你问到的，放心吧！”小伙子回答说。

他们休息一阵又起锚航行了。几天后，他们又到了一个王国的京城。小伙子指挥水手将船停靠在城堡脚下，抬头一看，只见城内到处挂着黑布黑纱。他知道，城里一定出现了重大的灾难。

这里的国王穿着一身黑衣，走到三条陌生的旧船跟前，问道：“你们到哪里去？”

“到地狱去！”

“你们能在那里给我办一件事吗？”黑衣国王急切地问道，悲伤得连嗓子都有点呜咽了。

“当然可以，但愿事情并不十分困难。”

“可是也不太简单。我的三个女儿不见了，请你帮我询问一下，她们到底在哪里。现在全城为她们戴孝，大家都想念她们。你要是带回关于她们的消息，我将送给你三船金子。”

“你愿送给我这样的礼物，可见你思念女儿的心情十分迫切。好吧，我会给你打听到三位公主的下落的。”

小伙子又指挥水手开船了。不一会儿，他们看到海洋深处有一座孤岛。大家找了个风平浪静的海岸，抛锚休息。小伙子独自上岸，在小岛上散步。他正走着，看到前面有一幢三角形的小房子，门口坐着一个又丑又黑的老太太，她正在纺纱。

“这是什么房子？”

“人们管它叫地狱。”

“啊，这就是地狱？瞧，我多么幸运啊！”

“难道你需要解决什么困难吗？”

“对，我正要解决困难，而且还不止一个麻烦。我希望能够圆满地解决它们。第一，大海的女妖希望知道她怎样才能成为海岸的女王；第二，白胡子国王想打听一下他的三把金钥匙在哪里；第三，黑衣国王的三个女儿不见了，他非常着急，希望知道女儿的消息。”

“天哪，你带来这么多困难的问题，我不知道该如何回答它们。不过，我的丈夫夜里回来，他是一个魔鬼，知道很多秘密。到时我试试看，能否从他口中得到你想知道的答案。你快钻到套间的地板下去，躲在那里别出声，魔鬼到了明天早上就会离开屋子。哟，说到狼，狼就到，他还真的回来了。快躲进去，倘若被他发现，你就完了。”

小伙子赶紧钻到地板下面，大气不敢出。老太太坐在门口，继续纺纱。

魔鬼一跨进屋子便嚷了起来：“我嗅到了人肉味！”

“那是一条狗，啃吃了人的一只手。”

“你看到一个小伙子从边上走过吗？他是国王派来的，国王不喜欢他，所以打发他上地狱去。”

“对，我想起来了，刚才是有一个人。可是，他因为没有遇到你，就走了。他没有时间等你。”

“他说过回来吗？”

“没有说。”

天已经很晚了，魔鬼夫妇劳累了一天，上床睡觉了。一会儿，老太太似乎像在梦中惊醒似的喊叫起来：“哎呀，我真害怕！我刚才做了一个梦，梦见大海的女妖来到这里，她想知道怎样才能成为海岸的女王。”

“怎么，你连这个也不知道？”魔鬼显得十分奇怪。

“我怎么会知道呢？我只知道坐在门口纺纱。”

“那么听着，那里的国王派了一个小伙子到地狱去，大海的女妖只要将那个国王投进深水，她就成了海岸的女王。”

“国王住在岸上，女妖蹲在水里，他们怎么会碰到一起呢？”老太太又问。

没有回答，原来魔鬼早已睡着了。

过了一会儿，老太太又惊叫起来，说自己做了一个噩梦：“梦中有人盘问我，说我知道有个宫殿丢失的三把金钥匙。”

“你这个鬼老婆缺少一副鬼心肠，所以一点也不知道鬼事情。”丈夫被闹醒了，十分不满地说，“你难道真的不知道钥匙在哪里吗？”

“我怎么会知道呢？而且，它们跟我也不相干！”

“你真是个皱纹多见识少的女人。三把钥匙已经变成了三根钉子，就钉在我们的墙上。要是你用公鸡血涂抹钉子，它们马上就会变成金钥匙。”

说着，魔鬼又睡着了。他打着鼾，鼾声如雷，墙壁也被震得哆哆嗦嗦。

一会儿，老太太又装作从梦中惊醒的模样，说："我又做了个奇怪的梦。梦中有人跟我打听国王女儿的事，说三个公主突然不见了，不知有谁知道她们的下落。"

"你今天怎么啦，净在做梦？"魔鬼睡不安宁，十分生气，"你连这也不知道吗？"

"我从来不关心这些事，怎么能知道呢？"

"我真倒霉，娶了你这么个老婆，什么也不懂。你就是国王的大女儿，那边的木板凳是国王的二女儿，这里的纺锤是他的小女儿。你们三个都在这里，你怎么一点也不知道呢？"

"我一定是喝了你的魔汤，所以什么记忆也没有。"

说着说着，他们又睡着了。老太太因为有心事，非常着急，她禁不住又大声说了起来："喂，你这个鬼丈夫，刚才我又做梦了。梦中有人问我，国王的女儿如何才能重新变成人的模样，恢复她们的青春美貌。"

"真奇怪，你今天简直进了一个噩梦世界。"魔鬼说着，自己也不由得笑了起来，"谁要是连这些事也不知道，那真是一个可怜虫。告诉你吧，如果有人用公鸡血将她们涂抹一遍，她们马上就会恢复青春美貌。"

魔鬼说着伸出手去，在妻子的胸脯上摸来摸去。突然，他奇怪地坐了起来："你的胸中有东西在跳动，那是什么？"

"你只知道一些鬼事情，正儿八经的事你就不懂了。那是我的心脏。”

“怎么？你敢把心脏揣在怀里？”

“当然啦！你的心脏呢？”

“哦，这可是一个秘密。我的心脏在牲口棚内，藏在一个鸡蛋里，鸡蛋就放在公鸡肚里的铁盒中。”

魔鬼说完打了个哈欠，他看看天色已明，便起身离开屋子忙他的事情去了。小伙子连忙从地板下钻了出来，地板下可闷气呢！

“你都听到了吗？”老太太见他出来了，迫不及待地问道。

“听到了。”

他们一起来到牲口棚，看到墙壁的钉子上挂着魔鬼的宝剑。小伙子摘下宝剑，将身旁的一只大公鸡一剑劈成两半，鸡肚里落下一只铁盒子，铁盒内滚出一枚鸡蛋。小伙子赶上一步，捡起鸡蛋往石头上一碰，鸡蛋敲碎了。

魔鬼正在大海的波浪间兴妖作怪，突然感到一阵惊悸。他知道事情不好，正想往回赶，却不料一头倒栽下去，葬身鱼腹了。

小伙子取出鸡血。他用鸡血涂抹钉子、木板凳和纺锤，最后又给站在面前的老太太涂抹一阵，眼前马上出现了三把澄黄的金钥匙、三个漂亮的年轻公主。小伙子领着她们，高高兴兴地来到海边，四个人登上船，升帆起锚。三条旧船又驶进了波涛汹涌的大海。

他们首先来到黑衣国王的京城。船刚靠岸，国王就奔了过来，他急切地问道：“你们知道我那三个女儿的下落了吗？”

“我给你带来了好消息，她们正在我的船上。”

三个公主早已跳下船，飞奔着跑到国王面前，投入父亲的怀抱。

京城欢乐得沸腾起来，大家热烈地庆祝了七天七夜。小伙子又带着水手开船了，身后跟随着国王送给他装满黄金的三条船，这样，六条船组成了一列漂亮的船队。

他们很快来到白胡子国王的京城。国王看到船队，马上奔了过来："喂，你们这支漂亮的船队是从哪里来的？"

"从地狱开来的。"

"你们一定听说了我那三把金钥匙的下落，是吗？"

"对！你瞧，这不是三把金灿灿的钥匙吗？"

国王非常高兴，他立即给小伙子三船白银，全城庆祝了七天七夜。九条大船，浩浩荡荡，离开了京城，又驶进了蔚蓝的大海。

船队正要到达家乡的码头时，海面的波浪间跳出了那个女妖，她问道："喂，你们这支威武的船队是从哪里来的？"

"从地狱开来的！"

"哦，好极了！你们打听到了吗，我怎样才能当上海岸的女王？"

"魔鬼说了，你只要将富有的国王拖入海底，便能成为海岸的女王，统治海岸地区。"

大海女妖谢了小伙子，她不忘诺言，把一大群母牛送上了船队。小伙子辞别了女妖，领着船队朝家乡进发，终于到达了京城。码头上早已拥挤得水泄不通，大家都很奇怪，从来没有看到过这么威风的船队，他们还以为是哪个来求婚的王子呢！

京城里装饰一新，到处飘扬着大红的丝绸条幅。国王穿着迎宾礼服，带领着文武大臣，一直迎到海边码头。他看到小伙子从船上走下来时十分惊讶。

“你从哪里弄来这么些漂亮的大船？”

“从地狱里。”

“谁赠送你一大群母牛？”

“那是大海女妖的恩典，我为她在地狱里办了一件事。”

国王听后心里犹如倒了五味瓶，很不是滋味，特别是看到三船金子、三船银子后，他的眼睛定定的，身子直直的，整个人都快变成金子、银子了。

“我也应该下地狱！一个渔夫的儿子尚且能得到这么多财富，我贵为国王，还不知会收到多少礼物呢！”

想罢，他立即命令组成一支船队，国王亲自登上大船，指挥大船起锚扬帆。船队乘着波浪来到大海，国王正在盘算金银礼物时，看到前面波浪丛中站着一个高大的女妖。

“是谁带着这么漂亮的大船出海？”

“这支船队是我的，我是最富有的国王。”

“啊——，原来你就是那个国王，我正在找你呢！”

大海女妖一把抓住国王，将他拖到海底。海面上只见国王的鼻孔里冒了几个水泡，就一切都完了。

渔夫的儿子娶了公主，继承了王位，光婚礼就举行了七天七夜，大家喝得酩酊大醉。

勇敢的魏埃

在世界的北端，寒冷的大海岸上住着一个年轻人，名叫魏埃，他是个勇敢的小伙子。

大海无边无际，波浪滔天，令人生畏。渔夫下海捕鱼或者猎取海豹时，船旁常会出现一头海象、一头北极熊或者一条鲸鱼。它们常会兴风作浪，撞翻船只，将人拖下深水。

人们害怕大海，却仍然住在海边。他们的祖祖辈辈都是北极人，是北极光照耀他们长大的。

一天，勇敢的魏埃走到海边，他在一块石头上坐下，远远地眺望着海天。

这是一个美丽的早晨，蓝蓝的天空，万里无云。魏埃的父亲也走出小房子呼吸新鲜空气，还想在温暖的阳光下晒晒那把老骨头。

魏埃对父亲说：“今天大海很平静，我想出海打鱼。”

父亲一听，连忙警告说：“别出去！大海现在很安详，可是一旦起风，你就会连船带人被卷进深海。孩子，那时候你就回不来了。”

“啊，父亲，我是个男子汉。再说，渔夫的儿子怎能惧怕大海？”

魏埃说着拿起了箭、小刀和渔具，坐上一条小船，划进了大海。

大海像一个慈祥的老祖母，在他耳边轻轻地叙述着美丽的童话。海风习习，给他献上一首首美丽的海浪曲。魏埃划啊划，已经看不到海岸了。他洋洋得意，十分自豪："海风啊海风，你刮得猛烈一点吧！"

大海似乎理解了他的意思，开始咆哮起来。一会儿，便掀起了惊涛骇浪，小船像一片树叶，颠簸在峰顶浪尖里。

魏埃紧紧地抓住船桨，奋力搏击，然而风急浪高，小船早被卷进一望无际的大海。

三天三夜，风浪不息。到了第四天，大海似乎自己也疲倦了，渐渐地安静下来。

平静的海面上游出了一只只油光水滑的海豹。魏埃捕捉了一只又一只。短短一会儿工夫，他就抓到了十只海豹。他将海豹拖上船，满怀喜悦地准备返航。

"我随波逐流地搏斗了三天三夜，其实也没有什么可怕。生活在大海上是多么幸福啊！"

勇敢的魏埃正在自言自语，忽然听到耳旁传来一阵呼哧呼哧的声音。他抬头一看，船旁游来了一头海象。海象长着大尖牙不是两颗，而是四颗。它紧紧地咬住舱板，瞪着一双冰冷的圆眼睛看着魏埃。魏埃不由得浑身起了一阵鸡皮疙瘩。

"海象，快滚开，别打扰我的安宁！当心我发火。"魏埃大声地骂着海象。

海象全然不理睬，它冲向小船，想把船掀翻。

魏埃看它不听话，就伸出一只手抓住海象的獠牙，用另一只手狠狠地在海象头上击了一拳。

海象沉下海去了。

魏埃又欢乐地划着船桨，准备返航。

突然他又听到一阵水声，原来迎面游来一只北极熊。北极熊游近小船，伸出熊掌，想把小船掀翻。它要将魏埃拉下水，然后吃掉。

勇敢的魏埃看定北极熊，说："快滚开！别惹我生气！我若发火了，一掌送你去海底。"

北极熊不知好歹，它抓住小船，咆哮着要吃掉魏埃。

魏埃看到好心好意不能解决问题，就一手抓住熊耳朵，一手举刀，顺势在北极熊身上划了一道口子。北极熊痛得号叫一声，逃了回去。

"我应该赶快回去，否则会有许多麻烦。"魏埃一边想，一边操纵船舵。

天突然黑了下来，好像黑夜一下子挣脱了上帝的束缚，从天上扑落过来，又像一片乌云猛然遮住了太阳。

魏埃抬头一看，天哪，原来是一条巨大无比的鲸鱼正朝小船游了过来。鲸鱼背上长着一排山峰似的鱼鳍，这不是一条寻常的鲸鱼，而是鲸鱼之王。

鲸鱼王看着魏埃，口吐人言，说："你的末日到了，今天别想活着回去！不管是你的父亲，还是你父亲的父亲，谁都不像你这么放肆、大胆，他们一辈子都对大海心怀畏惧。好了，准备来领死吧！”

听了这些话，勇敢的魏埃吓得浑身的血都快凝成冰块了。可是，他仍装作毫不畏惧的样子，迎着鲸鱼王那冰冷而又僵直的目光，说：“好，我们就来一场决战。你要是赢了，就把我、我的父亲和家中牲口全部吃掉；你要是输了，那就必须保证再也不出来惊扰我们渔民。我们比试三次，你同意吗？”

鲸鱼王想了想，回答说：“好的。可是我们比试什么呢？”

“听着！你看到远方海岸上我们家的小房子吗？谁先赶到那里，就算胜利。”

“行，我们这就开始！”

鲸鱼王答应了。

魏埃操起船桨，使劲划动，小船箭一般地向着海岸飞了过去。

鲸鱼王又肥胖又迟钝。它虽然游得不快，却能持续不断地游动，所以一直跟着小船。

魏埃拼命划船，可是体力不支，小船慢慢地落在了后面。鲸鱼王首先游上海滩，躺在那里，高兴地喊叫：“魏埃，你已经输掉了。我先游到岸的！”

魏埃猛地用力，小船冲上海岸。他跳出船舱，向着小屋飞奔过去。他踏上门槛，回过头来，对鲸鱼王说：“你别高兴得太早，是我第一个赶到目的地！我们约定了，看谁先到达这里的小房子。难道你忘了吗？”

鲸鱼王看着这么一段泥土地，它知道上当了。

“好吧，这回算你赢了。可是我们的比赛还没有结束，我们还有两次比试的机会。”

鲸鱼王说完话就从海滩游进大海。魏埃也从船上扛出海豹。向他父亲报喜去了。

时间过得飞快，一转眼便到了第二年的春天。

魏埃来到海边散步，他从一块浮冰跳上另一块浮冰。跳得很有兴致。一会儿，他便跳累了，独自躺在软软的白雪上，竟然睡着了。

等他醒来时，连他自己也不知道到底在什么地方。一块浮冰孤零零地漂浮在大海上。周围水天相连，茫茫一片。

魏埃吃了一惊，他想："看来浮冰已经漂离了海岸，进入大海了。”

怎么办呢？

勇敢的魏埃坐在漂动的冰块上，苦苦地思索着。

突然，周围的海水暗了下来，好像一片乌云遮住了太阳。魏埃抬头看到迎面游来一条大鲸鱼，背上长着山峰般的鱼鳍。

“鲸鱼王，别来无恙。你好吗？”

魏埃知道来者不善，便先发制人，打了个招呼。

“你又一次来到我的口边，这一回你逃不掉了。我要将你、你的父亲和你们家的牲口通通吃掉。好好地准备领死吧！”

鲸鱼王十分凶恶。

“我们答应比试三次的，你还记得吗？”

“没有忘掉。”

“好，鲸鱼王，你看前面有一条大船。我们在海上游过去，你在右，我在左。大船往谁的方向转动，谁就是赢家，行吗？”

鲸鱼王觉得这样的比赛很公平。于是，他们一左一右，朝着大船游了过去。

船上的水手正在瞭望大海，忽然看到有人在海上游水，顿时惊叫起来。

“看那里，有人落海了！”

“哟，那里有一条鲸鱼！”

“当然应该先救人！”

水手们七手八脚掉转船头，向魏埃靠近，将他救上了船。

魏埃登上船舱，望着另一边游动的鲸鱼王，送去一个告别的飞吻。

“这回让你赢了，勇敢的魏埃。我们还会见面，你逃得了初一，逃不了十五。”

鲸鱼王潜入海中，不见了。魏埃高高兴兴地乘船回到家中。

潮涨潮落，月缺月圆，又过去不少时光。

勇敢的魏埃驾着小船，又下海捕鱼去了。他刚刚转过船头，发现天色顿时黑暗起来，好像乌云遮住了太阳。鲸鱼王迫不及待地游了过来。它张开大口，瞪着一双凶恶的眼睛，样子十分吓人。

“我们这回是第三次见面了。你这回注定逃不脱厄运，准备着来领死吧！”

“鲸鱼王，你不要口出狂言。你已经输了两回，难道我还怕你不成？我们这回比试力气。大家到水里比游泳，先游累的人就算失败。你能同意吗？”

“这样的比赛，我告诉你，没有人能够赢我。你那两条小胳膊小腿也敢跟我这强大的鲸鱼王比试？”

“谁赢谁输，那就看结果吧！我们毕竟不是斗嘴，而是比游泳。你答应吗？”

“我是无所谓的，来吧！”

鲸鱼王说着转过身体，朝着大海游去。勇敢的魏埃登上船头，大胆地对着鲸鱼王跳了下去。他双腿分开，骑马似的坐在鲸鱼王身上，紧紧地抓住鱼鳍不放。

鲸鱼王朝他转过头来，喊着问道：“你想干什么？赶快下去！”

“我们没有说过不准驾船游水。你现在就是我的坐船，往前游吧！”

鲸鱼王非常生气，它掉转身体，打着转似的游着，一会儿又用尾巴扫荡着身体。

勇敢的魏埃紧贴着鲸鱼背，任凭鲸鱼怎样摇动，也没有摔落下来。

鲸鱼王发疯似的游入大海，它游啊游，游得精疲力竭，累得寸步难行。终于，它投降叫饶了：“下去吧，勇敢的魏埃！我服你了。”

“你累了吗？”

“累了。”

“你承认自己输了吗？”

“输了。”

“你记得自己的诺言吗？”

“我知道。我会保证你们渔民的安宁，再也不来惊扰和伤害下海打鱼的人了。”

鲸鱼工说完，将勇敢的魏埃送上海滩，便急忙返回深水休息去了。

从此以后北方人再也不畏惧大海了。

兄弟俩

这是很久很久以前的故事。

大森林里住着一个猎人，他有两个儿子。大儿子名叫弥克拉，小儿子叫帕古尔。兄弟两人长得一模一样，就像两滴水似的难以区分。

儿子长大了，父亲给他们每人一支猎枪。从此，他们以狩猎为生，整天出没在茂密的大森林里。

一天，兄弟俩在树林里走得太深太远，找不到回家的路，迷失在一个陌生的地方。他们转悠了一天又一天，穿过一座又一座树林，可还是没有看到一个人影。周围只是高大的树木，一阵阵焦虑伴随着兄弟两人。

他们东奔西跑了好几天，终于在一块林中空地上看到两只小兔子。

兄弟俩立刻端起猎枪，瞄准兔子，却突然听到兔子在呼唤他们两人的名字："弥克拉，帕古尔，别杀害我们，我们是你们的朋友。"

兄弟俩放下猎枪："好吧，那就跟我们一起走！"

他们来到另一块空地，看到两只小狐狸。兄弟俩立刻端起猎枪，开始瞄准。两只小狐狸突然站立起来，摇动双手，喊道："弥克拉，帕古尔，别伤害我们，我们是你们的朋友！"

"好吧，那就跟我们一起走！"兄弟俩说着，放下猎枪。

他们走着走着，看到迎面过来两只小狼。兄弟俩连忙端起猎枪，准备扣动扳机，却听到小狼连连呼唤："弥克拉，帕古尔，别开枪，我们愿意做你们的朋友！"

"来吧，那就跟我们一起走！"兄弟俩放下猎枪。

树林越来越稀疏，阳光透过树丛，斑斑点点地照在林间空地上。兄弟俩在林间小道上看到两头熊崽，他们立即端枪瞄准。

"弥克拉，帕古尔，千万别开枪，我们可以成为好朋友！"

兄弟俩放下猎枪，收留了两头熊崽。他们一起往前走去，排成了长长的一列：弥克拉，帕古尔，两只小兔子，两只小狐狸，两头小狼，两头熊崽。他们走上一条大路，看到路边有一棵高大的古松。

"喂，兄弟，"弥克拉说，"我看我们该分手了。我朝右，你向左。我们将各自的背包挂在这棵树上。你如果回来时看到我那背包上的铜扣发亮，你就知道我还健康地活着。如果铜扣生锈，颜色发黑，那我肯定已经不在人世了。相反，我也会用这样的办法获悉你的情况。"

兄弟俩相互拥抱，含着眼泪告别后，他们一左一右，各奔前程。每人后面跟着一只兔子、一只狐狸、一头狼、一头熊崽。

弥克拉一路往前，来到一座大城市。他整天沿着街道走，后来实在疲倦得走不动了，就找了块地方休息，旁边恰好是一座高大的宫殿。

国王的女儿正站在宫殿的窗前，朝着街道上张望，忽然看到一个年轻的猎人，他身后还有一支奇怪的队伍。公主非常惊奇，她想知道这些动物怎么会在一起相安无事，互不伤害的。

“嘿，年轻的猎人，”公主招呼着小伙子说，“告诉我，这些动物怎么会友好相处，互不伤害呢？”

“门口的卫兵不让我走进宫殿，还是请你下来，我再告诉你。”

“我很愿意下来，可是我害怕那些野兽。”

“别害怕，没有我的命令，它们不会伤害任何人的。”

公主走了出来，坐在弥克拉的身旁。他们一问一答，谈天说地，聊得十分投机。小伙子把兄弟俩在树林里如何迷路，如何结交了这一群动物朋友也原原本本地告诉了公主。

公主听得着了迷，她对小伙子顿生爱慕之意：“我已经爱上你了，真到了非你不嫁的地步。走吧，向我的父亲求婚去吧！”

“哦，你别开玩笑了。”弥克拉叹了一口气，说，“你是一位公主，我是一个土里滚、水中爬的猎人，你怎么会当我的妻子？”

“我爱你，就要做你的妻子。我们今天就可以结婚。”

弥克拉看着公主，他拿不定主意，也不明白公主的话到底是真是假。

公主看他犹豫不定，便一把抓住他的手，把他带到国王面前。

“父亲，”公主对国王说，“我愿意嫁给这个猎人。”

“这是什么意思？你的脑子里什么主意蹦不出来？”国王断然地挥了下手，拒绝说，“不行，你不能嫁给一个普普通通的猎人。”

“你不让我嫁给他，我明天就会死去！没有他，我连一天也不想活。”

国王一看事情麻烦了，便转到里面去问王后，看王后有什么好主意。

“如果公主真的要去寻死，那我们就毫无办法了。还是答应这件婚事吧！”王后也无可奈何。

国王犟不过公主，就为他们举行了婚礼。

弥克拉成了国王的女婿，他住在宫殿里，睡着羽毛床，用金碗吃饭，拿银杯喝酒，日子过得很奢华。

一天，他突然想起了树林，想到了自己的兄弟，心里不由升起了一阵惆怅，一阵悲伤。

“公主，我想到树林里去打猎，大约要一个星期的时间。”

公主顺从地给他备下了干粮。弥克拉收拾好行装，带上猎枪，招呼了那群动物朋友，动身去打猎了。

临别的时候年轻的妻子再三嘱咐：“亲爱的丈夫，你千万别进沼泽地那边的树林。许多人进去了，可是从没有人再出来。你一定得听我的话。”

弥克拉却没有听从妻子的劝告，他笔直地走进沼泽地那边的大树林。

“这里树木茂密，野兽一定多，是个天然的好猎场。再说我也并不畏惧出现什么灾难。”弥克拉一边走，一边自言自语。

他刚走近林边，便惊动一头驼鹿。驼鹿猛地窜进树丛深处去了，弥克拉赶紧追了上去。他们一前一后，拼命地奔跑，追了整整一天，直到把太阳追下了山坡时，驼鹿突然不见了，好像大地把它吞吃了似的。

弥克拉追得大汗淋漓，十分疲倦，他决定就在林中夜宿。弥克拉在一棵松树下坐了下来，他生起一堆篝火，掏出干粮，烤了烤，吃得津津有味。

然后，他又将动物喂饱，就躺下来，准备休息。

突然，松树林中传来一阵阵可怜的哆嗦声："哎哟，哎哟，我多么冷啊！我冷得直发抖！"

弥克拉睁开眼睛一看，只见松树顶上坐着一个小老人。

"喏，你要是真的感到冷，那就下来烤烤火，暖暖身体吧。"弥克拉向上喊着。

"我很愿意下来，可是我怕你的野兽伤人。"小老人可怜兮兮地回答。

"它们不会伤害你的。"

"哦，要是它们不伤害我，那就太好了。"老人说，"我给你一根手杖，为了让我放心，请你用手杖的一端在野兽身上点一下，然后我再下来。"

弥克拉接过老人的手杖，往熊崽身上轻轻一点。奇怪，熊崽顿时变成一块石头。弥克拉点过熊崽后便把手杖搁在地上，他看见小老人哧溜一下从树上滑了下来。

老人捡起手杖，二话没说，就朝弥克拉和其他动物身上点了一下，他们顿时都变成了一块块石头。

可怜的弥克拉遭了魔法。

再说帕古尔，他海阔天空地周游了一遭后，又回到了上回跟兄长弥克拉分手的松树前。他走上前一看，见弥克拉的背包铜扣已经锈蚀发黑了。

“啊，我那可怜的哥哥，你究竟遇到了什么灾难？”

帕古尔十分悲伤，他顺着早先弥克拉走过的路一直往前，寻找哥哥的下落。

帕古尔来到一个大城市，他正在往前走，看到一位公主。公主看到他，连忙跳过来，把他紧紧地拥抱在怀里。

“啊，弥克拉，亲爱的丈夫，你为什么出去这么久，直到今天才回来？咦，你怎么了，为什么不回宫殿，却在大街上转悠，你迷路了吗？”

帕古尔这才知道，他的哥哥曾在这里住过。

“怎么样，打猎顺利吗？”公主关心地问他。

“对，我在打猎时非常顺利。”

帕古尔不愿让公主伤心，含糊其词地回答着，心里却异常地震动，“原来我的哥哥外出打猎，直到今天还没有回来。”

他转过头，对公主说：“我碰上了一头大野兽，还必须继续追赶。给我备一点干粮，我要回树林去！”

“啊，亲爱的，别去了，留在家里吧！”公主苦苦地哀求着。

帕古尔坚持着：“不行，我一定要打下这头猎物。”

公主含着眼泪给他整理行装，临别时她再三嘱咐说：“亲爱的丈夫，我只求你一件事。你千万别到沼泽那边的树林里去。许多人去了，可是从来没有人活着回来。”

帕古尔明白弥克拉的去向了。他带着野兽一直走进沼泽那边的树林，看到路旁窜出一头驼鹿。帕古尔紧追不舍，一直追到傍晚，来到一棵高大的松树边上。

驼鹿突然消失不见了。帕古尔坐在松树底下，他点起一堆篝火，跟野兽们一起烤火取暖，分吃晚餐。

帕古尔正想休息，头顶上传来一阵响声，仔细一听，原来是一阵可怜的呻吟：“哎哟，哎哟，我真冷啊！冷得直发抖！”

“你要是愿意的话，就下来烤火取暖吧！”

帕古尔看到头顶的树枝上坐着一个可怜的小老人，便朝他发出了邀请。

“我愿意下来烤火，可是我害怕你的野兽伤人。”小老人回答说，“我给你一根手杖，你用手杖轻轻地点一下野兽。”

帕古尔接过手杖，他朝熊崽身上轻轻一触，熊崽立刻变成一堆石块。帕古尔知道事情不好，他见小老人已经哧溜一声滑下树来，便举起手杖朝他点了过去。小老人顿时变成了一块石头，不能动弹了。

帕古尔环顾四周，见到许多石块。他拎着手杖转来转去，手杖的另一头无意中碰上了一块石头，石头顿时便活动起来，原来正是哥哥弥克拉。帕古尔明白了手杖的作用，他干脆倒过一头，在众多的石块上通通点了一遍。嗬，这下可热闹了：石头全部恢复了原来的面貌，其中有狼、兔子、狐狸、熊崽，还有小老人以前伤害过的农夫、渔民、商人、姑娘。他们全都获得了解放，对帕古尔千恩万谢地离去了。

弥克拉和帕古尔相互拥抱在一起，然后领着一群动物往回走。

“你知道我的妻子还活着吗？”弥克拉在路上问他的兄弟。

“活着！昨天她还拥抱过我呢。”帕古尔回答说。

弥克拉听说妻子拥抱帕古尔，他以为帕古尔已经娶了公主，顿时生出一阵愤怒和醋意。他趁兄弟不注意的当儿，一刀砍下了兄弟帕古尔的脑袋。

弥克拉一直回到京城，找到公主。公主喜出望外，她紧紧地拥抱着丈夫，又吻又笑，还一个劲儿地问道：“前两天你为什么表现得这么奇怪，当我想吻你时，你却回避我！你究竟为什么那么冷淡？”

弥克拉突然明白了，原来兄弟帕古尔并没有欺骗他。他悔恨交加，眼泪汪汪地直奔树林，去寻找已经死掉的弟弟。

再说帕古尔的熊崽看到主人倒在血泊里，它连忙吩咐小兔子快去取起死回生药。小兔子为了救主人性命，飞一般地跑去，又风一般地跑来，取回了神奇妙药。

熊崽将主人的伤口洗净，然后把主人的脑袋重新安在肩膀上，又涂上起死回生药。帕古尔发出长长的一声叹息，他舒展了一下身体，终于活了过来。他站起身，走动几步，不错，好像从来没有死过一样。

帕古尔割下一根芦苇，做成哨笛，然后坐在树根旁，吹奏起令人心酸的曲调。

弥克拉顺着笛声一路寻了过来，他意外地看到兄弟帕古尔还活着，他羞愧万分地走过来，说："啊，我的兄弟，你为我出生入死，我却对你下了毒手。请原谅我把你想得那么卑劣吧！"

"过去的事情就让它过去吧！我们应该忘掉它。"

帕古尔说完，拥抱了弥克拉。兄弟俩互相亲吻，激动得泪流满面。

从此以后兄弟俩和睦相处，他们一直活到今天。

神斧

从前，在遥远的北方有一个贫苦的农民，他可怜的妻子早已去世，给他留下三个儿子。大儿子叫伊凡，二儿子叫保罗，小儿子叫彼得。说起来奇怪，三个儿子的长相各不相同，伊凡牛高马大，保罗中等身材，彼得瘦小不堪。

父亲年老体衰，他眼看着生命的终点已近，便把儿子们召集过来，说："孩子们，看来我不行了，要跟你们的母亲去了。你们三个都是我的儿子，我对你们同样关心、喜欢。我一生贫困，没有什么留给你们。幸福和欢乐只能靠你们自己去寻找和创造了，望你们好自为之。"

父亲死后，孩子们决定离开故乡，去外面见见世面，去碰碰运道。他们不知究竟该往哪里走，只是朝着太阳升起的方向，一路走下去，来到一座大山脚下，听到山顶上传来斧子砍树的声音。兄弟三人找了块石头坐下来。

"我们是否上山看一下，谁在那里伐树？"

瘦小的彼得对两位兄长提议，可是两位哥哥不想去。

彼得独自一人爬上山顶，他在那里惊奇得发了呆：一把斧子自动地砍树劈柴，周围连一个人影也没有。

"喂，你这把斧子，允许我走近一点看看，好吗？"彼得问。

"看吧，看吧！"斧子一边回答，一边却跳了过来。

彼得捡起斧子，将它塞在背包里，走下山来。

“谁在山上砍树？”两个哥哥看他跑上跑下，觉得好笑。

“不知道，我没有看到伐树的人。”彼得回答。

休息一阵，兄弟三人又结伴而行，来到另一座山前。他们看到天色已晚，便决定在树下找块地方，躺下睡觉。可是附近有人捣乱，从山头往下滚动石块，发出轰隆隆的响声。

“走，我们上去看一下，谁在滚石头？”彼得对两位哥哥说。

“你要是还没有走累的话，那就一个人去吧！”伊凡说，“我们非常疲倦，要休息了。”

彼得一个人来到山顶，看到山上有一把小铁铲，正在自动挖石块，附近连一个人影也没有。

“小铁铲，你好！我可以走近一点看你吗？”彼得十分奇怪，他问了一句。

铁铲却像在等他似的，朝他走了过来。彼得接过铁铲，塞在包里。

“喂，这下你一定看到什么了吧？”伊凡看他走了回来，问道。

“有人在破土挖石，不过我没有看到是谁。”彼得回答。

第二天，他们又动身上路了。他们一路走着，来到一条河前。兄弟三人伏下身去，饱饱地喝了一通河水，河水清新又香甜。

“走，我们去看一下，这条河到底在哪里发源？”彼得向两位哥哥建议。

“你一个人去吧！你要寻到河流的源头，那还不知要跑多少路呢。你如果愿意做傻瓜，那就去找吧！我们可没有兴趣。”二哥保罗忍不住说。

彼得独自一个，沿着河流走了下去。其实，他根本没走多远，就已经看到了河流的源头。原来，这条河水是从一个核桃壳内流出来的。

“能允许我走近一点，仔细地看你一番吗？”彼得友好地对核桃壳说。

核桃壳一点也不反对。彼得拾起核桃壳，塞在背包里，又走了回来。

“怎么样，你找到源泉了吗？”兄弟俩看他回来了，问道。

“没有。”

“你看，你没有找到源泉，这里的河水却断了，水流小得已经可以看到干涸的河床了。”保罗指着河水，告诉彼得。

他们休息了一阵，又动身上路，这回来到一座繁华的城市。兄弟三人在城里转来转去，听到城里人议论纷纷，原来国王下了个命令，谁能将王宫里的一棵大栎树砍倒，就能得到半个王国的报酬。此外，他还可以娶国王的女儿为妻。

“我们不能去试一下吗？”彼得问两个哥哥。

“好的，我们应该试试自己的运气。”

兄弟三人一直来到王宫。

王宫里已经聚集许多男子。他们有的缺胳膊断腿，有的少鼻子没耳朵，还有的人连眼睛都被挖掉了，一副惨象，惨不忍睹。

兄弟三人不明白究竟是怎么回事。

“你们怎么被残害成这样？”

伊凡忍不住地问了一句。

“我们要求来砍伐栎树，可是没有完成任务。国王就对我们处以各种刑罚。”

“咱们趁早走吧！”伊凡听了惊叫起来，“否则恐怕也难逃厄运。”

“不！我们会成功的，我们应该试试！”彼得坚持自己的意见。

“你简直是痴人说梦。你看看周围，我们哪一个不比你高大，我们尚且砍不倒栎树，国王女婿的桂冠怎么会落到你的头上？你也不看看自己这一副又瘦又小的寒酸相。”这些人看到彼得也来凑热闹，忍不住笑了起来。他们虽然已经遍体鳞伤，可是说话的嘴巴却十分尖刻厉害。

彼得没有理睬他们，他走上一步，来到国王面前，表示愿意尝试一下伐树。

“你如果砍不倒大树，那就照章办事，留下鼻子再回去！”

国王气势凌人，说话的喉咙比腰围还粗。

伊凡这时改变主意想试试运气，他拿了一把斧子，狠命地朝栎树砍了一下，不提防树上不仅没有出现刀痕，却反而长出了一根新树枝。他连连挥斧，砍了十几下，树上也连连长出了十几根新树枝。伊凡心灰意冷，他害怕得连挥斧子的力气都没有了。

国王命令将伊凡的鼻子割掉。宫殿里上来几个士兵，如狼似虎，他们抓住伊凡就要动刀。

彼得连忙喊了一声："慢点动手，国王！让我也来试一下，如果我失败了，情愿两人受罚，随你怎么发落。"

说完，他从背包里拿出斧子，朝着大树一边砍一边唱：

神斧神斧帮个忙，
多少国王多少狼；
帮我砍下大栎树，
好娶公主做新娘。

斧子开始砍树了。它砍一斧，是一斧，一会儿便把大树砍倒劈碎，堆放在宫殿的院子里。围观的人看得目瞪口呆。

国王正在奇怪，天为什么突然亮了许多。他走出宫殿一看，原来是大树被伐倒了，阳光照射在宫殿大院上。

"国王，我把你从大栎树的阴暗下解救了出来，这棵大树再也不会长了。好了，该兑现你的诺言了。"

国王是个不讲信义的人，再说他也不愿意把女儿嫁给一个穷人。

"彼得，你是个好小伙子。"国王心中已想好了主意，他说，"你如果在宫殿的大院里给我掘一口井，且井水永不枯竭，我就送给你半个王国，并把女儿立即嫁给你。"

伊凡和保罗一看国王耍赖，知道不好对付，便劝彼得说：

“兄弟，我看咱们还是趁早走吧！国王显然没有诚意，他明明知道宫殿造在半山腰，山上怎能打出水来？”

“不，我们不走。我今天要给他挖出一口水井来！”

彼得说完，从背包掏出小铁铲，将它插在地上，唱了起来：

铁铲铁铲帮个忙，
国王歹毒真如狼；
先挖一口深水井，
我娶公主做新娘。

铁铲欢快地挖了起来，它碰到石头就像切乳酪一样。一会儿工夫，院子里挖出了一口大深井，可是井内连一滴水也没有。

伊凡和保罗急得满头大汗。国王却幸灾乐祸地说：“彼得，我要的是一口水井，不是一个地洞。你大概不会忘记我会惩罚你的吧？”

“国王，我不要什么惩罚。我要你的女儿，还要你的半个王国。”

“可是井里的水呢？”国王哈哈大笑起来。

“国王，你快去为我们准备婚礼吧。你看，水来了！”

彼得吩咐铁铲停止工作，一边拿出核桃壳，扔到井底，然后唱了起来：

核桃核桃帮个忙，

国王狠毒如豺狼；
井内涌上清泉水，
我娶公主做新娘。

核桃壳内果然流出了清泉，井满了，清水汇成小溪，绕着宫殿蜿蜒流淌，京城里的老百姓齐声欢呼。国王却又动开了坏念头，他一定要看到彼得的失败。

“彼得，我现在给你最后一个任务，如果你能完成，我就为你们举行婚礼，并送你半个王国。离这里不远有一座森林，森林里住着一位巨人，他不让任何人砍柴打猎。你要能制伏他，我马上履行诺言。”

彼得接过任务，头也不回地走了。国王看着他的背影，心中暗自高兴：“碰上巨人，彼得就别想活着回来了。”

彼得到了树林以后。掏出神斧，神斧马上就叮叮当当地伐起树来，只听一片砍树、倒树的声音，十分热闹。

巨人听到声音跳了过来，大喝一声：“谁有这么大的胆子，敢来我的王国胡闹！当心我像踩蚂蚁似的将他踩死。”

神斧全然不理睬巨人的威胁，它继续砍树伐木。巨人勃然大怒，他跳过来正想抓住神斧，不料手背上却被神斧砍了一下，骨头差点被砸碎。

巨人吃了一惊，连忙哀求着说：“神斧请息怒，我知道你的厉害了。请你别再伐树了，否则我的王国将彻底完蛋。我向你投降，答应做你的臣仆，你是我的主人！”

彼得收起神斧，回到国王跟前，说："我已经制服了巨人，现在你该履行诺言了。你要是再生枝节，当心我不客气！"

国王将信将疑，他暗地里差人去树林拾柴火，顺便到巨人那里去试探一下。

"是谁派你们来拾柴火的？"巨人看到有人过来，便瞪着眼睛问。

"彼得和国王。"仆人们连忙回答。

"他国王算什么？彼得是我的主人。国王要是敢亏待我的主人，当心我将他的脑袋拧下来。"

仆人们听了这话，一溜烟儿地逃了回来，把巨人的话一五一十地告诉了国王。

国王一听，吓得面如土色。他立即命令全城张灯结彩，为公主和彼得举行婚礼。

那些曾经嘲笑彼得，说他当不了国王女婿的人坐在宴席上心神不定，脸上红一阵白一阵，连啤酒也喝得不畅快。

大力士亚诺斯

从前，在大海边上住着一个贫困的妇女，她有一个儿子，儿子是个无用的人。

母亲没日没夜地纺纱织布，忙得手脚不停。儿子却整天无所事事，躺在草地上滚来滚去，抓着泥块，从一只手倒进另一只手。要么，他就坐在海滩边上，看着茫茫的海天，不知道动什么心思。

可怜的母亲哀叹着自己的命运，她不知道一旦自己双眼闭上以后，她那唯一的儿子会怎样活下去。他懒得无药可治，甚至连往嘴巴里塞面包也嫌麻烦。

男孩金子命。突然有一天，这个儿子，哦，他叫亚诺斯，开口说话了，他问母亲："妈妈，隔壁邻居家在做什么？怎么敲得乒乓作响？"

"哦，我的孩子，他们正在造房子。又是锯，又是刨，自然会有响声的。"

"妈妈，邻居造房子，我应该去帮忙。他们或许能用上我呢！"亚诺斯说完话，就麻利地到邻居家帮助干活去了。

母亲高兴得嘴巴半天没有合拢。她跑到门外，抬着头仰望，她不相信今天的太阳仍旧从东方升起。

亚诺斯赶到工地，看到一群人围着一根九丈大梁团团转。

不管他们怎么努力，几十个人一起也举不动它。亚诺斯搓着双手，对他们喊道："怎么？你们举不动它？"

"滚一边去，讨嫌的废物！"人群中送来一阵嘲笑，"别在这里让木头砸断了脖子。"

"瞧你们这帮人多无耻！你们连这样一根小木头也抬不起来，真是让你们吃一块面包都嫌可惜。走开，看我亚诺斯的！"

他走上一步，抓起木头，轻轻地往上一托，像在玩弄一根手杖。

人们都看呆了。

从此，亚诺斯名声大振。什么地方造房子，什么地方就会呼唤亚诺斯。大力士亚诺斯举木头像做游戏一样，赚了不少苦力钱。

母亲也为儿子感到自豪，她觉得有儿子养老送终，可以放心了。母亲还特意到乡保官面前夸奖自己的儿子，说亚诺斯力大无穷，会干许多活儿。

乡保官是个出名的吝啬鬼，他连一个雇工都不肯养。听说亚诺斯是个大力士，乡保官心里一动，觉得廉价雇佣这个长工很合算。他有一块林地，正想寻一个身强力壮的小伙子给他垦荒种植呢！

乡保官把自己的打算告诉老太太，老太太一听连忙回去，把亚诺斯带了来。

双方讲妥了条件：双方和睦相处，不得生气发火。乡保官负责亚诺斯及其母亲的吃喝，亚诺斯不得逃避任何劳动。如有一方背约，必须让对方在自己的背上割下两条皮肉做腰带。

第二天，大力士亚诺斯如期来到乡保官面前接受任务。不过，他当天却没有吃饱。乡保官吩咐他将羊群赶到树林去放牧，同时再去平整林地。然而他只拿到几块泥巴似的玉米饼，并且是整整一天的食物。

亚诺斯不以为然。他把羊群赶入树林，捡来一大捆树枝，升起一堆熊熊大火。他随手抓住两只羊，杀掉，架在火上烤。羊肉烤得黄澄澄、香喷喷的，又脆又嫩。嗬，别提这一顿烤羊肉吃得多快活了，这顿饭就是给他王位，他也舍不得调换。

傍晚时分，亚诺斯将羊群赶了回来。

乡保官看到他，问道："亚诺斯，你的饭量有多大？"

"吃两只没问题。"

"什么吃两只？你把什么东西吃了两只？"

"喏，吃了两只花斑羊。你太太给我几块玉米饼喂鸟儿。中午我就烤了两只羊吃。怎么，乡保官不会生气吧？"

"不会，不会！这怎么能生气呢？要是我太太将来还不给你带足干粮，你就继续杀羊烤肉吃。"

乡保官说完就走了，他回到家里，把妻子结结实实地打了一顿，因为她的吝啬损失了两头肥羊。其实，说起来还是乡保官自己关照他的妻子给亚诺斯这点干粮的。可是，目前除了妻子以外，还有谁可以供他出气呢？

冬天过去了。

春天的太阳当头照着，乡保官又来到了林地，他要检查亚诺斯的工作。

可是，我的上帝啊！林地上连树枝都没有少一根，不要说垦荒种植了。亚诺斯正舒舒服服地躺在羊群边上，仰天睡大觉。

乡保官把他一把推醒，骂了一顿。

亚诺斯连身体也没有动。他等乡保官骂够了，问道："乡保官可是发火了？"

"没有，没有，你这个废物！可是你没有遵守协议。来吧，把背伸过来，让我割下两条皮带！"

"那么也请你把背转过来，你也没有遵守协议。你从来没有给过我母亲粮食，对我也是吝啬之极。"

"这个人真不好对付！"乡保官心想，"看来得改变一下方式，否则这一辈子也别指望他会把林地垦殖出来。"

第二天，亚诺斯发现背包里塞进不少白面包、乳酪、条肉，边上还搁着一瓶烈酒。

"这样还像话。"他想，"现在该轮到我干活了。"

亚诺斯吃喝完毕，拿起斧子砍伐起来，可是速度太慢。

"为什么要这样磨磨蹭蹭呢？"

他扔下斧子，赤手空拳，抓住树干，一拔一棵，就像妇女拔杂草一样。

仅仅两天，他就完成了任务。他又把拔出来的大小树木堆在一起，点起一把冲天大火。

啊呀！多大的火啊，火苗都快把天空烧裂了。

林子里的乡邻看到失火了，连忙呼喊敲警钟，七手八脚，拿着扫帚，拎着水桶，赶来救火。可走到近处一看，原来不是房子失火，而是有人在放火烧荒。

亚诺斯站在那里，捧着肚皮笑得前仰后合。乡邻们看到他的模样，都生气地回家去了。

第二天早晨，乡保官问他："亚诺斯，你还有多少荒地没有开垦完？"

"全部完工了，乡保官。"

"你把木柴都堆藏好了吗？"

"全部烧掉了。昨天晚上你没有看到一场大火吗？"

"看到了。有人说那是邻村失火呀！"

"不是。乡保官，你不会生气吧？"

"没有，没有。你想到哪里去了。"

乡保官好不容易才克制住自己的满腔怒火。回家以后他和妻子商量了半天，不知道该怎么办才好。夫妻俩日思夜想，要辞退亚诺斯。最后，乡保官想到一个极妙的主意。他把亚诺斯喊到跟前，说："你知道吗？老牧倌弥克洛斯还在树林里放猪。他一定缺衣少食，请你把衣服和面包给他送去。你找到他以后，两个人一起把猪赶回来吧。"

亚诺斯接过衣服和面包，动身到灌木丛生的大树林去了。他不知道世上根本就没有老牧倌弥克洛斯，那是乡保官胡乱编造的。明眼人一看就知道，乡保官把亚诺斯送进荒山野岭，就是为了让野兽把他撕成碎片。

亚诺斯按照乡保官的吩咐，在树林里转来转去，他可是既没有找到弥克洛斯，也没有看到一头猪。那是一个连人影也看不到的地方。

他找了整整一个星期，已经在思考是否要回去问一下，一旦找不到老牧倌弥克洛斯，他该怎么办？

突然，他听到前面传来一阵响声，抬头一看，好像是一群猪在奔走。

亚诺斯很高兴，他迎面走过去。嗬，只见那群猪的后面，还跌跌撞撞地跟着一个粗大的黑汉子。那一定是猪倌了！

亚诺斯大喊一声：“呵——嗬嗬！弥克洛斯，快停下，我给你送来了衣服和面包。”

老牧倌弥克洛斯可不领情，他继续咆哮着向前追去。

我的天哪，原来是一头熊！

野熊的肚子饿了，正想抓一只野猪吃，不想惊动了野猪群。于是一群野猪在前面逃，熊在后面追。粗心的亚诺斯却以为碰到了赶猪的弥克洛斯。

亚诺斯很生气。他一把拎住逃跑野猪的耳朵，迎面朝弥克洛斯走来：“这是怎么回事？你不长耳朵吗？我怎么呼唤，你也不作声。你该不是在寻找开心吧！”

熊看到有人挡道，一巴掌打过来，直打得亚诺斯眼前直冒金星。

亚诺斯看到弥克洛斯这么无礼，勃然大怒。他回过去一巴掌，把野熊打得一屁股坐在地上。

野熊野猪服了，吓得一点不敢动弹。

亚诺斯拿出带来的衣服，给熊套在身上，然后赶着熊，领着猪回到乡保官的院子。

乡保官看到家里来了一群不速之客，又是野熊，又是野猪，真是心惊胆战。院子里更是鸡飞狗跳。

亚诺斯向乡保官交差说："喏，乡保官，我给你把老牧倌弥克洛斯和猪群全都找回来了。不过我觉得这位牧倌实在是很不称职的。如果你不给他送衣服，他就赤身露体了，香脆的新鲜面包他不吃，却只是撕吃生肉。一路上还不想回来。乡保官，我劝你，这样的老朽牧倌还是趁早辞退掉为好！"

"对，对，我的好伙计，你的主意再好不过了！赶紧把老牧倌赶出屋去，赶出村子！"

乡保官慌慌张张地指使亚诺斯，让他把野熊赶走。

亚诺斯走过来，一把抓住熊耳朵，把野熊拉到村外草地上，说："现在你可以走了，弥克洛斯！"

亚诺斯刚一松手，野熊就一溜烟儿地逃进大森林去了。

"亚诺斯，家里窜进来一群野猪，我总是不放心。这些野猪又肥又壮，你明天抽空把它们宰掉吧！"

第二天，亚诺斯起个大早。他把野猪一只只杀了，把猪毛架在麦秆草上烧掉。到了中午时，家里的麦秆草全部烧完了。

乡保官让他到邻居家再去借点麦秆草。

亚诺斯去了。那位邻居十分慷慨，说："小伙子，你自己到仓库里去拿吧！那里有一个大草垛。不管多少，你自己扛着走吧。”

亚诺斯走进仓库。他钻进草垛底下，轻轻一抬，整个草垛已经扛在肩上了。

仓库门太小，亚诺斯走不过去，他举手将门拉下，来到门外，回头喊了一声：“老邻居，谢谢你！”

邻居探头一看，不由得吓了一跳；“小伙子，你这是怎么了，怎么把我整整一垛麦秆草全都搬走了。”

亚诺斯没有吱声，他扛着麦秆垛，一直回到乡保官家里，继续用麦秆烧猪毛，一直烧到晚上。

乡保官摆脱了野熊，摆脱了野猪，可是他没有办法摆脱亚诺斯。

他想来想去，从歪脑筋里又抠出了一个主意，这下可以把亚诺斯赶出院子了。

原来屋后有一口枯井，井圈上盖着一块磨石。磨石又大又沉，十二个身强力壮的男人也休想能搬动它。

“亚诺斯，你把枯井上的石头搬开，然后将猪肉挂在井壁上，否则猪肉会坏掉的。”

亚诺斯一想有道理。他轻轻地移开磨石，自己钻下井去。乡保官请了二十四个男人给他递送猪肉，忙了半天。最后，乡保官让他们将磨石拉上，把亚诺斯闷在枯井里。

亚诺斯在下面等啊等，没有人给他递送猪肉。他想上来看一下，不提防头顶碰上了一块硬石头。

他知道磨石已经重新盖上了。“唉，这些人真粗心。他们竟然不知道我在下面还没有上来。”

他一边想，一边用头往上顶了一下，不提防头顶正好套在磨石的洞眼上，磨石被他顶在头上，像戴着一顶草帽。

亚诺斯顶着磨石来到乡保官面前，说：“谢谢你，乡保官！其实我不戴这样的宽边石帽也不怕太阳晒的。”

乡保官又急又怕，可是他却不敢轻易生气发火。

不久，乡保官接到国王征兵的命令。原来是法军入侵，国王要扩充军队，准备应战。

乡保官一看机会来了。他给亚诺斯备下一匹白马，又给他装了四个星期的干粮，还塞了一把零花钱，打发亚诺斯上路了。

亚诺斯上了马，不理解地问了一句：“乡保官，我该到哪里去？去干什么？”

“哦，亚诺斯，你一直往前走，见到人多的地方就去打架。”

“就这么点小事吗？谢谢你的照顾和友情。”

亚诺斯骑着马，一直往前，不久，他就看到法国的队伍已经包围了国王的城堡。国王绝望了，挂出了求救的布告：谁能解除城外兵患，国王将把公主嫁给他为妻，此外还赠送半个王国。

亚诺斯并不理会这些。他见到这么多人围了个小城，心里很生气，于是拎着一棵大树，催动白马，直扑法国军队。

这一架打得真痛快！不一会儿，法国士兵全都躺在地上，不能动弹了。

亚诺斯结束了战斗，找了块空地坐下来，升起一堆火，掏出玉米饼烤着，准备吃饭。

玉米饼香气扑鼻，亚诺斯吃得津津有味。这时就是有人请他做国王，他还不干呢！

亚诺斯正在大嚼玉米饼的时候，国王来到他的面前，感谢他解除了兵患。

这位国王很守信用，他把女儿嫁给了亚诺斯，还给了他半个王国的土地。

婚礼非常热闹，豪华。

结婚以后，亚诺斯又回到乡下，他把母亲接回宫殿，让她无忧无虑地安度晚年。他自己则常常出去，给造房子的人家帮忙托大梁。

昨天我还看到他在工地上忙忙碌碌呢！

圆石

从前，在波浪滔天的北海湾上住着一个穷苦的渔夫，他和老伴生了一屋子的孩子。可是这个人家里却是很难找到一块面包。

渔夫一年到头辛辛苦苦，每天都是从鸡叫做到鬼叫。可是十网九空，晚上回来的时候，渔夫常常伤心得流泪。

渔夫穷到山脚，可是他的哥哥却富到山顶。不过哥哥家里却没有孩子。

有时候，渔夫家里实在揭不开锅了，就到哥哥家去，希望借一点玉米面回来烧晚饭。可是每次去，每次都是失望而回。

富裕的哥哥每次都坚持那个主张，即要弟弟送给他一个孩子。否则，他就连一点玉米面也不肯施舍。

“不行，这办不到。”渔夫说，“我对每一个孩子都同样喜欢，我不能离开他们！”

渔夫的生活真艰难啊，家里又有两个星期没有吃上一顿正经的饭食了。

这一天，渔夫背着网去打鱼。临走的时候，他对妻子说：“老伴，这次出海要是还两手空空的，我就不回来了！”

他一大早就来到海边，撒下渔网，一天下来，却连手指般的小鱼都没有捞到一条。

天渐渐地暗了下来。运气却像是个害羞的姑娘，始终躲躲闪闪，回避着他。

“看来今天真不能回家了。”渔夫长长地叹了一口气，说，“老天在上，我的那些可怜的孩子用什么来填饱肚子呢？”

他心灰意冷地又撒下一网，往上拉的时候——天哪！怎么会这样沉，好像里面装着石头一样。

确实，网里还真是一块石头，而且是一块圆石。

渔夫生气地将石头丢在水里，等他再次起网的时候，拉上来的还是这块圆石。

他把圆石捡起来，扔得远远的，远得连渔网都够不到的地方。可是没有用，圆石又第三次到了网内。

穷人多厄运，喝凉水也塞牙缝。明明来打鱼，抓不到鱼还躲不开石头，真让人哭笑不得。

渔夫十分生气，他这回不再将石头扔进海水，而把它扔在海滩上，自己则背起渔网回家去了。

走了几步，他突然想到出门时的话，两手空空是不能回家的，至少也应该带个东西回去，好让孩子们玩玩。想到这里，他又走回去，捡起石头，揣在怀里，回家去了。

孩子们看到父亲回来，打老远就迎了上去，围着他，问道：“父亲，你今天带回东西了吗？”

“一块圆石，其余的就没什么了。喏，在这里！对，拿着去玩吧，这就是你们的晚餐。”

可怜的渔夫和老伴早早躺在床上，孩子们却仍兴致勃勃地玩着，不想睡觉。他们在房间转动圆石，不时地发出嬉笑声，因为圆石闪烁着光芒，越来越亮。

过了一会儿，渔夫转过身体，催孩子们去睡觉，正当他要侧身睡觉时，突然看到那块圆石耀眼的光芒，渔夫连忙闭上眼睛。然后，他才重新眯起眼睛，惊讶地打量着石头。

“老伴，快看！这是一块发光的魔石。”渔夫推了推妻子，告诉她说。

妻子一看，她用双手抱住头，惊叫起来：“天哪！这是一大块钻石。”

妻子决定第二天将钻石送给国王，说不定她会卖到一个好价钱。

第二天一早，妻子就起床了。她把圆石裹在布里，一直走进宫殿，来到国王面前。可怜的妇人恭恭敬敬地问候国王：“上帝保佑，赐予你美好的一天，尊敬的国王！”

“祝福上帝，可怜的妇人！什么风将你吹到这里？”

妇人拿出圆石，献给国王。

“哦，这么贵重的钻石！”国王毕竟是有见识的，他说，“你从哪儿得到这块圆石的？”

妇人将丈夫打鱼的故事叙述了一遍。

“喏，可怜的妇人，你的圆石留下吧，我给你一千个金币。这块圆石是块真正的钻石。”

可怜的女人一听呆住了，她说不出话来，只是不停地咳嗽着清嗓子。国王一看架势误解了，以为可怜的妇人一定是嫌少，本来嘛，这块钻石是无价之宝。于是，他连忙又说：“你要是一千金币不卖，我就给你两千金币。”

可怜的女人惊讶得更加说不出话来。一千个金币，她连想也不敢想，她原来只希望能换一点粮食。

国王就更急了。他只当女人还嫌少，便立即又加了一千金币，说：“可怜的妇人，听着，我给你三千金币，你这回该卖了吧！”

女人立即点点头，但还是没能说出话来。

国王让人给女人三千金币，买下了圆石。

可怜的妇人满怀喜悦，拿了三千金币，回到家中。他们顿时富裕了起来，再也不愁挨饿了。

“老伴，这么多金币，放在什么地方呢？我们家连个桶也没有。”渔夫看着一大堆金币，犯了愁。

“是啊。”老伴也附和着。

最后，他们决定让一个孩子到富裕的哥哥家去借一个大桶。

“穷人家里用桶做什么？”富裕的伯伯嘲笑地问侄子。

“父亲说用桶盛金币。”小孩子心直口快。

富裕的伯伯捧腹大笑说：“好，拿去吧！我随后就来，看看你们如何用桶装金币。”

富人真的来到弟弟家里。一进门，他就惊奇得嘴巴也合不拢。桶里果然装着满满的金币。

“你从哪里弄来这么多金币，我的好兄弟？”

“喏，等着吧！”渔夫心想，“这回轮到我捉弄你了。”

想到这里，渔夫回答说：“我给国王送去三只猫，他就给了我三千个金币。”

“这怎么可能呢，我的好兄弟？”

“事情是这样的：宫殿里有许多老鼠，闹得国王和王后日夜不宁，连吃饭也没有心思。我听说后，就带了三只猫送给国王。喃，没想到国王特别高兴。他当场就命令仆人给了我这么多金币。”

富人一听，原来如此。他再也坐不住了，匆忙回家，把听来的消息一五一十地告诉了妻子。

“真有这种美事？”妻子将信将疑，“他这个穷鬼给国王送三只猫，我们给国王送上满满的三大口袋！”

“我也是这个主意。”

夫妻两人合计好了，分头出去，东奔西走，用重金买猫。他们一下买光了三个村子里的雌猫雄猫，装了三口袋。

富人驾着马车，带着猫，挥动响鞭，朝国王的宫殿赶去。

他一路来到宫殿门前，停下马车，独自走到国王面前，向国王问候：“上帝保佑你，尊敬的国王！”

“上帝保佑你，富有的人。什么风将你吹到这里？”

“哦，尊敬的国王，我给你送来一件小小的礼物。”富人满面笑容地说，“我听说，我的弟媳——那个渔夫的妻子曾经献给你三只猫，你愉快地接受了。”

“难道你今天也给我带来什么礼物吗？”

“是的，就在宫殿门外的马车上，尊敬的国王。我去给你拿进来。”

富人走出门外，将三口袋猫背在背上，沿着台阶一步步地走上来。国王召集了宫殿里的男女老少，大家都等着欣赏富人赠送的礼物。

富人来到国王面前，他立即解开三只口袋。

上帝啊，这回可天翻地覆了。

三个村庄的猫一下子窜出口袋，它们各奔前程，互争上下，把整个宫殿搞得一团糟。镜子、瓷器、玻璃器皿都翻落在地上，摔成碎片。

国王和王后气急败坏地大声喊叫。一队士兵冲进宫殿，他们不知道究竟出了什么事情。

“抓住！抓住！”国王立即发出命令。

士兵们以为让他们去抓猫，于是便四下散开，拼命追赶，自然又少不了一场混乱。

富人看到自己闯下了滔天大祸，他趁着混乱溜出宫殿，落荒而逃。

不知道他后来停下来没有。说不定他现在还在没命地跑呢！

黄昏、子夜和曙光

从前有一个国王，他的宫殿里有一大群使女。

一天傍晚，天近黄昏的时候，有个使女生下一个儿子。消息传到国王耳朵内，国王十分高兴："聪明的使女，谢谢她给我的王国增添了人口。"

"请国王给孩子赐一个名字吧！"仆人们大声地恳求。

"好吧，给孩子取个名字，叫黄昏。"

星移斗转，当天的子夜，那个生孩子的使女又生了第二个儿子。

"报告国王，你的使女在子夜时分又生下一个儿子。"

"谢谢她给我的王国又增添了人口。"

"请国王给孩子赐一个名字吧！"

"行，给孩子取个名字，叫子夜。"

国王看到自己的国家人丁兴旺，十分高兴，激动得一夜未能入睡。天刚蒙蒙亮的时候，他又听到一阵脚步声，仆人们高兴地前来报告，说是使女又生下了第三个儿子，大家请求国王给孩子起个名字。

国王称赞使女给王国添加人口，并当场给第三个孩子起了名字，叫曙光。

国王自己有三个女儿，三个女儿在宫殿里受到良好的教育。不过她们从来没有离开过宫殿，更不要说独自进城了，姑娘们整天坐在深宅大院里，可怜巴巴的，连天上的太阳都没有看到过。

大女儿首先表示不满，她说："父亲，让我到野外去走走吧，我要到街上去散步。别人家的孩子都可以上街，我们为什么必须整天待在宫殿？"

国王想了想，没有理由阻止女儿，便答应了她的请求。大女儿高高兴兴地出门去了

大女儿出了宫殿，她对一切都感到惊讶、好奇。正当她在街上走路的时候，突然看到迎面卷起一阵狂风，狂风携裹着姑娘，一会儿便不见了踪影。

国王听说大女儿不见了，非常悲伤。过了几年，国王的二女儿也长大了，她也希望出去看看，便一再央求国王："父亲，让我出去走走吧！别人家的孩子都能出去的，为什么只把我关在宫里。"

"孩子，不行，我怕你也会像你的大姐一样不见了。"

"怎么会呢？我只是出去看看太阳，看看春天。我会马上回来的。"

国王被她纠缠不过，只好同意了。可怜的二女儿刚一出门便被一阵旋风刮走了。国王顿着脚，呼天抢地，十分悲伤，可是毫无办法。

小女儿也长大了，出落成一位漂亮的姑娘。人大心大，她也一个劲儿地请求父亲让她出去走走。

“父亲，让我出去走走吧，我太想出去了。”

“女儿，你不能出去。你的两位姐姐直到今天还没有回来呢！”

“不会的，父亲，我只是在宫殿门外走走，你会看到我平平安安地回来的。”

国王见女儿说得合情合理，便答应了她的请求。小女儿出了宫殿，她连东南西北都没有辨认清楚，便被一阵狂风刮得无影无踪了。可怜的国王孤孤单单，眼前连一个女儿也没有了。

再说使女的三个儿子，他们日也长，夜也长，长成了三个腰圆膀粗的大力士。国王看着他们长大，对他们各个喜爱。一天，国王将他们三个小伙子召到跟前，说：“你们中间如果有人能救回我的三个女儿，我便把女儿嫁给他，还赐给他半个王国。”

三个小伙子听了国王的话非常高兴，他们商量了一阵，决定全部出动，一起出去寻找。

兄弟三人结伴而行，他们穿城过镇，走了很多天。这天，他们正在急匆匆地赶路，突然看到前面路旁有一块巨大的石头，石头边上躺着一个高大的男人，他正在睡觉。

三个人走上前去，看到石块上刻着一行字，大意是让路过的人必须将睡着的男人唤醒。

这可不是一件容易的事。这是一个高大无比的人，鼾声如雷，震得连石头都晃动。谁有这么大的胆子，敢将他唤醒？可是，要是不按石上的字行事，也说不定会有什么灾难。兄弟三人左右为难，最后他们只得硬着头皮，将那位陌生的巨人推醒了。

“你们是谁呀？”巨人醒了，他揉揉眼睛，不满意地问站在面前的三个人。

“我们是宫殿使女的儿子。”

“我就是那个使女的哥哥！”

他们这时候才明白，原来巨人竟是他们的舅舅。

“你们三人怎么来到这里？现在想到哪里去？”

曙光便把三个人出来寻找公主的事讲了一遍，巨人愿意跟他们一起上路。兄弟三人高兴地答应了。

他们走到铁匠铺里打了一柄千斤重锤，然后又请铁匠铸了一根几里路长的铁链。他们要试一下，看谁能将千斤重锤一下扔到对面的山头上去。

黄昏先走上一步，他费力地将铁锤拎离地面，就再也动不了啦。子夜也试了一下，他好不容易才将铁锤摇动了几下。巨人也只是将铁锤拎到膝盖边上，根本甩不出去。

曙光走上前来，他一把抓住带着链条的铁锤，猛地扔了出去。铁锤嗖的一声，飞上了对面的山头，铁链接通了两面山头，成了一条通道。

曙光率先登上铁链，大声地喊道：“你们跟在我后面过来！”

“要是我们能够爬上去就好了，可惜就是爬不上去呀。”

“好吧，你们在下面等我三年。若三年之内我不能按期回来，那就是我已经不在人世了，你们再想别的办法救公主吧。”

曙光勇敢地走过铁链，翻过对面山头，他走不多远就看到路旁的木房子里走出一位老太太。曙光走上前去向老太太问路，老太太指点了通向前面的山坡的路，又说：

“小伙子，别忘掉这座房子，以后说不定你会用上它呢！”

曙光谢过老太太，又急忙往前走去。不一会儿，他看到路边有一幢漂亮的铁房子，门口搁着一把铁锤。曙光操起铁锤，在门上敲了三下，铁房子震得前后摇晃。这时，曙光突然看到国王的大女儿从窗口伸出脑袋。

“你是谁呀？怎么在外面胡砸乱敲？”

“我就是我呗！”

“你莫非是曙光？”

“是的，正是我。”

“曙光，你可千万别进来！这里住着一个三头魔鬼。无论谁走进屋来，都不可能活着出去。”

“我就是要走进来。开门吧，或者把钥匙交给我！”

姑娘把钥匙抛给他，说：“将钥匙插在锁孔里转动三圈，锁眼会像星星似的闪亮。”

曙光走进屋子，看到桌上也有一把铁锤，他顺便问了一声：“这是什么东西？”

“这是三头魔鬼的武器。他在遇到敌人的时候，每天晚上都要操练铁锤，用来增添力气。”

“你的两位妹妹在哪里？”

“她们就在邻近不远的地方。”

“三头魔鬼到什么地方去了？他怎么不在家呢？”

“他正好外出打仗去了。前面不远处有一条河，河面上有一座铁桥。你在铁桥上可以遇到他。”

于是，曙光拎起桌上的铁锤就走了。他径直来到大河边上，躲在铁桥下，准备袭击三头魔鬼。

果然，不一会儿，三头魔鬼身佩利剑，骑着高头大马，走上了桥头。来到桥当中时，马腿突然折断，魔鬼差一点被摔个嘴啃泥，他十分生气，破口大骂：“你这条可怜虫，只配做饲料喂乌鸦，你为什么怕得发抖？我走遍了整个世界，从来没有遇到过麻烦，也从来没有害怕过谁。我只听说世界上有一个名叫曙光的人，十分了得，除非是他来了，别的我还怕谁？”

曙光猛地跳上铁桥，大喝一声：“嘿，你不要啰里啰唆，唠叨个没完了。有胆量就在铁桥上跟我打一仗！”

“什么？你这个人胆子大得像一头熊，敢来向我挑战。来吧，我今天给你点厉害瞧瞧！”

三头魔鬼拔出利剑，狠狠地刺了过来。曙光用铁锤一架，剑当啷一声掉在桥上。三头魔鬼心中慌乱，不提防曙光上前一步，咚咚咚三锤把魔鬼脑袋打成三块血饼。魔鬼倒在桥上，死了。

曙光扔下铁锤，跨过铁桥，又往前去了。不一会儿，他看到路旁有一座铜房子，门口搁着铜榔头。曙光拿起榔头，在门上当当当地敲了三下，铜房子被敲得发出一阵阵抖动。

国王的二公主从窗口伸出脑袋，问道：“你是谁呀，怎么到这里来敲门？”

“我就是我！”

“你莫非是曙光？”

“正是，我来了！”

“哦，你千万别进来，否则你会被打死的。这里住着一个六头魔鬼。许多人进了这幢房子，可都没能活着出去。”

“你还是给我开门，或者把钥匙交给我！”

姑娘把钥匙扔了下来，说：“你把钥匙插在锁眼里，转动三下，锁眼会像星星一样地闪光。”

曙光转动钥匙，开了门，他一脚跨进屋子，看到桌子上摆着一把铜锤。

“这是什么东西？”他看不明白，便问了一声。

“这是六头魔鬼的武器。遇上战争的时候，他每天晚上都要拿起铜锤练武，看看自己究竟有多大的力气。”

曙光走上前去，毫不费力地拎起铜锤，往上举了几下。

“六头魔鬼怎么不在家，他到哪里去了？”

“他跟敌对国家打仗去了。前面不远的地方有一条河，河上有一座铜桥。你到桥上可以遇到他。”

曙光带着铜锤，来到河边桥下，他悄悄地躲在那里，等候六头魔鬼。

六头魔鬼过来了，他骑着高头大马，马蹄踩得地动山摇。可是，他刚走上桥头，胯下的那匹马却突然瘫倒在地。六头魔鬼勃然大怒，他举起鞭子打马，还说：“你这个该喂乌鸦的次货，我走遍了整个世界，从未遇到过对手，我怕过谁？只有一个名叫曙光的人是我的克星。可是，天地这么大，有谁会将他送到我的面前来？”

曙光跳上桥头，厉声地喝道：“你这个抢人女儿的六头魔鬼休要啰唆，拿出你的铜胆来，我们今天较量较量！”

“收起你那副侠肝义胆吧！今天是鬼心肠碰上善心肠，就让我们在铜桥上打一仗，决一雌雄吧。”

两个人你一言我一语，说着便打了起来。六头魔鬼圆睁怒目，张开血盆大口，恨不能将曙光吞下去。曙光手脚伶俐，他看准机会，冲魔鬼的六个脑袋狠狠地扫上一铜锤。魔鬼像一只口袋似的瘫倒在地，死了。

曙光丢下铜锤，擦了擦手，跨过铜桥，往前走去。不一会儿，他又来到一幢银屋跟前，看到门槛旁边搁着一把银榔头。曙光捡起榔头在门上咚咚咚地敲了三下，银屋被敲得前后直晃。

这时，国王的小女儿从窗口探出脑袋，问道：“你是谁呀？怎么敢来这里敲门？”

“我就是我呗！”

“莫非你是曙光？”

“正是，我来了！”

“你可千万别进来，不然会被打死的。这里住着一个九头魔鬼。很多人走进屋来，可是从没有一个人能活着出去。”

“姑娘，别害怕。我和你是同一个时间诞生的，我们一块儿在宫殿长大，就应该患难与共。我不怕九头魔鬼，快给我开门，或者把钥匙递给我！”

姑娘给了他钥匙。曙光开锁进了门，他看到桌子上搁着一柄大银锤。

“这是什么东西？”

“这是九头魔鬼的武器。他每天晚上都要操练银锤，用来保持体力。”

曙光走上前去，抓住锤柄，举动几下。银锤好沉啊！

“九头魔鬼到哪里去了？他怎么不在家？”

“他今天外出打仗去了。这里附近有一条河，河面上架着一座银桥。你在桥上可以碰上他。”

曙光拎着银锤来到河边，他悄悄地躲在桥下，准备袭击九头魔鬼。

不一会儿，九头魔鬼果然骑着高头大马走了过来。可是他的马儿刚踏上桥头，四条腿就像筛糠似的抖个不停。九头魔鬼十分生气，他骂了起来：“你发什么抖？我走遍了整个世界，从来没有遇上过对手，我怕谁来？只有一个名叫曙光的人可以制伏我。可是在这个荒郊野地里哪来的曙光呢？”

曙光从桥下猛地跳了上来，大喝一声：“住嘴！我今天要在银桥上好好教训你一顿。”

九头魔鬼一看有人拦路，急不可耐地往前扑了过来，恨不能一口吞下曙光。

曙光不慌不忙，举起银锤，瞅准机会，朝着九头魔鬼的心窝噗的一声打了过去，把凶恶魔鬼的心脏打得粉碎。魔鬼死了，曙光折了回来，走进银房子。

姑娘见他得胜回来，却更担心更害怕了，她说：“曙光，现在还有一个魔鬼的母亲，她是非常厉害的女人。你能够战胜九头魔鬼，可是却制伏不了他的母亲，真的。”

曙光问在什么地方可以找到这位凶恶的女人。

“她就住在地狱里。你马上便会看到她。”

两个人正在说话，只见从地狱里蹦出一个女妖，嘴旁的獠牙像两把大铁锹。妖怪的口里喷出一团团火焰，烧得周围一片通红。

“好你个曙光，你杀了我的小儿子、二儿子，现在又杀了我的大儿子。我今天不会放过你！”

妖怪尖声怪气地喊叫着，对准曙光一头撞了过来，这时，她的每一根头发都变成了一把锋利的尖刀。

“啊，上帝多么器重我，交给我除妖灭怪的任务！”曙光一面说话，一面让过妖怪的尖刀，他一把揪住妖怪的脖子，狠命掐住。妖怪透不过气来，拼命挣扎，不一会儿便死了，化作一堆泥土。

姑娘非常高兴，她收拾一下行装，将九头魔鬼剩下的起死回生药也一起带上，跟着曙光往回走。他们先到铜屋里叫上二公主，又在铁房子里遇到了大公主。四个人高高兴兴地走着，一路来到山谷边上，看到大铁链还紧绷绷地连着两座山头。

曙光扶着三位公主登上铁链，让公主们一个接一个地走到对面山头。正当他自己踏上铁链准备过去时，想不到守在对面的巨人将铁链猛地一拉，扯断了。

“你以为我真是你的舅舅吗？哈哈，曙光，你上当了，我是在等小公主呢！”巨人在对面山头上一边喊话，一边哈哈大笑。

“好你个大个子，你等着吧！我只要抓住你，就是你的丧钟鼓响的时刻！”曙光飞不过去，只好恶狠狠地回敬他一句。

曙光眼睁睁地看着他们走远了，没有办法，只得退回来，遇到小木房里的老太太。他向老太太诉说了自己的不幸。老太太听说曙光接连打败了三个凶恶的魔鬼，对他十分钦佩，她说：“你要是有起死回生药就好了！”

曙光突然想起小公主曾在途中交给他保管的那瓶药，连忙摸出来，说：“有，有，我有这种药！”

“有了它，你就能够得救了。前面山头上住着一个双目失明的人，他曾经是世界上最大的富翁，可惜自从在山里迷路以来，已经过去三十年了。你要是能让他重见光明，他一定会帮助你离开这里的。”

老太太说完，就让她的儿子伴随曙光一起去找双目失明的老人。两个小伙子高高兴兴地结伴而行。不一会儿，他们看到前面山坳里有一个摸索前进的瞎老人。老人身高如树，满头白发，穿着一件宽大的僧衣。

“老人家，请把僧衣的下摆撩起，用双手抓紧，我跳到你的衣服上来，我会给你治好眼睛的。”

曙光在山头上对着老人大声喊着。老人听后非常激动，他用双手抓紧衣服，只听耳边呼的一声，曙光已经站在他的衣服里了。曙光掏出起死回生药，他让老人躺在地上，将药点在他眼睛里。老人眨了眨眼睛，突然又重新看到了太阳，见到了光明。

“曙光，你真是一个勇敢、善良的小伙子，我该怎么酬谢你呢？”

“我不要酬谢，我只想离开这座山头。”

老人听后，微微一笑，他拿出哨子吹了三下，轻轻地招呼一声：“鹰儿在哪里？”

一眨眼，天空中飞来一只雄鹰，降落在老人面前。曙光正在惊奇，他看到雄鹰已经变成一个英武的小伙子。

“鹰儿，这是你的曙光兄弟，他年龄比你小，本领可比你大。现在你将曙光和木房老太太的儿子一起送往国王的京城吧！”

小伙子非常高兴，他腾空一跳，又变成雄鹰，带着曙光和木房老太太的儿子箭一样地向着京城飞去。

京城里一片忙碌，国王正在给小女儿筹办婚事。小公主坐在宫殿的窗后，闷闷不乐，默默无语，她忘不了自己的心上人。

国王见女儿不高兴，便陪着她在宫殿的花园里散步，卑鄙的巨人还远远地跟在后面。

忽然小公主听到一种响声，抬头一看，只见一只雄鹰降落在她的面前。她正在奇怪，突然看到从雄鹰的翅膀上走下了曙光。小公主非常高兴，禁不住喜上眉梢。

国王看到公主一会儿愁，一会儿喜，十分纳闷。

“女儿，你怎么又笑了起来？你对现在的未婚夫满意吗？”

“不满意，我不喜欢他。我爱的是另一个人。”

“女儿，你怎么能想念另外的人呢？你的未婚夫可是你的救命恩人呀！”

说话间巨人也走近了公主，曙光一把抓住巨人，说：“还记得我讲过的话吗？等我把你抓到手时，便是敲响你的丧钟的时候！”

曙光狠命一挤，巨人被他碾成了粉末。

小公主将曙光救她的事告诉了国王，国王听后大喜，他看到面前站着三个英武的小伙子，便决定把三个女儿许配给他们。

嗬，这一场婚礼举办得多么隆重，保证你想象不出来。

熊儿

从前，在蔚蓝的大海边上住着一对年老的渔民夫妇，他们相亲相爱，日子过得和睦、平静。

可是他们没有孩子。

一天，老婆婆对她的老头儿说："我们都上了年纪，尽管很贫穷，但还是应该收养一个孩子，待日后我们不能干活时，他就可以帮助我们了。"

渔夫想想也对，他就动身去寻找孩子。

渔夫离开海边，来到森林里。他正在林间的小路上走着，突然看到迎面来了一头熊。

这下该怎么办呢?

他左右环顾了一下，拔腿就逃。熊从后面追了过来。

渔夫奔了一阵，累得实在跑不动了，他上气不接下气地说："天大的灾难，该来就来吧！"

说话间，熊已经追上他了，只听它张口问道："老人家，你到哪里去？"原来它也会说人的语言！

"我和老伴上了年纪，想收养一个儿子。我正在寻找呢。"

"那就带上我吧！"

老人一时惊讶得说不出话来，只听熊又接着说："你别害怕，我不会伤害你一根毛发的。你会看到，我是一个理想的儿子。如果你不愿意收养我，那就请你放心地往前走吧！”

老人听了这话，反复地思考着：“这是一头多么奇异的熊啊，它居然会说人的语言。它会成为怎样的一个儿子呢？”

他领着熊回去了。他们两个踏进家门的时候，看到老婆婆正坐在窗台边上纺亚麻。

“喏，这就是我们收养的儿子！”渔夫说。

“你好啊，妈妈！”熊一边打招呼，一边向老婆婆递过一只熊掌。

老婆婆回头一看，惊得血往上涌，不禁仰天一跤，摔倒在地。

熊赶快上来，轻轻扶起她，拍着她的肩膀。一会儿，老婆婆醒了过来，她听到熊在说话：“妈妈，别害怕，我不会伤害你。你将会看到，我是一个多么好的儿子。”

从那以后，他们三个一同进出，一起劳动，一块吃饭。熊儿每天早上都要问一遍，今天有什么活儿干。它勤劳肯干，给老两口很多帮助。

渔民夫妇也很满意。

寒来暑往，几年过去了，熊儿长得滚圆溜壮。一天，它提出想要结婚了。

老两口并不反对家里再增加一个媳妇。可是，谁家的女儿愿意嫁给一头熊呢？

熊儿却说：“我愿娶国王的女儿做妻子。”

这真是不知天高地厚，胃口太大了。老两口婉言相劝，希望它能够理智一点。

“你难道还不明白，国王是不会将公主嫁给你的。我们是穷人。再说，你虽是我们的好儿子，可是你毕竟是一头熊呀。”

熊儿不愿意让步。

“国王要么同意，要么不同意，总得有一个说法。父亲，你明天到国王那里去，大胆地代我向他的女儿求婚，看他怎么答复。”

第二天，渔夫驾着木船，来到海湾的对岸，那是国王居住的宫殿。

渔夫见到了国王，向国王说明来意。国王非常生气，他忍住怒火，冷冷地问道：“你的儿子是怎样的一个人？他是哪个国王的后代？”

“都不是。他只是有点儿——有点儿像一头熊。”

渔夫羞羞答答，支支吾吾。

国王一听勃然大怒，可是他又冷静下来，发布了一道命令：“好吧，那么就让你的儿子先去建造一座宫殿，就像这里的宫殿一样！完工以后，他必须亲自来向我的女儿求婚。他如果不能建造宫殿，那么请上帝怜悯你们，你和你的儿子必须提着脑袋来见我！”

老人忧心忡忡地回到家，熊儿早从窗口里看到他，便对渔妇说：“父亲垂头丧气地回来了。他也许带回一个坏消息。”

果然，老人一进门就说：“孩子，我对你说过，叫你别提过高的要求，这不，惹祸了吧！国王命令说，你必须建造一座宫殿，跟他的宫殿一样漂亮。如果你完不成任务，造不出宫殿，那么你我的脑袋就要落地了。”

“别害怕，父亲，不就是造一幢宫殿吗？”

晚上，他们一起吃饭，然后躺下休息。待到夜深人静两位老人酣然入梦时，熊儿悄悄地起来，走到门外，他朝着北方、东方、南方鞠了三个躬。顷刻间，院子里聚集了一群棕熊，到齐以后，群熊突然变成了一群非常齐整的小伙子，他们问道：“您有什么吩咐，主人？”

“请在天亮前造起一幢宫殿，要比国王的还漂亮！”熊儿说完话，转身进屋睡觉了。

两位老人第二天一早就醒了，他们朝窗外一看，几乎不能相信自己的眼睛。他们匆匆忙忙起身，推醒了熊儿：“快，快起来！出现奇迹了。昨天晚上这里还什么也没有呢，现在从地下长出了一幢宫殿。而且国王对这么漂亮的宫殿一定挑不出任何不满意的地方。”

“这就是我们的新居，以后我们就要住到那里去。父亲，你去告诉国王，我们已经按他的要求，完成了建造宫殿的任务！”

渔夫重新来到国王面前，告诉他：“国王陛下，我的儿子完成了你交给的任务。现在你肯将女儿嫁给他了吗？”

国王可不是好说话的，他不会轻易地兑现自己的诺言，他对渔夫说：“你的儿子还应该在海上架一座桥，桥桩须用大理石，大理石外再镶上闪光的珠宝。桥面上还必须飞舞许多唱赞美歌的夜莺。只有这样，你的儿子才能娶我的女儿。如果他完成不了任务，那么你们的脑袋就会落地！”

老人又心事重重地回来了。熊儿早从窗口里看到了他的神情，他对母亲说：“父亲回来了。他垂头丧气的！”

渔夫把国王的吩咐重复一遍：“光有一幢宫殿还不行，国王不满意。他让你再造一座桥。桥桩必须用大理石，外面镶上闪光的珠宝。桥面上还要有唱歌的夜莺。否则，我俩都得送命。”

“别担心，父亲，不就是要造一座大桥吗？”

晚上，他们吃过饭后，两位老人就上床休息了。熊儿悄悄地来到门外，向着北方、东方、南方鞠了三个躬。一会儿，院子里又挤满了那些棕熊变成的齐整小伙子，他们问道：“您有什么吩咐，主人？”

“天明以前给我在海上架设一座桥梁，用大理石作桥桩，大理石外镶上闪光的珠宝。桥面上要有一群夜莺歌唱。”

说完，熊儿转身进屋睡觉了。

第二天早晨，两位老人醒来了，他们奇怪周围怎么会如此明亮。他们坐起身，往窗口一看，顿时呆住了——

海面上架起一座高大的桥梁，大理石作桩，桥面上夜莺正在歌唱，真是一桩人间奇迹！

“快，快起来！”他们推醒熊儿，说，“昨天晚上还什么也没有，现在却从大海里长出来一座桥。”

“这一切都是很平常的。这座桥一直通到对面的王宫，如果国王邀请我们，我们就可以步行走过去。”

渔夫高高兴兴地来到国王面前，说：“国王陛下，如你所愿，桥已经造好了。我们现在可以为儿女们操办婚事了吧？”

国王左思右想，计谋不够用了。他看着老人还在等待他的答复，便使出拖延之计，说：“我还得考虑一下。你先回去，过三天再来听答复。”

老人不知道是该高兴还是该伤心，他模模糊糊地回到家中，告诉熊儿：“国王说他还要考虑一下，他让我过三天再去听答复。”

“好吧，让他安安静静地去想吧。可是，不管他想出什么主意，都是枉然的。”

第四天，老人又到了国王面前。

“国王陛下，我可以得到你的答复了吗？”

“让你的儿子造一辆水陆两用的马车。他必须乘坐马车来向我的女儿求婚。如果他完不成任务，那么请他要当心自己的脑袋。”

老人吓了一跳，急匆匆地回来。儿子从窗口看到他，便对母亲说：“妈妈，父亲又是满腹心事地回来了。”

“孩子，”渔夫还没有踏进门槛，便迫不及待地说起来，“国王这回要你造一辆水陆两用的马车，还让你亲自坐着马车去向他的女儿求婚。”

“一切都按他的意思办吧。”熊儿蛮有把握地说。

可是渔夫却有点不满意了，他说：“不知道国王还要开多少的玩笑？我已经给他搞够了。”

晚上，两位老人都已经上床休息了。熊儿来到院外，他朝着北方、东方、南方深深地鞠了三个躬。树林里顿时涌出了一群棕熊，到了院子里又都变成了齐整的小伙子，他们问着：“您有什么吩咐，主人？”

“天明之前给我造一辆水陆两用的马车，我将要乘车去宫殿迎娶公主。”

说完话，熊儿进屋睡觉了。

两位老人早上醒来时，看到院子里停了一辆马车，包金镶银，十分华丽。他们惊奇得立即喊了起来：“喂，熊儿，快起来看！昨晚这里什么也没有，现在却停了一辆马车。你就是在梦中也别想看到这么漂亮的马车！”

熊儿也很高兴。

“父亲，母亲，你们赶快穿上新衣服。我们一起到国王那里去，迎娶公主。”

渔民夫妇穿上节日的服装，登上马车，到宫殿去了。马车行驶在大理石做桩的桥面上，耳边夜莺不停地歌唱。熊儿穿着厚实的衣服，头上戴了一顶大礼帽，看着还有几分人样。

宫殿里的仆人们打老远看到对面驶来一辆马车，可是车前却没有马儿，轮子是自动飞转的。

仆人们将消息告诉国王，国王十分忧虑。他知道来求婚的小伙子不好对付，给他设置的各种障碍他都扫除了，看来这个小伙子具有非凡的神通。

马车来到宫门外停了下来，从车内走下两位老人，新郎留在车内坐着。两位老人刚要进门，国王却从里面走了出来：“你们把新郎丢在哪里了？他应该走出来，让我瞧一瞧哇！”

老人回过头来招呼儿子，儿子却从马车里回答说：“请国王的女儿来接我！”

国王的女儿听说新郎来了，一溜小跑过来迎接。她走近马车，将手伸进去，让熊儿亲吻。等她揭开车帘，看到里面坐着一只熊时，顿时吓得昏死在地。

熊儿迅速下车，用熊掌轻轻地拍着公主。一会儿，公主醒了过来，熊儿牵着她的手，向宫殿走去。

国王和王后看到新郎后大吃一惊，可他们能够怨谁呢？渔夫不是早就说过自己的儿子有点像熊吗？现在不是有一点像，简直是像透了！

公主怎么办呢？她只得乖乖地和新郎一起走上婚礼的祭坛。国王再想不出任何借口，只好眼睁睁地看着婚礼按照程序有条不紊地进行。

婚礼结束以后，新郎、新娘乘坐马车回到自己的宫殿。入夜了，熊儿突然变作一个修长的青年，他出众的才貌，无论天上还是人间，恐怕也难找出第二个了。

公主惊喜得不知如何才好，他们恩爱无比地度过了新婚的第一个晚上。等到第二天天亮时，青年又重新变作一头熊。

新婚蜜月过去了。新娘止不住内心的好奇，她要知道丈夫经历中的秘密。一天夜里，公主问道：“告诉我，亲爱的，这到底是为什么？你在白天是一头熊，一到晚上便变成天下无双的美貌少年。这回变成人以后再也别变回去了，行吗？”

“这里有一个秘密，可惜我不能将它泄露。”新郎温柔而无奈地回答，“我只能告诉你，我很快就要彻底脱掉熊衣，不再变成熊了。你要耐心等待，千万别对旁人说起这件事。”

“我会为你保守秘密的，你就告诉我吧！”公主再三请求。

“那好吧，我告诉你。事情是这样的：当我还是一个孩子时，森林里的老妖婆就把我抢了去。我长大以后逃出了老妖婆的魔窟，可是老妖婆为了惩罚我，要我过三年熊的生活。再过一个月就到三年的期限了。魔法解除以后，我就能得到自由了。”

事过没有几天，年轻的夫妇去宫殿看望国王。王后将女儿引到一边，关切地问道：“啊，亲爱的孩子，可怜的宝贝，你是如何陪伴这位丈夫的？只要看到它，我的心就会惊恐不安。”

“母亲，我再也找不到比他更好的丈夫了。他聪明和善，对我也非常爱护。”

王后却不以为然：“可它连一个人的外形都没有！”

女儿对母亲的话很反感，她竟然忘掉了自己的诺言，把事情的真相原原本本地告诉了母亲，说老妖精如何作法，说她的丈夫马上就要脱离魔法，恢复人的本来面貌。最后，她还告诉母亲，自己的丈夫是个非常英武的青年。

王后听得目瞪口呆，将信将疑。

晚上，夜深人静时，王后悄悄地潜入女儿的卧室，她在黑暗中果然摸到了一张熊皮，她将这张皮捧了出来，丢在火里，烧了。

第二天早上，熊儿发现熊皮不见了。它知道祸事临头了，连忙问妻子：“你没有遵守诺言吧？现在，我们必须永远分离了。”

说完，它将手上的戒指和腰间的丝带解下来，交给妻子，道了声再见，便消失了。

公主后悔莫及，她哭着对王后说：“母亲，你做了件什么事情啊？你把我们彻底断送了！”

公主没有法子，只得回到父母那里。公主终日悲伤，流泪不止。几年过去了，一天，公主抑制不住对丈夫的思念与挂牵，她对父亲说：“我不能再这样生活下去了，我要走遍天涯海角，去寻找我的丈夫。如果我找到他，就两人一起回来；如果我找不到他，那就只能客死他乡了。”

第二天，公主上路去寻找丈夫了。她穿山越岭，渴了，喝一口山水，困了，睡一宵丛林。路途千回百转，生活千辛万苦，可动摇不了公主的信念，那就是一定要找到自己的丈夫。

这天傍晚，她来到一座茂密的松林跟前，看到毛茛树上转动着一间小木棚。

公主又累又饿，她朝着木棚轻轻地唱了起来：

小木棚啊小木棚，
快快停下别再忙。
请让路人打个盹，
再给过客遮个凉。
一路奔波多饥渴，
给口水喝解疲顿。

小木棚果然停止转动。它面朝公主，呀的一声开了门。公主一步跨了进去。

炉灶的角落上坐着一位老婆婆，她正用长长的鼻子给炉火吹气。她看到进来一个生人，十分高兴。

“哦，我嗅到了一股子人肉味。你来得正好，我又饥又渴，快要死了。让我吃你的肉，喝你的血吧！”

“啊，亲爱的老婆婆，我是一个没用的人。我的血比水还淡，浑身瘦得皮包骨。先让我好好地吃一餐，喝一顿，再美美地洗个澡，我的肉将会又香又软，然后你可以慢慢地享用。”

老婆婆听后大声地笑了起来：“你真是伶牙俐齿，像是我兄弟的女儿。”

公主也笑了。她接过老婆婆递来的饭菜和饮料，只听到老婆婆问道：“说说吧，是什么风将你吹来，你还要到哪里去？”

公主把自己的不幸告诉了老婆婆。

“我见到过你的丈夫，他曾在这里住过一宿，后来又走了。那还是九年前的事哩！”

第二天清晨，老婆婆看公主执意要走，便对她说：“我的姐姐住在离这里三年路程的地方，她见多识广，比我强多了。”

公主上路了。她走过无数荒原、草地、森林、山谷，甚至陷进沼泽地，险些丧生。

一天，公主来到松树林前。突然，她又看到毛茛树上转动着一间小木房。公主非常高兴，她轻轻地唱了起来：

小木房啊小木房，
快快停下别再忙。
请让路人打个盹，
再给过客遮个凉。
一路辛苦多饥渴，
给口水喝解疲顿。

小木房悄悄地停了下来，不再转动。它面朝公主，呀的一声打开了门。公主一步跨了进去。

火炉边上坐着一位老婆婆，面孔像一块古老的石头，她正用长长的鼻子朝着火炉吹气。老人的一双脚像干草棒，手指弯得像鹰爪，瘦瘦的脖子顶着一颗奇异的脑袋，两只眼睛闪出一道道绿光。

真丑啊，这副面孔！

老婆婆一看来了生人，便嚷了起来：

“噢，我闻到了人肉味。我要吃尽你的肉，喝完你的血！”

公主苦苦哀求：“啊，老婆婆，我真是一个没用的人。我的血不能给你止渴，这副皮包骨的身体说不定还会崩坏你的牙齿。你先让我吃饱喝足，这样，我的肉就会又香又软，也好让你吃个津津有味。”

老婆婆一听笑了：“好一张厉害的嘴巴，你真像我的那个大侄女！”

“老婆婆，你就收我做个大侄女吧！”

“行，我们就算是一家人了。”

老婆婆从灶旁站了起来，她给公主端上吃的、喝的，饭后又让公主洗了一个温水澡，还给她铺了张软软的床过夜。

公主很疲倦，她倒头就睡，一连睡了三天三夜，多么香甜啊！

到了第四天，公主睡眼惺忪地睁开眼睛，听到老婆婆正在问她：“孩子，告诉我，你从哪儿来？怎么会寻到这儿？以后还想到哪儿去？”

公主把自己的遭遇一五一十地告诉了老婆婆。

“噢，我见过你的丈夫。”老婆婆说。“那是三年以前的事了。现在他在老妖婆那里做奴隶。”

“我怎么才能到他那里，见他一眼呢？”

“到他那里并不难，可是与他会面却不容易。老妖婆日夜看守着他，白天让他开垦荒地，种植庄稼；夜里将他反锁在牲口棚内，还给他灌药，让他吃了就睡，无法逃跑。

“不过，我会帮助你的。孩子，你记住：老妖婆家里有许多亚麻，整整堆满了三个大仓库。你去给她当雇工，纺亚麻。她只会雇你一个星期，给你一个星期的活干。你要是不勤快，没有完成任务，就会受到惩罚。老妖婆会将你变作一只海鸥，让你一辈子跟风浪搏斗。”

“看，我送给你一支笛子。你只要吹一声笛子，四面八方的老鼠就会拥聚过来。你再击三下手掌，老鼠就会变成一个个美丽的姑娘，她们会帮助你一起纺亚麻的。这里，我再给你一根燕子的羽毛。你对着羽毛吹一口气，你马上就能变作一只飞翔的燕子。”

“孩子，把这些好好收藏起来，它们都会对你有帮助的！”

公主接过笛子和羽毛，小心地收藏好。她谢过老婆婆，又动身上路去了。

公主昼夜兼程，又走了三年。她踩踏着无路可走的路，不停歇地走着。这一天，她终于来到森林的一片空地上，看到老妖婆的住房。公主一脚跨进去，向老妖婆问候。

“什么风将你吹到这块只有狐狸道晚安的地方？”

“我迷路了，又累又饿。请你行个好，让我休息一下，积攒一点力气，明天好继续赶路。我将会报答你的厚待。如果你家有什么需要纺织的，我可以帮忙。”

老妖婆一听，连忙回答说：“我这里的活儿多得是，正缺人手哩！你看到那里三个大仓库了吗？里面全堆满了亚麻。你要是在一个星期之内能够把亚麻纺掉，那就动身上路。要是纺不完那就等着瞧吧。好，去干活吧！”

公主点点头，答应了。老妖婆给她一罐清水和一堆面包片，把她领到第一座仓库前。

老妖婆前脚刚走，公主便吹起了笛子，霎时间，面前拥聚了一大群老鼠，它们随即变成了一群美丽的姑娘。姑娘们手脚勤快，不到两天就把三个大仓库的亚麻纺完了。

公主很想知道自己丈夫什么时候从地里回来，她还想知道老妖婆晚上将他安置在哪里。

晚上，太阳下山以后，公主看到老妖婆将熊儿带进第四个仓库去。公主思来想去，不知如何才能见到丈夫。突然，她想到了燕子的羽毛，便连忙取出放在手上，朝它吹了一口气。

公主顿时变成一只轻盈的燕子，她飞到仓库的门边，听到里面鼾声正响，却无法飞进屋内去。最后，她在屋顶上发现一个小洞，便挤着身体溜了进去。来到地面后，她又重新变了回来，恢复了公主的面貌。

熊儿酣睡不醒，无论公主怎样摇动，他都醒不过来。老妖婆早给他喝了药。

公主没有办法，她坐在丈夫的床边，悲伤地哭了整整一夜。第二天清晨，公主拿出丈夫给自己留念的丝腰带，围在他的腰间，然后又变作一只燕子，从屋顶的小洞里飞了出去。

熊儿早晨醒来，发现自己的衬衣上一片透湿。他正纳闷时，又看到了围在腰间的丝带。他明白无疑是自己的妻子来过了！

老妖婆又将熊儿支使到地里干活去了，公主继续留在家里纺亚麻。老妖婆要到第七天才会来检查。

晚上，公主又变成燕子，飞进第四个仓库，来到自己丈夫的身旁。不管她怎么推，如何摇，丈夫还是沉睡不醒。公主又坐在他的床边，整整哭了一夜。

第二天清晨，她将丈夫留下的戒指套在他的小手指上，然后变作燕子，飞了出去。

熊儿醒来以后看到了手上的戒指，认出这是他留给妻子的礼物。他为自己连续两夜酣睡不醒感到内疚和惭愧。他想来想去，终于明白是老妖婆在捣鬼。

这天晚上，老妖婆又给他端上一杯药。熊儿趁老妖婆不注意的当儿，将杯中药倒在桌下。老妖婆放心地锁上门，走了。

熊儿毫无睡意，他等啊盼啊，突然看到屋顶的洞里飞进一只燕子。熊儿正在看着，燕子却一下子变成了他的妻子。

多么幸福啊！久别重逢，公主猛地扑在丈夫的怀里。她把自己怎样来到这里的经过告诉了丈夫。丈夫听后十分感动。

小两口当下决定，趁着黑夜逃走。公主打开了几道门锁，领着熊儿一起逃出了魔窟。

这一夜，老妖婆不断地做噩梦。半夜里，她突然坐了起来，果真听到几道门发出咣当咣当的声响，老妖婆赶紧来到仓库，看到熊儿和纺亚麻的姑娘都不见了。

老妖婆很生气，她风一样地追出来。不一会儿，便赶上了小两口。

公主见老妖婆紧追而来，非常紧张。只听熊儿发出一声呼啸，随即四周顿时聚拢了一群野熊。发怒的野熊龇牙咧嘴，咆哮着冲向老妖婆，把老妖婆撕扯得粉碎。

熊儿谢过野熊，领着妻子回到了父母身旁。老两口看到儿子媳妇平安回家，真是喜出望外。

熊儿再也用不着变成熊了。他们一起和睦地过着普通百姓的日子，幸福、安宁，孩子生了一大群。

NORDIC FAIRY TALES

讲了 100 万次的故事 · 北欧

[全两册]

曹乃云 ——— 编译

北京联合出版公司
Beijing United Publishing Co.,Ltd.

丹　　麦

DENMARK

西兰岛的传说

从前，瑞典有一个国王，他的名字叫戈尔弗。

传说他曾经遇到一位女艺人，为了嘉奖女艺人的技艺，国王慷慨地决定赐给她一块土地。赐地的大小将视四头牛一天一夜能够耕地多少而决定。

国王戈尔弗不知道，这位女艺人原来是一个神仙，名叫盖费昂。盖费昂从北方的巨人之乡牵来四头牛，其实这四头牛正是她和巨人丈夫生下的四个儿子。

来到瑞典以后，盖费昂将四个儿子驾在犁前，四个儿子马上就勤奋地耕作起来。

耕犁在地里走得飞快。

四个儿子力大无比。他们越耕越起劲，不料犁尖插在地里太深了，竟然猛地一下把一大块土地从陆地上掘进海里去了。四头牛拉着一大块土地爬过大海，直到一条大海峡面前才停下来。

盖费昂非常高兴。她将这一大片土地拴在海里，还给它起了个名字，叫西兰岛。

西兰岛从此就和大陆分开了。从此，瑞典的国土上留下一片水域，瑞典人把它称作维纳恩湖。

你要是仔细看，就会发现，维纳恩湖完全像西兰岛伸向大陆的舌头。那其实就是犁尖掘下来的缘故。

国王高姆和蒂娜

从前，丹麦有一个国王，名叫高姆。他看上了英国国王的女儿蒂娜，要娶她为妻。

蒂娜是一位端庄、谨慎的姑娘。

她答应了国王的求婚，于是，蒂娜就和高姆订婚了。

按照当地的风俗，订婚以后，姑娘就和未婚夫生活在一起。不过，当蒂娜和高姆第一次步入婚床的时候，蒂娜恳切地要求国王高姆三天之内不要碰她。她说，如果睡梦中能有美好的预兆说明他们的婚姻是幸福又圆满的，到那时候，她才允许自己献身于爱情。

国王高姆虽然不乐意，可是他仍然答应了蒂娜的请求。躺在床上的时候，高姆忍受着爱情的煎熬，带着强烈的渴望，慢慢地入睡了。

国王高姆刚刚进入梦乡，他就看到从未婚妻蒂娜的怀里飞出了两只鸟儿。两只鸟儿一大一小，它们扶摇直上，鼓动着强劲的翅膀，朝着蔚蓝的天空飞啊飞。

突然，鸟儿又飞了回来。两只鸟儿乖乖地停在他的两只手臂上。鸟儿在他手臂上休息了一阵，然后又一起展开翅膀，朝着天空飞去。它们好像要飞出天空似的。

就这样，两只鸟儿形影不离，飞起，栖息，又飞起。最后，小鸟儿展着血迹斑斑的翅膀飞了回来，可是大鸟儿却不见了。

看到这里，国王禁不住发出了一声叹息。没想到国王这一声叹息声如雷鸣，宫殿上下都被惊醒了。

大家一齐走了过来，将国王高姆唤醒，问他梦中见到了什么可怕的事情。

国王高姆将梦中鸟儿的故事向大家诉说了一遍，大家听后都摇摇头，不知什么意思。可是蒂娜却非常高兴，她知道，国王的这个梦意味着他们的子孙前程远大。

蒂娜和国王高姆幸福地拥抱在一起，尽情地享受着爱情的欢乐。蒂娜对国王高姆说，要不是他做了这么好的一个梦，她才不愿嫁给他呢。

第二天，国王高姆和蒂娜举行了隆重的婚礼。婚后，两个人生活得非常幸福。不久，蒂娜就做了母亲。他们的子孙哈拉尔和克努特，长大以后都成了有名的英雄。

被埋葬的海男

呼斯碧是一个小小的村落，离大海只有几公里。说起来奇怪，有一回海浪差一点将呼斯碧从陆地上冲走。

事情经过是这样的。

一天，呼斯碧的村民们看到海滩上躺着一个人。大家以为是一具尸体，是哪个海员淹死后被海浪冲上来了。可是，大家仔细一看觉得这个躺在地上的身体更像一个贪睡的人，不大像一具尸体。

村民们看着这具东西可怜，便七手八脚地将它拖了回去，掩埋在呼斯碧教堂边上的公墓里。

大家还没有从墓地回到家里，就看到头顶上空乌云密布，西风呼啸着吹进村庄，海面上波涛汹涌，发出一阵阵可怕的吼声。不一会儿，人们看到大海的巨浪排山倒海地骤涌过来。海水离呼斯碧教堂越来越近了，整个村庄都有被浪潮卷走的危险。

呼斯碧村人的生命财产危在旦夕！

大家乱作一团，走投无路，一起来到村里一位智者的家门口，请他为村民们指条生路。

智者抬头看了看天象和越来越近的海浪，着急地说："村民们，你们也许做了一件蠢事，把海洋里的男妖埋葬在呼斯碧教堂边的公墓里了。现在大海在发怒，它来向你们讨还海男。"

说毕，智者让大家回到公墓，将那具尸体挖出来，他尤其要看一下，埋下去的尸体是否将大拇指塞在嘴巴里。若果真如此，那么埋下去的那具尸体就是海男无疑。

村民们赶紧奔回去，将尸体挖出来一看。果然，那具尸体将大拇指含在口里。

呼斯碧的村民们晓得事情不好，急忙把那具尸体抬出来，放在教堂外面的池塘里。

说话间，气势汹汹的海浪就已经奔了过来。

可是，说来奇怪，海水刚一赶到池塘边，波浪马上就停息了下来。不一会儿，海水平静了，它们慢慢地退了回去。趁着风势，海水发出哗哗的声音，好像在吹奏一支悦耳的凯旋曲。

是鸡蛋还是马

从前，石头还没有变硬的时候，人类和巨人、侏儒都能和睦相处，连妖怪和魔鬼也不会伤害人类，有时还对人类小有帮助。

一天，一个农民在森林边上的小酒店里和魔鬼小酌三杯，彼此间有说有笑，十分融洽。

他们不知不觉地吃了两条野猪腿，啤酒桶搁在旁边，自然也浅了一寸又一寸。

酒多，话也多。

两人喉咙咕噜咕噜地饮酒，稀里糊涂地说话，从猪有五条腿说到太阳从西天出，后来又觉得似乎不对。最后终于像所有的酒徒一样，争论得不可开交。

男人的争论多半会有关于女人的话题。魔鬼打赌说，世界上没有一个丈夫不听他妻子的话。

农民连忙站起身来，反驳说："不对，不对！肯定有许多丈夫，他们能够严厉地管束老婆。如果你愿意，我很快就能给你找一个人来。"

魔鬼对他的农民朋友十分生气，他抓过啤酒桶往桌子上猛地一放，啤酒泡沫呼噜噜地喷了一桌子。

"我看你没有找到这个人以前，灵魂是不会安宁的。去吧，满世界地去找吧！但愿你这辈子能找出一个人来！"

“别着急，用不了一辈子，我很快就会找到一个不按妻子眼色行事的丈夫。”农民说。

“那就看结果吧！”魔鬼说，“明天你可以驾两匹马，马车上装满鸡蛋。要是找到那样的丈夫，你可以送他一匹马；而对那些受妻子管制的丈夫，为了表示对他们的同情和安慰，你给他们每人送一只鸡蛋。”

农民不敢得罪魔鬼，只得答应了。

第二天，魔鬼从马厩里牵出两匹骏马，一匹白花，一匹赤兔，马车上果然装满了新鲜的鸡蛋。农民兴高采烈地挥动马鞭，得意扬扬地动身去寻找魔鬼认为并不存在的丈夫。

农民驾着马车，东南西北，左右纵横，走了很多地方。一路上，他穿城过镇，无论在闹市还是在村庄，农民到处打听，希望能找到一个“不按妻子眼色行事的丈夫”。可是很难，比找一只白乌鸦还难。

两匹马还在车前，可是鸡蛋却明显地少了一大堆。

一天，是一个星期四的下午，农民在一个庄园里歇脚，这回，他似乎找到了一个如意的目标。

庄园的主人是一个身材魁梧、筋骨结实的庄稼汉。他为人专横独断，仓库、牛棚、果园和田地里，到处都响彻着他发号施令的声音。也就是他吩咐、指挥、委派别人的声音。雇工们围着他手脚不停，连嘟哝一声的时间也没有。

“这才是真正的丈夫，”农民满意地看着，“他简直能够指挥一个兵团。现在我只想知道，他是否也按妻子的眼色行事。”

于是，农民提出借宿一晚，他要亲自证实一下自己的眼力。

他看到一家上下都围着主人的烟斗转动。

吃晚饭的时候，主人很少讲话。不过，他所发出的声音，全都成为别人必须执行的命令。

“把这些端走！这个我不吃！”

“告诉我，盐搁在哪儿了？”

“快去拿啤酒，冷的！”

农民很高兴能听到这些掷地有声的命令。此外，他看到主人的妻子整个晚上都像小老鼠一样不声不响。她默默地出入厨房，高高兴兴地服侍丈夫。

农民终于安心地睡觉了。夜里，他做了一个美梦，梦见自己回家，喜气洋洋地向魔鬼宣告：“我找到了一个真正的男子汉，他是全家当之无愧的主人。”

第二天，主人和他的妻子将农民送到门外。农民再三感谢昨晚的款待。

“你们如此热情、友好，”农民说，“我愿意送一匹马给你们，留个纪念。”

主人感到非常意外，他搔着脖子，尴尬地说：“这……这么贵重的礼物？这真是无功受禄，不好意思。那么，如果你……那么我就拿那匹白花马吧！”

“怎么要白花马？要赤兔，你这个笨蛋！”

站在旁边的妻子早就不耐烦了，她像教训儿子似的扔下一句话。

主人顿时慌了，可是他马上振作起来，附和着说："对，对！老婆，要赤兔，要赤兔！"

农民十分失望，他只好从车上取出一枚又大又圆的白鸡蛋，用双手端着，一声不吭地送给主人。主人惊讶得目瞪口呆，他不知道自己犯了什么过失，使农民突然改变了馈赠，他求援似的望着妻子的眼睛。

农民坐上马车，挥动鞭儿，又走上了漫长的旅程。

听说他直到今天还在世界上转呢。前不久有人看到他到了一个渔民的村庄——马车上的鸡蛋已剩下不多了，两匹骏马，一匹白花，一匹赤兔，却养得溜圆滚壮。

小侏儒和啤酒桶

从前，有一个农民，名叫彼得·安德森，他经营着一片田地，生活得很富裕。

安德森家的屋后是一片长满青草的山坡。

走上山坡的人常常听到底下传来沉闷的敲击声。

“山要爆炸了！”

他们都担心地加快脚步，尽快离开。谁也没有料到，山坡底下是一个侏儒世界，住在那里的小侏儒又勤劳又能干。他们头顶矿灯，一天到晚敲打着坚硬的山岩。

安德森虽然与小侏儒相邻，可是却从来没有看到过他们。他们在阳光下是不会出来的。

有一天，山底下的喧哗声特别厉害。小侏儒们正在庆祝婚礼，这里有吃有喝，大家尽情欢乐。

然而，刚到半夜的时候，啤酒喝完了——这真是一场灾难！

参加婚礼的客人口渴难忍，可是找不到一滴啤酒。

怎么办呢？眼看着娱乐就要停息，而离天亮还有不少的时间呢。

“我来想想办法，或许有希望。”

有一个小侏儒自告奋勇，他径直走进安德森的院子，这是离他们最近的地方。

屋子里一片漆黑，大家全都睡了。

小侏儒毫不犹豫地举手敲了敲窗户，农民就睡在那扇窗下。

农民听到敲窗声，连忙从床上坐起来，伸出头，看着面前一片黑暗，大声地问：“是谁？哪路魔鬼在敲窗？”

“别生气，彼得·安德森，对不起，是我把你吵醒了。我们正在庆祝婚礼，可是啤酒没有了。”小侏儒友好地解释着，“你能帮一下忙吗？借给我们一桶啤酒，婚礼以后我们会还给你的！”

“你是谁？住在哪儿的？”农民睡意蒙眬地问了一句。

“我是你的邻居，我们是山岩小侏儒，住在你家屋后的青山坡里。”

“好吧，邻居朋友，你真是会挑时间来看望我们。不要啤酒你还不会来找我吧？自己到地下室去拿吧！”

安德森说着话，呵欠连天，他躺下，转了一个身，便又睡着了。

小侏儒从地下室里打出一桶啤酒，费力地将桶滚上山坡。啤酒救活了婚礼！

过不几天，小侏儒又在夜里敲响了农民的窗户。

“见鬼，今天又是谁呀？”农民打开窗户，大声地问道。

“我是你的邻居，山岩小侏儒。我给你还来一桶啤酒，你还记得那天借酒的事吗？我已经把酒桶放在地下室了。我们都很感谢你的帮助。”

“好吧，好吧！”农民又打起了呵欠，想关窗户睡觉。

可是小侏儒还有话没说完："你对我们非常慷慨，邻居朋友，我们决定酬谢你。我还给你的啤酒桶是取之不尽、流之不竭的，里面永远会流出香醇的啤酒。可记住，只要不往桶里看，啤酒就永远流不完。"

"好吧，谢谢你了。"

彼得·安德森说了一句，就睡着了，他大概还没有明白山岩小侏儒送了一件多么稀罕的宝物。

从那以后，农民家里就有了喝不完的啤酒。过往的客人和邻居，都可在这里免费喝个痛快，啤酒多得像河水。

这只啤酒桶确实奇特，它整天流啊流，丝毫不见减少。农民和庄园上下都很满意，不过谁也没有想起要往里面探头望一下。

一天，农民又新雇了一名使女。这是一位伶俐的姑娘，对什么事都要寻根刨底，问个究竟。

这是一只什么样的酒桶，怎会有流不尽的啤酒？使女非常纳闷。这一天，她趁着到地下室取啤酒的当儿，想看个仔细。她打开桶盖，弯下腰一看，却惊吓得大叫一声，扭头就逃。原来桶内装着满满的蛤蟆、蝎子和毒蛇！

使女上气不接下气地找到安德森，告诉他刚才的见闻。

安德森来到地下室，他突然想起小侏儒还啤酒桶时讲过的话，那个鬼桶是经不起看的！

可是已经晚了，桶里再也流不出一滴啤酒了。

多可惜！

王子的羽衣

从前有一个公主，她和邻国的王子订了婚，两人相亲相爱，宫殿里的人都十分羡慕。

为了表示对公主的爱情和忠诚，王子亲手交给公主一条腰带、一只手镯、一枚戒指。王子发誓说："如果我跟其他的女子订婚，你的腰带就会断成两半；要是我和其他女子一起吃饭，你的手镯就会碎裂；倘若我邀请其他女子一起跳舞，你的戒指就会断裂。"

公主的后母把这一切都看在眼里，她十分妒忌，想把自己的女儿嫁给王子。

这位王后对国王说："邻国的王子经常到这里来，我认为他们婚前不宜这么频繁地会面。"

国王听信了她的话，就命仆人在荒岛上给公主造一幢房子，荒岛和陆地间有一座浮桥。如果将浮桥拉起来，公主就只能一个人孤孤单单地生活在荒岛上。

王后见自己的诡计得逞，很高兴。

王子又来了，他找不到公主，很着急。王子转来转去，一个人转到大海边上，看见荒岛上有一个孤零零的姑娘，他知道这就是自己的未婚妻。

可是怎样才能过去呢？

王子回去，请人缝了一件羽毛衣服，他试着穿了一下，果然能够飞起来，王子十分高兴。当天晚上他就穿了羽衣，飞到荒岛上和公主相会。

月缺月圆，整整过去了四个星期。王后来到荒岛上，她想看看公主被折磨成什么模样。

到了荒岛上一看，公主依然像花一样鲜润，脸上没有丝毫忧伤的痕迹。她觉得奇怪，心想一定是什么地方出了岔子，难道王子已经找到这里？

可是，王子是怎样来到荒岛的呢？他又不长翅膀，不会飞过海去。

王后决定派自己的女儿前去监视。

王后的女儿在荒岛上住了八天。她果然看到王子趁着夜幕穿了羽衣飞上荒岛。他来到小屋的窗前去敲窗，公主就连忙开门，把他迎了进去。

女儿急忙回去，将自己的发现告诉王后。王后听了，十分恼怒，她立即找来一把刀，交给女儿，让她斩断飞鸟的翅膀。

公主看到后母的女儿在荒岛上住了几天，刚回去又返回来，很不放心。傍晚时分，她静静地等候在门口，等待王子到来。

王子穿着羽衣，飞了过来。他刚着地，准备收起翅膀时，只见后面窜出一个女子，手上挺着一把尖刀，恶狠狠地刺了过来。

王子急忙躲闪，翅膀上却早已着了一刀。女子正要举刀再砍时，公主早已迎了出来，扶着王子，回到屋内，关上房门。

公主帮王子脱下羽衣，看到王子的手臂上有一块刀伤。她急忙撕下衣服给王子裹伤口，又用针把羽衣重新补好。两个人拥抱着温存了一番。王子急于回去治伤，当晚便要离开了荒岛。

公主将王子送到门口，嘱咐王子千万当心，她很不放心他手臂上的刀伤。而且，她还担心补过的羽衣是否还能飞行。

为此，王子对公主约定："我如果平安地飞渡大海，那么你窗前的大海则是一片蔚蓝的颜色；要是我在半路上遇险了，那么海面上将会一片血红。"

不料王后的女儿正好守在门外，她偷听到了王子的话，便连夜回去告诉母亲。

王后一听，眉头一皱，又想出一个坏主意。她命仆人杀了一百头猪羊，将猪羊血集中起来，装满三桶，然后趁着天不亮，将猪羊血倾入荒岛前的海面上。

公主起来，看到海面上一片血红，她以为王子遇难了，真是伤心至极，痛不欲生。

王后假惺惺地来到荒岛，对公主说："王子已经死了，你也用不着再盼他了。现在我带你回去吧。"

王后将公主带回陆地，却把自己的女儿打扮一番，留在荒岛的小屋里，等待王子。

一个星期以后，王子手臂上的刀伤痊愈了。他趁着夜幕又飞回荒岛，迎接他的却是另外一位姑娘。

"你是谁？我怎么不认识你？我的未婚妻在哪里？"王子

惊愕地问道。

“哦，王子，你的未婚妻是我的姐姐，她已经死了。”

姑娘不敢看王子，她低着头，说的话却像句句是真的一样。

“这不可能！她怎么会死呢？”

“她是跳海死的。瞧，她就是从这里投入大海的。”姑娘胡乱指了块地方。

“这怎么可能呢？她什么话也没有说就死了吗？”

“她说了——”

“说什么？”

“她说让你在宫殿里重新找一个未婚妻。”

王子将信将疑，他不明白未婚妻为什么会跳海。

这时候，王后也过来帮腔。她随口编了几个糊涂的故事，把王子骗得团团转，最后他竟然答应了跟眼前的这位姑娘订婚。

第二天晚上，宫殿里摆开了盛大的宴席，庆祝王子和王后的亲生女儿的订婚典礼。

王后唯恐公主会知道，便将她反锁在宫殿的卧室里，门口还派了士兵把守。

一会儿，宫殿里响起了热烈的音乐声，王子携着王后的亲生女儿走进了宴会大厅。突然，他感到一阵绞裂般的心痛，耳内传来一根腰带破裂的声音。

王子若有所思地坐了下来，他正要跟王后的亲生女儿共进晚餐时，胃里翻滚得直想呕吐，同时，他听到隔壁传来手镯裂断的声音。

一会儿，大厅里的音乐声又转激烈和高亢。许多人离开席位，翩翩起舞。王子也走到王后的亲生女儿面前，他正要邀请姑娘跳舞，伸出手却像抽筋般地疼痛。王子大惑不解，只听耳边又传来戒指破裂落地的声音，当中还伴随着姑娘的呜咽声。

王子再也坐不住了。他立刻来到厅外，看到旁边一排房间，倒是门口站着守卫的两个士兵引起了王子的怀疑。他推开士兵，破门进去，看到自己的未婚妻正坐在屋里暗自哭泣。

公主看到王子，一时惊呆，不知道来人到底是人还是鬼；王子见到公主，也同样疑惑眼前是梦还是真。

国王看到王子走出宴会厅，也随后就跟了出来，恰好在门外听到故事的前后因果。

他十分生气，随即命仆人将王后和她的亲生女儿投入荒岛的小房子里，永远不准她们再回宫殿。

大厅里音乐又响了起来，王子和公主的婚礼刚刚开始。

去磨坊的途中

从前，在一片荒凉的地方住着一个穷苦的寡妇。寡妇有一个儿子，母子两人相依为命。儿子长得很像样，可惜有点傻。

小伙子没有记性，不论什么事，转身便忘了。人们不敢认真让他做一件事，也不敢支使他去什么地方。要不，准保惹祸出洋相。

一天，寡妇要烤面包，她看到面粉不够了。

“这件事情不难，我的儿子汉斯一定能做到。”母亲想着便吩咐儿子，说：“孩子，去吧，到磨坊那里去扛两袋谷子回来。”

“行啊，妈，我走啦！”

“你可别忘了我叫你去拿什么——两袋谷子！一路上反复提醒自己，记住！”

“好的，妈，别担心，我会在一路上反复念叨的。”

小伙子挺勤快，动身朝磨坊走去。途中，他一个劲儿地大声重复：“两袋谷子，两袋谷子……”

小伙子唠叨着走过一块空地，有个农民正在地里撒种。农民听到小伙子一个劲儿地嘲笑他只能收两袋谷子，心里十分生气，他高声地叫了起来：“你个傻瓜蛋啰唆什么？为什么只能收两袋谷子？这么大的一块地上至少也能收个千八百斤。你以为我们年龄大了，便可以让你随意诅咒吗？你别找打！”

农民说完，顺手给小伙子一个耳光，又干脆又响亮。

小伙子正在走路，不料莫名其妙地吃了一记耳光。他摸着被打红的脸颊，奇怪地问道：“我应该怎么说，你才不会生气呢？”

“为了谷物茂盛，你应该说：长吧，长吧，上帝保佑！”农民看小伙子还算老实，便放他走了。

小伙子这才知道，他原来不应该讲“两袋谷子，两袋谷子”，而只能说“长吧，长吧，上帝保佑”，他摸摸热辣辣的面孔，聪明了许多。

小伙子一路上边走边大声地说着“长吧，长吧，上帝保佑”。

一会儿，他来到一家农户。这家人正上下出动，在仓库里捕杀老鼠。

他们听到小伙子口中念念有词，以为这个愣头青在与他们作对，召唤更大的鼠害。于是大家赶上去，把小伙子按倒在地，结结实实地揍了他一顿。

“你太放肆，竟敢前来戏弄我们这些老实巴交的人！”

“为了使你们满意，我应该怎么说呢？”小伙子疼得直哭，他哀求道。

“你应该说：让魔鬼抓走它们吧！”

农民们看着他的滑稽样都笑了起来，他们没有闲工夫，又忙着捕杀老鼠去了。

“让魔鬼抓走它们吧！让魔鬼抓走它们吧！”

这两句话并不难学。他记住了，便一路说着往前走，不敢疏忽。

小伙子正在念叨时，迎面走来一支出殡的队伍。人们抬着一名老年男子和一名老年女子，他们是同一天死去的。

死者的亲戚朋友正在悲哀，却听到旁边走过的小伙子大声地喊着："让魔鬼抓走他们吧！让魔鬼抓走他们吧！"众人十分生气。他们一把抓住小伙子的衣领，将他打得两耳轰鸣，眼前金花直冒。大家一面打一面骂："你个不知害臊的东西，竟敢丧尽天良，如此咒骂死者！"

小伙子被打得呻吟不止，他摸着疼痛无比的背脊，可怜巴巴地问道："我应该怎么说，你们才不会生气呢？"

"你应该说：上帝赐予他们安息！"动武的人们告诫完小伙子又追出殡的队伍去了。

小伙子得了教训后，口中就念叨着："上帝赐予他们安息！上帝赐予他们安息！"

他经过一个农庄，里面正在举行婚礼。新郎和新娘登上马车，准备去教堂。亲友们听到小伙子口出不逊，都十分愤怒。新郎更是暴跳如雷，他气得大声叫喊："怎么，我们都成了死人，你要将我们送上天去？"说着，他伸出手，一把抓住小伙子的头发不放。

"那么我应该怎么说，你们才能放了我？"

"你应该讲那些适宜婚礼的话。比如：愉快真愉快，欢乐真欢乐！"

人们教训了小伙子一顿后，追着马车，到教堂去了。

小伙子已经糊涂了。他只要不挨打，讲什么都行。于是，他一路走，一路念叨：愉快真愉快，欢乐真欢乐！

小伙子正走着，突然看到前面烟雾缭绕，火光冲天。他走近一看，一幢房子已经烧得快要倒塌了。边上的人手忙脚乱，都在灭火或抢救财物。他们听到旁边走过的小伙子正在幸灾乐祸，都非常生气。大家冲过去，一顿痛打，小伙子被打得像一条虫似的发了软。大家一边打一边骂："你这个流氓，看着我们遭难，你还在边上火上浇油。今天打死你才解恨！"

"我到底怎么说才好？你们都对我不满意。"小伙子索性大哭起来。

"你应该这样说：千万别刮风！不然，我们整个村庄不都被烧成灰烬了吗？"

小伙子擦擦眼泪，一路喊着："千万别刮风！"往前走了。不一会儿，他来到磨坊跟前。

天很热，一丝风也没有。磨坊老板急着磨面，只好用双手转动风磨的叶片，累得他气喘吁吁，连擦汗的手也腾不出来。

当他听到小伙子正在边上大喊大叫"千万别刮风"时，气得满脸通红，他解下宽宽的皮带，将小伙子狠狠地抽打了一顿。

"我让你喊'千万别刮风'！"

磨坊老板打过以后还不解恨，而小伙子却已经疼得站不直了。他已经记不清这一天挨多少回打了，身上已经没有一块好地方了。

磨坊老板也发现小伙子一身的青红紫绿，不禁动了一点恻隐之心。他收起怒容，温和地问了一句："你要到哪里去？"

"母亲让我到你的磨坊里来。"小伙子呜呜咽咽地说。

"她让你来做什么？"

小伙子早已忘掉了母亲给他的任务。他忙着搓头上的疙瘩，头脑里除了疼痛以外，什么内容也没有了。小伙子又哭了起来。

"别哭了，再哭也帮不了你的忙！努力地回想一下！"磨坊老板安慰着小伙子，开始盘问他，

"谁让你大呼大叫'千万别刮风'的？"

"是一批正在救火的人。"

"你瞧，你瞧，你不是已经想起来了吗？你还记得看到大火以前说的什么话吗？"

"我喊着'愉快真愉快，欢乐真欢乐'。"

"谁让你呼喊这句话的？"

磨坊老板小心翼翼，生怕扯断小伙子这根微弱的记忆线索。

小伙子用双手在身上乱摸，这里是伤痕，那里也是伤痕。不过，浑身的疼痛却使他记起发生过的事情，疼痛帮助他回忆。

"呵，那是一对新婚夫妇。"小伙子摸了把头发。

"那么再告诉我，他们为什么生你的气呢？"

"我只不过说了一句'上帝赐予他们安息'！"

"对，这样的话当然不适宜在婚礼上讲，所以你会被新郎抓住了头发。谁教你说这句话的呢？"

"那是一队出殡的人马，他们抬着一男一女，死者都是

老人。”

“喏，你看，你又想起来了。你看到出殡队伍时，一定说了些什么吧？”

“对。我朝他们喊着：让魔鬼抓走他们吧！”

“你怎么讲出这种话来，真是天知道。谁教你召唤魔鬼出世的呢？”

“是一批正在仓库里捕杀老鼠的农民。他们打了我一顿，我背上的青块就是从那里得来的。”

“他们这样毒打你，也许你又说了错话吧？”

“没错。我走到仓库旁边，只是说：长吧，长吧，上帝保佑！”

“这句话一定也是别人教你的，你还想得起是谁吗？”

“是一个农民，正在地里撒种。他是我遇到的第一个人，给了我一记耳光。从此以后你们大家都开始打我。”

谁说小伙子健忘？他还真是个好记性！

“农民怎么会打你耳光呢？可见你一定又说错了什么？”

“我也不知道为什么会挨打！我只是一边走一边重复‘两袋谷子！两袋谷子’！这还是我的母亲——哎呀，我知道了。我母亲对我说：到磨坊去，给我扛两袋谷子！”

磨坊老板一听明白了。他很可怜小伙子为了两袋谷子竟然经历了这么痛苦的过程，于是特地挑了两大口袋的谷子，替他放在背上，让他扛回去。

小伙子终于将谷子扛到了家中，母亲看了分外高兴。她禁不住称赞起来：“你看，我的儿子，你是多么聪明能干！我知道，你什么事情都能办好。”

母亲感到非常幸福，她为自己的儿子不像人们说的那么愚蠢而自豪。

饶舌的盖尔达

一天夜晚，有个年轻的商人来到一个村庄。他在村头的第一户人家停下，请求主人让他住宿一夜。

主人热情地款待他，饭后又一起聊天，从天文地理说到珍闻趣事，一直闲谈到半夜，方才各自上床休息。

这户人家有个女儿，名叫盖尔达，已经到了婚嫁的年龄。盖尔达又温顺又漂亮，犹如一朵鲜艳的玫瑰花。

年轻的商人对盖尔达一见钟情。第二天告别时，他附在盖尔达的耳旁，悄悄地向她倾诉爱情，说自己不久便要回来，那时再跟她举办婚礼。不过他要求盖尔达暂时保守保密，别对旁人说起。

年轻的姑娘激动得脸颊通红，她向商人起誓，不向任何人透露一丝秘密。这是她自己最大的幸福。

送走年轻的商人，盖尔达又去忙着操持家务，给父亲烧燕麦稀饭，父亲在早餐时特别爱喝燕麦粥。

不知怎么搞的，燕麦桶旁边搁着一只灰箱，母亲把灶膛灰扒出来以后忘掉倒了，顺手放在麦桶旁。

盖尔达正在想心事，想着想着，她差点笑出声来。看着锅里的牛奶快沸了，她抓过灰箱，以为是燕麦桶，便一下子倒进锅内。

母亲正好走过，她看到女儿正往锅里倾倒草木灰，便惊叫起来：“天哪，我的孩子！你在做什么呀？哪有草木灰拌牛奶的？”

盖尔达低头一看，吓了一跳，脸羞得绯红：“啊呀，真抱歉！我正在想心事，没想到做出这样的蠢事来。”

“那一定是美事啰！不然怎么会把草木灰与燕麦弄混了。”

“是的，母亲。我的头脑里塞满了欢乐和幸福。”可以想象，女儿当然信任母亲，她和盘托出了自己的秘密，“你想吧，昨夜睡在我们家的那位年轻商人爱上了我，他答应下次回来娶我。还要我保守秘密，别对旁人说起我们的事。”

“那是肯定的，我的孩子，这是一个令人愉快的消息。你放心，我不会对任何人说起这回事。你是知道的，我会守口如瓶，像一座坟墓一样默不作声。”

母亲一边向女儿保证，一边重新洗锅，亲自给丈夫烧了燕麦粥，免得女儿再把草木灰混在牛奶里。

盖尔达走进客厅，开始整理房间和餐桌。餐桌上有一只粗瓷大碗，底朝天，扣在桌面上，免得落进灰尘。盖尔达将碗翻上来，准备盛稀饭。她又在每个人的座位面前摆上勺子、刀叉。

母亲将煮好的粥端了上来。她为女儿的喜事激动得脸上像绽开了一朵花，脚步也轻盈了许多。

母亲心不在焉，压根儿没有注意餐桌上的情况。她习惯地将粗瓷大碗翻了过来，将稀饭一勺勺地盛进去。

父亲洗刷完毕，睡眼惺忪地走进来，他今天胃口特别好。

父亲正要坐下，看到他那心爱的燕麦粥正从底朝天的粗瓷碗向外面四散流淌，流到桌布上，流到餐桌边，往地上滴着。

父亲肯定喝不上稀饭了，他不知道发生了什么事，便大声地喊起来："喂，你个老婆子，你在做什么？大清早上，你的魂灵跑到北冰洋去了？你看看，你看看，真是天晓得！"

母亲看着流淌的稀饭，自己也觉得好笑。不过，心里装的秘密太大，她到底忍不住，还是小声但又是严肃地告诉丈夫说："我的天哪，要不是想女儿的事，我还能想什么呢？喂，我对你说，昨天睡在我们家的那个年轻商人向盖尔达求婚了，他旅行回来就要举办婚礼。可是你别说出去，我也只是告诉你一个人，眼下它还是秘密。"

"我可不是一个饶舌的人，"父亲一听事关重大，便连忙说道，"你是知道的，我会闭口不说的！"

父亲今天没有喝上燕麦粥，可是他却一点不生气，吃过其他早点以后，他高高兴兴地下地去了。

他们的地在一片大树林旁边，昨天他已经将耕犁搁在地里了。来到田头以后，他从马车上解下马儿，然后将马儿套在耕犁前，准备耕地。

因为还在想愉快的心事，不觉将马儿套反了，马头对着犁尖。难怪马儿站着不动呢！

"你该不是在做梦吧？"边上耕地的邻居朝着他喊了起来，"你在什么地方学到这套本领，让马头对着犁尖耕田？"

"喏，喏，兄弟，你看我尽做些什么傻事啊！"农民定睛一看，自己也笑了起来，“我家里的女人将我弄得晕头转向，都让她们搞糊涂了。”

“你们家怎么了？弄得你晕晕乎乎的？”

一般邻居都长着三只耳朵，用于装载家长里短。这个邻居自然也不例外，他在寻根刨底。

“喏，其实也不算什么，当然，眼下这还是一个秘密哩。兄弟，说起来也新鲜，昨天我们家住了一个年轻的商人，小伙子对我们女儿一见钟情，答应旅行回来以后就举办婚礼。这个秘密我只告诉你一个人，千万别传出去！”

“绝对放心，伙计。你知道的，我们男人保守秘密时就像水中游鱼，一点声息都没有。”邻居认真地下了保证。

两个人各自驾马耕地。

还没等到傍晚，整个村庄便已经沸沸扬扬，说盖尔达家昨晚住了一个年轻的商人，小伙子爱上了漂亮的盖尔达，准备旅行回来后便举办婚礼呢。

还说……嘻嘻！

还说……哈哈！

不久，年轻的商人果真又来到村庄。乡村邻里们都为他重新回来感到高兴，到处向他祝贺，称赞他有眼力，说盖尔达是一个聪明漂亮的姑娘。

小伙子没有想到盖尔达如此饶舌，肚子里一点也装不住秘密。他不愿意娶这样一个饶舌妇做妻子！

年轻的商人生气了。

他根本不进盖尔达的家门，而是住在另外一户农民家。那家也有一个待嫁的姑娘。她虽然长相不如盖尔达，可是家境富裕多了。

商人在农民家住三天，认识了这个姑娘，他决定娶她为妻。

婚礼十分热闹，全村老少都接到邀请，只有盖尔达例外。

当新婚夫妇站在教堂的祭坛上，正要聆听牧师讲话时，盖尔达走了进来。她径直走到新郎面前，悄悄地附在他的耳旁，说："尽管如此，我还是相信你！"

仪式完毕，新婚夫妇回到家中。新娘马上问丈夫："盖尔达刚才在教堂里跟你嘀咕些什么？"

"哦，她说仍然相信我。可是有什么用呢？我已经不再相信她了。"

年轻的丈夫叹息了一声，他在回忆盖尔达的丰采。

"是的，她这个人肚里藏不住话，什么事情都往外说。真是个饶舌妇！"年轻的妻子一边说一边笑。

"你跟她正好相反，是吗？"

"我吗？"妻子开始炫耀自己，"嘿嘿！我自己的事情从来不跟别人说起。你知道前后一共有多少人追求我？"

"你不说我怎么会知道呢？前后共有多少？"

"现在反正已经结婚了，对你说说也无妨。我也不知道到底是几个，也许是五个，六个，或者更多一点。谁有心思去记它。我把他们全都折磨死了……"

"什么？他们在哪儿呢？"商人一惊，叫了起来。

“他们能到什么地方去呢？我将他们草草地掩埋在后院内，一个挨着一个。”

妻子无意中说漏了嘴，可是她很快便镇静下来，补充了一句：“当然，你也用不着担心。我都是在夜里干的，而且，从来都没有对人讲起过。”

商人听得冷汗像虫子似的在背上直爬。他斜着身子从房内退了出来，到了门口他才回过头来说：“趁你现在还没有把我折磨死，我还是早点走吧！”

他一直走到牧师跟前，把前后一切都告诉了牧师，最后要求解除这桩婚姻，因为他的妻子害死过这么多男人。

牧师奇怪地摇摇头，不过他还是拿起笔，划掉了他们的婚姻。

年轻的商人重新获得了自由。

不久，他和盖尔达举行了婚礼。

“有一种女人，她在心底里藏不住一点秘密，然而她却远远地赛过那种心底暗藏鬼胎的另一种女人。”

年轻的商人创造了一种崭新的理论。

他们夫妇和睦相处，白头到老。他们生了许多孩子，孩子们都像父亲一样聪明，像母亲一样漂亮，不过也有点像母亲似的饶舌。

可是，这有什么关系呢？

梅特姑娘

从前，在南北交界的地方住着一个年轻美貌的姑娘，人们称她小梅特。梅特姑娘从小放鹅，后来又开始牧羊。每天清晨，她把羊群带到草地，她跟羊群嬉耍，为羊儿吹奏牧笛，笛声抑扬顿挫，时而欢乐，时而呜咽，全是梅特姑娘的心声。

一天，这个国度的王子准备为自己寻找一个新娘。他要找一个聪明、正直、美丽、善良的公主。王子兴致勃勃，骑上马离开了宫殿。

王子骑着马经过一块茂密的大草地，他大声地与牧羊姑娘打着招呼："你好，小梅特，一切都顺利吗？"

"一切都很顺利，"梅特姑娘回答说，"可是，我要是嫁给王子，那就会更加顺利。那时候我将穿金戴银，再也不穿身上的破烂衣裳。"

"这是永远也不可能的。"王子笑了起来。

"不，这一天一定会来的，一定！"

梅特平静地回答，她用牧笛吹奏起一支欢乐的歌曲。

王子骑着马走了很远。他在邻国看到一位美丽的公主，王子向她求婚，邀请她在婚礼前先去看望一下他的父母。她应该预先熟悉婚后生活的家庭！

公主答应了。王子愉快地回到了家乡。

过了几天，公主真的应约前来。她骑着马，一路往前赶，经过一块大草地时，碰到了梅特姑娘。

公主向她致意，又问道：“王子近来可好？”

“王子很快乐。”梅特姑娘回答说，“你也许不知道，王子在宫殿门前有一块大石板。谁踩上这块石板，石板马上就会知道那是怎样的一个人——石板可是从来没有说错过。”

“你为什么单单告诉我这个消息？”

公主笑着问了一句，她又骑着马走了，一直来到宫殿门前。

王子张开双臂迎了出来。他扶着公主下马，牵着她的手一起走上台阶。

公主刚刚踏上宫殿的知晓石，地下便传来了轻轻的歌唱声：

对这位姑娘可得警惕，
王子，她会说谎骗人，
是个远近闻名的无赖，
她虽说身段婀娜多姿，
可是又懒又蠢难侍候，
她吝啬外加馋猫嘴，
你要是娶她当王后，
到头来宫廷上下全倒霉！

王子一听，如当头一盆冷水，他不敢再跟公主亲近了。他朝公主鞠个躬，请她从哪里来还回到哪里去。

不久以后，王子又动身外出，希望能找一位合适的新娘。他骑着马，又经过梅特姑娘牧羊的草地。王子友好地招呼着姑娘：“喏，小梅特，近来可好？”

“很好。”姑娘回答说，“如果让我嫁给王子，那就更好了。我今天穿着破旧的衣服，到那时就会穿华丽的衣裳！”

“不，这样的美事是没有的。”

“告诉你，那一天会来的。”

梅特姑娘心中抱定自己的信念，说完，她给羊群吹奏起欢乐的曲子。

王子骑着马走远了。他在另一个国度里找到一位公主，既漂亮又富裕，谈吐优雅，举止得体。

王子邀请公主婚前去看望一下他的王宫。她应该知道自己嫁往哪里，看看那里的房舍是否合乎心意。

公主虽然再三推托，说王子的宫殿一定会使她满意，可是王子仍然坚持自己的邀请。

没有几天，公主果然动身来了。

公主路过大草地。她看到梅特姑娘，张口便问：“嘿，牧羊姑娘，王子近来可好？”

“他很好。”梅特姑娘回答说，“你也许还不知道，王子的宫殿门前有一块石板。谁踩上石板，它便会说出那是怎样的一个人。”

“我不知道你为什么只告诉我这件事。”公主扔下一句话，骑着马，头也不回地走了。

王子看到公主，连忙迎了出来。他扶着公主下马，引她一起走进宫殿。

公主刚刚踩上知晓石，地下便传来低低的警告声：

她懒惰又残暴，
远近无人不知晓；
骄傲自大没有止境，
甜言蜜语真不少；
要是娶她做王后，
祸国殃民少不了。

王子一听便明白了。他连忙转身，朝公主鞠了一躬，差人将她顺原路送了回去。

王子十分沮丧，他已经不敢再想结婚的事了。

“我几乎每次都上当受骗，”王子自言自语，“如何才能找得一位真正的新娘？”

冬天过去，春天到了。王子又在寻思找新娘的事。要知道，他在宫殿里又孤单又寂寞，日子太难过了。

打点一番行装后，王子又出去寻找新娘了。

王子心情很好，他一路春风，来到梅特姑娘放牧的草地。

“你好，梅特姑娘，近来可好？”王子问姑娘。

“谢谢，我一切都好。要是我嫁给王子，那就会更使我满意了。”

“这怎么可能呢？”王子笑了起来。

“完全可能！”

姑娘愉快地回答，她又用牧笛给羊群吹奏起欢乐的歌儿。

王子一路走啊找啊，走了很多山地，找了许多地方，最后在一个海岛王国里遇上一位公主。公主愿意嫁给他。

王子也邀请她先到自己的王国做客。

公主接受了王子的邀请。

当公主骑着马经过梅特姑娘面前时，她招呼牧羊姑娘说：“姑娘，你可知道王子近来好吗？”

“一切都好，”梅特回答说，“你是否知道，王子的宫殿门前有一块石板，它会告诉王子，踩上去的人是怎样的品行。这块石板从来没有看错过。”

“哦，原来如此，”公主若有所思地说道，“所以将前面两位公主赶走了。”

“对，石板说她们是骄横凶狠的人。”

“听着，牧羊姑娘，”第三位公主确实聪明，“我们俩把衣服交换一下，你替我去宫殿看望王子，我在这里给你看管羊群，好吗？”

梅特高兴地答应了。她换上了公主的衣服，正好合身，非常漂亮，像一朵鲜艳的玫瑰花。她动身朝王子的宫殿走去。

王子以为公主来了，连忙迎出来，牵着她的手，一起进门。

他们刚踏上知晓石，地下便传来一阵悦耳的歌声：

这位姑娘如清泉，
无私、坦直又勤快，
她的心灵像天使。
要是娶她当王后，
国泰民安不用愁！

“我终于找到了真正的新娘，我是多么幸福啊！”

王子高兴得手舞足蹈，他领着梅特姑娘在宫殿周围走了一圈，又盛情款待她。临别时，王子依依不舍，他吻着姑娘，并趁姑娘不注意的当儿将自己的一只金戒指编织在姑娘蓬松的头发里。

婚礼就定在下一个星期。

梅特姑娘高高兴兴地回到了放牧的草地，她跟聪明的公主重新交换了衣服，告诉她在宫殿里的经历，并请她赶紧准备下个星期的婚礼。

公主回去了。她暗自庆幸由一个纯朴的牧羊姑娘代自己踩踏了知晓石，她当然知道自己有多少错误和缺点。还好这回骗过了王子，而且婚礼就在眼前。

公主是多么地高兴和幸运啊！

一转眼，一个星期过去了。王子立即动身，去海岛王国迎娶公主。

他扬鞭催马，途中，来到了梅特姑娘放牧的草地。

“你好，小梅特，近来一切都顺利吗？”

“我一切都顺利。如果我嫁给王子，那么一切会更加顺利！”

王子注意地打量着眼前的牧羊姑娘。因为他发现姑娘的头发间闪现出一道亮光。

“梅特姑娘，你的头发上缀着什么？要么是一颗星星，要么是一束美丽的阳光。”

王子说着，往前走了一步，他拉过美丽的牧羊姑娘，轻轻地拨弄她那蓬松的鬈发。

当他的手指在姑娘的头发里摸出了自己的金戒指时，他激动得手都发抖了。他是多么惊讶啊！

王子很快便明白了，原来梅特和第三位公主交换了衣服，而知晓石称赞的姑娘不是公主而是小梅特。

王子决定接受知晓石的劝告，娶善良、美丽的梅特姑娘为妻。想到这里，王子将梅特姑娘带回了宫殿。

婚礼开始了，美丽的牧羊姑娘实现了自己的愿望。婚后，国王将王位让给了儿子，梅特姑娘成了贤惠的王后。

懒鬼拉尔斯

孩子不长进，不学好，无疑是父母的一块心病。

从前有一个可怜的寡妇，她就摊上了这样的命运。她的儿子拉尔斯是个四方闻名的懒鬼。许多人可怜他的母亲，都说拉尔斯将来会被苍蝇叮死，因为苍蝇飞来时，他连赶苍蝇都懒得动手。

有一天，母亲对拉尔斯说：“我今天洗衣服，孩子。带个水桶给我拎点水来！”

他倒是愿意去拎水，可是他正躺在灶膛边，拎水还要爬起来，他实在懒得动。

要是母亲自己去拎水该多好，她反正总在屋子里走来走去！

母亲再能忍耐，也不能容忍这样的懒虫。她生气地拿了一根拨火棍，朝着灶膛走过来。

拉尔斯知道母亲的拨火棍可不是闹着玩的，便懒懒地爬起身，连连地打着哈欠，拎着一只水桶，趿拉着鞋踢踢踏踏地朝门口走去。

拉尔斯一边走一边想，用什么办法才能不拎着水桶。拎只桶真是累人，哎，一会儿装满水更是麻烦。

要是水桶自己有腿，能够走路就好了！

他将水桶丢在地上，让它自己往前滚动。路上响起一阵噼噼啪啪的滚动声，响声一直传到王宫。

国王的女儿走近窗口，探出头来，大声地笑着说：“快追，拉尔斯，水桶没有腿，滚得比你快！”

拉尔斯惊呆了，他张着嘴巴看公主。公主长得很漂亮，他很中意。拉尔斯想跟公主打个招呼，可是天这么热，脱下帽来，向她致意，太麻烦。拉尔斯懒得动。

“拉尔斯，把嘴闭上，别让你的心着凉感冒了！”公主一边喊，一边吃吃地笑了起来。

“用不着你操心，”拉尔斯心想，“我会把嘴闭上的，这又不是什么繁重的劳动。”

拉尔斯终于来到井边，他汲上水，突然看到水桶里漂浮着一只青蛙。

“拉尔斯，将我送回井里去吧！”青蛙呜呜咽咽地哀求着。

拉尔斯看着青蛙可怜，本想将它放回去。不过一想又太麻烦，干脆将它带回去吧，母亲会把它养大的。

“拉尔斯，如果你将我放回去，我可以满足你的一个愿望！”青蛙苦苦哀求。

才满足一个愿望？只有傻子才肯动手放它。

青蛙见不能使懒鬼拉尔斯动心，它很着急。最后，它答应拉尔斯，让他将宽边大礼帽合在地上，礼帽扣住了多少草根，它就满足拉尔斯多少愿望。青蛙只求尽快回到水井去。

那还差不多！拉尔斯坐在田边小路上，他看着帽檐下的阜根想啊想，看看自己到底有多少愿望。最后，他疲倦地打了一个哈欠说，他其实没有什么愿望，这样吧，让水桶长出两条腿，独自盛着水走回家去。就这样，他把青蛙捞起来放回了水井。

拉尔斯回头一看，水桶忽地一下升高了许多，桶底下果然长出两只仙鹤般的长腿，直挺挺地顺着路往家走去。

拉尔斯从地上捡起帽子就在桶后追，他赶上水桶时，忙把一根带子系在桶把上，自己紧紧地拉住带子，不让水桶逃掉。

水桶跑得真快，拉尔斯被拖得气喘吁吁。他脱下帽子，顺手盖在水桶顶上。这一回水桶更加出众了。

当他们走过王宫时，公主恰巧探出头来，她禁不住哈哈大笑，眼泪都笑出来了。

“拉尔斯，你这个懒蛋。你是在坐马车吧，别人驾马，你驾水桶！喔，哈，哈，哈……”

“还是你去坐马车吧！”拉尔斯悻悻地说。

“对！我反正已经坐惯了马车。喂，你的水桶还戴着帽子呢！帽子还是自己戴上吧，免得光脑袋着凉。”公主逗弄着拉尔斯。

拉尔斯也不是省油的灯。

“你的脑袋老是探在窗外，才该当心着凉呢！”

“别担心！我戴着金冠呢，没事。我倒担心你哩！”

“饶舌的姑娘，你看，我这里有的是金冠！”

拉尔斯一边吹牛，一边有意拍拍衣服口袋。口袋发出叮当的声响，袋里装满了玻璃弹子。

公主知道是假的。穷得叮当响的拉尔斯怎会有一口袋黄金呢？可他还敢骂公主饶舌。

“你等着吧，奸诈的骗子，我将告诉国王，说你捉弄我！”

“我没有，是你一直在捉弄我！”小伙子勇敢地为自己辩护。

公主却又哈哈大笑起来。

“拉尔斯，你可怜得像个毛孩子。不想找个小男孩玩玩吗？”

“我愿你有一个小男孩！”

拉尔斯生气地扔下一句话，头也不回地跟着水桶回家去了。

怪事情来了。

十个月之后，也就是在春暖花开的时候，公主生了一个结结实实的小男孩。

原来是拉尔斯顺口说的愿望实现了！

王宫里顿时一片喧哗。大家指指点点，交头接耳：

“你们听到新闻了吗？我们的公主生了个儿子！”

“父亲在哪里？”

“是啊，谁是孩子的父亲呢？”国王也大吃一惊，他一个劲儿地追问，心中十分生气。

公主只是哭，她说自己也不知道。

小男孩一天天长大，又聪明又伶俐，越长越漂亮。

国王下令为公主找个丈夫。公主已经有了儿子，当然也应该有个丈夫。

二年过去了。男孩的智力过人，简直跟成年人一样。国王下令，将国内所有的男人全部集中起来。他让小王子在男人中间寻找父亲，找出的人必须娶公主为妻。

全国的男子都应召而来，聚集在王宫里。他们中有贵族，也有平民。长相呢，有胖的，瘦的，高的，矮的，金发的，秃顶的，黄眼珠的，黑眼珠的，有的人骑马，有的人乘车，还有人是步行来的。

那天早上，拉尔斯还跟往常一样躺在家里的灶膛边上取暖。他像平日一样不着边际地胡思乱想：怎样才能使苍蝇不叮咬自己，如何不梳头又能保持头发服帖整齐，最好在午饭前飞来一只烤鸡……

奇怪的是，这些离奇的愿望都一一实现了。

母亲端着饭菜进来，看到儿子还躺着便大声地骂了起来："你们看，今天是个大喜的日子，而我的儿子还偎在灶膛边不动，张着嘴巴像个傻瓜。你这个不争气的东西，难道不想到王宫去吗？"

"不去，不去，我到王宫去做什么？"

"你不知道国王今天召集全国所有的男人吗？你要等那些差役来抓你去吗？"母亲生气地骂着。

好吧，既然逃不掉，那就只好去喽。

拉尔斯慢慢悠悠地朝宫殿走去。

国王看到他过来了，便吩咐身旁的仆人："我们开始吧！全国的男人一定全来了，懒鬼拉尔斯肯定是最后一名。"

喇叭呜呜哇哇地吹奏起来。男人们按照等级进入不同的院落，贵族们进了第一大院，富人们进了第二大院，穷人们进了第三大院。独有拉尔斯耷拉着脑袋，随便地坐在门槛上。

国王将一只金苹果塞在小王子手上，大声地命令说："去吧，我的孩子，睁大眼睛仔细寻找。如果找到你父亲，那就把金苹果交给他。"

小王子走进第一大院，他东张西望，可是没有找到他的父亲。

他又来到第二大院，仔细地辨认着每个男人的面孔，他们也不是自己的父亲。

他再来到第三大院，来回地走了几遍——也没有。

小王子失望地正想离开，不想脚被坐在门槛上的拉尔斯绊了一下，他刚要发作，可一看眼前的人竟像早就相识似的。小王子长久地注视着拉尔斯，把手中的金苹果塞在他的衣服口袋内。拉尔斯糊里糊涂地得到了金苹果。

王宫里一片哗然。不少男人都大声地骂了起来，他们冲过去，想把拉尔斯撵出王宫。还有一些人一边跺脚一边叫喊。大家都对拉尔斯十分妒忌。

"看吧，看吧，全国最大的懒虫竟然娶公主为妻！这真是天上掉下了馅饼，地下冒出了牛奶，哈哈哈！"

四周是一片哄笑声。

国王的脸色比乌云还难看。他压根儿没有想到懒鬼拉尔斯会是小王子的父亲。可是，已经出口的诺言掷地有声，有再大的本领也覆水难收了。

国王下令说，拉尔斯可以娶公主为妻，只是他们三人必须尽快离开宫殿，越快越好。国王命仆人为拉尔斯、公主和小王子备下一只小船，任风浪随便把他们带到哪里。要是大海将他们吞吃了，那也是上帝的意思。

国王生性残暴，他的命令必须立即执行。

太阳还没有落下去，小船已经孤零零地漂泊在大海中。半夜时分，海面上刮起飓风，小船像一片树叶一样，被吹得直打转。

一天一夜过去了，三个人漂泊在无边无际的大海上，水天茫茫，孤立无援。

小王子冻得直打哆嗦，公主不停地哭泣，只有拉尔斯四脚朝天，舒舒服服地躺在船板上，心情非常愉快。他还从来没有坐过船、航过海呢！

“我们怎么办呢，拉尔斯？”公主绝望地问道。

是啊，他们该怎么办呢？他也想知道，可是他去问谁呢？

“你不会划船吗？也许我们应该上岸去。”公主哭着说。

划船？划到哪里去？谁知道陆地在哪一边？真是白费气力。让海水把小船送到天涯海角去吧！

一切照旧。小王子冷得哭了，公主绝望地呜咽，拉尔斯两眼望天，无忧无虑。

又是傍晚了。公主生气地冲着拉尔斯骂开了：“你这个懒胚，要么做事，要么说话。你难道愿意像木头一样，躺到世界末日吗？”

“我当然不希望躺那么久。好了，大海已经让我腻味了，我现在愿意脚踏实地生活。”

拉尔斯的话还没有说完，他们便已经到了一座风景如画的岛上。岛上的房屋十分整齐，居民也十分友好。

公主看到拉尔斯非常容易实现自己的愿望，感到十分惊讶。她深情地拥抱着拉尔斯，含情脉脉地问道：“拉尔斯，你难道不愿成为一个勤奋的人吗？你不应该再做一个让人耻笑的懒虫和庸才。”

“我愿做一个勤奋的人。从前我赶着长腿的水桶取水时曾受到你的嘲笑，现在仍记忆犹新，回想起来，心里像被虫子叮咬一样！”

拉尔斯的愿望实现了。他果真变成另外一个人，又勤劳又伶俐，外表也比先前潇洒英俊许多。

公主非常高兴。她向拉尔斯提议，希望有一幢美丽的宫殿，宫内要有仆人、衣服、马车、士兵等。

海滩边上立即耸立了一座华丽的大宫殿，金色的瓦片在太阳下闪闪发光，犹如一团热烈的火焰。宫殿内设备齐全，应有尽有。

再说国王，自从他将女儿和小王子打发到海上以后，内心一直不得安宁。这天早上，他又到海边散步。他希望能在汹涌的波涛间看到归来的一叶小舟。

突然，他看到对面的孤岛上耸立着一幢漂亮的宫殿，气势雄伟，光彩熠熠。

莫非是看花了眼睛？昨天海岛上还没有宫殿呢！

国王戴上眼镜再看，前方大约三海里的海面上那座无名岛，岛上果真耸立着一座十分漂亮的宫殿。国王怀疑地摇了摇头，这难道是在做梦吗？

国王赶紧唤来仆人。众人也对岛上的宫殿表示吃惊和赞叹。

“这真是一座魔鬼宫殿，”仆人们傻乎乎地说，“我分明记得，那里昨天还是光秃秃的海滩。真是不可思议。”

国王忍不住了，他命令立即备船，并找来了最好的水手。国王亲自操舵，驾驶着大船往孤岛进发。

大船到了对岸，只见从码头到宫殿两列仪仗，欢迎的场面十分隆重。国王很是高兴，可他万没想到在宫殿的门前竟看到了公主和小王子，而且拉尔斯就站在公主身旁，他穿着一身君王的服饰。

公主扑倒在国王脚下，请求父亲的宽恕。她说这一切都是咎由自取，她先前曾经无情地嘲笑过拉尔斯，现在应该受到惩罚。另外，她又告诉国王，拉尔斯今天已经完全变成另外一个人了，她不可能指望有比拉尔斯更好的丈夫。

拉尔斯也在公主身旁跪了下来，请求国王父亲般地赐福。

“好，这个结果非常好。”国王高兴地答应了这门婚事。他命人请王后过来，共商女儿的婚事。

几天以后，岛上举行了隆重的婚礼。

拉尔斯的老母亲也来参加了婚礼，她从宫殿回去时满意地说：“什么人吃什么饭，世界上万事万物都是上帝安排好的。”

国王不久便去世了。拉尔斯登上了王位。他是一个聪明而又公正的国王，把国家治理得井井有条，老百姓非常拥戴他。拉尔斯只是不能容忍懒惰，他对懒人十分严酷。他不能忘掉以前曾遭受的嘲讽和耻笑。

王子与巨人

从前，有一个国王，他和七个儿子住在一幢华丽的宫殿里。

一天，他将儿子召集在一起，说："孩子们，我已经年迈力衰，多么希望看到你们成家立业呀。你们出去闯荡一番吧，这样才能找到属于自己的幸福。但你们的小弟弟哈尔伏尔必须留在我的身旁，你们都走了，我会感到寂寞的。"

宫廷的仆人遵照老国王的旨意，从马厩中挑选六匹最好的马备上鞍。王子们饱餐一顿后，告别了父亲，动身上路了。

一路上，他们跋山涉水，经历了无数的艰辛，来到了一个新的国家。那里的国王有七个漂亮的女儿，都到了婚嫁的年龄。

王子们到了宫殿，请求国王将女儿嫁给他们，国王很乐意地答应了。

不久，六名王子带着七位公主一起回家了，他们没有忘掉留守在家的小弟哈尔伏尔，给他带回了最年轻的公主。小公主十分温顺可爱，像一朵美丽的出水芙蓉，她很愿意跟姐姐们一起嫁到那个陌生的国家。

回家途中，王子们带着众公主经过一座高高的黑山岭，山洞里住着一个可怕的巨人。巨人拦住他们的去路，命令他们交出最年轻的公主。

六位王子当然不答应，他们毫不迟疑地拔出宝剑，准备厮杀。可是巨人只是扬了扬手，六位王子连同他们的未婚妻就都变成了僵硬的石块。

只有最小的公主没有变成石头，她被巨人掳进了山洞。

老国王和他的小儿子等啊等，他们盼望着六位王子带着未婚妻高高兴兴地回来。

星移斗转，寒来暑去，一年过去了。眼看着第二个冬天又快过去了，哈尔伏尔非常焦虑，他决心亲自去寻找六位兄长。

可是老国王不放他动身。

“我的孩子，现在我至少还有你在身边。要是你再一去不归，我将会绝望而死的。”

哈尔伏尔跪在父亲面前，由衷地请求说，他们兄弟七人情同手足，是一个整体，他不能眼看着六位哥哥下落不明而无动于衷。他的一番话打动了国王，国王思考再三，终于答应儿子的请求。

他亲自给儿子挑选一匹快马，依依不舍地将儿子送上大路，再三叮嘱儿子尽快回到他的身旁。

小王子扬鞭催马，走上了陌生的道路，他要去寻找六位迟归的兄长。

小王子昼夜兼程，马不停蹄。这一天，他来到了一条小溪前。王子沿着小溪寻找一块过河的地方时，突然看到岸边的草地上蠕动着一条河鳗。离开水，河鳗快要死了。

哈尔伏尔连忙从马上跳了下来，抓起鳗鱼，将它放入水中。鳗鱼很快又游上水面，说：“谢谢你，王子，你救了我的生命。你有用得上我的地方，我一定乐意来。”

哈尔伏尔又骑马上路了，他走到一片遍地怪石的高地，看到荒凉的岩石上躺着一头雄鹰。雄鹰无力地扇动着翅膀，它饿得精疲力竭，已不能再起飞了。

王子马上从背包里拿出最后一块面包，毫不迟疑地将面包碾碎，放在雄鹰面前。雄鹰贪婪地吃着，连最后一点面包屑都啄食得干干净净。稍后，它整理了一下羽毛，忽地一声钻上了天空。一眨眼，它又飞了回来，在王子头顶上盘旋了三圈，说：“谢谢你，王子，你救了我的命。用得上我的时候，我一定会飞来的。”

王子又骑着马往前走了。这天，他来到一座险恶的黑松林跟前。他大胆地走进茂密的森林，寻找前进的通道，突然听到耳边响起一阵悲哀的嚎叫，好像就要断气一样。王子分开树枝，看到林间空地上躺着一只精瘦的狼，它已经饿得奄奄一息，站不起来了。

哈尔伏尔十分可怜它，便把自己骑的马喂了饿狼。饿狼吃下了整整的一匹大马，顿时力量大增。它跳起来，舒展一下身体，说：“谢谢你，王子，你从死亡的边缘上把我救了回来。我将忠心地为你服务。我现在强健得如同两匹马一样。来吧，给我铺上马鞍，咱们去找你的兄长吧！我知道他们在哪儿。”

哈尔伏尔给狼装上马鞍，跳上狼背。老狼呼的一声，一跃而起，它奔跑起来真是快如风。不一会儿，他们就到了黑山岭。

“我们到目的地了，”老狼气喘吁吁地说，“这岩石底下有一幢宫殿，里面住着一个巨人，它将你的兄长及他们的未婚妻都变成了僵硬的石头。小公主被巨人拘禁在宫殿里。”

王子从狼背上跳下来，走进了那一幢地下宫殿，他接连找寻了十二间华丽的卧室。在第十三间卧室里他才发现了自己寻找的目标：房间的左边一字排开六尊石像，那是六个不幸的王子；房间的右面也一字排开六尊石像，这是六个王子的未婚妻。两排石像的中间立着一位年轻的姑娘，她仍在轻轻地哭泣。

哈尔伏尔目不转睛地望着公主，他从未见过这么美丽的姑娘。

“别哭了，小公主，”王子说，“我将领你远远地避开魔掌！”

“不！我不能丢下变成石块的姐姐。”公主悲哀地抽泣着。突然，她像听到了什么，惊恐地说：“糟了！巨人回来了，你得赶快离开！”

“你不离开，我也寸步不移！”王子顺手拔出了宝剑。

姑娘当即阻止他说：“不行，你战胜不了巨人。他是天下无敌的人，因为他的心脏不在体内。我看你还是先躲到烟囱里，咱们见机行事。”

“好的，可是你一定问一下巨人，他的心脏藏在哪里了。”

王子刚在烟囱里藏好身，就听到大地在抖动，光线也突然暗了下来。巨人走了进来，他东闻闻西嗅嗅，用巨雷一般地声音问道：“我嗅出来了，我嗅到了人肉味。小公主，谁来过这里？”

“有谁能到这里来呢？哦，我想起来了。早上有一只乌鸦，它叼着一根人骨头，飞过时把人骨掉在烟囱里了。我已经把骨头扔了，也许还遗留一些人的气味。”

巨人相信了。他张开血盆大口，吃了公主端上的晚餐，然后睡觉去了。

第二天吃早饭时，公主故意问他：“昨天夜里你整整呻吟了一夜，莫非有人偷走了你的心脏？”

“那个玩意儿谁也偷不走。”巨人笑了起来，说，“我的心藏得可好啦！”

“能告诉我藏在哪里吗？我猜想一定藏在很遥远的地方。”公主显得十分好奇。

“这个嘛，”巨人犹豫着，还是说了出来，“洞口的花岗岩底下藏着我的心脏。”

用过早餐以后，巨人又像往常一样外出了。他前脚刚走，哈尔伏尔便从烟囱里钻出来，来不及掸身上的灰尘，就去寻找花岗岩。

地下宫殿的门口果然有一块大石头。哈尔伏尔使劲移开石块，下面却是空空的，没有巨人的心脏。

“不要紧，这儿可以掩盖。”哈尔伏尔说完走进草地，他采集了许多鲜花。公主把花儿扎成一束，然后放在花岗岩的石块上。

巨人回来的时候，哈尔伏尔又迅速地躲到烟囱里了。

进门以后，巨人东闻闻西嗅嗅，说：“我嗅出来了，我嗅出了人肉味。”

“哪里有人到山洞来？”公主惊讶地说道，“也许还是昨天掉在烟囱里的那块人骨头散发出的气味。”

巨人走近烟囱，将他那颗四方的有棱有角的脑袋伸进去，可在黑暗之中他什么也没有看见。强烈的人肉味却把他刺激得接连打了八个喷嚏。

巨人连忙回过头去，深深地吸了一口气，说：“公主，你说对了。烟囱里现在还有一股子人骨味，呛得我直打喷嚏。咦，洞口的岩石上为什么放着一束花？”

“要知道，我是多么爱你，”公主十分温柔地说，“我现在知道了，那里藏着你的心脏。我将每天向花岗岩呈献鲜花。”

这番话使巨人十分高兴，他压低一点声音，神秘地说：“其实，我的心不在花岗岩下，而是在一只银箱里。银箱放在第十三间卧室里。”

第二天，巨人刚走开，哈尔伏尔就和公主一起打开了银箱，他们里里外外搜遍了，还是一无所获。巨人的心脏不在这里。

“不要紧，别失望。”哈尔伏尔安慰公主说。后来，他又在外面采了许多鲜花，公主用花编成一只美丽的花环。他们将花环搁在第十三间卧室的银箱上。

晚上，巨人回来了。他又嗅出了人肉味，公主安抚他说：“你只要走近烟囱，就会闻到一股强烈的人肉味。人味儿是消失不掉的。”

晚上，巨人看到了卧室里银箱上的花环，他十分奇怪，问道：“银箱上怎么会有一只花环呢？”

“要知道我是多么地爱你！我听说你的心脏放在银箱里，

所以我将每天给它献上一只花环。”

这番话让巨人乐得手舞足蹈，他不由自主地告诉公主说：“公主，我已经看到你确实很爱我。我愿告诉你，我的心脏藏在哪里。在很远的地方有一座半夜山，山下有一片蔚蓝的湖水，湖中有一座孤岛，岛上有一座教堂，教堂里有一口井，井里有一只鸭子，鸭子肚里有一枚蛋，蛋里藏着我的心脏。你可千万记住，别让任何人知道这个秘密。”

“哦，真可惜，路途太遥远了，不然，我可以每天都在井旁献上花环。”公主叹息着说。藏在烟囱后面的哈尔伏尔牢牢地记住了魔鬼说的话。

巨人睡觉去了。

第二天清晨，巨人刚离家，哈尔伏尔便收拾行装准备上路。他在门口喊了一声“老狼”，老狼立即从林中跑了出来。哈尔伏尔给它装上马鞍，朝着半夜山飞奔而去。

他们走了一天又一天，穿过了九重山，来到一片湖泊前。他们涉水登上湖心岛，见岛上果然有一座教堂。进入教堂后看到一口井，井下真有一只白色的小鸭子。

王子看到小白鸭，便想将它捞起来。可他刚伸出手去，鸭子便鼓起翅膀，扑拉拉一声，飞了出去。

鸭子飞出教堂，朝着湖泊的深处飞去。

王子正急得手足无措时，忽然看到从黑色的天空里飞出一只矫健的雄鹰。王子曾经救过它的命。

雄鹰像离弦的飞箭一般扑向鸭子。鸭子惊叫一声，吓得把鸭蛋也掉到湖水里去了。

雄鹰只能在湖面上盘旋。王子急得走投无路。

这时，湖里突然游来了一条鳗鱼。王子曾经救过它。鳗鱼衔着鸭蛋游近岸边，交给了王子。

“赶紧把蛋打碎！”狼向王子建议。

哈尔伏尔听了，忙一使劲，将鸭蛋捏得粉碎。

天空突然昏暗下来，远方传来隆隆的雷声。大地开始抖动，远处的地平线上打起了十二道闪电。

“巨人已经被碾成粉末了。”老狼兴奋地说，“你的兄长和他们的未婚妻都复活了。来吧，王子，骑在我的背上，我们应该马上回去。”

王子骑在老狼的背上，他们游到对岸，风一般地穿过九重山，来到了黑山岭。

地下宫殿的门前，六位王子兄长和他们的未婚妻一字排开，迎接哈尔伏尔。最激动的当然要数小公主。她张开双臂，飞跑着扑进哈尔伏尔的怀里。

多么愉快的重逢！

大家整理好行装，踏上了归途。老国王倚在宫门前，一双昏花的眼睛都哭肿了。当他看到儿子们带着七位如花似玉的公主回来时，高兴得急忙下令，让宫殿里的钟乐连奏三天，以示庆祝。

三天以后，老国王为七位王子举办盛大的婚礼。婚礼之隆重谁也无法形容。

古怪的公主

从前有一位老人，他有三个儿子。

老人见自己耳聋眼花，一年不如一年，便把儿子都叫到床前，对他们说："孩子们，看来我的生命已经来日无多了。我死了以后并没有多少遗产留给你们，只有一幢破旧的茅草房和一个果园。等我闭眼以后，你们可将全部家产分开，各自去过日子。可是别忘了，果园里有一棵苹果树。谁吃了这棵树结的苹果，身体就会特别强壮。这是一棵健康之树啊！"

不过，这棵奇怪的苹果树到底是哪一棵，老人直到死都没有对三个儿子说。也许是他忘了，也许是他担心三个儿子在他死后不知该怎么分配这棵健康之树。总之，他没有告诉儿子。

老人几天之后真的死了。

老人刚咽气，两个大儿子就动手分果园，他们一人一半。不料在中间分界处还有一棵树。两个哥哥一商量，便把这棵树给了小弟弟。

这是一棵弯曲的小树，树皮都爆裂了。两个哥哥谁也不喜欢它。

当然，这也是一棵苹果树。

分家不久，三个儿子听到街谈巷议，说国王唯一的女儿身患重病。看了不少有名的医生，甚至连巫医都请遍了。最后，连看星相占卜算命的人也被唤进王宫替公主治病。可是，他们之中谁也没有回天之力，谁也不能使公主重新恢复健康。

公主躺在病榻上，显得十分衰弱。

国王急得团团转，实在没有办法了，他许愿说，谁能够让公主恢复健康，他就可以娶公主为妻。而且，国王还答应分给他半个王国。

两个哥哥听到这个消息，心里便活动开了。他们要去碰一下运气。

自然是大哥先去。他在自己分得的半片苹果园中每棵树上都摘下一只苹果，然后将苹果装在小篮里。他想：健康之树一定在我的这一边。

大哥兴致勃勃地朝宫殿走去。

到宫殿去必须经过一片大森林。大哥正往森林深处走着，突然看到面前站着一位老奶奶。老奶奶看着他，友好地问道：“你好，小伙子，你的竹篮里放着一点蘑菇，是吗？”

“咦？这跟你有什么相干，你这个好奇心十足的老太婆！”老大恶声恶气地说，“如果你想知道的话，那么我告诉你，竹篮里装的是蜥蜴和蛤蟆。”

“你说得对，这与我有什么相干呢？你尽管带上你的蜥蜴和蛤蟆走吧。”老奶奶说完就走了。

大哥一路辛苦，终于来到了王宫门前。宫廷的士兵将他拦住，问：“年轻人，你的篮里装着什么东西？”

“我的篮子里装着奇怪的苹果，谁吃了谁就会健康。我想将它献给公主，给公主治病。”大哥回答着，一边将篮子递了上去。

“如果真能治病，你倒是挺走运的。”

士兵一面接过篮子，一面便将篮盖揭了开来。

“啊，你这个家伙，竟敢来戏弄王宫里的警卫。我要教训你一顿，让你尝尝戏弄我们的好处。”

士兵把篮子扔给老大，同时，操起棍子没头没脑地将老大抽打着赶了出来。

老大低头一看篮子里的苹果不见了，不知怎么的，却从里面爬出了不少蜥蜴，跳出许多蛤蟆!

大哥回家后，述说了自己的遭遇，二哥不相信会有这种怪事。他在自己的树上也摘了不少苹果，装在篮里，动身朝王宫走去。

到了茂密的森林深处，二哥也遇上了一位老奶奶。老奶奶非常和善地问道：“你好，小伙子，竹篮里是装着蘑菇吗？”

“哪来的蘑菇，你真是个愚蠢的老太婆。告诉你吧，全是毒蛇和蝎子。”老二阴阳怪气地回答说。

“那么好吧，带上你的毒蛇和蝎子去吧！”老奶奶严厉地说着，转身走了。

老二来到王宫的门前。他不等通报就要走进王宫，想直接把神奇的苹果献给生病的公主。

“拿过来！”士兵大喝一声，同时把木棍高高地握在手上。他们看到这回来的年轻人跟上回的来人长得一模一样，心里不禁怀疑起来。

老二将篮盖掀开一道缝，呈了上去。

天哪，篮里爬满了毒蛇和蝎子！

士兵们二话不说，操起木棍，没头没脑地向老二打去，把老二打得浑身青红紫绿，打得他喊爹喊娘，打得他恨不得长出三条腿来逃跑。

“你这流氓，今天我们要教训教训你。让你尝尝戏弄我们的滋味。”

士兵们一路追了下去，自然又是一顿结结实实的木棍。

老二慌不择路，心惊胆战地逃回家中，躲了起来。

最后，小弟弟老三也想去碰碰自己的运气。他从分到自己名下的那棵弯曲的树上摘了一些苹果，动身上路了。

在森林里，老三也碰上了老奶奶。

“你好，老奶奶，这条路是到王宫去的吗？”老三有礼貌地问道。

“对，我的孩子，你走对了。你的篮子里盛了些什么东西呀？”

“这是神奇的苹果，老奶奶，它是从健康之树上摘下来的。我要为公主治病。”

“你会有福气的，我的孩子，祝你一路平安！”

老奶奶友善地为老三祝福，然后，她走进森林深处去了，一边还回头向老三挥手。

老三继续往前走。后来，他走出了森林，来到一条清澈的小河前。他看到河岸上挣扎着一条梭子鱼，也许是波浪将它推上河岸的。梭子鱼快要死了，它的嘴巴一张一合，拼足全身的气力，想要重新回到水里去。

“啊，你这条可怜的小鱼。”老三看在眼里，他快步走过去，把鱼放回到河里。

梭子鱼欢快地摇摆着尾巴，转了一个身又游了回来，说道：“谢谢你，朋友！你救了我的命，我将会报答你的。你需要我时只要呼唤一声我会马上过来帮助你的。”

老三又往前走了。不多一会儿，他看到空中飘动着一团奇异的绒团。

老三觉得好生奇怪，他连忙走了过去。原来空中飞着一只乌鸦，它已经苍老不堪，正受到一群蜜蜂的围攻、叮咬。于是，双方间展开了一场的搏斗。看来，乌鸦是一定会给蜜蜂咬死的。不过，它也用嘴和爪扑杀了不少蜜蜂。

“你们尽快停止这场无聊的争斗吧！你们还要付出多少生命才能罢休？去吧，各自飞各自的！”

看到这一情景，老三着急了，他对着天空大声地呼喊让双方休战。

说来奇怪，蜜蜂和乌鸦果然听话，说停就停。其实，他们自己也很厌倦这场战争了。

蜜蜂和乌鸦各自飞开的时候都朝着老三喊，它们对他感激不尽，答应在紧急的时刻来帮助他。

老三又走了下去。不一会儿，他来到王宫的门前。

“你送的也是健康苹果吗？”

门前的士兵看到来人，就盘问起来，说话的时候还用眼睛不信任地瞅着小篮子。小篮子就拎在老三的手上。

“是的，”老三回答说，“这是能够给人带来健康的苹果，士兵先生，你自己也来尝一个吧！”

说完，老三将篮子给士兵递了过去。篮里的苹果红红的，又大又新鲜。

士兵从篮里抓起一只苹果，咬了一口，苹果的香味沁人肺腑。当他一口一口地把苹果吃完的时候，顿时感到浑身充满了力量，好像一下子年轻了许多。

“这才是真正治病的苹果，”士兵笑了起来，“我将带你到公主跟前。你的苹果一定会使她健康的。”

国王正坐在公主床前，双手支撑着下巴，一脸忧伤。

士兵进去报告，说门外有一个小伙子，他给公主从健康之树上摘来了治病的苹果。

公主半信半疑。可是当她吃完第一个苹果时，她就能够从病榻上抬起头来；当她吃完第二个苹果时，她已经从床上站了起来；三个苹果吃完以后，公主欢蹦乱跳，一路舞蹈着，奔出了房间。

国王多高兴啊，他禁不住热泪盈眶，在大庭广众之下也不感到难为情了。

国王好不容易才平静下来，他感激地拥抱小伙子。又转过头，对公主说：“女儿，我们尽快举办婚礼吧！小伙子救了你的命，你理当嫁给他做妻子，同时我还将赐给他半个王国。”

国王的女儿是个骄傲的公主。她不愿意嫁给一个农家孩子，她也不想听到这样的话。

可是国王不答应：“我亲口许下的诺言，给你治病的人可以娶你为妻。谁敢违背我的旨意！”

“父亲，我愿嫁给一个有成就的人，不能找一个乡下佬做丈夫，他除了摘苹果还有什么本领？”

“你怎么知道他将来不会有成就？他给你治病，使你恢复了健康，国内这么多著名的医生、学者都还不如他呢！”

“那么好吧，父亲。七年前我在海上游玩时曾将一只带钻石的金戒指丢在水里了。如果他能从海里把金戒指找回来，我就同意嫁给他。”

国王不情愿地答应了。摊上这么一个刁钻古怪、不知报恩的女儿，国王能有什么办法呢？

老三来到海边，他要去寻找那只丢失的戒指。

怎么才能找到那只戒指呢？他苦苦地思索着，神情十分沮丧。这时，他想起了梭子鱼，连忙朝着水面唤它来帮忙。

平静的海面上泛起了一阵欢乐的涟漪，梭子鱼从水中探出头来，问老三有什么忧愁。

“七年前，公主曾将一只带钻石的金戒指掉进海底，她要我把戒指找回来。你能帮助我吗，梭子鱼？”

“我当然愿意帮助你，请稍等一会儿！”

梭子鱼转动一下鱼尾，沉入了海底。

过不多久，梭子鱼浮上了水面，口中衔着一只镶着钻石的金戒指。

老三接过戒指，谢过梭子鱼，他朝着宫殿走去。在宫殿里，他将戒指交给国王。国王十分高兴。

“我答应过，谁能将你的疾病治愈，就能娶你为妻；你答应过，谁能替你找回丢失的戒指，你就嫁给他。这下好了，天遂人愿，我们举办婚礼吧！”

可是公主又生事端，她哭着威胁国王，说自己又要生病了。国王也不妥协。公主没有办法，就说还要再让小伙子去完成一个任务。她让小伙子在三天内建造一幢华丽的宫殿，而且要用纯蜡建成。阳光下，黄灿灿的纯蜡会像金子一样闪光。

国王十分悲伤，他把女儿的愿望告诉了老三，还补充说：“小伙子，我知道你可能完不成任务。可是，千万不要气馁！我将送给你半个王国，你以后另娶一个贤惠的妻子。她一定不会像我的女儿那样高傲、横蛮。”

小伙子并不在意这笔财富，他决心要娶高傲的公主。于是，他对国王说：“国王，我要么得到一切，要么失掉一切。我如果不能完成公主的任务，那就心甘情愿地回去种树。”

小伙子的回答让国王十分满意。

“我举双手为你祝福，我的孩子！”他笑着说。

老三走上城堡后面的草地，坐了下来，他苦苦地思索着，谁能帮助他呢？

他想起了蜜蜂，连忙将它们从四面八方召集来。一刹那，头顶上响起一阵嗡嗡声，飞来黑压压的一群蜜蜂。

“你有什么困难吗？”蜂王在他耳边轻轻地问道。

老三告诉它们，公主要他完成怎样的任务。

“这是一件小事。”蜂王听后轻轻一笑说，“你尽可以放心去睡觉……”

第二天清晨，草地上出现一幢蜡制的宫殿，大小跟国王住的宫殿一样。阳光下，黄澄澄的屋顶犹如黄金一般。许多人站在宫外，赞叹着这人间的奇迹。

国王和公主在自己的卧室里打开窗户，他们长久地注视着眼前那座蜡制的宫殿，非常惊异。

“行了，这回没有借口了。”国王看着女儿，神情严厉地说道，“嫁给那个小伙子吧！你必须看到，他比其他任何人都要能干万分。”

公主自然无话可说，不过她还是转动脑筋，又在寻找新的借口，这回她还要给小伙子布置最后一个任务。

国王勃然大怒：“怎么？你这回又想食言吗？当心我把你赶出宫殿去！”

公主一下子钻进床里，好像又患大病似的。国王虽说气鼓鼓的，可是当他看到公主双泪直流，已经整整湿透一个枕头时，又感到非常不忍。

“那就说说你的最后一个要求吧！记住，这是最后一个要求。”

公主一骨碌从床上翻起身，高兴地提出了自己的要求：

“那个小伙子应该将地狱原火给我端来。然后我才能嫁给他，当他的妻子。”

这可不是一个简单的任务。有谁听说过地狱原火是怎么一回事？

国王转过身，愤怒地将门砰的一声从背后关上了。墙上的一只挂钟震落下来，跌得粉碎。看着这一切，公主吓得不敢吱声。

国王找到小伙子，将公主的无理要求告诉了他。他愤恨地说道：“我很生气，警告她当心被我赶出宫殿，如果她再三再四这么刁钻蛮横。”

“别担心，亲爱的国王，你是一个正直的人。”

老三平静地回答说。他想到了乌鸦的用途，乌鸦历来都是魔鬼的助手！

国王离开以后，老三独自来到门外，他唤来了乌鸦，并把自己的心事告诉他。

“别害怕！”乌鸦哇哇哇地叫了起来，“我会帮助你的，这是一桩小事情！”

一会儿，乌鸦从地狱里飞了回来，嘴边叼着地狱之火。它小心翼翼地将火交给老三。

老三非常感谢，他接过火，一直来到公主的卧室。

公主看到地狱之火十分惊奇。她接过火焰，刚要转坏念头，只见一串火苗呼的一声钻进她的怀里，腾地升起一股浓烟。公主呛得连连咳嗽，眼看着衣服也起火了。

公主一声惊叫，猛地跳起身，扑在小伙子的怀里，直喊救命。

老三一把抓住公主，紧紧地搂在怀里。他轻轻地将火苗从公主身上掸下来。地狱之火烧去了公主的傲慢，她安详地闭上眼睛，幸福地依偎在小伙子的怀里。

终于，鼓乐声中开始了愉快的婚礼。

不久，国王将半个王国赐给小伙子，又把另外半个王国送给女儿当嫁妆。他自己则搬到对面蜡制的宫殿去，舒舒服服地安度晚年。

汉斯和野猪

从前有一个国王，他是个大地主，有许多田产。

这个国王的苦恼在于找不到一个牧童为他服务。他的农庄有一块禁区，那里出没着一头凶恶的野猪。任何牧童走近那块地方，都会被野猪抓去，活活地吃掉。

没有人敢到那儿碰运气。

这个国家里有一个小伙子，名叫汉斯。他家里一贫如洗，常常揭不开锅。与其在家挨饿等死，还不如去外面闯闯，谋条生路。小伙子打定主意，便弃家逃荒去了。

他走啊走，来到国王的宫殿，听说宫里需要牧童，他急忙赶去报名。

国王非常高兴，他留下汉斯，然后才提醒说："你在放牧的时候有一块地方不能靠近，否则会有生命危险的。"

汉斯点点头，答应了。

国王问他需要多少报酬。汉斯说他只是希望放牧的时候带一点干粮。

国王完全同意。不过他又问汉斯，应该给他准备怎样的干粮。汉斯也就不客气地说要带一大块粗面包、一磅黄油、一块乳酪。

宫里还会缺这些吗？国王爽快地答应了。

第二天一早，汉斯带上干粮，赶着牲口，来到野猪出没的地方，那里的青草长得特别茂盛。

汉斯刚到那里，野猪已经在迎候他了："咕噜，咕噜，现在我要把你吃掉。"

汉斯丢给它一块粗面包，说："先吃这个吧！"

野猪贪婪地嚼着面包。一会儿，它吃完了，又说："咕噜，咕噜，现在我要把你吃掉。"

汉斯扔给它一块乳酪，说："先吃这个吧！"

一转眼，野猪把乳酪吃完了，它转过身来，盯着汉斯，又要吃他。

汉斯再扔给它一块黄油，说："别嚷嚷，这是最后一块了。你吃完了我的干粮，应该感谢我才是，可不能再说要吃我了！"

野猪吃完了黄油，非常满意地说："谢谢你，让我饱餐了一顿。现在我替你看牲口，你去睡觉。时候到了，我会来喊你。"

汉斯放心地走上山岗，躺下，睡着了。

这时候，国王在宫殿里走来走去，他看到牲口在山坡上吃草，心里非常担心。要是这个牧童也被野猪吃掉，他到哪里再去找到新的呢？他以为今天的牧童已经完了。

傍晚，野猪来喊醒汉斯，让他把牲口赶回宫去。汉斯站起来，揉揉眼睛，赶着牲口回去了。

国王看到汉斯回来了，十分奇怪。他连忙问这是怎么回事。

小伙子简单地回答说："要是牲口没有损失，其他的事就跟你关系不大了。我会照顾自己的。"

汉斯将牲口赶回棚内，然后美美地吃了一餐晚饭。

第二天，他又带着干粮，赶着牲口，来到野猪身旁。野猪吃完干粮，就替汉斯去放牧。

两个星期过去了，牧童和野猪成了十分熟悉的朋友。

宫廷总管看到汉斯安然无恙，十分嫉妒。他有一个弟弟，也曾经给国王当过牧童，却被野猪活活吃掉了。

总管来到国王面前，他不怀好意地说：

"国王，你这回雇佣的牧童曾经说过，他有一种本领，可以制造一艘水陆两用的大船。"

国王不相信。

"你如果不相信我的话，可以试试。你只要对他说，让他在两个星期内将船造好，否则就要他的脑袋。他肯定会完成任务的。"

这天傍晚，汉斯赶着牲口回来了。国王将他唤到面前，说："总管告诉我，你会赶造水陆两用的大船？"

小伙子自然连连否认，他从没听说过什么水陆两用船，也根本不会制造。

国王却坚持要他造船，否则就要杀头。

汉斯非常害怕，第二天放牧时皱着眉头，闷闷不乐。野猪吃完他带来的干粮，问他为什么愁眉苦脸。汉斯把国王交代的任务说了一遍，告诉野猪自己最多还只能活两个星期。

野猪一听，笑着告诉他，这是一件小事。它要汉斯像往常一样去睡觉，说造船的事情就交给它了。

汉斯将信将疑，他在山岗睡了一天。醒来时，看到大船已经造好。汉斯连忙将牲口赶上大船，然后自己也走了上去。大船神奇地开动起来，载着汉斯和牲口一直来到宫殿。

国王看到大船，惊得目瞪口呆。他急忙命人将总管召唤过来。

“你看，我说得不错吧？”总管说，“他还有很多本领呢！”

“是吗，他还有哪些本领？”

“他说能把你十年前失踪的女儿找回来。”

“我不相信，”国王说，“我已经派了多少人去寻找，可是谁也没有成功。”

“你可以让牧童试试。你对他说，要么将我的女儿找到，要么砍头。这样，他就会给你尽力去办了。”

国王思念女儿心切，他真的命令汉斯必须把他失踪的女儿找回来。

汉斯听后连忙摇手，他根本不知道这回事，到哪里去寻找公主呢？可是不去不行，这关系到性命。

汉斯请求国王宽限两天。他又趁着放牧的机会，去跟野猪商量。

野猪要他答应下来，说自己可以帮他找到公主。不过，他应该向国王讨足干粮，装满水陆两用的大船，然后才能上路。

国王只要汉斯愿意去寻找公主，他才不在乎多给些干粮呢！汉斯装满一船食物，重新来到野猪跟前，看它有什么吩咐。

野猪亲自调整了大船的航向，然后吩咐汉斯一直往前开，那里有一座宫殿，里面住着个女妖。国王的女儿正是被她劫走的。

汉斯正要开船，野猪又急忙告诉他，要他将路上遇到的朋友通通带上船，不管他们模样如何，本领大小。

汉斯一一答应了。他开着大船，走了一程，看到前面的路上躺着个人，正在啃嚼一块骨头上的碎肉。

“朋友，你叫什么名字，怎么躺在地上啃骨头？”汉斯的船正航行到这人身旁，汉斯忍不住探出脑袋问他。

“哦，我是世界上的吃饭大王。我可以永远不停地吃下去，可从来也不会吃饱吃足。”那人转过头来回答，他脸上显出一副饿相。

“朋友，我虽然没有东西供你吃饱，可还是请你上船来吧，我们交个朋友。”

吃饭大王上了船，船继续向前行驶。

一会儿，他们又看到一个人趴在地上，抓着树根，送到口里吮吸着。

“朋友，你叫什么名字？怎么在这里吮吸树根？”

“哦，我是世界上的喝水大王。我可以喝干江河湖海，却永远也不会喝饱喝足。”

“我虽然没有东西供你喝够，可还是请你上船来吧，我们交个朋友。”

喝水大王上了船，船又往前开动了。

不一会儿，他们又看到一个人，衣服上缝着许多口袋，口袋边上露出白雪、浓霜和冰碴。

“朋友，你叫什么名字？怎么一副冰冷的面孔？”

“哦，我是冬天的主人，口袋里还藏着七个冬天呢！我要不是严厉地管束它们，它们在夏天也会钻出口袋四处溜达，那时候世界便会阴阳颠倒，寒暑混淆。”

“管束冬天的朋友，上船来吧，让我们一起航行。”

冬天的主人按了按口袋，上了大船。船继续往前行驶。

他们行驶了一程，见对面有一只大公羊，低着头，准备用角抵触大船。

“你这只野蛮无度的大公羊，怎么连大船也敢顶撞？上来吧，我们交个朋友！”汉斯邀请着公羊。

公羊一纵身上了大船，船又慢慢地航行起来。

一会儿，他们看到路上有个人用一条腿走路，他蹦蹦跳跳的，好像在跳舞。

“你叫什么名字？怎么老是蹦跳个不停？”

“我是世界上的跑步大王。我只要一刻钟就可以从天尽头跑到地尽头。哦，不，说不定只要一分钟。”

“哦，跑步大王，快请上船吧。船上虽说不能奔跑，可是我们却能交个朋友。”

跑步大王跳上船，大船继续往前航行。

这时候，他们看到路边有一个人，正仰着头，注视着天空。

“朋友，你叫什么名字？为什么老是看着天空？”

“哦，我在纳闷，为什么九霄云外的那只小鸟身上少了一片羽毛。我是世界上的神眼大王，五百里以外蚊子腿上有几根毫毛，我都看得一清二楚。”

“神眼大王，快请上船吧！我们交个朋友。”

汉斯带领着众位朋友又往前行驶，后来，又看到对面有人手持一把生锈的猎枪，正在瞄准。

“你叫什么名字？你用猎枪瞄准，准备打什么？”

“我是世界上的神射大王，我可以瞄准世界尽头的一根头发，将它打成两半。”

“哦，神射大王，快请上船吧！船上虽然没有什么可以供你瞄准，我们却可以交个朋友。”

汉斯非常高兴，一路上结交了这么多朋友，连公羊都上了船，又蹦又跳，十分兴奋。

大船一直来到宫殿门前抛锚停下。女妖正从宫殿大门里出来，汉斯连忙迎上去问候她，并问能否让他把国王的女儿接回去。

女妖看到他们来了不少人马，只得答应。可她眼珠一转，就说要汉斯经历几个考验。若过不了关，便让汉斯把小命留下再走。

女妖说，今天夜里汉斯必须独自走进地下室，那里藏着三百吨猪肉和牛肉。汉斯必须在拂晓以前将里面的猪肉和牛肉全部吃光。否则，他就必须死在里面。

汉斯一听，暗自高兴。他问女妖，晚上能否带上一个伙伴，好有个说话的人。

“可以，可以！你的那班人马，我都看过了。个个其貌不扬，帮不了你的忙。”女妖一口答应。

汉斯招呼上吃饭大王，悄悄问他吃三百吨猪肉牛肉有什么困难。

“不难，不难。这个女人太吝啬，弄了这么一小点儿肉，还不够我填个胃底。”

当天晚上，吃饭大王陪着汉斯来到地下室。吃饭大王果然厉害，他还没有坐下，就已经吃掉了三分之二。然后找了块空地，坐下来，正吃在兴头上，猪肉牛肉却已经吃光了。

吃饭大王请汉斯好歹给女妖说一声，明天请她再备一餐猪肉牛肉宴，最好有今天的八倍才好。今天确实不满意，吃得还不饱。

第二天拂晓，女妖来到地下室，她正准备惩罚汉斯时，看到里面猪肉牛肉全都被吃完了。她百思不解，汉斯怎么会有这么大的胃口。

汉斯问她是否可以将公主领回去。

“不行，你必须再留一夜。”女妖说。

女妖给他指了另一座地下室，那里堆满了水袋酒桶。她命令汉斯必须在次日拂晓前将里面的东西不管是水是酒，通通喝光。

汉斯自然又要带一位伙伴做帮手。女妖挥挥手，说哪怕他的全部人马都下去，她也无所谓。

汉斯果然将伙伴们全都带下去，他希望趁此机会开个晚会，让大家乐一阵。可惜喝水大王刚一张口，桶里袋里全部被他喝得精光，害得朋友们口渴了一个晚上，连一滴水都没能捞上。

女妖来到下面察看时，她吃惊地看到水袋酒桶已经全部喝空。汉斯的朋友们围着她，一个劲儿地要水喝，而汉斯却问她到底什么时候让他把公主接回去。

“不，你还必须再留一个晚上。”女妖回答说。

她将汉斯带到一间小屋，告诉他，今天夜里将把汉斯脚下的铁条地板烧得通红，要是汉斯能够经受这场考验，他就可以将公主带回去。

汉斯点点头，答应了。不过他希望带一个伙伴进去。

女妖十分爽快，说汉斯可以跟所有的朋友一块儿进去。

汉斯吩咐冬天的主人做好准备，晚上跟他一块儿去经受炉火的考验。

夜里，女妖把小屋里的铁条地板烧得通红。汉斯连忙让他的朋友从口袋里掏出一个凛冽的寒冬，可房间里还是嫌热，冬天的主人只得再放出半个。可是另外半个冬天闷在口袋里不舒服，它硬是调皮地挤着从手指缝里溜了出来。

天哪，双倍的寒冷，谁也吃不消！

拂晓时分，汉斯和他的朋友冻得发抖，铁条地板上已经结了一层厚厚的冰霜。

女妖来察看时，在门口便打了一个寒噤，身上起了一阵鸡皮疙瘩。这是怎么回事？她实在不理解。

汉斯问她：“现在可以带公主回家吗？”

女妖支支吾吾，说公主关在这里，已经十年没有洗过澡了。女妖让汉斯到世界的尽头取一瓶水来，而且必须在两个小时内回来，否则就算他们彻底输了。

汉斯连忙把跑步大王喊到面前，给他布置任务，让他在两个小时内把水取来。

跑步大王迈开大步，只花了一刻钟便来到世界尽头，灌了满满的一瓶水后，踏上了归途。

他正蹽开大步走得高兴时，路边窜出一个老太太。她双手抱着头，说头上痒得实在难受，请小伙子无论如何帮忙抓挠一阵。

跑步大王停下脚步，告诉她，自己必须在限定的时间里将瓶里的水送回去，所以不能帮助她。

老太太紧紧地拉住他不松手，跑步大王被她纠缠不过，便想快点帮助她抓挠一阵，就可以脱身了。

谁知他的手刚碰到老太太的头发，那头发就像蛇一样缠住了他的手指，怎么拉扯，怎么用力，都是枉然。

这下跑步大王脱不了身啦。

一个小时过去了，跑步大王还没有回来。汉斯吩咐神眼大王赶紧巡视一下，看究竟什么地方出了问题。

神眼大王睁眼一看，就发现了目标，他对汉斯说，跑步大王在遥远的地方被老太太的头发缠住了手指，脱不得身。神眼大王还说，他看到跑步大王正急得满头大汗，可是无可奈何。

神射大王一听就乐了，他连忙举枪瞄准，扣动扳机，只听到扑的一声——糟糕，这把枪锈得太厉害，已经不能打了。

他只好弯弓搭箭，嗖地射去一箭。

好箭法！头发在那遥远的地方早已断成几截。

跑步大王急忙赶回来，幸亏离两个小时还有半分钟。

好险啊！

汉斯把从世界尽头取来的水交给女妖，问她还有什么要求。

女妖张口结舌，过了好一阵才红着脸，吞吞吐吐地说：“汉斯，我服了你们，你们都是真正英勇的男人。我可以把公主还给你，可是你必须给我留下一个朋友。我要嫁给他，做他的妻子。你要是不答应，就休想从我这里领回公主！”

汉斯看着这个多情的女妖，感到十分为难，更何况世界童话里也从来没有出现过这种场面。

朋友们以为发生了什么麻烦，都聚了过来。等到他们明白是怎么回事时，都吓得双手直摇，不敢问津。

只有那头大公羊，却糊里糊涂地走上来，似懂非懂地看着汉斯，露出了牙齿，好像在笑。一会儿它又低下了头，大概是不好意思了。

汉斯顿时有了主意，他对女妖说：“你希望我们留一个朋友下来，满足你的要求，为你传宗接代，是吗？这只野蛮无度的大公羊正是你的好伴侣，它就是我们留给你的朋友。”

女妖不好推托，只得嫁给了大公羊，后来生下了许多小公羊、小母羊。也许世界上的羊儿都是她的后代呢！

汉斯领着公主，上了大船。他待朋友们都坐定以后，掉转船头，又沿原路行驶了。

大船又经过当初收留朋友的地方，汉斯都命令大船停止航行，和朋友们一一告别。最后，他带着公主，回到国王的宫殿。

国王和女儿久别重逢，他们的快活自不必说。

总管一看汉斯立了大功，心里嫉妒得像燃烧着的一团火。他又凑了上来，想给国王再出一个恶毒的主意，却不料国王根本没有时间听他讲话。国王问汉斯："你为我找回了女儿，我都不知道该怎么感谢你才好。说吧，我可以满足你三个愿望。你的第一个愿望是什么？"

"我愿意看到士兵将这个心肠歹毒的宫殿总管推上绞刑架。"

国王回头招呼一声："执行！"

汉斯的第一个愿望立刻实现了。

"你的第二个愿望是什么？"

"宫外山坡上的野猪是我的朋友。我希望给它盖一座挡风御寒的房子，每天给它送去足够的饲料。"

国王又回头招呼一声："仆人们，去吧，按汉斯说的去做！"

仆人们兴冲冲地去执行任务了。

"汉斯，你的第三个愿望是什么？"

"父亲，那还用问吗？"

站在一旁的公主早就等得不耐烦了，她不等汉斯回答，便迫不及待地说："汉斯，你的第三个愿望到底是什么？"

国王摆摆手，示意女儿别打岔。

"但愿我能给公主带来终身的幸福！"汉斯激动地大声说。

“汉斯，你是一个好孩子，我把女儿嫁给你，把王位也传给你，这是我的愿望！”

婚礼开始了。

喂，还愣着干什么？快喝啤酒！

妖龙王子

从前有一个国王，他的王后是天底下最美的女人。新婚的第一个晚上，国王和王后在婚床上立下了山盟海誓，愿今生今世永远恩爱。可是第二天早晨起床的时候，他们发现床上隐隐约约地写着一行字，说他们今后不会有孩子。

看到这样怪异的事，国王十分惊讶，王后更是伤心不已。她想，如果他们的王国今后没有继承人，这该是多么沉重的打击啊！

从那以后，两个人都闷闷不乐，生活中顿时少了许多乐趣。

一天，王后心事重重地走出宫门，她想散散步驱除心中的郁闷。王后正走着，迎面来了一位老婆婆。老婆婆很想知道王后为什么满腹心事，一脸愁容。

“哦，对你讲了也没有用。这是一件你帮不了忙、插不上手的事。”王后说。

“那倒不一定，或许我能帮助你呢！”

老婆婆一边说，一边又请王后把心事告诉她。

王后看着老婆婆，心里动了一下，就把婚床上发现一行字，预言他们不会有孩子的事告诉了老婆婆。身为国王和王后，可是却命中注定没有继承人，这怎么能不伤心呢？

“就为这么点小事吗？”

老婆婆听后笑了起来，她马上给王后出了一个主意。原来，等到晚上太阳下山以后，王后应该拿起一只酒杯，将酒杯倒扣在王宫花园的西北角上。等到第二天早上，太阳又升起来的时候，她可以把酒杯揭开。这时候地下就会长出两朵玫瑰花：一朵红的，一朵白的。王后如果摘下红玫瑰花，吃下去。她就会生一个男孩；如果王后摘下白玫瑰花，吃下去，她就会生一个女孩。不过，绝不能同时摘下两朵花，同时将两朵花吃下。

王后听到有这么好的主意，非常高兴。她匆匆赶回宫内，按老婆婆说的扣好了酒杯。

第二天，太阳升起的时候，王后来到花国，她揭开酒杯，果然看到地上长出了一红一白的两朵玫瑰花。

看着两朵鲜美娇艳的玫瑰花，王后却一下子没了主意。她不知道该摘下哪一朵。

她想：要是吃一朵红玫瑰，就会生一个男孩。男孩长大以后可以领兵打仗。可是，万一阵亡了，该怎么办呢？这不是空欢喜一场吗？

对！还是摘那朵白玫瑰。生下一个女儿，留在父母身边，以后嫁出去，又会得到一个王国。

王后想来想去，认定了这个主意。于是，她伸手摘下了白玫瑰，然后吃了下去。

玫瑰花味道真好啊！吃下一朵以后，王后又想，没有儿子谁继承王位呢？想着想着，禁不住又伸出手去，摘下了红玫瑰，放进嘴里，也吃了下去。

吃过两朵玫瑰花后，王后暗自高兴：这下会生个双胞胎呢！

那时正是个混乱的年代，国王不久就带兵打仗去了。

国王刚走，王后就发现自己怀上了身孕。她连忙给丈夫写信报喜，国王自然为这个好消息高兴。

时间一天天过去，王后分娩的时候到了。不料王后生下来的却是一条妖龙，妖龙见到光线后一个翻身便滚到床底下去了。此后谁也不知道，它究竟到哪儿去了。

生下妖龙不一会儿，王后又腹痛难忍。她挣扎了一阵子，又生下一胎。这回是一个漂亮的王子。

宫廷上下都很高兴，竟然忘记了王后曾生下一条妖龙的怪事情。

国王从战场上凯旋，看到王后给他生下个这么漂亮的王子，欢喜得嘴巴都合不拢。

小王子成了国王和王后的掌上明珠。他一天天长大，终于到了结婚的年龄。

国王赐给小王子一辆显赫的宫廷马车，前面驾着六匹大马。王子坐在马车里非常得意，他要出去为自己选一位高贵而漂亮的公主。

小王子驾着马车一路飞驰，来到了一个十字路口。马却站下了，不敢过去了。小王子抬头一看，吓得倒抽了一口凉气。原来前面路上躺着一条巨大无比的妖龙。妖龙看到马车，便张开大口，叫了起来：“必须先为我娶妻！”

小王子想想没有办法，只得将马车赶到另一条路上。

可是，这有什么用呢？马车来到下一个十字路口时，面前又躺着那条巨大无比的妖龙。妖龙高喊着：“必须先为我娶妻！”

王子没办法，只得原路返回王宫。

王后听到这个消息非常着急，她承认当年不仅吃了白玫瑰，而且还同时吃下了红玫瑰，所以在当年生下一条妖龙。

看来只好先给妖龙娶妻了。

国王马上亲自写了一封信，差人送往一个陌生的国家，询问在哪里可能为他的儿子找一个未婚妻。

这当然是一个圈套。可是未婚妻只是到了结婚大厅时才见到了自己的丈夫。当晚，小两口被一起送进了洞房。

可是第二天早上，人们到新房里一看，只见房中一片血污，空气中充溢着呛人的血腥味。婚床上只躺着一条大腹便便的妖龙。

不久，小王子又准备出去为自己寻找新娘。像上回一样，他还是驾了那辆豪华的马车。

马车到了第一个十字路口时，小王子又看到妖龙张开大口躺在中央。

“必须先为我娶妻！”

王子勒转马头，拐入另一条路。可是妖龙仍旧挡着路。

国王看没有办法，便给许多王国写去信，为大儿子求婚。

这回从更加遥远的王国迎来了一位公主。她也是到了结婚大厅才看到了自己的丈夫。可是到了第二天早上，在一片血污的洞房里又只剩下了大腹便便的妖龙。

这以后，小王子曾第三次驾车外出。还是在同一个十字路口，还是这条妖龙，张开大口，说要娶妻。王子只得回宫，告诉国王。

“我真是毫无办法了。”国王紧皱着眉头说，“我为了这个儿子已经得罪了两个强大的王国，他们的女儿都在我们这里遭到不幸。我现在还能到哪里再给他找一个未婚妻来。”国王叹着气说。

宫殿外森林边上有一幢小房子。那里住着一个牧人。牧人年龄很大了，与女儿相依为命。

想到牧人家有一个女儿，国王就走了过去。

“喂，善良的牧人，你愿意将女儿嫁给我的儿子吗？”

“哦，不，那是绝对不可能的。”牧人一听连忙摇头摆手地说，“第一，我只有这么一个孩子，还指望靠她养老；第二，你的儿子不会放过我的女儿，那么漂亮的公主都惨遭不测，我女儿能有好下场吗？这种婚姻本身就是一桩罪孽。”

可是国王却认准了这门婚事。牧人没有办法，只得服从。

可怜的老牧人走回家来，将这门婚事对女儿一五一十地说了。女儿想到从此要嫁给一条妖龙，非常难过。她悄悄走进森林，呜呜咽咽地哭了起来。

正在这时，从一棵空心的大栎树里走出一位老婆婆。

“姑娘，有什么伤心事，说给我听听吧！”

“我有一万个理由，在这里伤心流泪。可是告诉你又有什么用呢？你是帮不了我的。”

“哦，那可不一定。还是告诉我吧！”老婆婆坚持着。

“好吧，事情是这样的：我必须嫁给国王的儿子。可是国王的儿子是一条妖龙。他已经撕碎了两个公主。这一回该轮到我了，他一定也会把我撕成碎片的。

“啊，原来是这么一件小事。”老婆婆笑了起来，“你只要听我的话，就会逢凶化吉的。”

姑娘真是求之不得，她连忙答应言听计从。

“结婚的那天，你要穿上十件衬衣，然后你再要一缸碱水和一桶牛奶，还须带一把树枝在身边。进入新房以后，妖龙会让你脱衬衫，那时你就命令它蜕下一层皮。等它把皮蜕光的时候，你用在碱水里浸过的树枝鞭打它，打过以后再把它浸入牛奶中，然后把它抱在床上，搂在怀里。”

老婆婆一五一十地教了一番，姑娘一一记在心上。

婚礼的时间到了。国王命令仆人用豪华马车将牧人的女儿接进宫。到了宫殿以后，姑娘请人给她十件白衬衫，而且还要崭新的衬衫。此外，她还要一缸碱水、一桶牛奶、一大把树枝。

仆人们觉得这大概都是一些乡土风俗，都不以为然。不过国王却说，应该满足姑娘的一切愿望。

姑娘穿戴一新，显出一副雍容华贵的气派。她被引进了婚礼大厅。不一会儿，妖龙也进来了，站在姑娘的旁边。婚礼非常隆重，就像真正的皇家婚礼似的。

晚上，姑娘和妖龙被大家簇拥着进了新房。当其他人退出来，把房门关上时，新房里只剩下了妖龙和姑娘两个人。

“美丽的姑娘，请把你的衬衫脱下吧！”妖龙看着姑娘说。

“妖龙王子，请蜕下一层皮吧！”姑娘命令着。

“还从来没有人给我下过这样的命令。”

“那么我现在这样命令你。”

妖龙很不高兴。它嘟嘟哝哝地抱怨着，不停地转动它笨拙的身体，直到将一张难看无比的龙皮蜕在地上。这时，姑娘脱下外面的一件衬衫，将它盖在龙皮上。

“美丽的姑娘，请把衬衫脱下吧！”不一会儿，妖龙又说话了。

“妖龙王子，请蜕下一层皮吧！”

“还从来没有人给我下过这样的命令呢。”

“那么我现在这样命令你。”

妖龙又嘟嘟哝哝地抱怨着，蜕下了第二张皮。姑娘随即脱下了第二件衬衫，盖在龙皮上。

就这样，妖龙蜕下一层皮，姑娘脱下一件衬衫，盖在龙皮上。最后，妖龙只剩下血肉模糊的一团了，看上去，真是可怜透了。

这时，姑娘突然从碱水里抽出树枝，竭尽全力朝妖龙身上鞭打起来。真是好一顿毒打啊！

打完以后，姑娘又将妖龙浸在牛奶里泡了一会儿，然后把它抱上床，搂在怀里。不一会儿，姑娘便睡着了。

第二天清晨，国王和仆人们一大早就赶来，透过门锁的小孔朝新房里张望，他们想知道新娘子的命运怎么样了。当然，他们是不敢贸然走进去的，上两次的场面他们仍记忆犹新呢。

可是，他们没有看到任何血迹。他们壮着胆子把门推开了一道缝，伸头进去张望。

阳光下，鲜润美丽的新娘躺在床上，旁边睡着一个非常非常漂亮的王子。

国王乐得直奔王后卧室，王后听到好消息也惊喜万分。他们一起来到王子的洞房，对着新婚夫妇说了许许多多祝福的话。王子和新娘起床后梳洗一番，一对新人显得更加光彩照人了。

国王和王后决定为他们重新庆祝新婚。国王夫妇对新娘非常感激，是她为妖龙王子解除了魔咒。

婚后不久，妖龙王子就接过了父亲的权杖，继承了王位，当上了国王。

黑船

从前，阿斯达尔地区住着一个渔夫，大家叫他彼得·汉森。彼得·汉森有一个儿子，名叫弗勒特里克。

一天，渔夫带着儿子到大海里去打鱼。他们看到海面上有一条漆黑的船，黑船正全速朝着他们驶了过来。待船靠近时，他们看到黑船的甲板上只有一个水手，他的皮肤也跟船的颜色一样，漆黑漆黑的。

两条船正面相遇了，黑水手望着渔夫问他是否愿意把儿子交给他，他愿用儿子体重三倍的黄金换取老人的儿子。如果老人同意，那么将来，他的儿子可以带回许多钱财。

父亲听了十分犹豫，他进舱来跟儿子商量。儿子弗勒特里克是一个强壮的小伙，他认为这个主意不错，就跳过船去，让黑人水手称了他的体重。父亲拿到一大笔黄金，还额外得到不少宝石。

做完交易以后，父亲划着小船回家，大黑船也起锚开船，不一会儿就无影无踪了。

渔夫回到家，将黄金换儿子的事对老婆子讲了一遍。母亲听后非常伤心，她认为从此以后再也见不到自己的儿子了。可是，当她看到眼前这么一大堆黄澄澄的金子时，心里又宽慰了许多。

渔夫在阿斯达尔买下了一幢房子。他们打算在那里安安稳稳地住下去。

再说那艘黑船，它开动不久，天就暗了下来。直到他们驶到岸边，天还始终是暗的。

黑人对弗勒特里克吩咐了一番，教他遇上事情如何应付，然后把他打发到一座宫殿去，那里也是一片昏暗。

弗勒特里克来到宫殿跟前，看到有一对狮子守卫着宫门。他到来时，狮子一动不动，他走了进去。黑人曾经对他说过，如果他感到饥饿，或需要什么帮助和服务，只要喊一声汉斯就行了。汉斯是宫里的仆人，可以随时供他差遣。

弗勒特里克在宫殿里转了一圈，感到肚子真是饿了，他壮着胆子试探着喊了一声："汉斯！"

"我在这里呢，先生有什么吩咐。"

汉斯一边答应一边走了过来。

"马上给我端一盘吃的东西来，就放在这里。请做得精细一点。"弗勒特里克吩咐说。汉斯答应着，将他引进一间屋子，屋子的天花板上有一个小得可怜的洞，从洞里钻进一丁点儿光线。凭这么一点微弱的光线，弗勒特里克刚好能够看到他吃的是什么食物，其余的一概看不清楚。

弗勒特里克放开肚皮，又吃又喝。可是，当他刚吃饱放下碗时，屋子里又像其他地方一样暗了下来。汉斯在黑暗中说，弗勒特里克如果有什么需要，尽管吩咐，他愿意尽力为弗勒特里克服务。

弗勒特里克听后点点头。这时，他听到时钟当当当地敲了九下。弗勒特里克累了一天，此刻昏昏欲睡。他喊来汉斯，汉斯把他送到床边。这是一间舒适的卧房，床前搁了一张桌子、一把椅子。

弗勒特里克将脱下的衣服叠好放在桌子上，他钻进了柔软的被子里。正当他迷迷糊糊就要睡着的时候，突然听到地板上响起一阵拖曳的声音，这声音来到床边，好像有什么人钻进他的床上，躺在他的旁边。

弗勒特里克吃了一惊，吓得不敢作声。过了一会儿，他鼓足勇气，伸出手去，好像摸到了一个人的脑袋。这时候，他才知道，躺在自己身旁的原来是一个女人。不过，他不明白这女人怎会发出拖曳的声音。自然，他不敢开口问她。

第二天一早，弗勒特里克睡眼惺忪地坐了起来。突然，他看到昨晚放在桌子上的那套破旧的渔夫衣服不见了，变成一套华丽的节日礼服。虽然，天色仍然是黑沉沉的，可是，他用手一触摸，就知道衣料是多么细腻、贵重。

弗勒特里克一骨碌从床上跳了下来，他刚把衣服穿好，汉斯就主动地走了上来，问他现在是否吃早饭。

弗勒特里克点点头，答应了。不一会儿，早饭就端了进来。

嗬，这是一餐多么丰盛的早餐啊！渔夫家长大的弗勒特里克可从来也没有吃过这么可口的饭菜。

早饭以后，弗勒特里克兴致很高，于是就在宫殿里散步消遣。待到时钟敲过十二点以后，他来到幽暗的饭厅。自然，午餐又是一顿美味的佳肴。

饭后，汉斯问他夜里睡得可好，还问他旁边睡着另外一个人是否感到不方便。弗勒特里克笑着回答说夜里睡得很香。只是，他很想知道，夜里挨着他睡下的那个人是谁。

“哦，先生，这就不好说了。你知道吗？你必须在这里住上三年时间。三年里你不能看到那个睡在你边上的人。除此以外，你一定会过得很顺心的。”汉斯告诉他说。

一天过去了，很快就到了晚上九点，又该上床睡觉了。其实，白天和黑夜除了时钟敲打的次数不一样多以外，其余的倒也没有什么区别。反正都是一片黑暗，什么也看不见。

不一会儿，那个拖曳的声音又像昨天夜里一样响了起来，钻进床里，躺下了。

今天，弗勒特里克的胆子又大了一点。他终于忍不住地问了起来：“我很想知道，我为什么要在这里住下？”

“哦，那是非常重要的。”一个声音回答说。

“但愿能让我知道，这一切到底意味着什么？”

“是的。可是，困难正好在于，我不能把一切都告诉你。”

“这真是一件奇怪的事。我活了二十二岁，还从来没有一天被剥夺过光明。”

“那么，就让我冒着危险给你解释一下吧：我们生活的这座宫殿中了邪，也就是入魔了。当然，这对你绝对不是一个愉快的消息。可是，除了黑暗以外，你可以尽情地生活、享受。你需要什么，就会有什么的。只是见不到太阳。”

时光随着漫漫长夜过去了一天又一天。

一天夜晚，当他们又睡在床上的时候，弗勒特里克说了，说他非常想家，渴望能和父母亲见上一面。

“哦，这件事不难。”黑暗中传来那个女人的声音，“你如果想家，就请汉斯明天将你送上船。船上有一个黑人，你对黑人吩咐就行了。”

第二天一早，弗勒特里克就吩咐汉斯驾车，请他把自己送上船去。发出命令不久，一切都准备就绪了。

弗勒特里克登上船，篷帆便张了起来。顺风顺水，大船全速航行，不一会儿，阿斯达尔就遥遥在望了。

黑人将船靠上岸，他告诉弗勒特里克，听到船上发出的第三次信号，就得马上回来。

黑人的话还没有说完，弗勒特里克就看到他的父母坐着华丽的马车朝他飞驰过来。父母亲看到儿子衣衫华贵，十分惊喜。父亲迫不及待地告诉儿子，他已经给自己和儿子买下一个贵族的封号。

三人乘着华丽的马车向阿斯达尔驶去，那里有一幢父亲买下的大房子。

多时不见，父母围着儿子问长问短。弗勒特里克自然也把遇到的情况原原本本地告诉了父母。

当母亲听儿子说那是个没有太阳和灯光的地方时，心里便想开了：“他总该亲眼看一下，睡在边上的那个人究竟是谁呀！”

于是，母亲在儿子口袋里悄悄地塞进了一块火石。

这时，只听从远处的船上传来响亮的信号声。虽然这是第一次信号，弗勒特里克就已经站了起来，他告别父母亲，准备回去了。

不管父母多么不想让儿子离开，可是也没有办法。三人乘着车，不一会儿就来到了海边。弗勒特里克和父母站在岸边，互道珍重，只听耳边又传来第二次、第三次信号声。

黑人已经在船上招手了，弗勒特里克只得赶紧登上船去。父母挥手目送着儿子，转眼间，船就开得无影无踪，消失在大海里了。

跟上回一样，黑人也把船停在岸旁。弗勒特里克独自一人回宫殿去，门口还是两头威武的狮子，守卫着大门。

回到宫殿转了一圈，弗勒特里克吩咐汉斯准备晚饭。他无意间将手伸到口袋里，触到了那块硬邦邦的火石。弗勒特里克心里一动，他明白了火石的用途，决定到晚上睡觉时尝试一回。

晚上九点钟以后，弗勒特里克跟平常一样上床睡觉了。不一会儿，那个拖曳的声音又响了起来，她也像平常一样躺在床上。

弗勒特里克抵制不住好奇心的诱惑，他突然坐起身，掏出火石打了一下。趁着火花的光亮，他看到一张绝顶美丽的脸，那真是世界上独一无二的美人。

看到火光，女人发出一声凄厉的叫喊，她悲伤地抱怨弗勒特里克不守诺言。此外，她还告诉他说，三天以后，加倍的魔咒就会降临在她的头上。一切都无可挽回了，魔力一直会作用到世界末日的那一天。

“虽然，你给宫殿挣来了光明，可是却将我推入了永久的灾难，我将成为魔鬼的妻子。”女人说完，长长地叹了一口气。

第二天早晨，天空明亮，朝霞满天，一阵阵凉风吹来，非常惬意。

弗勒特里克却心情非常沉重，他在各个房间里走了一遭，到处都空落落的，他身上的节日礼服也早已变成渔夫的破衣裳。他来到门口，正想离开宫殿时，只见门口蹲着的两只狮子也神态大变，显得非常凶恶。

弗勒特里克连忙将手伸进口袋，摸出几片干面包，向狮子丢了过去。趁着狮子抢吃面包的时候，他飞快地走了出来。

弗勒特里克走啊走，苦苦地思索着弥补自己过失的办法。这时，他看到面前有一头狮子、一只雄鹰和一条狗正在相互争吵，原来它们在争食一具尸体。

狮子、雄鹰和狗看到弗勒特里克走过来，就一齐请他帮助裁决，请他主持分配，使得它们每一个人都能分到最好的部分。

弗勒特里克想了一下，随即用刀将骨头从尸体上剔了下来，扔在狗的面前。狗呼的一声扑了上去，它一向最喜欢啃骨头啦！

狮子的个儿大，食量也大，弗勒特里克把从骨头上剔下的肉全部扔给狮子吃了。最后，他把内脏放在了雄鹰跟前，这是雄鹰最爱吃的东西。

把尸体分完以后，弗勒特里克看到三个动物都很开心，吃得津津有味。他自己也很满意，准备动身上路了。

可是，动物们突然将他拦住，问他对这番帮助需要什么报酬。

弗勒特里克摇摇头，他说自己什么也不需要，只是希望它们将来能和睦相处就行了。说完，他就要走。

这时，狮子张开大口，呜呜哇哇地说了起来："为了使你在将来不至于说我们是一群不识好歹的家伙，我愿意告诉你，我比世界上最强大的狮子还要强大十倍，现在，我给予你使用我身体的权利。你只要摇摇头，就可变作我的模样，而且比我还要强大十倍。"

狗也不甘落后。

"我比最好的狗还要敏捷十倍。我给你变作我的模样的权利，你变化之后比我还要敏捷十倍。"

狗还没有说完，雄鹰便急得哇的一声叫了起来："我在飞行的时候是鸟中之王。我给予你变化成鹰的权利，你一展翅，会比我的速度还要快十倍。只要你自己愿意，随时可以变化。"

弗勒特里克谢过了三个动物。他想，有了这样的法术，也许可以救那个美丽的公主，他决心回到宫殿去。

回到宫殿以后，他找到了美丽的公主，他问公主有没有解除魔咒的办法，同时，还将自己路上的奇遇也告诉了公主。弗勒特里克发誓，为了解脱公主的魔咒，不管要付出怎样的代价，他都不会后退。

公主很感谢他的好意，她说，晚上十点钟时她将在花园里给那个主宰自己命运的魔鬼捉虱子，到时她可以见机行事，打听解魔咒的法子。公主还吩咐弗勒特里克变作雄鹰，事先飞去躲在树上，这样就可以听到她与魔鬼的谈话。

晚上，魔鬼和公主果然来到公园里的一棵大树下。魔鬼显得十分高兴，他告诉公主说，再过三天就要娶她做妻子了。

公主一边坐了下来，一边用不甘心的口吻说：“你别高兴得太早了，这三天里，也许我会解除魔咒的！”

“解除魔咒？”魔鬼大笑了起来，他说，“不可能！你知道吗？在遥远的芬兰王国有一条恶龙。恶龙每天都要吃掉一头鹿。只要世界上还有鹿，恶龙就不会饿死。在那条恶龙的肚子里藏着一只兔子，兔子的肚子里藏着一只鸽子，鸽子的肚子里有一枚蛋，鸽蛋里面藏着我的那颗心。”

“只有你取到那枚鸽蛋，将它在我的额角上撞碎，那时你们的魔咒才可以解除，你想想，这怎么可能呢？你还是乖乖地嫁给我吧！”

魔鬼说完又得意地大笑起来。

再说弗勒特里克，他老早变作雄鹰躲在树上，他把魔鬼的话都一一记住了。弗勒特里克想，魔鬼讲的这个故事一定不会是胡编的。

于是他扇动了一下翅膀，不一会儿就飞到了芬兰王国。

到了芬兰，他在云中盘旋着，四处搜寻，果然看到一条恶龙。只见它慢慢地接近一群驯鹿，准备偷袭。

赶鹿的牧人吓得抛开鹿群，远远地逃开了。

雄鹰猛地落下地面，又变成了弗勒特里克。弗勒特里克跑过去，叫住了牧人，告诉他说自己愿意帮他救回鹿群。

说完，弗勒特里克迎着恶龙扑了过去。恶龙正张着大口吞鹿呢。

“住口！”弗勒特里克大喝一声。

“什——么——？”

恶龙迷迷糊糊地问了一声，它好像不明白“住口”是什么意思。恶龙从来都是随心所欲，从来没有人敢对它发号施令。

“你是哪里来的野小子，生怕我早饭不够吃，又给我送肉上门吗？”恶龙生气地吼叫着。

“怎么，你要吃我？我还求之不得呢！来吧，你先吃我再吃驯鹿。”

“只要你不后悔，我是很乐意的。”

“来吧！看谁会后悔。”

弗勒特里克说完，就站在恶龙面前，动也不动。看到这个阵势，恶龙恼怒极了，它果然张开血盆大口，呼的一声把弗勒特里克活活地吞下肚去。

弗勒特里克进入恶龙肚子以后马上变成一头狮子。

想想看，肚子里钻进一头凶猛的狮子，它暴跳如雷，又撕又咬，还要蹬腿甩尾巴。这种滋味，恐怕谁也受不了。

恶龙疼得在地上打滚，没过多久就死了。狮子咬破了恶龙的肚皮，将它的内脏扒出来，撕成一条一条的。突然，从恶龙的肠子里跳出一只兔子，兔子一溜烟地逃跑了。

说时迟，那时快，弗勒特里克摇身一变，成了一条大猎狗，箭一般地追了上去。一会儿，猎狗就将兔子叼住了。兔子刚被咬开肚子，就腾的一声飞出一只鸽子。

眼看鸽子飞上了天，弗勒特里克立刻变作一头雄鹰，嗖的一声冲天而起，将鸽子一把抓住。撕开鸽子的肚子，里面果然有一枚圆圆的鸽蛋。

弗勒特里克非常高兴地藏好鸽蛋，然后，他重新变作雄鹰，扇动着强健的翅膀，不一会儿就飞回了宫殿，找到了公主。美丽的公主正眼泪汪汪地盼着他呢！

弗勒特里克将鸽蛋交给公生。公主非常高兴，她小心翼翼地将鸽蛋藏在身边。

等到晚上十点时，公主又像往常一样来到花园里的大树下面给魔鬼捉虱子。趁魔鬼打瞌睡时，她从口袋里掏出鸽蛋，朝着魔鬼的额角狠命地砸了下去。

鸽蛋砸碎了。

魔鬼惨叫一声，仰面倒在地上，死了。

魔鬼刚死，加在宫殿上的魔咒顿时就失去了效力。于是，一切都重新变了回来，恢复了原来的面貌。

原来，公主的父母和宫殿里的官员、使女和仆人都被变成了泥土和石块。这时，他们都变了回来，成了人。

为了迎接婚礼，弗勒特里克又乘着黑船驶过大海，将父母接了过来。

婚礼非常隆重，像这样规模的婚礼，保证你从来没有见过！

冰　　　岛

I　C　E　L　A　N　D

被遗弃的孩子

从前，有一个女佣怀了身孕，她生下一个儿子。孩子生下以后就被遗弃了。这在当时的冰岛是件司空见惯的事。母亲不会受到谴责，也用不着做祷告，更不会被判处刑罚。

一天晚上，村里举行露天舞会。女佣也得到邀请，可是，她既无穿戴，又无人陪伴，自然觉得心绪不好。最后，她独自留在家里，早早上床睡觉了。

第二天，女佣来到牧场，她和另外一位姑娘一起挤羊奶。干活的时候，女佣叹息自己没有衣服，不能和人们一起去参加舞会。她本想听到姑娘的劝慰，却不料牧羊场地上突然传来一阵歌声：

母亲，你来到抛弃我的地方，
用不着如此郁闷和怨恨，
拿走包裹我的破烂衣裳，
赶快前往跳舞的营地。

女佣马上听出这是被自己遗弃的孩子唱的，她又羞愧又恐惧，立刻精神失常了，后来到底也没有能恢复健康。

小船的对话

很久以前，世界上人有人的语言，鸟有鸟的语言，花草树木都会说话，连小木船也不例外。当然，只有很少的人才能听懂小木船讲的话。

有一个人，他是语言大师，连风与风的对话。他也能听懂。

这一天，他散步来到海边，看到两条船拴在一起。他刚走过船头，突然听到一声叹息，原来两条小木船不甘心深夜与大海相伴的寂寞，正在说悄悄话。

“我们在一起多年了，可惜明天将永远分别了。想起来还真有些难过。”一条船发出清清楚楚的声音，只是不知道它讲话的嘴巴生在哪里。

“不行！这怎么行呢？”另一条船回答说，“我们在一起三十年了。风风雨雨，情同手足，一块儿下海，一块儿上岸。如果真有沉船的危险，情愿一起沉掉。”

“我们也是身不由己，自己做不了主呀。”第一条船的声音听起来很忧伤，它又接着说，“今天晚上的天气很好，明天就不行了。其他船都不出去，唯有你的主人喜欢逞强。可你明天出海以后再也回不来了。”

“我决不离开这里。”

“你能犟得过主人吗？到头来还不是得离开。现在是我们在一起的最后一夜了。”

“你如果不去，我一定留在这里。”

“事情是由不得你我的。”

“不，除非船主人以魔鬼的名义命令我行驶。否则，我决不会理睬他。”

慢慢地，两条船的声音越来越低，后来渐渐听不到了。

第二天清晨，公鸡躲在窝里，不敢伸出头来啼叫，天气变化无常。除了一条船的主人命人出海以外，其余的船主都忙着把船加固，拴在岸上。

那条船上的水手都不愿意出去。可是主人却严厉地下命令说：“以上帝的名义，请你们赶紧穿上皮衣服！”

大家只得服从，不情愿地穿上皮衣服。

“以上帝的名义，把小船推下水！”

大家只得拥上小船，可是小船却像生了根一样，根本别想能推动它。

船主人又喊来几个人帮忙，可却无济于事。小船仍牢牢地停在水面上。船主人急了，他大喝一声：“你们用力推，这回以魔鬼的名义，给我使劲！”

小船突然像发了疯一样，吱溜一声滑入大海。大家慌里慌张地爬上船。小船迎着海风，呜呜咽咽地驶入了大海，可它从此却没有再回来。

乌鸦的故事

从前，在北方的一个小岛上住着善良的姑娘古巴拉都。她是一个农家的女儿，勤劳，聪明，乡亲们都很喜欢她。

古巴拉都每次吃饭的时候都会想到屋外的乌鸦。一年三百六十五天，她每天都匀一点食物，放在窗台上，给乌鸦食用。

一天，古巴拉都像平常一样，把一些碎面包倒在窗口。乌鸦飞来了，它哇哇地叫了一阵，拒绝吃面包屑。

古巴拉都很奇怪。她以为乌鸦病了，便拿了整整的一条面包走出房门，来到院外。

乌鸦忽地一声飞到姑娘的身旁，它显出一副饥渴难忍的模样，然而却一口面包也不啄食。

姑娘追着乌鸦，一直追到墙外的草地上。

这时，古巴拉都突然听到身后一声巨响。原来村后的大山上滚下了泥石流，泥石流吞没了整个村庄，连一只老鼠也没有逃出来。

乌鸦有两只能预测未来的神眼，它为了报答姑娘分食的恩惠，设法在大灾难到来前把古巴拉都引了出来，使她死里逃生。

泥石流为什么没有席卷姑娘脚下的这片土地呢?

说来话长，这还得感谢牧师古德蒙都呢。他在一次旅游途中曾经到过姑娘古巴拉都的村庄，并在村外的草地上架设了一座帐篷。离开村庄以前，牧师按照惯例，要为住过的地方祈祷一番。这样，这块土地就能避免许多灾难。

这一切自然只有乌鸦才知道。从这件事后，在北方世界里乌鸦就被看成了神鸟。

巴拉达维克的海牛

北方世界冰天雪地，大陆周围的海洋上布满岛屿，就像海面上撒了一把珍珠，真是一块奇特的天地。

巴拉达维克小岛就像一粒闪光的珍珠，漂浮在碧波万顷的大海上。岛上住着力大无比的比阿尼。

一年夏天，比阿尼看到海天突然变得模糊了，眼前推过来一片浓雾，他觉得有些怪异，便离开屋子，来到外面草地上。

这时，他听到一群牲口朝海边走动的声音。比阿尼透过浓雾，努力地向里面张望着。他看到那是一群牛，至少有十几头。牛群后面跟着一位年轻的牧人，手上还牵着一头牛犊。

比阿尼明白这就是海牛。他跳过去，站在大路中间，拦住牛的去路。

牧人看到有人拦路，立刻挥动响鞭，赶着牛群，直往前冲。

比阿尼看到走近的是一头公牛，牛角上还挂着金属圈，所以走路的时候就发出叮叮当当的响声。

牧人是个狡猾的家伙，他趁比阿尼注视大公牛时，赶着牛从斜刺里穿了过去。比阿尼在后面紧紧地追赶。

牧人赶着海牛，奔跑起来。海牛一头头地下了水，它们一下水，顿时如蛟龙入海，掀起万丈狂涛。

比阿尼赶到海边时，牧人已经下了海。比阿尼眼疾手快，他伸出大手，一把抓住小牛犊的尾巴，硬是把小牛犊拉了回来。

这头小母牛很不寻常，它的产奶量超过二十头普通的奶牛。后来，小海牛在巴拉达维克小岛上繁衍生殖，繁殖了一大群后代。

说不定北欧的母牛都是小海牛的子孙。不然它们怎么能产那么多的牛奶？

红头鲸鱼

从前，伽矣富克拉斯克小岛周围的居民常常上岛捕捉飞鸟，拾鸟蛋。靠山吃山，靠海吃海，这座小岛上成群的飞鸟，自然成了人们的捕食的对象。

小岛周围是一片深海，所以人们只能在晴朗的日子上岛捡鸟蛋。可是，大海的性情非常乖戾，说翻脸就翻脸。

这天，又有一条小船靠在岛旁。只有几个人留下看守船只，其他人都上了岛，漫山遍野地捕鸟和搜寻鸟蛋去了。

突然，大海咆哮着动荡起来。岛上捡蛋的人眼看要起风暴了，一个个扭头就往小船奔去。他们好不容易上了船，清点一下，发现少了一人。

怎么办呢？

如果等他，风暴说不定会让全船覆没。没有办法，大家只得驾船离开了小岛。

留在岛上的那个人是个寡妇的儿子，名叫杰尼斯。杰尼斯看到天色变了，急忙往回赶，等他赶到岛边时，小船早已开走了，只在远方的洋面上有一个上下起伏的小黑点。

整整一个秋天过去了，由于海上气候恶劣，人们再也没有来过小岛。杰尼斯也慢慢地被人忘记了。大家相信他一定是死了。

第二年夏天，杰尼斯的朋友们又驾着小船来到小岛上捡鸟蛋。突然，他们看到迎面走来一个幽灵般的人，大家非常害怕。

有个人壮着胆子问："你是不是杰尼斯的灵魂？"

来人并不正面回答，他只是说自己一直留在岛上，生活得很好，没有遇上什么麻烦。他请求大家带他回去，他十分怀念孀居的母亲。

杰尼斯的朋友们又惊又怕。他们将杰尼斯带回了家乡，杰尼斯的母亲真是喜出望外。不过，杰尼斯对孤岛上的那段生活却只字不提。他好像想忘掉一段不愉快的事。

时光如梭，人们各自为自己的生活与前途忙碌，杰尼斯的故事又慢慢地从他们的话题中消失了。

这一年的夏天，人们按照往常的习惯，周末在教堂里做弥撒。不料他们又亲眼看见了一件怪异的事情。

那天做完弥撒，正当大家准备离开教堂的时候，看到教堂门口放着一个小摇篮，摇篮里躺着一个婴儿。婴儿身上盖的被子是一种奇特的织物，上面盘绕着金银丝，一定十分昂贵。

人们奇怪地围着摇篮，大家都不认识这是谁家的孩子。

牧师看到门口围着一堆人，急忙走了过来，等他看清是怎么回事时，连忙问，这是谁家的孩子。大家面面相觑，谁也不知道这是怎么回事。也许是有人要给孩子做洗礼，也许是被狠心的母亲抛弃的婴儿。

牧师十分惶惑，他恰巧看到站在身旁的杰尼斯，于是，他连忙问杰尼斯是否知道这是谁家的摇篮。

杰尼斯连连摇头，他神色慌张，支支吾吾，连声说不知道是怎么回事。

这时候，从人群的后边闪出一个愤怒的女人，她把孩子抱起来，声色俱厉地指着杰尼斯喊着："教堂里容纳不下你这种恶人！"女人一边走，一边转过脸，看着杰尼斯说，"你必将变成一个丑陋的海怪。"

女人说完，一手抱着孩子，一手拎着摇篮，怒气冲冲地离开了教堂，一眨眼，就不见了。

杰尼斯十分惶恐，他一刻不停地往前走去，来到陡峭的山崖边，他茫然地注视着大海，突然发现自己的身体变大变粗，并且身不由己地朝着大海扑了下去。

人们看到，当他重新从大海里游上来的时候，已经变成一条巨大的红头鲸鱼。原来他在下水以前头上戴着一顶红帽子，所以在变化时得了个红脑袋。

杰尼斯的母亲颤巍巍地追到海边，可儿子已经远远地游开了，老人叹了一口气，告诉大家说：去年，当杰尼斯赶到海边时，小船已经开走了，他绝望得几乎要投海自尽。这时候，他的身旁出现一位年轻漂亮的姑娘。姑娘愿意给他提供过冬的食宿，并告诉他自己是荒岛上妖魔家族的成员。

杰尼斯和妖魔姑娘生活了整整一个冬天，他时时刻刻怀念着母亲和家乡。到了第二年夏天，妖魔姑娘虽然已经怀了身孕，可最终还是答应让他回去。

分手时，妖魔姑娘再三请求杰尼斯，将来一定要为孩子做洗礼。不然的话，她警告说杰尼斯将会付出惨重的代价。

现在事情果然应验了。人们不明白，杰尼斯为什么拒绝给孩子做洗礼。冰岛人对此做了一千种解释，可到底是怎么回事，谁也不知道。

彼尔嘉姆的灵魂是怎样上天的

从前，在云雾缭绕的大山对面有一块荒地，那里住着一户农民，主人名叫彼尔嘉姆。

彼尔嘉姆没有邻居，人们都受不了他的粗暴和种种怪癖，纷纷搬家，离他远远的。

彼尔嘉姆一天到晚虎着脸，骂骂咧咧的，脾气十分暴躁。他的长工们由于无法忍受，一个个地辞了工作，走了。只有憔悴不堪的妻子无法离开，只得一天天一年年地忍受着命运的折磨。

也许是长年不断的肝火伤了他的元气，他感到自己的末日已经近了。一天，他咒天骂地地上了床，同时，对妻子说："我大概快要死了。可是有一件事我必须对你说明白，我死后，你必须把我的灵魂装在口袋里，送到天上去。否则，我会在家里作祟，让你不得安宁……"

彼尔嘉姆的话还没说完，真的死了。

妻子马上取来一只口袋，将它凑在彼尔嘉姆的鼻子下面。等彼尔嘉姆的灵魂钻进口袋后，她使劲将口袋扎紧，不让彼尔嘉姆的灵魂再溜出来。

"现在怎么办呢？"彼尔嘉姆的妻子左思右想，"像他这样的人，怎么能上天呢？"可是，波尔嘉姆临死前的威胁又很令她害怕。

最后，妻子终于鼓起勇气，到天上去了。

这是一条漫长而又艰难的道路。彼尔嘉姆的灵魂在口袋里上下颠簸，左右滚动，它还像彼尔嘉姆生前一样，咒骂声不断，这使得装灵魂的口袋更为沉重。

妻子经历了千难万险，终于看到了天堂大门。她在门前使劲敲了一下，天堂大门吱的一声开了，里面走出了圣人彼得。

“你把谁送到这里来了？”圣彼得严厉地问道。

“这是彼尔嘉姆的灵魂。”妻子一点也不敢隐瞒。

“他的灵魂不能上天，他是一个恶人！”

“这该怎么办呢？好吧，我将它送到地狱里去。可是，麻烦你帮我拎一下口袋，我还要走那么长的路，让我先把鞋带扎紧。”

圣彼得不情愿地从她手中接过口袋。趁他不注意时，那个狡猾的女人已经溜出去两公里远了。

“你这是什么意思？”圣彼得朝着女人的背影大声地喊道，“快回来，把你那个灵魂口袋带回去！”

“你就拿着吧！”彼尔嘉姆的妻子回过头来应了一声，脚下仍飞快地朝前面跑去，“他活着的时候，我已经受够他的罪了。现在该你处置他了。”

圣彼得无可奈何，只得将恶人彼尔嘉姆的灵魂连口袋扔在天堂大门外的墙角，直到今天还没人把它扛走呢。

捕捉月亮的故事

在遥远的地方有一片山地。山地上有一座村庄，村前既然没有一条进路，村后自然也不会有一条出路。这是一个与世隔绝的山庄。村民们除了自己的村庄，对外面的世界一无所知。

一天晚上，当一轮满月像盏灯笼似的挂在天边时，几个农民凑到了一起，他们看着月亮好像就停在前面的山头上，于是便指指点点地说："今天的月亮多漂亮，照得眼前一片亮堂。"

"要是月亮挂在家里才好呢！屋里再也不会一片漆黑，伸手不见五指了。"

"这还不容易吗？我们只要爬上对面的山头，把月亮摘下来，各家分一点，不就行了？"说这话的人德高望重，很受大家的尊敬。他是全村最聪明的人。

大家一想，也对。于是一声吆喝，全村上下都朝对面山头奔了过去。当大家上气不接下气跑上山顶时，他们才发现，就是让村子里个头最高的人把手伸直也远远够不上那一轮光闪闪的皓月。而且，月亮还会走动，它好像又移到另一座山头上去了。

"快，我们去追赶它！"

村子里的男人都很勇敢，他们一致决定去追赶月亮。

这时，有位聪明的小伙子却想了一个好主意："我们用黄油面包把月亮从天上骗下来，看它还会逃到哪里去。"

聪明的小伙子指着自己的面包口袋说："月亮喜爱黄油面包胜过一切。"人们看着他，都在满意地点头赞许。大家都为村子里有这样一位聪明人而自豪。

村民们略微休息了一阵，又朝着月亮停留的山头奔过去。可是，他们的热情很快便耗尽了。要知道，他们到达山顶时已经快喘不上气了，而月亮却没有等待他们，它微笑着，从更高的天空中注视着村民。

"没关系！"聪明的小伙子解开口袋，掏出黄油面包，一块块地搁在山石上：

月亮，月亮，犹如冰盘一样，
如果你喜欢，请弄块面包尝尝！
看吧，我们给你备下黄油面包，
吃过以后你一定更明更亮！

他高声地唱着，众人跟着附和。可是月亮不仅没有回来，还转动着走进大海里去了。

"哦，月亮洗澡去啦！"聪明的小伙子拍拍自己的前额，"我们可以躲起来对付它。"

村民们连一点走路的力气都没有了，不过这回是下山，到底容易些。

他们来到一条深深的海湾。看到月亮正在离海堤两三米远的海水中洗澡玩耍呢！

高大的岩石挡住了大家的视线，他们也顾不上抬头看天了，反正月亮就在前面海里呢。

“嘘，小声点，别惊动月亮。我数到三，大家便一起跳下水去，这回别让它再逃走了。”聪明的小伙子指挥着大家。

“一、二……三！”

扑通！

扑通！扑通！

扑通！扑通！扑通！

村民们从四面八方跳进冰凉的海水，七手八脚地一起扑过去捉月亮。

月亮没有被捉住，它又消失不见了。

月亮到哪里去了呢？

“在……在……那里！”

聪明的小伙子毕竟聪明，他虽然冻得牙齿打架，可到底还是看到了天上的月亮。

是的，一轮满月，雍容端庄地挂在天上，圣洁的银光飞泻下来。是那么妩媚、可爱！

村民们浑身透湿，精疲力竭，好不容易才一个一个地爬上岸来。他们最生气的是，月亮居然当着他们的面又逃走了。

什么，你想说海面上的不是月亮，而是月亮在水中的倒影？

村民们不会相信你的话。别忘了他们住的村庄前面没有一条进路，后面也没有一条出路。

那是一个知识进不去的地方。

捡地衣的人

从前有一个农民，他有一座庄园和一对儿女。男孩叫比尔尼，女孩叫玛格丽特。

农民十分喜欢他的孩子们，对女儿更是看得像掌上明珠。女儿不仅是位漂亮的姑娘，而且勤劳、善良。

说话间两个孩子都过了二十岁，可就在这一年，他们的母亲病故了。

当地的农民有一种习惯，每年春天都要进山捡地衣，这年春天自然也不例外。农民因为死了妻子，家里没有人照料，不知道如何安排才好。

两个孩子倒很懂事，愿意进山帮助劳动。农民知道山里危险，不敢轻易答应。可是，两个孩子再三请求，父亲终于同意了。临行前的晚上，农民交给他们两支蜡烛，要他们亲自打火点上。

两个孩子刚把蜡烛点亮，其中一支突然熄灭了。农民心中十分惊慌，可是他已经无法阻拦即将出发的孩子了。

兄妹二人结伴同行，来到大山深处。他们架设了过夜的帐篷，准备第二天就去捡地衣。

第二天，山中起了浓重的大雾，兄妹俩根本无法出门。中午前后，大雾散了，可是妹妹玛格丽特却突然病倒了，而且病情越来越危急。最后，她可怜巴巴地躺在床上，连视力和知觉都丧失了。

比尔尼十分着急。忽然，他听到门外有骑马的声音，出门一看，见两位男子在帐篷前下了马。其中一人穿着红色的上衣，束一根宽大的金色皮带，另一个披着一件深色的大衣。

穿红衣服的男子看到比尔尼，友好地招呼说："你好啊，小伙子！"

比尔尼非常沮丧，他连回答的兴趣也没有。

男子又搭讪着谈天说地，随后掏出一只鼻烟壶，塞上一撮鼻烟，递给比尔尼，问他是否喜欢。

比尔尼婉言拒绝，把鼻烟壶又送了回去。他发现这是一只非常特殊、非常精致的烟壶。

穿红衣服的男子这时候神情庄重地对他说："你现在可以进去看一下妹妹，可惜她已经死了。"

说完，两位男子骑上马走了。

比尔尼十分惊慌，他急忙走进帐篷，发现妹妹果然死了。

没有办法，比尔尼只好独自回家。父亲和乡邻们听到玛格丽特的死讯，都非常悲伤。

冬去春来，一晃又是许多年过去了，比尔尼也成了中年人。

这年秋天，比尔尼家在外散放的绵羊全都不见了。比尔尼到处寻找，毫无结果。他急了，带上新鞋、干粮，一直寻到深山老林，羊群没有找到，比尔尼却在茂密的丛林里迷了路。

比尔尼东转西转地走进一座美丽的山谷，看到前面有许多人家，其中有一幢房子特别高大、漂亮。比尔尼朝这幢房子走过去，见门口坐着一位姑娘。他问姑娘，这家的主人是谁，能否让他借宿一晚。

姑娘听了点头笑笑，把他引入院子，请他在客厅坐下，她自己又退了出来。

比尔尼惊异地发现这个姑娘竟跟当年死去的妹妹长得一模一样，这又勾起了比尔尼的悲伤。一想到妹妹玛格丽特，比尔尼就忍不住流下泪来。

不一会儿，姑娘走了进来，给他端上了晚餐，告诉他饭后可以睡在这里。姑娘还把比尔尼脱下的湿鞋子拿出去烘烤。

饭后，比尔尼舒舒服服地躺下来，睡了一个好觉。他一点也不害怕。

第二天，姑娘又给他送来早饭，并给他换了另外的鞋子，说昨晚的那双鞋还没有干。姑娘嘱咐比尔尼饭后别急着走，今天是礼拜天，她的父母正好都在家。不过，他们先要去教堂做弥撒。

说话间走进一位穿红衣服的男子，他一进门便招呼说：“你好，亲爱的比尔尼！”

男子问他是否愿意跟他们一块儿去教堂。比尔尼点点头，答应了。

教堂里挤满了人，他们的神情都非常虔诚。比尔尼看到弥撒开始的时候门外又进来一位妇女，她一手牵着孩子，一手抱着婴儿。而照料比尔尼食宿的姑娘见到那位妇女则立即高兴地迎了过去，跟在后面。

比尔尼非常奇怪，他觉得这位妇女太像自己的妹妹玛格丽特。不，不仅仅是像，她应该就是玛格丽特。

弥撒做完了，牧师——就是那个红衣男子陪着比尔尼回了家。一路上，牧师问他为什么要到山谷里来。比尔尼告诉他是来寻找走失的绵羊。牧师又问他是否认识自己，比尔尼不敢肯定。最后，牧师又问比尔尼从前是不是到山里拾过地衣。比尔尼闭上了眼睛，他不愿意想起那段悲惨的往事。

牧师又从口袋里掏出一支烟壶，送到比尔尼眼前，问道："你还记得这只鼻烟壶吗？"

"记得！"比尔尼想起来了，就是在他第一次看到红衣男子和这个烟壶时，他失去了可怜的妹妹。

这时，只听牧师解释说："你一定想起来了，我就是多年前你在山里看到的人。可你却不知道，今天，正是我用了法术，把你又引到山谷来，让你和妹妹重新见面。请宽恕我的罪孽，上回也是我对玛格丽特施了法术，让她看起来像死去一样。现在让你们兄妹见面，也了却了我的一桩心愿。"

比尔尼听着，像在做梦。这时，他看到妹妹带着三个孩子走了过来。妹妹含着泪问候比尔尼，告诉他，自己在这里生活得很美满，牧师就是她的丈夫。

比尔尼张着大眼，半信半疑地看着妹妹。半晌，他们才热烈地拥抱在一起，眼睛里都闪着泪花。

牧师看着这个场面也很感动，他说："比尔尼，羊棚里拴着你寻找的绵羊。你可以把羊赶回去，请你再告诉父亲，玛格丽特生活得非常愉快。他如果愿意住在女儿家，你可以把他送过来。父亲已经年迈了，我们会让他幸福地安度晚年的。”

比尔尼十分高兴，他告别了牧师和妹妹，赶着羊群，回家了。

当父亲听比尔尼说女儿玛格丽特还活着，他几乎不敢相信自己的耳朵。后来，他变卖了家产，带着儿子搬进山谷。父女团圆，那种喜悦和激动就不用说了。

比尔尼娶了牧师的妹妹，夫妻俩在山谷里另建家园，他们在山谷里一直生活到今天。

神磨

很久很久以前，在大海边上住着兄弟俩。兄弟两人两副模样，两种品性。哥哥生得脑满肠肥，为人悭吝。弟弟却忠厚勤奋。

父母去世后，吝啬的哥哥把家中值钱的金银细软悄悄地占为已有。等到父亲留下的粮食吃完以后，哥哥便把可怜的弟弟从家中赶了出去，连一块银币都没有给他。

“我反正也有两只手，自己会养活自己。”

弟弟被撵出门后，给自己搭了一间小木房，后来也结了婚。

可是贫困和忧愁却像沥青黏在身上一样，难以摆脱。没办法，弟弟只得常向哥哥借债。

哥哥因为有了本钱，所以把庄园整治得人欢马叫，十分红火。又因为臭味相投，吝啬的哥哥讨了个小气的老婆。

两个守财奴碰在一起，穷弟弟根本就别指望能得到什么帮助。有时候要借一块干面包，或一块皮皮拉拉的肉，也是好话说尽，恶言听饱，东西到手时已经无法咽下肚去。

一次，可怜的弟弟因为三天揭不开锅，只好厚着脸皮去找哥哥，看到哥哥正在宰一头肥牛。胖嫂子看到弟弟来了，连忙走过来，肥胖的身子正好堵了一门槛，她酸溜溜地说道：“哦，兄弟，你的大哥正在厨房里切牛肉。他可正生你的气哩，你这回一根牛毛也不会得到的。”

“也许事情还不会这么糟吧。”穷弟弟苦笑一声，向着哥哥走去。

哥哥装着忙忙碌碌地切牛肉，连正眼也不朝弟弟望一眼，尽管弟弟就站在旁边，伸出一双可怜巴巴的手。

“哪怕给我一块肥肉也行。”弟弟说着，又往前走了一步。

哥哥一看他这副模样，顿时大怒。他从钩子上取下一整条牛腿，往地下一扔，说：“拿了见鬼去吧！我可再也不愿意看到你了。”

弟弟不声不响地捡起牛腿，回家去了。

这真是西天出太阳！妻子看到丈夫扛着一条牛腿回来，高兴得双手抱住脑袋，几乎不相信自己的眼睛了。

弟弟用手挡住妻子，说：“你别高兴得太早。这条牛腿是给魔鬼的，我哥哥命令我拿着牛腿见鬼去。给我找几双结实一点的鞋来，我应该马上动身……”

“这个人一定是饿昏了头，连人家骂人的话也听不懂了。”

妻子再三地劝他，他就是听不进。妻子没办法，只得听凭他扛着牛腿见鬼去了。

他始终顺着鼻尖的方向往前走。一路问了许多人，没有人知道鬼究竟住在哪里。大路慢慢地变成小路，小路变成狭路，狭路变成窄路，窄路变成无路。在无路的黑山沟里住着一个小侏儒。

“你扛着一条牛腿到哪儿去？”小侏儒看着来人，厉声地问道。

“我扛着牛腿去见鬼。”穷人回答着，问道，“你可知道他住在哪里？”

“我当然知道啰！你只要给我一块牛肉，我马上便会告诉你，如何去找鬼。”

侏儒看到这么好的一块牛肉，喉咙里痒得咕噜噜直叫。他看着穷人切下一片牛肉，马上接过来，连吞带咬地吃个痛快。

吃过牛肉，侏儒抹抹油光光的小胡子，弯下腰去，从靴子里掏出一根小树枝，交给穷人，说：“你看到前面的那座山了吧？笔直地走过去，山坡上有一块大岩石。你用树枝抽打岩石，岩石移开就会出现一个洞。鬼就住在山洞里，可是你千万别进去，只把牛肉丢在里面，然后记着把洞口的东西带回来。我在这里等你……”

穷人正想再问一下，侏儒却突然不见了。只有手上还留着的一根树枝，证明刚才不是在做梦。

穷人很快就爬上了对面的山坡，他用树枝使劲朝岩石抽打，岩石隆隆地移开，果然露出一个洞口，穷人赶紧将牛腿扔进黑漆漆的洞口。他正要离开的时候，看到洞口有一个小巧的石磨。穷人扛着石磨，顺着山坡，下山了。

小侏儒早在等他了。

“我很高兴，你能听我的话。”

“可是，洞口除了这个小磨以外，其余的什么也没有。”

“你别小看它，这是神磨。它会按照你的愿望，磨出你需要的东西来，只是在推磨的时候别忘了说：

小石磨啊磨啊磨，
磨的都是希望果；
多谢上帝帮助我，
称心如意推神磨！

穷人一听，非常高兴。他谢了侏儒，匆匆忙忙地回家去了。

傍晚，妻子正在门口盼望时，穷人回到了家中。妻子听说丈夫带回的是一个神磨，便决定亲自试试。结果，神磨从晚上一直转到第二天清晨，它按照愿望磨出了面粉、猪肉，磨出一头牛、一群羊，甚至还磨出了一幢新木房。

最后，妻子还希望有一点金子。她刚把愿望说完，石磨边上便不停地流出了金条、金块，堆了一桌子。

穷人累了，他早就倒在床上睡着了。可是妻子却无论如何想知道一共有了多少金子。她让石磨停下，自己悄悄地来到嫂嫂家，想借一只小斗。

嫂嫂很奇怪，穷人家要斗做什么？她紧追慢问，最后终于知道了事情的真相。

天啊！难道是真的吗？

哥哥和嫂嫂嫉妒得脸色发白，坐立不宁。哥哥实在熬不住了，他连忙来到穷弟弟家，一看新木房，还有成群的牛羊，心里羡慕得不得了。

哥哥转着眼珠，想出了一个新主意："兄弟，我想把自己的住房让给你，我准备搬家了，搬到大海的那边去住，为此我已经造了一条船。当然，我不能将我们的庄园交给一个陌生人。我决定将它赠送给你！”

“你为什么要这样做呢？”

“我们是同胞兄弟嘛。”哥哥做出诚恳的样子说，“自然，你也应该把自己的一切与我交换……”

“好的，我一定把自己的一切都交给你。”

弟弟感动极了，哥哥以往的恶言恶语此时都像烟雾一样消散了。

吝啬的哥哥一听，非常欢喜，他首先要那个神磨。石磨拿到手，哥哥立即扛着它回家了。一路上，他喜滋滋地想着未来像国王一样豪华的生活。

第二天一大早，哥哥和嫂嫂就把家产搬上大船。他们没有向任何人告别，便升起篷帆，开船走了。他们要找一个无人居住的小岛，在那里随心所欲地发大财。

船平静地行驶在一望无际的大海上。嫂嫂抑制不住发财的欲望，还没靠岸，就急着要磨金磨银。

可是石磨却像坏了似的，一动也不动。两个人急了，拼命地用手推，石磨还是不动。

胖嫂嫂忍不住发火了，她指着石磨便骂了起来：“你哪里是神磨，简直是鬼磨；你磨不出黄金白银，哪怕磨一点盐巴也好哇！”

说话间，磨子竟然呜呜哇哇地转动起来。它转得又快又稳，磨出了白森森的盐巴。磨了一圈又一圈，磨了一堆又一堆。

到了中午，盐巴像雪崩似的堆了满满一船。

鬼磨还在转动，还在呜呜哇哇。它转得又快又稳，磨出了白森森的盐巴。它转了一圈又一圈，磨了一堆又一堆。

大船上堆满了盐巴，它吃不住重压，沉下去了，把这对吝啬鬼送进了海底。

魔鬼轻易地抓住了两个人的灵魂，可石磨到了海底仍在不停地转着，不断地磨出盐巴……

对了，所以海水是咸的！

雇工的女儿赫尔嘉

从前有一对老夫妇，他们很穷，住在一幢破草房里。老夫妻只有一个女儿，名叫赫尔嘉。赫尔嘉才貌出众，是这一带难得的好姑娘。

一天，年老的母亲觉得很不舒服，她把女儿叫到跟前，说：“你这一辈子的生活可能非常坎坷，有时候甚至非常艰难，可惜我以后不能帮助你了。我给你一把锥子，它会模仿你的声音说：我在这里呢！你以后也许会用上它的。”

母亲说完就死了，赫尔嘉十分悲伤。

几个月过去了，家里的气氛依旧凄凄惨惨。赫尔嘉常常眼泪不干地思念着死去的母亲。

一天晚上，赫尔嘉正在睡觉，突然发觉有人摸上床来。她吓出一身冷汗，连忙睁开眼，借着朦胧的月光，认出来人竟是自己的养父。

赫尔嘉见老头子欲行不轨，便借口忘记把灶膛里的火压灭，急忙跳下床，走进厨房。她把锥子挂在墙头，嘱咐它，听到喊声时只要回答一声：我在这里呢！这就是对她的最好的帮助了。

赫尔嘉说完，悄悄地拉开门，逃走了。

老头等了一会儿，不见养女过来，他便喊了一声。锥子听见了，急忙回答："我在这里呢！"

老头听到养女应声，放心了。

等了一会儿，他还不见养女过来，便又喊了一声。锥子又急忙回答："我在这里呢！"

如是多次，老头心烦了，他来到厨房，寻找养女。他在厨房间找了一遍，不见人影。老头悻悻地走进房间。

赫尔嘉离家以后，走进一片茂密的树林，她在里面转了整整一夜。天将亮的时候，她来到一幢美丽的小房子前，屋子里有一个青年男子，正在独自下象棋。

男子请她进屋，说她来得正是时候，问她是否愿意留在那里，为他服务。

赫尔嘉点点头，答应了。她问男子叫什么名字，男子告诉她，自己名叫赫劳杜尔。

一转眼几个月过去了，赫尔嘉怀了身孕。

赫劳杜尔整天外出打猎，傍晚时回到家里。可是，自从赫尔嘉怀孕以来，他回家的时间越来越晚。有一天晚上，他干脆一夜没回来。

这天夜里，赫尔嘉在睡梦中见到了自己的母亲。母亲走到她的身边，声音清晰地说：

"女儿，赫劳杜尔在欺骗你。他受了一个魔鬼女人的引诱，准备与她结婚。你赶紧倒穿着鞋子离开这里，到离这里不远的土屋去避难。不然的话，魔鬼女人将会对你下毒手的。"

赫尔嘉从睡梦中惊醒过来，她知道事情不好，便急忙倒穿着鞋子，走进离家不远的土屋，躲了起来。

不一会儿，从门外蹿进来一条野狗。野狗在赫尔嘉的脚边嗅来嗅去，没有发现什么，走掉了。

随即赫尔嘉听到门口一声巨响。她透过门缝，看到野狗变成了可怕的魔鬼女人。魔鬼女人在地上顺着赫尔嘉的脚尖方向嗅着，渐渐走远了。

赫尔嘉等了一会儿，见门外没有动静，就匆忙离开了小土屋，逃进了大树林。她走啊走，来到一条小溪边，她弯下腰捧水喝时，手上的戒指落在了水里，正巧，下游有一个孩子在打水，戒指被舀进了水桶里，孩子也没在意，拎着水桶回去了。

一会儿，赫尔嘉看到对面走来一个小侏儒。小侏儒感谢她送给孩子的礼物，并邀请她到家中做客。

他们来到一块巨石面前。小侏儒挥了挥手，巨石顿时从当中分成两半，像门一样地开了。

两个人跨进巨屋，赫尔嘉看见小侏儒的妻子正坐在那里忙着做针线。小侏儒的妻子非常友好，她连连感谢赫尔嘉，并给她让座。

小侏儒告诉赫尔嘉："赫劳杜尔今天结婚，他要娶魔鬼女人为妻。你如果愿意看到他们的婚礼，我可以帮助你。"

赫尔嘉沉思了一会儿，点点头，同意了。

小侏儒引着赫尔嘉，来到一个山洞。进洞以前，小侏儒把一件隐身衣披在赫尔嘉身上，顿时，谁也看不见赫尔嘉了。

小侏儒特别提醒赫尔嘉，要她注意新娘每天晚上的行踪。

然后，她应该告诉赫劳杜尔，让他亲眼看看新娘的真面目。最后，小侏儒表示，如果需要他的帮助，赫尔嘉只要喊一声，他立刻就会出现。说完，小侏儒消失了。

赫劳杜尔的婚礼前后共举行三天。

赫尔嘉走进婚礼大厅。大厅里喜气洋洋，热闹极了。新娘坐在那里，显得又美丽又文静。赫劳杜尔也满面春风，不时地发出响亮的笑声。

傍晚时分，新娘果然独自溜出门外。她一看四下无人，便连着转了三圈，大声说着："我要变成原来的模样！"

霎时间，新娘变成凶恶的魔鬼女人。

"三头巨人，我的兄弟，你在哪里？快把装满人肉、马肉的大桶给我拎过来，我要饱餐一顿。"魔鬼女子发出可怕的命令。

随着这声吆喝，三头巨人果然送来一大桶人肉、马肉。魔鬼女人和他一起又撕又咬，把一桶肉吃得精光。然后，她又转了三圈，说："让我变成新娘的模样！"

魔鬼女人果然又变成了美貌的姑娘。

第二天晚上又重演了这一幕。

第三天晚上，赫尔嘉看到新娘走出门，她连忙去喊赫劳杜尔，要他跟出去看个明白。

赫劳杜尔觉得很奇怪，他只听到赫尔嘉的声音，却看不到人影。

赫尔嘉引他来到门外。让赫劳杜尔看到了那可怕的一幕。

赫劳杜尔大吃一惊，他急忙退回家中，在门口埋伏了一个绳结。

新娘吃过人肉马肉，心满意足。她舔舔嘴巴，兴冲冲地往回走，刚到门口，却被绳结缠住了。

她拼命挣扎，绳结越收越紧。新娘大声呼救，要她的三头巨怪快来帮忙。

三头巨怪应声赶到。他眼中冒火，口中喷沙，样子十分吓人。

赫尔嘉急忙呼喊小侏儒。只见天空突然飞来一头巨鸟，它用利嘴啄开三头巨怪的头颅。

三头巨怪倒在地上，死了。

新娘也被绳子活活地勒死。她躺在地上，嘴角边上还残留着人肉和马肉。

此时，赫劳杜尔看着他的新娘，觉得十分恶心。突然，他发现了脱去隐身衣的赫尔嘉。赫劳杜尔十分高兴，他恳求赫尔嘉能宽恕自己。

原来魔鬼女人是用妖法把赫劳杜尔迷住的。

赫尔嘉宽恕了他的过失。他们一起回到树林中的那座小房里，准备举办婚礼。

结婚的那一天，小侏儒带着儿子也来贺喜。他把儿子放在赫尔嘉的怀里，让他成为赫尔嘉的护家精灵。

赫劳杜尔感谢小侏儒救了自己一家，他给小侏儒斟上了满满的美酒。

婚后，赫劳杜尔和赫尔嘉生活得十分美满，他们活到很高的年龄，也许今天还生活在冰岛的某幢小房子里。

穷老汉的女儿们

从前有一个国王，他有一个儿子两个女儿。他们一家幸福地生活在王宫里。

王宫边上有一幢草房，草房的主人是个穷老汉，他与老伴相依为命，前后生养了三个女儿。

老汉夫妇缺衣少食，为了养家糊口，终日劳作，却疏忽了对女儿们的管教。等到他们年迈体弱，不能干活时，才发现三个女儿既不会劳动，也不会料理自己的生活。

但是三个女儿却跟村上的巫婆学会了魔法和幻术。她们一天到晚练习、嬉耍，打发了不少时光。村上的巫婆还给她们占卜，说她们三人后福无穷，将来会嫁给大臣、王子和国王，她们会当上王后和官太太。

老汉夫妇听了摇摇头，他们不敢相信。后来，夫妇两人都先后生病死了。

父母死了以后，三个女儿坐吃山空。没过多久，她们就把一份微薄的家产挥霍一光，从而面临着饥寒交迫的威胁。

三个女儿尽管不相信巫婆的预言，可她们听说国王有大笔财富，牛羊成群，特别是那头公牛，又大又肥。她们悄悄地跟踪了几天，终于瞅准机会，把公牛偷回家中，杀掉了。

再说国王，他近来祸事不断，上个月死了王后，现在又不见了公牛，真是非常沮丧。

国王是个聪明人，他从一开始就怀疑窃贼是邻居老汉的女儿。于是，他派一名大臣去查访。

大臣立即动身，来到老汉家，看到三个姑娘高高兴兴地站在门前。他大胆地走了进去，只见屋子里热气腾腾，锅里煮的汤发出一股诱人的香味。

三个姑娘请大臣坐在炉灶旁边的石凳上。大臣不便推辞，只得坐了下来。他闻到锅里有新鲜的牛肉味，可是等到姑娘们揭开锅盖时，大臣看到锅里只剩下一些鱼头鱼刺。他十分奇怪，这是怎么回事？

姑娘们坐了下来，她们请大臣一起就餐，大臣婉言谢绝了。他等姑娘们吃完饭，立起身来告辞，准备回去禀告。

大臣走到门口，看到外面大雪纷飞，根本分不清眼前哪里是路，哪里是河了。

怎么办呢？大臣十分犹豫。

三位姑娘告诉他面临着重大的选择：要么他冒雪走出大门，要么今天晚上和老汉的大女儿同床共枕。

大臣知道，要想在风雪交加的夜晚找到一条回宫的路，那简直比登天还难。没有办法，他只好选择了后者，况且，今后谁会知道他今晚究竟睡在哪里呢？

第二天拂晓，大臣醒来时看到三位姑娘都已经不在家了，他睡的床上只有他一个人。

大臣穿上衣服，走出房门。他看到前面光亮处，像是一只水桶，又像是一条船。大臣急步走过去，发现既没有桶，也没有船。而是一道激流。他连忙涉水，来到对岸。不料三位姑娘正迎面走来，她们嘲笑大臣，问他为什么坐在垃圾桶里。

大臣低头一看，果然如姑娘们所说的，他正坐在垃圾桶内。大臣羞愧难言，他责怪三位姑娘，说不应该用妖术戏弄国王的大臣。

姑娘们说，如果大臣不答应娶她们的大姐为妻，她们就要把这件事张扬出去。

大臣没有办法，答应了婚事。他灰溜溜地回到宫殿，对国王说昨晚风雪太大，出不了门，所以还没有来得及到老汉的女儿家里去。

国王知道事情蹊跷，他不相信大臣的话。国王说："我派王子亲自去查访公牛的事。我不甘心无缘无故地丢失一头公牛。"

王子果然来到老汉家，看到面前站着三位漂亮的姑娘。王子绕开姑娘，到了厨房，看到锅里正烧得热气腾腾，散发出一股扑鼻的牛肉香。

姑娘们邀请王子坐在炉灶旁边的石凳上，请他一起进餐。王子婉言谢绝了，这时，姑娘们打开锅子，却盛上鱼头鱼尾，没有一块牛肉。王子不知这姑娘们擅长魔术，她们虽然吃着香喷喷的牛肉，而别人看到的却是鱼头鱼尾。

王子看姑娘们吃得津津有味，自己便退了出来，准备回宫殿交差。

王子走到门外，看到天色阴沉，豆粒大的雪珠打在屋顶上，发出叮叮咚咚的响声。他不禁迟疑地站住了。

姑娘们走了出来，告诉王子，他要么冒雪回去，准备死在半道上；要么留下来，晚上与老汉的二女儿同床共枕。

王子不愿意死在半路上。当天晚上，他睡在了二姑娘的床上。第二天早晨，王子也像大臣一样，看到屋里只剩下他孤零零的一个人。他穿上衣服，走出房门，发现远方有一道瀑布，瀑布旁边还有一条小船。

王子登上小船，他正在划着，猛然听到姑娘们的笑声。原来三位姑娘就在面前，她们嘲笑堂堂的王子怎么会坐在肮脏的垃圾桶里。

王子一听十分吃惊。他低头一看，糟糕，果然如姑娘们所说，自己竟坐在垃圾桶里。

王子不知道究竟是怎么一回事，他十分纳闷。

姑娘们对他说："除非你答应跟昨晚同床的姑娘结婚，且对她永远忠诚。否则我们就把这件丑事张扬出去。"

王子没有办法，只得答应婚事。他回到宫殿，说昨晚露宿野外，没有能到老汉家去。

国王越发惊讶，他不能就此了结这桩疑案，于是决定亲自去查个明白。

三位姑娘看到国王来了，高高兴兴地站在门口迎接。国王走进屋子，看到里面烧得热气腾腾，满屋飘散着香喷喷的牛肉味，就在炉灶旁边的石头上坐了下来。

不料姑娘们却从锅里盛出一碗鱼汤，她们请国王一起吃饭。国王看到锅里一块牛肉也没有，觉得非常奇怪。他悄悄地退了出来，走到门口，准备回去。

到了门外，国王看到风和雪卷成一团，眼前根本没路可走。他吃了一惊，急忙退了回来。

姑娘们跟出来说，他正面临两种选择，要么冒险回去，准备死在路上；要么就住在这里，晚上跟老汉的小女儿同床共枕。

国王愿意保留生命，他选择了后者。

晚上，大家上床睡觉。国王躺在姑娘的身旁，他一觉睡到天亮，睁开眼才发现屋子里只剩他一个人。

国王好生奇怪，他急忙穿上衣服，来到门外，看到面前的景色十分优美。国王走过去，只见一片湖水，湖水很浅，清澈见底，水面上嬉耍着几只鸳鸯和白鸭，对面的小岛上还有一户人家。

国王看到旁边有一根手杖，使扶着它走下水，准备上对面的岛上去游玩。

下水以后，他越走越深，最后竟然漂游起来。

突然，三位姑娘随着一道光亮出现在他眼前，她们笑得前俯后仰，眼泪直流。她们说："我们的国王太不自重，他将为此羞愧一辈子。瞧，他竟然爬进我们的牛奶桶，让牛奶一直浸到脖子。国王，你这是怎么啦？"

国王听到笑声吓了一跳。他低头一看，真是莫名其妙。自己竟然站在牛奶桶内，羞得他脸红到了鼻子尖。鼻子往下全是牛奶，估计也是红的。

怎么办呢？

三位姑娘走上前说：“你要是不答应娶昨晚与你同床共枕的小妹，我们就把你的丑闻张扬出去。”

国王跳进了牛奶桶，这样的丑闻还不把天上的太阳和月亮笑掉吗？国王明白这件事的影响，只好答应娶老汉的小女儿，并且让她当王后。

回到宫殿，国王撒了个弥天大谎，他说昨天晚上爬在树上睡了一夜。不过，国王宣布，他听说老汉的小女儿貌如天仙，准备娶她为妻。

王子一看机会来了，他便连忙说自己那天虽然睡在野外，可是也羡慕老汉的二女儿聪明伶俐，愿意与她结婚。

大臣赶紧凑上去，说自己虽然由于天色太晚，没有去老汉家。可是，这家的大女儿以后一个人孤苦伶仃，不如由大臣娶了她。

国王一想很有道理，便大摆宴席。他们三人一同举行了婚礼，庆祝了七天七夜。喝掉的啤酒足足有一百桶。

母牛波科拉的故事

从前，在一幢快要倒塌的小木房里，住着一对老年夫妻。

虽说大海就在他们的面前，可是老头子却从来没有打到过一条鱼。

老太婆养了一头母牛，还给母牛起了个名字，叫波科拉。她用母牛波科拉的奶汁制造可口的黄油，连国王都喜欢向她购买。

老两口有一个儿子，名叫约翰。约翰是一个懒得出奇的人。他从早到晚只是躺在草地上，望着天空出神。父母若是找他帮忙干活，他就会非常生气地说："别来打扰，没有看到我正在学习动物的语言吗？"

一转眼，几年过去了。他们家仍是老两口辛勤劳作，儿子袖手旁观。路过的人都看不下去了，便对着小木房大声喊起来："你们至少可以让他去放牛，他不是会听懂牛的语言吗？"

约翰很乐意去放牛。第二天，他牵着波科拉来到草地上。可是还没到中午，他就气急败坏地赶回家，告诉父母说："母牛跑掉了，母牛不见了！"

这太不幸啦，全靠这头母牛养家糊口呢。于是全家出动，到处寻找，找了三天三夜，还是不见波科拉的踪影。

父亲生气了，他对儿子约翰说："你出去找牛吧。要是找不到牛，你就别回家了！"

约翰心情沉重地离开了家。母亲不放心，给他往口袋里塞了一些糕饼。约翰翻山越岭，风餐露宿，一直走到眼前无路为止。

他一屁股坐在山坡上，吃了几口干粮。吃完，他冲着四面八方大声呼喊："波科拉！波科拉！"

"喔——拉！喔——拉！

山头上传来了不断的回声。回声消失的时候，约翰听到遥远的地方有一阵母牛的叫声。他立即背起行装，朝着母牛叫声的方向走去。

约翰这回专门走水路。他一边寻找，一边呼喊："波科拉！波科拉！"

最后他终于听到了清楚的回答："我在这里呢，在山洞里！"

约翰又走了几步，果然，看到山坡上有一个洞口。约翰往里一看，波科拉正在洞内，被拴在石柱上。

约翰跳进山洞，用了好大力气，才解开母牛的绳索。

"快离开这里！"母牛立即提醒约翰说，"这里住了一个凶恶的女巨人，她要是发现了，我们就没命了。"

约翰一听，连忙牵上牛，飞快地离开了山洞。可是没过多久，他们便听到背后传来山摇地颤的追赶声。

"快从我的尾巴上拔下一根毛，丢在身后。"母牛气喘吁吁地说。

约翰刚把牛毛扔在地上，他们身后便出现一条波涛汹涌的大河。凶恶的女巨人被远远地隔开了。

约翰带着母牛波科拉又往前跑，可是女妖也不是个肯认输的人。她把五个手指塞在嘴里，一声呼哨，便招来一头大公牛，大得简直像座山。

公牛凑近河边，张开大口，贪婪地猛吸狠喝，一会儿便把河水喝干了。

约翰和母牛波科拉尽管已经赶了很多路，可女巨人一过河，眼看又要追上他们了。

“从我的背上拔下一根毛，丢在路上！”波科拉说。

约翰刚把牛毛丢在地上，只见地上腾地燃起一片熊熊大火，直冲女巨人，把女巨人烧得头枯脸焦，像只烤山芋。

女巨人疼得暴跳如雷，她狠狠地说：“你们等着瞧！”

她将两只手塞在嘴里，只听三声呼哨，大公牛应声而到。它把刚才喝下去的水通通喷出来，一下就把大火浇灭了。

约翰和波科拉一看，扭头又逃，一直来到大海边，只见海滩上正好停泊着两只小船，一旧一新。旧木船似乎快散架了，船身剥落得没剩一块油漆；新船却是十分坚固，颜色鲜艳，还散发着油漆的气味。

约翰正朝新船走去，母牛却大声地叫住他，对他说：“别去那里，听我的话！”

约翰不敢违抗，他用力将旧船推入水中，带着母牛波科拉一起上了船。不一会儿，他们已经远离了海岸，到了海面上。

女巨人果然厉害。她接着就到了海边。当她看到海滩上还停着一只新船时，心中十分高兴。女巨人发出一阵得意的笑声，说：“简直是笨蛋！你们坐了一条破船，这回该逃不出我的手心了！”

她把新船扔到水中，跳上船，旋风一般地朝着约翰的船直追了上来。

约翰拼命地划动双桨，可女巨人却越来越近。他甚至已经看到女妖冒火花的眼睛和她手上像蛇一样的青筋。

女巨人已经朝着旧木船伸出了弯溜溜的巨爪，那锋利的指甲就像一把把尖刀。

正危急时，只听到女巨人大叫一声，一只漆黑的手臂从水底伸了出来，把女妖和木船拖进海底了。

约翰被吓得目瞪口呆，母牛却平静地说：“正如你能听懂动物的语言一样，我也明白船的语言。新船是属于海魔的，海魔把自己的新船连同女巨人一道收回去了。这个女巨人再也别想危害人间了。”

他们划着船，平安地回到家中。从此以后，约翰一家过着愉快的生活。约翰常常驾着旧木船出海打鱼，他因为经历了艰苦的磨炼，又能听懂动物的语言，所以网网不落空，成了一个富裕的渔夫。

农民的女儿凯娣律杜

从前，在冰岛有一个农民，名叫格里莫尔。他家中除了妻子外，还有个女儿，名叫凯娣律杜。

每逢夏天，这里的农民习惯把绵羊赶进山谷，让它们吃到足够的青草，到秋天草黄时，再把羊群从山谷里赶回来。

这一年的秋天遇到了麻烦。人们进山谷时，发现那里的绵羊都不见了。村子里出动许多农民，拉网似的在山谷里寻找，还是一无所获。

格里莫尔一家丢失的绵羊最多。他整天不说话，板着脸。可是有什么办法呢？谁也帮不了他。

眼看着冬天到了，女儿凯娣律杜十分着急，她决定冒险外出，去寻找丢失的绵羊。为此，她请求父亲格里莫尔说：“父亲，我希望你允许我到深山野林里去寻找绵羊。我有一种预感，绝不会空手而归的。你就放心地让我去吧！”

格里莫尔十分赞赏女儿的勇气，他微笑着说：“孩子，我早就看出你身上有一种不输男孩的智慧和勇气。可是，在深山野林里寻找丢失的绵羊，这却不是女孩子做的事。路上有精灵、魔鬼、强盗，他们会阻拦你，抓走你。一旦落入他们的掌心，你就会永远失去自由，甚至会被他们杀掉。”

凯娣律杜却坚持要去，她努力地说服父亲：“我想，遇到这种事情时，人们都愿意采取行动，而不是束手待毙。我心中有数。”

女儿死死地缠着父亲，一定要出去寻找绵羊。最后，格里莫尔只得答应她。不过，他希望凯娣律杜能带一个小伙子上路。凯娣律杜点点头，同意了。

格里莫尔帮助女儿整理行装，他在背包内塞进了两双新鞋子。

凯娣律杜背起行装，她告别了父母亲。带着小伙子上路了。出门不久，凯娣律杜估计已经走出了父母的视野，她就打发同来的小伙子回去，免得跟着她一路风餐露宿，吃许多苦头。

小伙子乐得返回，他告诉格里莫尔，说姑娘不要他做伴。格里莫尔听了非常担心，他责怪女儿过分任性，这一去肯定凶多吉少。

凯娣律杜穿山越岭，来到一片荒凉的地方。这时天色已晚，又下起了大雪，可她还不知到哪里过夜。

凯娣律杜四处张望，到处都是白雪飞滚，根本分不清前后左右。

凯娣律杜知道这是一座山谷，她继续摸索着往前走。忽然，她发现旁边有一个大山洞，里面圈着许多绵羊，洞口站着一位青年。凯娣律杜十分高兴，她有礼貌地问候青年。青年的反应却很冷淡。

凯娣律杜认出了自己家的绵羊，她问青年叫什么名字，又问他这里是什么地方。

青年告诉她，自己名叫托尔斯茵，他虽然没有讲出山谷的名字，却告诉姑娘附近只有一幢院子。

凯娣律杜马上要去借宿。托尔斯茵立刻阻止她，说那座庄园十分危险，不能去投宿。

“去住宿的人没有一个人能活着出来。不过，你要是跟我一起走，我可以保证你的安全。我明白你的来意，我会帮助你。”

凯娣律杜十分感谢这个青年。他们一起悄悄地走进院子，青年在屋角摆弄一阵，露出了地下室的门。他让凯娣律杜躲进地下室内，并嘱咐姑娘，无论外面有多大的动静，千万别出声。

说完，他关了房门，走了出去。

一会儿，屋外传来了炸雷般的响声。凯娣律杜听出有许多男人在争吵，他们要那个青年交出客人。

“客人已经走掉了。”说来说去，青年总是这一句话。

争吵了很久之后，终于安静下来。凯娣律杜走了一天，十分疲倦，不一会儿，就睡着了。

第二天清晨，托尔斯茵推醒姑娘，他把姑娘带到羊圈，让姑娘把她家及其他村民家的绵羊一起赶回去。托尔斯茵陪着姑娘，走出山谷。临别时，托尔斯茵看看万里无云的天空，对姑娘说：“趁着好天气，快上路吧。我把一条狗借给你，让它送你回家，它会帮你护送绵羊的。你到家之后，这只狗会自己返回的。你走了，我会有麻烦的，希望你能聚集乡亲，随时准备来帮助我。一旦有了急难，我会派狗给你捎信的。还有，我希望在我们重逢之前你且慢点结婚，这就算是我对你的请求吧！”

说完，两个人挥手告别。托尔斯茵的狗帮助凯娣律杜一直把绵羊送到村口。

凯娣律杜回来的喜讯像一阵旋风刮遍了村庄。她的父母更是惊喜异常，他们不敢相信这个奇迹。

村民们各自领回了自己的绵羊，他们交口称赞凯娣律杜的胆量和才干。

凯娣律杜很快组织了一支二十四人的村民队伍，选出一名叫凯娣尔的青年人当首领。

秋去冬来，寒风凛冽。一天夜里，凯娣律杜梦见一身血污的托尔斯茵向她求援。她披上衣服，来到门外，看见那条狗果然蹲坐在雪地里。

凯娣律杜没有迟疑，天一亮她就集合队伍出发了。

托尔斯茵的狗领着村民，紧走慢赶，傍晚时来到山谷，走近院子，却悄无人声，一点动静也没有。

“你们都在外面埋伏着，我进去看看。你们要随时准备接应我。”

凯娣律杜吩咐了一声，便大胆地走进了屋子。

屋内有一张餐桌，凯娣律杜默默地坐了下来，她审视着旁边坐着的老头、老太婆和六个青年男子。这些人个个面色阴沉，眼露杀机。

老汉坐了一会儿，忍不住了。他站起来问凯娣律杜是否饿了，想不想用餐。

凯娣律杜点点头，她接过老头递上的一碗菜肴。仔细一看，凯娣律杜暗暗吃惊，原来这是一碗人肉。

她说自己不习惯吃这样的东西，请老头换一盆上来。老汉果然给她换了一盆嫩羊肉。

凯娣律杜抓过羊肉又啃又嚼，吃得不亦乐乎。这时，她看到老头抽出一把快刀，在沙石上蹭了蹭。

六名男子立刻如狼似虎，扑了过来，将凯娣律杜抓住。老太也站起来，准备帮忙。

原来这里是一个强盗窝。

凯娣律杜镇静地抬起头，说自己是名基督徒，死倒不怕，只是死前不能忘了做祷告。

老头对宗教一窍不通，他不肯答应。可是他的儿子们却兴趣十足，非要看一看，死前祷告到底是怎么回事。

老头只好放下了刀。

凯娣律杜请求说，上帝会进他们这种人家的门来拯救自己的灵魂，她必须站在门口，面对苍天，才能完成死前祷告，让上帝听到自己的声音。

老头嫌麻烦，他正要发作，可是他的儿子们不怕这个弱女子逃脱，因此押着她来到门边。老头不放心，他提着刀，紧紧地跟在后面。

这时候，只听到凯娣律杜大声地祷告：

凯娣尔，凯娣尔，我的弟兄，
旋风一般带着你的人马，
天神般地搭救我的灵魂，
让我快快看到亲人的面孔！

凯娣尔听到喊声，带领众人，拿着武器，一齐冲了过来。

老头和他的儿子正想抵抗，可到底寡不敌众，一会儿就被打倒在地，连尸体也被彻底烧毁了。

凯娣律杜急忙走进屋去寻找托尔斯茵。他们在猎狗帮助下，终于找到一间紧锁的屋子。大家破门而入，发现托尔斯茵被牢牢地绑在一把椅子上，捆着的双腿塞在水桶里。尽管他的面前挂着一块熏羊肉，可他却丝毫不能动弹。

人们给他松了绑，听他说起了自己的身世。原来他是一个善良的牧童，被强盗抢到这里做奴隶。

村民们七手八脚，把屋子里贵重财物搬了出来，然后一把冲天大火把强盗窝烧成了平地。

大家觉得屋子里的财物应该归凯娣律杜和托尔斯茵。于是，一群人又扛又抬，高高兴兴地回到家中。凯娣律杜也一一分赠财物，厚谢乡亲们。

托尔斯茵见到了凯娣律杜的父亲格里莫尔，他向老人请求娶凯娣律杜为妻。格里莫尔高兴地答应了。

婚后，这对恩爱的夫妻和睦相处，一直生活到今天。

遭魔的王子

从前有一个国王，他和王后老年得子，因此对王子更加宠爱。

王子名叫离尼，长得修长、英俊。

离尼特别喜欢打猎。他几乎没有一天不带弓箭去树林打猎的。到了秋天，打猎的人多了，离尼更是高兴。

转眼间，离尼二十岁了。为了庆祝王子的生日，国王决定举行一次大规模的狩猎活动，请全国的公侯伯爵都来参加。

那天天还没亮，猎场上就传来犬叫、马嘶及号角声，气势很是雄壮。

晚上，大家满载而归，回到王宫，王子却不见了。

大家分头去找，找了一夜，又连着找了整整一天，接下去找了一个星期，可毫无结果。

国王十分着急，他下令说，谁能找得王子离尼的下落，将赐给他半个王国。

消息像满天飞的鸽子，也传到了一个极小的村庄。村里有一个姑娘，名叫赫尔伽，是个十分热心的人。

赫尔伽听说王子不见了，连忙穿了一双最结实的鞋子，往背包里塞了一点面包，就上路去寻找了。

到哪儿去找呢？她也不知道。赫尔伽不管东南西北，见路就走。鞋底磨穿时，她顺着小路，走进了树林。她发现这里真不是个好地方，树木都是空的，地上的草也枯败灰黄。是个兔子不吃草、鸟儿不唱歌的地方。

赫尔伽扭头正想离开时，突然看到前面林中空地上，有一间碎石堆砌的小房子。

赫尔伽尽管内心恐惧，还是悄悄地走近房子，伸头朝里一望，啊——原来王子就在这里，他躺在金丝银线的被子下面，睡着了。

赫尔伽急忙跳进去，走到床边，想把王子离尼唤醒。可是，不管她怎么摇，怎么推，王子就是不醒。

赫尔伽非常着急，她正想舀一盆水，将王子浇醒，可是窗外已经传来了一阵异样的声响。赫尔伽紧急中，只好躲到床下。

窗外飞进来一个老妖婆，面孔丑恶得像魔鬼一样。

“我怎么嗅出一股人肉的味儿？”老妖婆一进门便打了三个喷嚏。一会儿，她似乎又明白了，说，“对，对，我的王子睡在这里呢！我应该将他唤醒。”

老妖婆坐在床边，低低地唱了起来：

阿泼拉卡达泼拉，
达泼拉卡阿泼拉，
我的天鹅回来吧，
跳起舞来唱起歌，
王子离尼睡醒啦！

王子果然醒了过来，他用双手揉了揉眼睛。

老妖婆给他递去一碗饭菜，问他：“你想吃饭吗？”

“不要！”王子拒绝了。

“你愿意娶我吗？”

“世上还有比你更丑的东西吗？”

老妖婆一听就火了，鼻子里呼哧呼哧地冒着绿气，她大声地叫唤着：“那么好吧，我的小子，你再好好地想想！”

说完，她又招了一下毛茸茸的手，唱了起来：

阿泼拉卡达泼拉，
达泼拉卡阿泼拉，
我的天鹅回来吧，
跳起舞来唱起歌，
王子离尼该睡啦！

王子好像触了魔杖一样，又倒头睡着了。老妖婆双脚跳起，从窗口飞了出去，身后留下了一道黑烟。

赫尔伽一看好时机，连忙从床下钻出来，走近王子一看，王子的床上画着三只天鹅，下面印着一行古怪的文字。

赫尔伽不懂这行文字是什么意思，可是她记住了老妖婆刚才唱的歌，她尝试着学了一遍：

阿泼拉卡达泼拉，

达泼拉卡阿泼拉。

赫尔伽还没有唱完，奇迹就出现了："你怎么又把我唤醒了，老妖精？"

王子不满意地睁开了眼睛。他看到面前站着一个年轻的姑娘，真是喜从天降！

王子告诉姑娘，那天打猎时他迷了路，就被老妖婆劫持到这里，老妖婆一心想嫁给他。

"我们怎么办呢？即使我们逃走，她也能坐在飞床上很快赶上我们。那时候我们就再也逃不脱了！"

王子说到这里，非常悲伤。

"我们可以动动脑筋，想点办法。"姑娘冷静地说，"如果妖精再问你是否愿意娶她，你不妨答应她。不过，让她告诉你，床上的那行字是什么意思，还应该告诉你，她在白天飞到哪儿去了。"

事情就这么说定了。王子又倒头躺下，睡着了。

老妖婆回来以后果然又唤醒王子，说要嫁给他当妻子。

"我们可以准备婚事。可是你得先告诉我，你白天到什么地方去了，干些什么？而且，我睡的床上为什么画着天鹅？写的这行字，是什么意思？"

王子在答应娶她的同时，又提出了一串问题。

老妖婆支支吾吾，编了许多假话。最后，她见王子生气了，只得说："是这样的，这是一张魔床，我只要对着床上的天鹅唱上一曲：

荷库斯嘞波库斯，
波库斯嘞荷库斯，
小小床儿飞起来，
东南西北遂心愿！

"这时候床就起飞了。至于我嘛，白天，我通常是飞到一棵大栎树下，玩我的生命之蛋……"

"什么？生命之蛋？"王子奇怪地问了一句。

"在那枚蛋里装着我的生命。这一切我在婚礼以后都会告诉你的。现在我得去操办婚事了！"

"可是我想睡觉！"王子一边说，一边打呵欠。

"好，你就睡吧，我独自去准备。"

老妖婆把王子催眠后，从窗口飞了出去。

赫尔伽把这番话听得清清楚楚。她将王子唤醒后，问他："你的弓和箭还在身边吗？"

"大概还在这里。老妖婆是径直把我带到这里来的。"

他们到处找，真的找到了。

"这下有办法了。"赫尔伽高兴地说，"我们可以彻底摆脱老妖婆了。现在我们应该赶到老栎树下，打碎她的生命之蛋。我们必须抓紧时间，赶快起飞！"

赫尔伽说着，便坐在王子的床上，对着天鹅轻轻地唱道：

荷库斯嘞波库斯，
波库斯嘞荷库斯，
小小床儿飞起来，
东南西北遂心愿！

只听耳边一阵呼呼的风响。小床便腾空飘过了山谷，越过了草地。

这是一次真正的飞行！

不一会儿，飞床慢慢地着陆了。他们面前有一棵高大的栎树。

赫尔伽看到老妖婆坐在树下，手上玩弄着一枚圆圆的东西。

“生命之蛋！”

王子离尼叫了起来。他弯弓搭箭，射去一箭。

箭不偏不倚，正好射中生命之蛋，顿时，冒出一股绿色浓烟，遮挡了眼前的一切。

空气里弥漫着一股沥青和硫黄般的气味，赫尔伽和离尼王子都呛得喘不过气来。

烟雾渐渐消散了，赫尔伽和王子看到树下有一堆绿色的灰烬，老妖婆已经变成肥料了。

“现在该庆祝我们的婚礼了！”离尼高兴地呼喊起来。他忘情地拥抱着赫尔伽，亲吻她，久久不愿放开。

正当他们热烈亲吻时，魔床早已稳稳地飞升起来，将他们送到了忧心如焚的国王面前。

报恩的鬼

谁也记不起那是多少年以前，在世界上有一个王国，那里的国王和王后生了一个儿子，名叫托尔斯。

托尔斯小时候便受到大家的喜爱和赞赏。他虽然是地位显赫的王子，可是，他却为人和气，心地善良，连苍蝇也不肯伤害一只。

他还是一个慷慨大方的人，常常把最后一个硬币都施舍给穷人。

不过，托尔斯的大方也成了他灾难的根源。像通常的情况一样，他身边聚集的朋友坏的多，好的少。坏朋友都千方百计地引诱他，拐骗他的财物。不久，国王的宝库都让他送空了。王后怨恨儿子不争气，忧郁而死。国王也怨恨儿子的轻率冒失，他终于一病不起，没过几个月便跟着王后去了。

王宫里留下了托尔斯一个人，孤零零的。

你以为他从此改弦易辙了吗？丝毫也没有，这真是本性难移啊！

他把王国的土地也一块块地赠送给了别人。最后，他自己只留下一匹黄兔马和一把父亲用过的宝剑。

王子手中已经没有寸土了。没办法，他只得收拾一下行装，准备告别不再属于他的王国，远走高飞了。无意间，他发现衣服口袋里还有十个金塔勒。

看着十个塔勒，王子苦笑着摇了摇头。他想，还是带上吧，说不定有用。

可是，他应该往哪儿走呢？他也不知道。

王子扬鞭催马，走了整整一天，穿过森林、田野、山地与河谷，路上没有看到一个人影。傍晚时分，黄兔马已经累得精疲力竭了。这时，眼前突然出现了一座大庄园。

王子用力敲打大门，马儿也不耐烦地嘶鸣。没有人应声，可是门却呀的一声自动打开了。黄兔马一纵身，穿过院子直奔马厩。

嘿，秣槽里流动着一股凉水，地上的干草散发出一阵清香。

托尔斯看到他的马儿吃饱饮足，放心地走进屋来。屋子里没有人影，炉灶里火却烧得正旺，桌子上摆着可口的佳肴。托尔斯敞开肚皮，饱餐一顿。饭后不一会儿，他就睡着了。

第二天清晨，他在庄园各处察看一番。他发现，庄园的许多房子门窗破碎，屋顶倾塌，年久失修，像是废墟。看到这里，他感到一阵恐惧，连忙跳上马，准备开始新的漫游。

他们还没走几步，就看到前面大树下围着一堆人，他们一个个摩拳擦掌，正准备挖掘一座新坟。

“你们为什么挖它？”王子愤怒地问道，“你们难道连死者也不让安宁吗？”

人堆中传来一个声音：“不行，我们不能放过他。他还欠我们十个金塔勒。”

“如果我替他还债呢？”

“那就另当别论了，”只见一个男子转过身来，狡黠地看着王子说，“我们可以停止挖坟。”

王子二话没说，掏出身上最后的十个金塔勒，替死者还了债。然后，他快马加鞭地走了，他实在不愿意看到这批连死者都不肯放过的人。

走出很远了，他还听到从后面传来的一阵阵哄笑声。同时，耳边也响起一个陌生的声音：“王子，我感谢你的帮助。你需要我时，我将非常乐意效劳。”

年轻的王子左右环顾，一个人影也没发现，他以为自己听错了。

傍晚时分，王子来到一座冷冷清清的大庄园。烟囱不冒烟，厨房间的木柴杂乱无章，房间里也凌乱不堪。厅堂里的桌子边围着七把巨大的椅子，餐桌上搁着七只空盆，大小像磨盘似的。

王子开始忙碌地整理房间。他生着火，又在厨房里找到一块肉。这块肉真大，王子使尽力气，好不容易才把肉扔到锅里，煮了起来。后来，他走进卧室，看到那里摆着七张床，每张床都足足可以睡七个人。铺这七张床真像开运动会，王子东奔西跑，累得气喘吁吁，终于把大被子拉直铺平了。

他刚刚忙碌完，只听门外传来阵阵巨响。仔细听，才知这不是隆隆的雷声，而是有人说话：

“谁有如此胆量，竟敢踏进我们的房间？”

“谁把我们的房间整理得这么漂亮？”

“谁给我们把肉汤都煮好了？”

王子还没有明白怎么回事时，卧室的门突然推开了，门前站着一位巨人。他身高如塔，粗壮的头发像缆绳一般，嘴上露出一排海象似的獠牙。

“就是他！”巨人指着王子咆哮着，四周的墙壁都在抖动了。

王子吓得连呼吸都停止了。他看到七位巨人兄弟鱼贯而入，进了房间。他们怒目圆睁，注视着王子。半晌，他们的大哥站出来，说了一句公平话：“你给我们做了不少事，我们当然不能伤害你。这样吧，你必须继续为我们服务一年。否则，你别想活着离开这里。”

怎么办呢？他应该高兴，巨人到底没有伤害他。他答应留下来服务一年。

巨人大哥将房间钥匙交给他，以便他到处打扫。不过有一间卧室，那儿是禁区，他不能进去。

王子忠于职守，勤勤恳恳地为巨人服务，转眼间一年只剩下最后一天了。

这一天，他正在打扫房间的过道时，看到顶端小房间的门紧紧地锁着。他用所有的钥匙试了试，都不行，一把也不合适。王子知道，这就是那间保密的房间。

王子非常好奇，他决心闯进去看看。他想知道巨人在里面究竟藏着什么。

王子记得巨人大哥在枕下搁着一把钥匙，他拿过来一试，果然合适。他把钥匙放在锁孔里转动七圈，门呀的一声开了。小房间黑洞洞的，王子定睛一看，惊讶得差点叫起来。

房间当中的栎树柱上绑着一位绝顶美丽的姑娘，金黄色的头发一直拖到地上。姑娘惊恐地望着王子。

“别害怕，我不会伤害你。”王子安慰她说，“可是请告诉我，你是谁，你怎么到了这里？”

姑娘一听这话，禁不住滴下了眼泪：“我叫西格尼，是邻国的公主。巨人将我劫持到这里，其中老大还想逼我嫁给他。可是，我宁愿饿死，也不愿嫁给丑恶的巨人！”

“原来是这样。公主，请放心，我将尽力地帮助你。”王子说，“但愿我们今天就能逃脱虎口，获得自由。”

“我愿意跟你一起走。可是你怎么对付得了七个巨人呢？”姑娘说完，又是一串眼泪。

这时，外面传来了雷鸣般的声音，巨人回来了。王子还没有来得及答话，便匆忙关门离开了公主。

他刚把钥匙放回原处，巨人就已经坐在餐桌边，准备就餐了。他们压根儿也没有想到王子已经发现了秘密。

七个巨人狼吞虎咽，吃得津津有味。他们惋惜一年的时间过得太快了，希望小伙子留下来，答应给他丰厚的报酬。

“我已经服务一年了，十分渴望得到自由。”王子礼貌地拒绝了。

没办法，巨人们只得放他脱身。此时此刻，他们也依依不舍，一改往日凶神恶煞的面孔。

要是换了另外一个人，能够安然无恙地逃离巨人的魔窟，已是天大的幸运，他一定撒腿就逃了。可托尔斯王子挂念着关在小房间的公主西格尼。他牵着黄兔马，悄悄地躲在巨人庄园附近，等待黑夜的到来。

当夜幕降临，周围一片漆黑的时候，王子顺原路摸进了巨人的卧室。巨人们鼾声如雷，一点也没有发现钥匙被人取走了。

王子拿到钥匙以后，很快进了小房间。他解下公主，带她一起逃出了庄园。

两个人纵身上马，一阵急驰，就把庄园甩得无影无踪了。

马背上，王子紧紧地抱着公主西格尼，他们跨过了一条又一条河流，爬过了一座又一座高山，来到了汹涌的大海边。

王子正想找船过海时，忽然听得背后一阵杂乱的马蹄声，原来是巨人们追来了。

托尔斯王子当机立断，他猛地拔出宝剑，跳下马，准备与巨人决战。

七个巨人挥舞着明晃晃的钢刀，一字排开，山一般地压了过来。

公主紧张得血液都快要凝固了。

王子毫无惧色。突然，他听得耳边又响起先前听到过的那个陌生的声音："别害怕，王子，我来帮助你！"

正当巨人们要扑过来的时候，王子手上的剑忽地一声飞了出去。只见巨人们一个个人头落地，犹如刈下的干草一样。

公主西格尼高兴得一个劲地欢呼跳跃。她一抬头，又看到海面上驶来一条大船。她从船帆上看出，这正是父亲派来寻找自己的海船。

王子和公主一起踏上了海船。

船长的心思随着海浪一起翻滚。

原来，西格尼的父亲曾经下令，谁能解救他的女儿，就允许谁娶西格尼公主为妻。船长难道愿意当婚礼上的一名陪客吗？

他左思右想，想出了一个恶毒的主意。趁着黑夜，船长和几名水手一起将睡梦中的王子托尔斯搬上一只小船，任它在海浪里像一只核桃壳似的漂流颠簸。

第二天早上，王子醒来时吓得面如土色：周围是一片无边无际的大海，刺骨的寒风裹着滔天巨浪。小船太可怜了，它每时每刻都有沉没的危险。

海水咆哮，狂风怒号，托尔斯正不知怎么办时，耳边又响起了那个不再陌生的声音："别害怕，王子，我来帮助你！"

一眨眼，大海奇迹般地安静下来。只有北风不减威力，它鼓着劲，推着小船飞也似的掠过水面。

不一会儿，风速放慢了。托尔斯看到了海岸和城市，他还看到一座美丽的宫殿。小船把他一直送到宫墙脚下。

托尔斯下船询问了宫殿的卫兵，才知道这里的国王正是西格尼公主的父亲。老国王正忧心忡忡，思念着女儿。

托尔斯连忙走进宫殿，把自己如何救出公主西格尼、如何碰上阴险的船长等一五一十地告诉了国王。

开始，国王几乎不相信自己的耳朵，他以为托尔斯是个江湖骗子。

说话间，卫兵前来报告，国王派出去寻找公主西格尼的海船回来了。船长差人送了信来，要国王迅速为他准备婚礼，是他把公主西格尼救回来了。

其实，船长正在用刀威逼公主，不准她说出事情的真相，否则将把她杀死。

国王发觉事情有点蹊跷，便连忙传令，请船长进宫。同时，又让士兵穿着节日的服装，在码头上整装列队，迎候船长。

船长看到码头上张灯结彩，大红地毯一直铺到船舷边，便放心大胆地走下船来。他洋洋得意，如同一只开屏的孔雀，骄傲地走到国王面前，说："尊敬的国王，我经历了千难万险，终于救出了公主西格……"

船长的话还没结束，国王丢了一个眼色，托尔斯王子大步走到面前，船长顿时惊恐得像呆头鹅一样。

士兵们一声大吼，把阴险的船长投进了监狱。

盛大的婚礼开始了。

公主西格尼神采奕奕，脸上洋溢着幸福的微笑。

国王毫不犹豫地把整个王国让给王子托尔斯。托尔斯勤勤恳恳，把国家治理得井井有条。

不过，无论是在花前月下，还是在喜庆的节日里，他都会想起那个报恩的鬼。可惜他后来再也没有听到过那个熟悉的声音。

寒冷三兄弟

在遥远而又广阔的北方天地里有一幢小草房，主人是个上了年纪的农民。

初春的一个晚上，农民正坐在火炉边上打盹儿，突然听到外面有敲门的声音。

“对不起，请屋里的主人行个好，让我借宿一晚。我从远方来，走得精疲力竭，没有一点力气了。”

农民起身打开门，问道：“你从哪儿来，走了多少路？”

“哦，我是北方人，我的父亲是严酷的寒冷先生。你也许看过晚上的北极光，那里就是我的故乡。”

“我哪有工夫去看北极光呵！你现在要往哪里去？”

“我自己也不清楚。”陌生人回答说，“我丧失了许多时机。现在已经到了温暖的春天，我想设法弥补以前的懒散。怎么样，能让我住一个晚上吗？”

“当然喽，我可从来没有把客人赶出门的习惯。”农民说完，把客人领进屋内，让他睡在火炉边上。

第二天清晨，农民从里屋走出来，看到客人睡觉的客厅里寒气袭人，地上铺满了雪花，天花板上垂下长长的冰柱。农民打了个寒噤，牙齿格格作响，浑身起了一层鸡皮疙瘩。他赶紧穿衬衣、长裤，又披上皮袄，套上靴子，还从壁柜内取出白兰地，喝了一大口。

等他重新走进客厅的时候，看到昨晚的客人竟然光着身子坐在雪窝里。

农民本来是个不讲究的人，这时候也禁不住大声地喊叫起来："我的上帝啊！小伙子，快起来，赶紧穿衣服。你没有看到夜里有多冷吗？瞧，连屋子里都有冰冻。我还没有开门呢，外面一定冷得更厉害。"

陌生人却扬了扬眉毛，生气地说："老人家，别装疯卖傻了！屋里太热，闷得我脑袋嗡嗡直响。我翻来覆去，整整一夜没能睡个安生觉，直到清晨才勉强合了一会儿眼。真是见鬼，你为什么把房间烧得这么热？"

"你就别跟我老头子开玩笑了。山里的狼窝说不定还比这里暖和点儿呢！"

陌生人一边穿衬衣，一边大声地笑了起来，他的笑声犹如冰块的碎裂："狼窝？这里太热，根本没法穿衣服，更不要想睡一个舒服觉。"

陌生人穿好衣服，从灶边走过来。他坐在桌旁，贪婪地吃着黄油面包。

农民拉开门栓，他走出门外一看，不禁吓得倒抽一口冷气。大地冻得像一块坚硬的石头，树叶枯萎，田里的庄稼连茎带秆都冻得像一根根松针。

农民匆匆地走回家，他要关照远道来的客人，告诉他外面多么寒冷，让他多穿一点衣服，免得着凉。

没想到回家一看，客人不见了，他已经悄悄地走了。桌上残留着冻成冰块的黄油。

“嘿，这个家伙，拍拍屁股，像小偷似的说走就走了，连句道谢的话也没说。”农民十分生气，“让魔鬼将他拖走吧，这个没有礼貌的家伙！”

说话间过去了几个星期。一天傍晚，农民又听到有人叩门。这回叩门的声音轰隆轰隆，像是远程的大炮，震得屋梁都在抖动。

“谁在摇晃我的房子？”农民大声地问。

“快开门，主人。我从远方来，疲倦得像一条狗。很多天了，我都没能好好地睡一觉。”

“来了，来了！可是我这里不是客栈，我们自己也挤得像桶里的鲱鱼。”

“没关系，过冬的绵羊都爱挤在一个棚里。我个儿不大，是个简朴的人。让我进屋吧！否则天上的月亮会看我的笑话呢。”

农民打开门，将客人领进屋，他问道：“你从很远很远的地方来吗？”

客人摇摇手，回答说：“实话说吧，既不远也不近。我是北方国王的二儿子。你一定看到过北极光，我就是从那里来的。”

“我不知道自己是否看到过北极光。前几天曾有一个小伙子在我这里借宿一夜，他也许是你的兄弟吧？”

“对，那是我的三弟。他曾悄悄地出来活动过。”客人点点头说。

“你现在到哪里去？”

“我自己也不清楚，现在已是温暖的春天，没有多少活儿干。可是，我现在真的很疲倦，你能容我借宿一晚吗？”

“那当然，那当然！外面的天气说变就变了，又是风又是雪，我怎么能让你在外面站一晚上？”

农民让客人睡在炉灶边上，他自己走进里屋去了。夜里，农民在梦中就感到寒气逼人。第二天一早，他便起身来到客房，想看看客人睡得可好。

客屋里一片冰雪，桶里的水冻得结结实实的，连炉台上也盖着一层晶亮的薄冰。

农民吓了一跳，他担心客人会被冻坏，便迫不及待地喊了起来：“喂，朋友——”

“怎么啦？昨天夜里我始终没睡着。”炉子那边传来客人的声音，他非常不满地埋怨着，“唉，这叫什么地方啊！我真庆幸没有在你的屋内被烤死，夜里又闷又热，身上汗流成河，直到清晨才迷糊了一会儿。你怎么把屋里烧得这么热？”

农民听了很生气：“好了，好了！我诚心诚意地让你睡在火炉边，你却来责怪我。炉子里的那一点火早见鬼去了。”

陌生的客人笑了起来：“别生气，老朋友！你忘了我是北极人吗？”

客人说着，和主人一道在桌边坐下来，津津有味地吃着黄油面包。饭后，客人再三表示感谢：“老朋友，我虽然差点被热死，可是我还是感谢你的款待。”

他们握手告别了，客人离开了小草房，不一会便消失在白桦树林里。

“这个小伙子多少懂一点礼貌，不像他的弟弟。”农民看着陌生人的背影，自言自语地说着。

冬天来了，天寒地冻。在一个清冷的月夜，农民正坐在炉子边上打盹，忽然听到外面又响起一阵激烈的敲门声。房子一阵颤抖，搁在火炉上的锅子差点被掀翻。

“是哪个家伙在摇晃我的房子？”农民对着门，大喊起来。

可是外面的声音更大：“老朋友，别厌烦我这个陌生的过路人。我累极了，想睡觉，所以手脚重了点。能让我在你的干草堆上睡一晚吗？”

“真是个傻瓜蛋！外面的篱笆桩都冻得发抖，你却愿意睡干草堆。我的屋里虽然很挤，可是还能容得下你。进来吧！”

“哦，谢谢你的好意。可是我宁愿睡在外面，外面很舒服。干草像羽绒，晚风吹过，像丝绸拂面一样柔和。”

农民非常惊讶，他问道：“你从哪里来呀？”

“从遥远的北方。我的父亲是严酷的寒冷先生，我是他的大儿子。”

“我认识你的两位兄弟，他们都是一些粗野无理的汉子。”农民接着说，“你的三弟在我这里住过一晚，连谢谢都不曾说一声，就悄悄溜走了。你的二弟略懂一点礼貌，给我留下几片面包，可是干硬得咬都咬不动。你为什么也到这里来？”

“我是想察看我们在海洋、河流、沼泽地上的冰冻桥梁是否坚固。”

农民点点头：“你是个忙人，有公务在身，请自己挑个地方睡觉吧。我们这里虽然是一片沼泽，可是冬天只结一层薄冰，马车根本不能在冰上行驶。”

“别担心，老朋友，我会留意的。”

寒冷先生的大儿子在门外嗡嗡地回答了一声，爬上了草堆，准备睡觉。农民摇摇头，给自己拿出厚厚的垫子和盖被，睡觉了。

第二天清晨，农民醒来时觉得手脚都冻麻木了。他赶紧起身，围着屋子和乡村小道奔跑了一百个来回，身体才勉强暖和过来。

农民借着梯子，牙齿格格地抖着，爬上草堆。他到了草堆上一看，几乎不能相信自己的眼睛：陌生的客人正赤身裸体地躺在干草堆上，四周结了一层厚厚的冰霜，真像一条白色的毯子。农民只是看了一眼，背上便禁不住地起了一层层鸡皮疙瘩。

梯子的晃动惊醒了客人，他伸了个懒腰，打着哈欠，说：“哦，原来是你，老朋友。对不起，我还没有穿衣服。昨天这一觉睡得真舒服！”

农民却在不断地抱怨寒冷，他一边往手上哈气，一边跺着双脚问客人：“怎么，你难道一点也不感到冷吗？”

“不冷。这点小意思能跟我们故乡比吗？你要是看到我父亲作业的样子，那才有趣呢！他吹一口冷风，奔跑中的驯鹿就会纷纷冻倒在地；他再吹一口冷风，所有的动物全都会冻成冰块。

“我的父亲整个冬天都徜徉在冰天雪地里，只是，夏天，他要去北极避暑，在那里打盹儿休息，直到来年冬天，他才重新回来。”

陌生的客人坐在草垛上，他的双腿悬空，晃来晃去，狼吞虎咽地吃完了早饭。准备动身时，他突然想到什么似的停住了脚步，说：“瞧我这个样子，都快像我的两个弟弟一样无理了。”

说完，他重新解开背包，掏出两只口袋，递给农民，说：“我冻坏了你的庄稼，应该付一些赔偿。我送给你两样小礼品，一只暖袋，一只冷袋。你需要什么，就打开那一个口袋。可是要当心，袋口不要太大。否则，你会冷得或热得受不住的。”

说完，他就消失在白桦树林里了。

农民非常好奇，他急着要试验一下，看看两个魔袋的效果，他走进里屋，打开暖袋。不一会儿，房间里便温暖如春，十分惬意。

从此以后，农民有了抗寒和降暑的本领。以前他在沼泽地里种过一片庄稼，寒冷的天气常常冻坏庄稼。现在可好了，他带着暖袋来到地里，放出暖气，即使在寒冷的冬天庄稼也能茁壮生长了。

周围的邻居很嫉妒。他们不明白农民地里的积雪为什么融化得这么快，庄稼为什么长得这么好。大家猜想他一定有什么超人的本领和法术。后来，他们发现农民果然有两只可以改变冷暖的口袋。

当地的一个大地主听说农民手上有宝贝，心里痒痒的，他马上把农民找了去，对他说："大家传说你有一只制造温暖的口袋。这是真的吗？"

农民听后鞠了个躬，老实地回答："是的，先生，是真的。"

"你看，你的那块土地小得连青蛙也展不开身，用不着这么个宝贝。这只口袋应该归我，明天我派一个长工到你家去，请把口袋交给他。"

农民听了大吃一惊，他没有想到地主竟然要他的口袋。第二天，地主果然派长工来取口袋。农民打开热袋，送到长工的面前，热袋里烟雾腾腾，差点把长工的胡子烧焦。长工一溜烟地逃走了。

地主一听，顿时大怒，他驾着马车亲自来取。马车还没有到门口，他就大声地喊了起来："你吃了豹子胆，竟敢烧掉我那个长工的胡子？你必须马上搬走，你脚下的地皮是我的！"

"是，先生，我马上就走！"农民嘴里答应着，走进后屋，拿出冷袋，悄悄地来到地主的马车后，把冷袋打开。一股冷气直冲地主脑门，连他嘴里的唾沫也结成冰了。他想骂人，可嘴巴也张不开了。他吓了一跳，在马背狠命地抽了一鞭，一溜烟地逃走了。

从此，地主不敢再动宝贝口袋的脑筋了。农民把天气调和得冷暖适宜，加上他辛勤劳动，自然年年都有好收成。

这点小意思能跟我们故乡比吗？你要是看到我父亲作业的样子，那才有趣呢！他吹一口冷风，奔跑中的驯鹿就会纷纷冻倒在地；他再吹一口冷风，所有的动物全都会冻成冰块。

——《寒冷三兄弟》

母牛与孤儿

从前有一个男人，他有两个孩子，一男一女，他们一家生活得很幸福，不料妻子却突然得病死了。男人守着两个孩子，孤苦伶仃，不知道如何才好。他思量着再找一个妻子，免得家庭没有主妇支撑。

可是，不管他怎么努力，地方上一个合适的女人也没有。最后，他只好娶了妖怪的女儿。妖怪的女儿是一个寡妇，进门后带来一大堆麻烦。她生了七个女孩，都是些稀罕的人物：老大一只眼，老二两只眼，老三三只眼，老四四只眼，照此类推，老七自然长着七只眼。

这位后母对男人前妻的两个孩子非常苛刻，常常让他们忍饥挨饿。虽然牛棚里有一头母牛，两个孩子却喝不上一滴牛奶。最脏最累的活儿总是留给这两个孩子。

“你去打扫牛棚！”

后母恶声恶气地吩咐他们，自己却逍遥自在地闲逛去了。

两个孩子走进牛棚，将牛棚打扫得干干净净，垫上新土，铺上干草。可是辘辘的饥肠使他们又想起自己的母亲，不由得伤心地哭起来了。

老母牛奇怪地问道：“可怜的孤儿，你们怎么哭了？”

“后母不给我们吃的，我们又冷又饿。我们想妈妈了。”

母牛对两个孤儿非常同情："来吧，可怜的孤儿，一个站在我的左侧，一个站在我的右侧，你们可以从我的乳房里吸到牛奶。"

孩子们按照母牛的吩咐，饱饱地喝了一通。

从那以后，两个孤儿不再受饥饿的折磨了。他们天天能喝到新鲜的牛奶，长得又白又胖。

后母看到两个孩子长得圆圆鼓鼓的，可是，母牛却几乎挤不出一滴牛奶了。怎么回事呢?

恶毒的后母猜到两个孩子偷喝了牛奶。于是她叫来了七眼女儿，让她和两个孤儿一起到牛棚去，用她的七只眼，看住两个孩子，使他们无法喝到牛奶。

七眼女儿果然跟着来到牛棚，她找了块地方坐下，七只眼睛瞪得大大的，眨也不眨。

两个孤儿没有了办法。哥哥想出一个好主意，他悄悄地告诉了妹妹，妹妹听了来到七眼女儿身边，说："七眼妹妹，让我看看你那美丽的七只眼睛，让我给你梳梳头发。"

七眼女儿顺从地将头伸到姐姐的怀里，姐姐一边给她梳头发，一边轻轻地哼起了歌儿。七眼女儿听着听着，眼睛一只只地闭了起来，呼呼地睡着了。

两个孤儿放心地走近母牛，喝足了牛奶，又将牛棚打扫得干干净净。

一会儿，七眼女儿醒了。她看到两个孤儿已经干完了活，便跟着他们一起出了牛棚。

后母连忙问七眼女儿："你一个人长七只眼睛，眼力最好。今天你可看到了小偷？"

"没有，我什么也没有看到。他们一直在起劲地干活儿，从来没有偷喝牛奶。"

后母点点头，随后去挤牛奶。可母牛的乳房像一摊棉絮，不要说奶，连水都没有挤出一滴。后母十分生气，骂她的女儿白白地长了七只眼睛，连个小偷也抓不到。

第二天，后母又将六眼女儿派到牛棚去看守。可是，六眼女儿也在歌声中呼呼睡去。后来的五眼、四眼、三眼、二眼也都被歌声送进梦乡。

后母十分生气，她的鼻子都给气歪了。第七天，她叫来了独眼女儿，对她说："独眼女儿，听着，你要是不能当场发现小偷，当心我把你赶出家门！"

独眼女儿虽然只有一只眼，可是她的眼神却很锐利。

两个孩子也想唱着歌催她入睡，独眼女儿就是不上当。后来，她实在疲倦了，合上了眼睛，不过眼角间仍然留着一条缝。两个孩子以为她睡着了，便悄悄地走近母牛，蹲下身，开始喝牛奶。

独眼女儿把这一切都看在眼里，她突然跳起身，飞快地朝母亲跑去："有贼！有贼！我抓到了偷牛奶的贼！"

凶恶的后母听了顿时大怒。她看见丈夫刚从森林里干活回来，便大喊大叫地骂着说："我早就知道，你是为两个小贱种才养了一头母牛。我的七个孩子忍饥挨饿，却喝不上一滴牛奶。杀掉这头母牛，它反正已经老了，不中用了。留孩子，留母牛，你自己看着办吧！”

可怜的丈夫左右为难，为了保全两个孩子，他决定还是杀掉母牛。他请妻子给他一根捆牛的绳子，不料妻子又骂了起来：“你的孩子偷喝牛奶，却要我给你找绳子？你想得倒美！我没有绳子，连麻片也没有。你的孩子必须自己去搓麻绳，这不关我的事！”

父亲只得差两个孩子去找麻搓绳。两个孤儿出门后一边找一边哭。

母牛问他们：“你们怎么哭了？发生了什么事？”

孩子们告诉它，后母吩咐把它杀掉，他们要找一根绳子，父亲要用绳子捆它。

“别哭，孩子们。这里有一摊旧麻，拿回去搓一根粗绳。当你们的父亲操刀动手的时候，我只要一使劲，旧麻绳就会被挣断。你们可趁机跳上我的背，我们一起逃走。只是别忘了事先带一块方石、一块油脂、一把纺锤！”

孩子们一切都按母牛的吩咐做了。父亲磨刀霍霍，准备杀牛。母牛看他提着刀一步步走近，装作害怕的样子，往后一跳，身子一鼓劲，麻绳叭的一声断了。两个孩子飞快地跳上牛背，母牛一溜烟地朝着森林飞奔而去。

凶恶的后母看到母牛带着孩子逃走了，气得哇哇直叫。她不愧是妖怪的女儿，马上跳起身，直追过去。

母牛眼看着妖怪的女儿就要追上自己了，它连忙吩咐两个孤儿把纺锤扔下去。纺锤落地以后变成一座茂密的树林，连一条小蛇也游不过去。

妖怪的女儿张开獠牙，使劲地啃倒大树，劈开一条小路。她穿过树林迈开大步，又追了上去，眼看又要追上了。

母牛回头一看，连忙吩咐将方石扔在地上，地上马上长出一座大山。

妖怪的女儿也不含糊，她用双脚在岩壁上刨着阶梯，虽然花了不少时间，但还是翻过大山，追了上来。

“快，把油脂扔下去！”母牛命令说。

油脂落地以后变成一座滑溜溜的油脂山。这时，天上又下起了大雨，妖怪的女儿试着往上爬了两次，都摔下去了。没有办法，她只好气呼呼地回去了。

母牛驮着两个孤儿继续往前走。

他们来到一座茂密的树林，树枝上闪烁着许多铁星星。

母牛禁止孩子们去摘铁星星。可是两个孩子坐在牛背上，身边到处是纽扣般的铁星星，他们觉得十分有趣，便每人摘了三颗。

后来，他们又穿过一座铜树林。孩子们也不顾母牛的警告，每人摘了四颗铜星星。

最后，他们进入了一座银树林。孩子们又不顾母牛的嘱咐，每人摘了五颗银星星。

母牛将孩子们一直送到森林深处的空地上，那里有一间小房子。小房子搭在树桩上，周围盘绕着许多青藤。

“我们就住在这里。我先去吃一点青草，然后再到溪边喝点水，这样你们就会有牛奶和黄油了。这里是个没有忧愁和烦恼的地方，我们会生活得非常幸福。”

孩子们非常高兴，他们开始了无忧无虑的生活。

两个月之后的一个晚上，孩子们突然看到屋外来了一头银灰色的大公牛，公牛咆哮着说：“母牛，你听到我在喊你吗？”

两个孩子吃了一惊，他们战战兢兢地说：“它不在家。”

“母牛在哪里？”

“它到外面去了，吃草，吃浆果，喝水。否则我们就没有牛奶和黄油。”

“给它传个话，”公牛十分生气，“让它明天到银树林来，我要跟它在银林场上决斗。它的孩子偷摘了树林里的银星星。”

母牛回来时看到两个孩子哭哭啼啼，十分奇怪，连忙问发生了什么事情。

“刚才有一头银公牛来到窗下叫骂，它要你明天到银林场跟它决斗。”

母牛一听，生气地埋怨两个孩子：“我不是对你们说过，不能偷摘银星星吗？现在我必须为此去跟银公牛决斗。”

第二天，母牛来到银林场应战。它很快便战胜了公牛，回到小房子，安慰两个惊魂未定的孩子。

过了没几天，小房子的窗下又来了一头铜公牛，它大声地咆哮说：“母牛！你在家吗？”

两个孩子害怕地回答："它不在家。"

"母牛在哪里？"

"它在草地上吃草，吃浆果，喝清水。否则我们就不会有牛奶和黄油。"

"给它传个话，"公牛十分生气，"它明天必须到铜林场跟我决斗！它的孩子偷摘了我的铜星星。"

母牛回来的时候又看到两个孩子在哭泣，它连忙问是什么原因。

"刚才有一头铜公牛来到窗下，它让你明天去铜林场决斗。"

"我不是警告过你们，不能偷摘铜星星吗？现在我必须为此去跟它决斗。"母牛生气地责怪两个孩子。

第二天，母牛来到铜林场，它很快取得了胜利。回家以后，它安慰两个可怜的孤儿，让他们别再提心吊胆了。

一个月以后，窗口下出现了一头瘦巴巴的小公牛，它尖声尖气地叫喊着："母牛在家吗？"

孩子们伸出头一看，看到这头公牛大小跟条狗差不多，不由得乐了。小公牛却不含糊地说："告诉母牛，它明天必须到铁林场跟我决斗。它的孩子偷摘了我的铁星星。"

母牛回到家时，孩子们笑着把铁公牛挑战的事告诉它。母牛一听，神色立即紧张起来："这可不是好笑的事。我能够战胜银公牛、铜公牛，却不一定是铁公牛的对手。"

两个孩子一听，吃了一惊。他们知道闯了大祸，不由得哭了起来。

第二天清晨，母牛恋恋不舍地告别了两个孩子：“再见了！你们自己要多加保重！好在你们已经长大成人，可以独立生活了。”

母牛应约到铁林场应战。

开始时，母牛用角触痛了公牛的腹部。可是小铁牛十分厉害，它用头将母牛扛起来摔在地上，又踩上一只脚，母牛的骨头都被折断了。

两个孩子孤零零地留在家里。从此，没有人再给他们牛奶和黄油，他们必须自己去捕鱼、采浆果和种庄稼。

每当夜深人静的时候，两个可怜的孤儿总是格外怀念善良的母牛。

金泪

从前，在北方有一个水火国，国内有一条天地河，河旁有一座小宫殿，宫殿内住着一对伯爵夫妇。

伯爵夫妇婚后几十年都没有子女，直到两鬓灰白时，伯爵夫人才惊喜地发现自己怀了身孕。

伯爵夫妇非常高兴。他们不论走到哪里，都带着一脸的笑容。

一天下午，伯爵夫人外出散步。一会儿，她走累了，便舒舒服服地躺在厚厚的草地上休息，想不到竟然睡着了。

夫人做了一个奇怪的梦：

三位修长的仙女，都穿着黑色的衣服，她们来到伯爵夫人面前，朝着夫人深深地鞠了一躬。其中年长的一位仙女开口说道："你将会生下一个女儿。你只有在女儿洗礼时邀请我们三人，才会给女儿带来幸福。我们是她的命运女神……"

伯爵夫人猛地一惊，醒了。她睁开眼睛，三位仙女不见了，耳边却传来女人走动时裙子发出的飒飒声。

过不多久，夫人梦中得到的预言实现了：宫殿里添了一个女孩，大家忙碌着为她准备洗礼。

伯爵夫人没有忘掉三位黑衣女仙，她吩咐在宴会的餐桌上为她们留下三个席位。可是由于仆人的疏忽，结果只空下两个位置，事先也没有人发现这个过失。

来祝贺的客人络绎不绝，连国王都亲自来了，宫殿里一片欢乐的气氛。

不一会儿，宴会开始了。客人们一边吃着喝着，一边观看歌舞。大家正在高兴的时候，门又打开了，三位身穿黑衣的仙女走进大厅，好像从外面刮进一阵刺骨的寒风。

大仙女走近餐桌，在给她准备的位置上坐下。

“伯爵夫人，难得你还记着我们。”大仙女说：“我给你的女儿赐名玛尔多拉，并赐给她娇艳无比的容貌。”

二仙女也在给她备下的位置上坐下，她接过话，说：“我赠给她金泪。我们美丽公主的每一滴眼泪都将是一颗金珠。”

她的话还没有说完，三仙女生气地叫了起来：“伯爵夫人，为你的女儿悲哀吧！你忘记了我，没有安排我的座位。你的女儿玛尔多拉必须为此受到惩罚：新婚之夜她将变作一头海豹！”

伯爵夫人听了此话吓了一跳，她悲伤地哭了起来。这时候，只见大仙女款款地站起身来，点着头说：“别再哭了，伯爵夫人。如果有人愿意舍命帮助你的女儿，那么她的魔法将在约翰节的夜晚彻底解除。”

大厅里一片寂静。人们正要追问，三位黑衣仙女早已不见了，只在身后留下一股凛冽的寒意。

这一切发生得非常突然，很多人甚至没有觉察，他们依然兴高采烈地又吃又喝。伯爵夫妇却牢牢地记住了这一幕。

玛尔多拉长大了，长成一位绝顶美丽的少女。不管她是笑还是哭，眼中都会流出一串光闪闪的金泪。

玛尔多拉是伯爵夫妇的掌上明珠。不过，伯爵夫妇对女儿的未来却深感恐惧。伯爵绞尽脑汁，不停地思考着，如何才能毁灭三仙女的恶毒预言。一天，伯爵终于想出了一个好主意，他赶紧着手办理。

伯爵命人备了一匹快马，他骑马走遍了整个领地。他穿过草地和冰川，越过荒山和野岭，挨家挨户，逐个询问，直到在最偏僻的一幢茅草房里他才找到了目标：那是一位姑娘，与玛尔多拉同岁，外表看上去也跟玛尔多拉完全一样，甚至头发也没有差别。

姑娘名叫西格里特，她落落大方地站在伯爵面前。伯爵说要将她带回宫去，她也一口答应。

来到宫殿以后，西格里特就和玛尔多拉一起生活，两个姑娘形影不离，陪伴她们的是一位和善的老年女仆。

西格里特和玛尔多拉秉性相投，她们成了好朋友。两个姑娘走在一起时，没有人能够分出她们谁是西格里特，谁是玛尔多拉，连贴身女仆和伯爵夫妇也常常搞错。只有金泪才是她们之间唯一的区别。

时间在奔走，时光在飞逝。两个姑娘不久便到了婚嫁年龄，来求婚的人络绎不绝。伯爵夫妇非常高兴。

国王的儿子久慕玛尔多拉的美丽，他也赶来求婚。他与玛尔多拉一见钟情，不久，他们便订了婚。

当然，也有许多求婚人看中了西格里特，西格里特一概含笑拒绝。每当王子来与未婚妻相会时，西格里特总是很快地避开，虽然她对蓝眼睛的年轻王子也很爱慕。

婚期渐近，宫殿里忙碌地准备婚礼。大典前夕，伯爵将西格里特召唤过去。他神色庄重地看着姑娘，说："告诉我，你喜欢玛尔多拉吗？"

"我爱她，我们如同亲姐妹。"西格里特回答说。

"你愿意为她赴汤蹈火，拼着一死吗？"

"愿意！"

伯爵看姑娘态度坚决，便把玛尔多拉洗礼时的遭遇告诉了西格里特。

"现在，只有你才能帮助玛尔多拉。"伯爵补充了一句。

"为了玛尔多拉，我什么都不怕。您需要我做什么？"

"我想了很久。你们俩长得一模一样。明天，你可以代替我的女儿去过新婚之夜，让从前的预言不能实现……"

"如果它还是实现了呢？"西格里特问道。

"我特意将婚礼安排在明天。你知道，接下来就是约翰节，那是我们可以拯救玛尔多拉的日子。"

西格里特明白了伯爵的意思，她愿意帮助玛尔多拉。

第二天，婚礼按进程举行。新娘容光焕发，光彩照人。西格里特紧随身旁，不离左右。当夜幕降临的时候，西格里特瞅一个空子便取代了玛尔多拉的位置。

玛尔多拉退到一间密室里，藏了起来。

夜深了，参加婚礼的客人都陆续退出，回去了。卧室里只留下了新娘和新郎。

“我直到现在都没有弄明白，你到底是谁？”

王子幸福地注视着新娘，他没有发现他的提问使新娘吓了一跳。

“你是玛尔多拉，还是西格里特？”王子又追问了一句。

“我是你的未婚妻。”西格里特含糊其词地回答。

王子还是死缠不放，他拿出一块丝帕，交给新娘：“我应该亲自证实一下。你能哭出一滴金泪来吗？”

可怜的姑娘怎么办呢？

“啊，亲爱的，”新娘勉强挤出一丝笑容，说，“无缘无故地怎么能掉下金泪来？你让我一个人稍待一会儿，也许会流下金泪来。”

王子同意了。

西格里特拿着王子的手帕走了出来，她一路奔跑，去向玛尔多拉讨金泪。

西格里特还没有走完过道，只听到外面已经传来当当的钟声。她一边跑一边数：一、二……五……十、十一、十二。正是午夜时分！

一刹那，宫殿里的灯全都熄灭了。黑暗中只听到大海的波涛声。

一会儿，所有的烛光又都亮了。西格里特猛地推开密室的门，面前的景象使她惊呆了：屋内凌乱不堪，玛尔多拉已经不见踪影了。

西格里特眼泪一下子涌了出来。她看到地板上有许多明显的水迹，水迹从宫殿一直向外延伸过去。

西格里特明白了，她用不着思考便趁着月光，跟着水迹追寻过去。

不一会儿，她来到了奔腾咆哮的大海边。西格里特跳上一块巨石，她环顾四周，看到海岸边果然有一群脑袋滚圆的海豹。

海豹们龇牙咧嘴，冲着她摇摆着身体冲了过来，像要把她拖下海。只有一只海豹离群索居，独自站在那里。西格里特立刻朝它走过去，她发现那只海豹眼中不断地流下闪光的金泪。

西格里特勇敢地跳下海去，她根本顾不上其他海豹的撕咬和冲撞。她只是用手拍打它们，把它们推开，拼命地接近那只流着金泪的海豹。

不一会儿，她就精疲力竭，几乎要瘫倒了。这时，一只大海豹又冲过来，朝她张开了血盆大口，她感到脸颊上一阵扑面的热气，鼻孔里钻进一股咸腥味。

西格里特攒足气力，给大海豹狠命的一拳，把它打到一边，她终于游到了那只孤单海豹的旁边。西格里特抱着那只海豹，吻着它，哭着，叫着，千呼万唤。那只海豹的眼中滚出了一串串金泪，而西格里特却由于虚弱昏死了过去。

姑娘重新醒来的时候，发现自己躺在床上，身边守候着玛尔多拉、王子和伯爵夫妇，尤其是玛尔多拉，她吻着西格里特的面颊，眼中流下了金泪。接下来是约翰节，玛尔多拉公主和王子的婚礼到这时才真正开始了。

从前，在北方有一个水火国，国内有一条天地河，河旁有一座小宫殿，宫殿内住着一对伯爵夫妇。

——《金泪》

肯特尼特历险记

从前有一户人家，生了一个儿子。儿子见风就长，没过几天就长成一个英武的小伙子。小伙子告别了父母，独自去外面闯荡，准备碰碰运气。

他走着走着，迎面遇到了守山大汉。

“朋友，你到哪里去？”守山大汉问道。

“我顺着鼻尖和脚尖的方向朝前走，一直走到世界的尽头。”

“让我跟你一起走吧！”

于是，两个人说着话结伴而行，亲密得就像一对好兄弟。

他们走着走着，碰上了一个叫肯特尼特的人。

“两位朋友，你们到哪里去？”

“只要两条腿还有气力，我们就一直往前走。”

“让我跟你们一起走吧！”

三个人说着话结伴而行，亲密得像同胞三兄弟。他们走进一座茂密的大森林，在那里搭了一幢栎树房子。守山大汉和肯特尼特出外打猎，小伙子留着看家。他一边煎牛肉，一边烧了满满一锅野味汤。

小伙子刚烧好饭菜，做完家务，只见从门外走进一个老头。老头脚上穿着一双牛皮靴，手上提着一根七石重鞭。

老头走进屋子，朝小伙子看了一眼，说：“请给我一勺汤、一块牛肉！”

“不行，我们三个人年轻力壮，都是大饭量。我不能让外出的伙伴忍饥挨饿。”

老头突然眼露凶光，他撞倒房子的一角，将小伙子压在底下，然后他吃完牛肉，喝光一锅野味汤，临走时才把小伙子放了出来。

第二天守山大汉留在家里，他煎了一锅牛肉，烧了一锅野味汤。

这时候，老头走进屋来，说：“请给我一勺汤、一块牛肉！”

守山大汉不答应。两个人语言不合，便打了起来。老头一跺脚，撞倒房子的一角，将守山大汉压在底下，然后吃完了牛肉，喝完了野味汤。他临走的时候才把守山大汉放了出来。

第三天肯特尼特留在家里烧饭煎牛肉，还熬了一锅野味汤。

一会儿，老头跨进屋子，说：“请给我一块牛肉、一勺汤！”

肯特尼特没有作声，他举起八石大棍给老头当头一棒，打得老头眼前直冒金星。

老头吃了一惊，拔腿就逃，肯特尼特跟在后面紧追不放。两个人奔跑着钻进了一片松林，松林里竖着一块大石头，石头底下有一个洞口，老头对准洞口一头栽了进去，肯特尼特看看没有办法，只好回家去了。

两个朋友打猎回家，肯特尼特告诉他们刚才发生的事。他建议两个朋友带着绳子守在洞口，让他拴着绳子追进洞去，他要把老头追出来。

这个主意不错，他们带着绳子来到洞口，肯特尼特顺着地洞一直往下走去。

直到半路的时候，肯特尼特朝着洞口喊了一声："如果我转动绳子，你们就把我拉上来！"

然后他哧溜一声，一直来到地底下。他一直向前走去，看到边上有一座小房子，门口站着一位漂亮的姑娘。

"你好，美丽的姑娘！"

姑娘看了他一眼，笑着问道："你怎么会来到这个被人遗忘的地方？"

"嗬，说来话长。我在寻找一个穿牛皮靴的老头，他打了我们，现在又逃到地下来了。你知道他在哪里吗？"

"这个老头是我的父亲。不过，我还是愿意帮助你的。你从这里一直往前走，到我二姐那里。她会告诉你，如何才能找到我的父亲。"

肯特尼特道谢之后，又往前走了。不久，他又看到一间房子，里面的姑娘更加漂亮。

"你好，漂亮的姑娘！"

"你这个陌生人，为什么到这里来？"

"我在寻找穿牛皮靴的老头。"

"他是我的父亲。"

"他得罪了我们。你知道我怎样才能找到他吗？"

"我的姐姐住在前面不远的地方，她会告诉你我的父亲住在哪里。"

肯特尼特告别了姑娘，又往前走了。她看到路边一间房子，里面的姑娘比前两位还要漂亮。

“你好，美丽的姑娘！”

“我从来没有见过你，你怎么来到这个被人遗忘的地方？”

“我在寻找穿牛皮靴的老头，我们很生他的气。你知道他住在哪里吗？”

“老头是我的父亲。小伙子，我的父亲非常厉害，不管你有什么理由，他会杀死你的。世界上只有一个人，名叫肯特尼特，他可以跟我的父亲较量。可是肯特尼特早已消失不见了。”

“哦，漂亮的姑娘，我就是那个肯特尼特。我怎样才能找到你的父亲？”

“既然如此，我告诉你一个可以战胜我父亲的秘密。他有两罐子啤酒，一罐是长力气的，一罐是消力气的。他就住在前面，你可以走进他的屋子，将两罐啤酒的位置调换一下。这样你就会取得胜利。”

肯特尼特果然走进老头的屋子，他悄悄地调换了啤酒罐的位置，然后重新退了出来。

肯特尼特往回走到一棵大栎树下，他看到树冠上有一个鹰窠，里面有三只刚出蛋壳的小鹰。

突然，天空涌起一堆乌云。肯特尼特眼看天气不对，连忙爬上树顶，用身体护住鹰窠，挡住了一阵乒乒乓乓的冰雹，救了三只小鹰。

不一会儿，老鹰扇动着大翅膀回来了。它看到鹰窠安然无恙，这才放下心来问："孩子们，是谁在下冰雹的时候保护了你们？"

"他是一个从陌生世界过来的人，名叫肯特尼特。"

老鹰看到树根旁边站着的肯特尼特，感激地说："谢谢你，肯特尼特。你如果遇到困难，只要呼喊一声，我会立刻来帮助你的。"

老鹰说完话又扇动着翅膀飞走了。肯特尼特走近老头屋前，他敲了敲窗户，说："有人在家吗？我是一个过路人，请给我喝一口啤酒长长精神。"

老人听出了肯特尼特的声音，他不由吃了一惊。

"哦，原来你追到这里，你既然找到这里，就应该为我的健康喝一杯啤酒。"

老头不知道面前的啤酒罐已经调换了位置，他将长力气的啤酒倒给肯特尼特，自己端起消力气的啤酒，仰起脖子一饮而尽。

两人喝过啤酒以后，老头开始吹嘘自己力大无穷，他要跟肯特尼特决一死战。

他们来到野外，老头手里抓着一根七石重鞭，肯特尼特挥舞着八石大棍，两个人互不相让，斗得十分激烈。

肯特尼特愈战愈勇，老头却一招不如一招。最后，肯特尼特一棍把他扫落在地，夺下他的重鞭在他屁股上狠狠地抽打一顿，然后摘下他的小帽子戴上，高高兴兴地往回走了。

途中，他又遇到了三位漂亮的姑娘。姑娘们愿意跟他一起到上面的世界去。他们来到洞口，肯特尼特发出信号，示意上面的朋友拉绳，姑娘们一个个被拉上去了。朋友们看到拉上来三个漂亮的姑娘，十分高兴。等到他们拉第四回时，看到洞口升起一顶老头的小帽子。他们以为是穿牛皮鞋的老头上来了，惊慌之下，拉绳的手一松，肯特尼特连人带绳结结实实地落入洞底。幸亏下面土松，要不也许会断手断脚呢！

肯特尼特在洞下走来走去，毫无办法。他突然想起了老鹰，便仰起头，呼喊道："鹰妈妈在哪里？"

紧接着，肯特尼特听到一阵翅膀扇动声，老鹰已经嗖的一声落到眼前。

"你为什么如此沮丧悲伤？"老鹰关切地问肯特尼特。

"我出不了洞口，回不了自己的世界啦。"

"这算什么难事？来吧，坐上我的翅膀，紧紧抓住！我送你出去。"

肯特尼特坐上鹰背，一会儿便回到了阳光灿烂的地上世界。他重新找到了两个朋友，三个小伙子当天就娶下了三位漂亮的姑娘。

婚礼真热闹啊。我可是喝了几大罐长力气的啤酒，直到今天还有用不完的力气呢。

七兄弟与七姐妹

在遥远的北方世界里有一座农民的庄园，里面住着兄弟七人。父母早已过世，留下七兄弟相依为命，他们一起劳动，一起生活。

七兄弟长成英俊少年，他们开始思量结婚成家的事。他们知道，庄园附近没有人家生有女儿。七兄弟想来想去，决定让最小的七弟留守看家，其余六位兄长一起出去闯荡世界。他们希望各自寻得自己的幸福，最后再给七弟带回一个妻子。

六位兄长收拾一番，动身走了。七弟留在家里，照顾庄稼，等候喜讯。

六位兄长结伴而行，他们经过了无数的村庄和集市，一时却找不到愿意嫁给他们的七位姑娘。他们商量来商量去，觉得还是应该进城去找，那里人多，机会多，一定能够找到合适的姑娘。

进城以后，他们来到一间快要倒塌的木房子，门槛边上坐着一个白发苍苍的老人。老人看到六个小伙子从面前走过，打招呼说："小伙子们，到什么地方去？"

"我们要去寻找未婚妻！"

小伙子们大声地回答。

"哦，那么去吧，别忘了也给我捎一个未婚妻来，我要一个年轻漂亮的。"

小伙子们听了放声大笑："瞧这个老人！他已经灰白得像一只猫头鹰，脑袋瓜里却还钻出娶美女的念头。哈哈！"

他们笑着又往前走了。不一会儿，他们便把老人的话忘掉了。

小伙子们一路走着，又来到一个陌生的城市，走进一户人家。六位小伙子做了自我介绍，说他们兄弟七人，希望各自找到一个妻子，今天天色已晚，请求借宿一夜。

说来也巧，他们投宿的这户人家正有七个女儿，个个到了待嫁的年龄。小伙子们当即便向姑娘们求婚，七姐妹非常乐意地答应了。于是大哥找大姐，二哥找二姐，按照顺序，没有麻烦。七妹愿意跟他们一起回家，她答应嫁给七弟。

第二天，六兄弟高高兴兴地带着七姐妹一起回家。回家的路上他们又经过那座快要倒塌的木房子，看到老人坐在门口，两眼巴巴地盼望着。

老人看到六兄弟带着七位姑娘回来，高兴地连忙站起身，向他们招呼说："谢谢你们，你们果然给我找到了一个妻子。"

"老人家，你就别凑热闹了。"小伙子们回答说，"这位姑娘可不是给你的，她是我们七弟的未婚妻。我们的七弟没有跟着出来，他留在家里呢。"

老人一听满脸不高兴，他先是口中念念有词，然后用手杖在六个小伙子和六位姑娘身上点了一下，他们随即变成十二块石头。七妹吓得目瞪口呆。老人走过来，把她带进小木房，准备挑选吉日，举办婚礼。

姑娘根本不愿意和一位白发苍苍的老人成亲，她一心盘算着逃离这里。可是老人非常精细，他一步也不放松，紧紧地盯着姑娘，生怕她逃走。

姑娘没有办法，只好耐心地等待机会。

一天，姑娘无意之中听说。老人的胸腔里是没有心脏的。他的心脏搁在另外一个不知名的地方，只要心脏不遭破坏，老人便能永远活下去。

从此以后，姑娘便十分殷勤地侍候老人。她千方百计地打听老人把自己的心脏搁在了什么地方。开始时老人非常警惕，点滴不漏。慢慢地，他的戒备松懈了。有一天，老人对姑娘说："你如果真想知道的话，我就告诉你。我的心脏搁在床上，放在枕头里面。"

姑娘没有往下追问，不过她不相信老人说的是真话。她趁老人进树林去时，采集许多鲜花编织了一个花环，放在老人的枕头上。

晚上，老人从树林里回来了。他看到枕头上的花环，非常奇怪。

"你为什么要把花环搁在我的枕头上？"

"枕头里装着你的心脏，这是我对你的一份情意。"

老人听后大笑起来："枕头里面根本没有心脏，我的心就埋在门槛下面。"

第二天，老人又进树林去了。姑娘来到野地里，采集了一束野花，把门槛装饰得非常漂亮。

傍晚，老人回来刚走进门便笑了起来："这又何必呢？我的心其实也不在门槛下面。”

姑娘听后委屈得哭了起来。她说自己对老人真心实意，而老人却一再地欺骗她。

老人大为感动，他说：“我的心脏不在这里，它装在一只鸟的肚子内。这只鸟栖息在崇山峻岭中的教堂里。”

第二天，老人又走了。姑娘独自在家，她坐在门槛上，思索着结果老人的办法。

她正想着，突然看到门前走来一个青年。原来他就是留守看家的七弟。他在家中等了很久，没有看过六位兄长回家，便一个人寻了出来。

“小伙子，你到哪里去？”姑娘看到客人，连忙站起来打招呼。

小伙子一五一十地告诉姑娘，说他们原来兄弟七人，哥哥们出去寻找未婚妻，可是直到现在还没有回家。

“哦，你来得正好，请进来吧，我正有要紧的话对你说！”

姑娘知道来人就是自己的未婚夫，十分高兴。她连忙请七弟进屋。

进屋以后，姑娘把自己的身世原原本本地告诉了七弟。她领着七弟来到一堆堆的石头面前，说：“这就是被狠心的老人变化成石头的六个哥哥和六位姐姐。只有我一个人免遭磨难，那是因为老人要娶我做妻子。”

“老人这么利害，有什么办法可以制伏他？”

“制伏老人并不难，首先要找到装着他心脏的那只鸟。”

小伙子毫不犹豫地准备上路。姑娘塞给他一只背包，里面装上许多干粮。一只猫头鹰从旁飞过，姑娘也送上了一片面包。

小伙子谢过姑娘，动身走了。他跋山涉水，不辞辛劳，走了很远很远，他感觉肚子饿了，便找了一块空地，坐下来，拉开背包，拿出干粮。临吃干粮之前，小伙子还热情地喊了一声："谁愿意做我的客人，请过来一起用饭！"

话声刚落，他看到面前奔过来一头水牛。水牛到了小伙子面前，不客气地趴下来，他们一起吃了饭。饭后，水牛说："如果你需要帮助，只要喊我一声就行了！"

小伙子收拾好背包，又动身上路了。到中午时，他又找块空地，打开干粮袋，准备吃午饭。饭前，他照例又朝着树林喊了起来："谁愿意做我的客人，请过来一起用膳！"

一头野猪应声而来。饭后，野猪豪爽地说："你如果需要帮助，只要喊我一声就行了！"

小伙子谢过野猪，往前走了。他走啊走，猛然抬头看到前面山上有一座教堂。小伙子心里非常高兴，他连忙向教堂奔去，却不料被一条大河挡住去路。

小伙子沿着河岸走上走下，却找不到过河的办法。怎么办呢？情急之中，他自言自语地说着：

"啊，要是水牛在这里就好了。昨天我还跟它一起吃饭，它准能把这条河的水喝干！"

说来真怪，小伙子刚说完，水牛就来到面前。它低着头，咕噜噜地一口气把河水喝干，然后摇着尾巴，走开了。

小伙子过了河，已经看见了教堂的门窗。可是一道高墙突兀地立在眼前，走不过去了。

“啊，要是野猪在这里就好了。昨天我跟它一起吃饭，它一定能拱倒这座大墙！”

野猪应声而来。它张开獠牙，一会儿工夫便在墙上钻了个大洞。

小伙子终于来到教堂门前。他见大门开着，便一步跨了进去，寻找大鸟。

教堂里果然有一只大红鸟，飞来飞去，十分自在。小伙子眼巴巴地望着它，抓不到，干着急。

“啊，要是有一只猫头鹰帮助我，那该多么好啊！”

果然飞来一只猫头鹰。它一把抓住红鸟，送到小伙子手上，又鼓动着翅膀飞走了。

小伙子将红鸟紧紧地夹在胳肢窝内，顺着原路，飞奔起来。还没走到家时，他老远就看到姑娘站在门前眺望着。

姑娘看到小伙子抓到了红鸟，真有说不出的高兴。这下他们可以制伏狠毒的老人了。姑娘将小伙子藏在老人的床下，嘱咐他别发出声音。

不一会儿，老人从树林里回来了，他一边走路，一边呻吟：“哎哟，哎哟，今天怎么啦？我精神恍惚，心慌意乱，大概快要死了。”

老人说着，举起手杖，朝着姑娘点了过来，他想死前把姑娘也变成石块。

姑娘惊恐地闪到一旁，钻在床下的小伙子一看不好，捏紧拳头，想跳出来救姑娘，无意中却把抓在手上的红鸟扼死了。

红鸟刚断气，狠毒的老人便一跤跌倒在地，也死了。

小伙子钻出床底，从地上捡起老人的手杖，在屋前的石块上点了一遍。霎时间，灰白的石块变成了活泼泼的哥哥嫂嫂。

多么愉快的重逢啊！

兄弟七人领着七姐妹高高兴兴地回去了。他们和睦相处，生活得非常愉快。每对小夫妻都生了七个孩子！

善良的后母

从前，有一个国王和王后，他们生活得非常懊丧和乏味，因为他们没有孩子。

国王到处打听，问遍了各地的医生和巫师。多少年过去了，可是国王和王后还是膝下荒凉，没有子女。

一天，王宫里来了一位奇怪的远方客人。他长着一张瘦削的面孔，黄黄的，身穿一件黑色长衫，长衫里面隐隐地透出一具白森森的骨架。看上去，完全是一个鬼魂的模样。

王宫里的人看到他走进来，吓得远远地躲了起来。这位陌生的远客却旁若无人，径直来到国王面前。

“什么风把你吹到这里？”国王看到来人的模样，吓得心里直打战。

“我叫戈尔特，从冰岛来。我可以帮助你消除烦恼。”

“你是说可以让我们有一个孩子？”国王急切地问道。当他看到陌生人肯定地点了点头时，心里高兴得忘掉了害怕。

“如果你能使我们的愿望得到满足，我可以送给你半个王国。”国王非常大方。

可是，戈尔特却摇摇头。

“我不要报酬。但是，我愿意当你们的首席枢密官。为了能够忠心地给你们效力，我希望亲自侍候王后。”

国王只希望要孩子，他什么要求都会答应。

于是，戈尔特马上就成了宫殿里的显赫人物。他像影子一样跟随着王后。大家都很奇怪，想看看他的话是否灵验。不过，戈尔特的那副模样还是人见人怕，无法改变的。

不知不觉地到了冬天。那年的冬天寒风凛冽，连飞翔在天空的鸟儿都冻死了，一只只啪嗒啪嗒地落到地上。这一天，空中又阴惨惨的，浓云密布。纷纷扬扬地下起了鹅毛大雪。

王后站在窗前看着漫天飞舞的雪花。突然，一只黑得透亮的乌鸦啪的一声从空中掉在窗前，乌鸦的嘴里淌出一丝殷红的鲜血。

“啊，我多么希望有一个女儿，”王后自言自语地叹息着，“她的小脸颊像雪一样白，她的嘴唇像鲜血一样红艳，而头发黑得像鸦毛的羽毛……”

“哦，王后，你很快就会有这样一个孩子。”戈尔特听了王后的叹息声，走上来。说道，接着，他又自言自语般地补充了一句，“可是到了将来，你会像憎恨死亡一样痛恨这个孩子！”

王后不解地看着戈尔特，可没得到回答。

过不多久，枢密官的预言实现了。王后生下了小公主英格波尔。

小公主英格波尔长得非常漂亮。她的美丽不管你怎么想象、怎么形容都不会过分。宫殿里上上下下都很喜欢她，国王更是将她看作掌上明珠。但是，却没有人看出戈尔特那句神秘的预言也在悄悄地实现：王后渐渐地不再喜欢她的女儿了，她甚至不愿意看到英格波尔。

英格波尔由一个年老的宫女陪伴着。小公主性格温顺，一天到晚欢笑着，奔跑着。不过，每次看到戈尔特时，英格波尔总是十分害怕。

一天，王后病了。大家不知道王后生了什么病，连枢密官也一筹莫展。

戈尔特一刻不离地坐在王后的病榻旁，他替王后煎汤熬药，口中还不断地念念有词，嘟哝着神秘的咒语。可是，这一切努力看来都不奏效。

终于，当王后即将咽气的时候，只听戈尔特小声地说道：“王后，我是个魔法师。不过你女儿的法术更高，我敌不过她的魔力。她仇视你，所以你一定会死在她的手上。我向你保证：你的女儿将来一定会如你所愿地受到惩罚。”

听到戈尔特的话，王后的脸色顿时苍白起来。她攒足气力，大声地喊着：“让英格波尔在这个世界上永远得不到安宁！”

说完，她命令戈尔特将女儿英格波尔带到病榻前。

姑娘被带来了。王后在她的耳边悄悄地说了几句话。不过，英格波尔连一个字都没有听明白，王后终于离开了这个世界。

王后死了，国王悲伤过度，病得卧床不起。要不是女儿英格波尔日夜照顾，说不定他就没有指望恢复健康啦。

不久，国王又可以临朝理事了。可是，悲痛却始终离不开他的脸。从前，宫殿里到处充满着欢乐的笑声，而现在呢？大家都低着头，沉默着。

大臣们日思夜想，希望帮他们的国王渡过这一难关。

他们想啊想，最后终于想出了一个好主意：给国王再娶一个王后。

对！就是这个办法。

大臣们不辞辛劳，四处奔波，去了一个国家又一个国家，寻访了无数个美丽的女人，甚至有的姑娘漂亮得真像月亮一样。

可是，大臣毕竟思虑很多。他们一路上讨论来讨论去，品头论足，反复比较，到头来，却仍然决定不了，不知道哪一个女人适合当王后。这时，他们已经走遍了整个世界，就差冰岛没有去了。

这一天他们坐船来到了冰岛。

冰岛真冷啊！大臣们紧紧地裹住皮衣服，他们十分后悔来到这个鬼地方。

正当大臣们准备起锚返航的时候，看到前面耸立着一座漂亮的宫殿，那是冰岛国王的住地。大臣们就下了船，走了过去。

冰岛的国王非常友好，他热情地接待了远道而来的客人。当他听说客人们的来意时，不由得点点头，说："我只有一个女儿，叫赫尔达。我愿意把她嫁给你们的国王，因为我担心她留在这里将来也会像她的兄弟一样，遭到厄运……"

"国王，你的儿子怎么了？他遭到了什么灾难？"大臣们关心地问。

"是这样的。"国王叹息了一声，说，"几年前，我的儿子进山去，可是，从那以后他一直没有回来。也许他在山里遇上了野兽，被野兽吃掉了；也许他在山里碰到了雪崩，被雪埋住了。唉，我那可怜的孩子。”

大家听了都沉默了，他们不知道该怎样安慰国王。

过了一会儿，国王又自言自语地说道：“听渔夫们说，深山里有个巫师。也许是他把我的儿子摄去了。”

大臣们听了国王这一番话非常同情。他们又看到赫尔达公主长得确实很漂亮，便一致同意把她带回自己的王国。

一路上，他们顺风顺水，不久就把赫尔达带到国王面前。国王十分高兴，当即便举行了婚礼。

新婚以后，王后赫尔达很快使国王高兴了起来。赫尔达是个贤惠善良的人，宫殿里的人都喜欢她。

可是，英格波尔却千方百计地回避她。自从母亲去世以后，她成了世界上最悲伤的人。

赫尔达花费了很多时间，试图接近英格波尔，她要弄明白，到底是什么在折磨着英格波尔。

一天，她终于说服了英格波尔同意饭后和她一起到森林里去散步。

她们穿过树林和茂密的野草，最后来到一座深深的山谷面前。

“我多么不幸啊，真想一下子跳进山谷死掉算了。”

看着山谷，英格波尔哭了起来。

赫尔达轻轻地抱住她，耳语般地安抚她说：“姑娘，请相信我吧！你将会亲眼看到我要怎样帮助你，我是你的朋友。”

只听英格波尔呜呜咽咽地诉说着：“我母亲临死前听信了人家的谗言，她相信我是她患病的原因。她在灵魂离开躯体之前诅咒我，让我在这个世界里得不到一刻的安宁；她说我罪孽深重，说我会烧毁王宫，会杀掉一个人；她还说我会嫁给森林里的魔鬼，最后被丢在一堆木柴上活活烧死。”

赫尔达王后听了非常吃惊，她说：“一个人在临死前的诅咒往往都会应验的，对此我们一点躲避的办法也没有。”停了一会儿，她又说，“但是，人们可以改变诅咒的语言，使它化解，你看，”后母说着用手往前指，“看到前面有一朵花了吗？那就是真理之花。真理之花威力巨大，它可以战胜一切邪恶。因此，我将把花移栽到海洋的礁石上去。那时你可以当众发誓，说你只愿嫁给把真理之花重新摘下并亲自给你送来的人。其余的一切，我们慢慢会知道的。”

英格波尔公主听从了赫尔达王后的劝告。

第二天，王宫派出了许多官员，他们走遍全国各地，发布有关英格波尔公主征婚的消息。

这一来，上门求婚的人络绎不绝。只见宫殿的城墙上飘扬着许多国家的彩旗。王子、侯爵、伯爵、神武的骑士纷至沓来，拥挤在王宫门前。宫门外的广场上停留着无数华丽的马车，高头骏马打着响鼻，不时地发出一阵长长的嘶鸣。

要知道，英格波尔公主称得上是世界上最温顺、最漂亮的未婚妻啊。

可是，前来求婚的人马上明白了，事情远远不是他们想象的那么简单。

那朵白色的真理之花真难摘啊！

海面上的礁石光滑得像玻璃一样，那些求婚的人谁也别指望能够攀上去。他们一个一个地从半路滚下来，跌得鼻青脸肿。有的人摔下来，又急急忙忙地爬上去，然后又掉下来，逗得公主也笑起来。

这时，国王的枢密使戈尔特前来报名，他也希望碰碰运气，英格波尔看着他竟然毫不困难地一步步地攀上去，心里害怕得直发毛。

戈尔特的瘦脸这时候看上去更像一只骷髅，尤其当他冷笑的时候，更是骇人。

戈尔特已经登上了陡峭的礁石。只见他在石上发出得意的狂笑，同时伸出颤抖的手，准备采摘真理之花。

英格波尔绝望得面色苍白。

可是，不管戈尔特如何死拉硬拽，那朵白色的真理之花就是摘不下来。戈尔特急红了眼，他站在礁石顶上，叉开双腿，两手抓住真理之花，拼命地连根拔拽。奇怪，真理之花突然像蛇一样往上蹿，一下子自动地长高了许多。

戈尔特没有防备，他还没有来得及调整重心，便脚脖子一歪，一头栽下海去。只听啪的一声，溅起一股浪花，戈尔特消失在大海里了。

波浪分开后又合拢起来，一切都平静了。

在场的人看见这样惊险的一幕，都吓得不敢喘气。待他们惊魂甫定，这些来求婚的王子、伯爵、骑士都纷纷朝各自的马车奔了过去。他们跳上马车以后，连连地挥鞭打马，恨不得让一匹马长出六条飞奔的腿来。

“这个该死的英格波尔，她想出的主意多么恶毒！”求婚者都在心里暗暗地怨恨英格波尔。

英格波尔却非常高兴。她朝着王后悄悄地说道：“你看，戈尔特淹死了。这是他应有的下场。”

“戈尔特作恶多端，自取灭亡。可是，要知道，事情还没有结束。喏，我这里给你一团线，今后你走到哪里，线团便会跟到哪里。记住，你要是遇上不顺心的事，就赶快大声喊我。”王后嘱咐说。

英格波尔与王后分手后，回到自己的房间。不一会儿，她睡着了。

夜，黑沉沉的。英格波尔突然从睡梦中惊醒过来，她听到过道里一阵拖沓的脚步声。

英格波尔正在纳闷，卧室的房门突然被打开了。她抬头一看，门旁站着一个巨大的怪物。它浑身上下都是毛，脸上一团漆黑，鹰钩鼻子打着一个大弯，咧开的嘴巴又宽又大，里面闪亮着几颗高低不平的粗牙。怪物头戴一顶帽子，帽子下面横七竖八地露着一圈鬃毛似的头发。它上身穿一件用鱼鳞拼制的背心，下面穿一条皮裤，裤子底下露出马蹄似的脚踝骨。

天哪！英格波尔吓得连气都透不出了。

然而，更使她惊愕的却是这个不速之客的手里竟然拿着那朵白色的真理之花!

“我是来接你的。你应该成为我的妻子！”怪物说话了，他的声音又低沉又亲热，“我很高兴能够摘到真理之花。现在，我要领你回家。”

听了这番话，英格波尔吓得魂飞魄散。可是，她却又像着了魔似的，自动地服从怪物的意志。她哆哆嗦嗦地从床上站起来，顺从地跟着怪物走出了房门。

这时，她猛然想到了王后的嘱咐，连忙把线球藏在裙子里。

英格波尔一步一步地走了出去。

线团一圈一圈地松了开来。

黑夜间，他们穿过了一片森林。林中的猫头鹰发出了哭泣般的叫声。眼前一会儿这儿一会儿那儿地闪现着绿色的火光。沼泽地里还不时传来“咕噜噜、哗啦啦”的响声。

怪物领着英格波尔公主，深一脚浅一脚地来到一幢小木板房的门前。

公主一路上走得非常疲劳，她看到眼前有一幢房子，便跌跌撞撞地闯了进去。

进屋以后，怪物新郎生了一盆火，然后躺在一张木床上，呼噜呼噜地睡着了。

英格波尔公主也歪在床角上，睡着了。

第二天清晨，英格波尔醒了过来，她又看到新郎那张可怕的黑脸。惊恐中，她简直不敢相信自己还活在人间。

“公主，我得马上离开这里，太阳下山后我才能回来。你要是在这段时间内离开了木房，那就再也见不到我了。”可怕的怪物说完就离开了木房。

小房间里只剩下英格波尔一个人。她多么希望能回到自己的宫殿去啊！可是，真理之花在怪物的手上，怪物理所当然地成了她的丈夫。

英格波尔很想和王后商量一下，她不知道到底该怎么办才好。

她这里还没有理出头绪，就听到门外响起了脚步声。

原来是王后来了。

“我知道你遇到了难处，”后母安慰她说，“你现在必须跟我回到宫殿去，那里一个人也没有，大家都出去寻找你的下落了。我已经把所有的金银细软都藏在箱子里运走了，现在除了砖墙以外，什么东西也烧不掉了。”

“什么？你让我放火把宫殿烧毁？”

“对！”后母点了点头说，“必须让你母亲的咒语应验，可又不能伤害任何人。”

果然，宫殿在熊熊的大火中被烧成了灰烬。

英格波尔又遵照后母的劝告回到了小木房，耐心地等着怪物回来。

当天空上还残留着一抹晚霞时，可怕的怪物果然回来了。

“我看到了，你并没有离开我。”怪物微笑着说，“为了证明你的爱情，你现在应该拥抱和亲吻我。”

姑娘鼓足勇气，走上前，抱着那颗丑恶的黑脑袋，她正要吻时，看到怀里竟然躺着一个非常漂亮的年轻王子。

“我是你后母的兄弟，我们原来住在冰岛。”怪物解脱了魔咒，恢复了原来的模样，他非常感激英格波尔公主对自己的忠诚，“我并没有像人们猜想的那样死在雪崩下，也不是野兽把我撕碎了。戈尔特曾经是我们宫殿里的巫师，他是一个恶人。我想把他驱逐出去，他就诅咒我，把我变成了一个怪物。只有一个公主的爱情和亲吻才能解脱我的魔咒，使我恢复本来的模样。”

姑娘看到怀里的王子年轻英武，自然十分欣喜。

“是的，戈尔特是一个恶毒的巫师。”她很同情王子的遭遇，接着也把自己的经历告诉了王子。

两个人你一言我一语地诉说着，不知不觉地东方已经浮现了朝霞。

太阳高高地升了起来，金光万道，穿过密密的树林。王子匆忙吻别了公主，赶回冰岛去了。他要去领来骑士、鼓手、乐师和迎亲队伍。英格波尔公主独自留在小木房里。

多么高兴啊！这是一次愉快的等待。

然而，万万没有想到的是，母亲生前所说咒语的最后部分也必须实现。

大火之后，年迈的国王，英格波尔的父亲，逼着后母，要她说出王宫是谁烧毁的。

后母一再发誓，说王宫是被巫师戈尔特烧掉的。可是，老国王执意不信。他当场下令，让一队士兵到森林里去寻找英格波尔，不管死活都要把英格波尔找到，把她押送到王宫来。此外，他还命令在广场上架起一大堆木柴。他要把女儿活活地烧死。

士兵们如狼似虎，到处寻找。第三天，他们就在小木房里找到了英格波尔公主。士兵们不容公主分辩，就把她带了回来，丢在柴堆上。

可怜的公主默默无言，静静地等候着点火。

后母想方设法地安慰她。可是，后母自己也急得心口绞痛，手足失措，不知道怎么办才好。

点火的时刻到了。几个士兵擎着火把，一步步地走近了柴堆。

木柴干枯得发出了噼噼啪啪的炸裂声！

姑娘紧紧地闭上了眼睛。

一堆木柴马上就要被点燃了……

这时，场外传来一阵急促的马蹄声。王子从冰岛回来了。他带来了大队人马，有骑士，有鼓手，有乐师。长长的一支迎亲队伍，旗帜招展，好不威风。

“住手！否则当心你们的脑袋！”王子大声地呼喊着，挥舞着宝剑，冲了过来。

眨眼间，他来到木柴堆前，一把推倒了柴堆，飞起的一根木柴正好打在老国王的头上。老国王头上立刻起了一个大包，他扑通一下摔倒在地上。

王子早已把从柴堆上滚下的英格波尔公主接在怀里。

王后走上前来，与重逢的兄弟抱头痛哭。她又搂着英格波尔公主，高兴得笑了起来。

老国王捂着头上的大包，躺在地上，王后对他解释了好一阵子，才使他明白了事情的前因后果。

国王连忙站起来，命令乐师们击鼓，奏乐。

隆重的婚礼开始了。丰盛的宴席之后大家又唱歌又跳舞，高兴得谁也不愿意让这个美好的夜晚结束。

拉 普 兰 德

L A P L A N D

圣山

有一年秋天，阴雨绵绵。一只小兔子奔到栎树下躲雨。远望着崇山峻岭，小兔子想到一个奇怪的问题，大山为什么是神圣的呢？它不明白，便恭恭敬敬地请教老栎树。

老栎树咳嗽一声，嘶哑着嗓子说：“山自然是神圣的。人们祭天的时候，把捕捉的野味搁在山石上献给上帝。祭品上披金饰银，吸引着上帝，上帝会首先来到山地。

“很多山岭上有专门的地方用来祭山，人和动物是不能随意进入那些地方的。人们会把大牲口抬上光溜溜的石板，指望获得山神的保佑。

“山，就是神。人们遇到灾难时，会向大山礼拜救助。他们不能在山上随便地坐下吃饭喝水。一个男子，在穿过山坡林地再往上攀登时，他必须脱下鞋子，赤脚步行。

“妇女是不能爬山的，她们被视作不洁净的人。而十五岁以下的姑娘在登山时也不能穿鞋子。超过十五岁的姑娘就已经成为不能爬山的妇女了。

“人们认为山是神圣的。他们不能在山上拔野草，也不能将牲畜赶到山上放牧。

“圣山的观念代代相传，直到永远……”

小兔子听得入神了，它又问了一句：“除了拉普兰德，其他地方的人也认为山是神圣的吗？”

“是的，世界上各个角落的人都认为山是伟大而又神圣的。”

老栎树深信不疑。

阿库山上的野鹿

位于入海口的阿库山是一个祭供的地方。直到今天，人们还能看到山上的鹿角篱。它使人们想起从前的故事。

古时候，有一个精通魔术的拉普人。他常在需要的时候，独自去阿库山，然后背回一头壮鹿。不过，他每次都把鹿角又重新送回山上，搭成一道鹿角篱笆。

后来，他年岁大了，弥留之际他把儿子叫到床前说："你如果需要野鹿时，可以到阿库山上背一只回来。可是你要记住：你必须把鹿角送回去，看鹿角篱笆上哪里空缺，就把它补在哪里。"

老人说完就死了。

几个月过去了，儿子到阿库山上打猎。他背上猎枪，走上山顶。

嗬，这真是个青草茂密、野鹿成群的地方。

小伙子端着猎枪，扣动扳机，一头野鹿应声而倒。其他野鹿听到枪声不仅没有惊慌地四散奔逃，反而朝着猎人走了过来。

小伙子连忙扣动扳机，又打倒一头鹿。

鹿群仍然威严地向小伙子逼近。

小伙子再打一枪，第三头野鹿倒在地上。

鹿群已经来到面前，它们围着猎人的身边转。小伙子十分惊恐，他顾不上背鹿，也想不起鹿角篱笆了。他急忙走上山坡，在悬崖峭壁上画了个大大的十字，祈求上帝的佑护。

这时候，海面上有三个渔夫摇船过来，他们也想上山打鹿。小船刚刚驶近阿库山边，渔夫们就看到了峭壁上的十字。他们十分奇怪，却不料一个个身僵腿直，转眼间三个人变成了露出水面的礁石。这就是阿库山对面诺阿登礁石的来历。

从此以后，阿库山上的野鹿就销声匿迹了。可是鹿角篱笆却仍然清晰可辨，特别是那个大大的十字，更是十分醒目。

虱子的来历

从前有一个老太太，整天没有事干，只在山坡上转来转去，口里唠唠叨叨，怨天尤人："咳，日子过得真无聊。一天到晚没有事干，只好看着太阳从东方出，从西方落。"

老太太怨声冲天。天上的上帝听到她啰唆个不停，便亲自下来，问她："你一天到晚想找事干，可是你想做什么呢？"

"我嘛，"老太太一看有人搭腔，来了精神，"我想身上长满虱子。那时候我可以趁着风和日丽，坐在山坡上，舒舒服服地捏虱子。"

上帝一想，觉得老太太的要求不高，便抓了一把泥土撒在老太太身上。从那以后，人类世界便有了讨厌的虱子。

有的人觉得老太太非常愚蠢，居然向上帝讨了满身虱子，好像虱子是珍贵的宝贝似的。

身上有过虱子的人则对老太太十分怨恨，骂她是个风骚的老巫婆，她大概是想趁人家脱衣服抓虱子的时候偷看人家。这当然是虱子以外的话题了。

造 狼

从前，世界上只有植物，没有动物。

后来，世界上有了上帝。上帝非常忙碌，他分开了混沌的天地，造了男人，又造了女人。当然，还有牛、羊、猪、马、驴、狗都是他的劳动成果。

上帝给世界带来了生命，自然也带来了魔鬼。

魔鬼们在上帝进出的小路上造了一个奇形怪状的动物，这是一堆没有生命的泥土。

上帝看着那堆泥土不顺眼，可是他又不愿意亲自动手将这堆泥土推走。

他相信自己的神力，便对着泥土吹了一口气。他本想一口气将泥土吹走，却不料吹错了方向。他是对准这头泥土动物的鼻子吹气的，一下子给动物灌输了生命。

泥土动物获得生命以后扭头就逃，它出没在草原深处，时常出来危害牧群。

牧民们讨厌它，便给它起了个名字，称它为——狼。

这就是上帝造狼的由来。

从前，世界上只有植物，
没有动物。

——《造狼》

一个又聋又瞎的人

从前有一个拉普人，他娶了一个瑞典富商的女儿，顿时阔绰起来。

几年以后，他带着一家老少、行李箱笼迁居挪威，那是个大海的王国。

拉普人生了三个儿子，他们都在挪威成家立业。三个儿子娶妻以后，每家又都添了三个女儿。

斗转星移，时光流逝，可怜的拉普人年迈体衰，他先聋了耳朵，又瞎了眼睛，晚景凄凉。

这年冬天，他家的鹿群盲目地走上了危险的山地，结果全都从悬崖峭壁上坠入了万丈深渊。

又聋又瞎的拉普人变得一贫如洗，他只得由三个儿子轮流赡养，在一家生活一个星期。

后来，拉普人卧病在床，不能起来了。

大儿媳对他十分关心，在他枕头边搁了一只盒子，盒子里装满各种食品。老人感觉肚子饿时，只要转过头去，就能饱餐一顿。因此老人在这家从来没有挨过饿。

一个星期过去了。轮到了老人在二儿子家生活。

二儿媳是个精打细算的人，她从来不让老人的盒子内断了食品，可是也从来不肯把盒子结结实实地装满。老人生怕一时把盒里食品吃完，不得不有所克制，计划着细水长流地吃，免不了有时会出现半饥半饱的感觉。

又一个星期过去了，老人转到了小儿子家。

小儿媳是个吝啬的女人，她随意地往盒内放一点食物，像喂狗似的，然后就忘记了添加。

老人转过脑袋，很快吃完了盒内的食物，可肚子还在咕噜噜地叫，他舔舔盒底，还想吃，可不见小儿媳过来加食物。老人饥肠辘辘，不停地摸着空盒子。

三个儿子，三个儿媳妇，他们周而复始，轮流着赡养这位又聋又瞎的父亲。

一天，老人感觉自己快要死了。他艰难地把三个儿媳妇召到床前，一一为她们预言未来。

他感激地对大儿媳说："你从来不让盒子空着，我的手也从来没有摸到过盒底。你的后代将衣食不愁，财源不断。都有好前程。"

大儿媳一家后来果然人丁兴旺，衣食不愁。

老人看到二儿媳走过来时轻轻地叹了一口气，说："你不如大儿媳那么善良慷慨。我的手经常摸到盘底，常有饥饿的恐慌。你的子孙后代必将经常为生计奔波忙碌。"

二儿媳的一家果然如此。他们不贫不富，日子过得去，可也有不少烦恼和忧虑。

老人说完，闭上了嘴，他真不愿意预言小儿媳家的未来。可是小儿媳还是走了上来。

老人摇了摇头，说：“我不知多少次摸着空盒底，希望再发现一块食物。但愿我今天的处境就是你家子孙未来的生活写照。他们将沿门挨户地乞讨。他们到处漂流，寻找吃食，终身遭受饥饿的威胁。”

后来这家果然穷困至极，他们乞讨的足迹遍布北欧各地，直到今天。

两个捕鹿的人

两个猎人在山上相遇后，结伴而行，一起在树林里猎鹿。

他们在山林里奔走了几天，没有碰到猎物，自己带的食品却快要吃完了。

这天，他们在山岗上看到一幢孤零零的房子，那是专供打猎捕鹿的人歇脚过夜用的。两个人走了过去，在屋内生起一堆火，把一口铁锅搁在火堆上面。铁锅内烧着开水，屋子里立刻有了热气。

一个猎人长着满脸络腮胡子。他看着开水烧了半天，没有什么可煮的，便拉开门，走了出去，在外面逗留了不少时间。

等他重新回来的时候，只见他双手捧着一颗新鲜的鹿心。他把鹿心投入铁锅，烧了一锅美美的鹿心汤。

刚才留在家里的猎人是个小伙子，他相信这颗鹿心是络腮胡子从自己背包里取出来的。

两个人愉快地吃了一顿鹿心汤，躺下来休息了。

第二天早晨，两个猎人睡眼惺忪地走出小房子。突然，他们看到对面山坡上有一只高大的雄鹿。

年轻的猎人一见雄鹿，非常高兴。他飞也似的追了上去，准备捕捉那头高大的雄兽。

雄鹿抬腿就跑，奔跑的架势活像一匹驰骋在草原上的骏马。

猎人眼看雄鹿要逃，他立刻弯弓搭箭，嗖地射去一箭。

雄鹿应声倒地。

猎人高兴地背回雄鹿，他和络腮胡子一起动手，将雄鹿开膛剥皮。

年轻的猎人将雄鹿内脏掏出来准备清洗时，发现这头雄鹿原来是没有心脏的。

这么高大的雄鹿怎么会没有心脏呢？

年轻的猎人十分不解。他问络腮胡子，这究竟是怎么回事？

“你昨天晚上吃的是什么东西？”络腮胡子问他。

年轻的猎人恍然大悟。不过，等他进一步明白络腮胡子竟然可以在打死鹿之前取出它的心脏来，他一下子惊吓得目瞪口呆。

想到这里，他急忙溜走了，留下了络腮胡子一个人。

斯塔洛的新娘

诺阿登人常常用泥土捏出魔鬼斯塔洛，让它危害人间。有个斯塔洛度日无聊，想娶一名拉普兰德姑娘做妻子。

姑娘的父亲不知道怎样才能摆脱斯塔洛的纠缠。他想出一个移花接木的计策。

这位拉普人找了一段白桦树，给它穿上女儿的衣服，将它送给斯塔洛，此外还送了一群驯鹿，作为姑娘的嫁妆，他对斯塔洛说："姑娘年幼，十分害羞，至少在三天之内，你不能跟她讲话。"

斯塔洛觉得老人的话有理。于是，他忙着宰杀驯鹿，整整三天，没有敢来惊扰新娘。

拉普人早带着女儿，昼夜兼程，逃到很远很远的地方了。

第三天晚上，斯塔洛煮鹿肉，熬骨头汤，准备与新娘庆祝婚礼。

一切忙碌停当后，它来到新娘面前说："起来吧，新娘！"

新娘躺在床上，动也不动。

斯塔洛觉得新娘也许还在害羞，便独自一人先去吃饭。后来，他看到新娘还是一动不动，便急了，一把撕去新娘的衣服，发现新娘原来是一段粗糙的木头。

斯塔洛知道受了骗，急忙操起一根车杠，去追赶拉普人。

斯塔洛下决心要抓住拉普人，折磨他们一辈子。

可是他自己走得过于仓促，竟然忘记他早已脱得只剩下单衣单裤，所以，凛冽的寒风吹来，斯塔洛就不停地号叫；

父亲母亲快来看，
严寒冬日已到来；
生堆柴火好取暖，
冻死儿子谁可怜？

拉普人听到北风送来的号叫声，便吓得瑟瑟发抖，躲在屋里，不敢出门。

娶了母亲的小伙子

从前有两个诺阿登人，他们像吉卜赛人一样，从一个地方走到另一个地方，到处给人们占卜未来，预测前程。

一天他们来到一个农庄，看到绵羊正在生小羊羔。

有个诺阿登人看了看，摇摇头问他的同伴说：“伙计，你知道我们为什么不能动手，帮着接生小羊羔？”

“那还不是明摆着吗？这头小羊羔将来是喂狼的。”

两个人一唱一和，煞有介事。听的人不知道他们到底胡编些什么，对他们也不理睬。

小羊羔长到秋天，都已经很肥壮了。

入秋以后，这家农民把羊杀掉，准备着下锅。

这时候，去年来过的诺阿登人又来了。说来也巧，去年绵羊下羊羔，今年主妇生儿子。

人们请两位诺阿登人帮忙接生，可是这两位诺阿登人又说了一番骇人听闻却又不着边际的话：“我们可以帮助接生。不过孩子长大以后会杀父娶母。”

周围的人听了都笑了起来，谁也不相信这两个人的疯话。他们去年预言小羊羔会被狼吃掉，可这只羊羔不是马上就要端上餐桌了吗？这真是睁着眼睛说瞎话。

主人加大火，把那只羊满满地烧了一锅，香气四溢，令人垂涎欲滴。羊肉煮熟以后，农民将它搁在门外，让滚烫的羊肉稍微冷却。然后他独自回到屋里，擦桌子，摆碗盏，准备开饭。

不料村外窜来一头觅食的饿狼。它闻着肉香，一路寻到门口，看到一锅羊肉，正中下怀，吃了个不亦乐乎。不一会儿，饿狼变成饱狼，它满意地舔着嘴巴。

农民看到屋里人都已就座，开门准备端羊肉，却发现一只狼逃出院子，锅里连肉带汤都被狼吃光了。

屋里人听说后无不惊骇，他们说："诺阿登人讲的话到底应验了。说不定主人家生的孩子将来真会杀父娶母呢！"

农民听了心里一阵乱跳。他操起一把尖刀，来到里屋，先在孩子胸脯上捅了一刀。

孩子哇哇大哭，母亲看着不忍心，便劝阻丈夫，说没有必要如此残忍地杀掉孩子。

"别杀他！你去做一只不漏水的木盆，把孩子放在盆内，让他漂到海里去。是生是死，由上帝去决定吧！"

农民想想，妻子的话有理，他将孩子装在盆内，让木盆顺着海水漂了出去。

木盆在海上漂啊漂，被一个岛上的渔夫发现了。渔夫收留了孩子，把孩子扶养成人。

这个在大海漂泊的弃婴长成一位英俊的小伙子。一天，他告别了渔夫，到海外闯荡，希望能找到自己的幸福。

小伙子漂泊流浪，来到一个陌生的村庄，给一家农户当雇工。

收获的季节到了，地里常有野兽作践庄稼，盗匪打劫的事时有发生。这家的主人长年在外，只剩下主妇操持家务。主妇不放心田地和庄园的安全，给雇工小伙子一把火枪，让他日夜在庄园里巡视。

这天深夜，小伙子背着火枪，正在地里走着。突然，他看到有个可疑的人钻进了地里。小伙子放了一枪，本想将那人吓走，不料子弹穿心而过，把那人打死了。

原来被打死的人正是这家农户的主人，他在外面发财回来，路经自己的庄稼地，忍不住止住脚步，想去地里看看收成，不想却成了枪下鬼。

女主人成了寡妇。她见雇工小伙子为人忠厚，再说农户人家也不能缺少男人，于是，女主人便嫁给小伙子。小伙子自然也很称心。婚后，夫妻恩爱，日子过得很甜蜜。

一天，夫妻两人在浴室洗澡。妻子发现丈夫胸脯上有一块显眼的刀疤，她十分奇怪："你怎么会落下这么大的伤口？"

丈夫说不清楚，他只把当年渔夫如何在海上发现一只木盆，盆内有个弃婴的故事说了一遍。

妻子听了，惊讶得目瞪口呆。她到这时候才知道自己嫁的丈夫原来竟是亲生儿子。

还有谁再敢怀疑诺阿登人的预言呢?

阿斯拉克的替身斯塔洛

从前，拉普兰德地区只有诺阿登人。诺阿登人会魔法，他们常常用泥土捏造斯塔洛，用它来对付自己的仇人。

斯塔洛其实就是专门吃人的妖怪。

据说，有位叫拉塞的拉普人进山捕鹿，他把一只大口袋背在身上，带着弓箭，扛着梭镖，走了整整一天山路。傍晚时分，拉普人找块空地，生了一堆火，慢慢地烤着鹿肉。

鹿肉烤得黄焦松脆，拉普人从背包内取出一瓶白兰地，拧开盖子，美美地喝了一口。嗬，真舒服！

拉普人就着鹿肉，喝着美酒，锅里还有煮沸的肉汤。实在是乐不可支。

拉普人正吃得津津有味，看到对面走来一个诺阿登人，他叫阿斯拉克。拉塞邀请诺阿登人共享美味，两个人结成了朋友。

第二天，他们结伴而行。晚上，两人一起搭建了一座帐篷。晚饭以后，他们商议着合伙捕捉野鹿，将来平分。可各人的心里却都有小算盘：说不定他比我捕的多呢！于是，拉普人和诺阿登人各奔东西，分头捕捉野鹿去了。

结果，阿斯拉克捕到八只野鹿，拉塞却猎到十五只。他们带着猎物回到原来分手的地方。可是，还没有等到动手分鹿，两个人就已经争吵得不可开交了。拉塞提出多分一两只鹿，他认为自己捕捉的猎物比阿斯拉克多。

“我们曾经商议过，将一切猎物都带来平均分配的。”阿斯拉克不愿意吃亏，他重新提起当初的原则。

“对，我们是商议过，所以我才送几只鹿给你。否则，我比你多七头鹿。”拉塞振振有词。

阿斯拉克看到争论难有结论，便威胁说：“莫非你想收起猎枪，从此停止捕鹿的生计？”

拉塞愤怒地跳了起来。他不由分说，照准阿斯拉克的面颊狠狠地揍了一拳。

阿斯拉克顿时血流满面。

“明年秋天你会在这里碰上一个陌生的朋友。”诺阿登人一旦看到自己的鲜血，就失去了抵抗能力。不过，他仍然于心不甘，恨恨地说了一句。

两个朋友不欢而散。

后来，他们在冬天和春天还见过几次面。每次见面都是一番激烈的争吵，互不妥协，誓不两立。

这一年入秋，阿斯拉克走进田野。他找了块空地，刨了一堆“从未有人踩过的泥土”捏成一个虎背熊腰的男泥人。

泥人捏成以后，阿斯拉克对着它念念有词：

斯塔洛，斯塔洛，
快睁眼，快呼吸，
你是我的另一半；

我的生命和财产，
二分之一送给你，
共同对付拉普人。

念毕咒语，他对着泥人鼻孔吹了一口气。泥人斯塔洛转转眼珠，动动手脚，顿时成了一个大活人。

阿斯拉克演完魔法就回家了，斯塔洛跟在他身后。到家以后，阿斯拉克果然把财产对分，与斯塔洛各得一半。然后，他吩咐斯塔洛快去猎场寻衅滋事。

拉塞果然又到山上打猎，他的妻子也跟在后面。途中，拉塞对妻子说："你在这里等一下，我要到山坡对面去会一位客人。"

拉塞走过去，遇到了正在等他的斯塔洛。两个人话不投机，便打了起来。拉塞想抓住斯塔洛，可是斯塔洛又高又大，根本抓不住他。

斯塔洛恶狠狠地扑过来。拉塞一看要吃亏。他连声呼喊："上帝，快来救我！"

拉塞连呼三声，斯塔洛立刻倒在地上。拉塞赶上一步，将斯塔洛的鬼头割下。斯塔洛一命呜呼。

就在同一时刻，等在家里的诺阿登人阿斯拉克也结束了生命。他要赶过去，和斯塔洛同赴地狱呢。

这一年入秋，阿斯拉克走进田野。他找了块空地，刨了一堆“从未有人踩过的泥土”捏成一个虎背熊腰的男泥人。

——《阿斯拉克的替身斯塔洛》

结婚而不要孩子的丈夫

从前有一个男人，他想结婚，可是又害怕妻子生孩子。他经过仔细的观察和考证，发现妇女生孩子会受年龄的限制。因此，他虽然只有二十一岁，却找了个五十开外的老处女。结婚以后，七年内没敢同房。

七年以后，偶有动作。不料妻子却像只老母猪一样，一胎生下七个儿子。虽然，她生的儿子都很小，像老鼠一样，可是个个都是活的。

丈夫非常生气，他指使女佣将七个孩子通通扔进大河，还威胁女佣说："你不能对任何人讲起此事。否则，你不会有好结果的。"

女佣不敢违抗，她将孩子用围裙包起来，装在布袋里，背着往河边走去。

半路上，女佣遇到一个男人。男人问她："你背的什么？"

"不值一提的东西。"

"能让我看一下吗？"

"不能，不能让你看。"

"你要是不给我看，我就杀了你。我一把就可以把背包夺下来，你相信吗？"

男人拦住她的去路，坚持要看布袋里装着什么东西。

女佣非常害怕，她见那人的态度非常强硬，估计自己过不了关，便试探地讲开了条件："如果你能保证不对任何人说，我就给你看个仔细。"

"请相信我吧，我不会泄露出去的。"

女佣见男人做了保证，便解开布袋，让他朝里张望。

男人看里面有一堆肉乎乎的东西在蠕动，十分奇怪。他问："这是什么东西？"

"这是我们女主人今天生下的孩子。"

"你背着孩子到哪里去？"

"我们的男主人不喜欢孩子，让我把孩子丢到河里去。"

男人一听，跳了起来："不行，你不能伤害孩子。这样吧，你把孩子交给我，我把他们抚养成人。"

"如果你能保守秘密，我会把孩子交给你。"

"我会做到的。"

男人说完，接过孩子走了。

一转眼，二十年过去了。男人含辛茹苦，好不容易把孩子们抚养大。七个孩子长得英俊挺拔，活像七匹骏马。

这年春天，男人决定为孩子们举行一次盛大的生日宴会。他邀请乡邻们都来出席。

宴会上，乡邻们又吃又喝，又唱又笑。七个孩子忙不停地给大家斟酒上菜。乡邻们看着七个孩子洋溢着青春的光彩，像北斗七星一样美丽，自然赞不绝口。

孩子的亲生父母也在座，他们当然不知道二十年前女佣出门后的那段故事。特别是母亲，她的眼里流露着羡慕的神色，内心痛苦得几乎无法支撑自己。

“你们认识这几个孩子吗？”男人走过来，问他们。

“这不是你的儿子吗？”

夫妻两人异口同声地回答。

“我连妻子都没有，哪来的儿子？”

“那么他们是谁呢？”

“你们不想知道他们的来历吗？”男人目光炯炯，盯着这一对夫妇，神色严峻地问。

“是的，我们很想听听。”

男人叹了一口气，告诉他们说：“这就是你们想要杀害的七个孩子！”

听到这番讲话，孩子的父亲无地自容。他热血上涌，顿时倒在地上死了。

母亲先是一番惊讶，转而又是一阵疯狂的大笑，最后泪流满面地跑了出去。

“孩子，我的七个孩子——”

旷野里传来母亲鬼嚎般的喊叫，她疯了。

一个诺阿登人的葬礼

从前，拉普兰德住着一个诺阿登人，他一生做尽了坏事。

后来他死了，家人在乡邻们的帮助下把他塞在棺材里，准备择日安葬。

诺阿登人死了也不安分。这天晚上，太阳刚刚收起了最后的一抹晚霞，诺阿登人从棺材里坐起身，悄悄地爬出来，走进树林，在那里跳跃、叫喊，一直到天亮，吵闹得周围鸡犬不宁。

东方呈现鱼肚白时，诺阿登人重新走进棺材。

诺阿登人的妻子成了寡妇以后，经受不起这样的折磨和恐吓，她央求人们给死者寻找一块基督教的墓地，尽快地安葬死者。拉普人通常不相信择地埋葬的迷信事。

乡邻们听说死者晚上闹鬼，谁也不敢用大车装棺材。他们互相推诿，最后好不容易才选了一个胆大的人，准备拉棺材去掩埋。胆大人要了两辆雪橇，一辆装尸体，另一辆自己乘坐。他挑选两头雄鹿拉雪橇，拉尸体的那头鹿特别粗野，几乎还未曾驯服过。

到基督教的墓地要走很远的路，直到太阳落山，他还没有赶到。胆大人趁着夜色，继续赶路。突然，拉尸体雪橇的雄鹿激烈地跳动起来，原来死者又从棺材里坐了起来。

胆大人不动声色，他教训般地说道：“一个死人是不准坐起来的！”

死者听到以后，躺了下去。

雪橇又往前滑行了一阵，后面那辆雪橇的雄鹿再次骚动起来。棺材里的尸体又跃跃欲试，想要坐起来。

“躺下去，”胆大人告诫说，“死者是不能坐起来的。”

死者又躺了下来。

不一会儿，死者第三次作祟，拉雪橇的雄鹿又惊慌起来。胆大人掏出割刀，割断联结两辆雪橇的绳子，装尸体的雪橇呼啸着向前奔去。

胆大人跳下雪橇，他把雄鹿拴好，自己则跑到附近的松树林，爬到一棵大松树上。

雄鹿拉着装尸体的雪橇狂乱奔跑了一阵以后，又退了回来。它在树林丛中不停地穿行，直至精疲力竭，才默默地走近另一头雄鹿。

尸体从雪橇上的棺材里钻了出来，他对着藏匿胆大人的松树又摇又撞，还用牙齿啃树根。松树渐渐地摇晃起来。

胆大人看着松树要倒，急忙纵身跳到另一棵树上，躲了起来。

死者咬断了一棵松树，又窜过来撕咬第二棵树。死者的牙齿像钢锯，一会儿就在地上落下了一堆锯末。

“要是那个家伙把这棵树也咬断，我就危险了。”

胆大人看着其他的树距离太远，跳不过去，心里非常着急。

他紧抱的树干开始摇动了。胆大人正不知道该怎么办时，听到远方传来雄鸡的啼声。

胆大人迎着东方的曙光，高兴地笑了起来。

死者急忙退了回去，重新躺在棺材里。

两头雄鹿又拉着雪橇往前走了。不一会儿，胆大人将死者连同棺材一起送入基督教的墓地。他用树根燃起了一堆大火，把冰冻的土地烤烧得融化开来，然后挖了一个墓穴，将诺阿登人脸朝下放入墓穴。掩埋以前，胆大人没有忘掉把死者脚上的指甲全部用火烧尽。

胆大人挥锹铲土，把诺阿登的恶鬼埋了进去。他完成了众人托付的任务。

嘲笑太阳、月亮和北极光的人

从前有一对兄弟，他们结伴而行，外出打猎捕鹿。

这天早上，弟弟看着一轮红日冉冉升起，便高声地唱了起来：

太阳老人露了面，
天寒地冻要改变；
冰雪消融化春水，
鸟儿展翅飞云天。

哥哥看着弟弟一副狂放的模样，就对他说："兄弟，我们可千万不要嘲笑上帝的造物啊。"

弟弟却不以为然，他继续自管自地唱个不停。

一会儿，阴云密布，天地间纷纷扬扬下起了鹅毛大雪。凛冽的寒风呼啸着，大地被搅得黑沉沉昏惨惨的。太阳被厚厚的云层掩埋了。

大雪封锁了山路，兄弟俩只好搭起了临时的帐篷，坐等天晴。

几天以后，放晴了。这天夜里，皓月当空，周围的一切显得明亮、清新。

弟弟看到月亮，顿时又唱了起来：

小月亮啊小月亮，
坐在天上多无情，
只知清辉照夜空，
忙忙碌碌造寒冷，
欺负我们狩猎人，
哎哟哟——
欺负我们狩猎人。

哥哥连忙阻止，年轻的弟弟却不以为然，还是哼哼唧唧地唱个不停。

清晨，他们收拾行装，准备动身。不料浓雾弥漫，几步之外就看不清人影。三天之内，他们不敢移动半步，因为根本就看不清道路。

哥哥埋怨他说："你看，你不听劝阻，嘲笑上帝的造物，这回可真的遭到了报复。"

雾终于消散了，天空中繁星闪烁。小伙子看到星光明亮，便又随口唱了起来：

天上的星星亮晶晶，
光闪闪来照前程……

弟弟还没有唱完，一颗流星自天而降，拉出了长长的火花，打中了他的驯鹿，鹿当时就死了。

哥哥愠怒地对弟弟说："你太忘乎所以啦！你如果再不改

变自己的轻狂，那就等着瞧吧，有你受的。”

弟弟看着躺在身旁的死鹿，说：“有的鹿死，有的鹿生，历来如此，不足为怪！”

兄弟俩收拾一番，又动身往前走了。他们走了整整一天。临近傍晚时，哥哥坐着雪橇先到了宿营地。他解下驯鹿，喂它青草，然后生火煮饭，准备等弟弟到了一起吃。

弟弟步行，他在黄昏以后才赶到营地。兄弟两人吃过晚饭，准备休息。这时，他们看到了一束强烈的北极光。弟弟十分高兴，他随口唱了起来：

北极光真傲慢，
满口里含肥肉，
背上插板斧，
锤子拿在手。

哥哥挥手示意，连忙制止，弟弟却越唱越得意。忽然，远方传来一声巨响，北极光在白雪皑皑的上空闪烁不停。哥哥一看大事不好，连忙躲在雪橇底下。弟弟还没来得及起身，便被北极光打倒在地，烧得像一段焦木。

灾难之后，只剩下哥哥一个人，他心情沉重地往回走，可是心里却十分思念死去的弟弟。

从那以后，拉普兰德的老人都深信不疑：人们无论如何不能嘲笑北极光。它一旦被惹火了，便会对人发怒，把人烧成焦土。

法 罗 群 岛

FAROE ISLANDS

法罗群岛上的森林

在古老的年代里，法罗群岛上到处覆盖着茂密的森林。直到今天，人们还能在沼泽地、牧场和旷野的泥土地下找到粗大的树根。大块的石煤上呈现着清晰的树枝和阔叶的图案，不难发现，这里以前是一片森林。后来，它们才沉到泥土中去了。

说起来，这样的变故后面还有一则有趣的小故事。

从前，奥拉甫圣帝统治着挪威。一天，圣帝接见法罗群岛派来的使者。奥拉甫圣帝对使者说，他对法罗群岛征收的赋税很少。他不知道法罗群岛上有何出产。

使者为了保护本岛利益，就把法罗群岛说得一无是处，他说那里到处是荒山野岭，除了沼泽和荆棘就是沙土地。

圣帝一听，大为同情。他高声宣布："法罗群岛一地，做如下处理：阳光下的一切全部转入地下；地底下的一切全部破土出来。"

奥拉甫圣帝的好意是很明显的。可是，他既然开了圣口，法罗群岛上的森林就全部转入地下，而地下的沙土、黏土和沼泽全部破土露面，替代了美丽的海岛风光。海面上的礁石像树木一样，这些也是法罗群岛使者谎报实情的结果，害得那里的树木通通变成了石块。

这就是法罗群岛上沙地和沼泽的来历。

斯勒塔纳的魔鬼

从前，在瓦伽岛上有一块空地，面积足足有几十公顷。空地上长满牧草，人们常常把羊群赶去放牧。时间久了，这片牧场上聚集了三四百头绵羊。每年秋冬，牧民们按照习惯都要宰羊，时间是在十月中旬和十二月中旬。由于绵羊长期散放，长得十分凶悍，所以杀羊时很费劲，常要用一天时间，最后自然满意而归。

也有的牧民秉性迟钝，手脚慢，他们甚至不能当天从牧地赶回去，只得留下来过夜。空地上有一幢房子，过夜的牧民都聚集在这里，人们随意挑选一头肥羊，宰杀后剥洗干净，放在锅里熬汤烧肉，准备来一顿美美的晚餐。

男人们围坐在火堆旁边，他们嗅着煮肉的香味，天南海北地神谈起来，从女人的头发说到女人的裤带。他们相互取笑打闹，把女人咀嚼得比锅里的羊肉还烂糊，借以打发时光，消遣无聊。

有一个男子突发奇想，他一面鼓着腮帮子，咀嚼着肥羊肉，一面站起来，说："如果现在走来一个魔鬼，把锅里的肉和汤吃个精光，那样才真正热闹哩！"

男子的话刚刚落音，门口果然出现一个影子。影子并不进门，它只把长长的身体弯进屋里，伸过火堆，伸过围坐一起的男人们，然后揭开锅盖，把里面的东西，无论干的稀的，吃个干净，喝个精光。临近消失的时候，影子还在门口扔下一句话："这才称得上真正热闹哩！"

通常，这些牧民们在头脑中都有一个活灵活现的魔鬼概念。平时，他们不敢轻易提到鬼字，生怕引鬼惹事。"说到鬼，鬼就到"的民谚封锁着人们的口舌。

刚才，那位男子的话已遭到了众嫌，在他的话后随即出现的影子显然是一种神秘的力量。看到这幕景象的人，背脊上禁不住一阵阵的冰冷发凉，不少人连吃晚饭的胃口都没有了。

他们早就听说身处的这幢房子里常常闹鬼，总想亲眼见到它。如今鼻子碰鼻子地见到了，大家心里又恐惧起来。

牧民们听说，斯勒塔纳的魔鬼在冬天的夜晚会举办舞会。据说有一回，牧民们打赌，要选一名胆大的人，趁着圣诞的夜晚，赶去斯勒塔纳偷看魔鬼舞会。而且，胆大的勇士必须摘下那边屋子里挂着的草席作为去过斯勒塔纳的见证，草席是用干草和羊毛编织起来的。赌输了的勇士将获得重赏。

重赏之下，必有勇夫。有一个愣头青小伙子愿意去做一番尝试，不过他希望有一匹好马。

大家给他挑选一匹高大的黄膘马。小伙子跳上马背，一声"驾"，扬鞭催马，一会儿就跑得无影无踪了。

来到那幢小房子附近时，小伙子听到里面又是唱歌又是跳舞，热闹非常。他仔细一听，只听里面有人高声地唱道：

寒冬的夜晚多么清冷，
有个魔鬼在旷野中，
灵古儿，他在跳舞，
鲁托儿，正在歌唱，
呀呼呀呼嗨，在歌唱。

一会儿，里面又响起了讲话声：“要跳舞，请到这边来！”

小伙子知道他们看到自己来了。可是，他也是个鬼精灵，竟然神不知鬼不觉地摘下了草席，跳上黄膘马，扭头就跑。

途中，他听到背后有声音，原来是一个魔鬼从后面追了上来了。小伙子拼命地打马，往前跑。

走到一半路程的时候，小伙子看到魔鬼离自己已经很近了。尽管黄膘马已经累得气喘吁吁，他还是加上一鞭，连人带马跃上了瓦伽岛牧场空地的堤岸。

这时，小伙子突然感到身下的黄膘马纵身跃起，原来马尾巴被鬼抓住了。

黄膘马奋力挣开，继续往前奔驰，可是马尾巴却被魔鬼拉断了。魔鬼不敢越过堤岸的界限。因为那边有一座教堂，所以只得悻悻地退了回去，手上拎着那根鲜血淋淋的马尾巴。

小伙子回到住地，得到一笔重赏，大家都称赞他胆识过人。那匹黄膘马也获得了很高的荣誉。

这就是斯勒塔纳魔鬼的故事。

弗拉蒂斯和女妖

法罗群岛上有一个村庄，那里住着六户农民。村庄往北是一座山谷，山谷里青草肥厚，是个天然的牧场。

有个农民叫弗拉蒂斯，他经常坐在牧场上，安详闲适地看顾着自己的羊群。

一天，牧人又像往常一样，坐在田头，欣赏着溜圆滚壮的绵羊。突然，他看到迎面走来一位衣着漂亮的女人。女人款款走近，看定牧人，说："弗拉蒂斯，你好！我叫米歇尔·玛丽亚，是个寡妇。我虽然有了三个儿子，可是仍然希望嫁人。我看上了你，愿你成为我的第二个丈夫。"

牧人弗拉蒂斯吃了一惊，他不认识这个女人，可是女人却知道他的名字。他隐约意识到，眼前的女人绝不是一个寻常的人，大概是个女妖。

想到这里，牧人弗拉蒂斯立起身来，躲开女人，匆忙回到自己的家中。弗拉蒂斯非常害怕，他不清楚这到底是一件怎样的怪事。

从那以后，他足不出户，整天躲在家里。因为只要临近门口，那天山谷里看到的女人就像影子似的呈现在眼前，无论如何也摆脱不掉。

弗拉蒂斯成了惊弓之鸟。

每次去教堂，弗拉蒂斯也要许多人陪着才敢出门。他们坐船时，女妖的魔影总是与他保持着同样的距离。他们上了岸，女妖又会在对面的山坡上，和弗拉蒂斯平行地往前，一直走到教堂门口。弗拉蒂斯走进教堂，女妖默默地等在门外。待他做完弥撒，往回赶路时，女妖又伴随着他，只是始终保持着一段距离。

弗拉蒂斯日日夜夜惊恐不安，女妖紧紧地纠缠着他。弗拉蒂斯度日如年，日见消瘦，他甚至觉得再这样下去，自己将很快离开这个世界了。

乡邻们苦苦思索，希望寻得一个解救他的办法。有人提议，说瓦伽岛上住着一位牧师，才智过人，说不定会有办法惩治妖魔。他们建议弗拉蒂斯亲自去瓦伽岛，向牧师求救。

毫无疑问，这是一个好主意。

说干就干。于是，八个男人陪着弗拉蒂斯，驾着小船，前往瓦伽岛。

他们在海面上轻快地航行，只见后面又赶上一条八人小船，当中坐着女妖。这条船与他们不离前后，一直来到瓦伽岛的岸边。

弗拉蒂斯走进教堂，找到牧师。他把遇到的困扰向牧师诉说了一遍。

牧师听完，答应帮助他。当晚，牧师安排弗拉蒂斯跟他住在一起，他们两人抵足而眠，弗拉蒂斯这才放心，准备睡觉。

半夜时分，牧师悄悄地起身，他嘱咐弗拉蒂斯躺在床上，千万别动。此外，他还告诉弗拉蒂斯，一会儿他可能会听到什么声音。他要弗拉蒂斯别受影响，仍旧安静地躺在床上。

说完，牧师走出卧室。

弗拉蒂斯马上听到他的喝问声："你是谁？"

"我是日德兰半岛的米歇尔·玛丽亚。"回答的声音低沉而又凄厉。

接着，就听到牧师大喝一声，声音犹如炸雷："你说谎！你不是真正的米歇尔·玛丽亚。那个人我认识，以前我在日德兰半岛读书时，我们是邻居。你好大的胆子，竟然敢冒充她招摇撞骗。你是地狱里的妖精，必须马上滚回地狱去，不准你再危害人间，制造祸乱！"

两个声音激烈地争吵起来，屋子里嗡嗡嗡地撞击着他们说话的回声。弗拉蒂斯害怕得差一点昏死过去。

后来，声音沉寂了。牧师走回卧室，躺在床上，疲惫地喘着粗气。只见他浑身大汗淋漓，像刚从河水里洗过澡一样。

"别担忧，我的孩子，"牧师安慰弗拉蒂斯说，"从今以后，你再也不会受妖魔鬼怪的困扰了，我向你保证。"

第二天，弗拉蒂斯回到自己的村庄。后来，他虽然常常在深更半夜里独自一人穿过山谷和牧场，可是再也没有遇到过鬼怪。

当然，上面的故事是他自己讲给别人听的。

海中怪兽克拉普斯

从前，法罗群岛的海面上经常出现鲸鱼群。这类鲸鱼又长又大，可以潜入深海。它们一年四季都在洋面上出没，尤其盛夏到初秋时节，更是成群结队，活跃异常。

渔民们在海上看到鲸鱼群时，都会驾着渔船，慢慢地把鱼群向岸边赶去。追赶鲸鱼时，人们在桅杆上绑上一件衣服。岸边的人看到这种信号，都会撑船出来帮助。

法罗群岛周围有许多港汊，其中有一条港汊特别适宜捕捉鲸鱼。那些年月里，人们在那里捕捉的鲸鱼足有上千头。

一天，又有一群鲸鱼被赶进了港汊。正当人们准备动手捕捉时，鲸鱼群中突然冒出一头怪兽。怪兽的模样酷似海豹，它用鳍扑击水面，溅起一阵浪花。鲸鱼大吃一惊，扭头就逃，它们纷纷从小船底下游回了大海。

过了几天，又有一群鲸鱼被赶了过来。可是等到渔民们纷纷下海捕捉鲸鱼时，从海水里又冒出了那头怪兽。它用鳍拍打水面，又把鲸鱼惊跑了。

人们知道，他们遇到了海中怪兽克拉普斯。这不是一头天然的动物，而是魔鬼。

怎么办呢?

渔民们想来想去，最后决定请教牧师彼得·阿赫北。彼得·阿赫北是一位有智慧的牧师，他有驱除妖魔鬼怪的本领。

渔民们让当地的乡长出面，给牧师写了一封信，请他帮助降除海上怪兽克拉普斯。乡长在信中还许诺，将来人们一定把捕捉到的最大鲸鱼送给牧师，用以感谢他帮助除妖驱怪的恩德。牧师答应帮忙。

这一天，渔民们出海又遇到一群鲸鱼。他们摇着小船，将鲸鱼赶入港汊，没有惊动它们。

船上的渔民悄悄地派出一人，前去通知牧师彼得·阿赫北，要他赶快过来，看看即将出现的海中怪兽克拉普斯。

彼得·阿赫北接到消息，立即赶了过来。

可是，这回渔民们捕捉鲸鱼时，怪兽克拉普斯根本没有出现，大家尽情捕捞，捉到大大小小几百头鲸鱼，牧师也很高兴，他在等待已经答应过的报酬，希望得到一条大鲸鱼。

奇怪的是，人们好像忘记了原来的承诺。彼得·阿赫北两手空空，什么也没有得到。回去的路上，彼得·阿赫北十分生气，他暗暗地诅咒说村民们将来一定后悔莫及。

从那以后，渔民们虽然常常在海上遇到鲸鱼，并把鲸鱼赶回港汊。可是，他们却从来没有捕捉到一条鱼。鱼群一进港汊，便扭头游了回去，根本别指望能抓到它们。

前几年，人们做了最后一次努力，想在港汊里捕捉鲸鱼。他们想，海中怪兽克拉普斯也许到其他地方去了，它也许已经饶恕了周围渔民的过失。可是，他们努力的结果却令人失望。那天，海面上虽然没有出现怪兽，不过渔民们却仍像当年的牧师一样，空手而回。

北欧人直到今天仍然迷信着海中怪兽克拉普斯。上面的故事就是其中的原因之一。

海豹姑娘

从前，大海里没有海豹。可是，登山投海的人多了，他们淹死以后便一个个变成了海豹。耶稣显圣容日的夜晚，它们都有机会钻出海豹皮，重新显露人形。海豹人在海滩或礁石的山洞里欢歌起舞，也像人间社会一样。

相传法罗群岛上有个小伙子，他听说自己住宅的不远处有一个海豹人聚集的山洞，于是便在一个耶稣显圣容日的傍晚独自走了过去，希望证实一下人们的传说是否真实。

小伙子悄悄地藏在山洞的一块大石底下，他看到海豹果然成群结队地游了过来。爬上海滩后，它们就从海豹皮中钻出来，把海豹皮搁在海滩上。然后，海豹人就在山洞中翩翩起舞，十分快乐。

小伙子看到有一位海豹姑娘特别漂亮，心中顿时产生了爱慕之意。小伙子悄悄地走到海滩上，收起了海豹皮，又重新躲到大石底下，静静地观察着。

海豹人歌舞了一夜，直到东方发白，它们才重新钻进海豹皮，潜入水中，游回大海。

可苦了海豹姑娘，她找来找去，不知道海豹皮在哪里。姑娘急得哭了出来，她看到黑夜即将过去，天快亮了，非常恐慌。

太阳还没有升起的时候，她终于嗅到了自己的皮原来就在石头底下的小伙子手上。姑娘走过去，央求他，请小伙子把海豹皮还给她。

小伙子却硬着心肠，不听姑娘的央求。他抱着海豹皮，钻出山洞，一路往家走去。姑娘没法，只得跟着海豹皮，一直来到小伙子的家中。

到家以后，小伙子关上门，他转过身子，抱起姑娘。从此，他们和睦相处，实在是一对恩爱的夫妻。

不过，小伙子一直提防着，不让妻子走近海豹皮。他把海豹皮干脆锁在箱子里，把钥匙藏在身边。这样，小伙子才能放心。

几年过去了，他们生儿育女，日子过得很快活。

一天，小伙子出海打鱼。他拎起一条大鱼时，一只手自然地往腰间皮带上摸了一把，那是挂钥匙的地方。

“天啊，钥匙到哪儿去了？”小伙子着实吃了一惊，他发现钥匙已经不在身边了。

“我今天就要成鳏夫了！”

绝望之中，小伙子痛心疾首，他急急忙忙收拾渔具，摇船回家。

小伙子走进家门时，妻子已经不见了。不过孩子们都还安安静静地围坐在一起。

海豹姑娘走得很从容，她把灶膛里的火浇灭，把农具都收拾好，然后才安安稳稳地向海滩奔过去。到了海边，她迅速钻进自己偷出来的海豹皮，潜入了大海。

多么自由自在！

原来她偶然发现丈夫留在家里的钥匙，海豹姑娘迅速打开上锁的箱子，找到了自己的海豹皮。她抑制不住心头的狂喜，这类情景正好应了北欧的一句民谚：

“海豹见了自己的皮——再也不能控制自己。”

海豹姑娘刚刚跳入大海，海中立即游来另外一头雄海豹，它们原来是一对恩爱夫妻。自从海豹姑娘来到人间以后，海豹丈夫一直闷闷不乐，它始终潜伏在山洞前的海水里，等待着自己的妻子。

几天以后，小伙子带着和海豹姑娘生的孩子一起来到海边。他们惆怅地望着大海，怀念着自己的亲人。

不一会儿，海面上游来一头海豹，它爬上岸，眼睛直直地望着小伙子和孩子们，脸颊上流着一行不知是清泪还是海水。

一晃又是许多年，孩子们长大成人了，小伙子也成了老头子。他们谁也没有再听到海豹姑娘的消息，村民们也渐渐地忘掉了这回事。

一天，村里人又一起出海，准备捕捉海豹。

头天晚上，有个村民做了个奇怪的梦。梦中，他听到海豹姑娘再三央求，请他别把山洞里的一只老海豹和两只小海豹打死，说它们是自己的丈夫和儿子。

村民虽然觉得梦境离奇，可是却并不相信梦里的故事。第二天，大家出海时，看到海豹就捕就捉，通通打死。等到晚上分猎物时，那个做梦的村民正好分到了梦境中的海豹丈夫和儿子。

晚上，村民把海豹头和鳍洗剥干净，加大火烧煮，熬成一锅鲜美的晚餐。

海豹头、鳍刚被端上桌子，村民突然听到屋外传来炸雷般的一声巨响。一会儿，海豹姑娘扮作极其丑恶的魔鬼闯了进来。她在桌子周围嗅了嗅，愤怒地喊叫起来："你们在碗里盛着我丈夫的鼻子和我两个儿子的手脚。我必须报复你们全村。从今以后，你们之中有的人会淹死在大海里，有的人会摔死在山石间。这场灾难一直延续到死去的人手挽手，可以整整地围住法罗群岛。"

海豹姑娘说完，随着一声巨响消失了。从那以后，她再也没有出现过。

村民们可遭了殃，他们的灾难不断，外出捕捉海鸟或追赶绵羊时常会从山上跌下去，淹死在海里的人更是不计其数。然而这些数字还远远不能使海豹姑娘消除仇恨。

谁让他们吞食她的海豹丈夫和海豹儿子的呢？

海上男妖

法罗人相信海上男妖的传说。

太阳下山以后，男妖会突然出现在海洋的礁石上。他看到渔民出海时便会大声地呼喊，请允许他上船。

有时候，渔民带上他，让他坐在船舱里。他会帮助渔民一起摇橹、划桨。到了夜晚，男妖会变得身强力壮，摇船时两个小伙子都赶不上他。天刚蒙蒙亮时，他能够指示渔民，选择最好的渔场撒网。

可是，等到天亮的时候，男妖的身体就会渐渐地变得干瘪。一旦太阳从海面上升起，他便彻底消失，化为乌有。

一天深夜，渔民们摸黑开男妖的玩笑，在他身上挂了一个十字架。等到海面上初现朝霞时由于十字架的威慑，男妖受尽了折磨，却难以逃脱。他苦苦地哀求，请求渔民们高抬贵手，放了他。不一会儿，海面上出现了太阳耀眼的光芒。这时，男妖突然不见了，只在船舱的长凳上留下一根骶骨。

原来海上男妖有很多变化：他一会儿变成人，一会儿又变作一条狗。男妖浑身棕黑，他的啼叫和咆哮的声音能够传到很远很远的地方。

有时候，男妖站在岸上，身上闪发一种绿色的火光。

据看到的人说，男妖只有一条腿，也许本来是一条鱼尾巴，不过他会跳跃。

冬天的雪地上，常会留下海上男妖掠过时的痕迹。他如果在岸上遇到人，就会千方百计地把人推入大海。

海上女妖

法罗人对海上女妖深信不疑。

海上女妖的腰身以上像人的模样。她披着一头乌黑发亮的长发，常常在海上漂泊游荡。女妖的手臂很短，腰带以下像一条鱼，全身有鳞片。

有时渔民们会看到女妖钻出水面，向着渔船疾游过来。这时，天空上会堆起阵阵乌云，海面上会掀起狂风巨浪。渔民们必须立刻驾船回村，不然就可能葬身鱼腹了。

一旦海面上出现男妖，女妖会十分高兴。霎时间，天空变得晴空万里，蔚蓝的大海就像安详的母亲。

海上女妖歌声非常动人，听到她唱歌的人会像着了迷一样，情不自禁地随着歌声翩翩起舞。不少人甚至从船头栽进大海，迷迷糊糊地在歌声中结束了性命。

渔民们有经验，听到女妖的歌声时立刻用蜡制的棉球塞住耳朵。否则，他们会像自己的祖先一样，在歌声中跌入大海，从而给人间增添一个新童话。

小侏儒

法罗群岛上小侏儒成精，使人十分害怕。

小侏儒个子矮小，身材肥胖，都没有胡子，长相也并不特别难看。

小侏儒一般都住在巨石底下或山丘之间。在法罗群岛，供侏儒躲藏或居住的石头遍地皆是。

认识侏儒的人觉得他们性情温和，说他们最不喜欢住宅周围发生争执和混乱。这时候，他们一定会生气地离开原地。

在法罗群岛的斯库沃依地区有一块分裂成两半的侏儒石。相传曾有两个年轻人站在那里咒骂厮打，住在石头底下的侏儒吓得纷纷逃走，临走时他们愤怒地劈开了那块巨石。

小侏儒是世界上最好的铁匠，淬火技术是他们的拿手好戏。不过，他们从前都是冷作工，专门用锤子打铁。

小侏儒力大无穷，他们在身上系了一条腰带，这条腰带是他们的力量源泉。倘若把他们的腰带解下，小侏儒顿时就失去任何的魔力。

人们常常拿走他的腰带作为要挟，迫使他在铁匠铺打铁。甚至要他拿出许多金银首饰换回腰带。

小侏儒居住的石头底下有许多灰烬，这是他们打铁的残迹。

在伽萨达露有一块居住侏儒的巨石。有时，人们能听到石

小侏儒个子矮小，身材肥胖，都没有胡子，长相也并不特别难看。

小侏儒一般都住在巨石底下或山丘之间。在法罗群岛，供侏儒躲藏或居住的石头遍地皆是。

认识侏儒的人觉得他们性情温和，说他们最不喜欢住宅周围发生争执和混乱。这时候，他们一定会生气地离开原地。

——《小侏儒》

头底下传来打铁的叮当声。

有一回，一个穷人路过这块巨石。他正要坐在巨石边上休息，看到石头突然裂开，当中走出一个小侏儒。穷人连忙凑上去，他看到石头缝下许多侏儒大汗淋漓地挥锤打铁。

爬出石缝的小侏儒发现有人偷看，大声地喊叫起来："喂，你怎么能偷看我们打铁？走开吧，我会送给你一把刀的。"

说完，小侏儒真的在石头上留了一把锋利的钢刀。这把刀削铁如泥，甚至能挥刀断水。

请你相信，这绝不是吹牛！

鹿人

除了白羊、野熊以外，鹿也是北欧世界有代表性的动物。法罗人知道，鹿其实是人变来的。这就是鹿人的祖先。

从前，鹿人都是一些身高体壮的粗大汉子，蓄着黑发，穿清一色的灰色衣服，住在山岭地带。不过，那时候他们被称为妖精。

鹿人跟常人一样，他们出海打鱼，在家养牛养羊。不过他们精通魔道，可以用障眼法把自己的所有财产隐藏起来。他们即使把财物堆在你的面前，你也无法发现或看到。法罗人寻找东西时常常会说，也许是鹿人把它藏起来了。可见当时是有鹿人的。

鹿人喜欢把没有洗礼的婴儿从摇篮里抱走，然后再把自己的孩子替换进去。交换的结果很可怕，两个孩子都会成为笨蛋。

因此，法罗群岛上小孩子不能单独行走。否则，他们很容易被鹿人劫持或拐骗。

有时候，丢了孩子的父母会在离家很远的地方找到孩子。孩子告诉父母说，有一个身材特别高大的人把他们带到那里，还给他们端茶送饭。

鹿人姑娘是多情的女子，她们特别喜爱皈依基督教的男人，而且会想方设法地诱骗他们，把他们拉入自己的怀抱。

信奉基督教的青年如果独自在野外行走，常在口渴疲倦时看到山冈自动裂开，里面走出一位漂亮的姑娘。姑娘向青年献上啤酒或牛奶，杯子里溅起一层泡沫。

口渴的人如果不把泡沫吹去，那么喝下去的就不是饮料，而是忘怀汤。这是鹿人姑娘使用的魔法。喝过忘怀汤的人自会忠实地跟着姑娘，落进爱情的陷阱。

护家精灵和聪明的玛尔蓉

世界各处都有精灵，精灵有善有恶。法罗群岛上有一种精灵特别友好，属于善良的一类，他们能够保护主人一家，所以称为护家精灵。

护家精灵身材矮小，面孔却通常十分标致。他们住在谁家，就能使这家的财运兴旺，生活幸福安宁，因为护家精灵居住的地方，无论是地上或者是地下的妖魔鬼怪都不敢来作祟。

法罗群岛的北部住着一户人家，女主人玛尔蓉精通巫术，拥有许多财富，田地连片，牛羊成群。毫无疑问，她家住着友好的护家精灵。

玛尔蓉雇了一个十分单纯的牧童，替她在夏天看管羊群，免得它们作践庄稼。牧童智力不高，干其他活儿就不能指望他了。

这一年，海上盗匪四起，都是南方过来的人，似乎要把法罗诸岛抢劫一空。

玛尔蓉看到海盗成群结队地向着她居住的村庄逼近，她十分镇静，没有像许多村民那样匆忙逃进深山野林里去，也没有藏在石缝或者地洞内，更没有在门口挂一块黑布。相反，她神情自若，命令牧童带上一条牧羊狗，前去阻击海盗。

牧童毫无畏惧，大胆地往前走去，准备完成主妇交给自己的任务。

牧童朝着海盗走去的时候，玛尔蓉勇敢地站在门前，她瞪着眼睛，一只手狠狠地指向步步进逼的海盗。

海盗上岸以后所向披靡，他们大摇大摆地朝前走，忽然看到迎面站着一个弱小的孩子，孩子身后蹲着一条牧羊狗，牧羊狗的后面是一位老妇人。老妇人怒目而立，一只手平伸着，魔术般地指向他们。

海盗们十分惊恐，他们看不透这是什么法道。不过，他们知道来者不善，知道对面的一老一少肯定是不好对付的。

海盗们越想越怕，他们不敢前进了，掉头就逃，顺便抢走了两位与玛尔蓉沾亲带故的乡邻。

玛尔蓉听说后十分生气。她诅咒海盗，预言他们处处挨打，没有好下场。

人们慢慢地发现，玛尔蓉事事顺心，都是因为她家的牛棚里居住着善良的护家精灵。

玛尔蓉挤牛奶的时候，从来不忘记给护家精灵留下一罐。护家精灵感谢她，所以不让她家缺少牛奶。玛尔蓉家的牛羊也从不患病。即使母牛生牛犊，牛棚里也无须女佣守夜。第二天清晨，小牛犊已经干干净净地站在母牛旁边，任凭母牛竭尽舐犊之情。

女佣走进牛棚时，会惊异地发现小牛犊脐下绑着一条丝绸带子。她只要解开带子，把它挂在屋梁上，护家精灵自会把它收回去。

玛尔蓉对护家精灵十分亲切，她再三告诫儿子，他将来接管家业时，无论如何要给护家精灵提供食宿的地方。倘若儿子不听劝告，擅自拆掉牛棚，那将会遗祸无穷。

玛尔蓉终于熬不过年月的流逝，死了。

她的儿子接管了家业。儿子果然不听母亲生前的劝告，拆掉了大牛棚。护家精灵四散奔逃，他们诅咒当地的村民，要让他们个个不得好报。

玛尔蓉的儿子拆牛棚的那天，村里有人外出回来。他经过一座山谷的时候看到一位矮小的妇人，手上抱着一个老鼠大小的孩子，身旁还跟着两个儿子模样的小精灵。小妇人一边走一边恶狠狠地诅咒："逼我们离家出走，这笔仇非报不可！"

报复的时刻果然来临了。

一天晚上，玛尔蓉的三个儿子外出钓鱼。一阵飓风刮来，小船顿时翻了，船上的人全都葬身鱼腹。

玛尔蓉还有三个女儿，她们也传染上瘟疫，死于非命。

人们纷纷传说，说这一切都是无家可归的护家精灵给他们的报复。

接生婆埃尔塞巴

从前有一个村庄，村口的山坡上住着一群妖精。村里有一个接生婆，名叫埃尔塞巴。

一天，埃尔塞巴正在院子里调牛奶。她快速地搅动着，想把牛奶调得稠一些。这时候，从院子外面进来一条狗。狗直瞪瞪地看着埃尔塞巴，似乎想要舔吃牛奶。

接生婆从没见过这条陌生的野狗，她站起身来，吆喝一声，想把狗赶出去。

可是这条狗很怪，它不怕吆喝，也不从院子里退出去。埃尔塞巴不想惹它，于是端起牛奶就往屋里走去。野狗紧紧地跟了上来。

埃尔塞巴走进屋子，她看到跟在背后的野狗不见了，眼前却站着一个男侏儒。小侏儒请埃尔塞巴跟他走，说他的妻子临产，希望埃尔塞巴帮助接生。

一听这话，接生婆立即跟着走出来。他们两人沿着朝北的方向走了整整一夜。

临上山岗的时候，小林儒掏出一块软绵绵的丝绸布条，他把接生婆埃尔塞巴的眼睛蒙住，然后牵着她的手一直走上去。

第二天早晨，埃尔塞巴又坐在自己家里了。

邻居们问她，昨天夜里没有见到她，问她到哪里去了。埃尔塞巴笑了笑，回答说：“接生去了。嗬，这回接生的孩子脑袋真大！”

小侏儒不是忘恩负义的人，他给埃尔塞巴一家带来很多幸福。

一天，村子里的男人全都上山打猎去了，去捕捉野鹿和公羊。接生婆埃尔塞巴的丈夫也去了。他们把鹿和山羊围堵在一个山坡上。一只公羊挣脱了包围，溜了出去。埃尔塞巴的丈夫紧追在后，他们在山上到处奔跑，踩坏了不少树苗和垒石。

埃尔塞巴的丈夫还没有逮住公羊，却遇到了满面怒容的小侏儒。小侏儒生气地对他说：“看你慌慌张张地东奔西跑，把我的屋顶全给踩塌了。本想给你一个惩罚，让你不得安宁，念你是接生婆的丈夫，跟埃尔塞巴同睡一张床，饶过你这一回。”

埃尔塞巴的丈夫满面通红，急急忙忙退了回去，从那以后再也不敢在山坡上乱走乱动，破坏小侏儒的安宁了。

金牛角

从前有一个姑娘，名叫西萨尔，她借住在一户农民家里。西萨尔一贫如洗。晚上，她只能住在磨坊里，身上盖着一些破烂棉絮。

白天，姑娘坐在牧场上，看管母牛。她要防止母牛发生意外，尤其不能让它们走上山坡，免得从山石上滑跌下去。

牧牛是件劳累的活儿。姑娘整天提心吊胆，弄得十分疲倦。有一回，她竟不知不觉地在草地上睡着了。

西萨尔姑娘做了一个奇怪的梦。梦中，她听到有人对她说：“你睡在黄金上。在两汪清水湖的中间有一道脊梁，顺着脊梁挖下去，那里藏着黄金。它会让你发财致富的！”

姑娘醒来，为做了一个美梦而高兴。她环顾四周，附近既没有山脊梁，也没有湖水，姑娘觉得自己做了个离奇的梦，也就没有在意。

晚上，姑娘赶着母牛回家。到家后，她继续睡在磨坊里，自然更不敢指望梦中的黄金。

第二天，她又早早地来到牧场。中午时分，姑娘在原来的地方坐了下来。她十分疲倦，一会儿便又倒头睡着了。

梦中，姑娘又听到了同样的喊声：“你睡在黄金上。”

第三天依然如故。

姑娘十分奇怪。她尽管再三安慰自己说这种梦都是胡思乱想，可是心里还是觉得事情蹊跷。

她把自己的心事告诉了村里的一位老太太。

老太太聪明过人。她苦苦思索，猜测着姑娘梦中那句话的意思。最后，她告诉姑娘，尝试着从她睡觉的地方挖下去。她说，所谓脊梁，就是指姑娘的鼻梁，而两汪清水湖正是姑娘的两只眼睛。

姑娘一想有道理，她来到倒头睡觉的地方，努力地挖掘下去，果然挖出一只很大的金牛角。

西萨尔姑娘十分高兴，她带着金牛角回到农民家里，把事情的前因后果告诉农民，还把金牛角拿出来交给农民收藏。

农民一看姑娘挖到了稀世之宝，他不敢隐藏，便把金牛角交给国王，说这是西萨尔姑娘按照梦中奇境挖掘出来的宝贝。

国王看到金牛角简直呆住了，他觉得宫殿里的所有宝贝都比不上这只黄灿灿的牛角。为了嘉奖西萨尔姑娘的功劳，国王送给她五大车、三大船的金银财宝。姑娘买地造房，成了法罗群岛上第一富户。

胜利石

胜利石是一件宝贝。占有或捞带胜利石的人便会常胜不败。

携带胜利石的人，不管他遇上什么样的麻烦和困难，也不管他碰到什么样的魔鬼和恶人，他都能安然无恙，取得胜利。

胜利石的功效如此明显，难怪谁都希望能够得到一块，用来防身造福。可是，没有人知道胜利石究竟藏在哪里。

据说幸运的人能够抓到一种乌鸦，乌鸦知道藏匿胜利石的地方，它会把石头叼来，交给主人。

乌鸦每年都在二月交配，三月下蛋，四月孵鸟。乌鸦孵蛋的时候，有人会趁机躲在山后树旁，不让乌鸦发现，耐心地等待。一会儿，孵蛋的乌鸦累了，它要飞出去转悠一圈。藏在树后的人瞅准机会窜过去，将乌鸦蛋煮熟。然后再按原样塞在鸟窝里。但千万别让飞回来的乌鸦觉得情况异常。

毫无疑问，做这种事情的人必须手脚灵敏。否则，十有八九是会失败的。

孵蛋的乌鸦转了一圈，又飞回来孵蛋了。它孵啊孵，到了应该出小乌鸦的时候还不见小鸟出壳，乌鸦开始不安了。它决定飞出去寻找胜利石，把胜利石带回来，藏在鸟蛋之中，希望以此促使小鸟破壳。

当然，树后的人必须继续等在那里。他或者用枪打死飞回来的乌鸦，从乌鸦嘴里取出胜利石，或者趁乌鸦重新孵蛋的时候猛地一下子扑上去，掏走胜利石。否则，乌鸦会突然飞走，把胜利石重新叼回早先藏匿的地方。

后记

解说不尽的北欧童话

北欧，政治地理意义上，指的是挪威、瑞典、芬兰、丹麦、冰岛、格陵兰、法罗群岛等国家和地区构成的区域，由半岛和岛屿组成，几乎全都位于北纬五十四度以上的高纬地区。

特殊的地理位置使得北欧地区冬天的夜晚时间尤其长。于是，漫长的夜晚和人类的智慧相互结合，共同摇纺出无数灿烂的北欧童话。

北欧童话具有强烈的地方色彩。岛国、海洋是北欧童话重要的演进之地，那些故事往往发生在“太阳以东、月亮以西”的地方，故事的主角必须穿越茂密的树林和辽阔的大海，直到天尽头，才能找到自己的幸福和归宿。除此外，北风、冰雪、寒冬、麋鹿、海豹等也常常是故事的主角。有趣的是，北欧童话中的国王大都不是商议朝政的人物，他们更多的是以庄园主的形象出现的。国王有大片的土地，需要雇佣一个牧童。例如有个国王，他家养了很多鹅，需要一个牧鹅姑娘。再比如，有的国王还亲自站在宫殿门外，接待向他问询的流浪者。在交通和生活条件尚不发达的中世纪，人们对国王做出种种天真的想象，充分地显示了北欧地区农民、渔民、牧民的童心和童趣。

故事曲折动人是北欧童话的一大显著特点。例如丹麦童话《黑船》，叙述了一个寻常渔夫儿子的命运。为了战胜妖魔，为了赢得爱情，年轻人必须经历一系列的考验和斗争。妖龙肚子里藏着一只兔子，兔子腹中有一只鸽子，鸽子肚内留一枚蛋，蛋壳里包裹着妖魔的心脏。渔夫的儿子只有取得这枚鸽蛋，才能最终战胜妖魔，曲折的故事情节使得主人公的经历险象环生、紧张刺激。

生猛粗犷是北欧童话较之于其他地区童话的又一个特点。一般说来，童话具有较为强烈的儿童色彩，常常由牧童、小红帽、灰姑娘扮演主角。而北欧童话中的主要角色常常是一些热烈相爱的青年男女，让我们中国读者很容易想起《白蛇传》《孟姜女》《梁山伯与祝英台》一类的题材和内容。其实，目前被我们译作“童话”的外语词汇，本意就包含民间传说等方面的内容。《杜登德语综合词典》定义这个词汇的概念时写道：“童话，即民间流传的故事，故事中常有超自然的力量和形象介入角色的生活，而故事常常以奖励善者、惩罚恶者为结局。”不难看出，粗犷的童话更增加了故事的民间色彩，反映了北欧地区的民间风俗和意识。

欧洲童话的源泉主要有意大利、法兰西、德意志、匈牙利、奥地利、俄罗斯、北欧等地。北欧诸国与德国隔海相望，甚至直接相连，他们在童话的内容和创作以及收集方面显然受到德国的影响，尤其受到格林兄弟的影响。1837年，两位年轻的大学生P.C.阿斯别约恩生和约·姆厄准备出版他们收集的童话。他们一方面希望模仿德国的格林兄弟，另一方面又觉得格林童话的主体部分过于文学化，于是，两位年轻的学者决定保留童话粗犷和生动的民间特色，他们以书面形式第一次实况记录了民间的口头语言。这也是北欧童话的主要特色和素材的来源。

一方水土养一方人。民间童话故事是一方水土的历史见证和活化石，它将“一方人”的灵魂和精神生动活泼地移植在青年男女、飞禽走兽和花草树木上，让他们淋漓尽致地表现“一方人”的智慧和才干。

从1841年到1871年间，阿斯别约恩生和姆厄收集整理的挪威童话故事陆续出版，它们对挪威民族的形成产生了强烈的影响。

易卜生透彻地研究民间童话，他的悲剧《培尔·金特》无论在语言还是在内容上都受到北欧童话和传说的影响。

瑞典的民间童话《灰姑娘》，也不愧为《灰姑娘》同类作品中的艺术之最，它动人心弦，震撼灵魂，给人难得的文学熏陶和艺术享受。

呵，解说不尽的北欧童话，它不仅写生般地描述了北方世界的冰天雪地和万顷碧波，还把成年人也按坐在童话故事的书桌旁和听众席上。

曹乃云

图书在版编目（CIP）数据

讲了 100 万次的故事 . 北欧 : 全两册 / 曹乃云编译 . -- 北京 : 北京联合出版公司，2020.4 （2022.1 重印）
ISBN 978-7-5596-2704-9

Ⅰ . ①讲… Ⅱ . ①曹… Ⅲ . ①故事—作品集—世界Ⅳ . ① I14

中国版本图书馆 CIP 数据核字（2018）第 230973 号

讲了 100 万次的故事 · 北欧（全两册）

作　　者：曹乃云
策　　划：乐府文化
责任编辑：张　芃
特约编辑：李　洁　刘美慧
封面设计：崔晓晋
版式设计：萧睿子

北京联合出版公司出版
（北京市西城区德外大街 83 号楼 9 层 100088）
北京联合天畅文化传播公司发行
北京美图印务有限公司印刷　新华书店经销
字数 290 千字　787 毫米 × 1092 毫米　1/32　23.75 印张
2020 年 4 月第 1 版　2022 年 1 月第 5 次印刷
ISBN 978-7-5596-2704-9
定价：98.00 元（全两册）

致谢

“讲了100万次的故事”系列的版画插画提供者为北京市朝阳师范学校附属小学和平街本部版画社团的老师与同学。

在此向朝师附小和祁兵、陈志君、李莉三位老师致以诚挚的谢意。并感谢以下同学充满灵感的创作：

梁嘉茵　张依阳　周林楠　郭倩男　周康勋　董文熙　刘泓成
常佳琪　王禹博　俞莎莎　汤　为　吴　轩　赵欣曜　马英宸
李子恒　高文睿　叶梓慧　王紫萱　沈卓然　梁子瞻　闫嘉彤
刘子一　张源东　王格格　王　喆　郑梓君　杜礼妍　王皓石
周润芃　潘梓颖　王婧萱　冯奕滔　于佳烨　栾宇轩

世界上有多少个孩子，就可能传承多少个故事，丰富的艺术想象，是孩子和故事之间的又一个相通的秘密。

感谢并祝福每一个孩子。